代わりまして花乃屋仇吉
女ながら元締を継ぎましたので
左様ご承知くださ
い

『必殺からくり人』第1話
「鼠小僧に死化粧をどうぞ」より

早坂暁

必殺シリーズ脚本集

高鳥都 編・解説

かや書房

本書は日本を代表する脚本家のひとり、早坂暁による必殺シリーズの全シナリオを収めた書籍である。1929年、愛媛県生まれの早坂はテレビ草創期から放送作家として活動し、『ノンフィクション劇場』や『七人の刑事』に代表される社会派で注目を集め、『天下御免』『夢千代日記』『花へんろ』など多くの話題作を送り出してきた。大きな声を持たぬ人々の〝生〟を真摯なまなざしとともに描き、権威に立ち向かう。遠い過去と現代を重ね合わせながらの〝奇想〟も得意技だ。惜しくも2017年に88歳で逝去した氏だが、必殺シリーズにおいても多くの功績を残している。

まず、必殺シリーズとはなにか――1972年にスタートしたテレビ時代劇であり、〝金をもらって恨みをはらす〟裏稼業の者たちを強烈な光と影のコントラストで描き続けた。シリーズ第1弾『必殺仕掛人』から参加した早坂は、その後『必殺からくり人』をメインで手がけ、代表作のひとつとしている。

本書に収録されているシナリオは掲載順に『必殺からくり人』10本、『新必殺からくり人』3本、『必殺からくり人　富嶽百景殺し旅』1本、『必殺仕掛人』2本、必殺シリーズと共通のスタッフによる『斬り抜ける』1本の合計17本であり、各話ごとに脚本解題を組み合わせた。また「はらせぬ恨みをはらし～」で始まる『仕

高鳥都

掛人』のオープニングほか、言葉巧みなリズムをもつ歴代14作のナレーションも早坂の仕事であり、巻末にまとめて掲載した。

さらに生前の早坂暁が必殺シリーズについて語った公開セミナーを再構成して収録。関係者インタビューとして石原興、佐生哲雄、都築一興、富田由起子、大熊邦也の各氏にも貴重なお話をうかがった。京都映画（現・松竹撮影所）、松竹、朝日放送の関係者が往時を振り返り、妻の由起子氏には亡き夫の思い出を語っていただいた。写真や資料のコーナーもあり、類書に比べて盛りだくさんの構成となっているのは、ひとえに多くの読者に楽しんでいただくためである。

なお本書に収録のシナリオは、松竹大谷図書館に収蔵されていたものを底本とし、早坂家に残されていた台本も一部参照した。「藤兵ヱ」「蘭兵衛」のように「ヱ」と「衛」の表記ゆれが各話に存在するが、原則として役名は本編クレジットに準じて統一した。読みやすくするための修正を行った箇所もあり、すべてが底本どおりではないことも申し添えておきたい。文中に現在では不適切とされる表現がふくまれている場合もあるが、当時の時代背景と作品の歴史的価値を尊重して原文のまま収録させていただく。

前口上が長くなりすぎてしまったので、これくらいで終わろう。さぁ52年目にして初めて世に放たれた、必殺シリーズ初の脚本集をどうぞ。

まえがき

早坂暁 必殺シリーズ脚本集

第二章「新必殺からくり人」193

装丁・冨田晃司

第一章 必殺からくり人

第1話「鼠小僧に死化粧をどうぞ」
第2話「津軽じょんがらに涙をどうぞ」
第3話「賭けるなら女房をどうぞ」
第4話「息子には花婿をどうぞ」
第5話「粗大ゴミは闇夜にどうぞ」
第7話「佐渡からお中元をどうぞ」
第8話「私ハ待ッテル一報ドウゾ」
第11話「私にも父親をどうぞ」
第12話「鳩に豆鉄砲をどうぞ」
第13話「終りに殺陣をどうぞ」

必殺からくり人

1976年夏に始まった『必殺からくり人』は、シリーズ第8弾にして全13話という初のワンクール作品であり、最終回の「あたしたちは涙以外とは手を組みません」というセリフに象徴されるように〝金もらって恨みをはらす〟これまでのコンセプトから大きく逸脱した裏稼業ものとなった。

早坂暁に全話のシナリオを託そうとした〝作家性〟の重視もこれまでになく、天保の江戸爛熟期を舞台に早坂お得意の——NHK時代劇『天下御免』の銀座ロケなどで評判を集めた——現在社会との対比、史実（あるいは、それらしい虚構）を踏まえた作劇が連発された。

レギュラー陣は、『必殺仕掛人』『必殺必中仕事屋稼業』の緒形拳がシリーズ三度目の主演として夢屋時次郎に。元締の花乃屋仇吉にベテランの山田五十鈴、芸者置屋の女将にして三味線の師匠という本人の〝芸〟を生かす役どころが用意された。すでに『必殺仕置屋稼業』へのゲスト出演で京都映画のスタッフワークを評価していた山田は、その後もシリーズを代表する女性キャストとなる。

表の顔は花火師、仕掛の天平には青春ドラマでおなじみ森田健作。仇吉の娘とんぼを演じたジュディ・オングは、同じく朝日放送・松竹の『おしどり右京捕物車』に続いて異色時代劇にキャスティングされた。花乃屋の番頭を務める怪力の藤兵ヱには関西コメディアン出身の芦屋雁之助、息子のへろ松に「ひらけ！ チューリップ」の大ヒット冷めやらぬ吉本新喜劇の間寛平が扮して笑わせる。八尺の藤兵ヱに対し八寸のへろ松と、二つ名も父子の間で呼応している。

——これら六人が、からくり人の一党。みなで八丈島から島抜けして江戸に出たという暗い過去があり、金でつながっ

放映日	話数	サブタイトル	脚本	監督
1976年 07月30日	1	鼠小僧に死化粧をどうぞ	早坂暁	蔵原惟繕
08月06日	2	津軽じょんがらに涙をどうぞ	早坂暁	蔵原惟繕
08月13日	3	賭けるなら女房をどうぞ	早坂暁	工藤栄一
08月20日	4	息子には花婿をどうぞ	早坂暁	工藤栄一
08月27日	5	粗大ゴミは闇夜にどうぞ	早坂暁	大熊邦也
09月03日	6	秘めごとは白い素肌にどうぞ	中村勝行	松野宏軌
09月10日	7	佐渡からお中元をどうぞ	早坂暁	松野宏軌
09月17日	8	私ハ待ッテル一報ドウゾ	早坂暁	蔵原惟繕
19月24日	9	食えなければ江戸へどうぞ	中村勝行	松野宏軌
10月01日	10	お上から賞金をどうぞ	保利吉紀	松野宏軌
10月08日	11	私にも父親をどうぞ	早坂暁	工藤栄一
10月15日	12	鳩に豆鉄砲をどうぞ	早坂暁	蔵原惟繕
10月22日	13	終りに殺陣をどうぞ	早坂暁	工藤栄一

たドライな関係性が強い従来のシリーズに比べて結束は固い。血よりも水、他人同士のつながりの濃さ——常に無告の民を描き続けてきた早坂暁らしい〝疑似家族もの〟が花乃屋という芸者置屋を舞台に構築された（企画段階では、とんぼが仇吉の娘分という血縁なき設定も存在）。

　さらに本作に横たわるのが〝水〟だ。水の都たる江戸、仇吉は三味線を爪弾きながら舟で夜の盛り場をゆき、時次郎もまた棹を操って「ね〜むれぬ夜は〜」と安眠枕を喧伝する。京都映画のオープンセットに川を仕立て、エンディングも船頭が佇む水辺の夕景……随所に必殺名物・逆光のきらめきが駆使されて、いつも以上にキラキラと夏の新番組らしい輝きを発した。

必殺からくり人

出演：緒形拳、森田健作、ジュディ・オング
芦屋雁之助、間寛平、山田五十鈴
制作：山内久司、仲川利久、桜井洋三
音楽：平尾昌晃　撮影：石原興
放送形式：カラー／16mm／全13話
放送期間：1976年7月30日～10月22日
放送時間：金曜22：00～22：54（NET系列）
製作協力：京都映画　制作：朝日放送、松竹

一話完結ものだが、からくり人と同業者「曇り一味」との抗争が縦軸に用意されている。あちらは幕閣と手を組んだ権力志向の外道だ。当初の設定として元旗本「仙石不言斉」を頭目とした正体不明の五人組との対立が発表されており、お互い島抜けをした者同士という因縁があったが、軌道修正されている。早坂の脚本では「花乃屋」は「花乃家」、「とんぼ」は「トンボ」となっており、このあたりも映像化に際して変更が行われた。

監督は先鋭的な即興演出を得意とした日活出身の蔵原惟繕に東映集団時代劇の旗手であり〝光と影の魔術師〟と呼ばれた工藤栄一、必殺シリーズの両エースをメインに松竹京都たたき上げの松野宏軌と朝日放送の大熊邦也も登板。狂騒から無念まで平尾昌晃の音楽も幅広く、川谷拓三による主題歌「負け犬の唄（ブルース）」が哀感を引き立ててくれる。殺しの音楽は主題歌アレンジのダウナーなもので、むしろ仇吉が悪のもとに乗り込む際のテーマ曲が勇壮な仕上がりだ。

さて、早坂暁のシナリオ集である本書の道案内として、全13話を駆け足で紹介していこう。第1話「鼠小僧に死化粧をどうぞ」は銀座の歩行者天国からスタートして史実に奇想をまぶし、曇り一味の手で元締の壺屋蘭兵衛を失った仇吉が跡目を継承する。続く「津軽じょんがらに涙をどうぞ」はギャラクシー賞の選奨に選ばれた代表作であり、瞽女による仇討ちを描く。博打狂いの魚屋が百姓一揆の英雄に祭り上げられる「賭けるなら女房をどうぞ」に次いで「息子には花婿をどうぞ」は同性愛、「粗大ゴミは闇夜にどうぞ」はゴミ問題を扱った。

刺青ネタの第6話「秘めごとは白い素肌にどうぞ」は新鋭の中村勝行が執筆し、早坂の遅筆によるピンチをカバー（本書未収録だが、悪しからず）。「佐渡からお中元をどうぞ」はパターン破りのミッション遂行回であり、「私ハ待ッテル一報ドウゾ」は行方不明の子に対する親の情が食い物にされてしまうエピソードと、それぞれ早坂節が堪能できる。

「食えなければ江戸にどうぞ」は中村勝行、「お上から賞金をどうぞ」は保利吉紀が担当して急場をしのぎ、そして最終回にいたる三部作「私にも父親をどうぞ」「鳩に豆鉄砲をどうぞ」「終りに殺陣をどうぞ」では順に、とんぼと仇吉の母娘秘話、時次郎ひとりの孤独な復讐劇、そして曇り一味との全面抗争が描かれる。

もうこれ以上の説明は無用。見てから読むか、読んでから見るか――どちらであろうと楽しめる早坂暁の〝からくり人ワールド〟をご堪能いただきたい。

花乃屋仇吉（山田五十鈴）の殺し道具は三味線のバチ

とんぼ（ジュディ・オング）は母の仇吉とともに裏稼業に手を染める

花火を相手の口に入れて爆発させる仕掛の天平（森田健作）の殺し技

仲間のもとから去った夢屋時次郎（緒形拳）は単身ある標的を狙う……

『必殺からくり人』第1話
「鼠小僧に死化粧をどうぞ」

脚本：早坂暁
監督：蔵原惟繕
（放映日：1976年7月30日）

原則として本編クレジットに準じる。脚本の段階では「へろ松」が「チビ六」になっていた

【キャスト】

夢屋時次郎　緒形拳
仕掛の天平　森田健作
花乃屋とんぼ　ジュディ・オング
八尺の藤兵ヱ　芦屋雁之助
八寸のへろ松　間寛平
お松　横山道代
お近　原田英子
鼠小僧次郎吉　財津一郎
与吉　金井進二
侍　浜伸二
与力　梶本潔
殺し屋の女　山村嵯都子
娘買頭領　伊豆吾朗
老女　高木峯子
瓦版屋　赤井圭昌
幕府高官　北原将光
牢役人　宮川珠季
奉行奥方　小野朝美
坊主　大迫英喜
若い女　倉谷礼子
与吉の女房　服部明美
曇りの子分　馬場勝義
　新郷隆
　橋本和博
　東悦次
　伊波一夫
元締曇り　須賀不二男
元締蘭兵衛　芦田伸介
花乃屋仇吉　山田五十鈴

【スタッフ】

制作　山内久司
　仲川利久
　桜井洋三
音楽　平尾昌晃
編曲　竜崎孝路
撮影　石原興
製作主任　渡辺寿男
美術　川村鬼世志
照明　中島利男
録音　二見貞行
調音　本田文人
編集　園井弘一
助監督　松永彦一
装飾　玉井憲一
記録　竹田ひろ子
進行　佐々木一彦
特技　宍戸大全
装置　新映美術工芸
床山・結髪　八木かつら
衣裳　松竹衣裳
小道具　高津商会
現像　東洋現像所
製作補　佐生哲雄
殺陣　楠本栄一
　美山晋八
題字　糸見溪南
アナウンサー　松倉一義
人形踊り指導　西川啓子
主題歌「負け犬の唄」
（作詞：荒木一郎／作曲：平尾昌晃／編曲：竜崎孝路／唄：川谷拓三／キャニオンレコード）
衣裳提供　浅草　寶扇堂久阿彌
製作協力　京都映画株式会社
制作　朝日放送
　松竹株式会社

1　東京・歩行者天国で

　ある初夏の日曜日。
　ここは、銀座から上野へ抜ける日本最大の歩行者天国。
　道路いっぱいに一九七六年の原色のファッションが撒き散らされている。
　不思議な人物が歩いている。
　緒形拳だ。いや、粋な草履に絽（ろ）の着物姿は、どう見ても蝉丸こと夢屋時次郎に違いない。
　誰を深しているのか、しきりに視線を遠くへ飛ばしている。
　カメラ、早速寄っていく。
声「モシモシ——」
　出来ればマイク片手の奈良和アナだと、ありがたい。
奈良和「緒形拳さんじゃありませんか」
緒形「はあ、いえ、あたしは夢屋時次郎という者です。緒形じゃありません」
奈良和「ははあ、なんか時代劇のロケですね」
緒形、いや時次郎「今、何ン時ですか」
奈良和「何ン時？　ああ（と、時計を見る）×時×分ですね」
時次郎「おかしいなあ、もう来るはずなんだがなあ」
奈良和「誰がです？」
時次郎「鼠小僧」
奈良和「鼠小僧!?」
時次郎「そ。×時には伝馬町の牢を出たんだから……！　あ、来た、来た！」
　裸馬に両足を縛られた鼠小僧、市中引廻しの姿が現れた。

奈良和「驚きました。鼠小僧次郎吉は天保三年夏、市中引廻しのうえ、千住小塚ケ原で斬首の刑となっていますが、季節といい、時刻といい、まさにぴったり。おそらく、百四十四年前、丁度この時刻、この場所をあの恰好で引かれていったものと思われます。記録では37才、やや小肥り、顔には薄化粧を施してあったとあります。確かに薄化粧をしております」

　馬上の鼠小僧、薄化粧。笑みさえも、薄く浮かべている。

奈良和「江戸市民、争って沿道に押しかけ引かれゆく鼠小僧を見物したとありますから、恐らくこのような有様だったのでしょう」

　歩行者天国の人々が群れ集って見物している。

　警官が馬前の人垣を押し分けている。

　遠く離れてビル陰に時次郎。

時次郎「……あんな化粧じゃねえんだが、ま、いいや。（カメラに）あたしがね、鼠小僧と知り合ったのは、へんなことがきっかけでしてね。コレ？（人指しゆびを曲げてみせる）冗談じゃない、あたしの表稼業で知り合ったのですよ。あたしの表稼業は名前の通り夢屋。つまり眠らせ屋ですね。眠らせるったっていろいろあってね、表稼業のは一ツ時眠り、裏のは永眠（なが）り、判るかな？　判ンねえだろうなあ」

2　大江戸・爛熟（らんじゅく）

　大江戸の屋根、屋根、屋根——。

N「天保の江戸は人口百三十万。当時ではロンドンを凌ぐ世界最大の大都市、文化はまさに爛熟、いささか腐臭さえ漂わせた時代。

吉原をはじめ岡場所が三十六ケ所、もぐりの娼婦を入れると女郎一万人。うち、男娼、つまり、おかまさんが六百人という繁昌ぶり。風紀紊乱、エログロナンセンス、万事が金で動き、万事が金で治まる世の中、何やら昭和の昨今とそっくり、いや、昭和が天保にそっくり――。

○男娼たちが、艶かしく客を弾いている。

○エログロチックな浮世絵

○お座敷で小判を釣針にくっつけ、裸の女たちを魚に見たてての〝魚釣り〟遊び等々。

――――

○そして、その嬌声、弦歌が遠く響く夜
大江戸の屋根屋根

N「こういう時代は、寝苦しいと言いますか、天保の医者高木玄斉の日記には〝近頃、不眠の訴えをする患者甚だ多し。治療はかばかしからず、想うに時代の病いなり〟」

3 運河（堀割り）で

小舟を巧みに操って夜の運河をゆく時次郎。

時次郎「（不思議な抑揚をつけて）ねーむれぬ夜は、なアがくて辛いッ。みーず枕に鈴虫枕、せーせらぎ枕に夢枕。ねーむらせてあげよ、ねーむれぬ夜はつーらくて長いッ」

と、運河沿いの窓が開いて三十すぎの女、ねまき姿で顔を覗かせる。眼は張れぼったく、かったるそう――。

女「ねえ、枕おくれ」

時次郎「へ。どれにします？」

舟にいろいろな木枕が並べてある。

女「そうねえ、どれがいいの？」

時次郎「ずーと寝られませんか」

女「そうねえ、ずーと」

時次郎「どうです。このせせらぎ枕。耳をつけると、チョロチョロチョロチョロ川のせせらぎが聞こえるんですね、ほら」

女の耳元へ。

なるほど小川のせせらぎの音。

女「そーね、いいわね、いくら」

まことに無感動なのは不眠のせい。

時次郎「代金は後払い。眠れたら払って下さい」

女「ふーん。眠れなかったら？」

時次郎「また別なやり方を考えましょ。失礼だけど、ご亭主は？」

女「いるのはいるけどね……」

時次郎「たまにしか帰ってこない」

女「……」

パタンと戸を閉めた。

時次郎、つと舟を押し出す。

時次郎「ねーむれぬ夜はなーがくて辛い……」

――実はこの女の名はお松。

鼠小僧の女房で33才。

4 別な運河で

ここは料亭の並んでいる運河。

小粋な屋形舟が一艘、明るく障子が明け放たれ、中に美しい大年増芸者、見事に三味線を構えての、見事な弾き語り。

――花乃屋の仇吉だ。

二階の料亭の窓辺には酔客たちの顔が並んでいる。

舟のトモに背を向けてうずくまっているのが船頭。――これが八尺の藤兵ヱ。

藤兵ヱ「！」

水面下、一、二尺のところを人間がゆっくり流れていく。若い男女だ。

藤兵ヱ「……また心中か。悪い世の中や。うまいことあの世に辿りつくんやで」

手をしっかとつなぎ、ほのかな笑みを浮かべて流れていく若い男女は、薄灯りに映えて、凄く美しい。

――拍手。仇吉の歌が終わった。

藤兵ヱ、長い棹を二階へ差し延べる。先に網がついている。

芸者の一人、手を延ばしてご祝儀を入れようとする。

藤兵ヱ「まいど、どうも……」

「待て」と声があって、窓辺の侍が、その祝儀を取る。

侍「（仇吉に）自分で受けとれ」

仇吉「どうぞ、網の中へ」

網が差し延べられる。

侍、脇差を矢庭に抜くと、棹の先を斬っ

て落とす。
　網は空しく水の中。
仇吉「……」
侍「お前にやるのだ、自分で受けとれ」
仇吉「……」
　侍、小判一枚を取り出すと、仇吉めがけて、投げる。
　仇吉、三味線を構えたままだ。
　小判が自分の目の前に来たとき。バチを鋭く跳ねる。
　チーン！　小判は空を舞ってトモの藤兵ヱの手に。
藤兵ヱ「まいど、どうも――」
　一礼する仇吉。

5　運河で

　仇吉の屋形船にすっと寄る時次郎の舟。
　さり気なく目をかわす時次郎、藤兵ヱ。
藤兵ヱ「（小さく）あしたの仕事……」
時次郎「ああ」
　時次郎、中の仇吉にも目をかわし、つと離れていく。
時次郎「眠れぬ夜は、長ーくて辛い……」
　離れていく。
仇吉「時さんの枕は、眠れるのかねえ」
藤兵ヱ「さあ……。姐さん、元締は大丈夫ですかねえ」
仇吉「……天平を連れて行ってるんだから」
　ドーンと遠くで小さな花火。
藤兵ヱ「ありゃァ天平のだ……」

6　暗い運河で

　ここは海に近い町はずれ。
　小舟が一艘。花火師の天平が、筒に花火玉を入れた。
　花火が上がる。

7　釣り宿の二階

　暗い部屋、川に面している。
　ドーンとすぐ近くで上がる花火を見上げる男二人。
　一人は時次郎らの元締、壺屋蘭兵衛。もう一人は別な組織の元締〝曇(くも)り〟と称する男。
　一瞬、花火で二人の顔が照らし出されるが、すぐに暗くなる。
曇り「こんな家も少ねェとこで花火上げてどうする気だ」
蘭兵衛「川開きの試しうちらしいね」
曇り「ふーん。……で、どうだい、さっきの話は」
蘭兵衛「……（煙草をくゆらせている）」
曇り「世の中が悪いせいか、オレ達みたいな裏稼業がえらく繁盛だ。ま、それはありがたいんだが、ロクでもねエのが高いゼニふっかけたり、反対に安い金で引受けたりしやがる。困ったもんだぜ」
蘭兵衛「まアな」
曇り「この業界じゃ、キチッとしてるのは、ま、オレのとこと、あんたのとこと、二つだね」
蘭兵衛「うちは、あんたとことちがい、こじんまりやってるだけでね」
曇り「いや、大きい小せェじゃねェよ。どうだろう、この二つが　がっちり手を握って、引受け賃をぴしっと決めたら、ロクでもねえのは自然と消えていくんじゃねェかなあ」
蘭兵衛「曇りさん、今も言った通り、うちは世帯も違うし、ネタも、ま、小さい」
曇り「ネタが小さいからタダにするのかね」
蘭兵衛「タダってのは滅多にないが、ゼニを持ってない人からは頂きようがねえ」
曇り「なけりゃァ　断われ。タダは困るんだよ」
蘭兵衛「そりゃァ指図かい」
　睨み合う二人。
　外の廊下で、スッと障子に寄る男。
曇り「指図なら嫌かい」
蘭兵衛「……（きっぱり）嫌だね」
　外の男、短刀を抜く。
蘭兵衛「！　……曇りさん、つまらねェことすると、この部屋でドカンと花火が咲きますよ」

8　運河で

　天平、花火筒を部屋へ向ける。花火玉を手に。

9　船宿で

曇り「！　……おい、お帰りだ」

10　運河沿いの岸で

時次郎が舟をつけている。
若い女（お近・21才）がしどけない浴衣姿で立っている。
時次郎「あんたが眠れないの？」
お近「あたしじゃないの、ちょっと来てみてよ」
時次郎「行ってみたら、ワンワンちゃんなんてのはいけませんよ。ゆうべも一つあった……」
ブツブツつぶやきながら上がる。

11　お近の家で

粋なつくりの妾宅。
その居間。
派手な布団の上で　酒を陰気に飲んでいる男。次郎吉だ。
お近「連れて来たわよ。この人」
次郎吉「（チラと見るだけ）……」
お近「（時次郎に）ぜーんぜん、眠れないの」
次郎吉「お前は黙ってろ。酒」
お近、プイと奥へ。
時次郎「……だいぶん、お眠りになってないようですね」
次郎吉「……ああ」
時次郎「酒じゃ、駄目で？」
次郎吉「どういうわけか、いけねえ」
時次郎「大ていなら、ああいう若いべっぴんさんで、ぐっすり眠れるんですがねえ」
小判が数枚、時次郎の前へチャリン！
次郎吉「ぐっすり眠らせてくれりゃア、いくらでも出す（ほんとに苦しそうだ）」
時次郎「判りました」
お近が酒をもってくる。
お近「あのね、明け方、チラッと眠るんだけど　すぐにウーンってうなされて……」
次郎吉「うるせえ！　いいからトロロ昆布、買ってこい」
お近「またァ!?　まだあるじゃない」
次郎吉「もうなくなる」
つまみのトロロ昆布を口へ。
お近「いくら食べても頭の毛、濃くならないじゃない」
プイと出ていく、
次郎吉「ばか！　好きで食ってんだ！」
ガラガラピシンと乱暴な戸の閉まり方。
次郎吉「……天保になってからこっち、女は駄目になったね」
時次郎「……（急いで）ああ、そうですねえ」
次郎吉の顔を見つめていたのだ。
次郎吉「！……あんた、オレに逢ったことあるかね」
時次郎「いや、ありませんね」
次郎吉、パッと短刀を突きつけた。
その動作の早いこと。
次郎吉「やっぱり覚えていたんだな」
時次郎「そうですか、やっぱり、あの時の」
次郎吉「動くな。逃げてもだめだぜ。オレは三間ぐらい一跳びだ」
時次郎「ああ、見せてもらいましたからね。あれは確か、薪奉行様のお屋敷でしたか」

12　村井邸・裏門

運河に面している。

時次郎、老女に送られて出てくる。

時次郎「それでは、どうも」

老女「ご苦労であった」

小門が閉まる。

時次郎、疲れたひいと背のび――。

と、邸内より叫び声。

女の声「浪籍者！　盗賊じゃ！」

鼠がチュッチュッと足元を走り抜けた。

時次郎「！」

と、塀の上を黒い装束の男が、凄い勢いで走ってくる。

と、トン！と踏み切って空中へダイビング！　ふわっと一回転して時次郎の小舟にトンと飛び下りた。

男「！」

目の前に時次郎。

一瞬、睨み合う形。

折から雲から月が出た。

男の顔が一瞬、月光に照らし出されて――

―、それも一瞬、男は後ろに反りざま、水中へズボッと没した。

時次郎「！」

と、それを追うように鼠が一匹、水中へ飛び込み、運河を泳ぎ渡っていく。

13　お近の家で

時次郎に匕首を突きつけている次郎吉。
こんどは喉元だ。
時次郎「おい、危ねえよ」
次郎吉「……（優しく）心配はいらねえよ。クロ」
時次郎「⁉」
次郎吉「早く寝な」
次郎吉の視線をたどると部屋の一隅の隙間から、鼠が覗いている。パッと隠れた。
時次郎「へえ——、……。鼠ってあんなに飼いならせるものですかねえ」
次郎吉「こっちの気持と根気だねえ」
時次郎「やっぱりメスで？」
次郎吉「動くな！（また殺気）……あんた、オレのことを喋ったら一蓮託生だぜ」
時次郎「アチッ！（匕首の先が喉にチク、チクッ）」
次郎吉「あんたがどうやって薪奉行の奥方を眠らせたか、ぜんぶ見せてもらったぜ」

14　村井邸・奥の間で

奥方が布団に目をとじて仰臥している。

時次郎「すぐに眠りはやってまいります。枕の中の鈴虫だけを聞いていて下さい」

枕の中で鈴虫の声。

時次郎、喋りながら奥方の衣服を脱がせていく。

時次郎「眠りはすぐそこまでやって来ております。優しく迎えてやりましょう。優しく優しくお迎えしましょう」

時次郎、やや、うんざりとした表情で奥方に重なる。

15　お近の家で

時次郎「（苦笑して）あれも、ま、人助けですから」
次郎吉「人助けで通るか。ばれりゃア命はねえぞ」
時次郎「判ってますよ。だからあんたのことは喋ったりしねェよ。本当だよ。オレだって死にたかねえ」
次郎吉「証拠を見せろ」
時次郎「証拠か……。見せたかねエんだなア、これは」
仕方なく腕をまくる。変哲もない。
次郎吉「なんだ」
肌色の貼り紙をパリッとはがす。
二の線の入墨。
次郎吉「島帰りか……」
時次郎「奉行所の前は遠廻りして歩いてる……」
次郎吉「……」
ふっと、息を抜いて身体をひく。
肩で息している。
時次郎「眠ってないんだなあ、その息切れは」
次郎吉「ああ……」
時次郎「それで仕事しちゃ危ないよ」
次郎吉「頼む。なんとかして、ぐっすりと眠らせてくれ」
手をついて必死の鼠小僧。
時次郎「判った。あんたの場合は　枕ぐらいじゃどうしようもない。こうしよう、明日、明日は駄目だ、明後日、オランダものの、いい眠り薬を届けましょう」
次郎吉「そ、それなら眠れるんだな！」
時次郎「フラーンスのナッポレオンちゅう皇帝が使った薬です」
次郎吉「ナッポレオン⁉……必ず頼むぜ！」
時次郎「それじゃ」
次郎吉「おい。……（ちょっと考えて）あんたに預って欲しい物があるんだ」
時次郎「預って⁉」
次郎吉「ちょっと凄いものだ。下手すりゃ世の中が引っ繰り返る」
急に自信たっぷり。
時次郎「へえー、そんなものを、オレに？」
次郎吉「だからよ、オレをぐっすり眠らせてくれたらだよ」
時次郎「じゃ、明後日」

16　東京・日本橋で

今の日本橋を渡っていく馬上の次郎吉。
それを遠く眺めている時次郎。
暑い——。
時次郎「今から考えると、すぐ、その翌日に薬を届けりゃよかったんですがね、ほら翌日は裏の仕事があってね。……またそれが相手の多い仕事でしてね……」

17　花乃屋の裏

ポンと屋形船に飛び乗るとんぼ（19才）。

トモには藤兵ヱ、送って出ている仇吉。

とんぼ「そいじゃ、行ってきます（遠足気分）」
仇吉「お花見に行くんじゃないんだから。気をつけるんだよ」
時次郎「（障子をチラとあけ）大丈夫ですよ」
仇吉「元締と天平は？」
藤兵ヱ「途中で拾います。それじゃ」
船は出る。

18　壺屋で

小さな骨とう屋。

夜——。店番のへろ松が、居眠りをしている。

蘭兵衛が奥から出てくる。

時次郎の声「オレ達の元締は壺屋蘭兵衛といって深川七間堀で骨とう屋が表稼業」
蘭兵衛「六。へろ松」
へろ松「ハ、ハイッ！　お早うございます」
蘭兵衛「何がお早ようだ。わしは寄り合いで出かけるから、店をしまって寝てなさい」
へろ松「ハイ。行ってらっしゃいませ」
蘭兵衛、出ていく。
へろ松「……寝ていいと言われると、目が覚める。ナゾダナアー」

19　橋の下をゆく屋形船

屋形船の一隅。

時次郎は右ヒジに両端が鋭く尖った細い鉄の棒を固定している。

水平に構えると前後に槍の先が出る仕組みだ。

とんぼ、好奇心に満ちた目で見ている。

トン！　と橋の上から舟に飛び下りる男。天平だ。

とんぼ「あ、天平ちゃん」
天平「ちゃんはよせよ。（藤兵ヱに）とんぼ、つれてくのかい」
藤兵ヱ「囮（おと）りだよ」
とんぼ「おにぎり食べる⁉」
お弁当を持っている。遠足気分だ。
天平「チッ。花火見物に行くんじゃねエんだぞ」

20　隅田川・土手

人影一つない淋しい夜の土手。


時次郎の声「その夜の仕事場は吉原遊郭に近い隅田川べり。相手は娘買いの連中」

黒い人影が十人あまり、現れる。

時次郎の声「この連中の手にかかって、かどわかされ、女郎に売り飛ばされた娘は百人にちかく、また殺された娘は十人を下らず。この仕事の依頼は、売り飛ばされた吉原女郎たち六人の連名」

提灯を持った蘭兵衛と時次郎が人影に近づく。

頭領らしい男「何人、連れて来た？」

蘭兵衛「五人。みな上玉です」

頭領「あの中か」

屋形船が岸に。

障子が少し開いていて、藤兵ヱが提灯を近づける。

うなだれた態のとんぼ。

頭領「一人じゃ判らねエ。おい」

手下にアゴをしゃくる。

時次郎「ご案内します」

手下、四、五人をつれて船のほうへ。

アシの蔭から天平、何か投げる。

ネズミ花火だ。

男たちの足元で弾けて走る。

男たち「ウアッ！」

それを合図に、時次郎、前後の男を一瞬にしてヒジの槍で刺す。

蘭兵衛、提灯の柄に仕込んだ刀で頭領を刺す。

藤兵ヱは駈け寄る男の首根っこを押さえて水中へ、浸ける。もがく男、ビクともしない藤兵ヱの腕。怪力だ。

天平は細い竹筒を双肌ぬぎの男の腹にがちこむ。

ドン！　と鈍い音がして、腹の中で小さな花火が上がる。男の口から、煙——。

そんな光景を、とんぼ、怖いが好奇心一ぱいで見ている。

20　A町で

夕暮れの町をひょいひょいと歩いていく時次郎。

時次郎の声「翌日は晴れ。鼠小僧のところへ出かけたのはもう夕暮れ」

と、騒がしく駆けてくる瓦版屋。

瓦版屋「やァー！　大変だ大変だ！　とうとう鼠小僧が捕まったぞォ、鼠小僧がゆんべ取っ捕まったよォ！」

時次郎「ゆんべだとオ……。あんな寝不足で、ばか」

駆け出す。

21　お近の家で

これはもう落花浪籍（らっかろうぜき）。タンスはひっくり返り、畳までめくれ、天井板も外れている。

時次郎が、駆け込む。

時次郎「！　……」

居間に茫然とお近が坐わりこみ、散らかった着物やカンザシをのろのろした手付きで引き寄せている。

時次郎「おい、どうしたんだ」

お近「あのヒト、鼠小僧なんだって」

時次郎「こりゃア誰がやったんだ、奉行所か」

お近「よく判ンない……」

時次郎、散らばっている半紙を拾う。誠に下手糞な字の手習い草紙だ。

時次郎「あんたのか?」

お近「ううん、あの人の。字を知らないからって……」

時次郎「へえー、鼠小僧の手習いか。変わってるな」

お近「あ、折れちゃってる……」

ベッコウの櫛が折れている。

お近、泣き出す。

22　稲妻・そして雷鳴

23　壺屋で

外はザーッと夕立ち。

時次郎が飛び込んでくる。

時次郎「ひゃー……おい、へろ松」

店の隅に耳を塞いで小さくなっているへろ松。

時次郎「おい」

へろ松「ウアーッ！　ヘソ、取るな、ヘソ取らんでくれーッ！」

股倉を押さえて逃げる。

時次郎「ばか、オレだ」

へろ松「なんや。コンチワ」

時次郎「旦那は」

スカ六「奥。お客さん」

時次郎「うん。（奥へ入りかけて）おい、お前のヘソ、そんなとこにあるのか」

へろ松「いえ、これ、雷さん、騙してやろ思うて」

時次郎「ばか、間違えてそこ取られたらどうする」

奥へ入ってしまう。

へろ松「……！　これとられたら、コマル」

と、再び雷鳴！

へろ松「ウァーッ！　ヘソとるな、ヘソ！」

今度はヒジ頭を両手で押さえている。

24　壺屋の奥の間

時次郎「どう思います、この話」

蘭兵衛「（クックッと笑う）」

時次郎「⁉」

蘭兵衛「いや、丁度その鼠小僧のことで依頼人が来ているんだ」

時次郎「え⁉」

蘭兵衛「鼠小僧の女房がね」

仕掛け窓をずらす。

別室に、女が坐っている。

時次郎「！　あの女……」

蘭兵衛「知ってるのか」

時次郎「ええ、枕の客で……どんな頼みを持って来たんで?」

蘭兵衛「うん、昨日の夕方、珍らしく亭主が帰って来たんだそうだ」

25　お松の家で

お松が一人、淋しく食事をしている。

妾宅と違い貧しい暮らし。

お松「⁉　……」

音がした。見ると土間に次郎吉。

お松「お前さん！」

次郎吉「しばらくだったな」

お松「お帰り。ご、ご飯、まだなんだろ。すぐ灯をつけるから」

行灯に火を入れかける。

次郎吉「いや、すぐに行かなきゃいけねエんだ」
お松「だって、あの北海屋のトトロ昆布があんだよ。すぐ鰹(かつお)でダシとるから」
次郎吉「いや、ほんとに駄目なんだ。大事な仕事の打ち合わせがあるんだ」
お松「じゃ、下着だけでも、替えてお行きよ」
次郎吉「いいよ、ちよっと顔見に来ただけだから、じゃ、これ、な」
　と、金包みを置くなり、出ていこうとする。
お松「あんた！」
次郎吉「……ひょっとしたら、もう、逢えねえかもしれねェな」
お松「！　あんた、もう危ない仕事はよしとくれよ。お願いだから！」
次郎吉「オレだってやめたいんだ。（悲痛に）やめさせてくれねェんだよ」
　駆け出ていく。
お松「誰がやめさせてくれないんだよ、あんた！　……」
　のろのろとした手で金包みを手にする。

26　壺屋の奥の間で

時次郎「そうか、鼠は誰かに脅かされて盗ッ人働きをしていたのか」
蘭兵衛「世間が聞きゃアがっかりするぜ、義賊の、天下御免の、と評判だったからな」
時次郎「あいつを眠れなくする程の相手というと……」
蘭兵衛「ま、女房とすりゃア、そいつが憎いというわけだ、それで来ているんだよ」
時次郎「元締、引受けましようよ」
蘭兵衛「金を持ってねェんでね……」
時次郎「鼠が金を置いて行ったでしょう」
蘭兵衛「（クックッと笑って）時、鼠小僧が貧乏人に金をまくって話な、ありゃァ、鼠がやってるんじゃねエよ」
時次郎「誰です」
蘭兵衛「（アゴで別室を指す）」

27　露地で

　深夜、お松が、貧乏な長屋の戸口に、そっと金を差し込んでいく。
蘭兵衛の声「女房は亭主のしている事が恐しくて仕様がねエんだ。仏さんに供えるつもりで、もらった金は全部ばら撒いてしまうんだそうだ」

28　壺屋の奥の間

時次郎「元締、金のネタは次郎吉が持ってますよ」
蘭兵衛「世の中が引っ繰り返るような、か。話半分としても、大したもんだな」
　ニヤッと笑う二人。

29　伝馬町牢屋敷

30　運河沿いの入口

　汚穢船(おわいぶね)が、低い入口を入っていく。

N「伝馬町牢屋敷は収容人員約×××人。その糞尿は毎月四の日、舟が汲み出しにやって来たとあります」

　肥タゴの間に、時次郎がひそんでいる。

30A　牢の中

　夜。——ここは個室の牢だ。
　横たわっている次郎吉。
　天井から下りてくる時次郎。
時次郎「……」
　揺り起こす。
次郎吉「！　……あんたは……」
時次郎「ああ、オレだよ。ひでェ扱い受けてるねえ」
　拷問の跡が痛々しい。
次郎吉「オレは、はめられたんだ、助けてくれ！」
時次郎「はめられた？」
次郎吉「言われた通りのお屋敷に忍び込んだら、どうなってたと思う」

31　屋敷で

　土塀より飛び下りる次郎吉。

　とたんに、パーッ！　と網が跳ね上がって、ケモノのように生け捕られた。

32　牢の中

時次郎「だから誰の指図だ」
次郎吉「（急に警戒して）……お前は何でここへ来た」
時次郎「約束したじゃねェか、ナッポレオンの眠り薬」
次郎吉「それだけでか」
時次郎「そしたら、天下が引っ繰り返るようなもの、オレに渡すって」
次郎吉「ああ、あれは天下が引っ繰り返るぜ。ひひっくり返らなくてもも、これぐらいは傾く」
　と、45度の角度を示して得意げ。
時次郎「凄ェもんだな」
次郎吉「オレはな、（顔を更に寄せ）お上のおえら方、お大名のよ、下半身をばっちりこの目で覗いて来たんだ」
時次郎「下半身……」
次郎吉「ああ、ある中国筋のお大名の奥方はよ、坊主を引き込んでやがるんだ」

33　奥方と若い坊主

若い坊主と年増の奥方が寝室で乱れている。
鼠がチ、チ、チッと走る。

34　マゾチックな幕府高官

次郎吉の声「近いうち、ご老中の声がかかろうかというお人が、ひでェ病気持ちだ」
裸の高官を、女が高下駄で踏みつけている。
高官「もっと踏め。アッ、アッアッ！　もっと踏んでくれ、イ、イ、イッ！」

35　牢の中で

時次郎「誰だい、あんたにそういうネタを集めさしてる奴は」
次郎吉「それがよく判ンねエんだ……呼び出しからして、姿が見えねエんだ」

36　厠で

しゃがんでいる次郎吉。
声「おい、鼠」
次郎吉「！」
声「あしたの晩、大木戸から吉原まで駕籠に乗れ」
　次郎吉、急いで外を覗く。
　走り出ていく男の後姿がチラと見えただけ。

37　駕籠の中

次郎吉が揺られて行く。
ガタンと、止まった。
男の声「この間はご苦労だったな」
次郎吉「へ、へェ……」
男の声「話を聞かせてくれ。松本の屋敷では何があった」
次郎吉「へえ……」
　タレを開けようとするが、開かない。
そっと覗くと、隣りに駕籠が並んで置いてある。
　と、別なスキ間から短刀が差し込まれた。
別な声「余計なことするんじゃねェ」
次郎吉「へ、へえ……」

38　墓地で

駕籠が二つ。
その一つが、担がれて出ていく。
残った駕籠一つ。
声「もう出ていいぜ」
次郎吉、恐々出てくる。
墓地の中に一人。
と、墓の陰から出てくる男三人。
一人は〝曇り〟だ。二人はボディガード。
曇り「次は、幕府目付役、柳田義晴様を頼む。帰りは通りで駕籠を拾ってくれ」

39　牢の中

時次郎「しかし、本当の指図人は駕籠の中の男だな」
次郎吉「ああ。侍だ」
時次郎「侍!?」
次郎吉「ああ、それも奉行所まで手が延ばる奴だ」
時次郎「ほんとか」
次郎吉「ああ、取調べですぐ判った」

40　取調べの部屋

次郎吉、石を抱かされている。
取調べは与力が一人だけ。
与力「お前の調書はもう全部出来ているんだ」
次郎吉「はまだ何も喋っちゃねえ！」
与力「ああ、喋らなくてもいい。ほら見せてやろうか、随分ご大層なお屋敷ばかり、それに金額もでかいな」

分厚い調書を目の前でめくる。
次郎吉「はそんな邸に入っちゃいねェ」
与力「おッ、やっぱり字は読めるじゃないか」
次郎吉「読めねえよ……」
次郎吉「お前が必死で手習いしていたのは判っているんだ。四十近くで、何を思い立った？」
次郎吉「……」
与力「覚え書をつくったんだろう」
次郎吉「つくらねえ！」
与力「そいつがどこにあるか喋ってくれりゃア、この調書、ケツの一枚だけ残して、全部破いてもいいんだぞ。うん？　そうすりゃ、命は助かるぞ。おい、どこだ、言えッ！」

41　牢の中

次郎吉「オレも馬鹿じゃねえ、万一のことを思ってよ、オレが見たことぜんぶ帳面に書き込んであるんだ。な、おかげで、バッサリ殺されずに済んでんだ」
時次郎「ほんとだ、あんたも馬鹿じゃない」
次郎吉「ああ、金釘流だがよ、ちゃんと読めるぜ」
時次郎「どこだい、隠し場所は。オレなら役に立てるよ」
次郎吉「……（注意深く首を振る）あんただって回し者かも知れねえ」
時次郎「どうすりゃ信用するんだ」
次郎吉「オレをここから出してくれ。そうしたら信用して、そこへ案内する」
時次郎「ムリを言いやがる……」
次郎吉「一緒に連れて行ってくれ」
時次郎「その足じゃ歩けないだろ。おぶってじゃムリだ」
次郎吉「四、五日もしたら歩ける。そしたら助けに来てくれ」
時次郎「次は十日のちしか入れねえ。それまでなんとかしのいでいるんだ」
次郎吉「ほんとだぜ！」

42　露地で

時次郎と藤兵ヱが暑い日射しの中を歩いている。
貧しい長屋の一軒へ。
藤兵ヱ「（手にした帳面をちらと見て）ここですね」
時次郎「こんちわ。……こんちわ！」
中はガランとしている。
隣りの女が顔を出す。
藤兵ヱ「弥七っあんはいないかね」
女「死んじゃったよ」
藤兵ヱ「いつ」
女「十日前だね」
時次郎「間に合わなかったか……」

43　別な長屋

時次郎と藤兵ヱが行く。
読経が聞こえてくる。
藤兵ヱ「！　……あの家ですよ」
時次郎「いけねえ、ここも一足違いか」

44　そば屋で

そばを食べている時次郎と藤兵ヱ。
藤兵ヱ、帳面に書き込まれた住所と名前の一つに黒線を引く。
もう何ケ所も引かれている。
N「天保の頃、貧しい人びとの間に、ひそかに〝死のう組〟と呼ばれるものがつくられていました。それは例えば癌のように医者から見放された不治の病人で、一年後、半年後に死を約束された人々です」
藤兵ヱ「あ、この人が三十八才だ」
時次郎「（のぞきこみ）深川新町裏大工、与吉」
藤兵ヱ「！」
時次郎「？」
藤兵ヱ「どうも誰かに見張られているような気がするんですよ」
時次郎「（外を窺う）……念の為、裏口から出よう」

45　貧しい長屋で

時次郎と藤兵ヱ。
藤兵ヱ「……与吉さんですか」
四十近くの男が寝床にいる。
与吉「どなたで……」
藤兵ヱ「〝死のう組〟のお方ですね」
与吉「！　（目を輝かせて身を起こす）仕事がありましたか！」
藤兵ヱ「（時次郎に）どうです？」

時次郎「年恰好はいいんだが……歩けますかね」
与吉「へえ！　今ならなんとか！」
時次郎「顔がどうかなあ……」
与吉「お願いします。もう一と月は持たねえと言われているんです。せめて、女房と子供にゼニを残して行きてェんです。お願いします！」
時次郎「……それじゃ、よろしく」
与吉「！（パッと喜びの色）」
藤兵ヱ「では、お約束通り、十両」
与吉「おふエ！　おふエ！　あいつ、肝心なときに居ねえで。すみません、お茶も出しませんで」
時次郎「四日の夕方、お迎えに上がります」
与吉「へえ！」
　双方とも深々と一礼し合うのだ

46　お松の家

　蘭兵衛が入ってくる。
　お松、汗をかきながら、下駄の鼻緒づくりの内職をしている。
蘭兵衛「セイが出るね」
お松「あ、元締さん……」
蘭兵衛「お松さん、何とかご亭主は助け出せそうだよ」
お松「ほんとうですか！」
蘭兵衛「多分、十五日の明け方になると思うね」
お松「ありがとうございました」

蘭兵衛「その代わり、すぐに二人で江戸を離れてもらいたいんだ」
お松「はい」
蘭兵衛「手は打ってあるんだが、万一、ばれた時は江戸中はしらみつぶしに調べられる」
お松「はい、すぐ旅に出れるよう支度して待っています。ありがとうございます」
蘭兵衛「これであんたもご亭主も夜がぐっすり眠れるわけだ」
お松「へえ！　……」

47　お松の家の前

　怪しい男がそっと中を窺（うかが）っている。

48　表札

　鼠小僧処刑の告示の表札が立てられる。

『告、鼠小僧こと次郎吉……八月十五日、江戸市中引廻しの上、斬首する者也（なり）』

49　牢内で

次郎吉「申し上げます！　申し上げます！」
　牢役人が来る。
牢役人「何だ」
次郎吉「四日のお引廻しにつき、お願いがあります」
牢役人「言ってみろ」
次郎吉「化粧をさせて下さい」
牢役人「化粧!?」
次郎吉「鼠小僧次郎吉、せめて最後の花道をきれいな顔で飾りとうございます」
　小判をそっと出す。
牢役人「む。後刻、化粧道具を届けさせる」
　去っていく。
次郎吉「くそッ、あいつほんとに来てくれるんだろうなあ」

50　雨の露地で

　傘が二つ、露地を出ていく。
　時次郎と与吉とだ。
　雷鳴。

戸口で子供を抱え、嗚咽している女房。

与吉はにっこりと笑みを浮かべて去っていく。

51　壺屋で

外は沛然たる夕立ち、もう薄暗い。

蘭兵衛「（奥から出てくる）おい、六。六や。……仕様がねぇな、しぶき込んでくるじゃないか」

吊るしてある掛軸などを取り外しにかかる。

雨に降られて店先へ駆け込んでくる男、着物の裾をからげて頭までかぶっている。また一人。そしても一人。

三人とも、その恰好で外を見ている。

蘭兵衛「……（チラと見るが気にもしない）」

店先の男たち、裾を下ろした。ゆっくり店の中へ。手にドスが光っている。

蘭兵衛の背後に迫った。稲妻、光る。

蘭兵衛「！」

三人の殺し屋、蘭兵衛の体にドスを突込む。

蘭兵衛の叫びは雷鳴に消される。

男たち、沛然たる雨の中へ駆け出ていく。

土間に崩れ落ちる蘭兵衛。

52　夕立ち後の落日

真っ紅な夕日が落ちていく。

53　壺屋で

へろ松が皿に豆腐を大事そうに持って帰ってくる。ネギも持っている。
へろ松「あんな雨やと絹ごしに穴が開くもんな……ただいまァ」
暗いのでつまづく。
蘭兵衛が倒れている。
へろ松「旦、旦那さん！」
腰を抜かす。
蘭兵衛「（わずかに息）みんな……危ない」
へろ松「みんな、あぶない……」
蘭兵衛「早く（行けと目で）……」
息絶える。
へろ松「み、みんな、あぶない」
必死に這って表へ――。

54　牢屋敷・裏門口

汚穢船が入っていく。

桶の中に時次郎と与吉。

55　花乃屋で

夕食をしている仇吉と、とんぼ。
ガタン！　と音。
仇吉「!?　……」
とんぼ「六ちゃん！」
ガクガクのへろ松が、土間にやっとの思いで立っている。
へろ松「み、みんな、あぶない」
仇吉「みんな、危い？」
へろ松「みんな、あぶない」
仇吉「！（立ちあがる）藤兵ヱ！　藤さん！　とんぼ、表をしめといで！」
とんぼ、勢いに飲まれて、飛んでいく。

56　牢内で

時次郎が、与吉の顔に化粧を施している。
すでに与吉は次郎吉の獄衣と着替えている。
与吉と並んで次郎吉。
次郎吉「……少し濃いすぎるんじゃねェかなあ」
時次郎「濃くしなくちゃ、ばれる」
次郎吉「あっそうか……（与吉に）あんた、なんだか悪いねえ」
与吉「いえ、（と微笑）晴れがましい仕事をさせて頂きまして、ありがとうございます」
安らかに化粧をしてもらっている。

57　花乃屋で

仇吉の見事な三味線が聞こえている。

玄関先で外を見張っている藤兵ヱ。

パタッと三味線が止まる。

藤兵ヱ、急いで奥へ。

奥の間で、仇吉、三味線を膝に手を止めている。

そばに、とんぼ。

仇吉「藤兵ヱ、時次郎のほうへ行っとくれ」

藤兵ヱ「へえ……でも、ここが」

仇吉「来るかも知れないけど、相手が狙っているのは、鼠の次郎吉のあれだよ」
藤兵ヱ「でしょうが」
仇吉「早く！　元締が殺されたのも、あれのせいだよ。なんだか知らないが、そんなに大事なもの、取られちまっちゃ元締に申し訳ないだろ」
藤兵ヱ「へい、じゃ……」
　一礼して藤兵ヱ、裏口の方へ。
　台所のカマドの陰にへろ松が縮こまっている。
へろ松「お父っつあん……」
藤兵ヱ「六。何かがあったらな、これでおかみさんたちを守るんだぞ」
　匕首を渡す。
へろ松「！　……」
藤兵ヱ「お前は阿呆でも男だぞ、いいな」
　藤兵ヱ、裏口から出ていく。
へろ松「……阿呆でも、男か」
　三味線が再び――。
　居間で三味線を端然と弾いている仇吉。
とんぼ「……（外に耳をそば立てている）」

58　牢屋敷　裏口門

　汚穢船がいる。
　下役人が、肥桶の中に棒を入れて、突（つつ）いている。調べているのだ。
下役人「よし、行け」
　と、顔をしかめている。
　船の反対側の船べりに首だけ出して、へばりついている時次郎と次郎吉。

59　花乃屋で

　三味を弾く仇吉。
とんぼ「！」
　ガタガタと屋根瓦を踏む音。
　誰かが歩いているのだ。
仇吉「とんぼ、もっと　そばへ」
とんぼ「……」
　仇吉のそばに寄る。
仇吉「もっと」
　とんぼ、そうする。
仇吉「（弾く手はやすめず）……あの時はあんたは、まだ四つでね、小っちゃい手であたしの腕を痛いほど掴んでいたよ。……元締も一緒に乗っていた、時次郎さんも、藤兵ヱも、天平も、へろ松も、――……小っちゃな舟に、重なるようにしがみついて」

60　回想の小舟で（白黒か――）

　波をかぶる小舟の中に十五年前の仇吉、とんぼ、藤兵ヱ、時次郎、天平たちが乗っている。
仇吉の声「八丈島から、七日七晩、三回も四回も、もう死んだかという目にあって浜に打ち上げられたんだよ。九十九里の浜でね、見つかりゃア、また島へ送りかえされるか、死罪。みんな一塊（ひとかたまり）になって、歩いたんだ。元締も、時次郎さんも、藤兵ヱも……」

61　回想の浜辺

　浜辺に残る彼女たちの足跡。

62　花乃屋で

　台所にしゃがんでいるへろ松。
へろ松「！」
　床下からスッと出て来る男。
　居間のほうへ、
へろ松「ウァーッ！」
　匕首を両手に叫ぶ。
　男、居間へ駆け上がる。
　刀を振りかぶって仇吉へ。
　仇吉、必死に三味線で受けた。
　ピーン、ピーンと糸が切れて弾けた。
　仇吉の手のバチが一突。
　男は大きく目を開いて棒立ち、手で喉元を押さえている。

63　運河で

　小舟に、時次郎と次郎吉、
時次郎「さ、どっちへ行くんだ」
次郎吉「ヒャーッ、うまく出れた！」
時次郎「おい、どっちだ」
次郎吉「あんたと逢った家だ」
時次郎「あそこに隠してあるのか」
次郎吉「ああ」
時次郎「そりゃァ　駄目だ、天井裏まではがされているぜ」
次郎吉「厠の上もか?」
時次郎「厠の⁉」
次郎吉「(ニヤッと) 厠の天井ってのは、大ていの奴が見落とすんだよ」
時次郎「よし!」
棹をつく。

64 お近の家で

行燈に火がつく。
時次郎と次郎吉。
次郎吉「ひでェことをしやがる……お近、お近!」
時次郎「晒し首になる男を待ってるわけはねえだろ」
次郎吉「くそッ、餅肌のいい女だったのになあ。手習いでよ、あいつの素肌に字を書いてさ。字の覚えも早かったなあ」
時次郎「! おい」
次郎吉「なんだよ」
時次郎「あんたの手習いが どうして向こうにばれたんだよ」
次郎吉「まさか……あいつが」
時次郎「あの女には隠し場所喋ってねェな⁉」
次郎吉「ああ」
厠へと走る。
厠の戸を開けた。
次郎吉、開けたままで立っている。
時次郎「おい、どうした」
次郎吉が後ろに下がる。
お近が短刀で次郎吉を刺しているのだ。
次郎吉「くそッ! やっぱり手前エ……」
その短刀を逆に取って、お近を刺す。
お近「ウッ! ……」
次郎吉「な、何でオレを……」
お近「あ、あんた、を、おかみさんの処へ、返したくなかったんだ……」
次郎吉「! ……」
二人、倒れる。
時次郎「おい!」
次郎吉「ほら、あの上だ……よかったら天下を引っ繰り返してみなよ、……みんな喜ぶぜ」
と、チュッ、チュッ、チュッと鼠の声。
次郎吉「クロ公、クロ……」
息絶える次郎吉。
時次郎「……(天井を見上げる)」

65 天井裏

這っていく時次郎。

ロウソクを手に——。

時次郎「あれだ!……」

桐の箱が、太い棟の上に乗っている。

近寄ってひきよせる。

と、中から例のネズミが飛び出して逃げる。

時次郎「!」

箱を引き寄せると、上ブタはギザギザに噛り取られ、中の覚え書は、もうこなごなに噛みちぎられているのだ。

時次郎「くそッ!」

箱を投げる。

66 お近の家で

天井から鼠に噛り取られた紙片が花吹雪のように舞い落ちる。
鼠小僧の死に顔の上に——。
入ってきた藤兵ヱが立ち尽くしている。
藤兵ヱ「……」

67 花火小屋で

戸が開く。
ガンドウの灯が差し込む。男が二人そっと入る。
花火玉が並んでいる。
天平が眠っている。
そっと近づく足——、
天平、目覚めた。
天平「! 馬鹿、火、火を消せ!」
白刃がガンドウの後ろから突き出された。
天平、跳ねた。
ガンドウとともに男が転ぶ。
天平「あッ!」

68 花火小屋で

窓からダイビングして飛び出す天平、とたんに、花火が爆発する。

ド、ド、ド、ドーン！　と花火が上がる。

土に顔を伏せている天平、そっと空を見上げる。

天平「畜生ッ、見物客もいねェのによ！」

69　お松の家で

お松が旅姿で一人、待っている。

遠く花火が上がるのを見る。

お松「……」

70　〝曇り〟元締の家で――翌朝

豪荘な門構え。

仇吉を中心に、時次郎、藤兵ヱ、天平、とんぼが玄関へ向かって歩いていく。

ずっと離れてへろ松がついていく。

71　〝曇り〟の部屋

廊下を走る手下の足。

手下「元締！　やつらが来、来ました！」

72　〝曇り〟邸の玄関

仇吉以下、時次郎、藤兵ヱ、天平、とんぼが並んで立っている。

遠くにへろ松――。

〝曇り〟元締と、その手下たちが睨み合う形で――。

仇吉「ゆうべ、元締壺屋蘭兵衛、人手にかかって相果てましたが、闇の稼業の常法、葬式・法要の一切は、はぶかせて頂きます」

曇り「壺屋さんが!?　……そりゃァ惜しいお人を亡くしてしまった」

仇吉「代わりまして花乃屋仇吉、女ながら元締を継ぎましたので、ご承知下さい」

曇り「ほう、あんたが……」

仇吉「世帯は小そうございますが、今後とも指図、手出しは一切ご無用。一突きには二タ突き、二タ突きには三突きでお返し致します」

曇り「なに！」

色めく曇りたち。

仇吉「なお、鼠小僧の残しました覚え書、只今、私どもの手にあります」

曇り「！」

仇吉「こちら様でもお探しのものとか。私どもで読みとりましたら、事情によってはお貸しも致しましょうが、何分、みみず文字に金釘文字、読みとりにはかなり時間がかかりますのでご承知下さい。では」

曇りの手下たち、一斉に身がまえる。

時次郎、天平、藤兵ヱ、そして仇吉、それぞれの武器をチラッと見せて身構える。

曇り「……ご丁寧なご挨拶。いずれまた」

それを合図に、仇吉たち、ゆっくりと背を向け、一団となって帰っていく。

じっと見送っている曇りたち。

73　江戸の町で

馬上の鼠小僧が引かれていく。

厚化粧だ。つまり与吉である。

時次郎が見送っている。

時次郎「鼠小僧次郎吉、薄化粧とは真っ赤な偽り。のちに　千住回向院に鼠小僧の墓がつくられましたが、あの骨は、死のう組の与吉の骨。知っているのは、あたし達、からくり人だけですので、ご内密に」

微笑みを浮かべて揺られて行く偽鼠小僧。

脚本解題

『必殺からくり人』第1話「鼠小僧に死化粧をどうぞ」

山田誠二

プロデューサーが、もっとも胃を痛めた脚本家

「自分の書く締切は必ず守る」というのが、朝日放送の仲川利久プロデューサーの信条だった。懇意にして頂いていた氏からよく聞かされたのは、脚本家から「締切」に間に合わない「言い訳」を何度も聞かされ、ずいぶんと胃の痛い思いをした経験から自分は相手に「あの胃の痛み」を与えぬよう、との配慮であった。

そんな仲川が、もっとも胃を痛めた脚本家が早坂暁である。脚本の執筆に取りかかるため、早坂は当時の朝日放送に隣接していた「ホテルプラザ」の一室に籠った。「明日にはできるから」と言われ、仲川が翌日ホテルのラウンジに行くと、悠々とコーヒーを飲んでいる早坂がいた。「できましたか?」と問う仲川に「もう少しで」という早坂。それが数日にわたり繰り返され、いよいよ放送日も近づいてきた。

「絶対に明日には仕上げる」——そう言った早坂は翌朝、仲川に「完成はしたのだけど」と前置きし、こう釈明した。「完成した原稿用紙を開けたままの窓際に置いておいたら、寝ている間に風で全部飛ばされてしまった」と。仲川は腹を立てなかった。「一流の作家が、相手が信じるはずのない見え透いた嘘をつく。これは作家が、それほどまでに苦しんでいる」、そう仲川は解釈し、文字どおりの二人三脚が始まった。

と言っても、仲川が口を出したりするのではない。「銭湯に行きたい」と言えば連れていき、「麻雀がしたい」と言えばメンバーを集め、ひたすら早坂のインスピレーションが閃きやすい環境作りに徹した。なぜ、これほどまでにして待つのか。「よい脚本というものは、現場の負担を軽くする。だからここでわたしが苦労を負担する」。そう仲川は考え、ひたすらに待った。

しかし、いよいよタイミリミットがきた。早坂はいつもの調子で、朝日放送の資料室で調べ物がしたい、と言い出した。資料室に入り、本棚から仲川は適当に本を取り出し、付き合っていると、不意に「これだ!」と早坂が大声を上げた。早坂の手にした本の一文に「処刑の折、鼠小僧は死化粧をしていた」とあった。

早坂のなかでは、シナリオの大枠は出来上がっていた。しかし、なにかが足りない。その足りない〝なにか〟を探しあぐねて苦しんでいた。それが「鼠小僧の死化粧」であり、かの名作が誕生した。残念ながら早坂がインスピレーションを受けた本のタイトルは不明である。

ともあれ脚本は完成した。必殺シリーズの脚本は現場での改変が多いが、本話は説明的なシーンの欠番がほとんどである。セリフも演じる俳優のアレンジはあるものの、大きな改変はない。特記すべき改変としては次の三つである。

まず、曇りが吃音であるという設定はシナリオ上に書かれていない。それに付随する改変として、駕籠から出てきた曇りが、鼠小僧に指示していた黒幕であることが明かされる#38が欠番。#41の時次郎と次郎吉のやり取りに「どもるのかい？　そいつは」というセリフが足され、#41に続いて時次郎から事の次第を聞いた蘭兵衛が「相手がどもる」ということから、曇りと察するシーンが加えられている。最後の大きな改変は、天平の小屋を曇りの手下たちが襲撃し、小屋が爆発する場面。シナリオ上は#67だが、編集によって#64の前、次郎吉が刺されて天井から紙片が舞い散る一連の前に変更された。そのほか、細かな改訂部分は、ぜひ脚本と本編を見比べてほしい。

『俺は大物』の脚本家失踪事件

さて、遅れる言い訳をする脚本家はまだ安心で、いちばん怖いのは、書かずに失踪してしまうことだと仲川利久は言う。必殺シリーズではないが、仲川が柴田錬三郎が週刊誌に連載中の『俺は大物』をドラマ化したときのこと。テレビが原作に追いつき、テレビ用にオリジナルの話を作らねばならなくなった。散々悩んだあげく、オリジナルの話が作れない脚本家が失踪してしまった。

脚本がなくては撮影はできない。仲川は柴田に「この先の展開だけでも教えてほしい」と頼んだが、連載中でまだ先々の細かい部分までは考えていないとのこと。かと言って柴田は、テレビで脚本家に、いい加減な話を作られても困るからと、自分で脚本を書くと言い出した。仲川にとってはありがたい話で、柴田は2本分の脚本を執筆した。

しかし、脚本の執筆中に週刊誌の締切が過ぎてしまった。さてどう言い訳しようと悩む柴田。締切を守らせる立場の仲川が一転、一緒に作家の言い訳を考えることになった。仲川は言った。

「週刊誌の原稿の入った封筒を、わたしが脚本と間違えて、大阪に持って帰ったことにしましょう」。つまり、柴田先生は週刊誌の締切に間に合わせて、ちゃんと書いたが、仲川の間違いで原稿が大阪に持っていかれてしまったということにすれば「柴田先生は締切を守った。悪いのはわたし、仲川です」と。自分が悪者になれば済む、という配慮である。その提案を聞いた柴田は、すべてを了解し、豪快に笑ったという。

『必殺からくり人』第2話
「津軽じょんがらに涙をどうぞ」
脚本：早坂暁
監督：蔵原惟繕

放映日：1976年8月6日

【キャスト】

夢屋時次郎	緒形拳
仕掛の天平	森田健作
花乃屋とんぼ	ジュディ・オング
八尺の藤兵ヱ	芦屋雁之助
八寸のへろ松	間寛平
おゆう	中川三穂子
新門辰五郎	花柳喜章
おえい	中島葵
長右ヱ門	中井啓輔
大山	西田良
玉屋	伊東亮英
鍵屋	市川男女之助
弥蔵の配下	千葉敏郎
	伴勇太郎
	大橋壮多
	黛康太郎
沢村	宍戸大全
甘酒屋娘	中塚和代
織元の女将	大滝英洧子
おゆうの子供時代	桑垣浩子
弥蔵	岡田英次
花乃屋仇吉	山田五十鈴

【スタッフ】

制作	山内久司
	仲川利久
	桜井洋三
音楽	平尾昌晃
編曲	竜崎孝路
撮影	石原興
製作主任	渡辺寿男
美術	川村鬼世志
照明	中島利男
録音	二見貞行
調音	本田文人
編集	園井弘一
助監督	松永彦一
装飾	玉井憲一
記録	竹田ひろ子
進行	佐々木一彦
特技	宍戸大全
装置	新映美術工芸
床山・結髪	八木かつら
衣裳	松竹衣裳
小道具	高津商会
現像	東洋現像所
製作補	佐生哲雄

殺陣	楠本栄一
	美山晋八
題字	糸見溪南
アナウンサー	松倉一義
津軽三味線指導	三橋美智一

主題歌「負け犬の唄」（作詞：荒木一郎／作曲：平尾昌晃／編曲：竜崎孝路／唄：川谷拓三／キャニオンレコード）

衣裳提供	浅草 寶扇堂久阿彌
製作協力	京都映画株式会社
制作	朝日放送
	松竹株式会社

必殺からくり人

1　名古屋の劇場で

劇場正面は観客で賑っている。

〝津軽じょんがら流れぶし〟の公演。

主演山田五十鈴の絵看板。

じょんがらの三味の音がいずこともなく聞こえている。

カメラはどんどん劇場の中へ。

舞台は装置の準備で忙しい。

さらにカメラは奥へ。

2　楽屋で

山田五十鈴さんの楽屋。

化粧中の山田さん。

ナレーターアナに語っている。

山田「津軽三味線は弾くというより、あれは打つのね――」

と言った具合の話。

ナレーター「この舞台では山田さんは、越後ごぜの血をひく役柄ですけど、ごぜというのはなんですか」

山田「三味線を弾いて、歌を唄って、村から村を流れて歩く女旅芸人だけど、目が見えないのね。昔は、はしかで目が見えなくなる子供が多かったでしょ。……ごぜさんも江戸の頃は沢山いたらしいけど今はもう越後に、一人か二人しか残ってないのね……十年もしたら、すっかりいなくなってしまうでしょうね」

語っている山田さん、化粧が終わり、フィクションの中にまさにダイビングしようとしている。

3　深川の運河で

激しい津軽じょんがら節の三味の音が響いてくる。

夜の運河に灯が映えて、花乃屋仇吉、屋形船の中でじょんがらを弾いている。

船のトモには例の如く藤兵ヱがうずくまっている。

料亭の二階には地方出らしい侍たちが、じっと目を閉じて聞き入っている。

――津軽江戸屋敷の連中だ。

津軽じょんがらは最後のクライマックスを迎えている。

と――！

仇吉の三味線に見事に呼応して連れ弾きの三味の音。

仇吉「！」

藤兵ヱ、闇を透かして見つめると、遠く木橋の上に若い旅の女が三味線を弾いている。

仇吉の三味に一歩も引かないのだ。

藤兵ヱ「？　……」

じょんがらは終わった。

二階の料亭から、熱烈な拍手。

仇吉「藤兵ヱ、今のは？」

藤兵ヱ「へえ、橋の上です。……あれッ？」

見ると、もうその女の姿はない。

仇吉「どんなヒト？」

藤兵ヱ「若い女で、旅の芸人に見えましたが」

例の祝儀受けの網で祝儀を受ける。

藤兵ヱ「まいど、どうも」

仇吉「……まるでさ、匕首（あいくち）を突きつけるみたいに合わせてくるんだもの、ああ驚いた……」

4　料亭の玄関先

さっきの津軽藩士たちが出てくる。
藩士大山「まったぐ、いがった、いがった」
藩士沢村「久ス振りじゃから、懐かスいというより、なんかこう、気が入ってのう」
大山「おお、ちかれたびい」

5　暗い運河で

時次郎「〽眠れぬ夜は、長くて辛い……」
運河を回ろうとして、ふと船を止めた。
闇を透かす。
時次郎「！」

6　運河沿いの道で

木陰に、さっきの若い女――おゆう。

十八才――殺気を漲らせて潜んでいる。

手に匕首――！

足音が近づく。

おゆう、匕首を構えて突っ込む。

「何をする！」

さっきの津軽藩士たちだ。

かわされたおゆう、また突きかかる。

腕をねじ上げる大山。

大山「わしらは津軽藩の者じゃ。ちゃんと顔を見てみい」
おゆう「……」
大山「！　なんじゃ、目が見えんのか」
　手がゆるんだ隙に、おゆう、運河に身を踊らせた。

　運河の陰に船を寄せていた時次郎、ぐいと棹を出す。

7　料亭で

　広い座敷に花火職人たちが十数人ずらりと並んでいる。
　上席には大手の玉屋、鍵屋――、連中を前に、新門辰五郎、四十才。
辰五郎「また例によりまして、菩薩花火の日が近づいてまいりました。どうか今年も皆さんの見事な腕で見事な花火を咲かせて頂きますよう、お願い致します。お手元にありますのは、いつもの通り、花火の打ち上げ料、どうかお収め願います」
　それぞれの膳の脇に十両ほどの小判包み。
玉屋「いつもながらのお心くばり、誠にありがとうございます。早速収めさせて頂きます前にちょっと……。毎年、菊模様の花火を打ち上げておりました菊屋の紋八、この二月、病いをこじらせまして亡くなりました」
辰五郎「そうだそうですな、惜しい職人さんを……」
玉屋「今年は、その紋八の代わりに、百万坪の天平を加えさせて頂きました。あちらで」
　一番末席に天平がいる。
天平「……（黙礼をする）」
玉屋「年は若うございますが、百万坪の埋立地に花火小屋を建て、赤色の花火を得意としております」
辰五郎「赤色の……」
玉屋「それが仲々見事な赤色でして、仲間うちでは血染めの天平とも申しております」
辰五郎「ほう、血染めの……。今年は楽しみですな。よろしく頼みますよ」
玉屋「では」
　一同、金を懐に入れる。
天平「……この花火料、どなたから出ているんで」
辰五郎「（ニコニコと）菩薩さまですな。ですから菩薩花火と言われている訳です」
天平「どこの菩薩さんです」
辰五郎「いや、そう真面目に聞かれると（と笑う）」
天平「出場所の判らねえ金で花火は上げたくねえ」
辰五郎「毎年、このテのお話が出るんでわたしも困っているんだが、どうです、さるお方が、ま、供養の為にお金をお出しなすってるということで、納得してもらいてェんだがねえ」
天平「供養？　何のです」
辰五郎「さあ、そいつはわたしも判らねえ。ただね、この新門の辰五郎、そうでなくとも寝苦しい夏の夜に、名前隠してパーッと綺麗な花火を打ち上げてみようという、そのお方の心意気に感じて、世話役を引受けた訳でしてね、その名も菩薩花火、ま、観音菩薩様からの頼みだと思って、真っ赤な花火を上げてくれねえかなあ」
天平「……菩薩様か」

8　花乃屋で

　おゆうが死んだように横たわっている。
　とんぼの掌が鼻のところに――。
とんぼ「息はしてる……」
　着がえしながら時次郎、仇吉や藤兵ヱと入ってくる。
時次郎「引き上げようとするのに、死なせてくれって暴れるだろ、お蔭でこっちもザブンだ」
藤兵ヱ「……姐さん、このヒトですよ、じょんがらを合わせてきたのは」
仇吉「この娘!?　……（おゆうの手に触れ）そうね、並みのバチダコじゃないもの、このコの三味線は？」
とんぼ「これ」
仇吉「……瞽女（ごぜ）だね」
とんぼ「ごぜ!?」
仇吉「越後だね」
　三味をちょっと鳴らしてみる。
藤兵ヱ「しかし越後のごぜがどうして江戸

に⁉」
おゆう、目が開いた。
とんぼ「あ、気がついた！」
弾かれたように起きるおゆう。
仇吉「心配しなくていいのよ」
おゆう「三味……オラの三味線」
手を泳がす。
仇吉「さ、ほら」
おゆう、ヒシと三味線を抱きしめる。
とんぼ「目が……」
仇吉「ごぜさんはみな目が見えないんだよ」
時次郎「おい、あんた越後のごぜかい」
おゆう部屋の隅へ後退り。
仇吉「だめだよ、今は何を聞いても。さ、ご飯をつくってあげるから、それを食べてぐっすりお休み。とんぼ、あんたの部屋へ連れて行っておやり」
とんぼ「ええ。さ、行きましょ」
手を差しのべるが、おゆうは身を硬くするばかり。
仇吉「さ、ぐっすり休んで、あした、あたしと、津軽じょんがら、アタマっから連れ弾きしてみようよ。さっきは、とても、よかったよ」
おゆう「！　……」
心が解けたか、とんぼの手に手をさしのべる。

9 露地で

大店の裏露地。
男が裏口の戸の前に。
新門の辰五郎だ。
辰五郎「（中へ）新門の辰五郎です」
戸があく。辰五郎は中へ消えた。
スッと姿を見せたのは天平、つけて来たのだ。
天平「……」
ふと見ると、少し離れた運河沿いに〝夜泣きそば〟の屋台が一つ。
〝冷やしそーめん〟とある。
天平「……おい、そーめんをくれ。……おい」
ジョボジョボと音。
向こうで立小便をしているのだ。
ソバ屋「へい、おまちどうさん」
見ると、へろ松だ。
天平「なんだ、へろ松」
へろ松「あれ？　天平さんか、食べに来てくれたの⁉」
天平「ま、いいから一つくってくれよ」
へろ松「ウヒヒ！　はじめての客だ」
天平「おいおい、手を洗わないのか」
へろ松「あ、よいところに気がつきました」
手を洗う。
天平「しかし、随分淋しい処に店を張ってるなあ」
へろ松「ああ、でもここは大蔵屋の裏口だろ」
天平「大蔵屋⁉　あの金貸しのか」
へろ松「ああ、こっそり将軍さんが借りにくるっていうぐらいだから、江戸一番の金持ちだもんね。へへ、そばぐらい、じゃんじゃん……」
天平「食ってくれたか」
へろ松「……ぜんぜん」
天平「当たり前だ。大蔵屋と言えば金も一番だろうが、ケチでも一番、顔だって誰にも見せないっていうじゃないか。お、おいッ、そーめんを手を洗った水で冷やすのか」
へろ松「あ、またよい所に気がつきました」
別の水につける。
天平「……そうか、大蔵屋が菩薩さまか」

10 花乃屋で

とんぼの部屋。
膳が来ている。二つ——。
とんぼ「これが冷奴、こっちがいんげん豆に茄子、これがかれいの煮たの」
と皿におゆうの手を触れさせている。
とんぼ「さ、食べましょ、あたしも一緒だから。……どうしたの？」
おゆう「ここは、江戸でしょうか」
とんぼ「え？　そうよ」
おゆう「ほんとのごと教えてくんなェい。江戸でしょうか」
とんぼ「嘘なんか言わないわ。ほんとに江戸よ」
おゆう「！　……」
不意にボロボロと涙をこぼす。

11 花乃屋で

とんぼ、真っ赤に泣き腫らした目で居間に来る。

仇吉「どうしたのよ」
とんぼ「チリ紙」
時次郎「厠かい」
とんぼ「ちがうわよ」
　藤兵ヱ、渡す。
　チンと鼻をかむ。
とんぼ「あのヒトねえ、越後から江戸へ来るのに七年もかかったんだって」
時次郎「え⁉　越後から江戸まで七年⁉」
とんぼ「親切な人がいて江戸まで連れて行ってやるって、それが江戸じゃなくって菊山の女郎屋だったんだって」
藤兵ヱ「ひでエ奴がいるもんだ」
とんぼ「そんなのが一度だけじゃないのよ、今度こそ江戸かと思うと甲府だったり、追分だったり……そのたんびに金とられたり、売り飛ばされたりなの」
　引き返す。
時次郎「ほら」
　と、チリ紙の束を渡す。
とんぼ「ありがと」
　受け取って自分の部屋へ。
藤兵ヱ「……なんでしょうかねえ、それまでして江戸へやって来たのは」
仇吉「恨みだね」
時次郎「そうだ、それも余程のね」

12　とんぼの部屋

　見えぬ目に、暗い色を浮かべて坐っているおゆう。
おゆう「……おっ母さん」

13　花乃屋で

　翌日、蝉しぐれの昼間。
　仇吉とおゆう、見事な津軽じょんがらの連れ弾き。
　とんぼが息を呑む思いで聞いている。
　そのじょんがらに乗って……。

14　越後の瞽女(ごぜ)たち

　盲目のごぜたちが雪の中をゆく。
　一列に前のごぜの肩に手を置いて、重い荷物を担いで、心細く歩いていく。
　――実に哀しい。
　また、雪の中に、身を寄せ合って消え去りそうな暖をとっているごぜ衆。
　――実に切ない。
　また軒深い北国の家先で門付けをしているごぜたち。その細い腕、血の気のない顔色。
　――実にさみしい。
　出来れば斉藤しん一さんの絵を使って下さい。

15　花乃屋で

　最後の一打ち、絶句するが如く、津軽じょんがらは終わった。
　しばらくは声もない。
おゆう「……ありがとうございました。おかげで死んだおっ母さんに会えたげな気がしましたけえ」
仇吉「あんたのおっ母さんも、やっぱりごぜ？」
おゆう「へえ、越後高田のごぜし（衆）です。オラから言うとおかしげですが、色のそりゃァ白い、綺麗な人でした」
仇吉「それであんたも綺麗なんだね」
おゆう「そんげことで、オラのようなお父っあんの名も判らんけな子を産まされたんでしょう」
仇吉「……あんた、生まれた時から目が見えなかったの？」
おゆう「いいえ、よう見えました」
仇吉「⁉」
おゆう「でも、おっ母さんは、目がよう見えんふりをせえ言うて……そのほうが沢山恵んでもらえるすけ」
仇吉「（優しく）そうね、あたしだってそうするね」
おゆう「（かすかに微笑む）……でも仲々むつかしゅうて」
　とんぼ、目を閉じてみるのだ。
とんぼ「……」

16　回想・門付けする親子ごぜ

　おゆうの母親が三味を弾き、唄っている。
　〝門付け松坂〟だ。
　〽思い直して来る気はないか
　　鳥も枯木に二度とまる
　〽切れてしまえばバラバラ扇子

　風の便りもないわいな

幼いおゆう、差し出された米を袋に受けている。一生懸命、目の見えぬ手付きで——。

17　回想・川を渡る親子ごぜ

幼いおゆう、母ごぜの手をひいて河原を渡っている。ここでは見えないフリはしていない。

おゆうの声「子連れごぜだというんで、どこへ行っても　もらいは沢山あったスケ、雪や、雨の日でなけりゃァ、切ね思いは少なかったです」

足元の清流を魚影がよぎる。

幼いおゆう、母の手を離して追っかける。

母ごぜ「おゆう……おゆう」

川の中で立往生している。

18　花乃屋で

とんぼ「……でもおゆうさんは今、ほんとに目が見えないんでしょ。……いつからそうなったの？」

おゆう「……」

仇吉「話したくなかったら　いいんだよ」

おゆう「……おっ母さんが殺された時です」

仇吉「おっ母さんが殺された⁉　誰に⁉」

おゆう「……それが　よう　判らんすけ、口惜しぐて（唇をかむ）」

仇吉「……」

おゆう「……丁度夏のさかりのごろ、柏崎の荒浜というあたりを旅しとった時です。おっ母さんが夏だすけ、海辺で野宿しよ、その分宿賃も助かると言わしやって、船小屋で寝たです」

19　回想　日本海の浜辺で

船小屋で、無心に寝ている幼いおゆう。

おゆう、ふと目覚める。

おゆうの声「目が覚めたら　おっ母さんがおらんで、外を覗いてみたら、浜に知らんげな男の人と一緒におらした……」

浜辺で、おゆうの母、おえい、三十ぐらいの男と、激しくもつれあっている。男は百姓だろう。貧しい身なりだ。が、顔には精気がある。

おゆうの声「……そんげなことは時折あったんで、あんましたまげはせんですけんど、なんかおっ母さんが、辛い目におうとらすげな気がして、じっと見とったです」

じっと、覗いている不安げなおゆう——。

浜辺のおえいと男、身を起こす。

男「……おら、ゼニ持っとらんぞ」

おえい「……そんげこと、ええがのえ」

見つくろいしているおえい。

男、不意に石をひろって、海の方に投げる。一つ、二つ、三つ。

男「くそッ！　くそッ！　くそッ！　……」

おえい「……うちはそんげに　つまらねえスか」

男「そんげことじゃねえ。……もうこんげなとこで、こんげな暮らしは、ヘドさ出る。旦那衆に泥ン草鞋のようにこき使われて、三十さなっても嫁ももらえねえ、……やっと旅のゴゼしに情かけてもろうち、（砂をこぶしで打つ）くそッ！　くそッ！」

おえい「……」

男「おい、三国峠さ、どっちだ」

おえい「三国峠⁉」

男「ああ、峠越して江戸へ出てやる。江戸へ出て　どんげなことしてでも金さ、握ってやる。わしらでもな、ゼニさ握れば、人間になれっと」

おえい「……江戸は遠いすけ、一文なしじゃいけねエす……」

男「言ってでもいぐ！」

おえい「……ちいとだけんど、持って行きなっしぇ」

男「⁉」

おえい「……うちを、目あきのように優しゅう抱いてくらしやったけえ」

おえい、手探りで船小屋へ。

おゆう、急いで眠ったふり。

おえい、荷物の底から金を取り出す。チャリンとお金の音。意外と数枚の小判。急いで拾い上げている。

男「！」

男の目が光る。

小判を荷の底へ押しこんでいるおえい。

いきなり背後から棒が打ち下ろされた！

おえい、悲鳴を上げながら、おゆうを抱

きかかえる。

すでに血が頭から――。

おえい「この子だけは助けて……この子は目が見えないんで、あんたの顔を見とらんすけ」

おえいの手は　おゆうのまぶたを押さえているのだ。

男、棒を奮って、おえいを打つ。

おえいは倒れる。

おゆう「おっ母さん！」

すがりつく。

大きな息をして男、おゆうを見ている。

男「おい」

おゆう、恐怖の目をあげて男をみる。

男、棒をゆっくり振りかぶる。

おゆうは目で追う。

男「お前は目が見えるんだな」

おゆう「！」

急いで首を振って、目を閉じる。

男「……そうか、おっ母さんの言うとった通りにしてやるすけ」

男、幼いおゆうの目に、指を強く当てる。

押す！

夜の海に、幼い叫び声が高く、長く。

20 花乃屋で

おゆう「……（見えぬ目に涙がいっぱい）」
仇吉「……その男の名は判らない？」
おゆう「あとで　おっ母さんの仲間衆から聞かされたです。……荒浜村の弥ぞう」
とんぼ「誰もその男を追っかけてくれなかったの⁉」
おゆう「流れごぜが殺されても、昆ン布が浜に打ちあげられたぐれえにしか思うてくれんですけ」
仇吉「じゃ、その弥ぞうのことはそれっきり？」
おゆう「なんでも、長岡の町で、おっ母さんから奪うたゼニで、とびきりの着物から煙草入れまでそろえ、ええとこの若旦那しの旅拾好で三国峠のほうへ向うたそうです。……あとはもう、何年もたってから、上州の前橋で弥ぞうに似た人が利根屋という織物屋の大番頭をしとる話を聞いて、十六の年に行ってみました」
仇吉「どうだった？」
おゆう「利根屋は火事で焼けてのうなってしもうとりました」
仇吉「火事で……」
おゆう「あとはもう……（と首を振る）、そんでも、おっ母さんを殺し、あたしの目をつぶした男が憎うて、苦労して、苦労して江戸へたどりついてみたですが、荒い海ン中へ投げこまれたみてエで、あっちさ突きとばされ、こっちさどなられ、何ンも判らねえ。……もうおっ母さんのとこへ行ぐしかねえと思うとりましたら、津軽じょんがらが聞こえてきました」
仇吉「（うなずいている）」
おゆう「弥ぞうは　おっ母さんに津軽じょんがらを弾かせて聞いたそうですけえ、じょんがらを聞いているお人を、もう弥ぞうと決めて……（唇をかむ）」
仇吉「そうだったの……」
あとは激しい蝉しぐれ。
仇吉、怖いような目で坐っている。
仇吉「弥ぞうの顔は覚えているかい？」
おゆう「忘れられねえ……」
仇吉、つと立って奥へ。
台所のヒヤッとした板の間で一人、藤兵ヱが茶漬けを食べようとしている。
仇吉「藤兵ヱ」
藤兵ヱ「全部聞きました」
仇吉「出かけてくれるかい」
藤兵ヱ「へえ。そうだと思いまして」
藤兵ヱ、茶漬けを掻き込む。

21 夏の町で

藤兵ヱ、暑い日射しの中、旅姿で急いでいる。

22 大蔵屋前

厳重な格子がむしろ厳しいような店構え。

店内から、逞しい男が出てくる。

道の様子を確かめ、中へ合図。

すると、四角い箱を背負った男が出てくる。

その男の前後左右に四人の男（いずれも逞しい）がピタリとついて歩き出す。

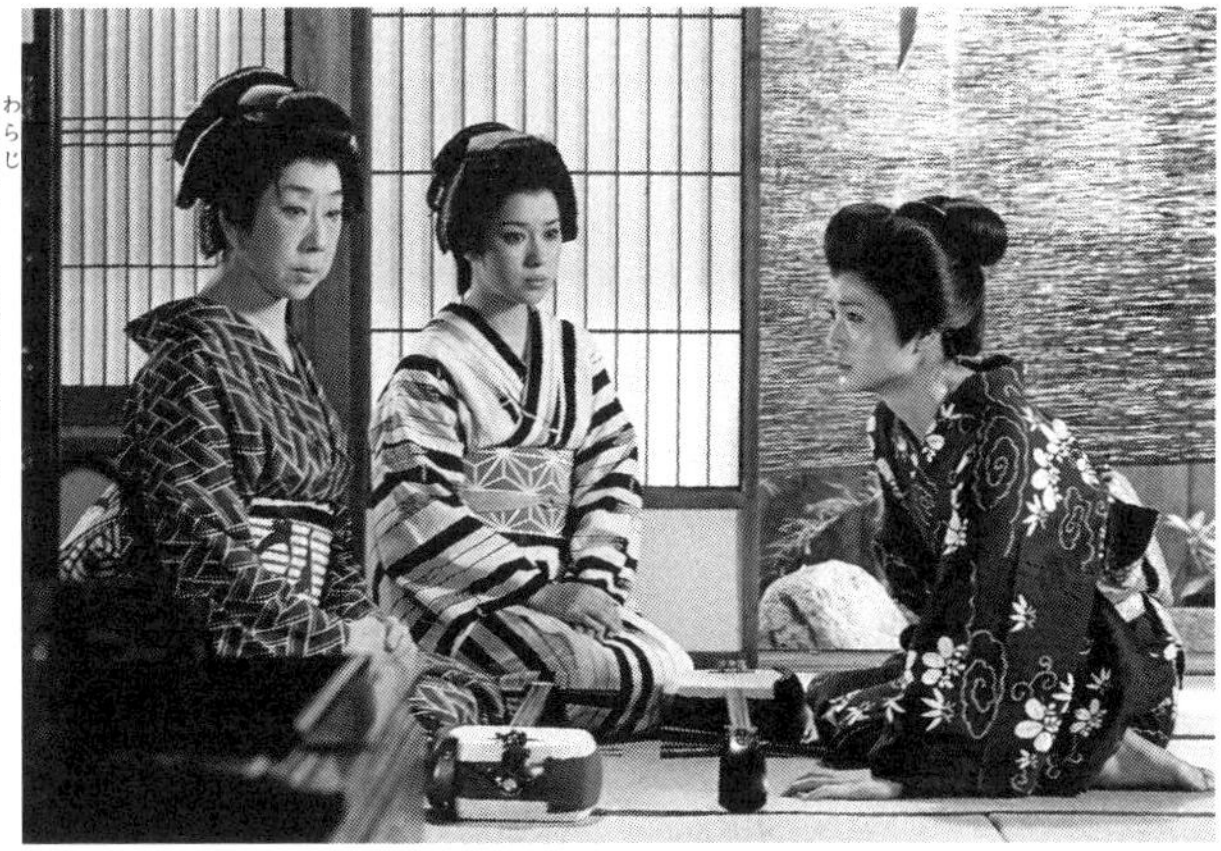

草鞋（わらじ）に、黒股引姿だ。

N「大蔵屋の〝千両運び〟といえば、当時江戸では名物の一つ。大蔵屋の貸しつけ額は千両、二千両という大口で、その運搬には今でいうガードマンが四人つき、一度も事故がない。天保二年の九月、木場の河岸沿いで六人組の浪人に襲われた事件は有名です」

23　木場の河岸で（回想　千両運び襲撃事件）

夕暮れ、〝千両運び〟の五人が来る。

材木がバラバラッと崩れる。

浪人組、六人が抜刀して切りかかる。

千両運びの連中、〝千両〟を真ン中に防衛陣、それぞれ、刀を抜く者、棒を構える者、空手の構えの者――。

斬りかかる浪人たちを凄まじい技で倒していくのだ。

つまり、剱術、棒術、柔術の名手を揃えているわけ。

一度、浪人の振り下ろした刀が〝箱〟に当たるが鉄でフチどりしているからカチーン！　と撥ね返される。

襲撃の六人は倒れた。

一同、武器を納め、また元のように隊伍（たいご）を組んで去っていくのだ。

24　大蔵屋の前・小店で

千両運びが出ていくのを、道をへだてたスダレの中から見ているのは時次郎と天平。

飴湯を飲んでいる時次郎。フーフーと、吹いている。熱い飴湯だ。

時次郎「あれッ！　……」

大蔵屋の前で運び屋を見送っている番頭。――実直そうな50才。中へ入っていく。

天平「なんだい？」

時次郎「いや……（と、また、飴湯を吹いている）」

天平「……どう思うね、時次郎さん」

時次郎「うん……」

天平「誰に聞いてみても大蔵屋の素姓が判らねエんだ」

時次郎「（ニコリと）オレたちと一緒だな」

天平「真面目に聞いてくれよ」

時次郎「聞いてるよ。七年前に江戸に現れた時は、どえらい金を持っていたというんだろ。九州で炭を掘り当てたともいうし、大火事の材木であてたともいうし、オーイ、ショーガ！」

ちょいと可愛いい娘がショーガを皿に持ってくる。

時次郎「あんたの可愛いい指で入れてよ」

娘、プイとしながらも、そうする。全部入れちまうのだが、時次郎はニコニコ、娘の顔ばかり見ている。

時次郎「ありがと」

天平「オレ行くよ」

時次郎「待てよ、お前は短気でいけねエよ。（飴湯を箸で混ぜながら）……それで大蔵屋のシッポ掴んだとして、どうするんだよ」

天平「カネ」

時次郎「お前らしくねえな」

天平「五十両、出してもらうんだ」

時次郎「また、花火か」

天平「赤花火も、ほんとの、ほんとの赤は南ばん火薬がいるんだよ。ポルトガルのとオランダのと混ぜるんだ。（と熱っぽい）」

時次郎「パッと消えちまうんだからそんなに

凝らなくったって……」

天平「パッと消えるから大事なんだよッ！」

ほんとに怒って出ていってしまう。

時次郎「おい、いい話があるんだって！　待てよ！」

急いで飴湯を飲む。

時次郎「イーッ！」

ショーガがいっぱい入っているのだ。

25　時次郎の家

運河沿いの、道からは露地奥の長屋の一軒。

時次郎「ちょっとこれ、見てくれよ」

と枕をもち出す。陶器枕だ。

いろいろな枕が積んである。

天平が来ているが、まだ少しムクレている。

時次郎「これな、波枕っていうんだ、波枕」

天平「……」

時次郎「これにはちょいと苦労したなあ。寝てると、波がザブーン、ザブーンと打ちよせて、なんか海辺で寝ているような気分にしてくれって注文だろ」

天平「そんなの出来る訳ねエや」

時次郎「ま、ちょっと耳をつけてよ」

天平、気乗りはしないが、そうする。

天平「！」

確かに、ザーッ……ザーッ……と、遠く波が打ち寄せてる音。

時次郎「なッ！」

天平「どうなってんだ、これ」

時次郎「エヘヘ。これだ」

平板に大豆が乗せてある、それをゆっくり左右に傾ける。つまり、波の擬音効果のあれだ。

時次郎「これの小さいのを、中へ仕掛けて、弥次郎兵ヱで揺らしているんだ。大豆じゃムリだからゴマを強火で煎ってさ」

天平「（感心はするが）……これがどうしたんだよ」

時次郎「この枕を注文しに来たのが誰だと思う。……さっき大蔵屋の前に立っていた番頭だ」

天平「え!?」

時次郎「名前も言わねえで、金はいくらでも出す。出来れば　波の音は越後の波の音にしてくれないか」

天平「越後の!?」

時次郎「どうだ　誰も見たことのねェという大蔵屋の顔を拝んでみねえか」

26　大蔵屋邸内で

夜だ。広い邸内の庭に面した廊下を番頭長右ヱ門の案内で時次郎と、天平がゆく。

天平も今度はさっぱりとした恰好である。時次郎と二人で二尺ほどの箱に棒を差し、それを前後で持って、そろそろと貴重品ふうに運んでいる。

廊下に面した障子が細く開いており、そこから鋭い目が光っている。

別なところで一つ――。

時次郎「……」

ピシャーッ！

池の鯉が跳ねたのだ。

長右ヱ門「鯉です」

部屋に通された。

長右ヱ門「旦那さん」

誰もいない。隣の部屋に向かって言っているのだ。

長右ヱ門「ご註文の波枕が届きましたが、枕職人は、波の具合を聞いていただいて、この場で案配をしたいと言っておりますので……。何しろ微妙な細工で運ぶだけで波の仕掛けが狂うのだそうです」

大蔵屋の声「……判った」

長右ヱ門「じゃ、出してくれ」

時次郎、天平、箱から陶枕を、いかにも壊れものの如く取り出す。

時次郎「お隣りで？」

長右ヱ門「わたしが持っていく」

陶枕を受けとる。

と、襖が開く。むこうに女中でも控えているのだろう。

隣室は、暗く、真っ青な蚊帳が吊ってある。その中に大蔵屋が坐っている。輪郭だけで、顔などは見えないのだ。

時次郎「枕は必ず平らにしてお使い下さい」

枕は蚊帳の裾から中へ。

時次郎「房州や相模の波は、遠浅で間合いが長うございますが、越後はそうでもありません。間合いを縮めてありますが、いかがでしょう」
　蚊帳の中の大蔵屋、横たわって枕に耳をつけている。
天平「……」
　どうしても顔が見えない。
　行灯に目が行く。
時次郎「いかがで？」
大蔵屋「……ああ。……越後の波だ」
　天平、すーッと行灯を引き寄せた。
　行灯の光が蚊帳の中の大蔵屋の顔を捉えた。
　！　――大蔵屋の顔は半分が黒く焼けただれていた！
　パチンと襖が閉まった。
長右ヱ門「何をする！」
天平「すみません、枕のすわり具合を見たくて」
長右ヱ門「……」
　鋭い目で天平と時次郎を見すえている。

27　裏露地

　大蔵屋の裏門から出てくる時次郎と天平。急ぎ足で去る。
　例によって、へろ松の屋台。
　その前を時次郎と天平が通りすぎていく。
へろ松「あ、天平……」
　見向きもせず通りすぎるのだ。
へろ松「冷たいんだなあ……」
　と、今度は二人の屈強な男が、前を通りすぎる。ぞっとするような目で――。
へろ松「あの、ひやしそーめん……この堤灯見えないのかなあ」

28　夜の通

時次郎「天平」
天平「ああ……」
時次郎「走るぞ」
　パーッと走りだす。
　つけている男たちも走りだす。
　必死に走る。背後の男たちは容易ならぬ男たちなのだ。

29　墓地で

　墓地を走り抜ける。
　と、前に、飛びおりた男。
時次郎「！」
　背後からもかけてくる男。
　二人は挟まれた。
時次郎「……天平、気を抜くな」
天平「ああ」
　二人の男、襲ってくる。
　一人は空手、一人は短刀だ。
　時次郎と天平、必死に戦う。
　まことに容易ならざる相手なのだ。
　追いつめられた天平、相手は空手を振りかざして打ち下ろす。
　天平、必死に避けた。相手は墓石を打つ。
　墓石は砕けるが打った手も砕けた。
男「ウッ！」
　そこを天平、反撃。とどめを刺す。
　時次郎も、やっとの思いで短刀の男を倒す。
　二人とも荒い息。
時次郎「……天平、大蔵屋には手を出さねェほうがいい」
天平「ああ……凄いのを揃えていやがる」

30　夕暮れの墓地

　風鈴売りがいろんな風鈴を涼しげに鳴らしながら、歩いている。

「フーリン……フーリン……」

31　運河で

　花乃屋の裏口、天平が舟を寄せる。

32　花乃屋で

　台所口から入ってくる天平。
天平「よ……」
　台所で炊事をしているとんぼ。
　板の間ではおゆうが、スリコギでゴマをつぶしている。
とんぼ「遅いわね、みんなもう集まっているわよ」
天平「オレ、今、花火で忙しいんだ」
とんぼ「臭い」
天平「何が」
とんぼ「これ脱ぎなさいよ、洗っとくから」
天平「いいよォ」

とんぼ「いいったって、いつから着てるのよ」
天平「夏になって、ずうーと」
とんぼ「いやッ、すぐ脱いで……」
天平「下、何(なん)にもつけてないの」
　上にあがろうとして。立てかけてある杖を倒す、おゆうの杖だ。
とんぼ「だめよ、それ、おゆうさんの大事な杖だから」
天平「あ、そうかいすまんな」
　ふと、見る。杖に文字。
　妙音菩薩と描いてある。
天平「妙音菩薩……なんだ、これ」
おゆう「妙音菩薩さんは、ゴゼのお守りですけえ」
天平「ふーん、菩薩さんか」

33　花乃屋で

　座敷で
　すでに仇吉、時次郎、藤兵ヱが集まっている。
　天平がそっと入ってくる。
天平「遅れました」
仇吉「(うなずいてみせ、藤兵ヱに)続けておくれ」
藤兵ヱ「弥ぞうが前橋の織元にどうやって取入ったかといいますと、店の前で倒れてみせたらしいのです。身なりはいいとこの若旦那ふうだったそうです」

34　回想・前橋織元の店先

　腹を押さえて店先にうずくまっている弥ぞう。

　中から小僧が覗く。

　そして30才すぎの内儀が覗く。

藤兵ヱの声「××屋は数年前主人が死んで若後屋の内儀さんが店をとりしきっています。弥ぞうはあらかじめ調べて的をしぼったのでしょう」

　内儀の指図で小僧が弥ぞうを店の中へ。

　内儀は、むっちりと、生々しい色気を秘めている。

藤兵ヱの声「弥ぞうがそこのおかみさんと出来上がるのに二タ晩とかからなかったようです」

35　花乃屋で

時次郎「なるほどな。(天平の着物をつまんで)お前も少しはいい身なりをしろ」
天平「ほっといてくれ」
藤兵ヱ「しかし、弥ぞうはそうやって、織元に居ついたんですがなかなか店の主人に納まるわけにはいかなかったようです。先代からの番頭が、弥ぞうの魂胆を見抜いていたんでしょう。懸命におかみさんを諌める、おかみさんは弥ぞうに惚れ切っていて手を切る気にならない。そんな具合が何年も続いたそうです」
仇吉「……そこで火事かい」
藤兵ヱ「へえ、その通りです」

36　回想火事

　燃え上がる織元の家。
藤兵ヱの声「火の回りはあっと言う間で、××屋の人間は誰一人、逃げだすヒマがなかったそうです。番頭、小僧、女中まで含めて十三人、黒焦げの死体が出てきたそうです」

37　花乃屋で

時次郎「数が揃っていたっていうが黒こげだろ」
藤兵ヱ「黒こげです」
時次郎「弥ぞうは誰かを自分の身代わりにしているんだ」
藤兵ヱ「人数は揃っていたんだそうですが、おそらく千両は越えたろうという金が、すっかり消えていたそうです」
時次郎「弥ぞうだ。火をつけておいて、どっかに隠していた死体を担ぎこみ、金を担いで逃げたに違いない」

38　回想　火事場で

　火の中を死体を担いで運ぶ弥ぞう。

39　花乃屋で

天平「！　藤兵ヱさん、火の回りはアッと言う間と言ったねえ」
藤兵ヱ「ああ」
天平「その中で、それだけの仕事をすりやァ火傷をするだろう」
時次郎「！」
藤兵ヱ「そうです。あたしもそれを考えてね、前橋から江戸に向かう街道筋を当たってみたんだ」
仇吉「見つかったかい⁉」
藤兵ヱ「へえ、仲仙道の深谷の宿です」
時次郎「江戸へもう一歩だ」
藤兵ヱ「年恰好は弥ぞう、顔にひどい火傷のある男が、旭屋という女郎屋を買いとっております」
時次郎「チキショウ、今度は女郎屋か」
藤兵ヱ「若い女を揃えて、それは繁昌しておったそうです」
仇吉「今はないのかい？」
藤兵ヱ「へえ、七年前の三月、焼けました」
仇吉「焼けた⁉」
時次郎「また火をつけたんだ」
藤兵ヱ「多分そうでしょう。でもひどい焼き方をしてます（ふっと息をつく）」
時次郎「女郎ごと焼いたのか」
藤兵ヱ「（それには答えず）三月の中仙道といいますと、越後から江戸へ出稼ぎや奉公に来ていた連中が何年もかせぎためた金を懐に故郷（くに）へ帰っていきます。三国峠の雪が溶ける月ですから」

40　回想・深谷の女郎屋

実直そうな男たちが女郎に連れられて二階へ。

帳場でずっしりと重い胴巻を預けている。番頭から預かり証をもらっている。

藤兵ヱの声「越後衆は何年も遊び一つせず稼いだ思い出に江戸で女郎を買ったりはしません。江戸の女郎は恐いと知っておりますから、田舎の深谷の女郎屋で泊まるそうです」

帳場の番頭（実は長右ヱ門）一つ一つの胴巻に名札をつけ、厳重な箱へ納めている。いっぱいになっている。大変な金額だ。

41　女郎屋の火事

燃え上がる火。

逃げまどう女郎や客。

ばたばたと倒れていく。

42　花乃屋で

それぞれ怒りを胸に黙っている。
仇吉「越後の男が越後衆を殺して……」
天平がつと立って出ていった。
仇吉「……それが七年前だね」
藤兵ヱ「へえ。しかし、申し訳ありません、それからの足どりは掴めねえんで」
時次郎「まっすぐ江戸に出てるね」
藤兵ヱ「え⁉」
天平「ああ、間違いないよ。弥ぞうは大蔵屋だ」
いつの間にか帰ってきている。
藤兵ヱ「あの金貸しの⁉」
天平「時次郎さん、これ見てくれ」
例の杖を見せる。
天平「何で菩薩花火というのか、やっと判った」
仇吉「菩薩花火って、あしたの？」
時次郎「元締、あしたやりましょう、弥ぞうを。あいつ、必ず花火を見に出て来ますぜ、自分の金で上げる花火ですからね」

43　花火が上がる

一つ、合図のように高くのぼってパーッと夜空に散った。

44　大蔵屋・裏口

例のへろ松、屋台を張っている。
空を見上げて――、
へろ松「あー、上がった、上がった……消えたァ……！」
裏口が開いて、男が出てくる。
ボディガード達だ。
すると、異様な風体の人物が出てくる。
スゲ笠に、布を膝まで垂らした男。上半身はクロコのように見えない。
ボディガードに守られるように歩いていく。スゲ笠の布がゆっくり揺れて異様だ。
花火の音に、ちょっと見上げる様子。
へろ松、間合いをみて、反対側へ一目散に駆け出す。

45　運河で

暗い船寄せ。

笠の男が、屋形船へのりこむ。

ボディガードも。

笠の男だけが座敷の中へ。障子は閉まる。

船が離れる。

46　打ち上げ場

土手に筒を置いて花火師たちが、並んでいる。

辰五郎と、番頭長右ヱ門。

辰五郎「おかげで今年も江戸の町民が喜びます」

長右ヱ門「いや、あなたのお骨折りで……」

長右ヱ門、ハッとする。

忙しく準備している花火師の中に天平をみる。

長右ヱ門「!?　……辰五郎さん、あの花火師は？」

辰五郎「ああ、天平といって、今年の新顔です」

長右ヱ門「……」

天平、大筒を構えている。

周りでは、筒に玉を入れている。

ドーン！　と、花火が上がる。

47　運河で（隠し堀）

廃船が一つ。
その中に、時次郎と藤兵ヱがひそんでいる。
時次郎「こっそり見物するなら、必ずこの隠し堀だ……」
藤兵ヱ「……来たぜ」

水音。

屋形船が入ってくる。

大蔵屋のだ。

向こうは土手になっている。

その岸辺に、止める。

暗い。

ドーン、ドーン！　と土手の向こうに花火が咲く。周りに人はいず、絶好の見物場所。

少し、障子が開いて、中から布をかぶったままの大蔵屋の姿。

かすかに動いて花火を見上げているのが判る。

船の前後に、二人ずつ、ガードマンが、身をかがめて、控えている。

いずれも、土手の方を見ている。

水面を静かにゆく頭二つ。

時次郎と藤兵ヱだ。

花火が上がる。

二人は音もなく潜る。

ガードマンの一人、ふと振り返る、がまた空の花火を――。

ド・ド・ドーン！

その時、ガードマンの首に腕が。

手は口を押さえて、そのまま、後ろへズボッ！

花火の音に紛れて聞こえない。

また一人。

48　水中で

死闘が繰り広げられている。

パッと血が花火のように広がる。

49　隠し堀で

花火――。

大蔵屋弥蔵が見上げている。勿論顔は見えない。

ド・ド・ドーン！

残りの二人のガードマンが後ろの水中へひきずりこまれる。

50　水中の死闘

また、男たちの血が水中に咲く。

51　打ちあげ場

大筒に花火玉を入れる天平。

ドーン！　と上がる。

じっと見つめているのは長右ヱ門、懐に手を入れる。

52　隠し場で

大蔵屋、何に驚いたか、船べりを手で掴む。

土手をゴゼが来るのだ。

越後を歩いているそのままの姿で三人、前のゴゼの肩に手を置いて、荷を担いで土手を歩いてくる。

それがシルエットとなって――。

弥ぞう「ゴゼ……」

呻くような声。

三人のゴゼは、大蔵屋の前に立ち止まる。

仇吉と、おゆうと、そしてとんぼも加わっている。仇吉もとんぼも目の見えるふりだ。

とんぼ「津軽じょんがら、やらせておくんなさい」

仇吉とおゆう、津軽じょんがらを弾きはじめた。

弥ぞう「！」

障子を閉めようとする。

と、両側から、障子が外されて落ちた。

時次郎と藤兵ヱだ。

じょんがらは激しく高まる。

弥ぞう「止(や)めろ！」

止まる。

仇吉「弥ぞうさんですね」

弥ぞう「違う」

仇吉「わたしは、越後の高田ごぜ、おえい。あなたに三国越えの路銀をあげたゴゼしです」

弥ぞう「なに！」

ひどい動揺が、体の動きで判る。

おゆう「あたしは、その子のおゆう、弥ぞうさんの顔を見たのが、この世の見納めでしたすけ、今でもよう覚えとります」

弥ぞう「ウァーッ！」

わめいて逃げようとする。

時次郎と藤兵ヱが両脇から捕まえる。

笠を取った。

やけどが、前半分。しかし弥ぞうだ。

藤兵ヱ「（耳元で）弥ぞうさん、このやけどは、前橋と深谷の火事でついたものですね」

弥ぞう「金はやる！　どうだ千両、いや二千両、五千両だっていいぞ！」

仇吉「さ、これをお持ち」

仇吉、短刀をおゆうに握らせる。

弥ぞう「や、やめろ……」

時次郎「今夜からぐっすり眠れるぜ」

仇吉、おゆうの握る短刀に手を添えて、真っすぐ、弥ぞうに向かって進む。

弥ぞうの両腕は時次郎と藤兵ヱが捕まえていて動けない。

その胸元へ、おゆうの見えない目が怨みをこめて、一突きする！

53
打ち上げ場で
大筒の横の天平。
後ろから、音もなく短刀が――、長右ヱ門だ。
危うく身をかわす天平。
長右ヱ門、そのままのめって大筒の中へ
――この場面スローモーションでどうぞ。
とたんにドカーン！

54
隠し堀で
胸を突かれている弥ぞう。
ドカーンと花火が上がる。
真っ赤な花火だ。
その色を受けて、赤色の弥ぞうの顔。
弥ぞう「……（訛りつよく）えちごから、出てこなければいがった……」
真っ赤な血の色の花火――。
N「江戸の菩薩花火は、天保四年夏で終わっております。」
津軽じょんがらの三味の音が一回り高く、激しく――。

【#9と#10の間に「差し込み」の追加シーンあり】

○大蔵屋の座敷
一人、辰五郎が坐っている。
膳がある。
辰五郎「今年も無事、花火師が集まりました」
男の声「ご苦労さんでした」
辰五郎「！」
ピシャーッ！と鋭い水音。
男の声「池の鯉です。お相手できませんが、どうぞごゆっくりと」
襖の向こうの声だ。

脚本解題

『必殺からくり人』第2話「津軽じょんがらに涙をどうぞ」

會川 昇

ギャラクシー賞受賞の快挙

優秀な放送番組や個人・団体を顕彰する「ギャラクシー賞」は放送批評懇談会によって創設、１９６３年から現在に至るまでテレビ・ラジオの賞として確固たる地位を築いている。本来なら〝金をもらって人を殺す〟俗悪時代劇の、それもシリーズ中の1エピソードが「本賞」部門を受賞することなど考えられない。ところが76年度の第14回ギャラクシー賞選奨は、この「津軽じょんがらに涙をどうぞ」に与えられた。これは緒形拳が「『必殺仕掛人』の演技」を理由に受賞した第10回以来の快挙であり、早坂暁という作家が必殺シリーズにもたらした成果と言える。ところがこの回は依頼料もとらず、からくり人が直接手を下すこともない異色作である――。

台本の表紙には、サブタイトルの指定あり。完成版との大きな変更はないが、方言のセリフは監修を受けて適切なものに変更されている。現代から始まる定番のアバンタイトル、脚本では「名古屋の劇場」だが、本編は日比谷の帝国劇場で公演中だった『津軽三味線ながれぶし』の楽屋となった。

これは76年5月に初演された藤本義一作の舞台であり、その後は大藪郁子が脚本に加わって各地を巡業……山田五十鈴が「じょんがら三味線」に取り組むきっかけとなった。＃14末で指定されている「斉藤しん一」は、盲目の旅芸人〝瞽女（ごぜ）〟の世界を描き続けた洋画家・斎藤真一のこと。すでにＡＴＧの映画『津軽じょんがら節』や『ながれぶし』のパンフレットなどに、その絵が使用されていた。

＃9と＃10の間には「差し込み」と呼ばれる別紙が存在。大蔵屋をめぐる短いシークエンスだが、早坂の加筆か、監督の蔵原惟繕によるものか判断できないため、本文とは別に掲載した。＃29のアクションは、場所を変えて簡潔になっている。＃34、＃36の織元「××屋」は映像化に際して「利根屋」となっており、シナリオ上でも＃20にその名が登場している。

クライマックスの菩薩花火は放映当時、「花火三十発を使った」と宣伝されており、花火をバックに進行する殺しはシナリオどおり。標的の大蔵屋弥蔵――過去の罪業を封じて生きる権力者は死の間際まで素顔を見せない展開であったが、本編では花火とともに念仏を唱える姿が映し出される。

その弥蔵を演じたのは岡田英次。『また逢う日まで』のガラス越しのキスシーンやアラン・レネの『二十四時間の情事』で知られるが、テレビ時代劇の知的な悪役も多く、『必殺必中仕事屋稼業』ではシリーズ初となる前後編のメインゲストを任された。本話では回想シーンの瞽女殺しすら岡田英次とわからぬほどのメイクを施し、ようやく見せた顔も火傷で半面覆われており、あえて〝見せない〟ことへの徹底ぶりから作品への熱を感じさせる。涙ながらの頼み人、おゆう役の中川三穂子は前述の『津軽じょんがら節』で盲目の少女に扮しており、その母おえいを演じた中島葵は文学座出身、日活ロマンポルノでも女の情念を見せた。

山田五十鈴に津軽じょんがらをどうぞ

〝瞽女〟は早坂暁にとっても重要なモチーフで『必殺からくり人　富嶽百景殺し旅』にふたたび登場、後年には三味線奏者・月岡祐紀子による『平成娘巡礼記　四国八十八ヵ所歩きへんろ』（文春新書）の刊行に協力している。しかし本話は、まず山田五十鈴ありきだろう。幼いころから芸事に勤しんだ山田は、10歳にして清元の名取となるという伝説を持ち、戦前より映画女優として活躍しながら三味線の腕を披露してきた（映画『鶴八鶴次郎』、舞台『たぬき』ほか）。

かくして本話は津軽じょんがらを取り込み、山田が師事した三橋美智也の門弟・三橋美智一が三味線指導を担当。緒形拳と並ぶ〝主演者〟としての山田五十鈴を決定づけるのが、この回の狙いだろう。その後も山田は必殺シリーズにおいて「三味線のバチを使う殺し屋」を繰り返し演じることになり、早坂もまた『びいどろで候　長崎屋夢日記』でその後の姿を描いた。

1話で扱われた「鼠小僧の薄化粧」は史実だが、本話の「千両運び」「菩薩花火」などは巧みに創られた〝虚〟――しかし早坂は「田中角栄」という〝実〟を忍ばせた。プロデューサーの山内久司は『放送朝日』の連載エッセイに「必殺シリーズが登場したのは、田中内閣発足とほとんど同時であった」と記し（75年6月号）、清濁併せ呑む田中の実行力に期待した国民のムードが『木枯し紋次郎』や『必殺仕掛人』のヒットの後押しをしたのではないか、と分析している。

だが、76年当時はロッキード疑獄の真っ最中。『天下御免』以来一貫して田中の金権政治を批判してきた早坂暁は、時代劇でしか描けないかたちで、その終焉を語る――。そう、本話は前半のおゆう、中盤の藤兵ヱと、その長い〝語り〟が大半を占めている。三味線の調べに乗せて、かつての庶民は歌や語りで自分たちの物語を遺そうとした。そうした歴史を母娘の被虐に織り込んだ意欲作であり、だからこそシリーズのルーティンから外れた脚本であってもなお語り継がれ、高く評価される結果を残したのだ。

『必殺からくり人』第3話
「賭けるなら女房をどうぞ」
脚本：早坂暁
監督：工藤栄一
放映日：1976年8月13日

【キャスト】

夢屋時次郎	緒形拳
仕掛の天平	森田健作
花乃屋とんぼ	ジュディ・オング
八尺の藤兵ヱ	芦屋雁之助
八寸のへろ松	間寛平
麻吉	草野大悟
伝次	古川ロック
キヨ	石川えり子
喜代造	堀勝之祐
篠崎頼母	谷口完
会田	唐沢民賢
おふさ	宮田圭子
キヨの母親	島村昌子
農夫の父	寺下貞信
農夫の息子	吉田良全
村の男	松尾勝人
長屋の男	千代田進一
長屋のおかみ	太田優子
用心棒	堀北幸夫
備前屋	青木義朗
元締曇り	須賀不二男
花乃屋仇吉	山田五十鈴

【スタッフ】

制作	山内久司
	仲川利久
	桜井洋三
音楽	平尾昌晃
編曲	竜崎孝路
撮影	石原興
製作主任	渡辺寿男
美術	川村鬼世志
照明	中島利男
録音	二見貞行
調音	本田文人
編集	園井弘一
助監督	松永彦一
装飾	玉井憲一
記録	竹田ひろ子
進行	佐々木一彦
特技	宍戸大全
装置	新映美術工芸
床山・結髪	八木かつら
衣裳	松竹衣裳
小道具	高津商会
現像	東洋現像所
製作補	佐生哲雄

殺陣	楠本栄一
	美山晋八
題字	糸見溪南
ナレーター	松倉一義

主題歌「負け犬の唄」（作詞：荒木一郎／作曲：平尾昌晃／編曲：竜崎孝路／唄：川谷拓三／キャニオンレコード）

衣裳提供	浅草 寶扇堂久阿彌
製作協力	京都映画株式会社
制作	朝日放送
	松竹株式会社

1　競馬場で

馬たちが疾走する。

昂奮、熱狂の観客たち。

その中に時次郎がいる。

時次郎「……」

　醒めた目で馬を追っている。

　馬たちはゴールに達する。

　外れた馬券が空に舞う。

　時次郎、手にした馬券を苦笑して破り棄てる。


　——そして　ガランとした競馬場。

　空しく空に舞う外れ馬券。

　あちらに一人、こちらに一人、当たり馬券を探しているのだろう、浅ましく血走った目の男たちがいる。

　その一人にカメラが寄る。年は三十五ぐらい。中小企業の勤め人のようだが、荒(すさ)みきった風体である。
時次郎「……昔からバクチにとりつかれて真っ逆さまに落ちていった男は、何千、何万とおりますね。わたしは深川七間堀に住んでますが、露地の入口に、伝次という男がいます。毎日天秤棒かついで、真面目に魚を売っていたんですが、ヒョッとしたことから、サイコロバクチ、よくありますね。負ければ負ける程、熱くなるタイプで、とうとう女房までバクチに張っちゃった。……結果ですか？　そんなバクチで勝ったためしはありませんね」

2　時次郎の長屋で

長屋の住人たちが必死で長屋の一軒の中に水をぶちまけている。
時次郎も駆け込む。
中で伝次　——はずれた馬券を広っていた男と同一人物だ——　が、わめいて暴れている。
放火をしかかっていたのだ。障子が半分焦げている。水だらけの部屋。
伝次「死ぬんだァ！　死なせてくれえ！」
　時次郎、ドンと腹を一突き、崩れるところを支えて、揺さぶる。
時次郎「しっかりしろ！」
伝次「……オレ、死にてえんだよォ」
　と、ヘナヘナ泣きだす。
長屋の男「火つけられて死なれちゃ、こっちが大迷惑だ」
長屋のオカミ「ああ、遠くへ行って死んどくれよ、遠くへ」
　すんでのことに火事なので、気のいい連中も怒っている。
伝次「おふさがさあ女郎に売られちまったんだよォ……」
オカミ「売り飛ばしたのは、あんたじゃないか。死にたいのはおふささんのほうだよ……」
伝次「おふさァ……おふさァ……」
　と、身悶えて泣いている。
時次郎「……」
長屋の男「この調子じゃ、また火をつけそうだ」
　燃えそうなところに水をまいている。
オカミ「包丁なんか　隠しといたほうがいいよ」
時次郎「……」
　泣いている伝次の肩を叩く。
伝次「⁉」
時次郎「行こ」

3　運河で

時次郎、伝次を乗せて舟を押している。
ポンと　小判を二つ三つ、伝次の前へ。
時次郎「これで今晩、女房を買うんだな」
伝次「！」
時次郎「せめて最初の晩ぐらい亭主が寝てやれ」
伝次「へえ……」
時次郎「そしてな、身請けの金を聞いてくるんだ」
伝次「金、貸してくれるんで！」
時次郎「甘ったれるんじゃないよ。自分で稼いで、一日も早く女房を受け出すんだな」
伝次「へえ……すみません」
　舟をつける。
時次郎「ここだろ」

遊郭の裏口だ。

4　遊郭で

格子の中の女郎たち。
浅ましく客を引っ張っている女郎から離れ、もう泣かんばかりの様子で、うなだれている女郎はおふさ。
伝次の声「おふさ……おふさ」
おふさ「！　……あんた！　……」
格子越しに手を握り合う二人。
伝次「すまねえ……すまねえ……」

5　花乃屋の台所

暑い昼下がり。
時次郎、藤兵ヱ、とんぼの三人、トコロテンを食べている。聞こえてくる三味の音は仇吉のよう——。
とんぼ「ふーん、時次郎さんて、割といいとこがあるのね」
時次郎「いや、ところが、そのあとがあるんだ」

6　遊郭裏口で

裏口から放り出される伝次。
伝次「返してくれ。あいつは、オレの女房なんだ！」
遊郭の用心棒「まだ判ンねえのか。引かせたかったら、十両持ってこい、十両」
伝次「くそッ！」
と、掴みかかるが、用心棒らに、それはもう散々にぶちのめされる。
そして戸は締まった。
のびている伝次。
と——その伝次を抱き起こす手がある。
三十すぎ、ちょっと目の鋭い、遊び人ふうの男、麻吉。
麻吉「よかったら相談に乗るぜ」
合図すると駕籠が来る。

7　花乃屋で

時次郎「誰だと思う、そいつ。……曇り組の麻吉だ」
藤兵ヱ「曇りの⁉　ふーん……」
時次郎「もっとおかしいのは、麻吉の家へつれこまれた伝次だ。まず、頭をグリグリにされた」
とんぼ「グリグリ⁉」

8　麻吉の家で

グリグリ頭の伝次がいる。
塀の隙間から覗いている時次郎。
伝次、立ち上がって何か唱えている。
その前で麻吉が試験官みたいな目で眺めている。
塀の隙間に耳をつける。
念仏が聞こえてくる。

9　花乃屋で

時次郎「念仏なんだ」
とんぼ「それ　どういうこと？」
時次郎「判らねえ。おかわり」
とんぼ「よく食べるわねえ」
藤兵ヱ「……時さん、曇りといえばねえ、この間、面白い顔ぶれが揃っていたんだよ。ねえ、とんぼちゃん」

10　運河で

屋形船がゆく——夜。
藤兵ヱ「！　……元締」
障子が開く。仇吉だ。とんぼもいる。
藤兵ヱ「曇りの奴です……」
運河沿いの料亭の一室が見える。
三人の客がいる。
仇吉「もっと寄せとくれ」
藤兵ヱ「へえ」
船をそっと寄せる。
座敷には　曇り、と、大店の主人らしい男、そして　大身（たいしん）らしい武家。
藤兵ヱ「ありゃァ　日本橋の米問屋、備前屋です」
仇吉「も一人は」
藤兵ヱ「さあ……」
仇吉「何、話しているのかねえ。とんぼ、読めるかい？」
とんぼ「……やってみる」
武家は備前屋と曇りにしきりと説得されている様子。
とんぼが読唇術でアテレコする。

とんぼ「（備前屋）どうでしょう、ご決心なすっては」
とんぼ「（武家）うん……（考え込んでいる）」
とんぼ「（備前屋）わたしもいいやり方とは思っていませんが、これより他に一万五千両という金をお返し願える方法はないと思うのです」
とんぼ「（武家）いや、借りた金は必ず……」
とんぼ「（備前屋）もうそのお言葉は何度も……段どりはこの男が抜かりなくやります」
　曇り、自信に満ちてうなずく。
　武家、苦渋に満ちて何かつぶやく。
とんぼ「……判ンない」
　読み取れないのだ。
とんぼ「（武家）……そうだな。万一の時は腹を切ればすむか」
　武家、うなずいてみせた。
　ニッコリとする備前屋と曇り、芸者を呼ぶのか、手を打つ。

11　花乃屋で

時次郎「一万五千両⁉　読み違いじゃないのか」
とんぼ「いいえ、ちゃんと唇がそう動きました。でも一ケ所だけ判ンないんだなあ……」
　武家のつぶやきを真似てみるのだ。
藤兵ヱ「時さん、調べてみるとさ、お武家は下野五万石の大名、戸田藩の江戸家老だ」

12　江戸家老邸

　立派な武家の門。
藤兵ヱの声「どこの大名も台所が苦しくて、大きな商ン人から金を借りてヤリクリしているんだが、戸田五万石でも一万五千両、確かに備前屋から借りて　四苦八苦……」

13　花乃屋で

時次郎「……一体なんだろ、その一万五千両もの借金を棒引きにするからくりは」
藤兵ヱ「それだよ……」
時次郎「！　ひょっとすると伝次のことも」
藤兵ヱ「じゃねえかなあ」
とんぼ「ああ判ンない」
　読唇の一ケ所が判らなくて、じれているのだ。
　仇吉が来る。
仇吉「あー。やっと見えてきた！」
藤兵ヱ「何がです？」
仇吉「ちょっと、みんな集まっとくれ」

14　備前屋の米蔵で

　米俵が舟から続々と運び込まれている。

15　近くの運河で

　小舟の中、寝そべった態で、見張っているのは天平。
天平「……毎日毎日、凄ェ米だな。あッ、いけねえ」
　垂らしている釣糸の浮きが、猛烈にビクビクッ！

16　花乃屋で

　座敷に仇吉、時次郎、藤兵ヱ。
仇吉「天平の話じゃ、あの日から、備前屋は米の買い占めにかかっているんだね。どう思う？」
時次郎「そりゃア　米の値が上がると踏んでいるんだろうな」
仇吉「というより、上げるのじゃないかい？」
時次郎「上げる⁉」
仇吉「そ」
時次郎「！　そうか、あいつら、米の値を釣り上げるカラクリを仕組んでいるんだ」
藤兵ヱ「なるほど、それだ！」
仇吉「じゃ、どうしたら、米の値が上がるか。いろいろ考えてみたんだけどね……」
藤兵ヱ「日照り、長雨……」
仇吉「お天気だけは手が出ない。一つだけ判ってるのは戸田藩の江戸家老が腹を切るつもりで一枚噛んでることだよ」
　とんぼが麦茶を持って入ってくる。
　まだ、さっきの唇の動きを反復して考えている。
仇吉「とんぼ、それ、イッキじゃないのかい？」

とんぼ「イッキ⁉　あ、ほんとだ、合うわ。
〝イッキか〟……」

17　家老のつぶやきをもう一度

例の座敷で——。
家老「……一揆か」

18　花乃屋で

藤兵ヱ「一揆というと、あの百姓一揆の⁉」
仇吉「考えてごらん、百姓一揆が起きると米の値はぴんと上がる」
時次郎「そうか！　伝次はそれだ」

19　麻吉の家

坊主姿の伝次、旅姿で出てくる。
麻吉、喜代造といった曇り一家の二人が旅姿で同行している。
へろ松「金魚ォ……金魚」
へろ松、金魚売りになって見張っているのだ。
へろ松「！　出た……」
急いで引き返すが、担いでいる金魚が、ドボンチャボンして、タイヘン。

20　花乃屋・裏口

小舟に飛び乗る旅姿の時次郎と天平。
見送って出ているへろ松ととんぼ。
舟はツーと水路に出る。
時次郎「舟は吾妻橋に捨てておくからな」
へろ松「うん……」
手を振るとんぼ。
へろ松「……オレも旅をしたいなあ」
とんぼ「一緒に行けばよかったのに」
へろ松「へへへ、それが駄目なんだな」
とんぼ「どうして⁉」
へろ松「お父っあんは気の持ちようだと怒るんだけど」
とんぼ「？」
へろ松「とんぼさん、どうしたら　寝小便、直る⁉」
と真剣なまなざし。

21　運河で

時次郎と天平の舟、ぐんぐん水路を上っていく。

22　百姓一揆について

一揆、打ちこわしの絵図。
N「江戸時代の一揆、打ちこわしの数は千六百数十件。しかもその大半は江戸末期に集中しております。一揆、打ちこわしはてきめんに米相場に響くもので、このお話の前年、天保四年には　播州一揆の為に、一石銀八十匁の相場が、あッという間に銀三百匁、つまり、四・五倍に跳ね上がっています」

23　街道の茶屋で

『日光街道・下野・間々田』
時次郎と天平が隠れるようにソバを食っている。
むこうに、坊主姿の伝次と、やくざ姿の麻吉たちが、これもソバを食っている。
天平「……坊主とやくざか。あの連中　どうやって百姓一揆を起こすのかなあ」
時次郎「ああ。オレも大抵のからくりは見抜けるけど、これだけは　判らねえ」
麻吉たち、出かける。
時次郎「あいつら茶も飲まねえで……。おい、勘定」
婆さん「へえ」
天平は　さっさと立ち上がっている。
時次郎「おい、割りカンだろ」
天平「あ、細かいのがないんだ」
時次郎「いいから、大きいのを出せ」
天平「婆さん、お釣りあるかい、大きいので」
婆さん「いえ、ちょっと……」
天平「なッ」
さっさと外に出る。
時次郎「まったく近頃の若い奴は……」
天平「あ、時さん、あいつら、別れたぜ」

24　道で

坊主の伝次、麻吉らと別れて田ンボの道へ入っていく。

25　農家で

昼下がりの、人気のない農家。
門口に立つ託鉢(たくはつ)僧。伝次だ。
念仏を唱え始める。
いきなり棒切れが飛んでくる。
伝次「……」
炉バタに50ぐらいの農婦、タネ。
タネ「こら、偽坊主！」
伝次「！　……」
タネ「この村に、米が一粒だって残っておると思うのか！　みんな干しカンピョウを噛(か)んで生きているんだ。こんな村に、託鉢にくる坊主は偽に決まっとるだ！」
どうやら、タネは目がよく見えない様子。
タネ「さあ、帰れ！」
「おっ母さん！」
奥から、娘が走り出てタネの手の棒切れを取り上げる。
娘のキヨ、18才。
キヨ「すみません、おっ母さんは、目がよう見えんで」
伝次「いいえ、（と微笑んでみせる）わたしは飢饉で亡くなられた人びとのボダイを弔うために旅している者です。この村のお墓はどちらでしょう」
キヨ「はい、この道を行きますと、右手に丘があります。そこです」
伝次「どうか　お大事に」
合掌して立ち去るのだ。
キヨ「おっ母さん、ほんとのお坊さまじゃないか」

26　村の道で

何やら、人だかりがして揉めている。
見ると、旅の渡世人——麻吉と喜代造だ——が地蔵を縄にしてゴロゴロ引っ張っている。
村の男「旅の人、やめて下せえ！」
麻吉「うるせえ！　オレ達はこの地蔵に怨みがあるんだ」
村の男「怨みって、どんな⁉」
麻吉「こいつは嘘をついた」
村の男「地蔵様が嘘を⁉」
麻吉「ああ。夕べな、小山の宿で賭場があったんだ。賭場がよ。オレ達、きのうここを通りかかって、こいつに丁の目か半の目か、その日のツキ目を聞いてみたんだ。半の目だとこいつが言いやがる。ところがどうだ、夕べは丁の目がツキの目よ。この野郎」
と地蔵を蹴っ飛ばす。
村の男「やめて下せえ。この地蔵様は村の地蔵様ですけえい」
麻吉「こんな嘘つき地蔵を拝んでいるからお前たちロクなことがねえんだ。見てろ、あそこの河原で、こいつを叩き割って、漬けもの石にしてやるから」
また引っ張って歩きだす。
村の連中、遠巻きに、「やめてくれ」と騒ぐ。
と——麻吉たちの前に、僧が立っている。
もちろん伝次だ。
麻吉「なんだ、お前」
伝次「……」
麻吉「どけよ！」

27　離れた木陰で

時次郎と天平。
時次郎「なるほどこういう仕掛けか」
天平「どう治めるつもりかなあ」

28　村の道で

麻吉「どけったら！」
伝次「地蔵様が怒っていらっしゃるぞ」
喜代造「バカヤロ、こいつは怒る値打ちもねえんだ」
伝次「いや、確かに怒っていらっしゃる」
喜代造「へえ‐、面白え。どうやって怒るか、見てェもんだ」
地蔵を蹴っ飛ばす。
伝次「もう一度　蹴ったりすると、お前の足は立たなくなるぞ」
喜代造「オレの足が⁉　おい兄貴、聞いたかよ。オレの足が立たなくなるんだってよ」
麻吉「面白い。やってみろ」
喜代造「アハハ！」
蹴っ飛ばす。
喜代造「痛ッ！」

足を抱えて、うずくまる。
うーん、と呻いている。
麻吉「芝居はそれぐらいにして立てよ」
喜代造「兄貴……立てねえ……ほんとに立てねえよ」
必死に立とうとするが、腰が抜けている。
麻吉「ふざけんじゃねえ、こんな糞坊主の言うこと真に受けやがって。なんだ、こんなもの」
と地蔵を蹴る。
これも、アッと声を上げるなり、うずくまる。立とうとするが立てない。
麻吉「糞ッ！　……畜生ォ！……」
伝次「さ、村の衆、地蔵様をもとのところへ、お運びしなさい」
村の衆「ありがとうございます」
地蔵を抱え起こす。
麻吉「待ってくれ！　この足を元に返してくれ！　お願いだ」
喜代造も、泣かんばかりに、頭を地面にこすりつける。
伝次「……二度とこんなことはしませんか」
麻吉「しねえ！」
伝次「ついでに、やくざな渡世から足を洗いますか」
麻吉「洗う！」
長脇差を抜いて、地面に放り出す。
喜代造「お願いします！」
伝次「……判りました。じゃ、わたしの手にすがって、立ってみなさい」
手を差し延べる。
その手にすがって、立つ麻吉。
麻吉「立てたァ！」
続いて、喜代造も——。
手を合わせる。
喜代造「あなた様は生き仏様だ！」
麻吉も、そして村の衆も伝次の周りにしゃがんで拝むのだ。

29 木陰で

天平「大した役者達だなあ……」
時次郎「たまげた。けっこう伝次の奴、生き仏になってるじゃねえか」
伝次は、拝んでいる連中に微笑みを浮かべ合掌で応えているのだ。

30 大きな農家で

夜、あかあかと灯がともっている。
村の連中が手に数珠を握り、駆けつけている。
座敷に伝次坊主が、厳かに坐っている。
庭には村民たちが、じかに坐って、伝次を拝んでいる。
廊下には、丸腰になった麻吉、喜代造が殊勝な様子で秘書役を務めている。村民の供え物などを取り次いでいるのだ。
伝次「……わたしの夢枕に立った仏様は、東に行き、地蔵に会え。地蔵に会って、そこに住む人びとを救えと申されました。仏様のおっしゃる村はここだったのでございます」
〝ありがとうございます〟と村民の声々。
と、ざわめき。
大八車に初老の農夫を乗せた農夫が走りこんでくる。父子だ。
麻吉「お静かに」
息子農夫「お願いです。わたしは隣村の者ですが、生き仏様の噂を聞いてやってまいりました。生き仏様は　いざりをお治しになるとか。どうか、わたしの父親の足を治して下さい。お願いします」
麻吉「今、生き仏様は御説法の最中でありましてね……」
息子農夫「お願いです。父親の足を立たせて下さるなら、私の足を腐らせて下さってもけっこうです。お願いです。たった一人の、親です」
「感心だべ」とか「親孝行じゃのう」とか村民たちのささやき。
伝次「……（不安の色が浮かぶ）」
麻吉「判りました。お願いしてあげましょう」
伝次「！」
麻吉「生き仏様。どうか、この親孝行な百姓の為にお慈悲をお恵み下さい。お願い致します」
伝次「……（目で、それとなく）」
麻吉「（一向に構わず）さ、わたくしめにして頂いたように、お手を差し伸べて下さい」

　伝次の手を取って廊下まで導くのだ。

伝次「……」

　車が廊下のところまで寄せられている。

　庭の一隅でこっそり見つめているのは時次郎と天平。

天平「……」

時次郎「……」


　伝次、うずくまっている親農夫に手を差し延べる。やや硬わばった表情だ。

伝次「さ、わたしの手につかまって、立ちなさい」

親農夫「へ、へえ……」

　おずおずと手を差し延べ、伝次の手にカマル。

　そして、そろそろと腰を上げる。

　立ち上がれた！

伝次「！」

親農夫「熊吉！　た、立てた！」

息子農夫「お、お父ッん！」

　期せずして村民たち、伝次を拝むのだ。「ナムマイダ、ナムマイダ」の声が庭に満ちる。

伝次「……」

　呆然たる態の伝次。みるみる自信をとりもどし、村民たちに、微笑を浮かべ合掌で応える。

　自ら信じられない力が、彼の中に満ちているのだ。

　庭の一隅で。
　外へ出る時次郎と天平。
天平「あれは、どうなってるんだ」
時次郎「八百長に決まってるじゃないか」
天平「そうかなあ……」
　と、門から、タネを背負ったキヨが入ってくる。
キヨ「あのう、生き仏様は？」
時次郎「あっちだ」
　キヨ、庭のほうへ。
天平「今のも八百長組か」
時次郎「いいや。こりゃア見ものだ。行こ」
　と、引き返す二人。

31　農家で

麻吉「ダメだダメだ！　生き仏様はもうお疲れになっている」
キヨ「お願いです。目を開けて下さい！」
麻吉「何度言えば判る。今日はもう何度も奇跡を起こされてお疲れになっているんだ」
キヨ「お願いです」
　と、目に涙を浮かべて、必死だ。
伝次「いいでしょう」
麻吉「！　いけません。お疲れになってます！」
伝次「いや。わたしは疲れていない」
　麻吉の手を払って、縁側へ出ていく。
喜代造「兄貴……」
麻吉「あのバカ……」
喜代造「さっきのは八百長って話してやれよ」
麻吉「おい……くそッ」
　近寄ろうとするが、伝次はもう念仏の高まりの中に、厳(おごそ)かに立っているのだ。
伝次「目が見えなくなったのは　いつからですか」
キヨ「三年前です」
伝次「（うなずく）ナムアミダブツを三度、心をこめて、唱えなさい」
　タネの瞼に、手をあてがうのだ。
　村民は沈黙しシーンとしている。
　離れて見つめている時次郎、天平。
　そしてまた、息を呑んで見ている麻吉、喜代造。
タネ「ナムアミダブツ……ナムアミダブツ……ナムアミダブツ」
伝次「……（手を離す）さあ、開けてごらん」
　タネ、おそるおそる、開ける。
タネ「！　おキヨ！」
キヨ「おっ母さん！」
タネ「ああ、見える、見える！」
キヨ「このお人が　目を開けて下さっただよ！」
　タネ、キヨ、手を合わす。
　村民もナムアミダブツと唱和して伝次を拝む。
　伝次は、その声の中に、厳かに立って皆

に祝福を与えている。

もう微塵のひるみもないのだ。

喜代造「……どうなってンだよ、兄貴」

麻吉「オレのほうが聞きてェよ……」

呆然たる二人。

庭から出る時次郎と天平。
時次郎「……あんなことってあるんだなあ」
天平「時さん、あの坊主。ほんとに魚屋の伝次かい」
時次郎「ああ、伝次に違いはないが、あんな立派な伝次は初めて見たなあ……」

32 運河で

夜だ——。

屋形船が岸へそっと近づけられる。

藤兵ヱの棹だ。

障子が開いて、仇吉ととんぼ。

岸の料亭の座敷に、例の三人、江戸家老篠崎頼母(たのも)と、備前屋と、そして曇りがいる。しきりと密談中だ。

仇吉「とんぼ」

とんぼ、うなずいて、読唇術に入るべく、目をこらす。

N「とんぼが唇を読む。つまり読唇術を体得したのは幼い日のことです」

33 回想・島で

磯の岩礁に立つ幼いとんぼ。

荒い波がくだけ散る。すごい音だ。

N「とんぼは幼い頃、見渡す限り海ばかりという離れ島ですごしました」

幼いとんぼ「(何か叫ぶが声は聞こえない)」

入江の向こうに若い男が二人。若き日の時次郎と藤兵ヱだ。

実は流人囚なのだ。

時次郎と藤兵ヱがこちらに気づく。

大きな口を開けて何か言っている。

幼いとんぼ「……」

波音で聞こえない。

時次郎と藤兵ヱの口を見つめている。

幼いとんぼの声で「アブナイカラ、コッチへクルンジャ、ナイ……」

うなずく幼いとんぼ。

34 運河で

屋形船で唇を読むとんぼ。

とんぼ「……一揆は、あさっての夜、起こさせます」

これは曇りの発言だ。

とんぼ「(備前屋)一揆の期間は二日」

とんぼ「(家老)二日もか」

とんぼ「(備前屋)二日ないと、集めた米をさばき切れません。二日はぜひ」

家老は、苦し気に考えている。

とんぼ「(家老)二日でおさまるか」

とんぼ「(曇り——ニヤリと)ピタリと。旗を振る男が、消えてしまうのですから」

仇吉と藤兵ヱ、顔を見合わせる。

藤兵ヱ「伝次を消す気です」

とんぼ「(家老)二日を一日でも越えれば、わが藩、幕府よりきついおとがめは必上。わしの腹だけで済まなくなる。いいな」

備前屋と曇り、自信たっぷりにうなずいてみせるのだ。

ピチャン！　と魚が跳ねる音。

曇りたち、こちらを見る。

障子を締める仇吉、船を押す藤兵ヱ。

たちまち三味線の音。

座敷では——。
備前屋「流し三味線だよ……」
曇り「へえ……」

35 農家で

庭に集まった村民たちを前に伝次が数珠を握って仁王立ち。

麻吉、喜代造が控えている。

伝次「去年はこの世の地獄の天保飢饉、日本中で死んだ人の数は、数えきれず。ことしの田植えのモミまでも食ってしまったというのに、お上は、今年の年貢を手加減もしてくれぬそうだ。このまま、野たれ死にしとうない者は、わしと一緒についてこい。南無阿弥陀仏の御浄土は、町の商人たちの蔵にある。それは仏様のものだ。わしと一緒に行って、それを取り返すのだ！」

熱狂的な目で見つめている農民たち。

勿論、若いキヨなどは宗教的な情熱で伝次を見つめている。

伝次「行くぞ、お浄土へ！」

ウアーッと喊声！

36 農家の門

ムシロを振りかざし、炬火をかざした一揆の農民衆が押し出してくる。
先頭に伝次。そばにキヨたち。
「ナムマイダ、ナムマイダ！」と唱えながらの行進だ。
その行進を眺めている時次郎と天平。
時次郎「……こんな工合に押し出すとは思わなかったなあ」
天平「時さん、今のうちに　つぶさないと、曇りや備前屋の思う壺だ」
時次郎「だめだ、こう神がかりになっちゃ」
天平「仏がかりだろ」
時次郎「しばらく様子を見るしか仕様がないな……」

37 宿場の町で

米屋が打ち壊されている。
伝次は合掌して祈っている。
次々に米俵が運び出されている。
伝次「宿場のみんなにも分けるんだ！　みんなで分けるんだ！」
キヨ「はい！」
キヨ、みんなのところへ駆けていき、伝次の言葉を伝えている。
麻吉と喜代造が伝次に近づく。
麻吉「今日はこの小山で泊まるんだ、いいな」
伝次「いや、戸田の城下へ向かう」
麻吉「おい。手前ェ、自分を誰だと思っているんだ」
宿場の馬方たちが駆けてくる。
馬方「お坊さま！　ありがとうございます。おかげさまで何年ぶりに米の飯が食えますだ！」
伝次「みんな、米のメシで力をつけたら、城下に向うんだ！　城下には、もっと、もっと沢山の米がある！　みんなが食べるべき米がある！」
ウアーッと喊声が上がる。
伝次もその渦の中へ入っていく。
喜代造「……あの馬鹿！　兄貴、あいつは早く始末したほうがいい」
麻吉「そうしたいが、二日の間はどうしようもない。一揆は二日間もたす約束だ」
喜代造「くそッ！」
いまいましい二人。
物陰に時次郎と天平。
時次郎「聞いたか、曇りの連中も手を焼いているんだ」
天平「面白い」

38 行進する一揆

伝次を先頭に進む一揆の群。

伝次のそばにはキヨが奉仕者のごとくつきそっている。

続々と、別の道から現れる一揆の群。

いまいましく、麻吉、喜代造がついていく。

N「下野間々田に発したこの一揆は念仏一揆と名づけられ、たちまち、数千人の一揆に膨れ上がったそうです。一晩目は飯塚の宿場に泊まり、二晩目は戸田藩の城下天明を遠く望む丘までたどりついております」

39 備前屋の蔵で

米俵が活気に満ちて運び出されている。

備前屋が指揮を取っている。

40 丘で

あちこちで焚火が燃えている。

一揆の連中が野宿している。

時次郎、天平が丘を上っていく。

時次郎「伝次がやられるとしたら今晩だ」

天平「やれるかなァ、これだけ生き仏の信者が集まっている真ン中で」

時次郎「しッ！」

身を沈める。

丘の一隅で伝次とキヨ。

伝次は、粗末な食事をしている。

キヨ「汁はまだ沢山あります」

伝次「いや……」
キヨ「もっとお食べにならないといけません
　です」
伝次「キヨさん……」
キヨ「はい」
伝次「あんたは夜が明けぬうちに、間々田へ
　ひっ返したほうがいい」
キヨ「どうしてですか⁉」
伝次「あしたは城下だ。これだけの人数が押
　しかけるのだ、藩の方では鉄砲も持ち出し
　ているだろう。……娘にはムリだ」
キヨ「いいえ、参ります。生き仏様とご一緒で
　すから少しも恐ろしくはありません」
伝次「……死ぬかもしれんぞ」
キヨ「……（深くうなずいて）はい」
伝次「！　……」
男の声「おキヨさん、ちょっと来てくれや」
キヨ「……へえ。すぐ来ます」
　と駆け去る。伝次一人になった。
　木陰の時次郎、天平。
時次郎「来るぞ」
天平「ああ」
　気のそよぐ音。
　二つの影が、伝次に走り寄る。
　時次郎と天平が、走り出る。
　伝次に襲いかかる男二人と時次郎と天
　平、声もなく戦う。
　伝次はもう息を呑むばかり。
　時次郎と天平、二人の男を相継いで倒す。
　顔を確かめると、八百長を演じた父子農
　夫なのだ。
天平「まだ二人残っている……」
伝次「時次郎さん！　……」
時次郎「危ないッ！」
　伝次に短刀がきらめいて飛ぶ。
　伝次の腕をかすった。
　天平が木陰へ走り込む。
　ピュッ！　と風を切る音。
　時次郎、空を払う。
　吹矢だ。伝次の腕に刺さる。
時次郎「伝次、動くんじゃないぞ」
　矢の飛んで来たほうへ走る。

　人気のない丘の一隅で天平と喜代造の死
　闘——。
　そして別な場所で時次郎と麻吉の死闘が
　繰り広げられる。
　そして、天平と時次郎、互いに相手を倒
　す。
　伝次、腕の矢を抜く、血が出ている。
伝次「……」
キヨ「血！」
　帰って来たキヨが立ちすくんでいる。
伝次「心配はいらん」
　キヨ、伝次の傷口に口をつけるなり血を
　吸いだす。
伝次「！　……」
キヨ「毒かもしれねえ」
　吸った血を吐き出しては、また吸うのだ。
伝次「！　……」
　異様な感動で、血を吸うキヨを見つめて
　いる。

41　江戸家老邸・門（夜）
　早飛脚が走り込んでいく。
　見張っている藤兵ヱがいる。

42　家老邸・座敷で
　家老篠崎の頼母と、腹心の部下会田
　（35）がいる。
篠崎「あした、もし万一、一揆の群が城下へ
　入るのであれば、よいか、鉄砲隊を出して
　撃て」
会田「一揆は数千人に膨れ上がっていますが」
篠崎「かまわん、城下に入ろうとする者は皆
　鉄砲で撃ち倒せ」
会田「……はい」
篠崎「責任はわしがとる」
会田「！　ご家老……」
篠崎「会田、商ン人風情に金を借りねば、藩
　も、武家も成り立たぬとは、情けない世の
　中になったな……」
　寂しく笑む。
篠崎「さ、早く行け、馬で行かねば間に合わ
　ぬぞ」
会田「はい。では」
篠崎「一歩も城下へ百姓を入れるでないぞ」

43　江戸家老邸

馬が走り出る。
会田が乗っている。
見送っている藤兵ヱ。

44　丘で

伝次と、時次郎、天平。
伝次「心配はいらない。わたしの知り合いだ」
キヨ「はい……」
キヨ、去る。

時次郎「伝次、お前、ほんとうに自分が生き仏だと思っているのか」
伝次「……」
時次郎「今の娘のおっ母さんの目が開いた、ありゃアオレもたまげたが、万に一つのびっくり箱だと考えたほうがいい。本気で信じたりすると、たまのたまに、あんなことがあるんだ」
伝次「……時さん」
時次郎「!?」
伝次「オレはこんな気持ちになったのは生まれて初めてだ。……みんなから拝まれて、みんなから慕われてよ……」
時次郎「そりゃアお前の幻だ」
伝次「幻じゃねえ、現にこんなに大勢が、オレについてきてるじゃねえか！」
時次郎「ばか、あした、このまま城下に押し入ってみろ、お前は死ぬ。ついてきた百姓も何百人と死ぬぜ」
伝次「！　……」
時次郎「伝次、江戸へ帰ろう。お前がここへ来たのは、女郎にしたおかみさんを助けるゼニをかせぐためだろ。もうお前の仕事は済んだんだ」
伝次「……まだ済まねえ」
天平「あんたは、あの娘（こ）を裏切りたくないんだろ」
伝次「！　あのコだけじゃねえ、ついてきたみんなをだ」
時次郎「……仕様がない。少しの間眠ってもらって連れてくよ」
近寄ろうとする時次郎と天平。
伝次「みんな！　来てくれ！　裏切り者だ！」
時次郎「ばかやろ！　お前の為だぞ」
伝次「来てくれェ！」
百姓たちが、どっと駆けてくる。
カマやクワまで振りかぶっている。
天平「時さん、逃げよ」
天平と時次郎、百姓たちの投げる石をさけながら走る。
時次郎「伝次！　よく考えるんだぞ！」
どっと追う一揆の人びと。

45　丘で

朝だ。
モヤが流れている。

46　城下町のはずれ

土嚢（どのう）が築かれ、竹矢来も組まれている。
ここでもモヤ——。
鉄砲隊が鉄砲を構えている。
指揮しているのは会田だ。
モヤの中を這っている時次郎と天平。
時次郎「本気かな」
天平「ああ、火縄のいぶっている匂いがある。いつでも撃てる」
時次郎「一揆の連中は鉄砲玉が待ってるのは

知らないんだろう」
天平「このモヤだもんな」
時次郎「天平、ちよっと走るぜ」
時次郎、走る。声を上げて――。
天平も――。
鉄砲がモヤの中で火を吐く。
時次郎、天平、凹みの中に飛び込む。
天平「時さん、よく一文ももらわずにこんな危ない仕事をやるもんだな」
時次郎「まったくだ……」

47　丘の上で

ダ、ダーンと鉄砲の音。
伝次が聞いている。
キヨや、百姓たちも聞いている。
伝次「……みなさん、城下へはわたし一人で行きます。いや、大丈夫です。わたしには鉄砲の玉は当たりません」
キヨ「当らないのなら、わしたちも一緒に行きます」
百姓たちも同調する。
伝次「当たらないのはわたしだけです。どうか皆さんはここで念仏を唱えて下さい。必らずわたしが藩の人と会い、あなた達の苦しい暮らしを話します。ここで待っていて下さい。必ず、わたしは帰って来ます」
伝次、数珠を手に、合掌して歩きだす。
伝次「ナムアミダブツ」
村民たち合掌して、念仏を合唱しはじめる。
モヤの中を伝次、丘を下りていく。
伝次「ナムアミダブツ……」
村民たちの合唱が遠くなっていく。
と――、
キヨが追ってくる。
キヨ「わたしも行きます」
伝次「！……」
キヨ「生き仏様と一しょなら恐ろしくありません」
伝次「……（苦しげな伝次）」
キヨ「さあ、行きましょう」
と、合掌する。手に数珠。
伝次「……キヨさん、わしは生き仏じゃないんだ」
キヨ「!?……」
伝次「オレは下らねえ魚屋だ」
キヨ「！　うそ……」
伝次「女房を女郎にしたバクチ狂いだ！」
叫ぶなり、駆け出す。

48　城下町のはずれ

鉄砲隊のあたり。

会田「!?」

ウアーッと叫ぶ声。

会田「構えろ！」

モヤの中、伝次が、ムシロ旗をかざし、ウアーッと叫びながら駆けてくる。

モヤの凹みの中。

時次郎「あ、あいつ！」

時次郎、飛び出す。

とたんに銃声が数十発轟く。

モヤの中、伝次、ハチの巣のように撃たれて倒れる。

時次郎、そして天平が駆けつける。

抱き起こすが、もう死んでいる。

49　家老の座敷で

篠崎家老が切腹して果てている。

そのかたわらに「上」と記(しる)した書状がおいてある。

篠崎の声「こたびのこと、ご主君戸田輝久様には何の関わりも御座候わず、皆々、江戸家老篠崎頼母の一存のことにて候。万一、借財の件にて京橋備前屋より請求など申入れある時も、借財は皆、篠崎頼母名義にての借財なれば、ご主君、及び戸田藩には何の関わりもご座候わず、おとりあげ下さらぬよう……」

50　備前屋で

芸者姿でなく、ビシッとした格好の仇吉、藤兵ヱを連れて備前屋へ入っていく。

51　備前屋の座敷で

備前屋と仇吉

備前屋「なに⁉　下野の念仏一揆でわたしが大儲けしましたと⁉　そんな馬鹿な」

仇吉「料亭川藤でのご相談、すべて伺っております。もし、お上へ恐れながらと訴え出れば、一揆の首謀者として縛り首は、お覚悟」

備前屋「訴え出ても証拠がありませんよ」

笑ってみせるが、こわばっている。

仇吉「そうですね。では戸田藩江戸家老が切腹なされたという噂、お聞きですか」

備前屋「あ、あれはお病気と聞いている」

仇吉「（ニコッと笑う）さ、それで通りますかどうか」

備前屋「第一、わたしはそんなに儲けてはいない。たった二日の一揆だ」

仇吉「そちら様がお雇いになった魚屋の伝次。たしか五十両の請負い仕事、まだ、本人に支払っていないと聞いております」

備前屋「そんな男、わたしは雇ったりしない」

仇吉「魚屋伝次の請負い料、いただきます」

備前屋「……供養としてなら出そう」

仇吉「けっこうです。それと、あなたの儲けの為に動いた下野のお人がざっと三千人。丸、三日をつぶしたわけですから、一人につき、三朱ずつの請負い料、つまり××両」

備前屋「そんな金……」

仇吉「丸三日、備前屋の為に働いたのです」

備前屋「わしを脅す気か」

仇吉「はい。（と、ケロリ）女だてら、こうして乗り込んでくるには、それだけの証拠と覚悟はつけております。……女を相手に備前屋の身代かけて勝負なさいますか」

備前屋「……いや」

52　備前屋の店

藤兵ヱを連れ、出てくる仇吉。

仇吉「あ、今日も暑そうだこと」

と日傘を差す。

藤兵ヱの手には、金包みだろう、ずっしりと重そうな包み。

53　遊郭で

今夜も女郎たちが客を引いている。

54　遊郭の一室で

おふさと向かい合っている時次郎。

金包みが置いてある。

時次郎「これは伝次さんから預かってきた金だ」

おふさ「！　こんなに」

時次郎「ああ。これだけあれば、楽にここは出れるだろ」

おふさ「あの人はどこにいるんです」

時次郎「遠くだね」

おふさ「遠くってどこですか」

時次郎「これだけのゼニをつくるんだ、随分遠くへ旅をしなくちゃな……」

時次郎、そっと立って部屋を出ていくのだ。

55　運河

舟でゆく時次郎

時次郎「〽ねむれぬ夜は辛くて長い……」

N「百姓一揆の記録に〝首謀者をつかまえるに、漁師なり、まことに奇怪なり〟とあります。おそらく、別な魚屋伝次がいたのでしょう」

花火が夜空に上がる――。

脚本解題

『必殺からくり人』第3話「賭けるなら女房をどうぞ」

高鳥 都

古川ロック、一世一代のアツい名演

なにより古川ロックである。必殺シリーズの常連脇役であり、『暗闇仕留人』では藤田まこと演じる中村主水の同僚田口に扮した小太りの男が一世一代の名演を見せた。バクチ狂いの魚屋伝次が自業自得で女房を売り飛ばされ、ひょんなことから一揆を主導するカリスマ坊主に仕立て上げられる。〝生き仏〟として操られていたはずが、本当に奇跡を起こしてしまい、暴走の果てに哀れな死を遂げて――古川ロック史上に残る、最高にアツい演技を随所で叩きつけた。

競馬場から始まる早坂暁らしい強烈なツカミ、『必殺仕掛人』第16話「命かけて訴えます」に続いて百姓の苦境と蜂起を描くが、それもまた米相場を釣り上げるための陰謀という〝からくり〟が仕組まれていた。曇りの暗躍が第1話に続いて描かれ、「万一のときは腹を切ればよいか」と語っていた家老が、殺しの標的になるのではなく切腹というかたちで悪事失敗の責任を取るヒネリもさすが。老練な悪役の多い谷口完が「さびしく笑う」というト書きを見事に体現した。

必殺シリーズを代表する監督・工藤栄一の『からくり人』初登板回だが、激しい現場改訂の常習者とは思えないほどシナリオに忠実な仕上がり。長屋での自殺騒動に一揆拡大の高揚感、伝次の死からの落とし前までエモーショナルな演出がホンのおもしろさを全編で引き立てている。伝次が（本当の）奇跡を起こすシーンでは突然農家が鏡張りの空間と化し、そのインパクトを強めた。

〝首謀者をつかまえたるに、漁師なり〟

脚本と完成品の違いを挙げていくと、まず#1の競馬場、時次郎の語りの「そんなバクチで勝ったためしはありませんね」というオチをカット。言わずもがなのテンポで天保年間へと時間を戻す。#8、伝次が丸刈りにされるシーン、のぞき見する時次郎の頭に捨てられた髪がかかるコミカルさが加えられた。

#12、戸田五万石の窮状を説明するくだりと、藤兵ヱのナレーションは丸ごとカット。#30、農夫の息子が父の足を直してほしいと伝次に訴えるシーン、「いざり」が「足」に修正された。#37、伝次の暴走で一揆の勢いが加速し、制御不能となるシーンには「念仏一揆」を解説するナレーションを挿入。いかにも早坂調だが、追加の差し込みなどは確認できていない。

#47の伝次のキヨへの告白、「女房を女郎にしたバクチ狂いだ」は「女房を女郎に売ったバクチ打ちだ」に変更されており、細かな違いだが当事者性を強めるセリフであり、伝次＝古川ロックを真正面からアップで捉えた画とともに本話の白眉だ。#48の伝次の死、一度撃たれたあと、また起き上がって蜂の巣になるアレンジが加えられており、工藤栄一の演出が光る。

仇吉が藤兵ヱを従えて備前屋に向かうシーン、「芸者姿ではなく、ピシッとした恰好」と脚本に指定されており、紫色の傘を付与。この先も定番の道行きと化す。仇吉と備前屋の会談、仇吉が扇子で煙草盆を叩くや（序盤の花乃屋で伏線的に同じ仕草あり）藤兵ヱが柱に張り手して怪力ぶりを発揮と、よりドラマチックな展開となった。備前屋の「……いや」というセリフの直後に「できん！」という往生際の悪さが加わり、仇吉がバチを投げる殺陣が盛り込まれた。

#55のラストは夜空の花火から時次郎のアップに変更。重く哀しい仇吉編の第2話に対して、本話は時次郎と天平の旅をメインにしており、第1話同様に（途中まではユーモラスな狂騒が描かれた。曇り一味のコンビを演じる草野大悟と堀勝之祐も悪党ながら憎めない味わいで、伝次の人生確変フィーバーに翻弄されてゆく。

早坂暁は佐々木守と共作した映画『日本一の裏切り男』や『浮世絵女ねずみ小僧』第13話「必殺の花簪」でも祭り上げられる男の悲劇を描いており、とくに後者は明確な本話の元ネタである。魚屋の伝次ならぬ指物師の源次が奇跡を起こして一揆を扇動し、破滅するドラマであり、藩の困窮を救うためという裏側も一緒だ。

しめくくりのナレーションでは〝首謀者をつかまえたるに、漁師なり、まことに奇怪なり〟という百姓一揆の記録を引用し、別な魚屋伝次がいたというオチをつける。この一文が史実なのかは確認できなかったが、『柿崎町史』によると越後の柿崎米騒動を主導した重左衛門という漁師が実在しており、作家の水上勉は同騒動を扱った小説『蓑笠の人』を発表。これらとの関連性はわからないが、虚実ないまぜの早坂ワールドらしい幕引きである。

『必殺からくり人』第4話
「息子には花婿をどうぞ」
脚本：早坂暁
監督：工藤栄一
放映日：1976年8月20日

※本編クレジットは「西川鯉之亟」を「西川鯉之丞」と表記

【キャスト】

夢屋時次郎　緒形拳
仕掛の天平　森田健作
花乃屋とんぼ　ジュディ・オング
八尺の藤兵ヱ　芦屋雁之助
八寸のへろ松　間寛平
邦江　高田美和
安斉利正　佐々木功
その母 久　原泉
紫茶屋夢三郎　西川鯉之亟
おけい　白川淳子
村上新之介　高峰圭二
紫茶屋美少年　片岡秀寿
治右ヱ門　酒井哲
直　沢美津子
美女　芦屋凡凡
たんす屋主人　日高久
佐市　花岡秀樹
腰元　志村鈴子
物売り　広田和彦
町人　松尾勝人
　　　平井靖
花乃屋仇吉　山田五十鈴

【スタッフ】

制作　山内久司
　　　仲川利久
　　　桜井洋三
音楽　平尾昌晃
編曲　竜崎孝路
撮影　石原興
製作主任　渡辺寿男
美術　川村鬼世志
照明　中島利男
録音　二見貞行
調音　本田文人
編集　園井弘一
助監督　松永彦一
装飾　玉井憲一
記録　竹田ひろ子
進行　佐々木一彦
特技　宍戸大全
装置　新映美術工芸
床山・結髪　八木かつら
衣裳　松竹衣裳
小道具　高津商会
現像　東洋現像所
製作補　佐生哲雄

殺陣　楠本栄一
　　　美山晋八
題字　糸見溪南
ナレーター　松倉一義
主題歌「負け犬の唄」
（作詞：荒木一郎／作曲：平尾昌晃／編曲：竜崎孝路／唄：川谷拓三／キャニオンレコード）
衣裳提供　浅草 寶扇堂久阿彌
製作協力　京都映画株式会社
制作　朝日放送
　　　松竹株式会社

1　夜の運河で

屋形船が、もやっている。
藤兵ヱが、トモに腰を下ろし、静かにキセルの煙草をくゆらせている。
屋形の中は灯がともり、女の話し声が聞こえている。

屋形の中では、仇吉が依頼人の話を聞いているのだ。
依頼人は二十七、八の職人の女房で名はおけい。

仇吉「赤ン坊を取られた⁉」
おけい「はい。(みるみる目に涙)」
仇吉「いつの話なんです?」
おけい「先月の二日です」
　もう、こらえ切れず泣きだす。
仇吉「泣いてたんじゃ　判りませんよ」
おけい「はい……。すみません。先月の、それも真っ昼間なんです」

2　回想・おけいの長屋で

夏の昼下がり——。
おけいが　赤ン坊に添い寝している。
乳をふくませながら　寝てしまったのだろう、豊かな胸元が見えている。
足——男の足が、近づく。
手が延びて、赤ン坊をそっとおけいの胸元から奪う。
　足が去っていく。
おけい「!」
　目が醒めた。
おけい「何すんのよ!」
　転ぶように追う。

3　回想・町で

赤ン坊を抱えて男が走る。すぐに角を曲がる。

4　回想・屋敷町で

男が土塀の道を走り抜け、曲り角に消えた。
おけいが駆けてくる。
おけい「返して!」
　通行人らしい町人と物売りが一緒だ。
角を曲がった。
と——!　そこは土塀の一本道。人影一つないのだ。
ただ、通用門が一つある。
町人「ここへ逃げ込んだとしか思えないなあ」
物売り「えーと、ここは安斉様のお屋敷です」
おけい「安斉⁉」
物売り「ええ、旗本二千石の安斉様です」
　と、奥の方で　赤ン坊の鳴き声がした。
おけい「!」
　戸を叩く。
おけい「すみません!　開けてください!」

5　屋形船で

仇吉「どうだったのです?」
おけい「門番の人が、そんな者は入ってこなかったと……」
仇吉「でも　赤ン坊の泣き声がしたんでしょ」
おけい「そう言ったのですが、知らぬとおっしゃるだけでピシャンと戸を……。わたしは、諦め切れませんから。夕方帰ってきた亭主に、亭主は大工をしておりまして佐市といいます。亭主に頼んで行ってもらいました。そしたら……」

6　回想・安斉家門前で

堂々たる門構え。
　小門から佐市が手荒く放り出される。
安斉家の侍村上「無礼者!　何度言えば判る。二度とそのような因縁をつけに来るようなら、無事に帰れぬと思え!」
　パタンと戸が閉まる。
佐市「……畜生ォ」
おけいの声「あの赤ン坊はわたしら夫婦にとっては七年目にやっと出来た宝物です」
　佐市、起きあがって邸の門を睨んでいる。
おけいの声「亭主は奉行所へ訴え出ました」

7　屋形船で

仇吉「それで⁉」
おけい「おさばきは、江戸所払い」
仇吉「あんたの亭主が⁉」
おけい「はい。いわれのない因縁をつけて、強請(ゆす)ったとのことで……」
　障子が開く。藤兵ヱだ。
藤兵ヱ「そりゃァ相手が悪いですね。安斉といえば旗本で五ツの指に入る名門のうえに、確か、当主の母親は、前の老中本多から嫁入りしているはずです」
仇吉「……じゃ、あんたの亭主は江戸には」
おけい「はい。わたしも一緒に江戸を出るつもりでしたが、どうしても坊やのことが気になって、あの人とは仮に縁を切ったことにして江戸に残りました」

8　回想・おけいの長屋で

　夜、おけいが悲しく乳を搾り取っている。
おけいの声「……夜になると、乳が張ります」
　鉢の中に、切ない音を立てて落ちる乳。
　おけいは泣いている。
おけいの声「乳を搾っていると、もう無性に坊やが思い出されて……」

9　回想・安斉邸あたり

　土塀が続く道。
　おけいが、さまよっている。
おけい「坊や……坊や……」
　かすかに赤ン坊の泣き声。
おけい「！　坊や！」
　が、もう聞こえない。

10　屋形船で

おけい「確かにあの子の声です。あたしには判ります。……翌晩も行ってみました。聞こえました。その次の晩も、聞こえました。それが五日前から聞こえないのです」
仇吉「……」
おけい「さきおとといも、おとといも聞こえません。あたしはもう気が狂いそうで……」
　懐から小判をとり出す。一枚だ。
おけい「あるお人から聞いてきました。あなたにお願いすれば、どんな願いもかなえて下さると……」
仇吉「このお金、どうしてつくったのです？」
おけい「……」
仇吉「失礼だけど、あなたには大金でしょ？」
おけい「足りない分は必ず持って来ます。ですから、あたしの子供を取り戻して下さい。お願いします」
仇吉「このお金はいりません」
　金をおけいの帯の間に差し込む。
仇吉「その代わり、もう体を売ったりしないことだね」
おけい「！」
　おけい、逃げるように船から走り出ていく。
仇吉「あさって来ておくれ。調べてから返事をしますから」
おけい「……」
　一礼して駆け去る。
藤兵ヱ「……体を売ったんですかねえ」
仇吉「それ以外、どんな方法があるんだい？」
藤兵ヱ「ありません」
　藤兵ヱ、棹を手にする。
　と——、バタバタと駆けてくる足音。
　見ると、美しい娘だ。
　船を見ると、駆け込む。
娘「早く！」
　追ってくる男、侍だ。抜刀している。
　藤兵ヱ、棹をついて岸から船を離した。
侍「まて！　くそッ！」
　頭布をしているが、目が吊り上がっている。
　屋形船の中——。
　ホッと笑みを浮かべる娘。妖艶(ようえん)だ。
　娘というには、衣裳が派手だ。芸者のようであり、若衆のようでもあり——実は蔭間茶屋の夢三郎である。
夢三郎「ああ、びっくりした」
仇吉「びっくりしたのは、こっちじゃないか」
夢三郎「すみません。紫茶屋の夢三郎。オトコのヤキモチって、嫌ですね」

11 花乃屋で

台所で――とんぼと藤兵ヱ。

とんぼ「ほんとに、今の人、オトコの人？」

と、奥の座敷のほうを覗いている。

華やかな下駄が脱いである。

藤兵ヱ「ああ、男ですね」

とんぼ「役者？」

藤兵ヱ「蔭間茶屋の女です」

とんぼ「男でしょ？」

藤兵ヱ「あ、そうか、男です」

とんぼ「カゲマ茶屋ってなアに？」

藤兵ヱ「弱ったなあ。ま、女郎みたいなものです」

とんぼ「女郎って……でも　男でしょ？」

藤兵ヱ「ですから、男の女郎」

とんぼ「ふーん……。あ、そうか、女の人が遊びに行くんだ」

藤兵ヱ「いいえ、男が遊びに行くのです」

とんぼ「ヒャッ！」

藤兵ヱ「変な声を出さんで下さい」

とんぼ「だって、男の人が男の人と遊ぶんでしょ。ヒエー……、面白いのかしら」

藤兵ヱ「面白いんでしょうね。近頃、けっこう繁盛しているようですから」

とんぼ「行くの？　藤兵ヱさんも」

藤兵ヱ「冗談じゃない」

奥からいそいそ夢三郎が出てくる。

夢三郎「あー、嬉しい。とうとう承知させちゃった。あの、時々お邪魔しますからよろしく」

藤兵ヱ「お邪魔？」

夢三郎「三味線のお稽古。フフフ、あたし、あのお師匠さんから、どんどん盗んじゃうんだから」

とんぼ「盗む⁉　何を……」

夢三郎「オ・ン・ナ」

とんぼ「オンナ⁉」

夢三郎「あんなお手本、滅多にないもの。あなた、幸せね、お手本と毎日暮らせて。じゃ」

艶(なま)めいて、出ていこうとする。

と、バッタリ、入ってくる天平と出会う。

天平「⁉」

とんぼ「あら天平さん」

天平「やっと出来たよ。紫色がちょっと弱いが、七色は揃った」

線香花火をつくって来たのだ。

とんぼ「ほんと⁉」

天平「ちょっと川べりでやってみるか。いい色だぞ」

とんぼ「三本だけ？」

天平「ばか、これでも大変だったんだ」

とんぼ「ごめん」

天平「⁉　……」

夢三郎が、熱い眼差しで見とれるように天平を見つめている。

とんぼ「（小声で）だめ。あの人、オトコ」

天平「オトコ⁉」

とんぼ「さ、早く行こ」

天平を引っ張って、裏の河岸へ出ていく。

天平「……」

フラフラとついて行きかける夢三郎。

前に藤兵ヱ。

藤兵ヱ「出口はあっち」

夢三郎「……いい男」

12 花火をする天平ととんぼ

線香花火が華やかに咲き、天平ととんぼは、仲のいい兄妹のよう。

13 天平の小屋で

夕暮れ近く。

仕事する天平と、そばにへろ松。

へろ松、天平の手元をまじまじと見つめている。

天平「そろそろ仕事じゃないのか？」

へろ松「何の？」

天平「何のって、夜泣きそーめんだよ」

へろ松「あれ、やめた」

天平「どうして⁉」

へろ松「向いてないから」

天平「少しは続けてみろよ。男はな、何か一つぐらい続けてやるもんだ」

へろ松「……やってる、一つ」

天平「へえー、何を」

へろ松「……寝小便（と悲しげ）」
天平「あんなのは続けなくていいの。あ、もういいだろ、入れとけよ」
へろ松「!?」
天平「布団だよ」
へろ松「あっそうか」
　へろ松、立ちあがる。
天平「オレんとこに泊まるのはいいけど、俺の布団に小便すンのだけは勘弁してくれよな」
へろ松「うん。……おっ母さんの夢見ると、やっちまうんだ」
天平「おい。……お前、おっ母さんの顔、覚えているのか」
へろ松「……（首振って）知らねえ」
　へろ松、小屋を出る。
　外は埋立地。
　布団が干してある。
　〝地図〟ができている。
へろ松「！」
　夢三郎が来たのだ。
　へろ松、〝地図〟を身体で隠す。
夢三郎「いる？　天平さん」
天平「へえ」
夢三郎「（にっこり）とうとう、突き止めた」

14　花乃屋で

　時次郎、座敷へ入ってくる。
時次郎「どうも、遅くなりまして……」
仇吉「どうしたの、その傷」
　引っかき傷が首に――。
時次郎「あ、ついてますか……チッ……（藤兵ヱに）女に爪が生えねェ工夫はないかねえ」
藤兵ヱ「引っかかれない工夫をしたほうが早いと思うね」
時次郎「アハハ、ほんとだ」
仇吉「真夏に、色傷（いろきず）は暑苦しくて嫌だね」
時次郎「すンません。……仕事だそうで」
仇吉「時さん、あんた、旗本二千石の安斉さんを知っているかい？」
時次郎「！　……参ったなあ、そんなことまで元締の耳に入ってるんですか、参った」
　ひとりで参っている。
仇吉「？　……」
時次郎「え？　違うんですか」
仇吉「何をしたんだい」
時次郎「あれッ、うまく引っ掛けられたなあ」
仇吉「なんだい、勝手に引っ掛かったんじゃないか」
時次郎「フーッ、仕様がねえ。話しますがね、暑苦しい話ですぜ」

15　回想・運河で

　時次郎、夜の運河を、例によって流している。
時次郎の声「二ヶ月ほど前かなあ？　川風がえらくいい具合の夜でしたがね」
　三十すぎの腰元ふうの女が岸で時次郎を招いている。
時次郎の声「舟を寄せると、ついてこいとおっしゃる。どうも武家の女は、権つく張りで面白くねえ……」

16　回想・安斉邸内で

　廊下をゆく。腰元は、他目をはばかる様子で、時次郎を急かす。
時次郎の声「仲々の御大身で、あとで判ったんですが、これが旗本二千石の安斉……」
　とある部屋に時次郎を招じ入れる。腰元は、去っていく。

17　回想・安斉邸　奥方の寝室で

　誰もいない部屋に時次郎。
時次郎「……」
　奥の間から灯りが洩れている。
　時次郎、静かに襖をあける。
　奥方の寝室だ。
　邦江25才が　静かに仰臥（ぎょうが）している。
　目を閉じて、品のある美しい顔。
時次郎「……夢屋時次郎でございます」
　何の反応もない。
時次郎「……お眠りになれないそうで」
　目を閉じたままだ。

時次郎「なんだ、眠ってるじゃないか……」
　時次郎、ギクッとする。
時次郎「死んでいる⁉　……」
　近づいて、手の平を鼻に近づける。
時次郎「⁉」
　耳を女の胸元に近づけた。
　その時、女は時次郎を両手で抱き締めた。
時次郎「！」
邦江「（低いが切迫した声で）抱いて下さい」
時次郎「そ、そんな……」
邦江「お願いです、早く……」
　邦江の目から涙が落ちている。

18　花乃屋で

仇吉「……で、そうしたの？」
時次郎「だから暑苦しいお話だって断ったでしょ」
藤兵ヱ「その女（ひと）は、まさか奥方じゃないんだろうね」
時次郎「奥方。それも、一昨年（おととし）お嫁入りの、若奥様だ。武家の女（ひと）は、品があっていいねえ」
藤兵ヱ「すぐ意見の変わる男だな」
仇吉「子供がほしいんだ……」
時次郎「え？」
藤兵ヱ「そういうことになります」

19　天平の小屋で

　天平のそばにすり寄っている夢三郎。
天平「そばに寄らねえでくれよ」
夢三郎「いいの」
天平「よかねえよ。オレはな、一と月ぐらい風呂に入ってねえんだぞ」
夢三郎「そういうの、好き。あたしね、男らしい匂いって　ほんとに好き」
天平「自分だって男じゃねえか」
へろ松「ヒャッ！　この人、男！」
　さっきから、まじまじと眺めていたのだ。
へろ松「嘘だァ！」
天平「男だよ、聞いてみろ」
へろ松「あの、あなた、男ですか」
夢三郎「ばか。（天平に）ねえ、こっちむいて、チラッと笑ってみて。お願い」
　と、手を合わせたりする。
　へろ松、夢三郎の着物の裾をそっと持ち上げて覗こうとする。
夢三郎「バカ！」
　と、蹴っとばされる。
へろ松「すンません」
　あわてて、外へ。
天平「へろ松、出るんじゃねえよ」
夢三郎「いいの、あんたは邪魔」
　へろ松、外へ出た。
へろ松「……ナゾだなあ」
　と——！　一人の侍が立っている。
　編笠姿で、じっと、小屋を見つめているのだ。
　へろ松を見て、つと、立ち去る。
天平の声「よせ！」
　天平が飛び出してくる。
天平「あー、気持悪ィ。泳いでくる」
　と駆け出すのだ。

20　箪笥（たんす）屋で

　時次郎がいる。
時次郎「へえー、あの奥方は、後入りなのか」
主人「へえ。四年前に、お輿（こし）入れになられた方は、ご病気で亡くなられたとかで……」
時次郎「とか⁉」
主人「……これは、噂ですが、前の奥方様は、井戸へ飛びこまれたとか、首をくくられたとか。ま、これは噂ですから」
時次郎「子供が出来ないせいじゃないのか？」
主人「さあ……」
時次郎「今度の奥方も出来ないんだろ？」
主人「いえ、先月、男のお子さまが、おできになりました」
時次郎「先月！」
主人「跡継ぎのお子様ですから、それはもう、大変なお喜びで」
時次郎「そんな腹具合じゃなかったぜ……」
主人「は？」

21　屋形船で

夜――。
仇吉とおけい。
おけい「じゃ、あたしの子供が後継ぎに⁉……」
仇吉「そ、旗本二千石の後継ぎにね」
おけい「……それなら大事にされているんですね」
仇吉「取り戻しますか？」
おけい「……二千石。……あの子は　そっちのほうが嬉しいでしょうかねえ」
仇吉「さあ……」
おけい「……あたしはきのうも体を売りました。あの子はもう、こんな母親は嫌でしょうねえ」
仇吉「さあね……。あたしだったら、嫌じゃない」

22　夜の天平小屋で

寝ている天平とへろ松。
暗い。
へろ松「……おっ母さん……」
天平「！」
へろ松「おっ母さん……」
天平「おい！　起きろ。小便だ、小便」
へろ松「あ、……いけね」
天平「もうやっちゃたのか」
へろ松「……もうちょっと早く起こしてくれたらいいのに」
天平「！　へろ松、出るんだ！」
シュルシュルと火縄に火が走っている。
天平「早く！」
へろ松を引っ張って外へ出ようとする、瞬間。
ドカーン！　と爆裂。

夜空に花火が打ち上がる。

草ムラの中へ転がり出る天平とへろ松。
へろ松「いてェよ、いてェよ！」
二人は火傷をしている。
ドカ、ドカーンと花火が爆裂。

その照明に、走り去る男の後姿。
侍の後姿だ。
天平、追おうとするが、顔は真っ黒けで、着物はボロボロ。
天平「くそッ……！」

23　安斉家門前

翌日――。
小さな葬列が門を出ていく。
喪装の邦江、そして夫の利正、利正の母久（60）などが、駕籠でゆく。
陰から見ている時次郎。
時次郎「……。オレに抱きついて来た女には見えねえなあ」
邦江の横顔は、品よく、そして哀しい。
時次郎「何の葬式だね」
と、そばの町人に。
町人「後継のお子様が亡くなられたそうで……」
時次郎「！　……ふーん」
と――！
一人の女が葬列に向って走っていく。
おけいだ。
おけい「返せ！　返してくれッ！」
葬列の中の侍、村上。
村上「無礼者ッ！」
打ちすえる。
道に倒れるおけい。
おけい「返して……返して……」
と、虫の声。
差し延べる手。
その前を葬列が通りすぎていく。
安斉利正、邦江、そして久――。
おけいには目もくれない。
助け起こす時次郎。
時次郎「……」

24　花乃屋で

藤兵ヱの部屋。
へろ松に火傷の軟膏を塗ってやる藤兵ヱ。
へろ松「痛いよォ……お父ッァん」

藤兵ヱ「我慢しろ」

　台所で――。

とんぼ「あらッ！　……」
　天平が出かけていく。
とんぼ「駄目よ、まだ寝てなくちゃ」
天平「すぐ帰る」
　天平、目をすえた態で出ていく。
　手首から腕に繃帯(ほうたい)を巻いている。
仇吉「天平」
　仇吉が出て来ている。
仇吉「茶屋は、お金なしでは上がれないよ」
　と、金入れをポイと投げる。
天平「すンません」
仇吉「横綱町の紫茶屋。あの子の名は夢三郎」
天平「……」
　うなずいて出ていく。
とんぼ「……（心配）」

25　安斉家で

　邦江の居間――夜。
　襖が開く。
　嫂の久だ。毅(き)然とした老女だ。
邦江「あ、お母さま……」
久「利正は」
邦江「……お出かけになりました」
久「……葬式を出した夜だというのに」
邦江「……」
久「あなたは、わたしを怨んでいるのですね」
邦江「……一つだけ、お聞きしたいことがあ
　ります」
久「……どうぞ」
邦江「前の奥方、加乃様は　本当にご病気で
　お亡くなりになったのですか」
久「なぜそんなことを聞くのです」
邦江「お答え下さい」
久「あなたは　わたしに命令するのですか」
邦江「いえ、お尋ねをしているのです」
久「……加乃さんは　病気で死にました」
邦江「！……」
　廊下に気配。
　廊下に、村上が中を窺っている。
久「何を怖がっているのです」
邦江「怖がってなどいません」
久「そうね。あなたはもう、怖がることはな
　いお人になりましたものね」
邦江「！　……」
久「怖がるのは、あたし達のほうです」
邦江「（唇をかむ）加乃様は殺されたと聞き
　ました」
久「！　……誰に、誰にですか！」

　廊下の村上、思わず刀に手をかける。

久「ま、いいでしょう」
邦江「……」
久「あなた、さっき、ありましたね」
邦江「⁉」
久「月のものです」
邦江「そんなことまで、お調べに！……」
久「先月、枕売りの男を連れ込みましたね」
邦江「！」
久「あの男のタネが宿れば、それもよかろう
　と思っていました。でも出来れば、あのよ
　うな下賤の者のタネは好ましくありませ
　ん。……村上を寄越します」
邦江「待って下さい」
久「なぜ、あなたは村上を嫌がる」

　廊下の村上――。
村上「……」

邦江「……毎日顔を合わせる者とは、嫌です」
久「……そうですね。それじゃ、こうしまし
　よう、村上は、ことが済めば下総の領地の
　ほうに出してもよいのです。……では村上
　を寄越します」
　久は出て行こうとする。
邦江「お母さま」
久「⁉」
邦江「加乃様やわたくしを嫁になどなさらず、
　あのお人を嫁になさればよかったのです」
久「あのお人とは誰です」

邦江「村上です」

久「！　……利正があれを好いていたのは昔のことです」

　廊下の村上、唇をかむ。

村上「……」

　そういえば、村上は美少年の面影がある。

久「それに、男同志では子供が出来ぬ」

26 ホモの世界

　現代――。

・男同士が絡み合っている。

・結婚式を挙げている男同士。

　――等々、外国のスチール。

・そして日本のゲイバー。

・さらに東郷健がゲイ姿で演説している、

「ゲイを認めよ！」

N「ホモは、先進文明国では×十人に一人といわれています。しかも高い教育を受けた者にその傾向が強く、これからますますその数は増えると思われます。しかし、ホモの歴史は古く――」

27 蔭間茶屋で

　稚児姿の美少女、女のなりをした美しい男たちが、艶を競っている。

N「天保の時代には、蔭間茶屋と称するその茶屋が江戸に×十ケ所、極めて繁盛をしております」

　店の前を覗いてゆく客たちは、金持ちの商人とか、高禄の武士といった連中で、貧しげなのはいない。

　編笠の侍が茶屋の中に入っていく。高禄の身なりだ。――安斉利正、三十二才。青白く、どこか脆弱な感じと、神経質で、高慢な感じとが入り混じっている。

利正「夢三は？」

美少年「あら、お殿様」

利正「夢三郎は！」

美少年「怖い顔……たまにはわたしのお相手して」

利正「部屋だな」

　上へ進もうとする。

美少年「だめよ」

利正「なに⁉」

美少年「お腰のもの」

利正「……」

　大小の刀を抜いて渡す。

　利正、奥へ。

美少年「（同僚に）ねえ、あたし　綺麗じゃない？」

28 紫茶屋　夢三郎の部屋

　妖しいムードの漂う部屋だ。

天平「そいつの名前を教えろ」

　夢三郎は素肌に紫の長ジュバン――美しい肢を見せる。

　刺青が妖しい。

夢三郎「逢いに来てくれるなんて、嬉しいわ」

天平「お前に惚れて追っかけている奴の名前だ」

夢三郎「ここでは、誰も名前はないわ」

天平「じゃ、どうやって呼ぶのだ」

夢三郎「そうね、お殿さま……」

　にじり寄る。

　荒々しく襖が開いて、利正が入ってくる。

利正「夢三(ざ)……」

夢三郎「……」

利正「こんな汚い男と、お前は……」

夢三郎「（天平に）あんた、どうする？　あんたのこと悪く言ってるわ」

天平「あんたか、オレの小屋に火をつけたのは」

利正「知らん」

天平「危うく死ぬとこだったぜ。一緒に来てくれ」

利正「金をやるから、出ていけ」

天平「もちろん金はもらう。花火代だけでも大した額だ。来てくれ」

　夢三郎、二人の男の睨み合いを挑発した笑みで見つめている。

夢三郎「ねえ、どっちが強いの、見せて」

　いきなり利正は隠し持った短刀で天平を突く。
天平「あッ！」
　腕に血！
天平「くそッ！」
　飛びかかる天平に、利正は短刀を投げつけて駆け出た。
　天平、その袂を掴む。
　が、袂は破れて、天平の手に残る。
夢三郎「あんたが勝った」
　天平にすがりつく。

29　夜の墓地で

　おけいが墓地を暴いている。
　真新しい卒塔婆が掘り出されている。
　立派な「安斉家之墓」地内である。
おけい「！　……」
　呆然としているおけい。
　墓の陰から仇吉。
仇吉「おけいさん、赤ちゃんの骨はありましたか」
おけい「何ンにも。……どうしてですか！」
仇吉「よその子供の骨など、安斉家の墓に入れないでしょう。葬式は見せかけだけですよ」
おけい「じゃ、あたしの子供は生きているんですね」
仇吉「生きてれば、葬式は出さないでしょう。……多分可哀そうだけど、死んでます。ひょっとしたら、殺されたのかもしれない」
おけい「そんな！　……」

30　運河で

　時次郎、岸に向かって——。
時次郎「眠れぬ夜は長くて辛い……鈴虫枕に、川枕……おかしいな」
　舟をつける。

31　安斉邸裏門

　時次郎が来る。
　門は堅く閉まっている。
　細い針金のようなものを取り出し、隙間に差し込む。
　閂（かんぬき）が外れた。

32　安斉邸　邦江の部屋で

　襖が開く。
　邦江、起き上がる。寝ていたのだ。
邦江「あッ！　……」
時次郎「しッ、わたしです」
邦江「……今夜は呼んだりはしません」
時次郎「この間と、寝衣裳が違っていますね」
　白い寝着だ。
　パッと、寝具をめくる。
　邦江、両足首を固く縛ってある。
時次郎「今、隠したものは、短刀ですね」
　邦江、隠した短刀を抜いて、おのれの胸を。——が危く時次郎の手がそれを摑み止める。
時次郎「死ぬ前に聞きたいことがあります。盗んで来た赤ン坊はどうしました」
邦江「！　……死にました」
時次郎「もっと正しく言ってもらいたいですね、殺したんでしょ」
邦江「（唇をかむ）……はい」
時次郎「……まさか、あんたが」
邦江「あたしです、あたしが殺しました」

33　赤ン坊　殺し

　小さな布団を押さえている邦江。
　その下に赤ン坊がいるのだ。
　赤ン坊の泣き声。
　必死に押さえつける邦江。
　泣き声が止まる——。

34　邦江の部屋で

時次郎「そりゃア　ひどいことをなすったですね……そうか、それで死ぬ気にねえ……」
邦江「毎晩、赤ン坊の泣き声が聞こえるのです」
　と顔を蔽（おお）う。
時次郎「当たり前だ、それですやすや眠られちゃ、赤ン坊の産みの親は浮かばれない」

邦江「赤ン坊に罪のない事は判ってます、でも、見も知らぬ子供を押しつけられて……その押しつけるお人が憎くて、つい……」
時次郎「誰だね、それは。亭主?」
邦江「一度だって、妻らしい扱いは受けず、一度だって体にも触れてもらえません、ただ、家の跡継ぎの為に、まるで女郎人形のように扱われてきました。……もう」
〝駄目です〟というふうに首を振る。
時次郎「でも、あんたが死ねば、また、あんたと同じような後入り(あと)が連れて来られるんじゃないですか」
邦江「……もう駄目です。あの赤ン坊の泣き声が、耳から離れないのです」
顔を蔽って泣く。
時次郎「⁉」

廊下に足――。去っていく。

時次郎「……」
邦江「わたしを殺して下さい」
時次郎「⁉」
邦江「毎晩、このようにして、死のうと思うのに、死ねないのです。自分で胸が突けないのです。お願いです」
時次郎、枕を懐から取り出す。
時次郎「……これは 鈴虫の鳴く声が聞こえる枕です。……もし これでもお眠りになれない時は」
懐から、小さな紙包み。
時次郎「……これで間違いなく眠れます。永くて、深い眠りです」
邦江「! ……(納得する)」
時次郎「おやすみなさい」
時次郎、外に出る。

35 廊下で

時次郎「……」
静かに暗い廊下を歩みはじめる。
時次郎「⁉」
邦江の部屋の方を振り向く。

36 邦江の部屋で

邦江の背後から刀が鋭く!
邦江「ウッ!……」
みるみる白い寝間着に血が広がる。
襖が開く。時次郎だ。
時次郎「!」
村上が血刀を下げて立っている。
ものも言わず、村上、時次郎に斬りつける。鋭い太刀筋だ。
避けた時次郎。
村上「狼藉者だ!」
廊下を駆けてくる足、足、足。
時次郎「天下の旗本ってのは、汚ねえんだな」
村上、斬りつける。
刀を撥(は)ね飛ばす時次郎。
庭へ走り出た。
囲まれる時次郎。
村上「出口を固めろ!」
庭の中で、死闘する時次郎。
が相手は多勢だ。
塀ぎわへ追いつめられる。
村上「弓だ」
弓が来た。
時次郎「……」
と、塀の上から縄が下りてくる。
塀の上に藤兵ヱ。頭布で顔は隠している。
藤兵ヱ「時さん!」
時次郎、縄に手をかける。
藤兵ヱは引く。
時次郎の身体は、身軽るく塀の上へ!
飛んでくる矢を手で払う時次郎と藤兵ヱ。
塀の向こうへ、ジャンプして消えた。

久が、廊下の一隅に立って見ている。
村上「取り逃がし申し訳ありません」
久「村上、とどめ」
村上「は?」
久「邦江はまだ生きています。とどめを」

　久は、去っていく。
村上「……はい」

37　安斉家の門

　葬列が出ていく。
　数日後の昼下がり。
　久と利正の顔がある。

38　昼の紫茶屋で

　昼下がりの蔭間茶屋は色褪めている。
　美少年〝美女〟たちも、上半身を見せて、けだるく爪をつんでいたり、昼寝をしたりしている。
　入って来たのは天平。
美少年「あら、やだ」
　と、肌を隠す。
天平「夢三はいるかい」
美少年「いるわ。（奥へ）夢ざさーん、いいヒトが来てるわ」
　天平の後ろにはへろ松。
　隠れるようにして、美少年、美女たちをみている。
〝美女〟「あら、も一人の坊や」
天平「呼んでるぞ」
へろ松「へ⁉」
美女「あら、面白い顔」
美少女「ま、ほんと」
　と〝女〟たち、活気づく。
美女「ねえ、ちょっと、上がりなさいよ」
天平「上がってみろ」
へろ松「やだよ……」
　夢三郎がしどけない恰好で出てくる。
夢三郎「あら⁉」
天平「涼みがてら、向島へ行ってみないか」
夢三郎「ま、嬉しい」
天平「面白い見せ物もあるんだ」
夢三郎「ほんと。待ってて、すぐ仕度するから。（と、入りかけて）……その子（へろ松）も一緒⁉」
天平「いや、こいつはここへ置いて行く」
夢三郎「あ、よかった！」
　と、奥へ。
へろ松「天平さん……」
美女「さ、早く来なさいってば。いろんなこと教えてあげるから」
天平「（小声で）寝小便が直る方法を教えてもらえよ」

39　茶室で

　ここは向島の川に面した茶寮。
　離れの茶室では――。
　久が茶を立てている。
　客に、武家の娘、直（なお）・十九才。
　そして利正。
　お見合いなのだ。
　直の隣には、直の父、高田治右ヱ門（60才）
　三十石の小身の侍だ。大身との見合いで
　治右ヱ門、硬くなっている。
久「……お身体は？」
治右ヱ門「は、身体のほうはまことに元気でありまして、小さい時より病気一つ致したことはありません」
久「そ。身体は丈夫でのうては……。前の嫁は二人とも、体が弱うて、うちへは病気療養に来たような具合でした」
治右ヱ門「それは、どうも……。万が一にもこの娘に限って、そのようなことは……」
久「ほんとに、嫁は身体が一番、何しろ、よい跡継ぎを産んでもらわねばなりませんから」
治右ヱ門「まことに、安斉様のようなご名門は早くお世継ぎがお産まれにならねば」
久「利正」
利正「は？」
久「いい娘さんですね」
利正「母上がお気に召されれば、わたしは……」
久「ま、まるでわたくしがもらうようなことを。……わたしは気に入りましたよ。元気で素直そうで……」
治右ヱ門「ありがとうございます。直、お礼を申しあげぬか」
直「……よろしくお願い致します」
　頭を下げる。初々しい襟首。
利正「……」
　無表情に見つめている。
久「さ、もう一服」
　茶杓を取り上げると、どういう加減か、茶杓の首がポロリと落ちた。
久「！　……（水屋の方に）茶杓、茶杓を持って来なさい」
　水屋の襖が開いて、入ってきたのは——仇吉だ。
仇吉「どうぞ」
　と新しい茶杓を——。
久「誰です！」
仇吉「縁結びと言いたいんですが、縁壊し。娘さん、この縁談はお断りになったほうがいいですよ」
久「利正、追い出しなさい！」
　利正、小刀を手にする。
　仇吉、さっと茶杓で煮えたぎる湯をしゃくった。
仇吉「動くと、湯が飛びますよ」
治右ヱ門「無、無礼者ッ！」
　と、刀に手を。
仇吉「お父さん、二千石のお旗本から、どうして三十石の小請普組の娘に縁談があるのか、おかしいとは思いませんか」
治右ヱ門「しかし……」
仇吉「この御曹司は、女に興味をお持ちにならないお人です」
久「利正ッ！　斬りなさい！」
利正「母上……」
　気弱な目で、久を見る。
久「おのれ！」
　久は気丈に茶碗を投げつける。
　仇吉、かわす、茶碗は砕ける。
仇吉「さ、早く」
　治右ヱ門、よくは判らぬが、あわてて娘の直を連れて外へ。
久「待て！　待ちなさい。今のことは根も葉もないたわ言……」
　入れ替わって、入って来たのは天平。
　そして夢三郎だ。
利正「！」
夢三郎「あら、お殿さま……」
仇吉「お見合いの相手なら、このお人が一番じゃないんですか」
久「あなたは何の怨みがあって、こんなひどいことを！」
仇吉「ひどいのはあなたでしょう。人の手から赤ン坊をとりあげ、とうとう殺してしまった」
久「殺したりはせぬ！」
仇吉「赤ン坊の骨はどこに捨てたのです」
久「村上！　新之介！」
仇吉「一度目の奥方もお殺しになっていますね。きっと、実家へ逃げて帰ろうとしたのを、困ってのことじゃないんですか」
久「村上！　新之介！」

40　茶室の庭で

　走ってくる村上新之介、その他数人。
　前に立つ、時次郎。そして藤兵ヱ。
時次郎「……今日は手ぶらじゃないぜ」
　手に鋭く光る刀。
　藤兵ヱは両手を差し出して構えている。
　手には縄。

41　茶室で

夢三郎「やだ、こんな見せもの。行こ」
天平「外で待ってな。すぐ済む」
夢三郎「ほんとよ」
　甘く天平に触って立つ。
利正「！」
　利正、小刀を抜いて夢三郎に突進する。
　天平、かばおうとするが、一瞬の差で利正の刀は夢三郎の胸に。
天平「何するンだ！」
　利正を撥ね退ける。
　腰をつく利正。

久「利正……」
夢三郎「やだ、やだ、やだよ……」
　胸を刺された夢三郎、よろよろと茶室から出ていく。
天平「夢三郎……」
　あとを追う。
久「利正……なんでお前は……」
　利正は呆然と、腰をついた形でいる。手には血刀——。
利正「夢三が死ぬ……夢三が死んでしまう」
　自分の血刀で胸を刺す。
久「利正！」
利正「夢ざ……」
久「利正……利正！　……」
　利正の肩を持って揺さぶる。
久「安斉の家はどうするのです！　どうするのです！」
利正「夢ざ……」
　息絶える。
久「！　……利正！」
仇吉「息子さんには花婿が一番似合っていたんですよ」
久「！　……」
　久、利正の刀を取ると、仇吉に向かって、ゆっくりと歩み寄る。
　刀を構えた気の強い老女。
仇吉「……」
　じっと、目を見つめて立っている。
仇吉の前で、久、力尽きて、膝をつく。
仇吉、静かに茶室を出ていく。

42　庭で

死闘している時次郎、藤兵ヱ——。
時次郎、村上新之介を刺す。
村上「……若様……」

43　夜の運河

水面下を夢三郎と利正の死体が手をつなぎ合って、流れていく。
N「旗本安斉利正と、蔭間茶屋の夢三郎とは手を取り合って心中死体で隅田川を流れ、人びとはこれを天保紫心中と名付けたとあります」

44　運河で

時次郎の舟に、天平。
天平、ぼんやりとしている。
時次郎「どうした」
天平「あ!?　……うん」
時次郎「夢三郎はいい女だったなあ、だろ」
天平「オレ、少しおかしいのかなあ」
時次郎「いや、いい女だった……」

45　運河で

屋形船で——。
仇吉とおけい。
仇吉「せめて、お骨だけでもねえ」
おけい「……（川の流れを見つめている）」
仇吉「川に流したというんじゃ、探しようがないものね」
おけい「はい。でも、流した場所が判っただけでも、供養が出来ます」
おけい、胸をはだける。
船べりから身を乗り出して胸乳を川にしぼっている。
仇吉「……」
藤兵ヱも、トモで川の流れを見つめている。

脚本解題

『必殺からくり人』第4話「息子には花婿をどうぞ」

梶野秀介

強烈な動と静のコントラスト

赤ん坊の誘拐から明るみになる世継ぎ騒動、その背景には同性愛の影がちらつき、やがて事態は最悪の方向に走り出す——。

「花嫁」ではなく「花婿」というサブタイトルが目を引くエピソード。脚本からの大きな改変こそ少ないが、色事や男色にまつわるシーンが映像を得て、よりコミカルな膨らみを見せている。#11の花乃屋における、陰間を理解できないとんぼと、藤兵ヱと天平のやりとり。#14、#18の勝手に動揺する時次郎と、下世話な話に目を輝かせる仇吉。#19、#38における夢三郎と天平、へろ松の陰間茶屋での一幕など、脚本では表現しきれない表情や会話のテンポなどを、工藤栄一ならではの近景と遠景を生かした立体的な画面構成で展開。一貫して天衣無縫な夢三郎、徹底して振り回される天平など、登場人物それぞれの表情が笑いを誘う。

しかし事態が深刻さを増してクライマックスを迎えると、騒がしさから一転。事件の終焉が、心中死体とナレーションによって、ぞっとするほどの静寂で表現される。

さらに、おけいが亡き赤子のために川に母乳を流すラストシーンでは、ナレーションすらなく自然効果音のみという、格別の悲痛さと静けさをもって物語の幕が閉じられる。この動から静への落差。この筆力と表現力。早坂脚本と工藤演出のギアががっちり噛み合った極上の画面づくりである。

特筆すべき変更は#25、久と邦江の会話シーン。シナリオ上は「男同士では子供が出来ぬ」という久のセリフで終わるが、本編では鏡の前に座った久が真っ赤な紅をさす露悪的なカットが追加されている。このシーンにかぶるように#26、ホモセクシュアルの説明。本編のナレーションは「先進国ほど多いと言われています」と一部を修正。雑民党の党首・東郷健の演説は登場せず、同性婚や絡み合う男たちの写真も変更されて、抽象的なイメージ画像の羅列となっている。

#28の天平と利正の対決では、脚本と変わって利正は燭台を武器に使用。#31で安斉邸に潜入しようとする時次郎は、本編では枕ベラを使用。#36で村上と対峙したときも、枕ベラを防御用に取り出して刀を受けている。#40の殺し、時次郎は長ドスだけでなく枕ベラも併用

して戦う。＃41、脚本では自害を匂わせる久の描写があるが、本編では仇吉ともつれ合ったまま画面から消え、最期は描かれない。＃42、天平も殺しに参加して水中爆破技を見せる。＃43はシナリオどおり。なお「天保紫心中」という事件は実在せず、第2話の「菩薩花火」同様、史実であるかのように語られる早坂マジックである。

同性愛を母性愛に寄せた早坂流情話

ゲストでは、なんといっても安斉利正の母・久を演じた原泉の存在が大きい。その後も『必殺仕舞人』『新必殺仕舞人』で依頼人の善行尼、映画『タンポポ』ではスーパーの食品を指で潰す〝カマンベールの老婆〟など、怪女優として不動の地位を築いた。利正役は、ロカビリー出身で現在ではアニソン歌手の大御所として名高い佐々木功（現・ささきいさお）。『必殺仕置人』第6話「塀に書かれた恨み文字」でも、藩主の兇行に逆らえない若き家臣を演じ、持ち前の美声は嗚咽しながら夢三郎の死を嘆く本話でもいかんなく発揮された。なお、オンエア当時はすでにアニソン歌手としての地位を獲得しており、木曜日の『大空魔竜ガイキング』、日曜日の『UFOロボ　グレンダイザー』に挟まれて、金曜日の「夢三ーッ！」であった。

いっぽう当の夢三郎役は舞踊家・西川鯉之亟。安政七年に端を発する、由緒正しき名古屋西川流の継承者である。村上新之介役は高峰圭二。ベビーフェイスながら、悪役が非常に多いことで有名。紫茶屋の美少年役は梨園から片岡秀寿（のちの二代目片岡松之亟）。また脚本に存在しない役だが、劇中で強烈なインパクトを与えた〝美女〟としてクレジットされているのは芦屋凡凡。カメラ目線でニッコリしたり、ワイングラスで乳房吸引器の真似事をしたりと、本筋そっちのけの見せ場を作った。芦屋一門であり、雁之助の紹介でゲスト出演したと思われる。俳優引退後は、メディアプロデューサーに転じた。

表向きは男色をトピックスにしている本話だが、それはスキャンダラスな惹句的味つけであり、話の軸として貫かれているのは母性愛。当事者である安斉利正、夢三郎、村上新之介の心情は、第三者の視点以上に深くは描かれず、その代わりに赤子を奪われて涙をこぼす町民おけい、衆道に狂った息子の振る舞いに業を煮やし、世継ぎを作るために策謀を企てる武家の久といった対象的な二人の母親、そして母親になれなかった一人の女性を掘り下げた作品として仕上がっている。

シナリオ集『天下御免　番外編』の田中優子との対談において、テレビでは同性愛関係はなかなか難しいでしょうという田中に対し、早坂は「僕自身にもそういう感覚がないから気持ちがわからない」と述べた。あくまで推測の域を出ないが、利正たちの内面が描かれないのは、昭和の世情を反映した同性愛ネタというプロデューサー側の発案に対し、早坂がテクニックを駆使して、得意な親子の情話に寄せた結果――なのかもしれない。

公開セミナー採録

早坂暁　必殺シリーズを語る

2003年7月6日、横浜情報文化センターにおいて公開セミナー「名作の舞台裏」（第6回）が行われた。『必殺仕置人』の第1話「いのちを売ってさらし首」の上映後に脚本家の早坂暁、俳優の中村敦夫、白木万理、プロデューサーの山内久司の各氏が登壇してのトークイベントを開催。主催である放送番組センター様と放送人の会様の協力のもと早坂氏の発言を採録・再構成し、生前の貴重なコメントとして本書に記録させていただく。

苦労しながらも楽しんで書きました

ぼくは必殺シリーズの前半を書いたんですね。まぁ脚本もさることながら、いちばん担当したのは冒頭のナレーションなんです。最初に「この作品は、なんのためにどうして作るのか?」という理念を楽しく歌い上げているわけです。

まず人を殺していいかどうかとなると、なかなか難しい。しかもお金をとって殺すとなると、いろいろと問題があるわけですけども、しかし考えてみますと、一種の被害価格なんですね。被害価格。やっとこういう問題が日本の法廷で提出されてかかっています。完全には出ませんけど、この被害価格の先鋒をですね、現代劇ではなかなかできないもんですから時代劇でやったんです。いちばん最初が『必殺仕掛人』、どんなナレーションを最初に作ったかというと……（読み上げる）。

はらせぬ恨みをはらし
許せぬ人でなしを消す
いずれも人知れず
仕掛けて仕損じなし
人呼んで仕掛人
ただしこの稼業
江戸職業づくしにはのっていない

こういうのが、最初の前置きなんですね。まぁ「江戸職業づくし」なんてものが、あるのかないのか知りませんけど（笑）、これが第1回で、その後シリーズがどんどん出だした。最初は池波正太郎さんの原作で始まったんですが、原作からずいぶん離れていくわけですよね。

そうしましたら……なんか怒ったんでしょ、池波さんが。「あんなものとは違う。もう『仕掛人』はやらしてあげない」とか言って、山内（久司）さんも困りまして。それで困ったけれども、さすがはテレビ屋さんですね。『仕置人』とか『からくり人』とか、似たような名前のシリーズをどんどん作って、オリジナルの『必殺』というタイトルだけは残していった。

ぼくとしてはね、この前置きのナレーションが、なかなか上手くできたなと思っていまして、もうひとつ読ませてもらいますと、これは『必殺必中仕事屋稼業』です。

金に生きるは下品にすぎる
恋に生きるは切なすぎ
出世に生きるはくたびれる
とかくこの世は一天地六
命ぎりぎり勝負をかける
仕事はよろず引き受けましょう
大小遠近男女は問わず
委細面談 仕事屋稼業

これは誰が読んだのかなぁ。あ、（藤田）まことさんが読んだ。ほかにも『必殺仕置屋稼業』は草笛光子さん、『必殺仕業人』のときは横須賀の歌が……「港のヨーコ・ヨコハマ・ヨコスカ」って、ダウン・タウン・ブギウギ・バンドが流行ってたころで、（宇崎）竜童さんに頼んだんですね。それから『必殺からくり人』は山田五十鈴さんが出たんです。

雨が降ったら傘をさす
つらい話は胸をさす
娘十八 紅をさす
魔がさす 棹さす 将棋さす
世間の人は指をさす
許せぬ悪に
とどめ刺す

うん、よくできてますね（笑）。こういうナレーションは苦労しながらも楽しんで書きました。ドラマの中身は陰惨な話ですよね。ぼくは20本ぐらい書いたんじゃないかと思いますけれど、お金をもらって人を殺していいという悪は、あるようで、なかなかないんです。

女にひどいことをする、汚職をする、権力を笠に着て何かやる……三種類ぐらいしかないのですから、ぼくなりにそういうパターンを書いた。それから先はもう、ほかの脚本家のみなさんに譲ったんですけれども、この前置きだけは自分で書きました。いかにアタマで話題を集めて、ユーモアを持ち込むかというのがやっぱり必殺シリーズの大切なところですから。

角栄さんを時代劇で書いてやろう

まことさんは喜劇もやれる人ですからね。ああいう部分をひょいと出せるというのが、あの人のいいところで、まったく必殺シリーズに持ってこいだったと思います。日常的に下品な笑いをするじゃないですか。卑しいような、下品な笑いをする。あれは、見ているわれわれと同じ笑いなんですけれど、それを持ちながら裏ではすごいことをやっちゃう。

必殺シリーズは主人公が全部職業を持っているのが、『木枯し紋次郎』と違うところ。無職でさすらっているフリーターではない。ちゃんと職業を持っている人間が殺しをするというのがとても大事。その代わり、職人として殺しを見事に仕上げる職人技を見せている。そういう意味では、殺しのほうで人間国宝的な存在になるような連中なんです。

殺しをちょうどいいように仕上げるのは、仏さんを彫る仏師とか焼き物屋さん、絵描きさんと同じような精神なんですね。だから殺しの美しさを職業的に……ですから職人のように一生懸命凝りに凝ったかたちで行うのが却っておかしいんですね、テレビを見てて。

殺すのは簡単ですよ。簡単だけど、それを凝りに凝って、そこにこだわるという。食べ物だとラーメンのようなものですね。「たかが殺し、されど殺し」なんですね。職業を持った人がやるから一見犯人のようには見えない。ところが陰では、凝りに凝って、殺して殺して……そういう日本人の持つ職人気質というのがぼくは好きで、それを書いたんですね。それほど職業的な人たちなんだけど、江戸職業づくしにはない。必殺シリーズというのは、そこがおもしろかったんです。

やっぱり笑いをどうやって書くかというのは難しい。

左から山内久司と早坂暁（写真提供：公益財団法人放送番組センター）

悲劇は書きやすいんですけど、喜劇は本当に難しいです。そういう意味ではいい人たちがそろってくれましたんで。悪役の殺される側の人も、すごく生々しくて、それでフッと笑うと、すごく愛嬌があるんですね。先ほど上映された『仕置人』の浜田屋さん（大滝秀治）だって、笑うとすごく愛嬌がある。人間同士ですから、愛嬌の部分をどう出すかは苦労しましたね。

いちばんの思い出は、田中角栄内閣が終わってロッキード事件のころですが、角栄さんを時代劇で書いてやろうと（『必殺からくり人』第2話「津軽じょんがらに涙をどうぞ」）。角栄さんみたいな男が越後から出て、宿場宿場でいろいろな悪いことをして江戸までやってきて大物になる。ところがギリギリのところで悪事が発覚して、たしか花火のなかで死んでいくと思うんですけど、その彼が、角栄さんと思しき人が「（越後から）出てくるんじゃなかった」って言って死ぬ話を書いたんです。とにかく、その一言を書きたくて書いた。

ぼくは角栄さんに「あなたは魅力的な人なんだけど、本当は出てきちゃいけなかったんだよ」と言いたかったんですね。でも本人には言えませんから、本人が死の間際に「出てくるんじゃなかった」と気づく。あそこがいちばん気に入っている。これは時代劇じゃないとできないんです。あの役を演じた岡田英次さんも「これは角栄さんだな」と、わかってくれました。

やられる側に立って脚本を書く

ぼくはもう一貫して、やられる側に立って脚本を書く。やられる側の視点から書く。ですから、芝居を受ける側の表現ですよね。日本人というのは、そういう芝居を受けて……やられる側の表現力が乏しい民族だと思います。体制のなかで「右へ習え」と、周りばっかり見ながら何千年と暮らしてきた民族ですから、やられる側の表現が非常に乏しいわけ。

本当に切羽詰まって食えないときは、一揆とかありますけど、やられる側の表現をどうやって出すことができるか……とりあえずは、お金で殺してくれる人を探すわけです。彼らは彼らで、殺しというのは、やられる側の表現なんですね。

ですから一貫して、やられる側の表現をどうやって見つけたらいいかということを考えてました。いろんな事件を取り上げましたけれども、すべてやられる側からの表現を、かたちを変えて書く。中身は非常に悲劇的です。平的に見えるかも知れない。しかしそうではなくて、やられる側の表現をいかにしてやるか……そういうことばっかり考えてます。それは今も変わりません。

ぼくは「脚本を書いてくれ」と頼まれて、いつも走りながら勉強しています。勉強してから取りかかるということはなかった。もう走りながら、書きながら勉強しています。そういう時代だったし、今後もそうだと思います。本当にテレビはバカにされていました。ぼくらが始めたころは〝電気紙芝居〟と呼ばれていて「そんなことあるものか、テレビに何ができるか」と、そればっかり考えていた。今後もテレビに何ができるかを考える人がいる限り、テレビは常に進化していくと思いますよ。

〝縦線〟が通っている映像美

必殺シリーズというのは大阪のテレビ局、そして京都の撮影所で作っていたのが非常によかったと思います。東京で作っていたら、もっと早くに潰されていたでしょう。そして〝縦線〟が通っている。縦線というのは、画面に奥行きがあるということです。考えてみますと、必殺シリーズを作ったメンバーというのは全部映画の人たちです。そのころ映画の人たちは、本当にテレビを憎んでいるわけですね。テレビのせいで自分たちの仕事がなくなってしまう。

その腹いせを兼ねて「お前らの作っているドラマはなんなんだ」と。ぜんぜん映像の美しさを考えていないじゃないかと。俺たちが作って見せてやる、金がなくてもちゃんと作れるんだというのが必殺シリーズの奥行きのある映像。縦線が通っている。ところが映画がだんだんワイドになっていき、じつは映画そのものが縦線を通すということを忘れてちゃったんです。

もともと昔の映画はですね、非常に縦線をよく描いていた。京都なんかで縦線をやったら、こう路地があってですね、表の道を駕籠が通ったり、八百屋さんが野菜を売ってたり……考えてみますと、横幅は際限があるけれども奥は無限なんです。奥行きは無限なんですよ。

とくにテレビというのは画面が小さい。昔の映画よりもっと小さい。その状況で「縦線は無限にある」ということを見せてくれたわけです。それが必殺シリーズのテレビにおける映像表現の役に立ったのではないかと思います。その心地よさに平尾（昌晃）さんのロック調の音楽との計算ですね。

ぼくは二流がいちばんいいと思う

テレビのドラマというのは、動きが少ないんです。映画の楽しさというのは、向こうからワーッと走ってきて、その間をちゃんと撮れる。テレビは残念ながら動きが少ない。そして俳優さんも走ったり動いたりするのが下手です。まず日本人は歩くのが下手、洋服で歩くのが下手なんです。

しかし、着物で歩くといい。これは外国人に負けない歩き方で、腰を低く落として歩く。それをずっと撮ってくれているのが必殺シリーズなんですよ。みんな着物で、日本人の歩きの美しいこと、美しいこと。やっぱり時代劇だからですね。こういう日本人の動きが美しいということを見せてくれたのも、やっぱり魅力ではなかったかと思います。

しかし残念ながら、着物での所作をね、最近は演出家が教えられないんです。ですから、もう任せちゃう。役者さんに衣裳も任せてしまう。そういう意味では非常に危機的な状況になってしまった。〝ニッポニアニッポン〟……トキみたいなもので、もう絶滅危惧種みたいな感じがしますね。

この状態は歌舞伎と一緒なんです。松竹さんの悪口を言うわけではありませんよ。歌舞伎伝来の芝居のなかでは、演出家は存在しません。たとえば（市川）猿之助さんに演目をお願いしたら「はい、やりましょう。うちの役者をこれだけ出しましょう」と、本人がOKしたらいいわけ。演出は猿之助さんがつける。いま、テレビもそうやって歌舞伎化していっているわけですね。つまり、全部役者さんに任せてしまう。

いざ演出するときも、演出家はもう演技の注文なんかつけないで「いや〜、よかったよ〜」というふうに役者をヨイショしながら撮るわけでしょう。ですからテレビのドラマがいまは非常に歌舞伎化……いや、歌舞伎そのものではなく、歌舞伎のシステム未満になっている。有名な俳優さんにヨイショしていれば、それで済むという困った時代が来ています。ちゃんとした時代劇を撮ってみせれば、どっかで突破口は開けてくると思っているんですけどね。

ぼくはね、二流がいちばんいいと思う。俳句もそうだったんです。第二芸術論と言われて、そういう二流のものとして扱われていた。浮世絵だってそうですよ。狩野派の絵画が上で、庶民の浮世絵は下。ところが、それが多く作られて、非常にショックを与える。そういう二流のエネルギーが進化を促すんです。いまだにテレビは二流です。ひょっとしたら三流かもわかりません。だから若い人がどんどん出ている。一流になったらやめましょうね。

いまの時代に〝悪〟が見えなくなっているというのは、やっぱり怠慢です。悪はね、ちゃんと見えます。ただ、ちょっと仕組みや言い訳がいろいろ付いているだけであって、その言い訳を剥がしていくと単純なことです。お金がほしいとか、立派になりたいとか、自分をちゃんと扱ってくれないだとか……動機は全部それなんです。犯罪の動機は昔となんも変わりません。

ただ、いろんなビラビラを付けているので、見づらいようになってますが、よく見えます。ビラビラの言い訳が多いぶんだけ、よくわかります。ですからぼくはそういうものをやっていきたいなと思っているのですが、なかなかそういう企画をやろうという局のプロデューサーがいない。今みたいなものをやっている限り、テレビは廃れます。そういうときにこそ、満を持してやりたいと思っているんですけどね。

２００３年７月６日開催「公開セミナー　名作の舞台裏　第６回　必殺仕置人」より採録・再構成

『必殺からくり人』第5話
「粗大ゴミは闇夜にどうぞ」

脚本：早坂暁
監督：大熊邦也
放映日：1976年8月27日

※本編クレジットは「治兵ヱ」を「浜兵ヱ」、「金田龍之介」を「金田竜之助」と表記

【キャスト】

夢屋時次郎	緒形拳
仕掛の天平	森田健作
花乃屋とんぼ	ジュディ・オング
八尺の藤兵ヱ	芦屋雁之助
八寸のへろ松	間寛平
目付北川佐十郎	新田昌玄
港屋多恵	弓恵子
やくざ政吉	内田勝正
番頭治兵ヱ	石浜祐次郎
半田屋	永野達雄
中番頭	松尾勝人
人足頭	パンク鳴也
政吉の手下	暁新太郎
	丸尾好広
男	前田竜男
大前田英五郎	金田龍之介
花乃屋仇吉	山田五十鈴

【スタッフ】

制作	山内久司
	仲川利久
	桜井洋三
音楽	平尾昌晃
編曲	竜崎孝路
撮影	石原興
製作主任	渡辺寿男
美術	川村鬼世志
照明	釜田幸一
録音	二見貞行
調音	本田文人
編集	園井弘一
助監督	松永彦一
装飾	玉井憲一
記録	川島庸子
進行	黒田満重
特技	宍戸大全
装置	新映美術工芸
床山・結髪	八木かつら
衣裳	松竹衣裳
小道具	高津商会
現像	東洋現像所
製作補	佐生哲雄

殺陣	楠本栄一
	美山晋八
題字	糸見溪南
ナレーター	松倉一義

主題歌「負け犬の唄」（作詞：荒木一郎／作曲：平尾昌晃／編曲：竜崎孝路／唄：川谷拓三／キャニオンレコード）

衣裳提供	浅草 寶扇堂久阿彌
製作協力	京都映画株式会社
制作	朝日放送
	松竹株式会社

1　新・夢の島で

広大な埋立地を数十台のゴミトラックが砂塵を上げて走ってくる。

ゴミが海中に投入されていく。

荒涼たる埋立地に天平が立っている。そばにとんぼも。

その周辺にはベッドのマットや子供の玩具、壊れたテレビなどが散乱している。

天平「凄えなあ、まったく……」
とんぼ「あら、これなんか、壊れてないわ……」
天平「こんな調子じゃ、今になくなっちまうね」
とんぼ「何が?」
天平「東京湾」
とんぼ「江戸湾でしょ」
天平「あ、そうか……」

2　江戸の朝

何十台という大八車がガラガラと威勢よく無人の町をゆく。

——ゴミ車だ。

道ばたのゴミの山を、掛け声を上げながら積んでいく。

N「百万都市江戸の時代からゴミはやはり大きな問題でした。最初は川や空き地に捨てていたのですが、それでは追いつかず、元禄時代にはゴミ集めの業者が現れ、それも奉行所認可の二業者が江戸のゴミ集めを取り締まったのです。一つは、港組、もう一つは丸半組。」

大八車に港印と丸半印がそれぞれついている。人夫のハンテンにもそれが染め抜かれてある。

3　埋立地で

ゴミを捨てる。

N「集めたゴミは、今と同様、江戸湾へ捨てます。——こうして出来た埋立地がこの部分」

4　地図

東京地図。

江東地区を色分けして示す。

N「今の石原町、××町一帯ですが、当時は五十万坪、百万坪と呼んでおり一面の荒野といった感じでありました」

5　百万坪で

天平小屋がある。

天平が花火玉を外で陰干ししている。

じっと見つめているとんぼ。

天平「……何見てんだよ」
とんぼ「天平サン」
天平「つまんねえもの見てんだなあ」
とんぼ「そうかなあ、つまんなくないよ」
天平「フン、いつも、汚ねえだの臭いだのと言ってるくせに」
とんぼ「汚いのは確かよォ」
天平「そんなとこに突ッ立ってると、真っ黒けになるぞ」
とんぼ「いいわよ」
天平「よかねえよ。娘は色の白いほうがいいんだ」
とんぼ「あら!　天平さん色の白いのが好きなの……」

ピョンと日陰に入る。

天平「バカ!　危ないじゃないか!」

花火玉を蹴飛ばしそうになったのだ。慌てて花火玉を抱き上げる。

とんぼ「……」
天平「帰れよ、もう」
とんぼ「天平さんは花火玉のほうが大事なのね」
天平「そんなこと言ってンじゃねえよ」
とんぼ「いいわ、帰るから。もう洗濯ものなんか届けに来ないから」

すっかり怒って帰っていくとんぼ。
天平「……」
どんどん帰っていくとんぼ。
天平「……バカはまずかったかなあ」
そっと花火玉を置く。
天平「⁉」
向こうのほうでとんぼ、立ち止まっている。背を向けたまま――。
天平「……泣いてやがる……おーい、悪かったよォ！……謝るから帰ってこいよォ！」
ふり向いたとんぼの顔――泣いているんじゃない、何かに脅えた顔だ、指が地面を差している。
天平「⁉」
走る天平。
天平「どうした⁉」
とんぼの指すあたり――！
地面から人間の手首が！
――無念げに虚空を摑んでいる。
とんぼ、やにわに走り出そうとする。
天平「何処へ行く」
とんぼ「知らせなきゃ」
天平「誰に」
とんぼ「誰にたって、決まってるじゃない、お上……」
天平「バカ」
天平、地面から出ている手首のあたりを、木片れや土をかけて、隠していく。
天平「……（小さく）またバカと言っちゃった」
とんぼ「⁉　……何でそんなことするのよ」
天平「……（黙々と作業をしている）」
とんぼ「ねえ！」
天平「……とんぼ。オレたちは陰の人間だ、判っているだろう、調べられちゃ困る人間だ」
とんぼ「……判ってるわ。でも、人が目の前で死んでいるのに……」
不意に悲しくなる。
天平「ゴミが落ちてると思えばいいんだ」
とんぼ「！　……」
強い目で天平を見ているが、身をひるがえして走り去っていく。

6 花乃屋で

夜。
流しの仕事の恰好で仇吉と藤兵ヱ。
仇吉「（奥へ）とんぼ、出かけるからね」
返事がない。
仇吉「おかしなコね、晩ご飯も食べないで」
藤兵ヱ「姐さん、ひょっとしたらとんぼちゃん……」
仇吉「何？」
藤兵ヱ「天平が好きなんじゃ……」
仇吉「（強く）まさか！」
藤兵ヱ「へえ、そうでなけりゃ、いいんですが。……姐さん、あの二人が兄妹というのは本当ですか」
仇吉「……」
藤兵ヱ「もし本当なら、早くそのことを二人に……」
仇吉「第一、あの二人、会えば必ず喧嘩じゃないの。好きだなんて……」
振り切るように出かけていく。
自分の部屋でボンヤリ坐っているとんぼ。
とんぼ「……遠く見やれば鬼の島、近く見やれば情島（なさけ）」
つぶやくように唄っている。
――八丈島小唄です。

7 夜の運河で

舟でゆく時次郎。

時次郎「〽ねーむれぬ夜は、ア、ア、ア……（と大アクビ）……ゆうべ遊びすぎちゃったなあ。……あんなブスデブに一両もとられちまって、フン、ほとんどバカみたい……」

ブッブッと橋の下へかかる。

潜（くぐ）り出た途端に、ザブーン！

水しぶきをかぶる。

時次郎「バカ！」
　破れ畳だ。
時次郎「危ねえじゃねえか！」
　橋の上に気のいい男。
男「すみません」
時次郎「第一、粗大ゴミは川に捨てちゃアいけねえとなってるだろ」
男「へえ。……近頃大きいのはゴミ屋が持ってくの、いやがりまして、すみません、拾います」
時次郎「〝川はきれいに致しましょう〟、そう書いてあるだろ」

8　百万坪の埋立地で

　夜、天平は死体を掘り出している。
　死体が出てくる。三十五、六の男だ。
　着物ははぎとられている。裸だ。
天平「身許が割れないようにしてやがる……」
　と――！
　足の部分を抜くと、白く足袋が――。つまり足袋だけが残っている。
天平「白い夏足袋……それも四ツ小ハゼか」

9　運河で

　舟の時次郎。
時次郎「！　……この野郎、まただな」
　暗い河岸を、大きな荷物を担いだ男が二人、あたりをはばかるように急いでいる。
　橋を渡る。
時次郎「捨てねえ……」
　橋を渡ってしまう。
時次郎「じゃ、泥棒か!?」
　急いで棹を刺す。

10　町の裏通り

　男二人、大きな荷物を持って、通り抜けている。左右の様子を見た。
　露地のハシまで来る。
　大きな通りの出口だ。
男A「さ、走るぜ」
男B「うん」
　二人、荷物を担いで走り出す。
　……時次郎が来た。
時次郎「!?　……そっちはお城の濠（ほり）じゃねえか」

11　濠で

　男二人、濠端につくと、荷物を広げる。
　人間が出てくる。
　いや、人形だ、人間大の。それも壊れている。
　それに壊れた行燈、壊れた仏壇、など。
　二人は、濠の中へ投げ込む。
　男二人、一目散に、逃げ去る。
　――時次郎が来る。
時次郎「……壊れ人形に、壊れ仏壇。粗大ゴミばかりじゃねえか」
　堀に浮いている。
時次郎「どういうことだ、これ」

12　花乃屋で

　明日――。
　白足袋を仇吉に見せている天平。
仇吉「いい絹足袋だね」
天平「どこで扱っているんでしょうね」
仇吉「そうね、これだけの足袋といや、片町の八坂屋か……」
藤兵ヱ「日本橋の丸見屋……」
　とんぼが冷えた麦茶を持ってくる。
天平「あ、すまねえな」
とんぼ「別に」
　プイと、お茶を置いて出ていってしまう。
仇吉「なんだろね、あの子」
藤兵ヱ「小ハゼに、小さな刻印がありますね」
仇吉「どら、ほんとだ。こりゃァね、特別のあつらえものだね、余程の金持ちだ」
天平「どうも」
　足袋を引ったくるようにして走るように出ていく。
仇吉「なんだろね、あの子も……」

13　港屋前

大きな店構え。

といっても普通の商店と違う。

ゴミ車が何台も店先に並んであり、店の中は、ゴミ集めの男たちが何十人と休んでいる。

——つまりゴミ集め屋の港屋である。

天平が来る。

店の中へ。

14　港屋で

人足たちが集まって、茶を飲んだり、将棋を指したりしている。
帳場の後ろには、町名が記されて、一番組、半次、長吉、栄助、とずらり名前……二番組、三番組……十三番組まで、名札が連ねてある。
ちょっとした壮観である。
帳場には番頭の治兵ヱ（35）。
治兵ヱ「八番組、終ったね！」
組頭「へえ！　終わりました！」
と、仲々活気がある。
天平、来る。
天平「すみません、……旦那さんに会いたいんですが」
中番頭「旦那様!?　なんだお前は」
天平「へえ、ちょっと用が」
中番頭「人夫の雇いはあっちの帳場だ」
天平「いいえ、旦那さんのことでちょっと」
治兵ヱ「（聞きつける）何だね、あんたは」
天平「へえ、旦那さんの足袋のことで」
と懐から足袋を。
治兵ヱ「！　……こっちへ。奥へ入っとくれ」

15　港屋の座敷

立派な座敷だ。
一人、坐っている。
天平「待たせやがるな……」
と、女が治兵ヱと来る。港屋のお内儀、多恵だ。——32才。
多恵「お待たせしました。港屋の家内です。確かにこれは、うちの人の足袋ですが、これをどこで？」
天平「百万坪です」
多恵「百万坪!?」
治兵ヱ「そこに捨ててあったのですか」
天平「ええ、履いたまんまね」
多恵「履いたまんま!?」
天平「つまり、男の死人がね、履いてたんですよ」
多恵「……」
天平「じゃ、あの死人はこちらの旦那さんですね」
多恵「うちの人は死んだりしていません。何を言うのですか、ちゃんと生きてらっしゃいます」
治兵ヱ「本当だ。つまらん言いがかりをつけに来ないでくれ」
天平「言いがかりなんかじゃないよ。オレは親切で来たんだぜ」
多恵「治兵ヱ」
治兵ヱ「はい」
多恵「うちの旦那様は、今さっき、仕事でうちを出かけたばかり、縁起でもないことを言わないで下さい」
治兵ヱ「足袋は確かに受けとりました。どうも」
と、紙包みをスッーと。

16　時次郎の家で

枕をつくっている時次郎。
天平「どう思うね、時次郎さん」
時次郎「どうも思わないね」
天平「もう聞かねえよ（プイと立つ）」
時次郎「ほんと気が短いな、お前は。大体な、むつかしい細工している時に、聞くほうがムリだぜ。だろ？」
天平「その細工、いつ終わるんだ」
時次郎「あさって」
天平「判ったよ！」

時次郎「待てよ。ちゃんと聞くからさァ（と、枕をわきへ置く）。お茶」
天平「（ドンと茶ビンを置く）」
時次郎「割れるじゃねえか、バカ」
天平「バカ⁉」
時次郎「怒るなよ、バカったって、ほらお前だってよく言うだろ」
天平「……（おとなしく）言う」
時次郎「……いやにおとなしいんだな」

17　河岸で

へろ松が釣りをしている。
時次郎が来る。
時次郎「釣れるか」
へろ松「あ、時次郎さん」
時次郎「何だ。釣れてねえじゃねえか」
へろ松「うん、えさつけてないから」
時次郎「じゃ、何の真似してるんだ」
へろ松「ここが一番涼しいんだよ」
時次郎「じゃ、ただ涼んでろ」
へろ松「でも、ただしゃがんでると、うるさいから」
時次郎「うるさい？」
へろ松「そ、どうしたんだとか、変な気起こすなよ、とか」
時次郎「言わねえよ、誰も。……おい、仕事があるんだ」
へろ松「涼しい仕事？」
時次郎「ぜいたく言うな」

18　港屋で

へろ松、来る。
へろ松「すみません。働きたいんですけど……あのう、働きたいんですけどオ」
人夫頭「なんだ、まだガキじゃねえか」
へろ松「でも働きたいんですけど」
人夫頭「朝早いぞ」
バチバチと肩のあたりを叩いてみるのだ。
へろ松、耐えている。

19　奉行所

南町奉行所。
港屋の多恵と治兵ヱが入っていく。
丁度、五十すぎの商人と、一緒になる。
多恵「あ、半田屋さん」
半田屋「ああ、これは港屋の……」
多恵「どうぞ」
半田屋「じゃ」
三人、連れ立って奉行所の中へ。
物陰から天平が見ている。
天平「……」

20　奉行所の一室

多恵と、半田屋が控えている。
ずかずかと入ってきたのは北町奉行目付の北川佐十郎（38）。
北川「まいったな、お前らには」
半田「は？」
北川「お城の壕だ。仏壇から、人形から、ひどいゴミが浮いている」
半田「そんな……」
北川「今日はご老中ご一統の登城日だ。まずい日にまずいことをしてくれたもんだ」
半田「……」
多恵「……」
北川「どうした、港屋は」
多恵「おとといより、夏風邪をこじらせまして」
北川「今日はどちらの係だったのだ」
半田「今日は港屋さんのほうで……」
北川「夏風邪で手を抜いたのか」
多恵「いえ、お濠の掃除は、ちゃんと、きのう二艘の船を出してさせました。間違いございません」
北川「掃除した壕に、なんで仏壇が浮いているか！」
多恵「……」
北川「大体、お濠の掃除は、お前ら港屋、半田屋に江戸のゴミ集めの権利を与える代わりに、義務として与えてある仕事だ、そうだろ」
半田屋「はい」
多恵「よく承知しております」
北川「まったく、まずい。……お前らも、耳にしているだろう。ゴミ集めは儲かる、もっと業者を増やしてくれ、そう言って願いが山のようにこちらへやってきているんだ。……それをわしが苦労して押さえてきているのが、判らんのか」
多恵「申しわけありません。早速、舟を出しまして、濠を掃除させます」
北川「すぐだぞ」
多恵「これからは十日に一度、させて頂きます」
半田屋「十日に一度となると……」
多恵「いいえ、半田屋さんにもご迷惑をおかけしましたから、お濠の掃除は、今後しばらく、私の方でずっとやらせて頂きます」

21 お濠で

粗大ゴミを集めている舟、二艘。
多恵と番頭治兵ヱが見ている。
多恵「川藻は上げちゃいけないじゃないか」
へろ松が乗っている。
棹に藻をいっぱい巻きつけて上げていたのだ。
へろ松「へい……（となりの男に）あれ、だれ」
男「バカ、お内儀さんだ。旦那より偉いんだ……」
へろ松、多恵に最敬礼をする。

22 賭場で

サイコロバクチ。
時次郎がいる。
時次郎「ケッ！」
また、取られた。
懐を探るが、もう、ない。
時次郎「ひでェもんだね」
胴元の方へ、すり寄っていく。
時次郎「すまねえが、頼む」
胴元「今日はもう……」
政吉というやくざだ。
時次郎「いいじゃないか、なッ」
用心棒の男「しつこいぜ」
時次郎「！　……」
見ると、そのやくざ、見たことがある。
時次郎「……どっかで会ったね」
男「知らねえな、お前なんか」
時次郎「！」
ゴミを濠に投げ込んでいた男だ。
時次郎「思い出したよ。……お濠だ、ほら、ゴミをさ」
男「！」
時次郎「ありゃァ知れると十両ぐらいの罰金じゃないの？　十両貸してくれねえかな」
胴元「……つくり話が面白いからですぜ」
すっと十両を出した。

23 運河で

舟でゆく時次郎。
時次郎「……（例の節で）つかねえ夜は、長くて、辛いか」
橋の下を潜る。
橋の上。三人の男が伏せている。
舟が潜り抜けて出てくる。
橋の上から竹槍が三本、鋭く打ち下ろされた！
が――！
舟には誰もいない。
橋の下にへばりついている時次郎。
時次郎「危ねえ……」
懐（ふところ）に持った枕を遠くへ投げる。
ポチャン。
橋上の男たち、
男たち「あっちだ」
橋の一方へ走り寄る。
時次郎「こっちだ」
後ろのランカンに、時次郎が出てきている。
男「！」
時次郎「やっぱりお前たちか」

襲いかかる男たち、
時次郎、二人は川の中へ。
最後の男は強くて、これは刺す。
時次郎「……」
周りを見廻わす。
そろりと川の中へ落とす。
時次郎「粗大ゴミか……」
ジャボン――。

24　運河で

船で、色っぽいノドと、三味線を聞かせている仇吉。
トモには藤兵ヱ。
ゆっくり船を流している。
藤兵ヱ、遠めがね（！）で岸の家並のほうを見回している。
藤兵ヱ「！　……」
身を乗り出す。
仇吉「藤兵ヱ」
藤兵ヱ「へえ」
仇吉「覗きはいけないよ」
藤兵ヱ「いえ、そういうつもりじゃねえんですが……」
仇吉「でも、結局、そうだろ」
藤兵ヱ「へえ、……しかしちょっと気になる顔なもんで」
仇吉「誰」
藤兵ヱ「奉行所の目付です」
仇吉、遠めがねを受けとる。
仇吉「……誰だい、相手は」
藤兵ヱ「さあ……」

25　待合で

遠めがねの中で――、
スダレ越しに――、
北川と多恵だ。
北川、つと立って障子を閉めた。

26　待合の中

多恵「⁉……」
北川「近頃、うるさくてな、……さてと」
多恵「ぜひお願いをしたいのです」
北川「……ご亭主が病気じゃ仕様がないが、あんたが仕事の代理をねえ！……」
多恵「北川様にご迷惑をかけるようなことは、二度と致しませぬから」
北川「……むつかしいね、ゴミ業者の許可はわし一人で仕切っているわけじゃない」
多恵「でも、内実は北川様のお気持ち一つで……」
北川、多恵の手をとる。
多恵「……」
北川「近く、向島の茶室を建て替えたいのでな」
多恵「……承知しております」
北川、手をぐっと多恵の二の腕まで押し入れる。さらに奥へ。
多恵「あ……」
北川「六ツと四ツか」
多恵「何が、でしょう……」
北川「二人も子供がいるようには思えぬな」
多恵「あ……」

27　港屋で

港屋の子供、六ツと四ツ。
へろ松が線香花火を見せてやっている。
へろ松「いくつ？」
六つ「六つ」
四つ「四つ」
へろ松「こんどは鼠やで」
鼠に火をつける。
そこらを弾けまわる花火。
へろ松の足元へ。
へろ松「ウアッ、ウアッ、ウアッ！……あ、たまげた」
六つ「お兄ちゃんはいくつ？」

28　待合で

もつれ合い、絡み合っている北川と多恵。
仇吉の歌が聞こえている。

29　天平小屋で

天平、闇の中で目を覚ます。遠く、音がする。
鍬の音だ。掘っている音だ。
起き上がって、そっと外へ出た。
百万坪は夜——。
近づくと、一人の男が掘り返している。
番頭の治兵ヱだ、ゴミ車を持って来ている。
天平「！　……」
　そばに立つ。
治兵ヱ「！」
天平「連れて帰るのかい」
治兵ヱ「……」
天平「そこじゃないよ、こっちだ」
治兵ヱ「でも、ここに花が」
天平「それは野良犬の。オレに懐いていたな」
　天平、歩く。
　と、確かに、また花を供えている場所がある。
天平「ここだ」
治兵ヱ「！　……」
　手を合わせる治兵ヱ。
天平「……」
治兵ヱ「花まで供えて下さってありがとうございました」
天平「……きのう、どうして、オレに白を切ったんだい」
治兵ヱ「失礼いたしました。てっきりあなた様が脅しの連中と思いましたので」
天平「脅し!?」
治兵ヱ「今年の初めから、港屋はずっと脅かし続けられております」
天平「相手は？」
治兵ヱ「判りません」
天平「判らない!?　……」
治兵ヱ「でも港屋を潰そうとする一派があることは確かです」
天平「……そうか。定めによってゴミ業者は江戸に二軒きり。取って代わりたい連中がいるわけだ」
治兵ヱ「そうとしか、思えません」
天平「つまり、それほど儲かるわけだ」
治兵ヱ「……これは供養していただいたお礼に——」
　〝切り餅〟を天平の手に。

30　早朝のゴミ車

十数台のゴミ車が、橋を威勢よく走り抜けていく。
へろ松もその中にいる。

31　港屋で

昼下がり。
仕事を終えた人夫たちが、休み場所で寝そべっている。
汗をかいて眠っている連中。
奥から、血相を変えた、多恵と治兵ヱが走り出てくる。外へ出てみる。
中番頭「!?　何か」
治兵ヱ「この手紙を届けてきた男は!?」
中番頭「もう、帰りましたが」
治兵ヱ「どんな男だ」
中番頭「三十ぐらいの、普通の男で……」
多恵「栄治！　栄治は！」
中番頭「さっき、うちの人夫が上の坊さまと一しょに……」
多恵「栄治もだよ！」
　悲痛な声で走り出る。
　と——。釣竿を持ったへろ松が四つの子を連れて、のんびり帰ってくる。
多恵「栄治！」
　多恵、子供に駆け寄って、抱きかかえる。
治兵ヱ「おい、上の坊さまは！」
へろ松「先に帰ったでしょ」
治兵ヱ「おい！」
　へろ松の手を捻り上げると店へ連れこむ。
へろ松「イ、タタ、タ！……」
　落ちたビクから魚が数匹、空しく跳ねている。

32　港屋の座敷で

へろ松と、治兵ヱ、そして多恵。
へろ松「ほんとですよ、嘘なんかつきませんよ」

33　回想・川べりで

六つの子と四つの子を連れて釣りをしているへろ松。
面白いことを言っては笑わせている。
と、番頭風の男が来る。
男「坊ちゃん、港屋の坊ちゃんでしょ」
と、上の子に。
へろ松「あ、そうだよ」
男「今、お母さんが探していましたよ」
へろ松「あ、そ。じゃ、帰ろか」
男「あ、引いてますよ」
へろ松「ウアッ、釣れた！」
ほんとだ、引いている。
男「釣り頃ですね。わたし、お店へ行くから、連れて行ってあげましょう」
へろ松「あ、そ。すみません」
男、上の子の手を引いて去っていく。
へろ松「アハハ！　エサつけんで、釣れよった！」
と、喜んでおる。

34　花乃屋で

台所にへろ松。
小さくなっている。
藤兵ヱ「バカ」
へろ松「バカは判ってるよ……」
藤兵ヱ「気安くここへ人を連れてくるんじゃねえ」
へろ松「オレが疑われたから……」
藤兵ヱ「バカ。お前みたいなのを疑う奴が阿呆だ」
藤兵ヱは奥へ――。
へろ松「……」
とんぼが、お膳を前におく。
とんぼ「お腹空いてるんでしょ」
へろ松「うん。……」
とんぼ「さ」
へろ松「あんまり、バカ、バカ、言われるとほんとうにあの人が親やろかと思うんです……」
とんぼ「そうよね……」

35　花乃屋・座敷で

仇吉と多恵。
仇吉、手にした手紙を入ってきた藤兵ヱに渡す。
仇吉「子供の命が惜しかったら、商売から手を引けねえ……。こんな荒っぽい手口は、普通の商売人じゃありませんね」
藤兵ヱ「（多恵に）見当は？　相手の」
多恵「いいえ……」
仇吉「商売、やめなさったら？」
多恵「港屋をですか」
仇吉「そ、子供さんの命には代えられないもの」
多恵「……主人も殺されているのです。今更、引けません。その為にお願いに上がっているのです」
仇吉「頼まれればやりますけどね、ちょっとでもしくじれば、お子さんの命はありません、それを承知なら」
多恵「！　……」
仇吉「もちろん、出来る限りの手は尽くしますけどね」
多恵「……承知しました。その代わり、その場合はお礼金はな・し・ということですね」
仇吉「もちろんですとも」
多恵「ではお願いを致します」
一礼して、多恵は出ていく。
仇吉「………」
藤兵ヱ「……あの女ですよ」
仇吉「ああ、遠めがねの女ね」
藤兵ヱ「恐ろしいような女ですね。商売の為に体を張るわ、子供の命にも怯まねえ……」

仇吉「男だけじゃないね、金儲けの面白さにとりつかれるのは……」

36 夜の運河で

子供の草履が流れていく。
屋形船の中――。
それを見ながら、時次郎と藤兵ヱ。
時次郎「こりゃァ危ねェな。動いているのはやくざだ」
藤兵ヱ「目星がついてるのかい」
時次郎「ああ、かなり荒っぽい連中だよ」
藤兵ヱ「何とか、子供の隠し場所を突き止められねえかな」
時次郎「（手を出す）」
藤兵ヱ「何だよ」
時次郎「ゼニ、ゼニがいるの」

37 賭場で

賭けが熱っぽく展開している。
客の中に、時次郎と藤兵ヱ。
が、時次郎は、老人に扮装しているのだ。
白髪の、商家の隠居ふうだ。仲々、うまく化けている。
時次郎「フッフッフッフ、藤兵ヱ、また取れちまったよ」
藤兵ヱ「ご隠居さま、ここらへんでもう」
時次郎「いや、なに、ゼニはなんぼでも……」
胴元の政吉がじっと見ているが、近づく。
政吉「ご隠居さん、ちょっと……」
脇へ連れていく。
政吉「だいぶん、お楽しみなようですが、どうでしょう、奥でもっと面白いのをやっているのですが、よろしかったら、どうぞ……」
時次郎「（嬉しそうに）早く言って下さればええのに」

38 廊下

庭に面した長い廊下。
政吉に案内されて隠居姿の時次郎と、番頭ふうの藤兵ヱ――
廊下には用心棒らしい男が立っている。
向こうに蔵が見える。
ちょうど蔵から男が出てくる。手に食器を盆に載せている。
藤兵ヱ「！」
時次郎「……（うなずく）」
政　吉「……どうぞ」
座敷の前。
戸を開ける。
中へ。
誰もいない。
と――、ざっと、男たちに取り囲まれる。
時次郎「！」
政吉「笑ってくれたんでね、判ったよ」
時次郎「何？」
政吉「すっかり化かされたが、歯グキだけは、若いや。……（手下に）やれ」
襲いかかる手下。
時次郎、相手を倒す。
藤兵ヱの手拭いが、空を蛇のように飛ぶ。
パッと障子の向こうへ飛ぶ。
白髪は取れてしまう。
階段を駆け上がる藤兵ヱと時次郎。
上から男が刀――。
それを切り抜けて、二階の窓から闇の中へ飛ぶ二人。
ドボーン！
ドボーン！
水音――。
政吉「船を出せ！」

38A 花乃屋で

クシャミをしている時次郎。
藤兵ヱもいる。
仇吉「蔵の中と判ったのはいいけど、かえって手が出しにくくなったね……」
時次郎「なんとかします……（クシャミ）くそッ」
仇吉「……でも、やくざの裏にいるのは誰だろうね」
藤兵ヱ「……それが判ると、手は打てるんですが」
仇吉「目附役の北川……」
藤兵ヱ「まさか　あの役人が」
仇吉「新しい業者が生まれるとしても、許可を与えるのはあの男だろ」
藤兵ヱ「そうか！……あの役人に必ず接触しているはずですね……張ってみます」

39　待合で

一人、酒を飲んでいる北川。
廊下をやってくる男。
でっぷりと、仲々貫禄のある男、四十過ぎだ。大前田。
北川の部屋へ、入る。
厠の窓から覗いている藤兵ヱ。
藤兵ヱ「……商人でもねえし」

40　夜の道

駕籠が行く。
藤兵ヱがそっとつけている。

41　旅籠で

粗末な旅籠で大前田は降りる。
おっとりとした男だ。
駕籠屋に金を払って、中へ。
大前田「ただいま」
女中が「お帰りなさい」と迎えている。
藤兵ヱ「粗末な旅籠に泊まっていやがる……」

42　天平小屋

昼――。
花火の細工をしている天平と時次郎。
天平「うまくいくかなあ」
時次郎「いかせるんだよ。いかなきゃ子供の命がなくなるだけだ」

43　花乃屋で

仇吉と多恵。
藤兵ヱが控えている。
多恵「そんな、バカな！　……」
仇吉「ま、わたしの話が信じにくいのなら、ご本人に確かめたら、どうですか」
多恵「……そうします」
仇吉「お子さんは、今夜おそく、助け出しますので、それまでに、そちらの方は話のケリをつけて下さい」
多恵「判りました」
唇をかんで立ち上がる。
仇吉「……」

44　運河で

天平と時次郎が、小舟を進めていく。
下水位の掘割りの中へ。
二人は、長い導火線と、花火玉を抱えている。

45　運河で

仇吉の舟。
仇吉、歌を唄って、流している。
藤兵ヱ「……まだ、来てないようですね」

46　待合で

多恵が一人、待っている。

47　土蔵のある屋敷

土蔵の中。
港屋の子供が、蔵の一隅に眠っている。
前に膳があるが、食べものには手をつけてない。
高窓から覗くのは、時次郎と天平。
時次郎「よし……。中は子供一人きりだ」

48　待合で

北川が入ってくる。
北川「や、待たせたな。どうも、役所というのは、つまらぬ会議ばかり多くてな」
多恵「……」
北川「どうだ、亭主の病気は」

多恵「はい。あまり……」
北川「そうか。そりゃア、夜が淋しいな」
　多恵の手を取る。

49　蔵のある屋敷で

庭を丸い玉がごろごろと、転がっていく。
廊下の用心棒たちは気がつかない。
と——、導火線の火が走る。
植込みの間をすり抜けるように。
バム！
花火が庭で炸裂する。
と、煙がもうもうと吹き出るのだ。
用心棒「火事だ！」
煙幕の中を走り抜ける時次郎と天平。
蔵の前にたどりつく。
天平、錠前に、火薬玉をくくり付ける。
火をつける。
飛びのく——。
火薬が炸裂する。
天平と時次郎、蔵の戸を開ける。
政吉が走り出てくる。
政吉「蔵だ！　蔵へ行くんだ！」
男たちが十数人、蔵へ向かって走る。
蔵の中、時次郎が子供を抱え上げる。
時次郎「心配するな。助けてやるからな」
背中に背負い、ナワで十文字に縛りつける。

50　待合で

抱きあっている北川と多恵。
多恵「北川さま」
北川「む？」
多恵「大前田という男をご存知ですか」
北川「！　……知らん」
多恵「ほんとうに」
北川「ここは、どうだ、よい気持か」
多恵「！　……」
多恵の目に冷たい光——。
北川は多恵の下半身のほうに顔を這わせている。
多恵「あ！　……」

51　蔵で

煙の中を蔵へ走りこんでくる男たち。
天平、火をつける。
入口で花火が炸裂する。
その隙を縫って、時次郎と天平、蔵の外へ走り出る。
襲いかかる男たち。
必死に、斬り抜ける、天平——。時次郎。
政吉が、時次郎の前へ。
睨み合う二人。
子供「おじちゃん……」
　ナワが切れて、半分ずり落ちている。
時次郎「！」
政吉、ニヤリと、斬りこむ。
と——、その瞬間、目に何かが巻きつく。
長い布だ。
——、藤兵ヱだ。
藤兵ヱ「舟をつけてるよ」

52　待合で

手にカンザシをにぎる多恵。
自分の体に這いずっている北川の首筋に、カンザシを刺す。
北川「！　……なんで。なんでだ」
北川、多恵の首に手をかけた。

53　屋形船

仇吉のいる舟に、子供が乗り移る。
仇吉「かわいそうに……」

54　旅籠で

昼下り。
仇吉と藤兵ヱが入っていく。

55　旅籠の一室

大前田と仇吉。
控えて藤兵ヱ。
仇吉「大前田さんですね」
大前田「……よくご存知だね」

仇吉「上州大前田村の英五郎親分。そのほう
　では日本一とおっしゃるじゃありません
　か」
大前田「いや、田舎のバクチ打ちですよ」
仇吉「バクチ打ちのお方が、江戸のゴミに手
　を出されるのは　どういうことですか」
大前田「ゴミ⁉　……よく調べなすったね」
仇吉「バクチ打ちはバクチを打つだけと聞い
　ておりましたが」
大前田「……手を引けというのかね」
仇吉「そうです」
大前田「いい度胸だね。ところであんたは、
　なんだね」
仇吉「江戸で毎日ゴミを出してる人間です。
　そのゴミで上州のやくざさんに儲けられた
　んじゃ、気持ちよくないんですよ」
大前田「……（すごい目で睨む）」
藤兵ヱ「……」
大前田「（さりげなく、身構える）いいだろう、
　どうだい、サイコロで決めようじゃないか」
　サイコロ取り出しておいた。
仇吉「いいですね」
大前田「（藤兵ヱに）あんた、やっとくれ」
藤兵ヱ「……へい」
藤兵ヱ、そこにある茶碗で、壺を振った。
大前田「どうぞ」
仇吉「丁」
大前田「半」
　茶碗を取る。
　賽の目は、半だ。
大前田「オレの勝ちだね」
　仇吉、懐からバチを取り出すなり、サイ
　コロに突き刺す。
　サイコロは二つに――。
仇　吉「鉛が入ってますね」
大前田「オレの負けだ、（と笑う）田舎のバ
　クチ細工は、これだからいけねえ」
仇　吉「二度と江戸のゴミに手を出しません
　ように」
大前田「……これで、バクチ打ちの世界も、
　やりずらくなってるんでね」
　照れ笑いを見せながら、立ちあがる。

56　朝のゴミ車

　ゴミ車が威勢よく走っている。
　朝帰りとおぼしき時次郎が歩いている。
時次郎「ゴミか……。人間もゴミと一緒だな」
　早立ちの旅人がゆく。
　大前田英五郎だ。
　時次郎とすれ違うがもちろん、どちらも
　相手を知らない。
N「江戸のゴミで埋立られた土地は約、××
　××万坪となっております」

脚本解題

『必殺からくり人』第5話「粗大ゴミは闇夜にどうぞ」

高鳥 都

ゴミ集め稼業に体を張る女

天保の江戸でも昭和の東京でも〝ゴミ〟は大きな問題となっていた。すでに早坂暁は『天下御免』第9話「花のお江戸の番外地」や『天下堂々』第6話「十万坪ごみ裁き」などで同じ題材を扱っており、史実を奔放にアレンジするかたちで本話が生まれた。江戸のゴミ集めを寡占する二大業者に食い込むべく、奉行所の役人と上州の大親分が結託。夫を殺され埋立地に葬られた港屋の多恵は、店を切り盛りしながら利権を手放さぬため憎っくき相手に肌を許す――。

台本の表紙にサブタイトルの指定はない。第4話までは早坂らしいセンスの「〜をどうぞ」が掲載されていたが、この先は空欄が目立つことになる。本話は朝日放送の大熊邦也による『必殺からくり人』唯一の監督回、すでに『須磨子の恋』や『必殺仕掛人』で早坂と組んでおり、本人の強い意志があっての登板となった。

ほぼシナリオどおりの仕上がりだが、#22の賭場、#23の運河という時次郎パートの合間に多恵が身支度をするシーンが加えられている。「負けてたまるもんですか」と独りごちながら体を張って生きる多恵役は弓恵子。店のため、金のため、子供のため――〝必殺シリーズの悪女代表〟がしたたかに凛とした存在感を放ち、目付北川との情事では胸元を闇に落として大胆な演技を披露した。北川役の新田昌玄は、持ち前のインテリジェンスを色悪に振りまく。

#39、北川のもとに大前田英五郎がやってくるシーン、脚本は藤兵ヱの呟きで終わっているが、本編では両者の密談を追加。「やくざが正業に就こう」と新たなシノギを狙う様子は、暴力団が産廃処理に進出した例を思わせる。シナリオ上ではクライマックスの丁半勝負まで存在の薄い大前田だが、金田龍之介を配したこともあって出番を増やしたか。多恵の身支度ともども、事前に早坂と大熊が打ち合わせての改訂と思われるが、差し込みなどは見つかっていない。

また、各ポイントにナレーションを追加。#21の「事実、お濠の清掃はゴミ業者の奉仕であったようですが〜」、#37の「そのころやくざは資金源を求めて〜」、ラストの#56では大前田と港屋をめぐる顛末が付け加えられた。#4の「石原町、××町一帯」は「江東区東陽町一帯」へと修正されている。

＃17の落下に＃18の転倒（ともにへろ松）、＃38でやくざの政吉が時次郎の変装を見破る際のセリフなど細かな追加は多く、藤兵ヱの手ぬぐいが匕首を奪って政吉の配下を刺すアクションや＃49の人質救出劇で天平が火薬玉を落とすスリルも同様。天平が手下を、時次郎が政吉を始末するくだりも脚本になく〝そのまま撮った場合〝からくり人による殺しが存在しない回〟となった可能性が高い。＃54、大前田の旅籠に乗り込む仇吉と藤兵ヱ――あざやかな紫色の傘と仇吉の髪の結い上げも現場で足された要素であり、サイコロでの決着という意外な結末を引き立てる道行きとなった。

天平・とんぼは〝兄妹〟なのか――

本話を印象づけるのは、天平ととんぼの関係性だ。惹かれ合うふたりが〝兄妹〟かもしれないことが語られるが、その後のエピソードで深追いされることはなく、第11話「私にも父親をどうぞ」においてとんぼ出生の秘密が明かされた。血のつながらない妹・春子を原爆で亡くした早坂暁は生涯〝兄妹〟にこだわり、正岡子規と妹の律を描いた『テレビエッセー　わが兄はホトトギス』などを経て、『花へんろ』で自身と春子の物語を紡いだ。

＃1、「荒涼たる埋立地に天平が立っている。そばにとんぼも」と夢の島ロケ前提のト書きがあるが、実際に両者が立った場所は京都の流れ橋――ゴミ収集の点描と天平・とんぼがカットバックの編集で組み合わされた。現代パートは少数スタッフによる別班撮影であり、第1話の緒形拳in銀座とは異なり、森田健作やジュディ・オングを東京まで連れていく余裕はなかったようだ。

天平が暮らす百万坪での死体発見に続いて、水上をゆく時次郎や仇吉という表稼業の特性が巧みに活用されており、時次郎は不法投棄を、仇吉は多恵の密会を舟から目撃する。捨てられたシーンを挙げると、＃10の「町の裏通り」が＃11の「濠」と合わさり、男たちが荷物を持って走る描写を削除。＃19、南町奉行所前で多恵と半田屋が出くわすくだりも丸ごとカットされている（奉行所の外観は『必殺仕置屋稼業』からフィルムを流用）。番頭の治兵衛が天平に手渡す切り餅（二十五両）は小判数枚に変更されており、＃33の回想シーンは＃30の次に繰り上がって時系列の順に。＃21と＃30にへろ松は登場せず、ゴミ集めの人夫として働く描写がゼロになったが、それでも間寛平の見せ場は多い。

これまでの4話に比べてインパクトに欠けるきらいのある本話だが、大熊邦也と撮影の石原興による攻めた画づくりが次々と。ゴミ車の群れは望遠レンズの縦構図とズーミングで多重変化の勢いをつけ、北川が多恵と半田屋を叱責するシーンでは俯瞰からの凝ったワンシーンワンカットで権力者の抑圧を示す。なお、脚本のト書き以上に多恵を演じる弓恵子の表情を重んじた映像が随所にあるので、お手すきなら比較検証をどうぞ。

『必殺からくり人』第7話
「佐渡からお中元をどうぞ」

脚本：早坂暁
監督：松野宏軌
放映日：1976年9月10日

【キャスト】

夢屋時次郎	緒形拳
仕掛の天平	森田健作
花乃屋とんぼ	ジュディ・オング
八寸のへろ松	間寛平
伝造	長島隆一
おゆう	柴田美保子
氷奉行葉山	五味龍太郎
岡っ引喜八	不破潤
手下与助	美鷹健児
徳川家慶	玉生司朗
藩主北沢	市川男女之助
岡っ引	暁新太郎
太平	伊波一夫
警備の侍	広田和彦
	鈴木義章
	松尾勝人
	横堀秀勝
踊り振付け	藤間勘真次
八尺の藤兵ヱ	芦屋雁之助
花乃屋仇吉	山田五十鈴

【スタッフ】

制作	山内久司
	仲川利久
	桜井洋三
音楽	平尾昌晃
編曲	竜崎孝路
撮影	石原興
製作主任	渡辺寿男
美術	川村鬼世志
照明	釜田幸一
録音	二見貞行
調音	本田文人
編集	園井弘一
助監督	松永彦一
装飾	玉井憲一
記録	川島庸子
進行	黒田満重
特技	宍戸大全
装置	新映美術工芸
床山・結髪	八木かつら
衣裳	松竹衣裳
小道具	高津商会
現像	東洋現像所
製作補	佐生哲雄

殺陣　楠本栄一
　　　美山晋八
題字　糸見溪南
ナレーター　松倉一義
主題歌「負け犬の唄」
（作詞：荒木一郎／作曲：平尾昌晃／編曲：竜崎孝路／唄：川谷拓三／キャニオンレコード）
衣裳提供　浅草　寶扇堂久阿彌
製作協力　京都映画株式会社
制作　朝日放送
　　　松竹株式会社

1　京都の寺院前

よしず張りのかき氷屋。
手動のかき氷がつくられている。
イチゴ水が鮮かに、振りかけられる。
ａｎａｎ、ｎｏｎｏ風の女の子がそれを食べている。
――現代です。

とんぼ「……」
生つばを飲み込む思いで見つめている。
Ｎ「夏に氷は今でこそ当たり前ですが、江戸の時代には考えられないことでありました。真夏に、真冬の氷を口にするということは、まさに夢でしかなかったのです」
見とれているとんぼの肩を――。
仇吉「行くよ」
とんぼ「はい……」
仇吉「あんまり人様の食べてるものを見とれるんじゃないよ」
とんぼ「だって……」
日傘を差して歩く二人はもう時代劇の通りを歩いている。
仇吉「暑いねえ……。とんぼ、避暑に行くかい？」
とんぼ「避暑⁉」
仇吉「そ。追分。軽井沢の向こう、涼しいわよォ」
とんぼ「うれしい！　天平さんも行かないかしら」
仇吉「天平も時次郎さんも、みんなさ」
とんぼ「うあーッ！」
うれしくって、ピョンと跳(は)ねた。

2　地図

Ｎ「江戸から中仙道を上ると碓氷峠、越えると、すぐ信州追分宿」

3　追分宿

ひなびた宿場だ。
ひなびた旅籠がある。

4　旅籠で

西陽の当たる街道沿い二階部屋。
まだ旅装も解かない態で、仇吉、とんぼ、天平、そして時次郎ら。
とんぼ「こんな暑い部屋に泊まるの？」
仇吉「まあ、腰ぐらい下ろしなさい」
とんぼ「ねえ、これ、天平さんの荷物？」
大きな荷物。
天平「ああ」
とんぼ「なァに　これ」
天平「触るなって！　（と、押す）」
とんぼ「何よォ……」
天平「……危ないからさ」
とんぼ「！　花火⁉」
天平「まァな」
とんぼ「いやァねえ、こんなとこまで花火持って来たの」
天平「いいじゃねえか」
時次郎「花火は天平の女房なんだよ」
とんぼ「へえー、花火が女房！　ほんと⁉（と、ムキに）」
仇吉「少し静かにして頂戴。よけい暑いじゃないか」
バタバタとウチワを使っている。
藤兵ヱが入ってくる。
藤兵ヱ「お待たせしました」
仇吉「うまくいったかい」
藤兵ヱ「へえ。百姓家ですが、生垣の囲いもしっかりしてますし」
時次郎「そこの連中は？」
藤兵ヱ「十日の約束で、浅間の湯治場へ出かけてもらうことにした。ちょっと金ははずんだがね」
仇吉「それはいいけど、本陣の隣なんだろうね」
藤兵ヱ「へえ、本陣の隣です」
仇吉「ご苦労さん」
藤兵ヱ「ふれこみは、名古屋は、大きな待合の一家。そうしてあります」
仇吉「いいだろ。出かけるよ」
とんぼ「また出かけるの⁉」

5　農家で

本陣がある。

その隣の農家。

門構えも、ゆったりとした農家である。

6 農家の中で

ひんやりと、薄暗い板の間で仇吉は三味線を弾いている。
とんぼが来る。
とんぼ「……昼寝しちゃった。……みんなは？」
仇吉「さァね」
とんぼ「……」
とんぼ、所在なく外へ。
ニワトリが、餌をついばんでいる。
とんぼ「おいで」
ニワトリは逃げていく。
とんぼ「おいでったら」
ニワトリは土蔵の方へ——。
とんぼが来る。
とんぼ「⁉」
音がする、何か掘っている音だ。
それも土蔵の中——。
そっと中を覗くとんぼ。
とんぼ「！」

7 土蔵の中

時次郎、天平、藤兵ヱの三人が土蔵の土を掘り起こしている。もう大分掘っているのだ。

黙々と励んでいる三人。汗いっぱい。

とんぼ、戸を開けようとするが、開かない。

と——。

8 農家で

門を入ってくる男がいる。
四十すぎの、旅姿。元職人の伝造。
伝造「ごめん下さい」
仇吉「ああ、すぐ、判りましたか」
伝造「へえ、風でヒラヒラしていまして、遠くから、すぐに」
門のところ、笠が吊るしてある。ヒラヒラと風で回っている。
とんぼ「？　……」
柱の陰から、そっと、見ている。
仇吉「とんぼ」
とんぼ「は、はい」
仇吉「お茶ぐらい入れなさい」
とんぼ「はい」
仇吉「こちらは伝造さん。ここに一緒に滞在なさる方だからね」
伝造「よろしくお願いします」
とんぼ「とんぼです……」
急いで台所の方へ。
仇吉「あの子には話してないものだから」
伝造「へえ。……で、こちらの段取りは」
仇吉「もうかかっていますよ。あちらは？」
伝造「予定通り。五日のちには、ここへ」
伝造という男、実直そうで、しかし何かひどい労働をした男のように、頭の毛がうすく、老け込んで見える。

9 土蔵の中

仇吉が伝造を連れてくる。
伝造「皆さん、ご苦労様でございます」
時次郎、天平、藤兵ヱらがタテ穴から顔を出す。
時次郎「ああ……」
仇吉「この人が、話を持ってきた伝造さん」
時次郎「あんた、えらい話を持ってきてくれたねえ」
伝造「手伝います。穴掘りはもう……」
藤兵ヱ「そうだな、このお人は本職だ」
伝造「もうそろそろ、斜めに掘ったほうが楽ですよ」

10 農家で

夜——。
仇吉、とんぼに三味線の稽古をつけている。
仇吉「違う。ちゃんと覚えなさい」
とんぼ「だって、蚊が……。コン畜生」
蚊を叩くが、逃げられる。
仇吉「コン畜生なんて、娘が口にする言葉じゃないでしょ」

とんぼ「だって、ほら、コブコブ……」

　腕をかまれているのだ。

仇吉「しょうがないわね……」

　仇吉、空を見つめているが、バチを一尖。

　――ポトリと蚊が落ちる。

　もう一尖。

　――もう一匹、ポトリ。

仇吉「さ、もう一度、アタマから」

　と三味線をかまえる。

仇吉「！　……」

　遠く、土を掘る音が小さく聞こえる。

11　土蔵の中

　穴掘りの作業が続いている。

　土を上へ運び出す天平と時次郎。

　穴の先では、伝造と藤兵ヱが掘っている。

藤兵ヱ「いやに石っころが多いなあ」

　大きな石ころがある。

伝造「ここいら、浅間山が噴火したとき、岩っころで埋まったとこじゃないですかねえ」

藤兵ヱ「浅間山か……」

12　農家で

仇吉「……まずいね。とんぼ、太鼓を持っといで」
とんぼ「太鼓⁉」
仇吉「賑やかなの、やるよ」

13　農家の前

　中の農家で賑やかな三味線と太鼓。
　前を通りかかる追分宿の岡ッ引喜八とその手下与助。
岡ッ引喜八「……随分賑やかだな」
手下与助「待合の女将の一家だそうですよ」
喜八「待合か……避暑とはいい身分だな」
手下与助「盆踊りの日に頼みますか」
　与助、踊りながら歩きだす。
喜八「今年は盆踊りはねえよ」
与助「えッ⁉　どうしてです」
喜八「判ンねえ。今日、上の方からそういうお達しだ」
与助「……何か、あるんですか」
喜八「なんでも、その日に大事な行列が追分宿に泊まるんだそうだ」
与助「……なんです？」
喜八「オレにも判らねえ。ただ見張りを厳しくしろという話だ」
与助「……盆踊りもやめるんじゃ、余程大事な行列ですねえ」
　それでも踊りながら歩きだす。

14　農家で

　仇吉ととんぼ、三味線と太鼓で賑やかにやっている。
　時次郎が入ってくる。
時次郎「ちょっと一休みしますから、こっちもどうぞ」
仇吉「あ、そうかい。じゃとんぼ、おにぎりを運んで」
とんぼ「はーい（と立つ）」
仇吉「どう？　五日で間に合いそうかい？」
時次郎「三十間はありますからね、せっせと掘って、ぎりぎり一杯かな」
　とんぼ、盆に盛ったにぎり飯を持ってくる。
時次郎「あ、オレが持ってくよ（と盆を取る）。半刻したら、また始めますから」
　さっさと出ていく。
とんぼ「……ねえ、みんな何をしてるの」
仇吉「穴を掘ってるのさ」
とんぼ「だから、何の為に⁉」
仇吉「……（それには答えず、三味を小さくつまびいて、小さく）〽はあー、佐渡へ、佐渡へと草木もなびくよ……」
　と、〝佐渡おけさ〟をしみじみと。
とんぼ「もういい、聞かないから」
　すねてしまう。
仇吉「今日来た伝造さんはね、佐渡で金を掘らされていた人なんだよ」
とんぼ「佐渡で⁉」
仇吉「佐渡の金(かな)掘りといや、地獄と一緒でね、何百尺の地下の底でカニのようにはいつくばって、鉱石を掘るんだそうだ……」

15　佐渡・金山絵図

　佐渡金山の絵図は、地底で働く流人の地獄図である。

仇吉の声「水に浸かって死ぬ人、埋もれて死ぬ人、病いで死ぬ人……佐渡の金山は、金より人の首のほうが多いというぐらいだ」

16　蔵の中で

　穴の中でニギリ飯を食っている伝造。
　藤兵ヱがそばにいる。

伝造「……狭い穴の中にはたった一人ですよ。油燃やすと、息が苦しくなるから、みんな真っ暗闇の中で前の岩をかじっている……ふッと地下何百尺の穴の中にたった一人取り残されているんじゃないかと思って、声を上げるんです。ウオーッ！　って……すると、遠くの方で、ウオーッ！　って声がかえってくる……ああ、隣の穴でもまだ生きているんだなと思います……それが、ある日、ふっと返事が帰ってこない日がある……死んだんです……翌日になると、また新しい男が入ってくる……新入りは心細いから、ひっきりなしにウオーッ！　ウオーッと声を上げる……あいつ、気が狂いそうに恐しいんだなと、わしには判ります……」

　ウオーッ、ウオーッと、悲痛な声が幻のように聞こえてくる。

17　佐渡金山絵図

　悲しい地底の流人たち。

18　農家で

　仇吉ととんぼ。

仇吉「……幕府は佐渡の金が欲しい。いくらでも欲しい。将軍の女たちがいる大奥だけで年に十万両、金はノドから手が出るほど欲しい。だけど、佐渡の流人はすぐ死んでしまう。どうすると思う？」

とんぼ「？　……」

仇吉「三、四年に一度、江戸で大掃除をするのさ」

とんぼ「大掃除⁉」

仇吉「ちょっとしたバクチ、ちょっとした乱暴、ひどいときは人数をそろえる為に酔っぱらいまでしょっぴくんだよ」

19　江戸の飲み屋で

　職人伝造、屋台で酔っている。

伝造「バカヤロオー、バーロー、バの字、バッ！」

　大工仲間の太平の顔に顔を近づけて、からみ酔い——。

太平「判ったよ、もう……」

伝造「判ってねえ！　オレのカンナのかけ方のどこが悪い」

太平「悪くないよ、立派だって、だから帰ろ、おかみさんが待ってるぜ」

　と、伝造の大工道具を持つ。

伝造「帰らねえ！」

　大工道具を引ったくる。
　大工道具は散乱、屋台の上は洛花浪籍。
　暗闇から、スッと寄ってきた岡ッ引。

岡ッ引「おい、（と腕を取る）」

伝造「何だ、手前ェ。（ふりほどく）」

　転んだ。

岡ッ引「手前ェ、この野郎。逆らったな」

　ピイーッと笛を吹く。
　岡ッ引の手下が伝造に飛びつく。

20　農家で

とんぼ「そんな！　……」

仇吉「伝造さんが引っかかった大掃除の時は、五百人が佐渡送りになったそうだね」

とんぼ「五百人……」

仇吉「五年目に帰ってこれたのが十七人」

とんぼ「たったの！　……」

仇吉「それも大方は、ロクに働けない身体になってだよ。！　……始まったようだね」

　掘りはじめた音——。

仇吉「それでさ、死んだ人や、残された家族のために、供養をすることになったのさ」

　三味を弾きはじめる。

とんぼ「供養⁉」

仇吉「五日したら、佐渡から金の延棒の行列が追分宿に来るのさ」
とんぼ「！　それを⁉　……」
仇吉「さ、太鼓！」
仇吉、賑やかに三味線を弾きはじめる。

21　土蔵で

穴を掘っている伝造、藤兵ヱ。

22　本陣前

昼——。
時次郎がのんびり、本陣前を歩いていく。
歩幅で距離を計っているのだ。
時次郎「……」
本陣の蔵の前で止まる。
時次郎「……三十一間か」

23　土蔵の中

穴の中から這い出してくる藤兵ヱ。
上に天平。
藤兵ヱ「天平、すごい岩だ。来てくれ」
天平「よし」
中へ入る。
穴の中を進む。
穴の先端に伝造。
つるはしで岩を叩いている。
藤兵ヱ「伝造さん、回れそうか」
伝造、岩を叩いて、その音を聞く。
伝造「えらく大きな岩だ。回るにしても、丸一日は損する……」
藤兵ヱ「天平、どうだ？」
天平、岩を調べる。
天平「岩そのものは、そんなに硬くない……」
藤兵ヱ「砕けるか」
天平「……やってみる」
天平、急いで引き返す。
藤兵ヱ、岩に穴を開ける作業にかかる。
天平、蔵の中に置いてある箱の中から火薬を取り出す。
ガタン！　……
天平「！」
時次郎が入ってくる。
時次郎「岩か⁉」
天平「ああ」

24　農家の前

門前に目印の笠が風にひらひら——。
鳥追い女が三味線を弾いて門付けしている。

25　農家で

仇吉「！」
三味線を取って、門前の三味線に合わせる。

26　穴の中

岩に穴が開いている。
その穴の中に、火薬を慎重に詰めている天平。
息を呑んで見ている藤兵ヱと伝造。

27　農家で

鳥追い女が笠を取る。
二十五、六の女、名はゆう。
ゆう「到着が一日、早くなります」
仇吉「一日、早く⁉」
ゆう「ゆうべ善光寺泊まりかと思いましたら。松代まで足を延ばしました」
仇吉「そう。判りました。徹夜で歩いてきたんでしょ」
ゆう「はい……」
仇吉「さ、早く上がって、横になりなさい」
とんぼ「……」

28　穴の中

火薬を詰め終る天平。
導火線を引っ張っていく。
穴から出る、天平、藤兵ヱ、伝造。

29　土蔵の中

時次郎が穴の外にいる。
時次郎「おい、音は大丈夫か」
天平「判らん、やってみないと」

時次郎「よし、外で聞いてみる（と出ていく）」
天平、導火線の先に火をつける。
シュルシュルと火は走り出す。
天平ら、壁ぎわに、身を寄せる。

30 **穴の中**
火が走っていく。

31 **土蔵の中**
天平ら、息を詰めている。

32 **穴の中**
爆発する。

33 **土蔵の中**
ズン！　という爆発音。
蔵は揺れる。
バラバラと上から土ボコリが落ちる。
穴の中から噴煙が吹き上げる。

34 **本陣前**
本陣から人が、飛び出す。
男Ａ「浅間の爆発か！」
男Ｂ「（遠く見て）いや、煙を吹いてねェ……」

35 **農家前**
時次郎、門の陰から見ている。

時次郎「……まずいな」

36 **穴の中**
まだ煙のたちこめる中で岩を調べている天平、藤兵ヱ、伝造――。
時次郎が覗く。
時次郎「どうだ？」
天平「もう二発ぐらいやらないと駄目だ」
時次郎「あと二発⁉　そりゃァ危ない。今ので隣りの本陣から人が飛び出した。とてもじゃないが、ムリだ」
天平「しかし、この岩を割らなきゃ、一歩も進めねえよ」
伝造「くそッ！　くそッ！」
ツルハシを岩にぶち込むが、岩は撥ねつける。
藤兵ヱ「ムリだよ……」

37 **農家で**
仇吉、以下、時次郎、藤兵ヱ、天平、伝造らが集まっている。
仇吉「……弱ったねえ、行列は一日早まっているしね」
藤兵ヱ「一日、早まって⁉」
伝造「見つかったら、見つかった時のことにしてやりましょう」
時次郎「そうはいかねえ、オレたちは一六勝負の仕事はやりたくねえな」

伝造「イヤなら、手を引いてくれ」
時次郎「なに、頼んできたのはそっちだろ」
仇吉「お待ちよ……」
仇吉、立ちあがる。
仇吉「藤兵ヱ。ちょっと……」
外の方を窺っている。
藤兵ヱ「⁉　……」
仇吉「あれは雨雲だろ」
藤兵ヱ「……！　元締、ついてますね」

38 **空**
西空に黒い雨雲が広がっている。

39 **穴の中**
岩に、火薬を詰める天平。

40 **農家で**
空を見つめている藤兵ヱ。
そして仇吉。
雨雲が広がっている空。
藤兵ヱ「そろそろ、来ます」
ポツポツと雨脚。

41 **穴の中**
導火線を引っ張って穴から出てくる天平。

42 **農家の前**
夕立ちがすごい。

藤兵ヱ「……光れ！　……光れ！」

43　稲光
そして雷鳴。

44　土蔵の中
時次郎「来たぞ！」

天平、導火線に火をつける。

火が走っていく。

45　稲光

46　穴の中
爆発！

47　土蔵の中
ドーン！

同時に雷鳴！

壁ぎわに、へばりついている天平、時次郎、伝造。

時次郎「よし、もう一発だ！」

天平と伝造、煙の吹き出す穴へ飛び込んでいく。

48　雷鳴の空

49　穴の中
導火線の火が走る。

50　稲妻

51　穴の中の爆発

52　土蔵の中
天平、時次郎ら、フッと、息をつく。

53　峡谷で
はるか下を峡谷、道がある。

崖の一隅に、木の枝などで促成の小屋がつくられている。

中に、へろ松がいる。

にぎり飯を食っている。

竹筒から、水を飲む。

へろ松「……」

退屈だ。もう何日も、ここで見張っているのだ。

へろ松「……阿呆には人に誇れるものが一つある、それは根気である、か。……お父つぁん、ええこと言うわ」

所在なく、歌を唄う。

へろ松「浅間、出てみろ……！」

はるか下の道を行列が姿を見せた。

馬に荷駄をつけ、その前後左右を、屈強の男たちに守られた一隊――佐渡の金を運ぶ一隊だ。馬は、三頭――。

へろ松「来た！」

急いで走り出す。

54　土蔵の中
天平ととんぼ。

金の延べ棒大の石に、黄金色の塗料を塗りつけている。

何十本とある。

藤兵ヱが材木を持って穴の中へ入っていく。

時次郎が、土蔵の棟に、滑車をつけ、縄を通している。

つまり、みんな活気に満ちて動いているのだ。

とんぼ「何千両⁉」

天平「何万両だよ」

とんぼ「何万両！」

あわてて、塗料を塗りたくる。

55　本陣前
夕刻、
佐渡金輸送の一隊がつく。
本陣の主人たちが出迎える。
岡ッ引喜八たちが、本陣の角で警戒している。
本陣の扉が閉まる。

56　本陣の蔵で
堂々たる蔵だ。

金塊の入った厳重な箱が次々と運び込まれる。
蔵の中央に並べて置く。
一つ一つに鉄の錠前がある。
担当の侍が、一つ一つ、錠を確かめて、封印も確かめている。
重い扉が閉められる。
大きな錠が二つ。

57　本陣の前

夜――。
篝火（かがりび）が焚かれている。

58　本陣の蔵の前

ここも篝火が燃え、明るい。
警備の侍二人、種火をつけたままの鉄砲を抱いて、見張っている。

59　農家で

仇吉、静かに三味線を弾いている。
とんぼと、おゆう。
仇吉「……おゆうさん」
おゆう「は、はい」
仇吉「ここから先は、運さね。じりじりしたって始まらない」
おゆう「はい」
仇吉「（とんぼに）おゆうさんは、お父つぁんと、兄さん、二人も佐渡に送られてね、それっきり……死んだとは知らせてきたけど骨も送り返してきやしないんだって」
とんぼ「！　……」
仇吉「隣の蔵に入っている金は、おゆうさんのお父っあんや兄さんが掘った金だろうね」
おゆう「……」

60　穴の中

進んでいく時次郎、天平、藤兵ヱ。重い箱を引きずっている。

61　土蔵の中

滑車がガラガラと鳴って、縄がズルズル穴の中へ入っていく。
滑車の係は伝造。

62　穴の中

進んでいく時次郎、天平、藤兵ヱ。引っ張って箱の上に、籠が載っけてある。
ネズミが入っている。
藤兵ヱ「時さんのネズミは何に使うんだね」
時次郎「いや、使わずに済めばいいんだがね」
天平「シッ！」
行き止まりへ来た。
上に板張りが見える。
耳をつける天平。
天平「……」

63　本陣の蔵の前

蔵の前に鉄砲を持った見張りの侍二名。
油断なく見張っている。

64　本陣の蔵の中

金塊の箱が並んである。
その箱が少し持ち上がる。

65　穴の中

板を持ち上げようとしている天平。
天平「！　クソッ。丁度、箱の下だ」
舌打ちする時次郎。
藤兵ヱ「よし、わしがやる」
力持ちの藤兵ヱ、代わって板を持ち上げていく。
時次郎「音をさせたら、それでおしまいだぞ」
藤兵ヱ、徐々に徐々に持ち上げていく。

66　本陣の蔵の中

持ち上がる箱。斜めになって今にもがたんと音をたてて滑りそう――。
藤兵ヱが床から顔を出す。
手を延ばして、箱を掴む。
そうして、蔵の中へ抜け出た。
藤兵ヱ「フッ……」
箱を静かに、ずらす。
床板が上がって、時次郎、天平が出てくる。
時次郎「……」
箱の錠前、外しにかかる。

一本の細い針で細工するのだ。
息を呑んで見つめる藤兵ヱ、天平。
カチッ！　……外れる。
二つ目の箱にかかる。
外では警備の侍たち。
目を四方へ配っている。
火縄の火をフウーと吹いたりしている。
中では金塊箱の錠前はすべて外されている。
封印を切る。
フタを開ける。
中には見事な金の延棒がぎっしり――！
時次郎「凄ェ……さあ、行こうか」
うなずく天平と、藤兵ヱ。
延棒が一本、一本、運び出される。
穴の中に運んできた空箱の中へ入れていく。
音をさせぬように、神経のいる運び出し作業を続ける時次郎、藤兵ヱ、天平の三人。
途中、カタン、と音をさせて、ひやりとする。
穴の中の箱がいっぱいになると、綱を引っ張る。

67　土蔵の中

滑車の縄を引っ張る伝造。

68　穴の中

延棒の入った箱が逆走していく。

69　農家で

静かに三味線を弾いている仇吉。
とんぼ「……」

70　本陣の蔵の前

警備の男A「！」
男B「どうした？」
警備の男A「三味線か？」
男B「ああ、三味線だ……」
男A「……江戸に着いたら、吉原へ行かにゃいかんな」
男B「今度の手当てはいくらぐらいだろな」

71　本陣の蔵の中

作業は続いている。
箱は次々と空になっていく。

72　土蔵の中

滑車で引っ張り上げられる箱。
伝造「！　金だ！　……」
延棒を感慨込めて撫でる伝造。

73　佐渡金山絵図

地底で金を掘る流人た。

74　本陣蔵の中

すべて、箱はカラになった。
時次郎、天平、藤兵ヱ、穴の中から、重い箱を運び上げる。
中には、塗り延棒が入っている。
それを箱の中へ詰めていく
時次郎「……ほとんど、本物だな」

75　本陣蔵の前

侍二人が来る。
侍C「交替だ」
侍D「異常はないか」
侍A「ああ、ない」
火種のついた鉄棒を渡して規律正しく交替する。

76　本陣の蔵の中

箱のフタを閉め、錠をカチッ、カチッと締めていく時次郎。
藤兵ヱが封印の紙を締める。
天平が蝋（ろう）を垂らして、封じる。
作業はすべて終わる。
時次郎「よし……」
またもとの穴へ帰っていく三人。
が、難しいのは、穴の板の上に箱を載っける作業だ。
藤兵ヱと、時次郎が、半分身体を出し、箱を板の方へ引き寄せる。
もうすこしで、完了のところで、
ガタン！　――。
と大きい音をさせてしまう。

藤兵ヱ「！」
時次郎「！」

77　**本陣の蔵の前**
警備の侍、音を聞きつけた。
急いで、蔵の錠前を開けていく。

78　**本陣の蔵の中**
急いで、穴のフタをしめる時次郎、藤兵ヱ。バタン！　音がしてしまう。

79　**穴の中**
藤兵ヱ「しまった」
時次郎、もうネズミを掴み出している。
フタを押しあげて、ネズミを中へ放つ。
フタを閉めた。

80　**本陣の蔵の中**
扉が開く。
ダーン！　と鉄砲が撃ち込まれる。
ネズミが激しく走り回る。
警備の侍C「！　……なんだ、ネズミか」

81　**穴の中**
板の下の時次郎たち。
時次郎「……うまくいった」
汗を拭く時次郎たち。

82　**朝の農家**
すがすがしい夏の朝。
農家の前を佐渡金塊運びの一行が出発していくのが見える。
農家の中から、じっと見ている仇吉、時次郎、藤兵ヱ、伝造、おゆうたち。
時次郎「クッ、クッ……（笑いがこみ上げる）」

83　**農家の一室**
天平が、へろ松と寝ている。
とんぼが起こしている。
とんぼ「早く！　起きなさいよ！」
天平「いいよ、もう……」
眠くてたまらぬ天平とへろ松。
仇吉が来る。
仇吉「寝かしておいておやり」
とんぼ「だって……」
仇吉「また、今夜から仕事だから」
とんぼ「また仕事!?」

84　**盆踊り**
盆踊りが始まっている。
夜——。
岡ッ引の喜八と手下与助。
与助「行列が一ン日早く来たんで、助かりましたですね」
喜八「まあな。おい三味線を頼みに行くって言ってたのはどうした」
与助「あ、ほんとだ。行ってみましょうか」

85　**農家の土蔵で**
土蔵の中で大八車の上に、大きな箱をつくっている。その上に屋根がつくられている。
遠く盆踊りの歌声——。
天平、時次郎、藤兵ヱ、そして、元大工の伝造が腕を見せている。
一隅に、金の延棒の入った箱が四つ——。

86　**農家で**
岡ッ引の喜八と与助が入ってくる。
喜八「おばんです……」
仇吉、とんぼ、そしておゆうがいる、喜八の帯に挟んだ十手が見える。
仇吉「！　……あ、こんばんは」
喜八「まことに、ぶしつけですがね、今夜はお聞きの通りの盆踊りでしてね」
仇吉「そのようですね」
喜八「実はこのあいだ、前を通ったら、調子のいい三味太鼓が聞こえましてね……」
仇吉「ああ……」
喜八「こういう田舎の宿じゃ、大したお囃しがおりません。よかったらひとつ、お出かけ願えませんかねえ」
仇吉「さあ、私らのは人様にお聞かせするような……」
土蔵のほうから、大工仕事の金槌の音が聞える。
喜八「!?　どこだろ、お盆の夜に金槌叩いている奴がいる……」
仇吉「ああ、うちです。さっき、奥で棚を落としてしまったものだから」
喜八「ああ……」
奥のほうを見ている。
仇吉「そうねえ、あたしたちも盆踊りに行ってみようか」
とんぼ「うん！」
仇吉「ほんとに　あたしたちの囃しでいいんですか」
与　助「そりゃもう！」
仇吉「三味線と太鼓」
とんぼ「はい！」

87　盆踊りで

仇吉、とんぼ、おゆうの三人が三味線、太鼓で大奮戦である。

88　土蔵の中

大八車の箱の脇に、紋章を書き込んでいる時次郎。
時次郎「さあ、出来た、積み込んでくれ」

89　盆踊り

踊りはクライマックスへ――。

90　農家の前で

蝉しぐれ――。
大八車がひっそりと、農家を出ていく。
紋のところは、布がかけられて見えない。
時次郎、天平、藤兵ヱ、伝造の連中だ。

91　農家で

仇吉と、とんぼ。
仇吉「さあ、あたし達も　ぼちぼち、帰り仕度をはじめようか。どうしたんだい？」
とんぼ「いまの車、碓氷峠を越えるんでしょ」
仇吉「越えなきや、江戸へ帰れないもの」
とんぼ「関所があるわ！」
仇吉「あるね、関所は」
とんぼ「あんな車、調べられずに通れないわよ（と泣き声）」
仇吉「心配しなくていいのよ」
とんぼ「だって……」
仇吉「大丈夫、あの連中は関所の手前でお氷さまの来るのを待っているんだから」
とんぼ「お氷さま⁉」
仇吉「いちいち説明しなくちゃいけないのかい」
とんぼ「うん！（と必死の目）」
仇吉「じゃ。……信濃の奥に北沢藩という小さな藩があるんだね」
とんぼ「北沢藩……」
仇吉「そこじゃ、真冬に湖から切りとった大きな氷を山の氷室（ひむろ）に閉じこめるんだよ」

92　夏の山あいで

蝉しぐれ、
山腹に掘られた氷室から巨大な氷が運び出されている。
仇吉の声「それをね、夏の盛り、お盆の日に取り出すんだね」
氷奉行・葉山「ゆっくりだぞ、ゆっくり！……オガクズをかけろ、オガクズを！」
オガクズを氷にかけている。

93　農家で

仇吉「この大きな氷を江戸まで運ぶんだね」
とんぼ「江戸まで⁉」
仇吉「将軍家へお献上なんだってさ」
とんぼ「だって、江戸まで……解けちゃうじゃない！」
仇吉「ああ、真夏だもの。でも、まわりを塩とオガクズで固めて、江戸まで昼夜ぶっ通しで、走りに走るんだよ」

94　お氷さま走る

お氷さまが、猛烈な勢いで走っている。
車は、巨大な箱になっており、屋根もついている。
脇には紋章が記されている。八人組で決死の形相で走る。
先頭を氷奉行。
氷奉行「お氷さまだ、お氷さまだァーッ！」
道中の女や、男たち、大あわてに、道ばたに飛びのく。転ぶのもいる。
猛烈な勢いで通過していく。

95　農家で

仇吉「氷はどんどん解けていく。必死に駆けて、江戸城まで三日三晩で走り込むんだね」

とんぼ「江戸城へ走り込んでどうするの⁉」

仇吉「天下の将軍さまがおかじりになるのさ。馬鹿な話だね」

とんぼ「ほんと！　……」

仇吉「馬鹿な献上品だけど、将軍さまへの献上品だ、関所も、天下御免のキマリになってててね」

とんぼ「あ、そうか！」

96　街道

お氷さまが走って来る。

氷奉行の葉山を先頭に、必死の集団が駆けている。

葉山「お氷さまだァーツ！　どけどけッ！お氷さまだーッ！」

97　山で

へろ松「！」

木の上にいる。

へろ松「来たァ！」

と、遠くへ叫ぶ。

98　山道

お氷さまの一行、必死に走っている。

山角を回って現れる。

と、すぐ後ろに、時次郎たちの一行が、同じような服装で、ぴったりと車をつけて走りはじめる。

車を引いて走っているのは藤兵ヱ、伝造と時次郎だ。

必死に、つけて走る。

葉山「⁉」

気がつく。

葉山「止まれ、止まれ、止まれ！」

お氷さまの一行、止まる。

ゼイゼイと息を切っている。

時次郎らも止まる。

葉山「貴様ら、なんだ！」

バラバラと同行の侍も二人ほど、葉山と一緒に返してくる。

時次郎「峠を越えるまで、ご一緒願いたいんですがね」

葉山「〝お氷さま〟と知ってのことか！」

時次郎「そうです。お願いしますよ」

葉山「ならん！　下がれ！」

時次郎「仕様がねえな……ほら(とアゴをしゃくる)」

と、お氷さまの車の屋根に、山道の木から飛び下りた男。天平だ。

葉山「貴様ッ！」

と、刀を抜く。

時次郎「ダメですよ。あいつ火薬持ってますからね」

葉山「火薬⁉」

天平、火薬玉を、屋根に仕掛ける。

火縄を持っている。火をつける恰好。

時次郎「氷は一発でコナゴナですぜ」

葉山「まて！」

時次郎「ほら、こんなことしている間に、氷が解けているじゃありませんか」

お氷さまの車からはボタボタと雨のように滴（しずく）が落ちている。

葉山「！」

時次郎「怪しい物を運んでるんじゃありません。実はね、足抜けの女郎を運んでいるんです。ほら」

箱をチラと開けてみせる。

おゆうの顔が見える。手を合わせている。

葉山「……」

時次郎「早くしないと氷が……」

藤兵ヱ、黙って金包みを葉山の懐へ——。

ボタボタと滴。

葉山「……よし。峠を越えたら、離れろ。いいな」

時次郎「へい。それまで、あの男は便乗させてもらいます」

葉山「……出発ーッ！　急げ！」

お氷さま、走り出す。

天平、車にへばりついている。

時次郎ら、それーッ！　と必死に走り出す。

99　関所

碓氷峠関所。
先駈けてきた葉山。
葉山「信濃北沢藩よりのお氷さまでござるッ！」
お墨付けを広げてみせる。
番卒ら、急いで門をあける。
番卒「お氷さまーッ！（と奥へ）」
お氷さまの一行が走り込んでいく。
続いて、時次郎の車も。
脇にちゃんと北沢藩の紋章がついている。
関所の役人「ご苦労でござる！」
関所を走り抜ける時次郎ら。
時次郎の車からも水が滴り落ちている——！
箱の中で、おゆうが、桶の水をぶちまけている。
走るお氷さまと、時次郎らの車。
時次郎「お氷さまだ、お氷さまだーッ！」

100 江戸城

101 廊下

北沢藩主が急ぎ足でゆく。
うしろに袴姿の葉山氷奉行。
手にうやうやしく、塗り箱をささげている。

102 座敷

将軍家慶がいる。
坊主の声「お氷さまご到着ーッ！」
家慶「おお、来たか……。暑うてかなわぬ、早う……」
暑さにぐったりの老人だ。そばに愛妾の腰元がいる。
北沢藩主と葉山氷奉行が来る。
家慶「早う！　氷のときは作法はぬきじや！」
北沢藩主「へへッ！」
葉山が開ける箱の中、ギヤマンの皿の上に氷が二かけら乗っている。
北沢藩主「信濃北沢の氷でございます」
家慶「毎年、ご苦労じゃ。今年は去年より少し小さいのう」
かけらをつまみあげて、口へ。
家慶「おお、しみるぞ、しみるぞ」
愛妾の口へ、一かけら。
愛妾「ちべたい」
カリッと噛んだ。
ホッと、涙を押さえる葉山氷奉行。

103 長屋で

ひどい貧乏な長屋の一軒。わびしい、母子家庭だ——。
藤兵ヱと伝造が顔を出している。
伝造「これは、佐渡で亡くなられた旦那さんの供養に」
二十五両包みを置く。
女「こんな！　……」
藤兵ヱ「旦那さんは、これの何百倍もの金を掘り出したんですから、どうぞ、遠慮せずに——」

104 運河で

舟に乗っている時次郎とおゆう、天平。
天平は帳面を広げている。
天平「これは、済みと……」
名簿の一つを消す。
時次郎「三百軒というと、十日はかかるなあ」
ゆう「すみません……」
時次郎「いや、いいんだよ、こっちは手数料もらってンだから」
棹を差す。
時次郎「アチチ！　……あんなに走ったんで、スジがおかしくなっちまったぜ」
天平「としだよ」
運河を舟はゆく。
時次郎「〽浅間ア　出てみーろ、か……」

脚本解題

『必殺からくり人』第7話「佐渡からお中元をどうぞ」

近藤ゆたか

血の流れないミッション遂行劇

必殺シリーズなのに〝殺し〟がないエピソードの一本。佐渡ヶ島での金掘り人足を確保するため、江戸では微罪や濡れ衣による人狩りが定期的に行われていた。地獄のような佐渡金山から生還した伝造は、江戸へと運ばれる金塊の強奪を仇吉たちに依頼する。それは佐渡で死んだ人足たちへの供養のためだった。からくり人メンバーそれぞれが普段は殺しに使う特技を生かしながらも、血の流れないミッション遂行劇となった。仇吉の凶器としてのバチさばきが蚊の退治だけなのは残念だが。

佐渡から運ばれる金塊の強奪は『天下堂々』第17話「春の花火は十万両」。関所をクリアして江戸に運ぶために利用する〝お氷さま〟一行は『剣』第31話「お氷さま罷り通る」。氷の運搬と見せかけて足抜け女郎を、が……実は金塊という偽装の重ね方は、戦国時代に落城から運び出された駕籠の荷を護衛する『剣』第2話「山犬ともぐら」。――すなわち「佐渡からお中元をどうぞ」は、かつて早坂暁が手がけた3作の合わせ技と言えよう。とくに「お氷さま罷り通る」は氷奉行に降りかかる困難を切り抜けていく道中話なので、本話と対をなしており必見。

依頼人の伝造を演じた長島隆一は、劇団文化座や東映専属を経たベテラン。氷奉行・葉山役の五味龍太郎と追分宿の岡っ引・喜八役の不破潤は、ともに悪役が多く必殺シリーズでもおなじみ。特筆すると、不破は『必殺仕置屋稼業』第16話「一筆啓上無法が見えた」で、印玄に超高度まで投げ上げられて長時間落下し、地面にメリ込む豪快な死に方を見せつけた。強奪計画に協力するおゆう役の柴田美保子は脚本家・市川森一の妻。『必殺仕置人』第7話「閉じたまなこに深い渕」でも三味線を披露している。

佐渡金山の悲惨さを扱った作品は多いが、坑道の閉塞感を語る伝造の迫真のセリフ、佐渡送りにされた人数と生きて帰った人数の提示はドキュメンタリーも経験豊富な早坂ならでは。献上氷で実在したとされるのは加賀金沢藩前田家によるもので、旧暦の6月1日（新暦では7月頭）に献上していたところから、現在では6月1日は〝氷の日〟とされている。仇吉たちが盆踊りで演奏したのは奪った金塊の産地を代表する民謡「佐渡おけさ」だが、脚本に指定はない。ジュディ・オングと山田五十鈴は、ともに盆踊りは初体験、大いに楽しんだと当時の記事にある（踊り手に扮したのは舞踏家・藤間勘真次の門弟ら30人とのこと）。

緻密な構成、100を超えるシーン数

各シーンでの変更点は――#1、現代でかき氷をうらやまし気に見つめるとんぼが自動車のサイドミラーへの映り込みで登場、振り返ると天保時代の江戸となり、現在と過去をスムーズに繋げる松野宏軌監督の演出が光る。#7のあとにタイトルが入り、CM明けに時次郎が本陣の蔵までの距離を歩測する#22が挿入。さらに#8の前に目印の笠を見つけ、あたりを警戒してから門をくぐる伝造の用心深さを追加挿入し、ただならぬ事態を感じさせる。

#13、14での仇吉の唄は、脚本での指定なし。江戸の手毬唄「向こう横丁のお稲荷さん」から派生して歌詞が増量され、明治の頃に流行った寄席芸「ステテコ踊り」と思われるが、単に掘削作業音を誤魔化すために〝賑やかなのを〟という選曲だろう。ここで休息を伝えにくる時次郎は藤兵ヱに変更。

伝造が江戸の〝大掃除〟で捕縛される#19の回想は削除。地下道を阻む大岩が確認される#23の前に白い雲が浮かぶ青空のカットが挿入され、空模様の変化がしっかりと描かれる。時次郎が蔵に入ってきてのやり取りは削除。#26、28、29の火薬セッティングの段取りは前後の入れ替え多し。爆破音に気づく本陣の役人たちとそれを目視する時次郎の#34、35はひとまとめに。#37での天気の変化に気づくきっかけに遠雷の効果音が使われ、黒雲が広がる#38の空に続き、空を見つめる#40の前にも広がる雨雲が挿入され、ダメ押しに。

本陣の蔵の中での最も緊張感あふれる#66〜79の段取りは入れ替え激しく、#71の途中に最初に立てた物音に気づきかけた警備侍たちの交替シーンが追加され、二度目の物音なのだが後任にとっては一度目となり、時次郎の策にはまる下地が作られた。

最大の山場をクリアし、寝だめをしている天平たちをとんぼが起こそうとする#83と、岡っ引たちが盆踊りができるとよろこぶ#84は丸ごと削除。土蔵内の作業音に気づいた岡っ引が咎めるように言う#86のセリフは、住み込みで働く丁稚でも休みをもらえるように〝働かない〟のがお盆の不文律だったからだが、現代では伝わりづらいか。

#88での作業は、みんなでの延棒の箱詰めに。男衆が出立する#90は削除。#94からのお氷さまの荷車は屋根なしに。#98で天平が持つ火薬玉は柄つき手榴弾タイプに。ラストの#104、時次郎と天平の会話はじゃれ合い度を増し、〆の時次郎の唄は天平のツッコミを受け流す「おーれも歳だァ、まーすますがんばろ〜」に変更された。

100を超えるシーン数は『からくり人』の脚本のなかでも最多で、1時間枠の時代劇として出色である。それだけ緻密な構成だとの証しだろう。

『必殺からくり人』第8話
「私ハ待ッテル一報ドウゾ」
脚本：早坂暁
監督：蔵原惟繕
放映日：1976年9月17日

【キャスト】

夢屋時次郎	緒形拳
仕掛の天平	森田健作
花乃屋とんぼ	ジュディ・オング
八寸のへろ松	間寛平
新兵ヱ	早川保
ふゆ	高田敏江
せん	西崎みどり
ヤス	荒砂ゆき
天斎	梅津栄
彦市	前田俊和
喜三	山本弘
せんの母	小林泉
タネ	香月京子
竹井	千葉保
久右ヱ門	溝田繁
越前屋	北原将光
番頭	北村光生
小女	吉田さとみ
八尺の藤兵ヱ	芦屋雁之助
花乃屋仇吉	山田五十鈴

【スタッフ】

制作	山内久司
	仲川利久
	桜井洋三
音楽	平尾昌晃
編曲	竜崎孝路
撮影	石原興
製作主任	渡辺寿男
美術	川村鬼世志
照明	釜田幸一
録音	二見貞行
調音	本田文人
編集	園井弘一
助監督	松永彦一
装飾	玉井憲一
記録	川島庸子
進行	黒田満重
特技	宍戸大全
装置	新映美術工芸
床山・結髪	八木かつら
衣裳	松竹衣裳
小道具	高津商会
現像	東洋現像所
製作補	佐生哲雄

殺陣　楠本栄一
　　　美山晋八
題字　糸見溪南
ナレーター　松倉一義
主題歌「負け犬の唄」
（作詞：荒木一郎／作曲：平尾昌晃／編曲：竜崎孝路／唄：川谷拓三／キャニオンレコード）
衣裳提供　浅草 寶扇堂久阿彌
製作協力　京都映画株式会社
制作　朝日放送
　　　松竹株式会社

1　テレビスタジオで

　母親が子供の写真を持ってカメラに向かって呼びかけている。

母親「サッちゃん、何処にいるの、生きているのなら、知らせを下さい。お母さんは、毎晩、毎晩鍵もかけずにサッちゃんの帰りを待っています。サチ子……」

　涙ながらに呼びかけている。

2　橋のたもとで

　――江戸です。

　人びとが行き交う。

　とんぼが用に出た帰り道。

N「テレビのなかった江戸の人びとは、行方の知れぬ肉親をどうやって深したのでしょう。――江戸は本所本石町の橋のたもとに〝尋ね石〟というのがあります。今もこの〝尋ね石〟は残っていますが、当時は肉親を深す紙片れで表も裏も一杯だったそうです。」

とんぼ「！　……」

　尋ね石に紙片を貼り、その前に団子を供え、一心に手を合わせて拝んでいる三十頃の女。

　――職人の女房でタネ。

　目に涙をいっぱい溜めている。

　貼り紙を、小さく声を出して読むとんぼ。

とんぼ「……五ツの男の子、色白、紺絣の着物、名は留吉、今年三月上野で迷い、行き方知れず、親、深川住江町大工勘造……」

タネ「あの……」

とんぼ「え？」

タネ「何かお心当たりが」

とんぼ「いいえ。ごめんなさい……。上野で？」

タネ「はい……。お花見で。人ごみで、しっかり手を引いていたんですが、喧嘩騒ぎで、どっと人に押されまして、それで手が離れたんです。……それっきり」

　と、目を押さえる。

とんぼ「五ツなら、町の名は言えるでしょうにね」

タネ「はい、……皆さんは女の子なら諦めたほうがいいが、男の子なら見つかると言って下さるんですけど……。今日はあの子の生まれた日で……お団子が大好きだったものですから」

とんぼ「ほんと、早く見つかるといいのに……」

タネ「もし心当たりがありましたら、お願い致します」

　深々と頭を下げるタネ。

3　花乃屋で

　仇吉が、十五才の娘、せんに三味線の稽古をつけている。

仇吉「〽黒髪の、結ぼれたる思いには、解けて寝た夜の枕とて……ほらまた違った」

せん「すみません……」

　仇吉、技術指導――。ここいらはよろしく。

仇吉「!?　……とんぼ？」

とんぼの声「はーい。ただいま」

仇吉「〝ただいま〟じゃないわよ。どこまで行ってきたのよ」

　とんぼ、入ってくる。

とんぼ「あら、もう始めているの？」

せん「こんにちわ」

仇吉「待ちくたびれて、とっくに始めてますよ。もう終り」

とんぼ「ごめんなさい。お店が混んでて待たされて……」

仇吉「飴湯もいっぱい、だろ」

とんぼ「あら！　見てたの」

仇吉「見てなくっても、判るわよ。口の周りに蟻がいるよ」

とんぼ「キャッ！（口のあたりを払う）」

　仇吉やせん、笑ってしまう。

とんぼ「また、騙して……」

　せん、笑い転げている。

仇吉「こう笑っちゃ、稽古はお終いだね。じゃ」

せん「はい。ありがとうございました」

　それで　ちゃんと挨拶をする。

仇吉「とんぼ、蝿帳にお団子が入ってるから」

とんぼ「あら、ほんと！」

　と、駆けてゆく。

仇吉「おやつに連れて、お稽古に来るんだものね」

せん「あら、そんなことありません」

仇吉「最初はそれでもいいのよ」
せん「……すみません」
　ペロッと舌を出す。

4　花乃屋・台所

　藤兵ヱが独り、団子をいただいている。
　お茶を飲んで、おいしそうに――。

5　花乃屋・座敷

　仇吉、とんぼ、せん、お団子を食べている。
仇吉「藤兵ヱさんにあげたろうね」
とんぼ「お先にいただいておりますって、食べていた」
仇吉「フフ、あの人、お酒を飲まないから」
とんぼ「(団子を口にしかけて、フト)……」
仇吉「どうしたんだい」
とんぼ「ううん、さっき、尋ね石のところでお団子供えている人がいたの」
仇吉「ああ、尋ね石……」
とんぼ「五ツの男の子で、今日がお誕生日だって」
仇吉「迷い子?」
とんぼ「(うなずいて) 上野のお花見で……」
仇吉「お花見……五ヶ月も行き方知れずじゃ、むつかしいね」
とんぼ「人さらい?」
仇吉「だろうね……。見世物小屋かどっかに売られて……可哀そうに」
せん「そうよ、きっと見世物小屋よ!」
とんぼ「どうして?」
せん「だって、うちの近所にそういう男の子がいたんだもの。ほら、越前屋って、紙問屋」
とんぼ「ああ、ある、ある、お内儀さんの、きれいな」
せん「そう。あそこの彦ちゃんて、あたしと同い年なんだけど、六ツの時、人さらいに連れてかれて、上方のほうの見世物小屋でずーと、ほら、針を腕に差したり、頬っぺに突刺したりするの、あるじゃない」
とんぼ「うん、ある、ある」
せん「それやってたんだって!」
とんぼ「ふーん……」
仇吉「というと、その彦ちゃんて子は、見つかったのね」
せん「うん! 先月はじめ」
仇吉「どうやって?」
せん「彦ちゃんちのおばさんも、ずぅーと尋ね石に貼り紙していたのね、そしたら、旅の人が、貼り紙にある男の子とそっくりの子を上方で見たって、知らせてくれたの」
仇吉「でも、いなくなって十年も経っている勘定だろ」
せん「そ、十年」
仇吉「それでよく判るねえ」
せん「だって、彦ちゃん、右腕のここんとこに、大きなアザがあったの」
仇吉「ああ、そういう目印があったのね」
せん「あたい、彦ちゃんと一番仲良しだったでしょ、だから、お祝いだって、お呼ばれしたの」
とんぼ「どうだった⁉」
せん「十年ぶりだから……。何か彦ちゃんと違うみたいな気がして。(が急いで) でもちゃんと右腕のここんとこに、アザがあったわ」
仇吉「……」
　せんの言葉には、何か歯切れの悪さがあるのだ。

6　紙問屋越前屋店で

　彦市(15)を連れた母ふゆ(35)が奥から出てくる。
ふゆ「あなた、じゃ、行って来ます」
　主人の治助が帳場に――。
治助「ああ、行ってくるかい。彦市、向うの先生には、私からようくお話ししてあるから、気兼ねすることは何もないからね」
彦市「はい……」
治助「じゃ、行っておいで」
彦市「行ってきます」
ふゆ「今日はご挨拶だけで帰ってきます」
　ふゆは彦市を連れて、いそいそと出掛けてゆく。
　治助、見送っている。
番頭嘉兵衛「……お内儀さん、本当に嬉しそうでございますね」
治助「ああ。何かというと寝込んでいたのが、彦市が帰って来てからは、寝込むどころか、朝一番に起きて、凄い勢いだよ」
嘉兵衛「本当にようございました」

嘉兵衛は60才近く――。

7 袋物屋の店先

とんぼとせんが 袋物を物色している。
せん「どう、これ」
とんぼ「十五じゃ まだ早いわ」
せん「そうかしら……」
とんぼ「そ。それはもう少し色っぽくなってから」
せん「あら、あたい、色っぽいって言われたわ」
とんぼ「ヒャッ、誰に」
せん「お父つぁん」
とんぼ「馬鹿ねぇ、身内の言うこと真に受けちゃだめよ」
せん「へぇー、どうして」
とんぼ「色っぽいとか、別嬪だとか、そういうことは他人様に言ってもらうことなの」
せん「他人様の言うこと真に受けちゃいけないって、お父つぁん言ってたわ」
とんぼ「でもそうなの」
せん「じゃ、とんぼさん、色っぽいって言ってもらう?」
とんぼ「……わりかしね」
せん「ふーん……」
とんぼ「わりかし、言われない」
せん「なんだァ、同ンなじじゃない」
二人、笑い転げる。
せん「! ……ほら、あれよ」
とんぼ「あれ?」
せん「この間話した、彦ちゃん……」
とんぼ「ああ……」
彦市が、ふゆに連れられて前を通りかかる。
せん、頭を下げる。
ふゆ「あら、おせんちゃん」
せん「こんにちわ……」
ふゆ「今日はね、これから寺子屋の先生のところにご挨拶に行くんですよ」
彦市「……(眩しそうに、せんをチラッと見ている)」
せん「寺子屋?」
ふゆ「ええ、彦市が字や算盤を習いたいって言うの。……向こうにいる時は一度もそういうことさせてもらえなかったでしょ」
せん「ああ……」
ふゆ「また遊びに来て頂戴。彦市も、おせんちゃんしか 友達がいないから」
せん「はい……」
ふゆ「それじゃ」
ふゆ、とんぼにも会釈し、彦市を連れて出かけて行く。
とんぼ「……いい男の子じゃない」
せん「……」
とんぼ「おせんちゃんのこと、好きみたい」
せん「……うん、あたいも、好き」
とんぼ「まあ、ご馳走さま!」
せん「……」
どういう訳か、せんは浮かぬ顔なのだ。
とんぼ「どうかしたの?」
せん「……とんぼさん、五ツの時のこと、覚えている?」
とんぼ「五ツの時?」
せん「死にそうになったことなら覚えているでしょ」
とんぼ「……そうね、死にそうになったことならね……」

8 回想・八丈島脱出

嵐の舟の中のとんぼ。(五才)
N「とんぼは、八丈島からの脱出の時、丁度五才。今でも夢に見るくらいなのです」

9 花乃屋で

夜――。
カヤを吊っている仇吉と、とんぼ。
どんどんと、戸を叩く音。
仇 吉「⁉」
女の声「すみません、お願いします」
藤兵ヱが、戸のそばに。
藤兵ヱ「どなたさんで」
警戒している。
女の声「丸美屋の者ですが」
藤兵ヱ「ああ」
戸を開ける。
おせんの母親と、提灯をもった小僧。
おせんの母「すみません、遅くに。おせんはこちらに伺ってないでしょうか」
藤兵ヱ「おせんちゃん、ですか? いいえ」
仇吉ととんぼが来る。

仇吉「どうかしたんですか、おかみさん」
おせんの母「はいおせんが夕涼みに出たっきり帰って来ないんです」
仇吉「夕涼みに出たきり……」
おせんの母「ひょっとしたら、こちらじゃないかと……」
額に汗、びっしょり。
仇吉「！」
バタバタと駆けてくる足音。
駆けて来たのは、丸美屋の番頭。
番頭「おかみさん！　見つかりました！」
おせんの母「えッ、居たのかい！」
番頭「……はい、七軒堀で」
おせんの母「七軒堀⁉」
走り出ていく。
とんぼ「七軒堀！　……」

10　七軒堀で

寂しい運河沿い。
おせんの水死体が引き上げられている。
駆けつけたおせんの母親がしがみつく。
母「おせん！　……」
駆けつけて来たとんぼと藤兵ヱ、痛ましく見つめている。
とんぼ「おせんちゃん……」

11　花乃屋で

昼――。
藤兵ヱが帰ってくる。
藤兵ヱ「行って参りました」
仇吉「どうだった？」
藤兵ヱ「はい。町方の調べでは、おせんさんの身体には傷らしい傷はなく、おそらく夕涼みに出て、誤って足を滑らせて堀に落ちたのだろうということになりました」
仇吉「誤って……」
とんぼ「お母さん……」
とんぼが入ってくる。
とんぼ「おせんちゃんは殺されたのよ」
仇吉「……」
とんぼ「おせんちゃんは小さい時、七軒堀で、溺れている越前屋の彦ちゃんを助けたことがあるの」
仇吉「ちょっとお待ちよ、いきなり話を飛ばさないで」
とんぼ「だから、おせんちゃんは小さい時、七軒堀で、越前屋の彦ちゃんを助けたのよ」

12　回想七軒堀

堀の中の五つの彦市。
ナワに捕まっている。
そのナワを必死に岸で引っ張っている五つのおせん。
五才のおせん「誰か、来てェ！　来てェ！」
泣きながら叫んでいる。

13　花乃屋で

とんぼ「おせんちゃんは、越前屋へ遊びに行った時、そのことを口にしたんだって……」

14　越前屋で

彦市とおせん。
なんとなく、気恥かしい二人。
ふゆが来る。
ふゆ「あら、ちっとも食べてないのね。嫌い？」
おはぎが出ている。
せん「いいえ……」
ふゆ「じゃ、どんどん食べて。まだ沢山つくってあるんだから。ほら、彦市も」
彦市「ああ……」
おはぎを手に取る。
おせんも、そうする。
ふゆ「あら、お茶がなくなってるわね」
と立ち上がる。
ふゆ「二人とも、毎日毎日遊んでたんだから、話がいっぱいあるでしょうに」
と、出ていく。
彦市「……」
せん「……彦市さん、七軒堀のこと、覚えてる？」
彦市「七軒堀？」
せん「そ、七軒堀」
彦市「あ、ああ、あったね、七軒堀て……魚釣りだっけ？」
せん「……」
彦市「違ったか、なんだっけなあ、あそこ」
せん「……うん、なんでもないの。ただの堀ばた……」
彦市「そうか、ただの堀端だ……」
調子を合わせて笑ってみせる彦市。

せん「……あたい、帰る。じゃ」
彦市「……」
　彦市、帰っていくせんを、不安げな目で見送っている。

15　花乃屋で

とんぼ「……おせんちゃんはね、いくら小さい時のことだって、死にそうになったことは覚えてるはずだというの。……だから、あの彦市さんは、ほんとの彦ちゃんじゃないって、」
仇　吉「……おせんちゃんは、そのこと、あんただけに話したの？」
とんぼ「そうでしょ。あんなに越前屋のおじさんやおばさんが喜んでいるのに、そんなこととても言えないって、言ってたわ」
仇吉「藤兵ヱ」
藤兵ヱ「へい」
　すぐに、立ちあがる。
とんぼ「待って、あたしも行く」
藤兵ヱ「……」
とんぼ「だっておせんちゃんは、一番の仲好しだったんだもの」
藤兵ヱ「……」
　仇吉を見る。
　仇吉、うなずいてやる。

16　越前屋の前

　藤兵ヱととんぼ、向かいのしるこ屋で〝夏しるこ〟を食べている。

　目は、越前屋の方に――。

藤兵ヱ「！　……出て来た」

　越前屋から、一人の男――三十五、六才の商ン人の男――名は新兵ヱ。――越前屋の夫婦、彦市に見送られて出てくる。

藤兵ヱの声「あの男が、彦市を見つけて来た恩人だ」

　丁重に見送られて新兵ヱ、歩きだす。

　立ち上がる藤兵ヱ。

　とんぼも立つ。

17　尋ね石のあたり

「尋ね石」に貼り紙をしている女。

近づいて、親切に話しかける旅姿の商人――喜三。

女、喜三に答えている。

しきりと、うなずいて聞いてやっている喜三。

女は、去っていく。

喜三「……」

　近づいたのは、新兵ヱ。

新兵ヱ「……どうだった？」

喜三「いや……（首を振る）」

　新兵ヱ、懐をそっと叩いてみせ、あごをしゃくる。

　二人は尋ね石のそばを離れる。

　物陰から見ている藤兵ヱととんぼ。

藤兵ヱ「こっから先はわたし一人のほうがいい」

　藤兵ヱ、あとをつけて去る。

とんぼ「……」

　尋ね石のそばにに立つ。

　一杯の貼り紙。

　――団子のお供えがある。

18　賭場で（夜）

　バクチに興じている新兵ヱと喜三。
　藤兵ヱが何食わぬ顔で隣りにいる。
藤兵ヱ「いい景気ですねえ」
新兵ヱ「……まァね」
藤兵ヱ「わたしゃ、さっぱりです」
新兵ヱ「……行こか」
　急に警戒の色を見せ、立つ。

19　道で

　急いで露地から出てくる藤兵ヱ。
藤兵ヱ「……」
　見失った。
藤兵ヱ「しまった……」
と、寝つかない子供を背にあやして女がいる。
藤兵ヱ「すみません、今、二人連れの男を見ませんでしたか」
　いきなり、女、藤兵ヱを刺す。
藤兵ヱ「ウッ！」
　不意のことに、藤兵ヱ、腹を刺された。
　もう一度　刺そうとする女の匕首を払い落とすのが精一杯。膝をつく藤兵ヱ。女の足首を掴んだ。
女「糞ッ、糞ッ！」
振り解く。
片方の下駄を残して、駆け去っていく。
藤兵ヱ「！　……」
ありたけの力を振るって、立ち上がる。
何気ない顔で歩き出す。
ポタ、ポタと、血が垂れている。

20　運河で

医者――天斎と称する闇の医者だ。四十すぎで、酔っぱらいだ。
その天斎を乗せて急ぐ時次郎。
天斎「誰がやられたんだ？」
時次郎「いいから、酒はやめろ」
天斎「大きなお世話だ」
時次郎「治療が済んだら、いくらでも飲ませてやる」
天斎「いいのか、これで」
手を差し延べる。手が震えている。
天斎「酒を入れねえと、これが止まらねえよ」
時次郎「チッ！」

21　花乃屋で

治療を受けている藤兵ヱ。傷口をショウチュウで洗っている。
藤兵ヱ「ウッ！　……」
天斎「辛抱、辛抱坊……」
仇吉と時次郎が枕元。
藤兵ヱ「時さん、子連れの女なんだ……」
仇吉「話はあたしから、するから」
天斎「ショウチュウをもう一本」
時次郎「あんた、自分で飲んでしまったんじゃないのか」
天斎「そうしたいね」

22　花乃屋・台所

血の跡を拭いているとんぼ。
へろ松が天平に連れられて入ってくる。
とんぼ「へろ松さん……」
へろ松「父ちゃん、死んだのか！」
とんぼ「ううん、もう大丈夫よ、お医者さんが来たから」
天　平「早く上がれよ」
へろ松「それ、父ちゃんの血？」
とんぼ「ええ……」
と、拭く。
その雑巾を奪って、
へろ松「オレが拭くよ」
とんぼ「早くそばに行ってあげたら」
へろ松、ゴシゴシと床の血を拭いている。
拭きながら泣いているのだ。

23　寺子屋で

彦市が、寺子屋で個人教授を受けている。
『越前屋彦市』と文字を書いている。

24　寺子屋の前

とんぼが待っている。
とんぼ「……」
彦市が出てくる。
とんぼ、彦市の前に立つた。
彦市「！　……」
とんぼ「歩きながら話しましょ」
歩きだす。
彦市、不安な表情でついてくる。
とんぼ「おせんちゃんが死んだこと、知ってるでしょ」
彦市「……はい」
とんぼ「あの夜、逢わなかった？」
彦市「いいえ」
とんぼ「あたしはね、おせんちゃんの友達だけど、おせんちゃんが独りであんな淋しい所へ行くはずがないと思うの」
彦市「……」
とんぼ「彦市さん、あなた本当に昔、七軒堀であったこと憶えてないの？」
彦市「……」
とんぼ「あなた、死にそうになったのよ」
彦市「……（ボソボソと）死にそうになったことは何度もあるから」
とんぼ「……じゃ、はっきり言うわ。あなたほんとに彦市さん⁉」
彦市「……彦市です」
言うなり駆けだす。
とんぼ「待って」
と、追い駆けようとする。
手が、とんぼの肩に。
とんぼ「！　天平さん……」
天平だ。

天平「……（小さく）危ない」
　彦市が走っていった小路の入口に、子供を背にあやしている女がいる。
とんぼ「！……」
　女、何気なく小路へ入っていく。

　途端に走る女の足。
天平「あいつだ」
　天平、小路へ駆け寄るが、もう女の姿はない。

25　花乃屋で
　戸が開いて、越前屋のふゆ。
ふゆ「こんにちは……。お邪魔します」
とんぼの声「はーい」
　出て来る。
ふゆ「越前屋のものですが、ちょっとお話ししたいことがございまして」
とんぼ「！　……はい！」
　中へ駆け込んでゆく。
ふゆ「あの、あなたにです」
とんぼ「……」

26　花乃屋・座敷
　とんぼとふゆ。
　立合い人のような形で仇吉がいる。
ふゆ「……あなたは、うちの彦市に、ほんとの彦市かと、おっしゃられたそうで」
とんぼ「……はい」
ふゆ「わたくしからも返事をさせて頂きます。あれは間違いなく、わたくしの息子、彦市です」
とんぼ「……」
ふゆ「……何しろ　十年振りのことですから、あなただけじゃございません、親戚の中にも、ほんとの彦市かどうか判りゃァしないという声もございます。でも、腕にはちゃんとアザがありますし、それに……（と言って、口ごもる）」
仇吉「それに⁉」
ふゆ「（それには答えず）……あの子が、遊びに出たきり行き方知れずになった時は、ほんとうに気が狂いそうでした。……わたしは、丈夫な身体じゃありませんし、やっとの思いで授かった一人息子です。何度死のうと思ったか知れやしません。……でも、そのたんびにうちの人が、必ず彦市は帰ってくる、と励ましてくれました。わたしもそう信じて、お百度も踏み、尋ね石には、二十日に一度、新しい貼り紙を致しました」
　廊下にそっと坐る藤兵ヱ。
　胸から腹にかけ、白いさらしを巻いている。まだ、痛そう。
藤兵ヱ「……」
ふゆ「……でも、五年目には、わたしも、内心あきらめました。何とか、新しい子供を授かりたいと　そればかり念じていましたが、それも叶いません。……うちの人に外に女をつくって、子供を産んで下さいとも申しました。……」
仇吉「……そうなさったのですか」
ふゆ「（首を振って）……もし彦市が帰ってきたらどうするんだと叱られました」
仇吉「いい旦那様だこと……（と、皮肉でなく）」
ふゆ「本当に、その通り、彦市は帰ってきました。ですから、彦市のことについては、もう何もおっしゃらないで頂きたいのです」
とんぼ「……（まだ納得しがたいのだ）」
ふゆ「聞けばあの子は、そりゃァ辛い目にあっています。叩かれたり、恥ずかしい思いをしたり……何一つ、楽しいことはなかったと申しています。ですから、もう昔のことは何も思い出したくないのでしょう。」
仇吉「……判りました。差し出がましいことを申しまして、申しわけありませんでした。とんぼ……（と、うながす）」
ふゆ「いえ、わたしのほうこそ、押しかけまして……」
仇吉「一つだけお聞きしたいんですが、もし、もしもですよ。あのお子さんが、彦市さんでないと判ったら、どうなさいますか」
ふゆ「……」
藤兵ヱ「確かな証拠が揃って、そうだとなったら？　……」
ふゆ「……もし、彦市がほんとうの彦市でないとしても、やっぱりあの子は、わたしたち夫婦の息子です。新しく授かった彦市です」
仇吉「……よく、判りました」

27　花乃屋で
一礼して玄関を出てゆくふゆ。
見送っている　仇吉、藤兵ヱ、とんぼ。
藤兵ヱ「……あのお内儀さん、彦市が偽物だと承知なさっていますね」
仇吉「（うなずく）」
とんぼ「……死んだおせんちゃんはどうなるの」

28　越前屋で
帰って来たふゆ。
ふゆ「ただいま……」
誰もいない。
ふゆ「ただいま！　……」
奥から小僧。
小僧「お、お内儀さん！　旦、旦那さんが蔵で！」
ふゆ「！」
駈け込む。

29　越前屋・蔵
和紙が積んである。
倒れている主人の治助。
和紙が散乱している。
番頭の嘉兵衛らが、「旦那さん！」と呼びかけている。
が、何の反応もない。
駈け込むふゆ。
ふゆ「あなた！　……あなた！　……」
揺さぶるが、死んでいる。
ふゆ「どうして……」
嘉兵衛「上の奉書をお取りになっていたようなんですが……」
ハシゴが、転がっている——。
散乱しているのは越前奉書だ。
ふゆ「汗!?　……」
死んでいる治助の顔はなぜか汗ばんで、濡れている。
蔵の入口に佇んでいる彦市。
悲しげに、怯えている。
彦市「……」

30　越前屋・店
大戸が閉まって、忌中の貼紙。
夜——。
小さな戸がそっと開く。
彦市だ。
あたりを見回して外へ出た。
走り出す。
と——！
彦市「！　……」
露地の暗いところから、子供を背にした女（——ヤス・35才）。
そして新兵ヱが出てくる。
ヤス「お前はあそこの子供だろ」
新兵ヱ「逃げちゃ、おっ母さんが泣くよ」
彦兵ヱ、おびえ切って、また泣きそうな顔で、越前屋へ入っていく。
小戸が閉まった。

31　花乃屋で
昼——。
天斎が藤兵ヱの傷の治療をしている。
天斎「あんた、ちゃんと寝とるかね」
藤兵ヱ「アチチ！」
天斎「ちっとも、傷口がふさがっとらんな」
時次郎「（が覗く）おかみさんは？」
藤兵ヱ「ああ、おせんちゃんちだ。初七日で供養の三味線を弾いてくれって……アチッ！」
時次郎「駄目だ駄目だ、手が震えてやがる、酒だろ？」
天斎「まァな（と、ニヤリ）」

32　おせんの家で
仏前で三味線を弾いている仇吉ととんぼ。
おせんの母がそっと涙を拭いている。

33　花乃屋で
酒を飲んでいる天斎医者。
天斎「なに、汗かいて死んだ？　誰が」
藤兵ヱ「何の傷もなしに、仕事中に、ポックリ汗をかいて死んでいたとしたら、先生はどう診たてます？」
天斎「心臓か中風、そんなとこだな。ま、ワシもそんなのでコトンと連れて行ってもらいたいと常々思うとる」
時次郎「散々悪いことしてきたもぐり医者が、そう簡単に死ねるもんか」
天斎「アハハ、お互いにな」
時次郎「おい、アザはつくれるものか」
天斎「アザ？」
時次郎「ああ、腕とかのアザだ」
藤兵ヱ「！」
天斎「フフ、刺青を消したいのか」
時次郎「ま、そういうことでもいい」
天斎「（手を出す）」
時次郎「なんだ」
天斎「オレの仲間で、アザつくりの名人がいる、刺青消すのなら、紹介してやろう」
催足して手を出す。

34　越前屋で

夜――。

廊下にふゆ。

ふゆ「彦市……彦市」

部屋の中に彦市。

もう寝床の中。

急いで目を閉じる。

ふゆ「入りますよ」

入って来るふゆ。

ふゆ「……もう寝たのですか」

蚊帳の中で目を閉じている彦市。

ふゆ、蚊帳の裾のめくれをそっと直してやる。

彦市「……おっ母さん」

ふゆ「起こしちまって悪かったね。……なんでもないんだよ。おやすみ」

彦市「……はい。おやすみなさい」

ふゆ、優しく微笑んで出ていく。

彦市「……」

ガタガタと震えている。

堪らなくなって布団をかぶる。

彦市「あ、あれがほんとのおっ母さんだったらいいのに」

涙が浮かんでいる。

35　奉書をぬらしている

奉書を水に浸して、濡らしている手。

三枚重ねだ。

36　ふゆの部屋

蚊帳の中で眠っているふゆ。

ふと、気配で目を開ける。

その顔へ、バサッと、濡れた奉書が貼りつけられる。喜三だ。

蚊帳がバサッと落ちる。その上から動かないように、押さえつけているのは新兵ヱ。

暴れているふゆ。

――それもやがて力がなえて、動かなくなる。

37　越前屋

座敷で――。

仏壇に花が飾られ、お経があげられている。

彦市が、喪主として坐っている。

そばに後見人の伯父久右ヱ門（60）など。

参列者の陰に、仇吉と、とんぼ、そして藤兵ヱ。

読経が終わり、久右ヱ門――。

久右ヱ門「……先日は治助、そして間も置かずふゆ、相続いて葬儀を出す羽目になりまして、越前屋、せっかく彦市が帰ってきて、これからという時だけに、何とも言う言葉もございません。……このうえは、彦市が、立派に越前屋の跡を継ぎますまで、もちろん、私ども親戚一同、後見致しますが、何卒、皆さまのお力添えと励ましを承りとう存じます。どうか、よろしくお願い申しあげます。」

頭を下げる。

彦市も下げる。

焼香が始まる。

仇吉「……あの連中は来ているかい」

藤兵ヱ「いいえ……」

38　越前屋の店先

葬儀の客が出入りしている。

天平が、それとなく見張っている。

39　同・座敷で

仇吉「……確かに、あの子ですね」
そばに、もぐりの医者の竹井（50）。
竹井「……ああ、（と、うなずく）」

仇吉「じゃ、行きましょ」
竹井「……」
ひるむ。
藤兵ヱ、後ろから、続く。
すごい目で——。
竹井、仇吉に続く。
仇吉、竹井、仏前に、焼香する。
焼香が終わって、彦市の前で一礼。
彦市、ぎこちなく、返す。
仇吉「……彦市さん、この人、覚えていますか」
竹井がそばに——。
彦市「！　……（懸命に）知りません」
仇吉「この人は覚えていると言ってますよ」
彦市「！　……知りません！」
仇吉「あなたの右腕に……」
彦市「（叫ぶように）知りません！」
久右ヱ門「どうした？（仇吉に）あなたは
どなた様ですか」
仇吉「失礼致しました……」
一礼して立つ。

40 越前屋の前

仇吉、藤兵ヱ、とんぼ、そして竹井が出
てくる。竹井、そそくさと離れてゆく。
天平が来る。
天平「どうだった？」
とんぼ「（悲しく首を振る）」
仇吉「連中、姿見せないんだねえ」
藤兵ヱ「……彦市が跡を継（つ）ぐまで、杉の育つ
のを待つように遠くから眺めて待っている
んでしょう」
とんぼ「それじゃ、何年も……」
仇吉「さあ、それまで、あの子が辛抱できる
かしらね」
歩きだす。

41 夜の越前屋

戸が閉まっている。
くぐり戸がそっと開く。
彦市だ。
あたりを見廻す。
外へ出た。
駆け出す。
——今夜は誰もいない。
と——、
物陰から、見ていた目。
時次郎だ。
時次郎「やっぱり、飛び出して来た……」
あとをつけて走り出す。

42 夜の町

走っていく彦市。

43 運河沿い

時次郎、ピッ！　と口を鳴らす。
舟がスーッと出ていく。
藤兵ヱを乗せ、天平だ。
時次郎「薬研堀を西だ」
天平「（うなずく）」
時次郎、走っていく。
天平「（藤兵ヱに）大丈夫かなァ」
藤兵ヱ「刺されっ放しじゃ、傷口がふさがら
ねえよ」
舟はスーッと川の中へ。

44 露地で

走り込んでくる彦市。
一軒の家へ走り込む。
露地口に時次郎。そして天平が来る。
時次郎「……」
と——！
家から、突き飛ばされるように彦市が出
てくる。
ヤスが出てくる。新兵ヱも——。
赤ン坊を背にしている。
ヤス「さあ、帰るんだ、おいで！」
彦市「……」
新兵ヱ「（低く）死にてェのか、お前も」
ヤス「さあ！」
凄い目で彦市の手を取って歩きだす。
露地から出ていく彦市とヤス。
新兵ヱ「度胸のねえガキだ」
新兵ヱ、家の中へ。

45 新兵ヱの家の中

新兵ヱ「喜三！　……」
酒を飲んでいたらしい。
新兵ヱ「喜三！　……厠（かわや）か」
坐って、そこらに散らばっている尋ね石
の貼り紙を手にする。

新兵ヱ「……右の頬にエクボあり、か」
　厠から出てくる喜三。
喜三「ウッ！」
　当て身を食らわされた喜三。
　天平だ。
　口の開いた喜三へ、例の花火をポンと、入れた。
　そして濡れた奉書をペタリ。
　ズン！
　低い、爆発音。
　部屋で──。
新兵ヱ「⁉　喜三……」
　時次郎が入ってくる。
新兵ヱ「誰だ！」
時次郎「へえー、こうやって、いろいろ調査、研究をするわけですね」
　と貼り紙を手にする。
新兵ヱ「……」
時次郎「今度からは、幼友達にも、よく当たって調べるんだね」
　新兵ヱ、刀を取って斬りかかる。
　パッと身をかわす。
　前のめりに倒れる新兵ヱ。
　と──、
　背中から、針が出て来る。
　前から刺していた針だ。
　時次郎、それを背中から抜き取る。

46　七軒堀で

　運河沿い。
　ヤスが彦市を連れてくる。
ヤス「！」
　その前に、やや腹をかばう形の藤兵ヱが立つ。
藤兵ヱ「彦市さん、ここだよ、あんたが溺れかけて、おせんちゃんに助けられたとこは」
彦市「！　……」
　不意にヤスの背中の赤ン坊が泣く。
ヤス「あ、よしよし」
　あやす。背中に手を回して、その背中から、短刀を抜いた。
　ヤス、藤兵ヱの胸目掛けて、刺す。
　藤兵ヱ、その短刀の手を掴んだ。
藤兵ヱ「……背中の赤ン坊はオレが育ててやる」
　短刀を曲げて、ヤスの胸へ。
　ヤス、前のめりに崩れる。
彦市「おっ母さん！」
藤兵ヱ「おっ母さん⁉　……あんたのおっ母さんか」
彦市「（唇を噛んでいるが、目に涙）……」
　駆け寄る。
　背中から赤ン坊を抱き上げる。
藤兵ヱ「……」
彦市「嫌な男と組んで、オレに悪いことをさせるんだ。だから、死んだほうがいいんだ」
　涙を拭う。
彦市「弟だって、今に、オレと同ンなじことさせられるんだ」
藤兵ヱ「何処へ行く⁉」
彦市「オレは十五だ。もう働ける」
藤兵ヱ「困ったら、オレのところへ来い。花乃屋だ、深川の」
彦市「おっ母さんを殺した奴のところへなんぞ、行くもんか」
　赤ン坊を抱いて、駆け去っていく。
藤兵ヱ「……」

47　尋ね石

　尋ね石に、貼り紙をする母親がいる。手を合わせて拝んでいる。

　とんぼが来る。

　貼り紙を取り出し、隙間を見つけて貼る。

『赤ン坊をつれた十五才の男の子。右腕にアザあり……』

N「赤子（あかご）を連れた十五才の男の子、右腕にアザあり。……八尺の藤兵ヱが出した尋ね札であります」

脚本解題

『必殺からくり人』第8話「私ハ待ッテル一報ドウゾ」

會川 昇

依頼なき事件のからくりを解き明かす

とんぼの友人が語る、行方不明になった幼馴染が帰ってきたという奇譚。だが、そこに込められたさまざまな人々の哀しみと願い。依頼なき事件のからくりを解き明かした藤兵ヱが遭遇する、からくり人の宿命ともいうべき真実。早坂暁が書いた10本の『からくり人』のなかでも最も哀切で完成度が高いエピソード、抑制の効いた蔵原演出の突き放すような人間描写も冴える忘れがたい一作だ――。

印刷台本のノンブル表記がイレギュラーで、恐らく脚本は2回か3回に分けて届けられたと想像できるが（前半では紙問屋の名前が出雲屋だが、後半では映像と同じく越後屋になっている、など）、そのような状況を感じさせないほど脚本と演出が噛み合い、削除もほどんどない。表紙にサブタイトルの記載なし。

#1は現代のテレビスタジオで始まるが、これは

1975年から1987年まで日本テレビで放送されていた『それは秘密です!!』の尋ね人コーナーをイメージしているのだろう。シルエットで登場するゲストの関係者をあてるクイズ番組として人気を博したが、終盤で一般視聴者が生き別れの肉親などに呼びかけ、その再会を演出する〝泣き〟の部分が評判になり、多くの類似番組が生まれた。

#2、江戸時代には迷子が多く、吉宗の時代に掛札場が作られ身元不明者の掲示が行われた。その後、嘉永三年に湯島天神、安政四年に一石橋、安政七年には浅草観音境内に「迷子しるべ石」と呼ばれる、迷子を尋ねる者と教える者がそれぞれ張り紙をする標石が建立された。本話がモデルにしたのは一石橋のものだが、天保年間にはまだ存在しない。今日では「尋ね石」よりも「迷子石」の呼称で知られ、宮部みゆきはじめ多くの作家が題材にしているが、『からくり人』放送時にはまだあまり知られていなかった。

#3、「ここいらはよろしく」と、稽古のディティールは山田五十鈴に丸投げするト書きがかわいい。それに応えて山田は、脚本よりもやや厳しい師匠を演じている。#9、悲報を伝えるのは番頭ではなく下働きの娘。#11は花乃屋ではなく忌中の丸見屋前に変更されている。#14など彦市は関西弁がすぐに出るキャラクターになっている。#22に天平はおらず、#41は時次郎の役回りが天平と藤兵ヱに変更。緒形拳の出番は相当減らしているが、ほかのキャストのスケジュールも逼迫しているのが伝わる。#45、時次郎と新兵ヱの戦いは襖越しのやり取りが加えられている。

本物の家族以上に結ばれた虚構の〝疑似家族〟

早坂暁は『天下御免』第29話「とりかえばや物語」で、幼少時に取り違えられた子を育てた二組の夫婦の悲喜劇を題材にしており、ここでも身体の特徴（黒子（ほくろ））で見分ける設定を使っている。だが『天下御免』では、けっきょく産んだ子よりも育てた子を選ぶという結論で、本話でも越後屋のおふゆは彦市が本物ではないと気づきながら育てようとしていることが暗示される。果たして血のつながりだけがすべてなのか――答えの出ない問いに挑む作家の姿が浮かんでくるようだ。

その一方で、本話はヨーロッパの伝承「取り替え子」を連想させる。妖精などが人間の子を連れ去り、代わりに置き去りにされる子供。その伝承はホラーの題材にもなるが、クリント・イーストウッドの映画『チェンジリング』のように現実に起きた悲劇の譬（たと）えとしても使われる。実際『チェンジリング』を初めて見た時の感想は「これ、『からくり人』で見たな……」だった。

また『天下堂々』や『びいどろで候　長崎屋夢日記』など、そっくりな人物が入れ替わる物語も早坂の得意とするところだが、小川真由美に「小川真由美」という源氏名で働く女性を演じさせたり（『宴のあと』）、森繁久彌に「森繁」を名乗る結婚詐欺師をやらせたり（『赤サギ』）と、虚構の中に真実を見つけようとする物語を多く描いた。そして、からくり人のメンバーも〝疑似家族〟という虚構なのに、本物の家族以上に結ばれた存在なのだ。

とんぼの親友せん役は西崎みどり（現・西崎緑）。14歳で『暗闇仕留人』主題歌「旅愁」を大ヒットさせ、俳優としても幾度もゲスト出演、『必殺仕舞人』以降5作品でレギュラーになった。悲劇の母であるふゆを演じた高田敏江は東映ニューフェイス一期生、『それは秘密です!!』の名司会者・桂小金治とは『アフタヌーンショー』でともに司会をつとめた時期もある。彦市役の前田俊和は子役ながらラストの藤兵ヱとの対峙シーンで迫力を見せる。70年代半ばの時代劇に出演が集中しているが、その後の経歴はわからなかった。

関係者インタビュー

撮影 石原 興

『必殺からくり人』全13話の撮影を担当したのは、必殺シリーズの光と影の映像美を作り上げた石原興である。照明技師の中島利男とのコンビでテレビ時代劇の表現を刷新し、その後は監督として活躍している石原が『からくり人』を振り返る。早坂暁、蔵原惟繕、緒形拳、そして山田五十鈴の思い出——。

別名「おそさか・うそつき」

『からくり人』という作品はシリーズのなかでも変わっていて、とくにおもしろかったですね。ぼくはいろんなホン屋さんと面識があって、麻雀やったりしてたんですが、早坂（暁）さんとはチラッとお会いしたくらい。だから思い出といえば……まぁ、これは言ってえのかどうか、あの人は別名「おそさか・うそつき」と呼ばれていて、とにかくホンが遅いんですよ。

　緒形拳さんが自爆する話がありますよね（第12話「鳩に豆鉄砲をどうぞ」）。五重塔から狙撃する……あれは『ジャッカルの日』なんかな。あのときは台本が間に合わなくて、早坂さんのペラが毎日2、3枚づつ現場に届いて、その前後を想像しながら撮影しました。監督は蔵原（惟繕）さんで「こういうケースと、こんなケースもやりましょうか」と相談しながら、シーンによっては3パターンくらい撮って現場を進めたような記憶がありますね。

　たしか緒形さんが海外に行くというのでスケジュールがなくなって、放送日もどんどん迫ってくる。それで五重塔に籠城するとき、万が一のことを考えて「監督、これ顔に墨塗って真っ黒けにしときましょうか」と提案したんです。吹き替えの別人でも撮れるように。最終的には緒形さんで全部やったと思いますが、そういう苦労がありました。

　とにかく早坂さんのペラが来ないときは、ぼくらすごくうれしいんですよ。撮影がないから（笑）。ホンがないとお休み、それで結果的には苦労するんですけど。しかし早坂さんというのは、遅くてもペラが届いたらやっぱり名セリフというのがあるんです。『仕掛人』のときからそうでしたけど、必ず「あぁ、ええセリフやなぁ」と、そういうところがあるすばらしい作家でした。

　早坂さんの場合、急いで台本を作らせても、あまりおもしろくない……そんな感じがしますね。遅いからいいんじゃないか、ひとつパッと出たアイデアが生かされるんじゃないか、そういう作家ではなかったかと思うんです。だからみなさん、「おそさか・うそつき」と裏でボヤきながらも仕事を頼むんでしょうね。

お芝居によってアングルが変わる

　ぼくはもともとキャメラマンで、いまは監督やってますけど、なんで監督になれたかというと、いろんな脚本家に教えられて、会話のなかでチラッと言われたことなんかが肥やしになったと思うんです。助監督をやった経験はないんで、ぼくはキャメラマンとしてそれぞれの監督さんのいいところを学んだり、ホンを読んで「あぁ、ええなぁ」というセリフをどう撮ったらいいかを自分なりに考えますよね。

　それから俳優さんにも教わりました。山田（五十鈴）先生はね、表情だけのお芝居じゃないんです。だいたい舞台が多い方ですから、全身で演じられる。足先まで芝居をしている。たとえば緊張しているとき顔は平然としてるんだけど、足の親指だけがキュッとなるとか……だからカメラのアングルもお芝居によって変わるんです。アップだったのをロングに変えてみたりね。

　つまり教わるということは、こっち側が勝手に判断するということで、「この芝居はこう撮らないといけないよ」と言われるわけではない。やっぱり芝居を見ながら、いろんなものを覚えていきました。それと俳優さんには〝いい雰囲気〟を作ってあげるということが大事なんです。山田先生のことをぼくら現場で「おかあさん」と呼んでね、それが関西ですから「おかはん」になる。「おかはん、ここの動きはこうしてくれますか」「はいはい」っちゅうて、そんな感じですよ。

　緒形さんで印象に残ってるのは、「あんたの命いただきますよ」というセリフがあったとしますわね。それを普通の俳優さんなら、一歩前に出てセリフをしゃべる。それを緒形さんは一歩、二歩下がりながら「あんたの命いただきますよ」って言うわけです。あえて反対の動きをされて、それがすごく真に迫るわけ。どうするんだろうというおもしろさ、われわれの発想と違う芝居をされることがありました。

　それと緒形さんは、笑顔がいいんですよね。ニコッーっと笑いながら「あんたの命いただきますよ」と言うと、めちゃくちゃ怖い。目を三角にしてセリフをしゃべるのではなくてね。やっぱり緒形さんと山﨑（努）さん、藤田（まこと）さんは本当に三者三様で、勉強する気になったら勉強できましたね。ただ現場をこなすのではなく、そうして意識すれば学ぶことができるんです。

じっくり芝居を楽しむのが蔵原さん

　蔵原さんというのは、とても温厚な監督です。芯の部分はしっかり押さえながら、ぼくの好きなようにやらせてくれました。だからいろんなアイデアを出せたし、若いもんを育ててくれる包容力というんですか……なんでも自分を押し通すのではなく、陰で教えながら上手にスタッフを使う監督さんでした。

非常に〝ねっとりした芝居〟が好きでしたね、蔵原さんは。アクションの監督ではなく話をじっくり撮っていく。工藤（栄一）さんの場合は、立ち回りなんかでも自分でやるタイプで、じっくり芝居を楽しむのが蔵原さん。かけ合いでも俳優さんを生かす撮り方で、長回しもお好きでしたね。カットを細かく割らない長回しの撮影だと俳優さんもノッてきて、いいお芝居をされるんです。

工藤さんなんか大先輩ですが、半分友達ですわ。「こうしような、石っさん」って感じで、わりあいに斬新なことをする監督でした。まぁ工藤さんは頭がよすぎるんでね、「これくらいは視聴者もわかってるだろう」という前提で突っ走る。だから、ちょっと難しいというか、わかりにくい作品になる。それでも工藤さんには現場にも視聴者にも工藤ファンがたくさんいまして、とにかく人気がありました。

『からくり人』には毎回アタマに現代のシーンが出てきますが、第1話（「鼠小僧に死化粧をどうぞ」）では東京ロケをやりましたね。銀座四丁目の服部時計店の前に三愛というビルがあって、そこの屋上の広告塔の隙間から、三越の前あたりかなぁ……緒形さんがホコ天（歩行者天国）にいるのを望遠レンズで捉えた記憶がありますね。そういうお遊びが昔の『必殺』にはありました。

その次に山﨑さんが主役の『必殺からくり人　血風編』というシリーズがありましたが、これはぼく撮ってないんですよ。途中から『からくり人』と同時に進行してたんで、できなかった。そうしたら山﨑さんに「お前、なんでやらないんだよ」って怒られて（笑）、もう子分みたいなもんですから。

ぼくは俳優さんとごはん食べにいったり、そういうお付き合いはしないんですが、そういう冗談をよく仰ってもらいました。仲間意識いうたら失礼にあたるけど、ある種〝陰の師匠〟みたいなもんで、緒形さんや藤田さんもそうですね。

緑川洋一の世界を映像にしたい

ぼくは中島利男という照明技師とずっと一緒にやってましたが、『からくり人』のときは途中から中やんが『血風編』に移って、そのあとは釜田幸一さんと組みました。釜田さんというのは昔から松竹京都でやっておられた照明部で、ぼくらの先輩ですよ。わりあいにキャメラマンの要求を「あぁ、わかった」と聞いてくれるタイプでした。ぼくの場合、「そこライトいらんのとちゃうか、当てんでもええんとちゃうか」と、どんどん照明を減らしていくタイプなんでね。そのあと釜田さんは特機のほうに移られて、レールの移動車を押してくれたり、それからもずっと一緒に仕事をしました。

あの夕暮れの水面のエンディングはね、ぼくが大好きな写真家で岡山の歯医者さんなんですが、緑川洋一という方がいて、瀬戸内海の景色ばっかり撮ってるんですよ。その方の写真の世界をなんとか映像にしたいと思ったんです。あれは水面を同ポジの時間差で撮って、逆光のキラキラした部分を重ねてるんです。

フィルターを入れて、赤とグリーンが混ざると黄色になるとか、その重なりの部分だけ色が変化する……いわゆる現場の一発合成で、その場でフィルムを巻き戻して撮りました。当時はCGもない時代ですし、仕上げで画を重ねると映像が荒れるんです。だから一発合成。あの舟も固定して船頭役の人にも「動くな！」、大覚寺の近くの広沢池で撮ったんですが、流れがないから固定しやすいんです。そういうアナログのおもしろさが残ってますよね。

まぁ物忘れが激しいタイプなんで、いろんなことを覚えてないんですが、やっぱり『からくり人』という作品は変わってましたから。早坂さんのホンしかり、山田先生しかり、いろんな思い出がありますよ。

撮影中の石原興、70 年代半ばごろ

石原 興
いしはら・しげる

1940 年京都府生まれ。日本大学芸術学部中退後、京都映画の撮影助手を経て 65 年に技師デビュー。『必殺仕掛人』から始まる必殺シリーズを数多く手がけ、劇場版も担当。90 年代以降は監督業を中心に活動し、『必殺仕事人 2007』以降のシリーズも一貫して演出している。

『必殺からくり人』第11話
「私にも父親をどうぞ」
脚本：早坂暁
監督：工藤栄一
放映日：1976年10月8日

【キャスト】

夢屋時次郎　緒形拳
仕掛の天平　森田健作
花乃屋とんぼ　ジュディ・オング
歌川延重　垂水悟郎
妻木良正　藤岡重慶
大目付本多　武周暢
キャピタン　マイケル・ニューマン
混血の娘　タビヤ・マルカーネン
　モニカ・ジョンソン
料亭の女　内村レナ
屋台のおやじ　北見唯一
料亭の女将　河東けい
店の男　松尾勝人
殺し屋　丸尾好広
　東悦次
八尺の藤兵ヱ　芦屋雁之助
花乃屋仇吉　山田五十鈴

【スタッフ】

制作　山内久司
　仲川利久
　桜井洋三
音楽　平尾昌晃
編曲　竜崎孝路
撮影　石原興
製作主任　渡辺寿男
美術　川村鬼世志
照明　釜田幸一
録音　二見貞行
調音　本田文人
編集　園井弘一
助監督　松永彦一
装飾　中道正信
記録　野口多喜子
進行　黒田満重
特技　宍戸大全
装置　新映美術工芸
床山・結髪　八木かつら
衣裳　松竹衣裳
小道具　高津商会
現像　東洋現像所
製作補　佐生哲雄

殺陣　楠本栄一
　美山晋八
題字　糸見溪南
ナレーター　松倉一義
主題歌「負け犬の唄」
（作詞：荒木一郎／作曲：平尾昌晃／編曲：竜崎孝路／唄：川谷拓三／キャニオンレコード）
衣裳提供　浅草 寶扇堂久阿彌
製作協力　京都映画株式会社
制作　朝日放送
　松竹株式会社

1　秋の寺で

侍の父娘が、好ましく庭を眺めている。
穏やかに、仲睦じい父娘の光景である。
父がふと、娘の肩の落葉をつまみ上げる。
娘も、父のマゲに小さな落葉を見つける。
——とんぼが、離れてそれを見つめている。

とんぼ「……」
　何やら笑いながら去っていく父娘。
仇吉「お待ちどう」
　と、来る。
仇吉「……誰か、知ってる人？」
とんぼ「うぅん……」
　歩きだす。
　何か怒っている態である。
仇吉「？　……」
とんぼ「（不意にふり向いた）ねえ、あたしのお父つぁんて、どんな人」
仇吉「！　……だから、死んじゃったといったでしょ」
とんぼ「そんなこと聞いてるんじゃないわ。どこの、どんな人？」
仇吉「そうね、……どこにでもいる、ただの男」
とんぼ「もういい」
　ほんとに怒って歩きだす。
仇吉「……」
　ふっと吐息。

2　花乃屋で

藤兵ヱが、キセルの掃除をしている。
「ねえ」と声。とんぼだ。
藤兵ヱ「あ、びっくりした」
とんぼ「びっくりなんかしないでよ」
藤兵ヱ「ほんとだ。もう大丈夫ですよ」
とんぼ「……」
藤兵ヱ「なんです？」
とんぼ「藤兵ヱさん、あたしのお父つぁん、知ってるんでしょ」
藤兵ヱ「とんぼさんの⁉　……いいえ」
とんぼ「どうして」
藤兵ヱ「どうしてったって……知りません」
とんぼ「だって、あたし八丈島で生まれたんでしょ」
藤兵ヱ「ええ、そうです」
とんぼ「だったら、あたしのお父つぁんは八丈島にいたはずじゃない。藤兵ヱさん、知ってる筈だわ」
藤兵ヱ「八丈島ったって……」
とんぼ「（あとは言わせず）広かないわ。あんな狭い島で、知らない筈はないもの」
藤兵ヱ「……」
とんぼ「そうか、知ってても言えないような人なのね」
藤兵ヱ「そんなこたァないです」
とんぼ「きっと、ひどいことをして島送りになった人なのね」
藤兵ヱ「とんぼさん……いや、ちゃんと聞いて下さいよ。確かにとんぼさんは八丈島で生まれました、でもね、……（口をつぐむ）」
とんぼ「どうして途中でやめるの？」
藤兵ヱ「そんなにお父つぁんのことを知りたいですか」
とんぼ「（深くうなずく）知りたい。……たとえ、どんな悪い人でも、お父つぁんを知りたいの」
　目が潤んでいる。
藤兵ヱ「……判りました。確かにとんぼさんは八丈島で生まれましたがね、仇吉姐さんが島へ送られて来た時は、もう、お腹に、あなたがいたんですよ」
とんぼ「！　……じゃ」
藤兵ヱ「そうです、あなたのお父つぁんは島にはいません」
とんぼ「じゃ、江戸か、ともかく、本土にいるのね！」
藤兵ヱ「さあ、そこいらのことは、あたしは知りません」
　廊下に仇吉が立って聞いている。
仇吉「……」
藤兵ヱ「とんぼさん、人間、四十を越えると昔のことが懐しくなってきます。折りにふれ、何かと昔の話をしたいもんです。……でもねえ、それが出来ない人間もおります。……わたしがそうです。あなたのおっ母さんもそうでしょう……」
とんぼ「どうして⁉」
藤兵ヱ「……辛い昔だったからです。思い出すだけで気持がズタズタになって、とてもたまらないからです……」

とんぼ「……」

廊下の仇吉、スッと立ち去る。

藤兵ヱ「……だから、とんぼさん、昔のことはもう、ほじくらないであげて下さい」

とんぼ「……」

3　運河で

夜、仇吉の屋形船がゆく。

棹をさしているのは藤兵ヱ。

とある、料亭の下へ寄せる。

仇吉、明るい二階の窓に向かって一曲――。

……。

と――！

「いやァーッ！」

と、嬌声がして、二階の手すりに、双肌もあらわな女がのり出すように――。

仇吉、知らんぷりをして唄っている。

女「いやったら、もう……」

見えないが、腰のあたりに男がいるらしい。

女「あ、あ……許して、もう……ほら、流しが来てるじゃない、ア、アアッ……」

と、あられもない。

藤兵ヱ「行きましょうか」

仇吉「（うなずく）」

と――。

二階の手スリに、汗ばんだ男の顔が現れた。

五十近い男だ。絵師延重。

延重「おい、逃げないで、どんどんやってくれ」

仇吉「！　……」

延重「新内がいい。新内でしっぽりやってくれ」

小判を二、三枚、投げる。

仇吉の膝元へ。

仇吉「……」

黙って、新内を始める。

延重、女と重なるようにして、手は見えないが、女の肌を探っているらしく、女は身もだえして、嬌声を上げるのだ。

仇吉「……」

無表情に弾いている。そして唄っている。

延重「……！」

ふと、仇吉の顔に目を留めた。

手も止まったのだろう――。

女「なによォ……」

延重、女を邪険に押しのけて、身を乗り出す。

延重「おい、顔を上げろ」

仇吉、手が止まった。

手を延ばす。バチの先でスダレをくくっていた糸を切る。

バラリとスダレが落ちた。

仇吉「行っとくれ」

藤兵ヱ、棹をさす。

スーッと離れる仇吉の舟。

延重「おい！　……」

女「何よォ……」

延重「……まさか」

呆然たる面持（おもも）ちで見送っている。

屋形船の中。

仇吉「……」

唇をかんでいる。

藤兵ヱ「まだ、こちらを見てますぜ」

仇吉「藤兵ヱさん、仕事はしばらく休むよ」

藤兵ヱ「……へい」

4　花乃屋で

夜――。

仇吉と藤兵ヱ。

仇吉「四、五日、この家から離れていてくれないかねえ」

藤兵ヱ「四、五日!?」

仇吉「そ。時次郎も天平も、その間はこの家に近づかないようにしてもらいたいんだ」

藤兵ヱ「!?」

仇吉「下手すると、島抜けでバッサリやられるかもしれない」

藤兵ヱ「姐さん、そういう仕事でしたら、手伝わせて下さい」

仇吉「（首を振る）ありがとう。でもね、これは、あたしだけの仕事だから、黙って、この家から離れていておくれ」

藤兵ヱ「……へい。わたしは時次郎の家へ行っておりますから、万一、手が欲しい時は、いつでも」
仇吉「ありがと」

5　料亭で

昼――。
　女将が出てくる。
　仇吉が来ている。
女将「あ、仇吉さん。どうぞ、上がりなさいな」
仇吉「はい。ちょっとお尋ねしたいことがございましてね」
女将「なんだろ？」
仇吉「ゆうべ、二階の河岸べりのお座敷にいらしたお客様のことですが」
女将「ああ、延重さん」
仇吉「のぶしげ!?　あの有名な絵師の」
女将「そう。どうかしたの？」
仇吉「いえ、ゆうべ過分なお礼を頂いたものですから」
女将「(ふくみ笑いをして) 仇吉さん、あんた、狙われているのよ」
仇吉「狙われて!?」
女将「ゆうべ、あんたのことしきりに聞いていたもの」
仇吉「あたしのこと!?　……」
女将「あの人も、癖は悪いけど、絵に描いてもらうと大変な評判だからね。どう!?」
仇吉「いいえ、あたしなぞ。……」

6　花乃屋で

とんぼ「誰!?」

　玄関のほうで音がしたのだ。

とんぼ「!?　……」

　玄関に出てみる。

　戸は閉まったまま。

と――。

　戸が少し開く。

　男の顔が少しのぞいている。

とんぼ「誰!?」

　戸がゆっくりあく。

　延重だ。
　四十五、六。いい身なりをしている。
延重「花乃屋、仇吉さんのお家ですね」
とんぼ「……はい」
延重「いらっしゃいますか」
とんぼ「おっ母さんなら、出かけてます」
延重「あなたは娘さん!?」
とんぼ「……はい」
延重「(しげしげと見つめ) きれいだ」
とんぼ「は？」
延重「美しいと言ったのですよ」
とんぼ「……」
延重「あなたにしよう」
とんぼ「!?」
延重「いえね、あたしは、あなたのお母さんの評判を聞いて、是非絵にしたいと出かけて来た絵師の延重です」
とんぼ「延重って、あの!?　……」
延重「そうです、あの、延重です」
とんぼ「!　……」
延重「どうです。あなたを描かしてもらえないですか」
とんぼ「あたし……」
延重「そうだ。まだ、名前を聞いてない」
とんぼ「とんぼ、とんぼっていいます」
延重「名前もいい。秋の女、とんぼ……。どうです？」
とんぼ「あたし、おっ母さんに相談してみなくちゃ」
延重「うん、相談もいいが、わたしの仕事場へ来てみないかね、描く描かないは別にして、わたしの絵を見て、それから考えてもらおうかね……どう？」
とんぼ「!　……」
　興奮気味のとんぼ、思わず、うなずく。

7　駕籠がゆく

　二挺の町駕籠。

N「歌川延重といえば、歌麿なきあと、美人画の第一人者として、異常な人気を待った絵師ですが、その特徴は、オランダふうとも長崎ふうとも言われ、ギヤマンなどを配して、当時としてはすこぶるエキゾチックな美人画として、もてやはされたのです」

　駕籠の中で、延重。

　そして、つづく駕籠の中にはとんぼ。

有名な絵師に見こまれたとあって興奮気味なのだ。

8　延重の邸

一介の絵師の家とも思えぬ立派な豪邸。
二挺の駕籠は門の中へ消えていく。
門前の蔭から、仇吉。
仇吉「……これが、あの男の邸」
唇をかむ。

9　延重の邸で

素晴しい庭の廊下をとんぼを連れて延重。
とんぼは庭の素晴しさに息を呑んでいる。
延重「どうぞ……」
とんぼ「はい！」
延重、部屋へ入る。
とんぼも――。
延重、壁を押す。
壁は、仕掛け壁で、動く。
とんぼ「⁉」
延重「この中が仕事場です。……どうぞ」
ちょっと不安気だが、とんぼ、暗い壁の中へ。
ズイッと、押し込まれるようにとんぼ。
壁は一転して閉じた。

10　延重の仕事場

暗闇だ。
延重の声「すぐ明るくなります……」
と――。
あでやかな光が満ちる。
ギヤマンの、ステンドグラスのランプが灯る。
とんぼ「！　……（息を呑む）
中は、異国情諸に満ちている。
椅子、テーブル、ギヤマン、――まるでオランダ屋敷だが、壁には、延重の美人画が幾双もはめこんである。
日本ふう美人に混じって、外人ふうな美人を描いている。
延重「気に入りましたか」
とんぼ「ええ！　……」
延重「どうぞ」
と、椅子を勧める。
とんぼ、腰を下ろす。
延重、手を叩く。
すると、奥から紅茶ポットを持った若い女が出てくる。
とんぼ「！」
日本の娘の格好なのだが、顔は外人なのだ。
テーブルにポットを置く。
娘「どうぞ」
鮮やかな日本語だ。
退出してゆく。
延重「どうです、セイロン茶です」
とんぼ「あの、今の人は……」
延重「（微笑むだけで、それには答えず）あなたにオランダ着物を着せて描いてみたいな」
とんぼ「オランダ着物⁉」
延重「美しい鳥のような着物です」
とんぼ「鳥のような……」
延重「あなたなら似合う」
とんぼ「そんなもの着ると、お上に捕まるんじゃないんですか」
延重「なかなか、（と、首を振ってみせた）あなたのお母さんだって、なかなか捕まったりしないでしょう」
とんぼ「！　……」
延重「（探るように）八丈島からの島抜けは死罪」
とんぼ「！」
延重「大丈夫。誰にも言ったりはしません。その代わり……」
とんぼ「その代わり⁉」
延重「あしたからここへいらっしゃい」
とんぼ「来ます。でも本当に……」
延重「約束は守ります」
とんぼ「来ます。必ず来ます」
隠しドアを開けてやる延重。
延重「お母さんには内諸で。いいですね」
とんぼ「はい」
とんぼは出てゆく。
延重「……やっぱり、あいつは島から帰っていたんだ」
鋭い目になる。

11　延重の邸前

門からとんぼが出てくる。
物蔭から見ている仇吉、息を呑む。
仇吉「とんぼ！　……」
が、黙ってとんぼを見すごすのだ。
仇吉「……」

12　天平の小屋で

火薬の調合をしている天平。
とんぼがいる。
とんぼ「……」
天　平「どうしたんだ、黙ってえ」
とんぼ「うん……」
天　平「何か用で来たんだろ」
とんぼ「ううん、そうでもないの」
天　平「ゆうべ藤兵ヱさんが来て、元締が何か仕事に取りかかったと言ってたけど、どんな仕事なんだい」
とんぼ「判んない」
天　平「なんだ、とんぼにも判んないのか」
とんぼ「あたし、また来る」
と、立つ。
とんぼ「じゃ」
出ていくとんぼ。
天　平「!?　……（後ろ姿へ）何かあったら知らせに来るんだぞ」

13　花乃屋で

仇吉が三味線を弾いている。
その前へ坐るとんぼ。
仇吉「どこへ行ってたの」
とんぼ「……天平さんち」
仇吉「その前は？」
とんぼ「！」
仇吉「延重の家だろう」
とんぼ「おっ母さん……」

14　延重の家

夜。
駕籠が三挺、出ていく。

15　駕籠の中

延重が揺られている。
そして別の駕籠には、
娘――。身なりは、日本ふうだ。
だが、顔は外人である。

16　花乃屋で

仇吉と、とんぼ。
とんぼ「あの人はおっ母さんが、島抜けしたことを知っているのよ！」
仇吉「！」
とんぼ「でも、あたしの絵を描かせてくれたら、それは黙ってやると言ったのよ」
仇吉「どうしてだね？」
とんぼ「判んない。でもそう約束してくれたの」
仇吉「……じゃ、あしたから行く気かい」
とんぼ「だって、そうしなくちゃ、おっ母さんが捕まるわ」
仇吉「あの男……」
強くバチで弾く。
三味線の糸が、パチンと切れた。

17　向島の寮で

その一室。
延重と、妻木良正――。
妻木は五十近く。元長崎奉行を務めた旗本七千石の身分。
妻木「ご苦労であった……」
延重「外国嫌いの本多様、よくよくのことでございますね」
妻木「毛唐は嫌いだが、女は別だ」
延重「覗いてみますか？」
妻木「そうだな」
みだらな笑み。
延重「これで妻木様の勘定奉行、近うございますな」
妻木「いずれお前にもおこぼれをやる」

18　寮の一室

オランダ服を着た娘が二人。
さっき駕籠で送られて来た娘だ。
大目付の本多（50）がいる。
本多「！　……」
まるで仇（かたき）を見るような目付である。
本多「脱げ」
娘たち、悲しく立っている。
本多「脱ぐんだ！」
娘たち、悲しく、服を脱ぎにかかる。

本多「！……」
　ギラギラした目で見つめている。

19　寮の別室で

　本多の部屋を覗いている延重と妻木。
妻木「フフフ、大目付殿も、まるで仇に出会ったようだな」
延重「……妻木様、おえんが、江戸に居ります」
妻木「何！　おえんが！」
延重「大丈夫、手は打ってあります」
妻木「そうか、おえんが江戸に……」

20　寮の一室で

　二つの白い裸像を見つめている本多。

本多「動くでないぞ」

　そろりと寄っていく。

　裸像に手をふれる本多——。

　悲しく目を閉じる女。

21　花乃屋で

　夜。——仇吉ととんぼ。
仇吉「とんぼ」
とんぼ「⁉」
仇吉「……お父つぁんが誰か、知りたいと言ったね」
とんぼ「……ええ！」
仇吉「金輪在、話すまいと思っていたけど、話すしかないね」
とんぼ「！」
仇吉「その前に、あたしが何故、八丈島へ送られるようになったか、それを話さなくちゃいけない……」
とんぼ「……」
仇吉「……あたしはね、昔、深川の辰巳芸者だった……」
　膝の三味線をゆっくりと爪びく。

22　回想・町をゆく辰巳芸者おえん

　黒羽織のおえんがゆく。

　三味線を抱えている。

仇吉の声「その頃は、おえんと言ってね……三味線のおえんとも呼ばれてけっこう忙しい毎日だった……」

23　回想・座敷で

　スダレのある座敷で、三味線を弾くおえん。

24　回想・夜の町

　おえんがゆく。

仇吉の声「仕事が済むと、必ず寄る所があった……」

　露地へ入っていく。

　長屋だ。

25　回想・長屋の一軒で

　戸をそっと開ける。

　中には、若い絵師が、あわてて描いている絵を隠す。

　絵師、延重の若い頃だ。延(のぶ)二郎といっている。

延二郎「なんだ、お前か」

　その絵は、あぶな絵だ。

仇吉の声「あたしが一緒になろうと決めていた相手は貧しい浮世絵師の延二郎。腕は確かなのに、絵は売れず、食べるためにあぶな絵を描いていた……」

　折詰を広げているおえん。

延二郎「おえん、どうもうまく描けねえんだ。ちょっと裸になってくれ」

おえん「はい」

　素直に立って、羽織を脱ぐ。

　帯を解く。

仇吉の声「あたしは、延二郎さんの役に立つことが嬉しかった」

26　回想・夜の河岸辺で

　河岸辺を、おえんに送って来る延二郎。
延二郎「……おえん」
おえん「なァに？」
　延二郎、河岸辺にしゃがむ。
延二郎「……あしたの夜、ヒマをつくってもらえないか」
おえん「あしたの夜？」
延二郎「ああ」
おえん「いいわ」
延二郎「……長崎屋へ行ってもらいたいんだ」
おえん「長崎屋？　オランダ旅籠(はたご)の⁉」
延二郎「ああ。今な、長崎のカピタンが将軍様への挨拶に出向いて来てるんだ」

おえん「……」
延二郎「オレな、もう今のような暮らしは嫌になってんだ。判るだろ」
おえん「ええ……」
延二郎「もう、あぶな絵を描かなくて済むような絵師になりてえんだ」
おえん「なるわよ、きっと」
延二郎「そうはいかねえから、焦々してんだ。……オレな、考えたんだ。オランダ風俗を取り入れた浮世絵なら、世の中に受けるんじゃねえか」
おえん「オランダ風俗……」
延二郎「ギヤマンやオランダ着物などをからませた美人絵を描いてみてえんだ」
おえん「そうね、それなら」
延二郎「長崎屋のカピタンが日本の三味線を聞きたいというんだ。でもな、知っての通り、オランダ人は生血を吸うとか言って、どんな女も長崎屋へ近づこうとしねえ」
おえん「……」
延二郎「あちらのことに詳しい人に聞いたんだが、生血を吸うなんて嘘なんだそうだ。おえん、頼むよ。三味線を聞かせに長崎屋へ行ってくれねえか」
おえん「！　……」
延二郎「もちろん、オレも一緒だ」
おえん「延二郎さんも一緒なら」
延二郎「ありがてえ！　恩に着るよ。オレはな、昼間から、長崎屋へ行って待ってる」
おえん「……ええ」
延二郎「オレの絵が売れるようになったら、世帯を持とう」
と、おえんの手を握り締める。

27　花乃屋で

仇吉とどんぼ。
仇吉「……翌晩、あたしは駕籠で長崎屋へ行った。オランダ人に会うのは恐ろしかったけど、延二郎さんと一緒になれる嬉しさのほうがずっと大きかった……」

28　回想・駕籠がゆく

29　回想・長崎屋の一室

和風の部屋にじゅうたんが敷いてある。椅子がある。
そこに三味線をかかえた黒羽織姿のおえんが、浅く腰をかけている。
妻木が現れる。
おえん「！」
妻木「ご苦労である」
おえん「はい……」
妻木「今夜の食事はなんであったか」
おえん「は？」
妻木「魚を食べてはおらぬか」
おえん「いえ、今日は」
妻木「昨日は」
おえん「いただきました」
妻木「オランダ人は、日本人を魚臭いと言って嫌う。いや、心配はいらない」
手を叩く。
妻木「オランダのカピタンは日本にとって恐ろしいお客様だ。カピタンの報告次第で、ひょっとすると、日本は隣の清国のように世界の強国に食い荒らされるかもしれない」
女中がグラスを持って現れる。テーブルの上に置いて去る。
淡い色のついた飲みものだ。
妻木「これを飲んでもらう。魚の匂いが消える」
おえん「……」
妻木「心配はいらん。いい匂いの飲みものだ」
おえん「延二郎さんは？」
妻木「もう奥でカピタンと話をしている。もちろん言葉が判らないので、あの男の絵を見せている」
おえん「……はい」
グラスを取り上げる。
妻木「お国の為だということを忘れぬようにな」
グラスの液体を飲み干すおえん。
おえん「！　……」
三味線の激しい音色。
覗いている顔がある。
延二郎だ。
パチンと戸を閉め、逃げる延二郎。
椅子から崩れ落ちるおえん。

30　花乃屋で

激しく三味線を鳴らしている仇吉。
パタッと、止まる。
仇吉「……気がついたら、あたしは、不思議な部屋にいた」

31　回想・長崎屋の一室

ギヤマンの灯。
ステンドグラス。
帆船の模型。
――ゆらめく夢のように。
その中に、キャピタンの顔があらわれる。
キャピタン「オー、ゲイシャ」
その手が延びて、覆い被さってくる。
おえんの声「延二郎さん！　……」
激しい三味線の音。

32　花乃屋で

仇吉だ。
とんぼ「！　……」
仇吉、三味の手を止めた。
仇吉「あたしの体は、逃げようにも動かない。いくら、助けを呼んでも、誰も来てくれない……」
とんぼ「おっ母さん、もういい！」
痛ましく首を振るのだ。
仇吉「……夜明け前、あたしはぼろきれのようになって長崎屋から送り出された」

33　回想・夜あけの道

仇吉（おえん）が帰ってゆく。
三味線を引きずるように、夜明けの道をゆく。

34　回想・延二郎の家

戸を開ける仇吉（おえん）。
誰もいない。
おえん「延二郎さん……のぶさん……」

35　花乃屋で

仇吉「……延二郎はあたしを売ったんだよ。売って行方をくらませたんだ……」
とんぼ「おっ母さん……」
仇吉「……それからのあたしは、辰巳芸者としても、やっていけなくなった。毛唐と寝た女は、犬畜生だと言ってね……」

36　回想の町で

貧しい身なりの鳥追い女（おえん）が門付けをしている。
仇吉の声「あたしは仕方なく鳥追いとなった……」
店の男が編笠の中を覗きこむ。
店の男「なんだ、オランダおえんじゃないか。あっちへ行け！」
押し飛ばされるおえん。
よろめきながら行くおえんに石が飛ぶ。
子供たちだ。
声「あっちへ行け、毛唐！」
声「オランダおえん、汚ねえぞ！」
石がばらばらと身体に当たる。

37　回想の屋台で

夜――。
鳥追い姿のおえん。
おえん「お酒をおくれ……」
屋台のオヤジ――。
オヤジ「もう、飲んでいるじゃねえか」
おえん「いいから、もっとおくれ」
オヤジ、しぶしぶ、ついでやる。
おえん、一気に飲みほす。
返した茶碗をオヤジ、下に落として割る。
おえん「！」
オヤジ「（気の毒そうに）あんたが飲んだ茶碗は使えねえからな」
おえん「……ありがと」
歩きだすが、うずくまる。
苦しそうに口を押さえている。
オヤジ「飲みすぎだよ」
おえん「……（苦しそう）」
仇吉の声「お酒のせいなんかじゃない、ツワリだったんだ」

38　花乃屋で

仇吉「……赤ン坊が出来ていたんだよ」
とんぼ「！　……それが、あたしなの⁉」
仇吉「……ああ、おまえだ」
とんぼ「！　じゃ、あたしのお父さんは、オランダの！　……」
仇吉「……あたしはおなかの赤ン坊を堕（お）ろそうと思った」

とんぼ「！」

39　回想・河原で

夜の河原で――。

編笠のおえん、石にお腹をぶちつけている。

苦しみながら、また離れて、石に身体を打ちつけるのだ。

苦しさに、気を失ってしまうおえん。

40　花乃屋で

とんぼ「！　……」
仇吉「……それでもお前の命は強くて、死ななかった」
とんぼ「おっ母さん……（目に涙がいっぱい）」
仇吉「……（仇吉の目にも涙）あたしは姿を消した延二郎を探し求めた。とうとう、見つけたよ」
とんぼ「！」
仇吉「新しい長崎奉行が長崎に向かう行列の中にね」
とんぼ「長崎奉行の⁉」
仇吉「新しい長崎奉行の顔にも見覚えがあった」

41　回想

行列で。

駕籠にゆられている妻木。

物陰に鳥追い姿のおえん。

行列の中に、延二郎が旅姿で混っている。

おえん「！　……」

行列に向かって走るおえん。

延二郎に身体ごとぶつかる。

手に短刀。

延二郎「ウァッ！」

延二郎、腹を押さえて逃げる。

追うおえん。

行列の侍たちがおえんをとり押さえる。

おえん、その手を払って、駕籠にかけ寄る。

短刀を妻木に向かって繰り出すが、空しくその手は払われる。

パチンと駕籠の戸が閉まる。

おえんに殺倒する侍たち。

おえん「殺させて！　……」

路上に打ちすえられるおえん。

遠ざかる駕籠。

延二郎がその駕籠のそばについて、顔をかくすように、腹をおさえ小走りに遠ざかってゆく。

42　花乃屋で

仇吉ととんぼ。
仇吉「……それで、あたしは八丈送り。……島で産んだのが、お前だよ」
とんぼ「……それじゃ、あたしのお父つぁんは」
仇吉「あたしはてっきり、生まれてきた赤ン坊が、赤毛で碧(あお)い目の子だと思っていた。（首をふる）そうじゃなかった。大きくなっても黒い目で、黒い髪」
とんぼ「じゃ……（息を呑む）」
仇吉「そう。……あたしが殺そうとした男だよ。延二郎、今は歌川延重」
とんぼ「いや！」
叫ぶようにして、身を引くとんぼ――。

43　寮で

延重と妻木。
妻木「……おえんを奉行所の手に渡すのはまずいな。昔のことをまた喋られる」
延重「そんなことはしません、闇の奉行所を使います」
妻木「闇の奉行所か。……娘もか」
延重「あいつが島で産んだ娘です。島で産んだにしては出来すぎの娘です」
妻木「……」
延重「およろしかったら、どうぞ」
妻木「お前は」
延重「わたしは妻木様のあとでよろしゅうございます」
妻木「……よし」
みだらに笑んでみせる。

44　花乃屋で

夜――。
仇吉が寝ている。
虫の音――。
ふと、虫の音が止まる。
仇吉「……」

目が開く。
しかし、すぐにまた虫の音。
仇吉、目を閉じる。
廊下。
帯がころころと音もなく転がる。その上を、静かに足が歩く。
二人の足だ。
虫の音がまた止まる。
足が止まる。
手から鈴虫が放たれる。
虫の音――。
仇吉「(目を閉じたまま)……また違う虫の音」
手が枕の下へ延びる。
暗い影が二つ、闇にも光る小刀をかざして寝床の仇吉目指し、飛鳥の如く、襲う。
掛布団がパッと飛ぶ。
仇吉の身体は反転して一人の殺し屋の胸をバチで刺している。
殺し屋「ウッ!」
もう一人の男が、身体を立て直して斬りかかる。
一瞬早く、その両眼をバチで横にえぐる。
殺し屋「ウァッ!」
ドサッと倒れる。
仇吉「……」
虫がまた、鳴きだす。
とんぼの声「おっ母さん……何か……」
仇吉「何でもないよ。早くおやすみ」
廊下のとんぼ。
とんぼ「……はい」
去っていく。

45 延重の邸

一挺の駕籠が入っていく。
夕刻だ。
駕籠の中にはとんぼ――。
三味の音が聞こえる。
とんぼ「………」
駕籠の入っていった門前を一人の鳥追い女がゆっくり三味線を弾きながら歩いている。
仇吉だ。

46 延重の部屋

オランダ服を着たとんぼが立っている。
手には羽根の扇。
延重がいる。
延重「素晴らしい……」
とんぼ「……」
延重「羽根扇より、ギヤマンのほうがいい」
手を叩く。
混血の女が、ギヤマングラスを持って来る。
中にはきれいな色の液体。
混血の女は去る。
延重「これを手に」
とグラスを渡す。
延重「少し飲んでみるといい」
とんぼ「! ……」
延重「オランダの飲み物でね、実においしい。さ、ほら」
部屋の陰、カーテンの裏に妻木が覗いている。
ニヤッと唇が――。
延重「さ、飲んでいる恰好を描きたいんだ。少し飲んでごらん」
とんぼ「……」
延重を見つめている。
延重「どうした、わたしの顔に何かついているのかね」
とんぼ「……おっ母さんが飲まされたのと、同じものですか」
延重「!? ……」
カーテンの陰の妻木も、動揺する。
が、その顔は不意にゆがむ。
カーテンを握って、ばたりと前へ倒れる。
うしろに鳥追い姿の仇吉。
手に三味線のバチ。
延重「お、おえん! ……」
仇吉「延二郎さん、お久しぶりでした」
延重「おえん、お前は勘違いをしているのだ」
仇吉「何を勘違いしたというのですか」
延重「は、本当に三味線を弾いてくれればいいとだけ頼まれたんだ。オレも騙されたんだ」
仇吉「もし騙されたというのなら、どうして騙された相手について長崎へ行ったのです」
延重「……オレ、オレは絵を描きたかったんだ。オレの絵を世の中に出したかったんだ。

判ってくれ」
仇吉「こんな絵！」
　仇吉のバチが一尖、
　フスマの絵が二つに裂けた。
仇吉「こんな絵の為に、あたしは身体を汚され、石を投げられた」
延重「すまん、おえん、謝まる、本当に謝まる」
　両手をついて延重。
仇吉「……」
とんぼ「……」
仇吉「とんぼ、これがお前の会いたがっていたお父つぁんだ」
とんぼ「……」
延重「お父つぁん⁉」
仇吉「延二郎さん、あんたは自分の娘に眠り薬を飲ませて、どうしようと思ったんだね」
延重「！　違う、オレの娘なんかじゃない！」
仇吉「ありがとう、その言葉をあんたに言ってもらいたかったのですよ。あんたみたいな男が父親では、この子は悲しい」
　仇吉、静かに近づく。
　延重、やにわに手元にあったギヤマンを持つや、仇吉に踊りかかる。
　仇吉のバチは一瞬早く、延重の胸に深々と――。
とんぼ「お父つぁん……」
　目に涙があふれる。
　延重の手のグラスが床に落ちて、砕ける。
　そして身体も床へ崩れる。
仇吉「……さよなら」
とんぼ「……（さよなら）」
　さよならと言ったのだが、声はない。
　廊下へ出る仇吉ととんぼ。
　とんぼは着物に着替えている。
　と――、
　そこに混血の娘が二人、立っている。
　恰好は日本の娘。
混血の娘「あたしたちも連れて行って下さい」
仇吉「あんたたちは？　……」
混血の娘「長崎から連れてこられたのです。お願いします」
　必死の表情。
仇吉「……よかったら、ついていらっしゃい」
混血の娘「はい」

47　夜の道

　混血の娘たち、仇吉、とんぼに随（したが）って、暗い道を急いでいる。
N「この娘たちは長崎でオランダ人と、日本の女の間に生まれた混血の娘たちです。混血の娘たちの運命は暗く、シーボルトの娘、オランダお稲のような例は稀で、そのほとんどは、悲惨な一生を送ったといわれています」

48　運河で

　仇吉、とんぼ、そして混血の娘を乗せた母が、夜の運河をゆく。
　とんぼは悲しい。
　仇吉は黙って、棹を差している。
　混血の娘たちも、悲しくうずくまっている。

―終―

脚本解題

『必殺からくり人』第11話「私にも父親をどうぞ」

高鳥 都

娘と母、そして父が織りなす残酷哀話

まず、とんぼの後ろ姿から始まる。うなじの奥にはキラキラと過剰な乱反射を繰り返す水面が――いかにも必殺シリーズらしい画づくりであり、絶えず水をたたえてきた〝からくり人ワールド〟にふさわしい。何度か向こう側を見やる、とんぼの憂い顔に引き込まれるが、脚本の#1は「侍の父娘が、好ましく庭を眺めている。穏やかに、仲睦まじい父娘の光景である」というト書きから始まっており、工藤栄一のカット割りによって本話がとんぼの物語であると、より強く示された。

「私にも父親をどうぞ」――台本の表紙にサブタイトルの指定はないが、ずばり見事なネーミングだ。娘と母、そして父が織りなす残酷哀話。からくり人の仲間たちの出番が極めて少ないミニマムな展開で、そもそも現代パートとの対比というお約束すら果たされない。とんぼの後ろ姿は『からくり人』最終三部作の幕開けを宣言する掟破りであり、いつも以上に仇吉の三味の音が全編を刺し貫く。

とんぼの父にして仇吉のかつての恋人、歌川延重を演じたのは垂水悟郎。劇団民藝出身で日活アクション映画の悪役として名を売ったが、いかにも無骨な顔立ちは当代きっての浮世絵師という役どころよりも〝延二郎〟時代の卑劣な野心に本領を発揮する。「歌麿亡きあと、美人画の第一人者として～」と、いかにも歴史上の人物のようなナレーションが入るが、架空の存在である（明治時代に同姓同名の絵師が活動）。

ほぼシナリオに忠実な映像化ながら工藤演出も健在。回想シーンへの導入では、逆光のシルエットから順光に転じる仇吉のイメージショットが折り重なり、かつての地獄を闇から引きずり出すかのよう。秘めた過去を語るシーンも、あえて仇吉は縁側に出て三味線を弾き、母娘が視線を交わせない位置から始まる（のちに対面）。障子を隔てた告白だけでなく、庭木や衝立、すだれなど遮蔽物ごしの画づくりが多用されているのも本話の特徴。そのまま正面から受け止めては、いない。

大きな変更点は、#14と#15――大目付への生贄となる混血娘のシーンがカットされており、#13と#16の花

乃屋が直結、とんぼと仇吉の延重をめぐる会話がひとまとめになった。よく見ると庭に差し込むライティングの加減が変わっているが、アップを挟むことで違和感なく効果をあげている。

#22、混血の娘たちが大目付に凌辱されるくだりもカットされているが、大柄の赤ら顔、むりやり着物を身につけた姿は#9で登場するなり痛ましい。延重を始末したあとにも現れ、「ワタシタチモ、ツレテイッテ、クダサイ」。すっかり忘れかけていた存在が、まるで復讐のごとく浮かび上がる。日本人とロシア人の間に生まれた剣客のエピソードを、すでに『天下堂々』で披露した脚本家らしい視点だ。

仇吉（＝おえん）の過去に日蘭交流を盛り込むのも早坂暁の真骨頂。愛する男の手で異人への供物となって犯され、世間から「毛唐！」と石もて追われる様子は「唐人お吉」と「オランダおいね」の合わせ技であり、辰巳芸者から鳥追い女、八丈島の流人へと堕ちていった女は、やがて裏稼業の元締に。花乃屋仇吉として延二郎、否、歌川延重のもとに向かう際も鳥追い笠をかぶって、町をゆく。

〝からくり人ワールド〟の継承

追加されたシークエンスとしては、おえん時代の回想シーンのトップで紅をさす姿があり、殺しの際の口元アップに呼応する。#23の三味線をクルッと回す動き、#24の白い猫なども現場で足された要素。序盤では延重がとんぼの手を取るさまが二度加えられ、お互い父娘とは知らぬままの触れ合いが後半の別れにつながる。鬼畜だろうと父は父、延重の死を目の当たりにしたとんぼの反応はト書きより大幅に激しいものとなった。

シナリオ上のラストシーン、#48の仇吉、とんぼ、混血の娘を乗せた舟のくだりはカット。その代わりに運河をゆく時次郎が挿入されているが、このフィルムは過去回からの流用。台本のキャスト欄は天平役の森田健作から始まっており、そもそもスケジュールの都合で緒形拳の出番なしという前提がうかがえる。

本編のラストは、花乃屋の室内にポツンと座るとんぼ——。#13のファーストカット同様、手前に大きく火鉢を配した広い画であり、#2に続くタイトル前にも橋上で佇むとんぼのロングショットが加えられた。こうした〝女ひとりポツンと〟の画は工藤栄一の得意技であり、ときに殺しの合間にまで差し込まれている。

かくて、とんぼで始まり、とんぼで終わる、母娘の物語は完結。からくり人一味の崩壊が待ち受ける。もし本作の執筆に遅れが生じることなく、あるいは当初予定されていたという全14話であったなら、とんぼと父に続いて兄（かもしれない天平）との関係も描かれていただろうか。山田五十鈴とジュディ・オングはその後も共演し、仇吉の本名「おえん」は「お艶」として『新必殺からくり人』『必殺からくり人　富嶽百景殺し旅』に引き継がれ、旅芸人の一座として〝からくり人ワールド〟は継承されていく。早坂暁が愛した浮世絵を手がかりに——。

『必殺からくり人』第12話
「鳩に豆鉄砲をどうぞ」
脚本：早坂暁
監督：蔵原惟繕
放映日：1976年10月15日

【キャスト】

夢屋時次郎	緒形拳
仕掛の天平	森田健作
花乃屋とんぼ	ジュディ・オング
八寸のへろ松	間寛平
元締曇り	須賀不二男
しぐれ・アキ	赤座美代子
花沢老人	汐路章
水野忠邦	酒井哲
後藤三右ヱ門	沖時男
花井虎一	出水憲司
やり手婆さん	小林加奈枝
渡辺崋山	千葉保
高野長英	森秀人
小関三英	北原将光
鳥居耀蔵	岸田森
八尺の藤兵ヱ	芦屋雁之助
花乃屋仇吉	山田五十鈴

【スタッフ】

制作	山内久司
	仲川利久
	桜井洋三
音楽	平尾昌晃
編曲	竜崎孝路
撮影	石原興
製作主任	渡辺寿男
美術	川村鬼世志
照明	釜田幸一
録音	二見貞行
調音	本田文人
編集	園井弘一
助監督	松永彦一
装飾	中道正信
記録	川島庸子
進行	黒田満重
特技	宍戸大全
装置	新映美術工芸
床山・結髪	八木かつら
衣裳	松竹衣裳
小道具	高津商会
現像	東洋現像所
製作補	佐生哲雄

殺陣	楠本栄一
	美山晋八
題字	糸見溪南
ナレーター	松倉一義
主題歌「負け犬の唄」（作詞：荒木一郎／作曲：平尾昌晃／編曲：竜崎孝路／唄：川谷拓三／キャニオンレコード）	
衣裳提供	浅草 寶扇堂久阿彌
製作協力	京都映画株式会社
制作	朝日放送
	松竹株式会社

1 朝の花乃屋で

とんぼが朝飯の支度をしている。
コトコトと大根を刻んでいる。
カマドのお釜が、ブクブクと噴きこぼれている。
とんぼ、急いで蓋をずらす。
「納豆ォ、ナットォー!」
と、納豆屋の声
とんぼ「あ、ナット屋さーん!」
カタカタと下駄を鳴らして表へ駆けてゆく。
朝のとんぼは忙しい。
と——。
裏口の戸に、外からスッと白い封筒が押し込まれた。
納豆を買って帰って来るとんぼ、それに気づく。
抜き取って、見る。
表には「元締さまへ」。
裏には「時次郎」。
とんぼ「!?」
裏戸を開けて見た。

2 花乃屋 裏

そこは運河。
朝もやが、立ち込めている。
その中を舟に乗った時次郎が、まさに、モヤの中に消えようとしている。
とんぼ「時次郎さん!」
時次郎、チラと振り返る。
ニコッと微笑を見せて、しかし、そのまま棹をぐいッ、もやの中に消えていった。
——これが、とんぼが見た時次郎の最後の姿である。

3 花乃屋で

封書を読んでいる仇吉。
そばにとんぼと藤兵ヱ。
藤兵ヱ「何ンです? ……」
仇吉、黙って渡す。
藤兵ヱ「……本日をもって、皆さまとは以後関わりなしにして頂きます」
とんぼ「関わりなし!?」
藤兵ヱ「……来たる十三日夜、十五日昼、皆さま、必ず人目の処(ところ)に居りますよう。右くれぐれもよろしく」
とんぼ「何ンなの、それ!」
仇吉「藤兵ヱ、時さんの家まで飛んどくれ」
藤兵ヱ「へい!」

4 時次郎の家

ガランとして、片付いている。
入口で戸をガタガタさせているのは藤兵ヱだろう。
やっぱり、藤兵ヱだ。
例の力で、ウムッと、戸ごと外してしまう。
中へ入る藤兵ヱ。
藤兵ヱ「! ……」
綺麗に片付いている部屋。
藤兵ヱ「……」
鳥籠がある。
見ると、さっきまで鳥が入っていた様子なのに、鳥がいない。
羽根が落ちている。
藤兵ヱ「帰って来ない気だ……」

5 花乃屋で

仇吉を中心に集まっている一同。
藤兵ヱ、天平、とんぼ。
仇吉「二度と帰ってこない気か……」
藤兵ヱ「死ぬ時は一緒と思い定めて島抜けをした仲間です。それを……」
仇吉「(言わせず)だから、これは余程のことなんだよ」
天平「でも水臭えよ」
吐き捨てるように言う。怒っているのだ。
とんぼ「……この十三日夜と十五日昼、皆んな人目のつく所に居てくれっていうの、なんだろ」
と、手紙を取り上げている。
藤兵ヱ「元締はどうお考えですか」
仇吉「決まってるじゃないか。この二日、時次郎は何か、仕出かそうとしているんだよ」
とんぼ「何を!?」
仇吉「でっかいことをさ。やればあたしたちみんなが芋づる式にとっ捕まるようなね」
　一同、目を合わせる。
仇吉「だから、時次郎は、あたしたちに仕事に噛んでない証拠をつくれと言ってるんだよ」
藤兵ヱ「（深く）そうか……そうですね」
天平「あれだ！」
　天平、不意に声を上げる。
とんぼ「びっくりするじゃない」
天平「十日程前に、時次郎さんがブラッとオレの小屋に来たことがあるんですよ」
仇吉「十日前……」

6　天平小屋で

　火薬をつくっている天平。

　時次郎が来ている。

天平の声「近くまで来たから寄ってみたといって、仕事しているオレのそばで。何ということもなく、火薬の話なんかしていたんですよ。それが……」

　仕事している天平。

　フト顔を上げる。

天平「⁉　時次郎さん……」

　時次郎の姿がない。

天平の声「いつの間にか、姿が見えないんです。それと一緒に、火薬が消えている……」

7　花乃屋で

藤兵ヱ「火薬が⁉」
天平「ああ、一番強い火薬なんだ……」
仇吉「それは確かだね」
天平「それ以外、火薬がなくなる筈はないんだ。……ただ、それから二、三日して時次郎さんに会ったら、そんなこと知らんととぼけるんだなあ」
仇吉「判った。皆な、手分けして、時次郎を深しだしておくれ。十三日夜までに、何としてでもだよ」
藤兵ヱ「へえ！」
　一同もうなずき、もう藤兵ヱらは部屋を出ていく。
とんぼ「十三日って、あしたじゃない……」

8　道

　足早に歩く藤兵ヱ。
N「藤兵ヱには、たった一つ手がかりがありました」

9　場末の遊廓

N「ここは本所裏の岡場所。吉原などにくらべ、ぐんと落ちる遊び場です」
　藤兵ヱが来る。
　昼の遊廓の一軒――。昼の遊廓はまことに白けた態である。
　藤兵ヱ、中へ入る。
藤兵ヱ「こんちは……」
　返事がない。
藤兵ヱ「こんちは！」
　奥から、藤兵ヱだけでなく、いかにもだらけた態のヤリテ婆が顔を出した。
ヤリテ婆「……」
藤兵ヱ「しぐれって妓が、ここに居るよね」
ヤリテ婆「ああ、引っ越し屋か」
藤兵ヱ「引っ越し屋⁉」
ヤリテ婆「しぐれ、来たよ」
　と、奥へ。
　奥から、しぐれが、大きな荷物を抱えて出てくる。
ヤリテ婆「引っ越し屋だよ」
しぐれ「あたし、そんな人、頼まないよ」
藤兵ヱ「しぐれさん、覚えてませんかね、一度、時次郎とここへ遊びに来た……」
しぐれ「ああ！　時さんの……」
藤兵ヱ「引っ越し、なんですか⁉」
しぐれ「そ。ねえ、あんた、時さん何処にいるか知らない？」
藤兵ヱ「こっちがそれを知りたいんだ。ま、その荷物持ちますよ」
　大きな風呂敷包みだ。
しぐれ「気をつけて、唐津の枕が入ってるの」
藤兵ヱ「時次郎の枕？」
しぐれ「そう」
藤兵ヱ「よいしょ（と担ぐ）」
しぐれ「それじゃ、長い間、お世話になりました」
ヤリテ婆「また働きたかったら、ウチにおいでよ」
しぐれ「ええ」
藤兵ヱ「どっちへ？」
しぐれ「……別に決めてないの」
藤兵ヱ「丁度いい。じゃ、こっちへ」
　と、歩きだす。

10　花乃屋で

　台所でお茶を入れているとんぼ。
　藤兵ヱ、汗を拭いている。
とんぼ「時次郎さん、あんなヒトがいた？」
藤兵ヱ「まァね」
とんぼ「やァねえ……」
藤兵ヱ「やァねえ、たって、時さんは、独り者だ、いたって不思議はないだろ」
とんぼ「天平さん、独り者だけど、あんなヒトいないわよ」
藤兵ヱ「どうかねえ」
　と、お茶を持って、さっさと奥へ。
とんぼ「！　……ねえ、何か知ってるの！」

11　花乃屋で

　しぐれが茶を飲んでいる。
　仇吉と藤兵ヱ。
仇吉「……時さんと知り合ったのは、いつ？」
しぐれ「おととしの暮。……あたしみたいな女、どこがいいのか、よく来てくれました」
仇吉「ゆうべ、時さんが行ったんだって？」
しぐれ「はい。ゆうべはね、生憎、あたし、身体の具合が悪くて、寝てたんです」

12　回想・遊廓の一室

　廻し部屋と思しき狭い部屋に寝ているしぐれ。
　時次郎が来ている。
時次郎「どうした、稼ぎ過ぎだろ」
しぐれ「……休ませてくれないんだよ」
時次郎「ひでエ部屋に寝かせやがって」
　時次郎、枕を置く。
　そして、金も――。
時次郎「これな」
しぐれ「！」
　勘違いしたしぐれ、起き上がり、帯を解いて横になろうとする。
時次郎「そうじゃないんだよ。これは身請金だ」
しぐれ「身請け金⁉」
時次郎「あした、ここを出ろ。いいな」
　時次郎、出ていく。
しぐれ「！　……」

13　花乃屋で

仇吉「……」
しぐれ「だから、この人（藤兵ヱ）、時次郎さんから迎えの人かと思って……」
仇吉「……（フッと吐息をつく）」
　手には時次郎がしぐれに渡した枕がある。

14　道

　天平が歩いている。
N「天平にも、もう一つの手がかりがありました」

15　露地

　露地に入っていく天平。
　カチン、カチンと鍛冶の音が聞こえてくる。
天平「あ。いる、いる……」

16　鉄砲鍛冶師の家

　花沢老人が、粗末な炉の前でフイゴを押している。
　古鉄砲などが置いてある。
　天平が入って来る。
花沢「⁉　……（目を細めて見る）」
天平「花火の天平です」
花沢「ああ、また、火薬の相談か」
天平「そうじゃないんだ、今日は。ここへ時次郎って男が来ませんでしたか」
花沢「時次郎⁉」
天平「こう、アゴのエラの張った」
花沢「ああ、あいつか、来た来た、来たなんてもんじゃねえ」

天平「やっぱり……」
花沢「ありゃァ　あんたの知り合いか」
天平「ええ、前に、日本一の鉄砲師は誰だって聞くから、花沢の爺さんの名前を言ったんだ」
花沢「日本一？　……フン」
天平「日本一は嘘じゃねえだろ」
花沢「腕はそうかも知れねえが、こう貧乏じゃどうしょうもねえ」
天平「その時次郎って男は、何しにここへ来ました？」
花沢「あ？　（耳を向ける）」
天平「何しにここへ来たか……」
花沢「鉄砲に決まってるじゃねえか」
天平「鉄砲！」
花沢「あいつは面白え男だな。鉄砲はご禁制品だから、お上のお墨付きがねえかぎりつくれねえと言ったら、どうしたと思う」
天平「……」
花沢「小判を取り出してよ、カッカ燃えているこの炉の中へ、一枚、二枚と放りこみやがんの」
天平「へえ……」
花沢「オレはどうせ、こけおどしだと思ってるから、知らん顔でフイゴ押してやってたさ。小判は溶けちまうよ。ハハハ。そんでもあの男、知らんぷりで、どんどん小判、投げ込みやがんの」
天平「……」
花沢「コン畜生、こうなったら　根くらべだと思ってよ、こっちも知らんぷりでフイゴさ。小判はどんどん　溶けちまう……。二十枚ぐらいは放り込んだら、とうとうなくなっちまった。そしたらあいつ、エヘヘと笑ってよ、なくなっちまった、またあしたくるよ、さっさと帰りやがった」
天平「翌日も来たろうね」
花沢「ああ、来た。そしてまた、ポイ、ポイと小判を投げ込みやがる……あんな奴、初めてだ」
天平「じゃ、引き受けたんですね」
花沢「引き受けなきゃァ、溶けた金(きん)でこの炉が使いものにならなくなるじゃねえか」
天平「そうか……鉄砲を手に入れたのか」
花沢「おい、（と、声をひそめる）ちょっと外を見て来てくれ」
　天平、外を見てくる。
天平「大丈夫だ……」
花沢「（声をひそめ、しかし、楽しそうに）あいつの注文はな、三十三間通しだ」
天平「三十三間通し⁉」
花沢「ああ、長筒(ながづつ)のな。こりゃア、オレにしかつくれねえ、ただし、ただの長筒じゃねえ。フ、フ、組立て式だ」
天平「組立て式⁉」
花沢「取り外しが効いてな、これぐらいの小さなものになるんだ」
天平「！　……」
花沢「もう一つ、あいつ、とんでもないことを考えやがってよ。フフフ」
　うれしくってたまらない感じ。
花沢「鉄砲に、遠めがねをつけるようにしてくれって言うんだ」
天平「遠めがね」
花沢「考えたぜ、あいつ。遠めがね覗いて獲物を撃とうって考えだ。（うなずいて）うまく行った」
天平「その鉄砲、いつ出来上がったんです」
花沢「さきおとといの朝だ。そんでな、二人で、印旛沼まで遠出だ」
天平「印旛沼⁉」
花沢「ためし撃ちよ。きのうの朝早く、だァれもいねえ印旛沼でよ……」

17　印旛沼で

　長い筒のアップ、そして望遠鏡が取り付けてある。
　ヒキガネを絞る指。
　飛び上がる鳥。
　ダーン！
　落ちる鳥。
　飛ぶ鳥。
　ダーン！
　落ちる鳥。

18　花沢老人の家

花沢「フッフッフッ（いかにも嬉しげに）よう当たる、当たる」

19　花乃屋で

夕刻。

仇吉、天平、藤兵ヱ。

藤兵ヱ「鉄砲で誰かを狙うつもりだ……」

天平「三十三間通りで遠めがねつき、近寄れない相手に違いない」

藤兵ヱ「……誰だ、一体」

仇吉「……これだけじゃ、判らないね」

暗然としている三人。

天平「くそッ！　……誰を狙っているんだ」

仇吉「あたし、ちょっと出かけてくる。あ、そうだ、船を用意しといておくれ」

藤兵ヱ「へい」

20　船がゆく

棹を差す藤兵ヱ。

仇吉が乗っている。

もう、夜の帳（とばり）――。

藤兵ヱ「どちらへ？」

仇吉「長者堀の紅屋へやっとくれ」

藤兵ヱ「紅屋⁉　……へえ」

ぐいと棹を差す。

仇吉「……紅屋のおかみさんはねえ」

藤兵ヱ「へえ」

仇吉「時さんの昔の許嫁（いいなづけ）なんだよ」

藤兵ヱ「えッ！」

仇吉「小さいときからの許嫁でね、時さんが島流しになんぞならなけりゃ、二人は夫婦（めおと）だったんだよ」

藤兵ヱ「……その話は知りませんでした」

仇吉「……こりゃア、時さんの一番辛いところだからね、あたしも、死んだ元締から聞いて知ったんだよ」

藤兵ヱ「……そうでしたか」

仇吉「しかも、時さんが島送りになった事件というのも、そのアキさんという人が絡んでいるんだよね……」

藤兵ヱ「ああ、それが！　……時さんの話じゃ、縁日で、くだらねえ男に絡まれている娘さんを助けようと思ってケンカになり、押し飛ばしたら、打ちどころが悪くて、相手を殺してしまった……そうですか、その娘さんは許嫁だったんですか……」

21　紅屋の前

運河べりの店だ。

運河沿いの縁台で、男の子と女の子を相手に、線香花火をしている若い内儀がいる。名は、アキ。

22　運河で

舟の仇吉――。

仇吉「止めとくれ」

藤兵ヱ「へい」

仇吉「あの人だよ、紅屋のおかみは」

藤兵ヱ「！　……元締」

と、息を呑む。

仇吉「ああ、そうだよ、女郎のしぐれが、そっくりだろ」

23　紅屋の前

子供たちと、いかにも楽しげに線香花火を楽しんでいる。ウチワで蚊を追ってやる手つきも優しい。

そばにいるのが亭主、紅屋の主人だろう。いかにも温和で実直そうだ。――つまり、絵のように幸せな一家の光景なのです。

24　船の中

仇吉「……こりゃア時さんも、辛かったろうね」

藤兵ヱ「？」

仇吉「時さんはさ、時々こっそり見に来ていたんだそうだよ」

藤兵ヱ「そうですか……声はかけなかったんですね」

仇吉「かけられるもんかね。……幸せそうなんで、遠くから見ているだけで満足だと言ってたけどね」

25　紅屋の前

亭主は、店の中へ入っていく。

アキや子供たちはまだ遊んでいる。

26 船の中

仇吉「藤兵ヱ、あのおかみさんに、こっそりこの船まで来てもらっておくれよ」
藤兵ヱ「へい、やってみましょう」

27 花乃屋で

ウチワ太鼓が打ちなり、ナムミョウホーレンゲーキョ！ と、激しい女の声。
とんぼ「……」
驚いて廊下から覗く。
しぐれが、一心不乱、汗をかいて勧行しているのだ。
フト、とんぼに気づく。
しぐれ「すみません、うるさいですか」
とんぼ「ええ、いいえ……」
しぐれ「なんかこうしてないと、時次郎さんが、死んでしまうような気がして……」
とんぼ「！ ……」
しぐれ「うちみたいな、おなごは身請けしてもらう値打ちもないのに……。すみません」
とんぼ「しぐれさん、お題目あげて。わたしも一緒に拝むから」
しぐれ「！ へえ！」
しぐれ、うちわ太鼓を一心に打ち鳴らして、
とんぼもまけず、
しぐれ「ナムミョウホーレンゲーキョー！」
とんぼ「ナムミョウホーレンゲーキョー……」

28 仇吉の船で

藤兵ヱに案内されて、アキが、少し警戒気味に入ってくる。
仇吉「どうぞ。……呼び出したりして申し訳ありません。わたしは花乃屋仇吉、三味線の師匠をしております」
アキ「……わたくしに何かご用とか」
仇吉「はい」
アキはしぐれとそっくりだが、物腰といい、表情といい、正反対。
仇吉「……時次郎さんをご存知ですね」
アキ「！ 時次郎さん……」
思わず絶句するアキ。
仇吉「あなたのところへ逢いに参りませんでしたか」
アキ「時、時次郎さんは生きているんですか！」
仇吉「死んだとお聞きなんですか」
アキ「はい、島送りになって二年目に死んだと……」
仇吉「そうですか、それであなたはお嫁に……」
アキ「時次郎さんは生きているんですか⁉」
仇吉「………今更隠しても仕方ありません。生きています」
アキ「！」
仇吉「十一年前、八丈島から島抜けして、江戸に帰ってきました」
アキ「十一年も前に！」
仇吉「時次郎さんは、真っ先にあなたの家の前に行ったそうです」
アキ「十一年前……十一年前のいつ頃ですか！」
仇吉「……本当に皮肉というか、丁度その日は、あなたのお嫁入りの日だったそうです」
アキ「お嫁入りの！ ……ああ、あの日に！」
もう、言葉もないアキ

29 回想　嫁入りのアキ

アキが白い角隠し姿で駕籠に乗る。
アキの声「……わたしは死んだ時次郎さんのことばかり考えてました……」
物陰に、頬かむりし、うずくまっている男がいる。
顔は見えないが、時次郎だ——。
時次郎の声「おアキさん……」
肩が震えている。

30 船の中

仇吉「……でもねえ、たとえ嫁入り前だとしても、時次郎さんは名乗り出しはしなかったでしょうね」
アキ「⁉ （涙の目を開ける）」
仇吉「島抜け人は、お天道様の下じゃ生きていけませんからね」
アキ「あ！ ……」

仇吉「⁉　……」
アキ「あれは、じゃア……」
仇吉「どうしました？」
アキ「わたしに×才になる息子がおります。おととしですが、オモチャを持って帰りました。知らないおじさんにもらったって……。それからも、時々、息子宛てのものでしょうか、格子のところになんぞ、オモチャが置いてあるのです」

31　店で

格子のところに置いてあるオモチャ。
手づくりのものだ。
アキの声「そりゃア丹念な細工で……」

32　船で

アキ「あれは時次郎さんだったんですね……」
また、涙が溢れる。
仇吉「……そうですか、結局、時さんは、あなたに会わずに出かけたのですね」
アキ「出かけた⁉　何処へ⁉」
仇吉「さあ、それが判らなくて、一番そっとしておこうと思っていた、あなたにまでお聞きしたようなわけです」
アキ「……いつ、お帰りになるのですか」
仇吉「……もう帰ってきません。……ですから、あなたがお聞きになった通り、時次郎は死んだと、お考え下さい」

アキ「！」
仇吉「藤兵ヱ、お送りして」
藤兵ヱ「へい……どうぞ」
アキ「……（ノロノロと立ち上がる）」
仇吉、一礼する――。
と、遠くで子供たちの唄声。
〽ふるさともとめて、花一もんめ、もんめ　もんめ　花一もんめ、

33　店の前

アキの子供を交えて、五、六人の子供が店あかりのところで遊んでいる。
〽みっちやんが欲しい　花一もんめ……

34　船の中

アキ「！　……！」
立ち尽くしている。
アキ「……時次郎さんと幼なじみで、いつも、ああやって遊んでいました、……アキちゃんが欲しい花一もんめ、そういって、わたしを……」
両手で顔を蔽(おお)ってってしまう。
子供の声が聞こえてくる。
仇吉「……」

35　花乃屋で

翌日。
汗みづくで、天平が入ってくる。

とんぼ「！　……」
天平、首を振る。
とんぼ「……」
N「翌日、朝から走り回ってみたものの、時次郎の手掛かりは一切ありませんでした」
裏口から、藤兵ヱが、入ってくる。
仇吉がいる。
仇吉「！」
藤兵ヱ、首を振る。

36　そして夜――

暗い運河に灯が揺れている。
N「そして、十三日の夜。一同は、時次郎に指示される通り、アリバイをつくりに街へと出かけるしかありません」

37　運河で

料亭の下、仇吉が三味線を弾いている。
とんぼが、布人形を使っている。
客たちが見ている。
仇吉「……」
とんぼ「……」
藤兵ヱはトモに、うずくまっている。

38　居酒屋で

人で混んでいる。
その一隅(いちぐう)で、天平と、へろ松。

天平、黙々と酒を飲んでいる。

へろ松「めずらしいなあ、天平さんが酒をおごってくれるなんてさア！」

天平「いいから、お前も飲め」

へろ松「飲む、飲む」

天平「その代わり、出来るだけ人の目につくようなことをやれ」

へろ松「人の目につくような!?」

天平「そうだ」

へろ松「！　どんなことでもいい？」

天平「（耳元へ）ああ、喧嘩以外ならな」

へろ松「へへへ。（グイと酒を飲む）ウヘーッ。オレ、見世物小屋で見た、出雲の色おどりやる」

天平「色おどり!?」

へろ松「イヒヒ！」

ひょいと机の上に上がると、怪しげな口噺しを入れながら、身悶えつつ、着物を脱いでいく。

何のことはない、江戸時代のストリップだ――――。

お客たちは、どっと沸く。

乗っちゃって、へろ松、どんどん脱いで、悶えるのだ。

天平「……（天平だけは黙々と酒を飲んでいる）」

39　夜の道

ウーッ！と、凄い呻き声。

走る足。

駕籠が横倒しになっている。

中から身を乗り出して、すでに事切れている侍。

駕籠かきは、呆然と、腑抜けのように立っている。

40　花乃屋で

藤兵ヱが帰ってくる。

仇吉。天平、とんぼ……そしてしぐれ。

藤兵ヱ「調べてきました。……ゆうべあった殺しは一件。麹町路上で、北町奉行所の小目付役花井虎一が何者かの手で首を一突き、……」

天平「それだ！」

仇吉「おまち、北町奉行所の小目付役……」

藤兵ヱ「北町奉行所は朝から、与力同心が集まって、えらい騒ぎです」

仇吉「花井虎一……知らない名前だねえ」

天平「時さんは、何を狙っているんだ」

藤兵ヱ「わたしも知らない名前なんで、調べましたら、意外な噂のある人物です。先日、渡辺華山や高野長英という蘭学者も先生たちが奉行所に捕まった事件があるでしょう」

仇吉「ああ、あれに関わりがあるの？」

藤兵ヱ「へえ、実は、あの事件花井虎一のタレコミだそうです」

41　蛮社の獄

○渡辺華山肖像

○高野長英肖像

N「これは歴史にも名高い蛮社の獄のこと。渡辺華山や高野長英たち、蘭学者の活動を、国を売るものと心よからず思っていた北町奉行所大目付鳥居燿蔵は、彼らを陥れる為配下の花井虎一をスパイにして、接近させ、無人島探検を企んでいるとデッチあげ、一挙に蘭学を弾圧した事件であります」

42　渡辺華山逮捕

華山が逮捕されて、引き立てられていく。

『渡辺華山、五月十四日逮捕』

43　高野長英・自首

長英が、自首、役人たちに引き立てられていく。

『高野長英、一次逃走後、五月十八日自首』

44　花乃屋で

仇吉「……まさか、あの事件に絡んで時次郎は動いているんじゃないだろうね」

藤兵ヱ「へえ、時さんは蘭学者とは近づきはないし、わたしもそう思うんですが……」

しぐれ「あッ！　……」

藤兵ヱ「どうした!?」

しぐれ「あのう、ラン学者というのは、お医者様のことですか」

天平「ああ、蘭学の医者もいる」
しぐれ「あたし、一度、時さんに連れられてランガクのお医者さまのところへ行きました」
仇吉「！　ちゃんと、話しとくれ」
しぐれ「はい。去年の秋、お客を取っている最中に、お腹が死ぬように痛みだしたんです。それでも休ませてくれず、あまりの痛さに、気を半分失っているトキに、時次郎さんが来てくれたんです」

45　夜の道　（回想）

しぐれを背負って走る時次郎

46　手術室　（回想）

小関三英が、しぐれの手術を始めている。盲腸の手術だ。
一隅で顔を背けて、それでも立ち合っている時次郎。
三英「大丈夫だ、心配せんでも助けてやる。……」
時次郎「！」
三英「手術は終わったぞ……もう少し遅ければ死んでいるところだ。」
時次郎「ありがとうございます、先生！……よかったなあ、しぐれ！」
目を輝かせて感謝する時次郎。

47　花乃屋で

しぐれ「時次郎さんは、ランガクの先生は偉いもんだ。女郎と知ってて、ちゃんと手術をしてくれたって……」
仇吉「その先生の名前は？」
しぐれ「たしかオゼキ先生といってました」
仇吉「オゼキ……」
藤兵ヱ、一礼して、出ていく。

48　小関邸の門

門には十文字に青竹が打ちつけられている。
N「小関三英、蘭学者にして、岸和田藩の藩医。渡辺華山、高野長英らと共に尚歯会（しょうしかい）の一員。」
藤兵ヱが来る。
藤兵ヱ「！　……」
門のところで、中を覗く。
スッと寄って来たのは、同心だ。
同心「おい……何だ、お前は」
藤兵ヱ「へえ。昔小関先生の患者だった者ですが……」
同心「小関⁉　小関は死んだ」
藤兵ヱ「死んだ⁉　……」
同心「ああ、自分でな」

49　小関三英自殺

三英、夜、自室で自害する。

『十七日、小関三英、渡辺華山逮捕の報を知り、自決』

50　花乃屋で

帰って来ている藤兵ヱ。
しぐれ「あの先生が？　……（と、絶句）」
仇吉「これで、時さんの狙いが見えてきたね」
藤兵ヱ「次の北町奉行、鳥居燿蔵」
天平「そうか、でかいやつに狙いをつけているんだ！」

51　北町奉行所門

N「町奉行は今で言えば、都知事と警視総監と、裁判所長官を兼ねる権力の座……」

52　奉行所内・取調室

渡辺華山を取調べる鳥居燿蔵。

冷たい目で華山をチラ、チラッとみる鳥居。

『のちに水野老中第一の側近として、妖怪と恐れられた鳥居燿蔵』

華山が必死に弁明をしている。

華山「何故、わたしが外国と通じ、日本の国益を損なうようなことをしたと断ぜられるのか、全く、心外としか思えません。蘭学を勉強するのも、即ち日本国の為であり、外国に魂を売るなどと申されるのは、余りに実態をご存知ない所業と言わざるを得ません」

鳥居「渡辺さん、他の連中は騙せても、この鳥居燿蔵は騙せませんよ」

と刻薄な笑み。
鳥居「もう証拠はあがっているのですよ」
華山「それはデッチアゲです！」
鳥居「デッチアゲかどうか、それを決めるのは、このわたしです。まだお喋りになりますか」
ぞっとするような笑み。
華山「……あなたは恐ろしい人だ。日本を不幸にさせるお人だ」
鳥居「……光栄ですな」

53　奉行所門前

夜――。
離れたところの物陰に、藤兵ヱ、天平がいる。
藤兵ヱ「鳥居は奉行所の中だ。今夜も奉行所に泊るつもりらしい」
天平「時さんは、どこから狙いをつけているんだ」
と、あたりを見まわす。
藤兵ヱ「ムリだ。相手が奉行所の中じゃ、狙いようがない」
天平「あしたの昼……鳥居は、きっと奉行所から出るに違いない、それを狙うんだ」
藤兵ヱ「くそッ、明日（あす）を待つしかないのか」

54　街で

翌日、昼前。
走るとんぼ。

55　奉行所前

物陰で見張っている天平と藤兵ヱ。
とんぼが来る。
とんぼ「判ったわ！」
天平「判った⁉」
とんぼ「うん、……（息が切れている）上野のお寺」
藤兵ヱ「上野の寺⁉」
とんぼ「おっ母さんがね、鳥居邸の出入商人をあたっていたら、今日が、鳥居のお父つぁんの命日なんだって。お墓は上野のお寺」
天平「よし判った！」
藤兵ヱと走りだす。
とんぼ「待って！」

56　上野・寺の前

寺の土堀沿いに走る藤兵ヱと天平。
藤兵ヱ「！」
露地から、仇吉が出てくる。
藤兵ヱ「元締！」
仇吉「駄目だよ。曇りの連中が寺の周りをがっちり固めているよ」
寺の前、そして角々に曇り一家の連中が、物々しく立っている。
そしてこちらを見ているのだ。
仇吉「あたしらが来ているのも、とっくに知っているよ」
天平「くそッ！　……」
藤兵ヱ「曇り一家は、鳥居の手先になっているんですね」
仇吉「お上と手を握って、悪どいことをやろうと、狙っているんだね」
曇り一家が、十人近く、ゆっくりこちらへ歩いてくる。
仇吉「行こ。こうなっちゃ、時次郎のいう通りにするしかないよ。でないと時次郎の狙いまでぶち壊してしまう！」
曇り一家に背を向けて歩きだす。
天平「くそッ！　時さんはこの中のどっかにいるんですね」
仇吉「きっとあそこだね」
天平「あそこ⁉」
仇吉「……五重塔の上だよ」
五重塔が見える。
天平「そうか！　……」
仇吉「見ると感づかれるよ。さ、行こ」
歩き去る仇吉。
そして藤兵ヱも天平も――。
藤兵ヱ「……時さんは、死ぬ気なんだ」

57　五重塔

鳩が飛ぶ。
その一番上層へ――。

58　五重塔の中

梁が交叉する塔の中、
時次郎がいる！

外を覗く。

59　塔からの眺め

広い境内。

60　塔の中

砂時計が置いてある。
もう何日もひそんでいるのだろう。
ヒゲが伸びている。
干物や、干米などがある。
時次郎、ゆっくりと、鉄砲の組立てを始める。
長い筒を組み合わせる。
そして、なんと！　遠めがねを鉄砲の背に取りつける。
望遠レンズの焦点合わせを工夫していたのだ。

寝そべって、鉄砲を構える。

望遠レンズの中に、山門や、警備の侍、曇り一家の男の顔などが写る。

時次郎「……」
満足気な笑みが浮かぶ。
弾丸三つ、窓辺に、丁寧に並べる。
そして、最後の食事をする。
竹筒から茶を呑む。
終わりだ。カラカラと床を転がす。
干飯をかじる。
――鳩が来る。

時次郎「おい、食え」
鳩にやる。
鳩、ついばむ。
そうしながらも、下界へ視線を飛ばしている。
砂時計はさらさらと砂を落としている。

61　道

駕籠が行く。鳥居の駕籠だ。
警備は厳重をきわめている。
道ばたで、それを見つめている仇吉。
藤兵ヱ、天平、そしてとんぼが来る。――。

62　塔の中

時次郎、低く、歌を口ずさんでいる。
時次郎「〽ふるさともとめて　花一匁
もんめ　もんめ　花一匁
アキちゃんが　欲しい
アキちゃんが　欲しい
アキちゃん求めて　花一匁」
小さい時、アキと一緒に遊んだとき、〝花一もんめ〟でよく遊んだのだ。
○アキが商家の前で子供を遊ばせている光景が浮かぶ。
時次郎「……負けてくやしい　花一匁」
……！
時次郎、身を起こす。

時次郎「！」
隙間から下界を見る。

63　寺境内

山門前に駕籠がつき、鳥居が降りる。
曇りが駆け寄って、挨拶する。
曇り「鳥居様、お待ちしておりました」
鳥居「ああ、曇りか」
曇り「水野様は？　……」
鳥居「追っ付けお越しになるだろう、中でお待ちしよう」
曇り「はい」
山門を入る。
山門を入ってくる鳥居と曇りが望遠レンズの中に写る。
まわりに警備の侍取り囲むようにしている。
何か、しきりと談笑している鳥居と曇り。

64　塔の中

狙っている時次郎。
時次郎「……鳥居、曇り、後藤、水野」
〝曇り、後藤、水野〟のセリフの時は、並べてある弾丸三発を指先で押さえる。
時次郎「！　後藤が来た」

65　山門で

後藤三右ヱ門が来る。

鳥居に挨拶する。

鳥居、曇りを紹介している。

66　**塔の中**

時次郎「金座の後藤三右ヱ門と曇りか、三役が揃ったわけだ……早く来い、水野」

67　**山門で**

境内で立っている鳥居、後藤、曇り、互いの談笑の姿が望遠レンズの中に写る。

周りは警備の侍や曇り一家の精鋭。

鳩が群れている。

平和に、彼らの周りで餌をついばんでいる。

68　**アリバイをつくる仇吉たち**

三味線屋で、三味線を弾いて見ている仇吉。そしてとんぼ。

試し弾きする仇吉。

とんぼ「お母さん……」

仇吉「……」

台所で、へろ松が独りしょぼんと坐っている。

69　**釣堀**

釣り人たちと糸を垂れている藤兵ヱと天平……。
藤兵ヱ「……」
天平「……」
隣りの男。
男「引いてますよ。ほら！」
藤兵ヱ「……（竿もあげもせず）うるせえ」
低いが、怖い。
天平「……一人でやるなんて、そりゃアないよ」

70　**塔の中**

狙っている時次郎。

時次郎の声「水野が来た！　……」

望遠レンズの中に、水野老中。

テロップで紹介。

鳥居たちが挨拶､曇りが紹介されている。

ゆっくり歩きだす。水野、鳥居、後藤、曇りの姿。

狙いは鳥居の頭に——。

引き金の手。

ゆっくり絞っていく。

不意に鳩が飛び立っ。

引き金を引いた。

ダーン！

レンズの中。

鳥居の顔。

そこへ、鳩がよぎる。スローモーションだ。鳩が羽を広げて——。

71　**境内で**

鳥居の頭に、鳩が落ちる。

血がついて鳥居の顔は赤い。

落ちている鳩は死んでいる。

72　**塔の中**

時次郎「しまった！」
弾丸を素早く詰める。

73　**境内**

曇り「囲め！　囲むんだ！」

どっと、警備の侍や、男たち、しゃがむ水野や、鳥居、後藤、曇りたちに、蔽いかぶさるように、囲んでしまう。

ダーン！

一人が仰け反る。

曇り「あそこだ！」

と五重塔を指す！

74　**塔の中**

また撃つ、時次郎。

ダーン。

警備の男が倒れる。

まるで、人の団子になっていて、狙う鳥居たちの姿は見えないのだ。

塔に向かって、走ってくる男たち。

最後の一発を撃つ。

時次郎「……まけてくやしい花一匁、か」

ゆっくり窓から身を起こす。

75 塔の中

一階に、殺到している警備の侍、男たち。
曇り、そして、鳥居がいる。
上からは狙われない場所だ。
曇り「相手は逃げられないのだ。殺さずに捕まえろ！」
鳥居「（冷たく）殺していい」
曇り「殺して⁉」
鳥居「顔さえ判れば、その繋がりはみな潰せる」
曇り「！」
鳥居「死んでいるほうが、勝手に調書がつくれる」
曇り「わかりました。殺せ！」
駆け上がっていく男たち。

76 塔の上

ゆっくり、火薬を取り出している時次郎。
二階——三階へと駆け上がる男たち。
時次郎、火薬玉を手に持つ。火縄の火を吹いている。
四階に駆け上がる男たち。
時次郎「……（ニヤッと）上がってきても、オレは、跡形もねえぜ」
火縄の火を火薬玉に、
ドーン！
爆裂。
鳩は一斉に飛び立つ。
五重塔の五層から煙が吹き出す。

77 三味線屋で

ドーン、と音。
仇吉「！　……」
とんぼ「！　……」
顔を覆うとんぼ。
台所で——
へろ松「ウアーッ！」
と、泣く。

78 釣堀で

ドーン！

藤兵ヱ。天平、擬然としている。

天平、竿を突き立てた。

79 五重塔

ドーン！

また、爆裂。

煙をふき出す最上層。

N「もし、あの時、鳩さえ飛ばなかったら、おそらく日本の歴史は、いくぶん変わったものになったことは間違いありません——」

脚本解題

『必殺からくり人』第12話「鳩に豆鉄砲をどうぞ」

曾川 昇

印刷台本が間に合わず、ギリギリの状況

第7話以降出演場面が激減していた緒形拳は、最終回を待たず番組を去ることになる。そのため急きょ作られた本話は、緒形の出演シーンのみが先行して書かれ、現場に届けられたという。すなわち撮影用に製本された印刷台本が間に合わず、ギリギリの状況で作られた「鳩に豆鉄砲をどうぞ」はしかし、多くの必殺ファンの記憶に刻まれる一編となった――。

台本の表紙にサブタイトルはない。これまで蔵原惟繕監督は脚本を丁寧に映像化してきたが、今回は細かなやり取りのカットが目立つ。おそらく#57以降の脚本が先に現場に渡されて撮影された際、脚本にない描写が追加されて尺が伸びたため、後から上がってきた前半の脚本をカットして調整せざるを得なかったためと想像できる。

まず#4、ラストの鳥籠は登場しない。#6、天平と時次郎の会話はアドリブ。#7の前半のやり取りと#10は丸ごとカット。#12は時次郎がスイカを持ってきたり、やり取りが異なる（あるいは脚本ではなくメモをもとに撮影したシーンか？）。#13もカット。

#16は鉄砲鍛冶の花沢老人と天平の場面だが、本編に天平は登場していない。森田健作のスケジュールのためだろうが、主観ショットの一人称カメラに向かって――『仮面の忍者　赤影』や『県警対組織暴力』、『徳川女刑罰絵巻　牛裂きの刑』などで強い個性を残し、そして『蒲田行進曲』の階段落ちエピソードのモデルとしても知られる――怪優・汐路章が語り倒す印象的な映像となっている。中盤、時次郎をめぐるやり取りは大きくカットされた。

#19、前半のやり取りはカット、脚本にはない時次郎の姿が挿入された。#20、島抜けした時次郎がアキに会いに行くと、その日がアキの婚礼だったという説明は、脚本では#28でアキに直接語っているが、本編ではここで仇吉が藤兵ヱにのみ語る。その#28の後半から#29～30はカット。だが脚本にはない、時次郎がアキの息子のためにおもちゃを作る場面が足されている。

#38、へろ松がストリップ（と脚本にある）を始める前のやり取りはカット。#39、時次郎の走る姿があり、花井殺しはすれ違いざまの一閃に変更された。#40以降、台本では鳥居耀蔵を北町奉行所の人間としているが、映像ではすべて南町としている。#46の小関三英の手術シーン、本編では時次郎はセリフを発さない。#53前半と#54はカット。#56のラスト、藤兵ヱのセリフ「時さんは、死ぬ気なんだ」もカットされている。

顔に火薬を塗りたくる強烈な描写

#57以降は、前半の脚本がない状態で撮影されたと複数の関係者の証言がある。たとえば#60に「なんと！遠めがねを鉄砲の～」というト書きがあるが、すでに#16で遠めがねについて語られているので、本来ならこういう書き方にはならないだろう。蔵原以下スタッフや緒形拳が知恵を出し合って、渡された脚本を大きく膨らませたことが随所から伝わる。

脚本ではシンプルに銃を組み立てて狙いを定めるが、本編では膝と肘を紐で固定するが滑るので、そばにあった燈明立てで銃身を固定する工夫をしたり、水を目に挿したり、紐を額に巻いたり……。弾丸も脚本では、すでに一発目を装填しているので残りの三発しか見せないが（これぞ早坂脚本のリアリズム）、映像化の際は四発の弾丸で標的の四人を強調する。極めつけは、上がってきた梯子を自ら下に落として退路を断つ描写だ。時次郎が口ずさむ「花いちもんめ」は早坂作品に頻出するキーワードで、『新事件　わが歌は花いちもんめ』というドラマも存在する。

#70で鳩が横切ったため狙撃に失敗するのはシナリオどおりだが、鳥居の顔に血がつくまでは映像では見せない。また時次郎はあくまで冷静に二発、三発と撃つが、やがて信じられないように銃を見て、残った弾を放り投げる。そして脚本では火薬玉を手に持って自爆するが、本編では顔に火薬を塗りたくるという強烈な描写が加えられている――。

こうした一連の描写は、2本の洋画に影響を受けたものだ。脚本はモノマニアックな銃職人や郊外での試し打ち、狙撃者とその動きを追う側が交互に描かれる、そして意外な理由での失敗……と『ジャッカルの日』を強く意識している。いっぽう現場での改変や緒形拳の芝居は（時代考証を無視した紙巻きタバコの登場も含め）『気狂いピエロ』のジャン・ポール・ベルモンドを想起させる。その後も緒形は、あえて顔を手で覆う芝居や映画『影の軍団　服部半蔵』における全身を黒い塗装に包んでの登場など、本話と共通する演技プランを何度も見せている。

本話最大の立役者、岸田森

アキとしぐれの二役を演じた赤座美代子は「俳優座

花の十五期生」と呼ばれるメンバーのひとり。薄幸な役どころに定評があり、必殺シリーズには16回もゲスト出演している。本話については脚本がない時点でキャスティングに応じたという。標的となる老中・水野忠邦役の酒井哲は「仁義なき戦い」シリーズのナレーターで知られるが、関西芸術座所属の新劇俳優としてテレビ時代劇のゲストも多く、『からくり人』には第4話に続いての登場。

そして本話を傑作たらしめた最大の立役者は、やはり鳥居耀蔵役の岸田森だろう。岸田國士の甥で文学座から六月劇場を結成……43歳という早すぎる死を松田優作、水谷豊、萩原健一、若山富三郎ら多くの俳優・関係者に惜しまれた、今もなお愛され続ける名優である。円谷プロ作品、実相寺昭雄や岡本喜八の監督作、そして和製ドラキュラなど代表作も多いが、彼が生涯に三度演じたのが鳥居耀蔵である。

鳥居は本話で描かれる蛮社の獄（花井虎一も実在の幕臣）や天保の改革の中心人物であり、〝妖怪〟とあだ名されたのも史実。岡本綺堂の『天保演劇史』などでは遠山景元（＝遠山の金さん）のライバルとして描かれ、松本清張や山田風太郎も小説に登場させてはいたが、その名がお茶の間に知れ渡ったのは１９７３年のＮＨＫドラマ『天下堂々』からだろう。

大ヒットした『天下御免』に続きメインライターを務めた早坂暁は、鳥居を単なる悪役とせず目付時代から幕府の弱体化を嘆く優秀な官僚として描写、その複雑なキャラクターを見事に演じきったのが岸田森だった。そこでは鳥居が主人公の英介（篠田三郎）を高野長英たちの会に潜入させるエピソードも存在。その３年後に本作『からくり人』、そして勝プロの『痛快！河内山宗俊』でも岸田は同役を演じた。登場シーンはわずかだが、この鳥居の存在あってこそ時次郎の絶望的な戦いと悲しみが強く印象づけられることになった。

ちなみに鳥居耀蔵は『必殺仕置屋稼業』『新必殺からくり人』『必殺スペシャル・秋　仕事人 vs オール江戸警察』にも登場しており、それぞれ志村喬、山口幸生、米倉斉加年が演じている。『オール江戸警察』には花井虎一をモジったキャラクター（花井宗勝）も登場、『仕置屋』と『オール江戸警察』の脚本を手がけたのは『からくり人』にも助っ人として参加した保利吉紀だ。いっぽう必殺シリーズのインスパイア企画であった東映の『影同心』では、田村高廣演じる鳥居が主人公たちに悪人抹殺の指令を出す。

また本話に登場した水野三羽烏のもうひとり、後藤三右衛門まで岸田森は演じている。一時期は必殺シリーズの裏番組だったこともある『浮世絵女ねずみ小僧』の「霧の夜の襲撃」「続・霧の夜の襲撃」という２つのエピソードで、早坂家に残された前者の台本には「原案」として早坂暁の名が記されていた。

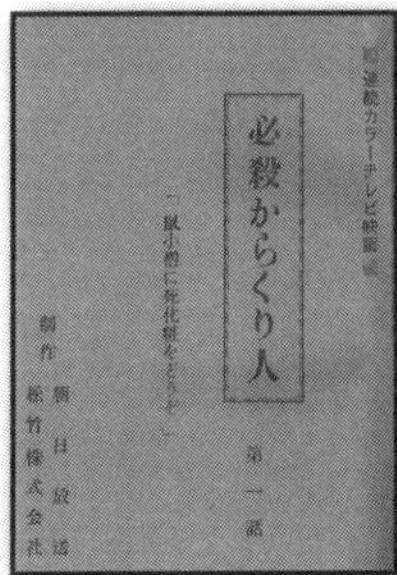

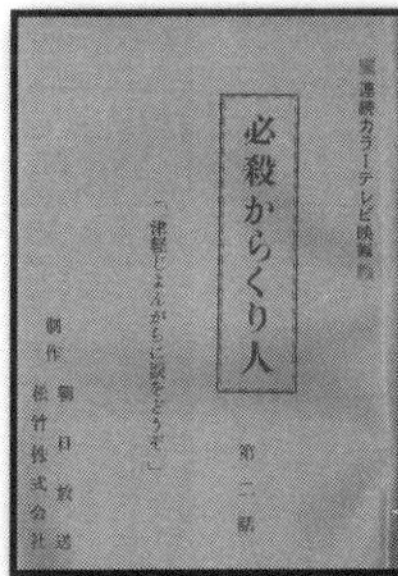

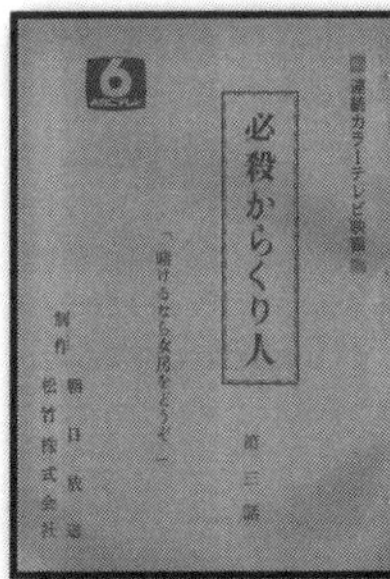

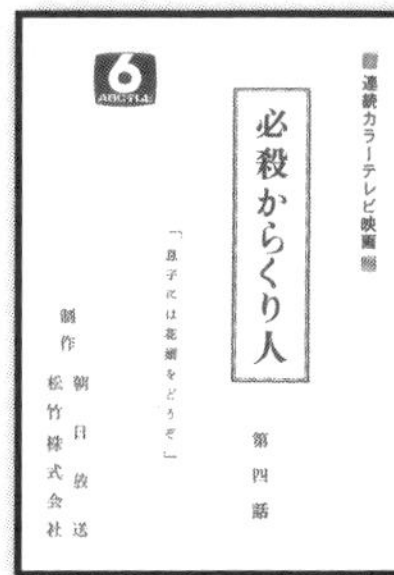

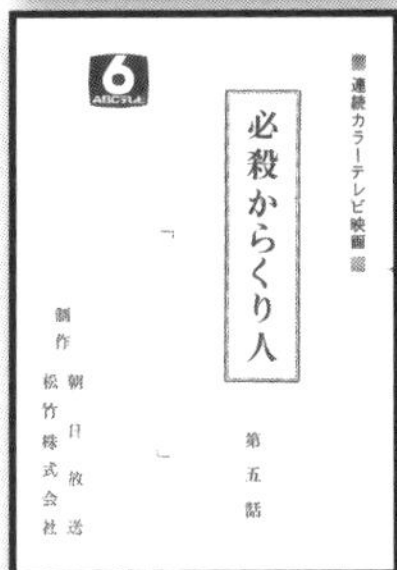

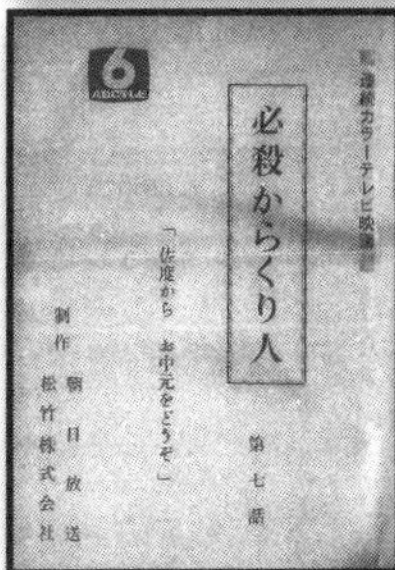

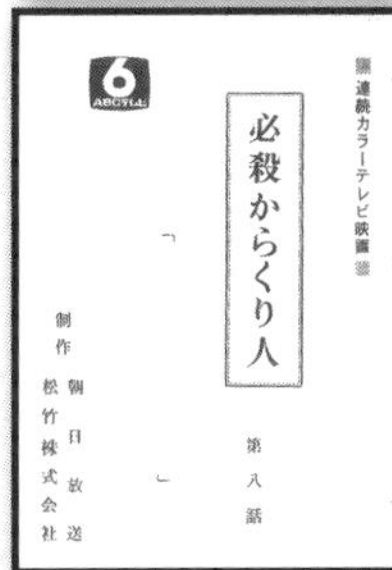

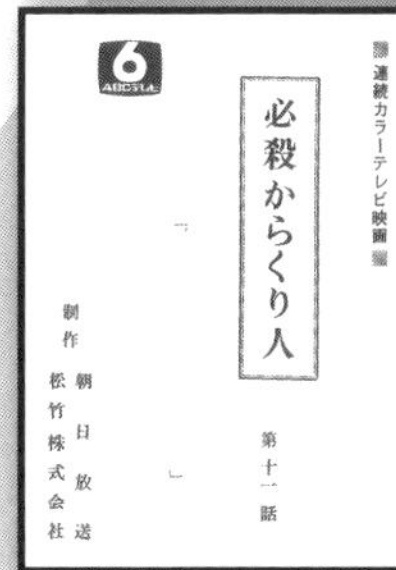

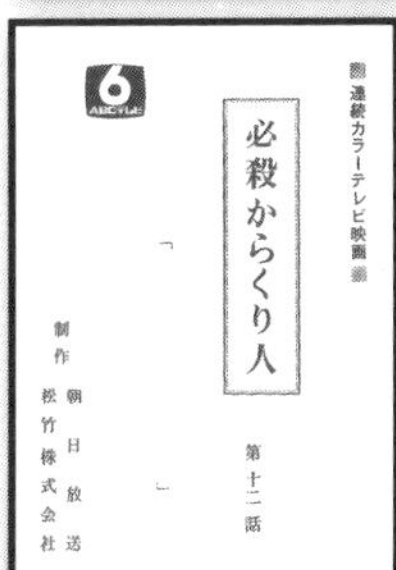

必殺シリーズ台本集

本書に収録された『必殺からくり人』『新必殺からくり人』
『必殺からくり人 富嶽百景殺し旅』
『必殺仕掛人』『斬り抜ける』の台本を一挙掲載。
17冊それぞれの表紙をどうぞ。

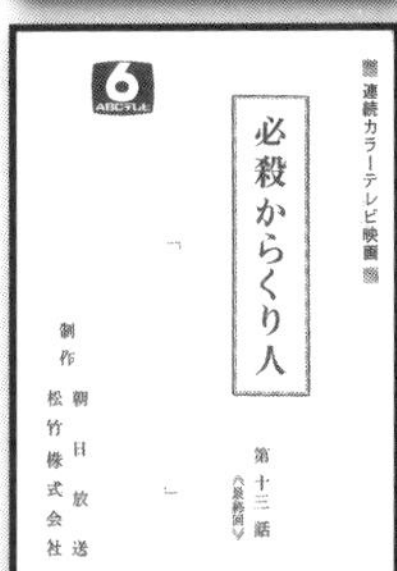

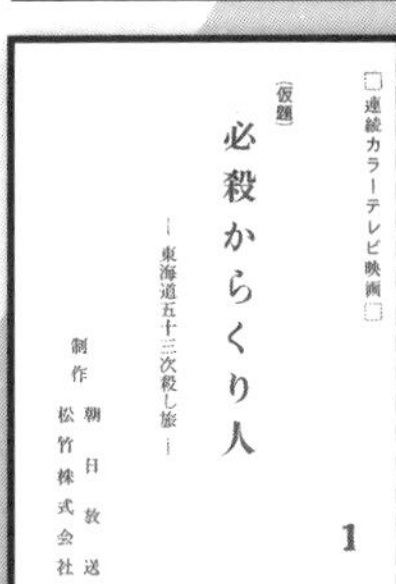

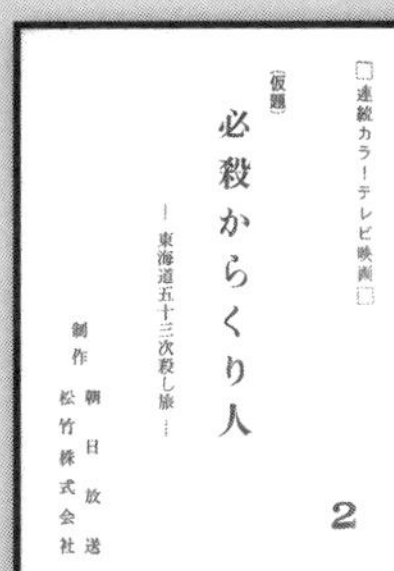

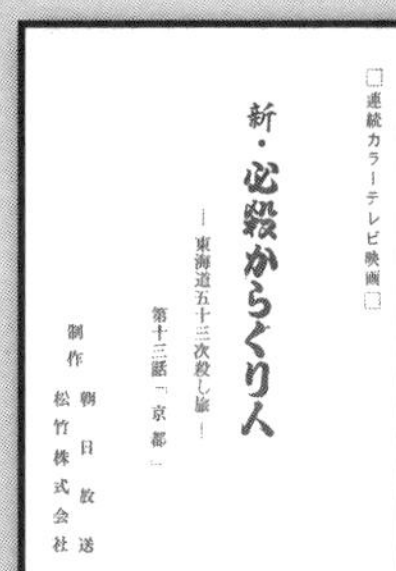

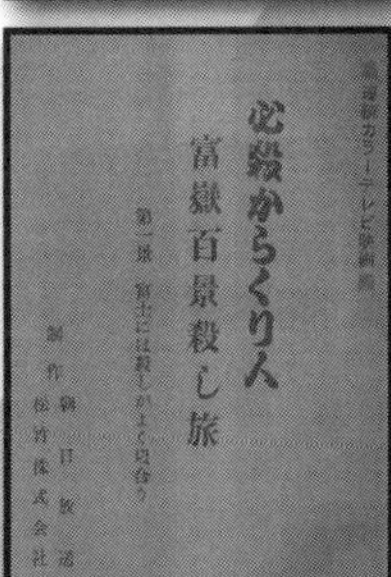

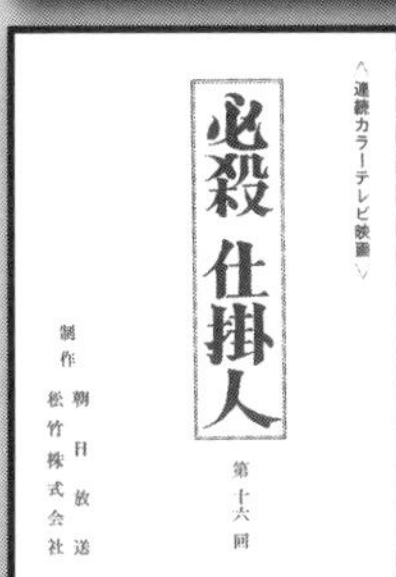

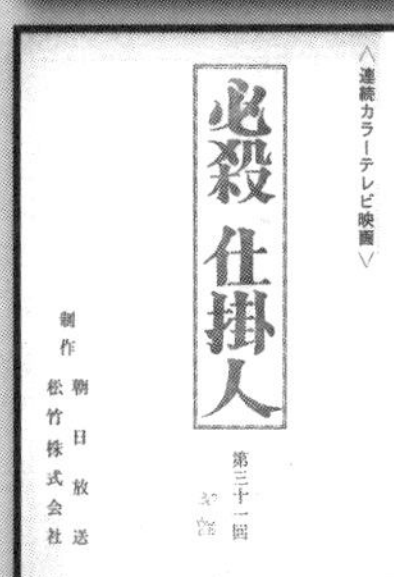

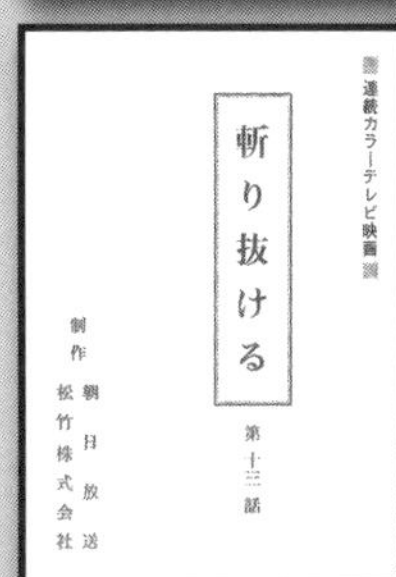

『必殺からくり人』第13話
「終りに殺陣をどうぞ」
脚本：早坂暁
監督：工藤栄一
放映日：1976年10月15日

【キャスト】

仕掛の天平	森田健作
花乃屋とんぼ	ジュディ・オング
八寸のへろ松	間寛平
元締曇り	須賀不二男
備前屋	早川雄三
喜十郎	五味龍太郎
料亭女将	三浦徳子
殺し屋の女	田中明美
曇りの配下	笹吾朗
	黛康太郎
	宮川珠季
	加茂雅幹
	渡辺憲悟
	赤井圭昌
	丸尾好広
	広田和彦
	横堀秀勝
	鈴木義章
八尺の藤兵ヱ	芦屋雁之助
花乃屋仇吉	山田五十鈴

【スタッフ】

制作	山内久司
	仲川利久
	桜井洋三
音楽	平尾昌晃
編曲	竜崎孝路
撮影	石原興
製作主任	渡辺寿男
美術	川村鬼世志
照明	釜田幸一
録音	二見貞行
調音	本田文人
編集	園井弘一
助監督	松永彦一
装飾	中道正信
記録	野口多喜子
進行	黒田満重
特技	宍戸大全
装置	新映美術工芸
床山・結髪	八木かつら
衣裳	松竹衣裳
小道具	高津商会
現像	東洋現像所
製作補	佐生哲雄

殺陣	楠本栄一
	美山晋八
題字	糸見溪南
ナレーター	松倉一義
主題歌「負け犬の唄」（作詞：荒木一郎／作曲：平尾昌晃／編曲：竜崎孝路／唄：川谷拓三／キャニオンレコード）	
衣裳提供	浅草 寶扇堂久阿彌
製作協力	京都映画株式会社
制作	朝日放送
	松竹株式会社

1　夜の料亭

見事な前庭、内水をした玄関。
夜の料亭前に　駕籠が一挺つく。
おり立ったのは、仇吉。
ゆっくり、玄関に向かう。
その様子は、何か緊張感がみなぎっている。
　女将が玄関にいる。
仇吉「花乃屋の仇吉です」
女将「いらっしゃいませ」
仇吉「来てますか」
女　将「お待ちでいらっしゃいます」
　仇吉、うなずいて上がる。
　下足番が、さっと下駄をしまおうとする。
仇吉「下駄は、出しておいて下さい」
女将「は？」
仇吉「すぐ帰るかもしれませんから」
女将「はい……」
　下足番、下駄を外向きにそろえて置く。
仇吉「出来れば　裏口に」
女将「裏口に？」
仇吉「迎えが。裏に来ます」
女将「承知しました。どうぞ」
　と、先に立つ。

2　花乃屋で

台所。
出かける用意の藤兵ヱ。
とんぼがいる。
藤兵ヱ「これから　元締を迎えに行ってきます。その間、誰が尋ねて来ても戸を開けちゃいけませんよ」
とんぼ「（うなずく）」
　不安気だ。
藤兵ヱ「（ニッコリ笑ってみせ）大丈夫です。元締をのっけて、大急ぎで帰ってきますから」
とんぼ「気をつけて」
藤兵ヱ「（行きかけるが）そうだ、万一の場合、これを持ってるといい」
　懐(ふところ)から短刀。
藤兵ヱ「持ってるだけで安心だから」
とんぼ「でも、藤兵ヱさんは？」
藤兵ヱ「（ニッコリ）これがあります」
　両手を握りしめてみせる。
藤兵ヱ「じゃ。すぐ閉めて下さいよ」
　と裏口から出る。
　とんぼ、心張棒をかます。二重になっている。

3　料亭の一室で

仇吉と、曇り。
曇り「ひょっとしたら、来てくれねえんじゃねえかと思っていたよ」
仇吉「どうしてです」
曇り「（それには答えず）約束どおり、オレは一人で来てるぜ」
仇吉「用件は？」
曇り「いきなりだな。ま。いいだろ。……考えてみりゃア、同じ仲間だというのに、どういう具合か、近頃しっくりといかねえな」
仇吉「いかなくしたのは誰です」
曇り「オレだというのか」
仇吉「前の元締、蘭兵衛が誰の手で殺されたか、わたしたちは忘れちゃいません」
曇り「……証拠でもあるのか」
仇吉「わたしたちの世界に、証拠はいりません」
曇り「そうか。じゃ、言わせてもらうが、この間、上野の寺でオレは鉄砲で狙われた。オレだけじゃない、ご老中水野忠邦様、今度町奉行になられた鳥居燿蔵様、それに、金座方取締後藤三右ヱ門様、今の日本のカ・ナ・メを握っていらっしゃるお方ばかりだ」

4　回想　五重塔で

五重塔でヒキガネが引かれる。
ダーン！　鳩が飛ぶ。
境内の曇り、鳥居、水野、後藤たち、護衛の者たちにどっと囲まれる。
更にドーン！　と銃声。

五重塔に駆け寄る曇りたち。
五重塔の最上層で爆発が起きる。

5　料亭の一室で

曇り「狙った奴はいい覚悟というか、自分で木端微塵（こっぱみじん）。——だが　どうだろう、あの日以来、あんたとこの時次郎、ブッツリ姿を見せねえ。オレは、時次郎に会いてえんだよ」。
仇吉「自分で深せばいいでしょう」
曇り「深したさ」

6　時次郎の住い

曇りの手下が戸を蹴破るようにして入ってくる。
中はきれいに整理されている。

7　料亭の一室

曇り「時次郎がオレや幕府のおえら方を狙ったとなると、仇吉さん、話は面倒になるね」
仇吉「どう面倒に？」
曇り「あんた達を潰さなきゃいけねえ」
仇吉「（唇に笑み）」
曇り「同じ仲間同志、辛い仕事だがね」

8　運河で

夜の運河を、藤兵ヱ、舟を進めている。

9　料亭の一室で

曇り「……それとも、前の元締にも勧めたんだが、オレの組に入るか。オレはあんた達の腕はえらく買っているんだぜ」
仇吉「お断りします」
曇り「……」
仇吉「あたし達の仕事は、人殺し。死んだ元締が言ってた通り、あたし達は　涙以外とは手を組みません」
曇り「涙以外と手は組まねえ⁉」
仇吉「涙がこぼれるような依頼しか、引き受けない」
曇り「（吹き出す）涙！」
おかしくて堪らないのか、笑いが止まらない。
曇り「そんな甘っちょろいこと考えているから、前の元締は殺されたんだ。その考えを変えねえと、あんたも同じようなことになるぜ」
仇吉「さあ……。（と微笑）昔からお上と結びつく殺し屋は臆病者」
曇り「なに！」
仇吉「あんたらが考えているほど、花乃屋の一党、甘っちょろくて弱いか、どうか」
曇り「試してみろと言うんだな」
仇吉「勝負！」
曇り「勝負！」
睨み合う二人。

10　同じく運河で

藤兵ヱ、棹を差して進んでいく。
藤兵ヱ「⁉　……」
ふと、棹の手を止める。
耳を澄ます。
藤兵ヱ「……」
また、棹を差して、進んでいく。
ゴトンと、舟が何かにぶつかった。
藤兵ヱ「⁉……」
暗い水面を見る。
と、女の死体が、舳先のほうから流れてくる。
藤兵ヱ「！」
若い女だ。
藤兵ヱ、手を延ばして、女の帯を掴む。
女、苦しそうな顔をした。
藤兵ヱ「生きているじゃねえか！」
急いで舟へ上げようと抱き上げにかかる。
女、弱々しく手を延ばして藤兵ヱの腕に。
藤兵ヱ「しっかりするんだ」
舟に引き上げようと、した途端、女、藤

兵ヱを川の中へ引きずり込んだ。

油断していた藤兵ヱ、川の中へ落ちた！

川面を、四、五人の男が、凄い勢いで泳ぎ寄ってくる。

手に手に刀を持っている。


水中、逃れようとする女を捕まえる。

帯を掴んだ。

女は身をよじって、巧みに逃げる。

帯だけが、藤兵ヱの手に。

泳ぎ去る女に向って帯を投げる。

帯は蛇のようにくねって女の首に巻きつく。

女「ウッ！」
帯が引かれる。
女の裸身は首から水中へ――。

その時、四人の殺し屋が　藤兵ヱに殺到している。

四つの刀が、藤兵ヱの身体に――。

危く、身をくねらせて　刀から逃れる。

その藤兵ヱに鋭く追い討ちの刀。

藤兵ヱ、その刀身を素手で掴んで、引き寄せる。男の首を締め上げる。

男の口から、気泡が湧き立つ。

二人の男が、しがみついてくる。

藤兵ヱ、二人を両腕に抱える。
凄い力で絞め上げる。
ボキボキボキと骨の砕ける音、
と同時に二人の男の口から夥(おびただ)しい気泡が湧く。

水上に顔を出す藤兵ヱ。

フーッと息を吸う途端、
ダン！　鈍い音。

藤兵ヱの顔が歪む。

水面に血が広がる。

舟に、殺し屋がいて、短筒で狙ったのだ。

藤兵ヱ「クッ！　……曇りの手先か」

藤兵ヱ、泳ぎ寄っていく。

殺し屋、怯えた表情で、また撃つ。当たった。

藤兵ヱ「！」

だが、藤兵ヱは、不死身のように泳ぎ寄っていく。

殺し屋は、完全に怯え、第三弾を撃とうとする。が、カチッ！　と、
もう、弾丸はない。

藤兵ヱ、ニッと笑み。

水面に浮かんでいる。さっきの帯を手にするや、投げ縄のように投げる。帯は、生き物のように空を飛んで男を捕らえる。


引く。

男は水中へ。

藤兵ヱ、男を羽交い締めにして、殺す。

そこらはもう血の海。

藤兵ヱ「……姐さん、すぐ、迎えに行きます」

弱る力を振り絞って、舟に手を掛ける藤兵ヱ……。

だが、その手はズルッと外れる。

11　運河で

舟寄せ場がある。

そこに立っている仇吉。

仇吉「！」

舟が、ゆっくりと姿を見せて、近づいてくる。

仇吉「ここだよ、藤兵ヱ」

が、近づく舟には藤兵ヱの姿はない。

空しく棹があるだけ。

仇吉「藤兵ヱ？」

舟は舟寄せ場に着いた。

と……！

舟の後ろに、まるで舟を押しているかのように、藤兵ヱが浮かんでいる。

まだ、血が静かに水面に広がっている。

仇吉「藤兵ヱ……」

12　花乃屋で

居間に唯一人、とんぼ。
ガタガタと表の戸が叩かれる。
とんぼ「！」
男の声「すみません、仇吉さんからも伝言を持って来ました」
とんぼ「！　……」
玄関口まで出る。

男の声「仇吉さんから頼まれてきました」
ドンドンと戸を叩いている。
とんぼ「伝言なら、そこで言って下さい」
男の声「……」
とんぼ「どうぞ」
男の声「わたしは駕籠屋です。仇吉姐さんに、とんぼさんを天平さんの小屋へ送るように頼まれました」
とんぼ「天平さんの小屋へ⁉」
男の声「へい、急いで。送るように」
とんぼ「……」
迷ってしまうとんぼ。
男の声「早く願います」
ドンドンと戸を乱暴に叩く。
とんぼ「おかしいわね。天平さんは、今、うちに来てるわ」
男の声「……」
とんぼ「天平さんはうちに来てるのよ」

それっきり声がしなくなった。

とんぼ「！」

駆け寄って、戸にもう一本、太い心棒を掛けた。

とんぼ「……（耳を澄ます）」

カタン。

屋根だ。

とんぼ「！」

カタン、カタンと屋根を歩いている足音がする。

とんぼ、上を見上げながら、藤兵ヱの置いていった短刀を握り締める。

屋根を歩く音は一人ではない。

——恐怖のとんぼ。

と——！

今度は、コトリ、コトリと違った音がする。

とんぼ「⁉　……屋根を剥いでいる」

屋根瓦を剥いでいる手がある。

とんぼ「おっ母さん……藤兵ヱさん……」

屋根瓦は、剥がされた。

男が中へ入っていく。


とんぼ「入った！　……」

天井裏を　ミシッ、ミシッと歩く音がする。

とんぼ、部屋から部屋を逃げ歩く。

カタンと音。

とんぼ「！」

押し入れだ！

とんぼ、意を決して　押し入れの襖に身をピタリと寄せる。

短刀を手に構える。

息が音を立てそうだ。

と——！

襖が　スッと、二、三センチ、音もなく開く。

とんぼ、もう必死に両手で拝むように、殺し屋が覗いていると思しきあたり、襖ごしに短刀を突き立てた。

「ウッ！」と男の声。

そして！　——

襖の向こうから、ブスッと刀がこちらへ突き出してきた。

危く、とんぼの身体から離れていた。

とんぼ、声なき悲鳴を上げ、短刀はそのままに、身を引く。

押入れの襖が向こうから倒れてきた。

男の死体が露わになる。

とんぼ「アッ！　……」
身をひるがえして廊下へ。
と――！
音もなく、突然に、黒い影のような男が、鳥のように襲う。
とんぼ「アッ！」
危うく、身をかわす。
もう一人の殺し屋の手に、鋭い刀身が光る。
襲ってくる。
とんぼ、必死で逃れる。
部屋から部屋へ――。
手に触るものを投げつけ、投げつけ、逃げ回るとんぼ。
台所に逃げてくるとんぼ。
裏口の戸にたどりつく。
必死に裏口の戸の心張棒を外す。二重になっているので手間がかかる。
背後に迫ってくる殺し屋。
やっと、戸が開いた！
パチンと戸を開けた――途端！
そのとんぼの手首を握った手がある！
とんぼ「あッ！」
とんぼ、もう観念する。
が、その手は、仇吉だった。
スッと中へ入ってきた仇吉。
とんぼ「お母さん！」
仇吉、とんぼを背に、迫ってくる殺し屋と向かい合う。
仇吉「外に出ておいで」
とんぼは外へ。
外に出ると、そこは運河。
仇吉が乗ってきた舟が、そこにつないである。
舟には、コモをかぶった死体。
――実は藤兵ヱだ。
とんぼ「藤兵ヱさん！　……」
中では――、
帯の間からバチをぬく仇吉。
殺し屋と睨み合う。
勝負は一瞬、
両者は、交叉しあって、止まる。
仇吉の髪が、元結が切られて、バサリとなる。
同時に、殺し屋は倒れる。
バチの先は赤く濡れている。

13 花乃屋で

居間で仇吉ととんぼ。
仏壇から位牌を二つ取る仇吉。
――蘭兵衛のと、時次郎のだ。
仇吉「とんぼ、ここを出るよ」
とんぼ「！」
仇吉「曇り一家はすぐにまたやってくる」
とんぼ「はい」
仇吉「三味線の他は何も持たなくていいから」
とんぼ「……天平さんや、へろ松さんは？」
仇吉「……二人は一緒だろうけど、きっとあそこも曇りに襲われているね」
とんぼ「！」
仇吉「すぐに行ってみよう」
とんぼ「はい」
三味線を持つ二人。
仇吉「とんぼ……」
とんぼ「？」
仇吉「あたしのそばを離れるんじゃないよ」
強くうなずくとんぼ。

14 天平小屋で

暗い小屋の中。
天平とへろ松が寝ている。
へろ松「……母ちゃん」
寝言だ。
天平にしがみつく恰好になる。
天平「！　……」
目が覚める。
へろ松の身体を元に戻す。
天平「!?」
何か気配を覚える。
そっと身を起こす。

ほのかな月明の中、黒い影が二つ、小屋に向かって、音もなく近づいていく。

小屋の中の天平、そっと手を延ばして、火薬玉を二つ、三つ、手にする。
そして、床のフタを開ける。
中へ潜む。
穴が開いているのだ。
何も知らず寝ているへろ松。
へろ松「……オッさん、アホか」
これも寝言。

小屋の外。
殺し屋が、ジリッジリッと小屋へ迫る。
その一人の背後に、地の中から湧くように、天平が現れる。
抜け穴になっているのだ。
天平、一人の男の首を背後から閉める。
音もなく、倒れる。
天平、離れた男にも飛びかかる。
これは、締めて、そして火薬をぶちこむ。
――バム！
もう、人影はない。
ほっとする天平。
小屋へ入っていく。

が、小屋の屋根に平たくへばりついている男がいる。
静かに、導火線に火をつける。
小屋の中へ投げ込む。
そして、その男は空中へ飛ぶ。

小屋の中。
火を吹く導火線が火薬玉の並べている中へ投げ込まれた。
天平「！　へろ松、逃げろ！」
叩き起こして小屋の外へ突き飛ばす。
そして、水の張った桶を持って、水をぶちまけようとした途端！
ドカーン！
大炸裂。
小屋は火を吹いて、花火が空中に飛ぶ。
へろ松「天平さーん！」
背後から殺し屋。
声もなく、刺そうとする。
へろ松、振り向いた。
へろ松「！　な、なんや、あんた！」
刺しに来る。
飛び下がるへろ松。
へろ松「お前やな、やったんは」
棒切れを拾って、闇雲に振り回す。
死体につまずいて倒れる。
殺し屋の一人だ。

無念の顔が、へろ松の目の前に。
へろ松「ウァッ！」
殺し屋が迫ってくる。
と――。
天平「へろ松、へろ松！」
見ると、壊れた小屋のほうから、天平が来る。
衣服はボロボロだ。
目は開いているが、見えないのだ。
けつまずいてよろける。
天平「へろ松！」
へろ松「危い！　こっちへ来たらあかん！」
天平「！　……」
警戒して立ち止まるが、目が見えない。
殺し屋「……フフ、目が見えないのか」
しかも、天平は武器がない。
へろ松、死んでいる男の手から刀をもぎとって、天平に駆け寄る。
へろ松「天平さん！」
刀を握らせる。
へろ松「ほ、ほんとに目がみえんのか？」
天平「ああ……」
へろ松「そんなら、オレが戦うよ」
天平「どけ、へろ松」
殺し屋「フフ……」
へろ松「天平さん、こっちだ」
と、殺し屋のほうへ、天平を向ける。

殺し屋は遠まきにゆっくり円を描いて移動している。
そちらへ、天平を向けているへろ松。
天平「……（小声で）へろ松」
へろ松「うん……」
天平「（小声で）匂い草、あるか？」
へろ松「匂い草？ ……うん、ある」
天平「匂いを、あいつに」
へろ松「！」
へろ松、とある草をむしり取る。
それを掌で、揉みしだく。
丸くなった匂い草を持って、へろ松、必死に殺し屋に近づく。
ぶつけた！
殺し屋の着物に当たって落ちる。
殺し屋ゆっくり、移動しながら天平に近づく。
天平、匂いをたよりに、それに連れて、少しずつ動く。
へろ松、また、匂い草を丸め、殺し屋に投げつける。
着物に当たる。
天平と殺し屋の対決。
天平は、鼻だけが頼りだ。
小鼻が動く。
殺し屋、音もなく跳躍して、天平に斬りかかる。

天平「！ ……」
棒立ちで構えている天平。
一瞬の匂いの動きを捉えて、殺し屋を斬る！

15 露地

夜の露地を走る。二人の鳥追い姿の女。
仇吉ととんぼだ。
上から飛び降りてくる男の影。
仇吉、危うく刺す。
仇吉「！」
とんぼを連れ、今来た道を走る。

16 別の露地で

走ってくる仇吉ととんぼ。
曲り角で、ピタッと止まる。
アミ笠を取って、それを投げる。
そのアミ笠を突き落とす刀。
身をさらした男。
その脇腹へ、一突きの仇吉。

17 天平小屋の跡

白々と、夜が明け掛けている。
天平小屋は、焼け落ちている。
やって来る、仇吉ととんぼ。
とんぼ「！」
立ちすくむ、仇吉ととんぼ。

とんぼ「ひどい……」
顔を蔽う。
焼け跡を調べる仇吉。
仇吉「大丈夫、死んじゃいない、生きているよ」

18 曇りの邸で

豪壮な邸だ。
庭に面した一室。
曇りがいる。
盆栽の手入れをしている。
部下の喜十郎が来る。
精悍な顔をした男だ。
曇り「どうした」
喜十郎「……藤兵ヱは仕留めました」
曇り「あとは？」
喜十郎「……逃がしました」
曇り「……逃がしたで済むのか」
喜十郎「いえ」
曇り「どんなことをしても、探し出せ」
喜十郎「必ず」
曇り「一人も残すな、全部、消すんだ」
盆栽の木の枝をバチバチと切ってしまう。
曇り「……（奥へ）出かけるぞ！ 備前屋だ」

19 備前屋前

大きな両外商。
駕籠がついて、曇りが降りる。
ボディガードが、三、四人。
中へ入る。
離れた物陰に仇吉ととんぼ。

20　備前屋の一室

曇りと備前屋――。
曇り「備前屋さん、越前若狭藩に十万両を貸しつけておりますね」
備前屋「はい」
曇り「返済の日は？」
備前屋「それがもう、とっくにで。何度も書き換え、書き換えで……ぎりぎりの日は今月末と約束を交わしております」
曇り「……あと二年、待ったらどうですか」
備前屋「あと二年！　……それはムリです」
曇り「どうしても？」
備前屋「利子を含めて、十五万両です。限度です」
曇り「……備前屋さん、梅町のおひさというのは、あなたの囲っている女ですな」
備前屋「！　……そうです」
曇り「ゆうべ、お泊まりになって、今朝お帰りになった」
備前屋「……そうです」
曇り「お久さんは、死にましたよ」
備前屋「お久が死んだ！　そんな馬鹿な！」
曇り「いえ、死んでます。殺されてね」
備前屋「殺されて⁉　誰にです！」
曇り「さあ……備前屋さん、あなたということになりませんか」
備前屋「！　……」

21　お久が殺されている

若い妾だ。
死んでいる。

22　備前屋で

曇り「女は、あんたの煙草入れを掴んで死んでいたそうですぜ」
備前屋「そんな馬鹿な！」
曇り「でも、そうなんですよ」

23　お久が死んでいる

お久の手に煙草入れを掴ませる手がある。

24　備前屋で

備前屋、ワナワナと手を震わせている。
曇り、借金証の奉書を、ベリベリと破いている。
曇り「備前屋さん、あなたは利口なお人だ。お久殺しは、わたしが揉み消しましょう。鳥居様、町奉行、鳥居様にお近づき願っていますんでね」
備前屋「（無念だが）……よろしくお願い致します」
曇り「一万両」
備前屋「は⁉」
曇り「殺しは店取り潰しの上、八丈島送り。一万両は安いものじゃありませんか」
備前屋「……判りました」
曇り「困ったことがありましたら、この曇り、いつでもお力になりますよ」
にこやかに立ちあがる。

25　運河で

橋の下の舟。
舟の中に寝ている天平。
目を濡手拭いで冷やしている。
天平「！」
へろ松「オレだよ」
へろ松が帰ってくる。
天平「どうだった⁉」
へろ松「花乃屋は荒らされておった、誰もいないよ」
天平「誰も⁉」
へろ松「ああ」（と泣きそう）
天平「……」

へろ松「みんな、殺されたんやろか」
天平「……」
へろ松「なあ、天平さん」
天平「そうかもしれん」
へろ松「残ったのは、オレ達だけなのか⁉」
天平「曇りだ。曇りがやったんだ」
　へろ松、泣いている。
天平「へろ松、耳を寄こせ。……泣くんじゃねえ！」

26　**道**
　曇りの駕籠が行く。
　ボデイガード達に囲まれて行く。
　物陰に仇吉ととんぼ。
仇吉「……」
　鋭い目で見つめている。
とんぼ「お母さん……」
　後ろの露地を、曇りの手下らしい男が二人、やってくる。
仇吉「！」
仇吉「おいで」
　別な露地へ入る。
　男たち、気づいて走る。

27　**別な露地**
　仇吉ととんぼが来る。
　前方の出口に男たち。
　振り向けば、背後にも男たち。
　挟み撃ちだ。
　仇吉、家に飛び込む。

28　**とある家で**
　食事をしている一家のそばを、仇吉、とんぼが裏へ駆け抜ける。
仇吉「ごめんなさい！」
　あっけにとられている家族。
　男たちがお膳を踏みつけにして駆け抜ける。

29　**露地**
　男たちが駆ける。
　材木が立て掛けてある。
　ダーッと材木が男たちに落ちかかる。
　材木の後ろには、編笠姿の仇吉ととんぼ。
　立ち向かう男を刺して、逃げていく。

30　**夜の運河で**
　舟に、乗っている仇吉ととんぼ
　仇吉、位牌を二つ並べる。
仇吉「これは前の元締の、これは時次郎、……藤兵ヱのは、新しくつくっておくれ」
とんぼ「！」
仇吉「これから先はおっ母さん一人の敵討ち、お前は江戸を離れるんだ」
とんぼ「いや」
仇吉「ムダに死ぬことはないよ。みんな死んじまったら、からくり人がいたってこと、誰も知ってくれないじゃないか」
とんぼ「だって！　……」
仇吉「どうしても、曇りだけは殺す、殺さなくちゃね」
とんぼ「無理よっ」
仇吉「無理でも、生かしちゃおけない」
とんぼ「！　……」
仇吉「この堀をまっすぐ出ると江戸湾に出る。右手に沿っていけば、江戸の外へ出られる」
とんぼ「……」
仇吉「大阪に清元の師匠×××を訪ねておいき、この三味線を見せれば、面倒をみてくれる」
　三味線をとんぼの手に。
仇吉「……ひどいおっ母さんだったね」
　仇吉、三味線を弾き始める。
　――それは清元か、小唄か、よろしく。

31　**曇りの邸前**
　夜。
　門が固く閉ざされている。

32　**夜の道**
　仇吉がひとりゆく。

三味線を小脇に抱えている。

33 曇りの邸前

へろ松に手を引かれた天平が来る。
門の前。
天平「ここか」
へろ松「うん！」
天平「何歩だ」
へろ松「二十歩ぐらい」
天平「よし、お前は行け」
へろ松「だって……」
天平「いけ！　早く！」
へろ松「天平さん……」
泣きながら、後退りしながら去っていく。
天平、何か包みを抱えている。
門前に近づく。
天平「戸を叩く）鳥居様の使いだ」
小門が開く。
天平、包みを投げ込む。
中で爆発する。

34 道で

仇吉——、
仇吉「！」
急ぐ。

35 曇りの邸

囲まれている天平。
目の見えない天平。
天平「花乃屋の天平だ。曇りを出せ」
さっと進んでいく。
手に、火薬玉を抱え、火縄を握っているので、誰も近づけない。
喜十郎「斬れ。斬るんだ！」
天平「曇り、出てこい！」
桶に水を運んでくる手下。
喜十郎「（小さく）よし、一度にかけるんだ」

36 門前

仇吉が来る。
門が壊れている。
仇吉「！」

37 邸内で

一せいに水が掛けられる。
空中に水——。
その瞬間、天平は点火して、奥へと走る！
ダダ、ダダッ！
奥へ一目散。
走りこんだ途端、
大爆発！
襖が飛ぶ。花火が糸を引く。
手下も飛ぶ。
門を駆け込んだところの仇吉。
爆発音を聞く。
仇吉「！　……天平」
駆け込んでいく。
爆発で壊れた邸内を仇吉が駆け抜ける。
手下が斬り掛かる。
三味線で撥ね退け、バチで斬る。
喜十郎が前に立つ。
仇吉「曇りはどこです」
喜十郎「……」
斬りかかる。
仇吉と、必死の戦い。別の手下をバチで倒す。
仇吉も着物を斬られ、手傷を追う。
三味線で受けた刀、糸が飛ぶ。
仇吉も、ついに喜十郎を刺す、が自身も傷ついている。
奥へ進む。
曇りがいる。
曇りは短銃を持っている。
仇吉「曇りさん、一緒に死んでもらいますよ」
凄い笑みを浮かべる。
曇り「！　……」
ピストルを構える。
近づく仇吉、バチを構えている。
ダーン！
バチに当る
バチは砕ける。

曇り「（ニヤッと笑み）……」

仇吉、三味線の棹を抜く。

仕込みの刀になっているのだ！

ゆっくり近づいていく。

曇り、ピストルを撃つ。

仇吉の胸に当たる。

仇吉「！」

だが、近づいてゆく。

また撃つ！

ダーン！

仇吉に当たる。

仇吉、また近づく。

曇り「！」

仇吉の仕込み刀が一突、曇りの胸を貫く。

曇り、倒れる。

仇吉「！　……」

ようやく立っている。

笑みがかすかに。

蘭兵衛、時次郎、藤兵ヱ、天平、の顔が浮かぶ。

後ろから斬られる。

手下だ。

その手下を斬る。

そして、力尽きて倒れる仇吉。

仇吉「……」

かすかに、小唄を口ずさむ。

そして中途で絶える。

38　運河で
舟にただ一人、とんぼ。
河岸に、へろ松。
へろ松「とんぼさん！」
とんぼ「へろ松さん！　……」

39　モヤの川
舟がゆく。

舟にとんぼ。

棹を差しているのはへろ松。

とんぼは三味線を弾いている。

泣きながら。

N「明治のはじめ、上方で清元の名手として名をはせた×××はとんぼのこと。その姿といい、そのバチ筋といい、仇吉そっくりであったといいます」

40　×××が清元をひく。
つまり仇吉が清元をどうぞ。

脚本解題

『必殺からくり人』第13話「終りに殺陣をどうぞ」

會川 昇

「仇吉が清元をどうぞ」

当初全14話という発表があったが、脚本の遅れと人気俳優ばかりのスケジュール調整が限界を迎え、13話で〝終り〟となる。これまでの作風と一変し、水中、屋内、盲目での戦い、大ボスの屋敷への乗り込みとほぼ全編を夜間のアクションシーンが占めている。これまで時代劇然とした戦闘を極力避けていた『必殺からくり人』だが、最後に工藤栄一監督の特技を生かし、通常のテレビ時代劇の枠を超えた〝殺陣〟を展開するというのも、本作らしい挑戦だろう。しかもレギュラー四人が命を落とす展開は、歴代シリーズ屈指の壮絶さだ――。

台本の表紙にサブタイトル表記なし。まず早坂暁が丁寧にアクションを描きこんでいることに驚かされる。#1の前段、本編では花乃屋で考え込む藤兵ヱのカットを追加。#10の藤兵ヱと殺し屋たちの戦い、女の帯をめぐる攻防などは変更されており、最後は藤兵ヱが舟の上で戦うなど細かい変更はあるが、流れは脚本どおり。#12とんぼと殺し屋たちの戦い、ほぼ脚本に忠実。ラストで仇吉が血に濡れたバチを洗う件が追加されているのは見事な改訂だ。

#14の冒頭、映像ではへろ松は父の死を夢で見て跳ね起きる。また、視覚を失った天平を匂い草でサポートするのではなく「右や、左や」と敵の位置を知らせてともに戦う流れに。#24後半のやり取り、#28〜29はカット。

#30のト書きで「×××」となっている大阪の師匠の名前、本編では曽根崎新地の「梅光」。清元の芸名として今も使われているが、あるいは山田五十鈴の師匠「梅吉」を意識したものか。脚本上の締めくくりは仇吉の三味線弾き語りだが、本編ではとんぼが弾き、仇吉が歌う――最後の稽古にも見える、泣ける改変だ。曲目は「黒髪」、地歌という上方の端唄で「当道」と呼ばれた盲人音楽家が作曲したものと伝えられている。続いての舟を押し出す仇吉、何度も母に向かって叫ぶとんぼの別れも現場改訂で追加された。

#37の抗争、天平に水をかけるくだりはカット。仇

吉と曇りの対決、脚本では三味線が仕込みになっているが（その伏線も張られている）、本編では銃弾と同時にバチを投げての相討ちに。仇吉が仲間を回想するシークエンス、脚本ではここだけ「菊兵ヱ」と蘭兵衛の変更前の名前が復活していた。早坂にとって思い入れのある名前だったのか、明らかな誤記だが、あえてそのことにも触れておこう。

＃38、へろ松は天平の死もとんぼに告げる。＃39〜40、脚本では未定になっているとんぼの後年の名は「延寿」に。浄瑠璃清元節宗家は代々清元延寿太夫を名乗るが、いっぽう女性は「延寿鏡」のように「延」と読ませる。明治時代に「延寿」という女性清元がいたかは不明だが、四世延寿太夫の妻・清元お葉は明治を代表する邦楽家である。本編のラストで延寿（山田五十鈴）が奏でるのは清元の「忍逢春雪解（三千歳）」だが、この作曲者こそお葉だと言われている。余談だが、当代七世延寿大夫は１９７７年当時、子役として大河ドラマ『風と雲と虹と』に出演しており、緒形拳と交錯しているのも奇縁だ。

さて、シナリオ最後の一行は「つまり仇吉が清元をどうぞ」。サブタイトルは毎回「〜をどうぞ」に統一されているが、それも早坂による発案という。自らつけたサブタイのパターンでしめくくるとは見事なピリオドだ。

花乃屋仇吉、悪への道行き

山内久司は『放送朝日』の連載で必殺シリーズの音楽について、殺しのシーンには主題歌のアレンジ曲を使うと決めていたとし、その効果のひとつに「むしろ似合わない悲しいメロディーが流れることによって（中略）殺しのシーンにドラマ全体が集約された」と書く。

だが『からくり人』においては、すでにお馴染みとなっていた〝各人が順番に悪人を倒していく殺しの場面〟は、ほとんど存在しない。それでもほぼ毎回、主題歌アレンジが強く叩きつけるように使われているシークエンスがあった――それは仇吉が藤兵ヱに傘を差させ、悪のもとへと乗り込むくだりである。もちろん完全にパターン化されているわけではないが、早坂脚本ではない第6話でも仇吉は長崎屋のもとに乗り込む。第11話や本話では、その道行きが殺しに直結している。

すなわち早坂暁は必殺シリーズの類型化を否定したのではなく、別のかたちのクライマックスもあることを創作者として提案していたのだ。われわれが『からくり人』のメロディを聴くとき目に浮かぶのは、殺しのシーンではなく、傘の下から鋭く視線を放つ山田五十鈴……ではないだろうか。最終話は、まさにそのクライマックスから逆算された、美しき異形である。

浮き世 憂き世は からくり芝居 いっそ賭けるか からくり稼業
必殺シリーズ
第8弾!!
必殺からくり人
新番組
緒形 拳
森田 健作
ジュディ・オング
芦屋 雁之助
山田 五十鈴
7月30日スタート/毎週金曜よる10時
6
朝日放送
HTB
札幌 35ch
10
NETテレビ
11
名古屋テレビ
1/2
KBCテレビ

主題歌「負け犬の唄」を歌った川谷拓三と山田五十鈴の２ショット、京都映画にて

ギャラクシー賞の受賞式、山内久司プロデューサーが出席

第 12 話「鳩に豆鉄砲をどうぞ」撮影時の集合写真

75

時代劇だけどモダンな感覚がある

わたしにとって『必殺からくり人』というのは、ホンも現場もしっかりタッチした非常に印象深い作品なんです。シリーズ最大の実験作でしょう。毎回のストーリーとセリフがいいんですよね。「涙以外とは手を組みません」なんて、やっぱり早坂（暁）さんのセンスはすごいと思いました。

ほかのシリーズだと鉄や主水のようにキャラクターが強いので、要するに脚本がダメでも押し通せるんですが、『からくり人』の場合はレギュラー陣の個性よりストーリーですよね。音楽が流れて悪いやつをやっつけるカタルシスのパターンじゃないから、ちょっとマイナーかもしれませんけど。

最初に『からくり人』の企画を聞いたとき、てっきり早坂さんはアタマだけ書くと思ってたんですよ。そしたら全部っていうから「えっ？」と思って。とにかく『必殺』というのは、脚本が遅いんです。いつも5〜6人にまとめて発注して、ただでさえギリギリに出来上がる状況なのに……。

早坂さんって遅筆で有名なんですね。

関係者インタビュー

製作補 佐生哲雄

松竹の製作補（アシスタントプロデューサー）として『必殺からくり人』に参加した佐生哲雄は、原稿の受け取り役となって早坂暁と関わった。その後、『鬼平犯科帳』などのプロデューサーとして活躍する佐生が見た、早坂流シナリオ術に蔵原惟繕の演出法、さらには各話ゲストキャスティングの舞台裏！

櫻井（洋三）プロデューサーに「間に合わないんじゃないですか」って言ったら、大丈夫だと。だからわりと早めにスタートして、まぁ覚悟して臨んだんですけど……最初から遅かった（笑）。まずホンが間に合わなくて、その前の『必殺仕業人』を2話延ばしたんです。

でも、最初に上がってきたホンが「鼠小僧に死化粧をどうぞ」、銀座の歩行者天国から始まって、さすがは早坂さんという非常におもしろい内容でした。そのホンに負けないように、蔵原（惟繕）さんも相当気を入れて撮ってましたからね。時代劇だけどモダンな感覚がありますし、わたしは学生時代から日活が好きで現場でも〝蔵原シンパ〟でしたから、そういう意味でも思い入れがあります。

ホン作りとキャスティングの日々

『からくり人』を早坂さんが書いたのは、緒形拳さんを出すためだったと思うんですよ。緒形さんを説得する材料として、山内久司さんが「早坂暁だけでワンクールやります」と決めた。それまでのシリーズは基本的に1話完結で、ここまで連続した世界観の作品は初めてですよね。企画の方向性が決まったら、あとは仲川（利

左から佐生哲雄と蔵原惟繕

久）さんや櫻井さんとレギュラーを誰にするかなどを話し合う。

　早坂さんが執筆していたのは大阪の「ホテルプラザ」、朝日放送の前にあったホテルで、ぼくと仲川さんが担当でした。内容は早坂さんに全部お任せで、蔵原さんとの打ち合わせもほとんどなかったと思います。とにかくホンができたら、それを現場に持っていく。普通は監督と直しの打ち合わせをするんですが、必殺シリーズの場合そういうケースは少なかった。なんせギリギリだから。

『からくり人』というネーミングは、なんだろう……ぼくは最初の会議に出てないんですが、たぶん早坂さんの案じゃないかと思うんです。サブタイトルもそれまでのシリーズは仲川さんが考えてましたが、「〜をどうぞ」というのは早坂さんの指定でしたね。

　とくに思い出深いのは、やっぱり2話目の「津軽じょんがらに涙をどうぞ」ですね。作品としてもよかったし、ゲストのキャスティングも上手くいった。お金をもらわない話というのも早坂さんならではじゃないですか。岡田英次さんは蔵原さんが親しいんです。盲目の女の子、中川三穂子は映画の『津軽じょんがら節』を見ていたから、ぼくがキャスティングしました。

　1話の芦田伸介さんは、櫻井さんがけっこう近しかったんですよ。からくり人の元締なので大物に出てほしかったのですが、途中で殺されてしまう役なので無理だと思っていたら「芦田伸介や！」と言われて、びっくりしたのを覚えています。初回に芦田さんと財津一郎さんを揃えたのは、山田五十鈴さんへのおもてなしでもありますよね。「これだけの豪華ゲストを集めましたよ」という。

　蔵原さんの次は、工藤栄一さんが撮られた。工藤さんはいつもホンを直すんで、よく揉めるんですけど、早坂さんの場合は直せないのか直さないのか、ある程度ホンのまま撮ったと思います。やっぱりテレビの大物脚本家って、そういう扱いだったんじゃないですか。映画は監督、テレビは脚本家がいちばん偉いですから。

「賭けるなら女房どうぞ」の古川ロックさんは、緒形さんがかわいがってたんですよ。それで工藤さんに推薦して、決まったと思う。あの人は古川ロッパさんの息子で仲川さんとも親しいからたびたび『必殺』に出てたんですが、あそこまで大きい役は初めてですよね。原泉さんは誰だろう。わたしの引き出しにはないキャスティングだから、工藤さんかどなたかでしょうね。

　岸田森さんは『傷だらけの天使』のころから工藤さんのお気に入りで、『必殺』にもよく出てました。「鳩に豆鉄砲をどうぞ」の鳥居耀蔵役はわたしが決めたと思います。ゲストに関して局からの指定はあんまりなくて、基本的には監督と相談しながらわたしが交渉していました。

　その前は渡辺（寿男）さんという京都映画のベテラン製作主任がゲストを担当してたんですが、「そもそも俺が決めるもんじゃないんだから、やってくれよ」と交代して……だからホン作りとキャスティングが主な仕事で、ほとんど現場はやってないんです。プロデューサーの助手というのは、だいたい現場で俳優さんのお世話をするのが仕事なんですけど、ちょっと特殊な例でしたね。

理想的なローテーション

ゴミの話（第5話「粗大ゴミは闇夜にどうぞ」）も目のつけどころがさすがで、あれは大熊（邦也）さんが「どうしてもやらせろ」ということで一本だけ撮ってもらってますよね。5話や6話あたりは、やっぱり石原（興）さんのカメラがすごく主張が強いなと感じました。

とにかく当時は、蔵原さんと工藤さんがメインなんです。そのあと松野（宏軌）さんがカバーする。3人が4本ずつお撮りになって、残り1本が大熊さん。そういう意味では理想的なローテーションだったかと思います。松野さんは、どんなホンを撮っても一緒なんですよ、レベルが。おもしろくない脚本を届けても一定に仕上げてくれるし、いい脚本でもそこそこになる。でも、松野さんの音楽の使い方なんか、山内さんは非常に高く評価されてましたね。

山内さんはラジオの出身ですから、音を重要視するんです。家とか居酒屋で途中までいい加減に見てても、あの殺しのテーマが流れると、ちゃんと見てくれる。そのパターンが大切なんだと。だから松野さんが重宝された。

工藤さんの場合は、ラッシュがすばらしいんですよ。尺はオーバーしてるけど、見ていて本当におもしろい。ところが仕上げになると、そこをカットせざるを得ない。いろいろ詰めちゃって音楽を入れると、みんな抜けちゃうんですよ、細かいニュアンスが。それはもったいないなと思ってました。

ボルネオ島生まれの監督・蔵原惟繕

印刷屋さんには迷惑をかけました

早坂さんが横浜で『必殺』のシンポジウムに出たことがあったでしょう。あのとき山内さんから相談を受けたんですが、脚本家で誰をゲストに呼んだらいいかという話で、まず早坂さんと仰っていましたね。上映作が『必殺仕置人』だし、中村主水の生みの親である野上龍雄さんも候補に出たんですが、野上さんは吃音であまり人前で話すのが得意ではないので早坂さんになりました。

必殺シリーズといえば、まず野上さんだと思うんです。早坂さんというのは特殊な存在なので、山内さんから名前が出たときびっくりしたんですが、でも早坂さんも出席なさって、やっぱり『必殺』については語りたいことがたくさんあったんでしょうね。

あの人はおしゃべりが好きで、わたしも当時それを楽しみにしていました。原稿を取りにホテルまで行くじゃないですか。そうしたら出来上がらない言い訳から始まって、そのうちにいろいろ脱線して、とにかく話がおもしろいんですよ。つい原稿を取りにきたことを忘れてしまう（笑）。早坂さんと一緒に食事に行ったときも、ある店の板前さんがおしぼりを投げてよこしたことがあって、「そういうのが人間観察になるんだ」と語ってくれました。

しかし、遅いことは遅い。途中で「これは間に合わない」というんで、中村勝行さんと保利吉紀さんがピンチヒッターとして参加されたんです。勝行さんなんて、普段は早書きなんですよ。早いからお願いしたんだけど、ぜんぜん書けなくて本人もノイローゼみたいになっちゃって、途中まで書いた原稿を破いちゃったことがありましたね。

早坂さんも急に「おなかが痛い」と、そういうことがあって、わたしも最初は本当だと思ってたから……まぁ本当かもしれないですけど、「救急車呼びましょう」って言うと「いや、それはいい」（笑）。神出鬼没なので、西成の銭湯に行ったりとか、いろんなところに出かけて、いなくなっちゃうんですよ。

とにかく印刷屋さんには迷惑をかけました。いつも「日曜日にできる」と早坂さんが言うもんだから、わざわざ休日に開けてもらうんですが、何度も空振りで叱られて……最後には「はいはい、どうせできないんでしょう」って、もう怒らなくなった（笑）。わたしも日曜は休みたいんですけど、わざわざ行くんですよ、プラザまで。印刷屋は京都だから、その往復も大変でしたね。

早坂さんは麻雀がお好きで、何度かご一緒しました。「麻雀しないと書けない、とにかくやらせろ」って言うんで、仲川さんたちと卓を囲んで。早坂さんの麻雀は強いというより〝手〟がすばらしいんですよ。芸術的な手を作る。大きい手を狙って、複雑な手牌をする……ただ勝ちにいくのではなくて、さすが早坂さんだなと思いました。

ホンがないままキャティング

『からくり人』は別として、あれだけシリーズが続くと、しょうもない脚本も出てくるんですよ。監督も仕方なく引き受けて、現場でスタッフが「ここがつまんない」「これはおかしい」って口を出して、出演者も「こんなホンじゃあ、やってらんない」と大変なんですね。とくに松野組なんか。

いちばんは緒形拳さん。やっぱりホンには厳しかった。とくに忙しいのも緒形さんなんですよ。『からくり人』でも、なかなかホンができなくて待たせたりして、やっぱりその状況に対しては怒ってました。「まだできないのかよ。いい加減にしろよ！」って。ただホンが上がっ

『必殺からくり人』の撮影現場、左端に森田健作と緒形拳

てくると、「やっぱりいいんだよなぁ」と納得してくれる。

　そんな状況でホンが遅れに遅れて……現場もすごいんですね。撮影できないから、とにかく待つしかない。レギュラーが集まるシーンなんか、みなさん売れっ子だから週に一度ですが、それが何度もご破産。スケジュールと予算を管理している製作部の渡辺さんなんて普段は温厚な方なんですが、その渡辺さんが「早坂暁を連れてこい！」と怒った。もちろん緒形さんも怒る。

　とうとう緒形さんのスケジュールがなくなって、最終回まで出れなくなった。最初は14話の予定だったのが1本なくなったのかな、とりあえずラス前で時次郎を殺そうという話になって、「鳩に豆鉄砲をどうぞ」になった。あのときは、1日だけもらったんじゃないですかね。とにかくそれ以上は無理だ、あとは舞台に入っちゃうというので、緒形さんの出るシーンだけ書いてもらって、先に撮った。もう印刷屋に放り込む時間もないから、生原稿をコピーして配りました。

　だからキャティングでもホンがないまま、それまでの信用だけで交渉して、赤座美代子さんに出ていただいたんです。当時、赤座さんは藤田敏八さんと結婚してらして、藤田さんは蔵原さんの日活時代の後輩ですから、そういう縁ですよね。助けていただきました。

「たぶん、こういうシーンが必要だろう」と、蔵原さんが全体を想像しながら撮った部分もあったと思います。いなくなった時次郎をみんな思い出す……なぜいなくなったのか、本人不在のまま主役にするという構成ですよね。その合間合間に走る時次郎の画が差し込まれる。やたらとスコープの中からのカットが多いのも、狙う相手だけ映せばいいという苦肉の策でしょう。

　ラストで緒形さんが顔を黒く塗るのは、ゴダールの『気狂いピエロ』ですよ。あれも脚本にはない描写で、蔵原さんもそう言っていた気がします。緒形さんの最後の回で出番が少ないなかインパクトを残したい……たぶん苦し紛れの黒塗りで、いろいろ考えてくれたと思うんです。

　蔵原さんという監督は、脚本家によろこばれましたよね。それだけ信頼が厚く、ホンの意図を汲んで撮ってくれる監督ということです。打ち合わせがないのに意図を汲めるというのは、やっぱりすごいと思います。現場でも柔軟な監督で、その後プロデューサーとしてもご一緒させていただきました。

　わたしは蔵原さんの映画だと『憎いあンちくしょう』『愛の渇き』『執炎』……あのあたりが大好きで、櫻井さんは『銀座の恋の物語』なんですよ。「あの『銀座の恋の物語』の蔵原惟繕だぜ！」って威張ってましたから（笑）。

　今回の取材を受けるにあたって、せっかくの機会なので『からくり人』を見返したんですが、早坂さんと蔵原さんという両者のコンビネーションが上手くいっていて、やっぱりいちばん好きなシリーズだなと実感しました。メジャーではないかもしれないけど、いい作品ですよ。

佐生哲雄
さしょう・てつお

1948年千葉県生まれ。早稲田大学卒業後、72年に松竹入社。テレビ部に所属して必殺シリーズなどの製作補を務め、プロデューサーとして『鬼平犯科帳』その後は『鍵師』『雲霧仁左衛門』『剣客商売』などを担当する。映画は『忠臣蔵外伝　四谷怪談』『サラリーマン専科』ほか。

新必殺からくり人

第1話「東海道五十三次殺し旅　日本橋」
第2話「東海道五十三次殺し旅　戸塚」
第13話「東海道五十三次殺し旅　京都」

新必殺からくり人

必殺シリーズ第11弾にして、からくり人シリーズの第3弾にあたる『新必殺からくり人』は山田五十鈴をふたたび元締役に迎え、これまでにない新機軸を示した作品である。すなわち舞台が江戸ではなく、毎週それぞれ街道沿いの宿場町という〝旅もの〟――江戸を追われた芸人一座が安藤広重の浮世絵「東海道五十三次」に秘められた謎を解き明かしながら悪を裁くミステリ仕様で、やはり主人公は虐げられし流浪の者たちだ。

芸事と浮世絵、早坂暁の愛した両ジャンルが組み合わさり、そこに蘭学者・高野長英の逃亡劇という史実から歴史上の人物を殺し屋にする〝奇想〟が取り入れられた。台本の表紙を見ると「東海道五十三次殺し旅」までがメインタイトルとして構想されていたようだが、本編ではサブタイトルのアタマに使用された。

山田五十鈴とジュディ・オングがまたも母娘役となり、芦屋雁之助も再登場。同じキャラクターではないものの『必殺からくり人』の世界を継承した。藤田まことと山﨑努が再共演した『新必殺仕置人』に続く新番組としては地味な印象もあるが、平均視聴率は関東14・8％、関西20％と前作を大きく上回る好成績を残しており、この20％という数字はネット局がTBSからテレビ朝日に変わって以降、初の快挙であることを添えておきたい。

主人公の蘭兵衛＝高野長英を演じたのは近藤正臣。朝日放送・松竹の『斬り抜ける』で逃亡者の楢井俊平を演じており、本作のあとも『必殺剣劇人』ほか折々でシリーズに顔を見せた。天保太夫一座の座長、山田五十鈴演じる泣き節お艶は『からくり人』に続いて、バチによる殺しを披露。ジュディ・オングは曲独楽の小駒に扮した。古今亭志ん朝は噺し家塩八、

放映日	話数	サブタイトル	脚本	監督
1977年 11月18日	1	東海道五十三次殺し旅　日本橋	早坂暁	工藤栄一
11月25日	2	東海道五十三次殺し旅　戸塚	早坂暁	工藤栄一
12月02日	3	東海道五十三次殺し旅　三島	野上龍雄	蔵原惟繕
12月09日	4	東海道五十三次殺し旅　原宿	野上龍雄	蔵原惟繕
12月16日	5	東海道五十三次殺し旅　府中	安倍徹郎	蔵原惟繕
12月23日	6	東海道五十三次殺し旅　日坂	村尾昭	南野梅雄
12月30日	7	東海道五十三次殺し旅　荒井	安倍徹郎	南野梅雄
1978年 01月06日	8	東海道五十三次殺し旅　藤川	保利吉紀	南野梅雄
01月13日	9	東海道五十三次殺し旅　鳴海	中村勝行	松野宏軌
01月20日	10	東海道五十三次殺し旅　桑名	保利吉紀	松野宏軌
01月27日	11	東海道五十三次殺し旅　庄野	中村勝行	松野宏軌
02月03日	12	東海道五十三次殺し旅　大津	保利吉紀	南野梅雄
02月10日	13	東海道五十三次殺し旅　京都	早坂暁	森崎東

新 必殺からくり人

出演：近藤正臣、古今亭志ん朝、ジュディ・オング
芦屋雁之助、山田五十鈴
制作：山内久司、仲川利久、桜井洋三
音楽：平尾昌晃　撮影：石原興
放送形式：カラー／ 16mm ／全13話
放送期間：1977年11月18日～ 1978年2月10日
放送時間：金曜22：00～22：54（テレビ朝日系列）
製作協力：京都映画　制作：朝日放送、松竹

芦屋雁之助は火吹きのブラ平として、ともに〝芸〟を持つ者の強みを見せつけた。

音楽は『必殺仕掛人』『必殺仕置人』からの流用が多く、殺しのテーマ曲も前者のものが使用された。主題歌は、みずきあいの「惜雪」。哀しみのアレンジ曲が悲痛な旅路によく似合う。早坂暁は1話、2話、13話の3本を執筆。もはや『からくり人』のような体制は組めず、野上龍雄、安倍徹郎ほか必殺シリーズのメイン脚本家が続きを支えた。

監督は工藤栄一、蔵原惟繕、松野宏軌という常連メンバーに加え、初参加にして最多の4本を大映京都出身の南野梅雄が担当。最終回は松竹重喜劇の森崎東が託されており、助監督時代を過ごした古巣の松竹京都（当時・京都映画）でひさしぶりの仕事となった。蔵原もまたキャリアの起点は松竹京都であり、本作が最後の必殺シリーズ演出作となった。

『新必殺からくり人』第1話
「東海道五十三次殺し旅　日本橋」
脚本：早坂暁
監督：工藤栄一
放映日：1977年11月18日

【キャスト】
蘭兵衛（高野長英）　近藤正臣
噺し家塩八　古今亭志ん朝
小駒　ジュディ・オング
笹川采女　草野大悟
三田屋清造　大塚国夫
藤川儀兵ヱ　近藤宏
同心渡辺　剣持伴紀
安藤広重　緒形拳
備前屋　牧冬吉
甲州屋　松田明
近江屋　北見唯一
同心　吉田良全
仙次郎　伴勇太郎
棺桶屋　堀北幸夫
妻　玉川和子
侍　広田和彦
同心　美鷹健児
　東悦次
ブラ平　芦屋雁之助
泣き節お艶　山田五十鈴

【スタッフ】
制作　山内久司
　仲川利久
　桜井洋三
音楽　平尾昌晃
編曲　竜崎孝路
撮影　石原興
製作主任　佐浪正彦
美術　川村鬼世志
照明　林利夫
録音　奥村泰三
調音　本田文人
編集　園井弘一
助監督　都築一興
装飾　稲川兼二
記録　川島庸子
進行　静川和夫
特技　宍戸大全
装置　新映美術工芸
床山・結髪　八木かつら
衣裳　松竹衣裳
小道具　高津商会
現像　東洋現像所
殺陣　楠本栄一

タイトル絵　美山晋八
　吉住一芳
題字　糸見溪南
ナレーター　緒形拳
主題歌「惜雪」
（作詞：喜多条忠／作曲：平尾昌晃／編曲：竜崎孝路／唄：みずきあい／ビクターレコード）
製作協力　京都映画株式会社
制作　朝日放送
　松竹株式会社

新必殺からくり人

1 夜の運河で

屋形船が、ゆく。

新内流しである。

乗っているのはお艶。

棹を取っているのはブラ平。

ヘサキに塩八。

塩八「えー、二階さん、新内流しです」

料亭の二階に行灯が灯っている。

屋形船はその下に停まる。

塩八「えー、お二階さんへ……」

お艶、新内を始める。

切々とした語り口。

二階から顔を出す中年の町人。

備前屋だ。

備前屋「おい、陰気臭くてかなわねえ。行ってくれ」

ブラ平、徳利を手に取る。

お艶「備前屋利兵ヱさんでございますね」

備前屋「ああ、備前屋だ……」

ブラ平、徳利の中身を口に含む。

お艶「依頼人は越後北蒲原郡北見村一統。ご存知ですね。」

備前屋「ダ、誰だ？」

火だらけの備前屋、顔を蔽って運河へドボーン！

舟が寄る。

水中で暴れる備前屋。

お艶のバチが一尖——。

血が水面に広がる。

運河べりの木陰。男が覗いている。

画家の姿。安藤広重だ。

タイトル——。

2 水面下で

泳ぐ男。

男「……」

苦しい。

懐中から細い竹筒を取り出す。長く伸ばした。

先端を水面上にそッと出す。

息を取り込む。

また、泳ぎ出す。

3 見世物小屋で

ここは空地につくられた見世物小屋。

入口で呼びこみ兼入場料係をしている塩八。

ノボリには「天保太夫一座」とある。

塩八「さあ、凄いよ、凄いよ、塩をふくのはクジラだが、これから吹いてみせるのは火だ。口の中からブワーッとだ。さあ今なら間に合う間に合う」

今しもその舞台で、上半身裸の男——通称ブラ平、油の平三——が片手に徳利。

ブラ平「いいかい、下手すりゃ火を呼び込んで命取りだ」

徳利からごくごくと、油を飲む。

目を据えて、舞台上に立てたロウソクの火を見つめる。

ブウーッ！

まるで火炎放射器のように、火が、ブラ平の口から走るのだ。

拍手。

4 空ら堀

水から上がった男が走る。追手の呼び子笛があちこちで——

必死の逃亡者は三十すぎ、髪は伸びているが、知的な鋭い顔。——実は髙野長英なのだ。

周りは高い石垣だ。見上げてみるが、また走る。

長英「あッ！」

何かを踏んだ。痛い。見ると、子供の粗末なコマだ。

手に取る長英。コマを石垣の穴に立てる。

つまり、コマをピッケル代わりに垂直の石垣を登り始める。

5 見世物小屋

娘太夫の姿をした愛らしい小駒太夫が舞台に立っている。
「小駒ちゃん」と声が掛って人気がある。
小駒、コマを回している。
下座の三味線が小気味よく鳴っている。
弾いているのは座長のお艶。
後ろで噺家の塩八が、ウチワで風を送っている。
塩八「今日の駒ちゃん、調子悪そうですね」
お艶「いいのよ」
塩八「そうですか？　調子悪くてもいいんですか？」
お艶「お客さん……」
塩八「お客さん？　そうですよ、お客だって近頃目が肥えてるから」
お艶「しつこいねえ。月に一度のお客さん」
塩八「え!?」
ブラ平「(向こうでウガイをしているが)馬鹿」
塩八「(やっと気がついた) ああ！　へえー
お駒ちゃんねえ、へえー、会っちゃったの」
お艶「何年一緒に暮らしているんだい、あの子は十七だよ」
三味が一段と弾んでくる。
舞台では、刀を抜いた小駒、コマを片手に刃渡りの芸に挑むのだ。
見事、コマは刃の上を渡っていく。

6　露地で

長英が逃げ込んでくる。

長英「しまった！」

袋小路だ。

相手はすぐ近くまで――。

切ッ端つまった長英、一軒の家に飛び込んだ。

7　家の中で

青い蚊帳(かや)の中に、三十ぐらいの女が独り、寝苦しいのか、白い胸元も露わに寝ている。

蚊帳の外には長英。

女「清さん？　……」

眠いのだ。目も開けない。

長英「……ああ」

女「遅いわねえ（と鼻を鳴らす）」

長英「……」

外では追手が露地に入って来た。

長英「！　……」

女「何してンのよ……」

思い切って長英、蚊帳の中へ。

女「早く……」

と手を広げている。目を閉じたままの女。

長英、女の上へ。

女「アッ！　冷たい！」

目を開けた。

長英、手で女の口を押さえた。

長英「黙っていれば、何もせん」

表の戸をドンドンと叩く音。

「おい！　開けろ！　八丁堀の者だ！」

長英、女の髪のサンゴのカンザシを抜く。

長英「裏へ抜ける道はあるか」

8　見世物小屋で

舞台には塩八が上がっている。
塩八「まったくヤだねえ、今日さァ、アジを五匹買ったんだよ、アジをさァ。いくらだと思う。十文だとよォ、ついこの間まで三文だったんだよ、三文」
「その通り！」と声。
塩八「遊びに来ているお客を前に愚痴るわけじゃねえけどさ、こうモノが上がっちゃ、やってけないんじゃないの？」
「やってけない！」と声。
塩八「(突然ドドイツ)〽上がっておいきよ、そこ行くお人ォ……上がっていいのは吉原だけだよねえ」
「その通り！」と声。
楽屋で――、
ブラ平「またボヤキ噺だ」
お艶「けっこう受けてるじゃないか」
ブラ平「岡ッ引でも入り込んでたら、タダじゃ済まないですよ」
お艶「塩八もそこいらへんは承知して喋ってるよ」
小駒「お母さん」
普段着に着替えた小駒
小駒「あたしのおかず知らない」
お艶「おかずって?」
小駒「アジのショウガ煮」
スッとブラ平が立つ。
お艶「ブラ平」
ブラ平「すまねえ」
小駒「あら、食べたの!」
ブラ平「今夜の油、安いの買ったもんだから、あと口が悪くてよ、すまねえ、口直しに食べちまった」
小駒「なによ、せっかく上手く煮つけたのに」

9　町で

走る長英。
呼子笛を吹きながら追いすがる追っ手。
長英の行く手に、同心も混えた捕り方が立ちふさがる。
長英「!」
同心、ニヤリと長刀を抜き放つ。
同心「髙野長英、牢の中じゃ斬り殺せないからな」
同心、斬り込む。
長英、かわして、同心の胸に右手を
その手にはさっきの女のカンザシ。
深々と同心の胸に刺さった。
別の同心「殺していいぞ!」
一斉に追っ手達は飛びかかる。
長英、倒れた同心の刀を奪って戦う。
二人、三人と倒すが、自らも刀傷を太ももに受ける。
しかし、屈せず、必死の逃亡へ――。

10　見世物小屋で

楽屋の一隅でご飯を食べている小駒。
小駒「あッ……」
左足を血だらけにした長英が、入って来たのだ。
ブラ平「誰だ！　……」
油の入った徳利をもう手元に引きつけている。
長英「追われている。匿(かくま)ってもらいたいのです」
ブラ平「……（お艶を見る）」
お艶「追っ手は？　十手持ち?」
長英「そういうことです」
お艶「……立ったままじゃ、血がなくなりますよ」
ボタボタと血が落ちているのだ。
長英「すまない」
お艶、三味線の糸を、バチでブチン！と切って、投げる。ブラ平、その糸を手にブラ平「縛りましょう」
小駒はもう楽屋の出口から外をさり気なく見張るのだ。
お艶、下座の覗き窓から客席を。

客席に、安藤広重（50）がいる。

『浮世絵師・安藤広重』とスーパーして下さい。

塩八「（講釈になっている）今を去ること三年前、というから天保は八年だ。二月、上方大阪でどえらい騒ぎがあったのはご承知だろう。そう、大塩平八郎の大反乱、（と声を低める）」

「聞こえないぞォ」

塩八「大きな声じゃ言えないの。（口だけは大きく）オーシオ・ヘーハチローの、大反乱。なにしろ、幕府のおえら方、大阪奉行所のピカ一役人が、どうです、もうこんな世の中、我慢ならんと、大砲引いてご出陣だ。その時の（口だけは大きく）オーシオ・ヘーハチロー、の出で立ちと見れば、時はなんと戦国の世の鎧兜にて、（パン、パン！）少々時代遅れだが、長い開戦さがなかったんだから仕方がない、右手に朱色の采配を打ち振って、今こそ世直しなるぞ、撃て、撃て！　と大音声に叫びければ、ドカンと大砲（おおづつ）は音を発し、六寸五分の爆裂弾、うなりを上げて奉行所めがけてまっしぐら（パンパン、パ、パン！）」

　拍手が沸く。

　塩八、調子に乗って語りつごうとして、ウッと詰まる。

　同心が手下を連れて客席に入ってきたのだ。

お艶「！（ブラ平に）来たよ」

　舞台では、

塩八「パンパン、パパン、（と、扇子を叩きながら、八木節になっちゃった）エ、エ、エ、エ、エー、四角四面の舞台の上で、あまり長居は退屈至極、あとの用意もよろしいようで、ここらで失礼、オーイサメ」

　早々に退場する。

　すぐに、三味線を持ったお艶があでやかに登場。

「待ってましたア、お艶太夫！」

「殺しておくれ！」「殺して、殺して！」

と大変な熱狂ぶり。

お艶「（三味線構えて）相も変わりませず、新内を」

　場内、たちまち、シンとなる。

　同心は客席の後ろで目を光らせている。

　お艶、切なく新内節を語り始める。

　客席の広重、お艶のスケッチをはじめる。

　楽屋では――。

塩八「なんだい？」

　ブラ平が、長英の頭に女のズラをかぶせている。

ブラ平「いいから、化粧道具！」

　舞台では切々と新内を語っているお艶。

　ほんとに死にたくなる節回しなのだ。

　同心、手下をうながして、外へ。

　楽屋口へ、外にいた小駒が入ってくる。

小駒「来たわよ！」

　同心が入って来た。

同心「おい」

ブラ平「あ、こりゃアどうも」

同心「男が逃げ込んでこなかったか」

ブラ平「男!?　いいえ」

同心「……そこにいるのは？」

　背を向けて、ブラ平の背後にいるのは長英。

ブラ平「は？　こいつですか」

　長英、振り向く。

「お岩」の面相だ。

塩八「夏向きなもんで、お岩様を出そうと思いまして、へえ」

　なんとも凄まじい長英の面相。

同心「……」

　黙って出ていく。

　舞台ではお艶の新内が続いている。

　広重、熱心にスケッチを続けている。

　楽屋では――。

　ズラと、片目に貼り付けたお岩のはれ目をはずす長英。

長英「すまんが、針と糸を貸してもらえんか」

小駒「針と糸？　はい」

　長英、着物をまくって、傷口を露わにする。

塩八「こりゃ、ひでェや……」

小駒「はい」

　と、糸と針。

　長英、糸をロウソクの灯で焼く。

ブラ平「どうすンだね」

長英「縫う」

塩八「縫う!?　傷をかね！」

　長英、針に糸を通す。

長英「焼酎はないだろうか。傷を洗いたいんだ」

ブラ平「（首を振る）飲んじまった」

長英「……（つぶやく）焼くか」

ブラ平「よし、オレがやってやろう」
長英「あんたが?」
ブラ平「火を吹きつけてやるよ。任(まか)しときな」
　ブラ平、徳利から油を口に含む。
　片手にロウソク。
塩八「うまくいくかなあ。大事なとこ焼かないでくれよ」
　長英の着物を広げる。
　ブーッ!
火焔がのびて長英の傷口へ——。
長英「うッ……」

　舞台ではお艶の新内、哀切に極まって、終わる。

　拍手の中、頭を下げているお艶。

　楽屋では——
　自分の傷口を縫っている長英。
小駒「……(自分が縫われている態で)」
ブラ平「あんた、医者だね」
長英「………」
　黙って、縫っている。
　舞台では——。
　ようやく頭を上げるお艶。
　客はすでに居ず、ただ一人広重が残っている。
お艶「?　……」
広重「断りもせず失礼でしたが、描かせてもらいました。安藤広重という画描きです」
お艶「ああ、あなたが名の高い広重……」
広重「ご存知とは恐縮です」
お艶「だって、東海道五十三次、大変評判じゃありませんか」
広重「ま、景色もいいが、景色ばかり描いていると、人を描きたくなりましてね、殊にお艶さん、あんたのような美人をね」
お艶「まあ、わたしなんぞ。江戸には若くてきれいな人が一杯いるのに」
広重「ただの美人じゃ、嫌でね。人殺しのあんたを描きたいんだ」
お艶「人殺しなんて、聞こえの悪い……」
広重「だってあんたの新内を聞いて心中する者が大勢いるというじゃないかね。お邪魔だろうが、また客席から描かせてもらいますよ」
お艶「よかったら、いつでもどうぞ」
　広重、画帳を持って帰っていく。
お艶「……ひと殺しか」
　つぶやいて、ふっと口辺に笑み。

11　朝の見世物小屋

　朝の陽に、わびしい見世物小屋。

　火吹き男、コマ使いの娘太夫などの絵が極彩色に描かれた看板、そしてお艶太夫の看板など——。

　ひもじそう犬が、うろうろと——。

　同心が来る。手下一名を連れている。

　昨夜の同心とは別人だ。

　正面から入る。

　ガランとした客席。
同心「誰か居るか!　おい!」
　舞台に、寝ぼけまなこのブラ平が顔を出す。
ブラ平「へい……」
同心「奉行所よりのお達しだ。よく聞け」
ブラ平「奉行所より……」
同心「(書類を出し)泣き節のお艶、火吹きのブラ平、噺し家塩八、コマ使い小駒太夫、以上四名、直(ただ)ちに南奉行所に出頭せい」
ブラ平「奉行所に!?」
同心「よいな、本日、直ちにだ。以上」
　同心、出て行く。
ブラ平「……」
　塩八が顔を出す。
塩八「おい、どういうことだ」
ブラ平「……ゆうべの男のことかなア」
　塩八、舞台のスソ幕をまくる。
　下座舞台の下で、寝ている長英。
　長英、目を開けている。
長英「……」

12　奉行所で

お艶、ブラ平、塩八、小駒の四人がやってくる。
立ち止まる。

ブラ平「座長、まさかあのことがバレたんじゃないんでしょうね」
お艶「ごらんよ」
奉行所の門に入っていく男女がいる。みな芸人だ。
お艶「ありゃア団十郎だろ」
団十郎が入っていく。
塩八「菊五郎もだ」
お艶「こりゃア、ただの呼び出しじゃないよ、行こ」
お艶たち、奉行所の門を入っていく。

13　奉行所　白州で

お艶、ブラ平、塩八、小駒が坐っている。
奉行代理の藤川儀兵ヱが、書類を補佐役より受け取る。

藤川「この度、奢侈（しゃし）禁止令ご発布に基づき、その方らに申し渡す。泣き節お艶」
お艶、顔を上げる。
藤川「その方、泣き節と称する音曲をなし、為に心中者引きも切らず、風俗を乱す段、まことに不届き、よって江戸府内より追放」
お艶「追放……」
藤川「火吹きのブラ平。その方、暮らし向きに使うべき油を飲み、火を吹くなど、まことに不届至極、よって江戸府内より追放に処す」
ブラ平「（つぶやく）ひどい話だ……」
藤川「噺家今昔亭塩八、コマ手妻小駒太夫、共にやくたいもない遊芸にて風俗に益なし、よって同様、江戸おかまい」
ブラ平「（つぶやく）よく言うよ……」
藤川「明日早朝までに必ず江戸府内より立退くよう」
お艶「明日……」
藤川「明日以降、その方らの姿を見つけたる場合は即刻三宅島遠島と心得よ。以上！」
下役人「頭を下げんか！」
お艶ら一同、頭を下げる。
が、お艶は何故か口辺に笑み――。

14　奉行所前

門から出てくるお艶、ブラ平、塩八、小駒。

塩八「クッ、クックッ（と、おかしくてたまらない）」
お艶「塩八」
塩八「だって座長、てっきりあのことがばれての呼び出しかと思ってたんで」
ブラ平「あのことって、ゆうべの男のことか?」
塩八「とぼけんなよ」
お艶「だけど、あんまり嬉しそうな顔をするんじゃないよ」
小駒「お母さん……」
見ると団十郎が弟子に抱えられるようにして出てくる。
塩八「！　江戸の花、団十郎も江戸おかまいですかねえ」
N（広重の声）「世にいう天保の改革は財政難に悩む幕府が取った引き締め政策ですが、そのやり方はまことに厳しく……」

15　町で

N「女髪結いまで禁止となっております。つまり、女なら自分で髪が結えるだろうという具合です」
女髪結いの看板を力なく外している女髪結い。
その前を帰っていくお艶たち。
お艶「……」

16　見世物小屋で

小屋を取り囲んでいる捕り方たち。
指揮をするのは昨夜の同心渡辺。

同僚の同心「いますかねえ」
渡辺同心「いる。ゆうべいた芸人は五人だ。」

今朝出かけて行ったのは四人だ」

17　楽屋で

長英が傷の手当てをしている。
長英「！」
気配に目が光る。
ムシロの間から外を見る。
小屋に向かって、ジリッ、と迫ってくる
捕り方たちが見えた！
長英「しまった……」
舞台のほうに駆け込む。

18　小屋で

一斉に捕り方たち、正面、裏口から小屋
に突入する。
楽屋をかき回す捕り方たち。
徹底した深索だ。
客席でも捕り方たちの深索。
ムシロというムシロが撥ね退けられる。
天井の張りまで登っている。
渡辺「舞台下だ！」
たちまち、幕が撥ね退けられ、板がめく
られる。
舞台下が露わになる。
いない――！
渡辺「……」
同僚の同心が来る。
首を振る。
渡辺「そんな訳はない。燃やせ」
同僚同心「燃やせ⁉」
渡辺「死体でもいい、あいつを捕まえないと、
わし達はクビだ」

19　燃える見世物小屋

灯油が撒かれる。
火が放たれる。
粗末な見世物小屋は火を吹く。
周りで取り囲んで見つめている渡辺同心
たち。
走ってくるブラ平。
ブラ「おい、手前ェら、何をするんだ！」
渡辺「テメエだと⁉」
ブラ平「何で火をつけた！」
渡辺「牢破りを匿ったろう」
ブラ平「……そうかい、牢破りは火をつけね
えと捕えられねえのか」
渡辺「何！」
お艶「ブラ平」
お艶、塩八、小駒が来ている。
お艶「ま、よく燃えること……」
小駒「お母さん、わたしの駒が……」
お艶「そうね、わたしの三味線もね。お役人
さん、もちろん、お手当をしていただける
んでしょうね」
渡辺「どうせお前らは江戸追放だ。身軽なほ
うがいいだろう。探せ！」
火は衰えた。
捕り方たち、焼けあとを探す。
塩八「……いましたかね」

居ないのだ。

渡辺「……（無念やる方ない）あと、よく水をかけとけ！」

捕り方を連れて帰っていく。

小駒、焼け跡へ駆け寄る。

焼け焦げたコマをつまみ上げる。

小駒「！……」

ブラ平「くそッ、オレの油で焼きやがった……」

小駒「ほら、お母さんの……」

三味線が焼けている。

お艶「……あの人、うまく逃げたんだね」

塩八「舞台下に隠れていたんですがねえ！」

舞台下あたりをかきまわす。

と——！

土くれが動いて、土中から長英が這い出してくる。

口に、小さな竹筒をくわえている。

息が苦しいのか、這いつくばったまま、ぜいぜいと息を切らせている。

ブラ平「あんた、もぐってたのかい……」

長英「……ご迷惑をかけました」

小駒「お母さん……」

誰か来たのだ！

遠くに、男が立っている。

広重だ。

目礼する。

お艶「広重さん……」

広重「ちょっとお話が……」

20 屋形船で

お艶と広重。

広重、小判の包みを、ズイとお艶の前へ。

百両を越えている。

お艶「！　何ですか、これ」

広重「百三十両、あります」

お艶「あなたにこんなことしてもらう義理は……」

広重「江戸おかまいだそうですね。それに道具一式焼かれておしまいでしょう。どうぞ」

お艶「正直言いますとね、ノドから手が出るほど欲しゅうございますよ。でも、いただけません」

広重「差し上げるんじゃありません。仕事をお頼みしているのですよ」

お艶「仕事⁉」

広重「はい。あなたの、陰の仕事」

お艶「！　……」

広重「存じています。あなたの新内は泣き節でなくて殺し節だとか」

お艶「そう、ご存知だったのですか」

広重「たしか、一件十両。わたしの依頼は十三件。従いまして百三十両」

お艶「十三件も！」

広重「これが、その場所です」

包みから取り出したのは色あざやかな錦絵、東海道五十三次の絵だ。

お艶「⁉　これは……」

広重「はい、わたしの描きました東海道五十三次。お艶さん、わたしは絵を書きながら旅をして、その先々で、とても腹にすえかねることばかり見てまいりました。いくら未世とはいえ、人の面をした鬼がのさばり、大手を振って生きております。……わたしは歯ぎしりをするが、一介の絵師。でも、この絵の中に、ちゃんとその鬼たちは描き留めておきました」
お艶「……（手に取る）鬼を……」
広重「見ただけじゃ判りません。……幸い、五十三次の絵、評判を得まして、お金がたんと入ってきました。これは、そのお金です。お引き受け願えないでしょうか」
お艶「……その絵のどこに鬼が？」
　広重、一枚を手に、煙茶盆の火種の上にかざす。
　絵の中の一軒が、血の色で染まるのだ。
お艶「！　……（金包みを半分おしかえす）仕事前は半金。あとは仕上げののちとなっております」
広重「（喜色を表し）引き受けて下さるのか！」

21　運河べり

　町裏の淋しい運河べり。
　ブラ平、塩八、小駒、そして長英が、人目を憚るようにしゃがんでいる。
小駒「あ、お母さん」
　お艶が来る。
お艶「小駒、さ、これで三味線やら駒、全部揃えておいで」
　と、金包みを渡す。
塩八「あたしの高座の着物……（と手を出す）」
お艶「小駒、塩八の着物もね」
小駒「はい」
お艶「（塩八らに）あんた達は仕事だからね」
塩八「仕事⁉」
お艶「そ。あした中に片づけなきゃいけないんだ。」
ブラ平「江戸の仕事はもう……」
お艶「別口。さあ、かかるよ！」
　お艶は、さっさと歩きだす。
　ブラ平、塩八はあとを追う。
　小駒は別の方角へ。
　ふと、長英に気づく。
小駒「どうする？」
長英「みんなの仕事ってなんだね」
小駒「あんたの素性、だれか聞いた？」
長英「そうか、そうだな、迷惑かけたな」
小駒「じゃ」
長英「じゃ」
　小駒も去る。
長英「……さて、どうするか」

22　宿

　夜。

　広重描く東海道五十三次の絵。

　それも江戸日本橋の絵だ。

　お艶、ブラ平、塩八、
お艶「ロウソク」

　灯が来る。

　日本橋の絵をその上にかざす。

　と……、絵の中の、橋の上を渡っている大名行列の人物たちが、赤い血の色に染まっていく。

ブラ平「！　……」

塩八「大名行列をやっつけるんですか⁉」

お艶「よくごらん、もとの絵には紋印は書いてないけど、ほら、紋印が浮かんでいるだろ」

　なるほど、奴の担いでいる槍のかぶせに紋が浮かんでいる。

お艶「丹波五万石、高倉丹波守」

ブラ平「丹波守⁉　大名をやるんですか！」

お艶「大仕事のわりに、たった一日しかないんだよ。あしたは明け方から働いてもらうからね」

小駒「ただいま」

　買物を抱えて帰ってくる小駒。

23　江戸の夜明け

　夜なきうどんの屋台を引いたブラ平が行く。

24　大名屋敷

『高倉丹波守　江戸屋敷』
小門が開いて、よろめくように町人が出てくる。
三田屋清造（42）——
一見してやくざと判る男——仙次郎が、顔だけ出して送り出す。
仙次郎「約束は違えるんじゃねえぞ。いいな」
パタンと戸が閉まる。
清造、歩き出す。
顔には油が浮いている。
物陰から見ているブラ平。
スッと、身を隠す。

25　道で

呆心の態で歩いている清造。
「お客さん」
と、声がかかる。
道端に屋台を停めてあるブラ平。
ブラ平「うどん、食べてくれませんか」
清造「……いらん」
ブラ平「ま、そう言わないで、残りもんですから、安くしときます」
清造「いらん」
ブラ平「一晩中、バクチで何も食べてないんでしょう」
清造「！　……」
ブラ平「あのお屋敷の賭場は、江戸一番というじゃありませんか」
清造「……」
逃げようとするのを、腕をしっかりと捕まえ。
ブラ平「えらい負けをしょい込んだんでしょ。そういう時こそ、腹にものを入れなきゃア。そうでしょうが」
清造「もう、どうしようもないです」
ヘタヘタと坐り込む。
ブラ平「ま、身から出たサビと言っちゃ身も蓋もないけれど、（うどんを茹で始める）何の約束をしてきたんですよ」
清造「ウ、ウ、ウ（嗚咽）すまん、おくに……すまねえ……」と、泣いている。

26　棺桶屋で

棺桶をつくっている。
塩八が入ってくる。
塩八「おやじさん」
棺桶屋のオヤジ「!?」
塩八「景気よさそうでいいねえ」
オヤジ「棺桶屋が景気いいんじゃ、いい世の中とは言えねえよ」
塩八「オヤジさんとこ、丹波守さまのとこのお出入りだろ」
オヤジ「まァな」
塩八「あのお屋敷は随分注文があるそうだね」
オヤジ「……」
塩八、金をそっと、滑り込ませる。
オヤジ「！　……ダンナ、十手のほうで？」
塩八「そんなんじゃねえ、あそこの住み込み女に、ホの字なんだがよ、入りこめねんだ」
オヤジ「なんだ……これ、今日、あのお屋敷へ持っていくんだ」
塩八「担ぎ手に雇ってもらえねえかなあ」

27　宿屋で

清造がうなだれている。
お艶とブラ平、そして小駒。
お艶「ふーん……三十両のカタに娘さんを連れていく約束をしたの」
清造「この間も二十両借りてますんで……」
お艶「連れてったら娘さん、どうされるのか知っているのかい」
清造「……（唇をかむ）まさか殺しゃアしないでしょう」
お艶「さアね。あんたみたいにバクチのカタであの屋敷に連れ込まれた娘さんの数は十人ときかないそうだ」
清造「！　そんなに！」
お艶「帰ってきた娘さんはたったの三人。それも、身体中傷だらけ、気がおかしくなって、口もきけない」
清造「な、何をされるんですか！　……」

お艶「さァね……清造さん、今晩、娘さんの身代わりに、あの子（小駒）を連れておいきなさい」
清　造「えッ⁉」
　小駒、会釈してみせる。

28　夜の屋敷で

　駕籠が一挺、屋敷につく。

　清造と、そしてお艶がついている。

　清造、小門を叩く。

　小門が開く。

　仙次郎が顔を出す。

清造「連れて来ました……」

　駕籠の中を覗く仙次郎。

　駕籠の中には小駒が、うなだれている。

仙次郎「こりゃアいい娘だ」

　お艶に気づく。

仙次郎「こっちは？」

清造「わたしの小唄の師匠ですが、是非とも遊びたいというんで……」

仙次郎「ふーん……」

お艶「（小判を見せる）これだけ分、遊ばせて下さい」

仙次郎「ま、いいだろ」

　駕籠ともにお艶、清造へ……。

29　屋敷裏門

　棺桶を担いだ塩八とブラ平。

　棺桶屋のオヤジに連れられて裏門へ。

オヤジ「（戸を叩き）木曽桶の喜八です。ご注文の品を持ってきました」

30　賭場で

　大きな賭場だ。

　大ぜいの町人たちが集って盛んに開帳中だ。

　胴元や壺振りは、それと判るヤクザたち。

　お艶と清造が仙次郎らに連れられて入ってくる。仙次郎、胴元に何か囁いている。

　胴元、お艶を見て、うなずく。

　お艶は席の一隅に案内される。

　賭けに熱中した男たちの顔がある。

お艶「………」

広重の声「お艶さん、たいていの大名屋敷では仲間(ちゅうげん)小屋がバクチ場になっております、大名屋敷だと町方の手が入らないからです。中には、テラ銭をとって、ヤクザに貸している大名もあります。中でもこの丹波守の屋敷は江戸一番の大名賭場です」

お艶「………」

清造「（耳元へ）あの娘さん、大丈夫でしょうか」

31　屋敷内

　小駒が、廊下を案内されていく。
広重の声「どの大名の江戸屋敷もフトコロ具合が寒いのでこういうことをするのですが、殊に、丹波守江戸屋敷の家老、笹川采女(うねめ)、ヤリ手との評判通り、とんでもないことを考えついたのです」

32　屋敷で

　家老笹川采女が、大商人近江屋と甲州屋と酒席を並べている。

広重の声「各大名、江戸の大商人たちから何万両というお金借りているのはご承知の通り、大商人の接待ぶりが藩の運命を左右しかねないのです。しかし、大商人たちは、普通の遊びでは到底満足はしません」

笹川家老「……では、お待たせを」

　手を叩く。

　次の間の襖が開く。

　裸体で縛られた娘が天井からつるされている。

笹川「さ、どうぞ」

　ムチを両商人の前へ。

　商人二人、目を輝かせてムチを手にする。

近江屋「今日のは、また一段と若い……」

　近づくと、娘の裸体にムチを振るう。

33　廊下

廊下をゆく小駒
広重の声「わたしは一度、そうした責め絵を描くよう頼まれてこの屋敷に来ました。それはもう地獄でした」

34　責める

娘を責めている大商人たち。――老人だ。

笹川家老は、そばで、「もっと！　もっと！」と声をかけている。

35　廊下をゆく小駒

広重の声「こうして死んだ娘さんは十人は下（くだ）りません」

36　賭場で

「入ります！」

と、駒を振る壺振り。

「さァ、張って、張って！」

と声。

胴元「そちらさんは？」

お艶、小気味よく張る。

「勝負！」

壺が開く。

お艶は負ける。

かき集められる賭け札。

37　部屋で

小駒がいる。

男（侍）「さあ、脱ぐんだ」

小駒「……………」

男「脱ぐんだ！」

帯に手をかける。

小駒「自分で脱ぎます」

小駒、帯を解きはじめる。

38　賭場で

「さア、張った、張った！」
お艶、帯の間からバチを出す。
壺ふり「なんだ、そりゃア！」
お艶「バチですね。勝負は一かバチか」
壺ふり「何ッ！」
お艶、
バッと、踏み出すと、壺を撥ね退けた。
次の瞬間、バチでサイコロを二つに割っている。
お艶「鉛入り（なまり）ですね。皆さんイカサマでは勝てませんね」
客たちは総立ちになる。
壺ふり「くそッ！」
お艶に匕首で突きかかる。
バチが匕首を撥ね上げた。

39　部屋で

下着になった小駒
男「早く脱げ！」
下着を剥ごうとする男――。
その手を払う小駒。
男「何をする」
掴みかかろうとするその手に、コマが！
男「あっ！」
手の甲にコマが当たって、回っている、めり込んでいくのだ。
男「ア、アッ！」
その口を塞いだ。
ブラ平だ。
小駒「遅いわよ……」
ブラ平「すまねえ……」
男を、落とす。
小駒「塩八さんは？」
ブラ平「座長のほうだ」

40　賭場

戦うお艶。

斬りかかるヤクザのヒタイに針が突き刺さる。

塩八だ。

塩八「お待たせしました」

例の講釈扇を広げている。その骨から、針を抜くのだ。

飛ばす！

お艶、バチを一突、仙次郎を倒して、

お艶「いくよ！」

41　座敷

笹川家老が大商人を接待している。
手を叩く。
笹川「始めろ！　……おい！」
襖がゆるゆると開いてゆく。
笹川、大商人にムチを渡して、ニマッと笑む。
と——！
襖の向こうに襖で縛られて吊るされているのは手下の侍だ。
ブラ平がロウソクを片手、徳利を片手に現れる。
笹川「！　……」
ブラ平「笹川さん、今度はあんた達の責められる番だ」
油をふくむと、ブーッ！
火焔が笹川らに向かって飛ぶ。
ウアーッ！
廊下へ顔を蔽って飛び出す笹川たち。
そこには、お艶と塩八。
お艶、バチで一突、笹川にとどめを刺す。
お艶「お江戸日本橋、七ツ立ち……」
と小さく唄うのだ。
——広重の絵が紅く染まる。

42　品川宿で

街道筋。
早朝——
ドサの道具を積んだお艶、塩八、ブラ平、小駒の一行。
小役人が、帳面につけている。
小役人「泣き節のお艶こと天保太夫一座四名、以後、江戸に立ち返るなよ！」
お艶「お世話様です」
一礼して、ブラ平たちが引く車とともに、歩きだす。

43　街道

お艶たちがゆく。
小駒が唄っている。
小駒「〽ふるさとは何処
父母は何処
さすらい流れて
ゆくあてもない………」
街道脇から、長英が出てくる。
ブラ平「なんだお前……」
長英「旅に医者がいると便利ですよ」
ブラ平「座長……」
お艶「名前は？」
長英「蘭兵衛」
お艶「蘭兵衛……。さ、行くよ」
車はまた動きだす。

長英「いい唄ですね」
五人の一座は街道をゆく。
小駒の唄声——

脚本解題

『新必殺からくり人』第1話「東海道五十三次殺し旅　日本橋」

高鳥 都

それぞれの芸にたっぷり尺を割く

必殺シリーズ初となる〝旅もの〟の出発点。天保の改革などの史実をからめ、天保太夫一座が江戸を追放されて「東海道五十三次殺し旅」に出るまでを描く。泣き節お艶、小駒、ブラ平、塩八、それぞれの芸にたっぷり尺が割かれており、まず〝芸人もの〟として見ごたえがある。旅立ち前ゆえ定番のオープニング映像がなく、運河をゆくお艶の新内流しから始まって『からくり人』の復活を高らかに宣言——初回ゆえの試行錯誤で脚本と完成版の違いも多く、とくと検証していこう。

#3の小見世物小屋、まず塩八の呼び込みやブラ平の芸が大きく異なっている。落語家の古今亭志ん朝が演じているだけに、ほかのシーンもふくめて塩八の芸はブラッシュアップされており、ブラ平役の芦屋雁之助も膝を折っての小人姿でコミカルな前口上を披露し、その芸は「火吹き」から「火喰い」へと変更。ト書きを見るとブラ平は「油の平三」の略称であり、なるほど本名が平三だとわかる。#3、小駒の曲独楽(きょくごま)は「刀渡り」ではなく「地紙止め」と「糸渡り」に。

#8、塩八のボヤキ噺を楽屋で聞くお艶やブラ平の会話はカット。#10の塩八が扇子を叩きながら、講釈を八木節へと変化させる流れは脚本どおり、さすが志ん朝の見事さだ。お艶の三味線は「泣き節」と呼ばれて心中を誘発するほどのものだが、「殺しておくれ！」「殺して、殺して！」という客の熱狂はカットされた。

対して高野長英の逃亡パート。#2の水面を泳ぐシーンがカットされて、#4とひとまとめに。独楽をビッケル代わりにして垂直の石垣を登るくだりは、おそらく撮影されていない。#9の大捕物は台本1ページほどの分量だが、映像化に際して増強。大通りから居酒屋の中に入り、ふたたび外に出るまでを荒々しい手持ちカメラの長回しで捉えており、その前後もふくめて工藤栄一らしい活劇となった。

長英が楽屋に逃げ込む#10、小駒のめし茶碗に血が落ちるくだりは現場改訂によるもの。ブラ平の火吹きで足の傷口を焼く展開、本編では「やめた。大火傷すらぁ」と口から油を吐き出す。#19、見世物小屋前での「くそッ、オレの油で焼きやがった」というブラ平のセリフは削られており、焼け焦げたコマや三味線の描写もない。その前段、同心渡辺のセリフのあとの「火はおとろえた」という一行のト書きは、じっくりと描写。哀しい音楽を流しながら燃え落ちる小屋と天保太夫一座の面々を何度もカットバックし、理不尽な無念があぶり出された。

小駒太夫ことミイミイと「流亡の曲」

さて、殺しに近づこう。#20、お艶と安藤広重の会談はほぼシナリオどおりの展開だが、ただ小判を包みを渡すのではなく、積み上げていく動きを追加。浮世絵を火の上にかざすくだり、ト書きは「絵の中の一軒」というアバウトな描写だが、本編では五十三次のうち「関」が選ばれ、本陣にいる裃姿の侍が赤く染まった。#22、「日本橋」の浮世絵も大名行列全体が赤くなって槍のかぶせに高倉家の紋が浮かぶ流れだったが、絵の上部に大きく紋が出るかたちに変更されている。

#26の棺桶屋と塩八のくだりは丸ごとカット、#28の最後に門前をゆく棺桶屋一行が付け加えられた。#34の猟奇シーンは吊るされた女性が死んでしまう展開となり、家老笹川の悪辣ぶりを瞬時に引き立てる。笹川役の草野大悟も短い出番ながらアクの強さを披露。そのほか各ゲストのシーン数は少なく、レギュラー紹介編としての構成が従来のシリーズより重視されている。

殺し技も変更。小駒のコマは手の甲ではなく、みけんに刺さるハードなものに。その餌食となる相手、クレジットは「侍」のみだが本編では「広田!」と呼ばれており、エクラン社所属の俳優・広田和彦が扮している。塩八の殺しは、講釈扇の骨に仕込んだ針から話芸を生かした催眠術に変わり、賭場の胴元を屋根の上までおびき出してダイビングさせる。胴元役はノンクレジットの丸尾好広。工藤組常連の伴勇太郎扮する仙次郎（スキンヘッドのやくざ）がお艶のバチで始末されるシーンが見当たらないが、もしや尺オーバーでカットされたか。

ラストシーンの#43、脚本では「ふるさとは何処　父母は何処　さすらい流れて　ゆくあてもない」と小駒が歌を口ずさんでいるが、本編には採用されていない。これは映画『戦争と平和』で盲目の中国人少女が歌った「流亡の曲」であり、本話の印刷台本のキャスト表には「小駒太夫ことミイミイ」とある。まさに異国出身のキャラクターを思わせる名前で、台湾生まれのジュディ・オングを想定したものか。最終回の第13話でも小駒に「流亡の曲」を歌わせていたが、これも映像化されていない。のちに『びいどろで候　長崎屋夢日記』第5話「だから津軽じょんがら　下の巻」で清国の娘が披露し、早坂暁のこだわりがようやく実現した。

蘭学を学んだ高野長英が「蘭兵衛」と名乗るエンディング、『からくり人』の初代元締と同じ名前だが、キャスト表には「蘭々斉」と印刷されており、これまた役名の決定に紆余曲折があったことをうかがわせてくれる。

『新必殺からくり人』第2話
「東海道五十三次殺し旅　戸塚」

脚本：早坂暁
監督：工藤栄一
放映日：1977年11月25日

※本編クレジットは「蓬莱屋加兵衛」を
「蓬来屋加兵衛」、「木曾屋」を「木曽屋」と表記

【キャスト】

蘭兵衛（高野長英）　近藤正臣
噺し家塩八　古今亭志ん朝
小駒　ジュディ・オング
あき　川口晶
紋三郎　岸田森
佐市　倉石功
木曽屋　西山嘉孝
常　近江輝子
女郎　森みつる
鳥居耀蔵　山口幸生
旅の女　浅川美智子
尼　島村昌子
お勝　佃和美
安藤広重　緒形拳
多吉　岡本隆
松五郎　田中弘史
手代松吉　松尾勝人
女　和田かつら
お杉　小林加奈枝
おつね　小野朝美
男　石沢健
大工　馬場勝義
蓬莱屋加兵衛　岡田英次
ブラ平　芦屋雁之助
泣き節お艶　山田五十鈴

【スタッフ】

制作　山内久司
　仲川利久
　桜井洋三
音楽　平尾昌晃
編曲　竜崎孝路
撮影　石原興
製作主任　佐浪正彦
美術　川村鬼世志
照明　林利夫
録音　奥村泰三
調音　本田文人
編集　園井弘一
助監督　都築一興
装飾　稲川兼二
記録　川島庸子
進行　静川和夫
特技　宍戸大全
装置　新映美術工芸
床山・結髪　八木かつら
衣裳　松竹衣裳
小道具　高津商会

現像　東洋現像所
殺陣　楠本栄一
　美山晋八
タイトル絵　吉住一芳
題字　糸見溪南
ナレーター　緒形拳
主題歌「惜雪」
（作詞：喜多条忠／作曲：平尾昌晃／編曲：竜崎孝路／唄：みずきあい／ビクターレコード）
衣裳提供　浅草 寶扇堂久阿彌
製作協力　京都映画株式会社
制作　朝日放送
　松竹株式会社

新必殺からくり人

1　ナレーション

広重「人の一生は旅に似てると言いますが、ほんとにそうでございますねえ。わたし、安藤広重が旅を描きました東海道五十三次、きれいばかりで少しも人の溜息が聞えてこないとか……（フッと笑って）そんなことはございません。一枚一枚に、せっぱ詰まった怨みとつらみ、つまりは殺してもらいたい人間を、そっと描き込めてある仕掛け、……お艶さん、ようくご覧のうえ、東海道五十三次殺しの旅、よろしくお願い致しますよ」

　例えば広重の絵から、殺されるべき人物の姿が赤く滲み出る。

　と、三味線を持ったお艶の黒い姿が、バチ一突、その男を倒すのだ。

2　タイトル

3　まず広重の絵・戸塚の宿

　この絵は茶屋の前の街道を描いている。

　『戸塚宿——神奈川県』

　カメラは茶屋の看板へ寄る。

　『こめや』とある。

4　茶屋「こめや」で

　同じ看板が風にゆらり。

　お艶、小駒、蘭兵衛（長英）が入ってくる。

茶屋の女お杉「いらっしゃい」

お艶「休ませてもらいますよ」

　小駒は足を引いている。

お艶「そうね、草餅を四人前」

小駒「お母さん、五人……」

お艶「ああそうか。五人前。（蘭兵衛に）食べるでしょ、甘いもの」

蘭兵衛「（にっこりと、うなずく）」

お杉「はい、草餅、五人前」

　小駒、足にマメをつくったらしく、調べている。

蘭兵衛「あ、いじらないほうがいい」

小駒「だって、痛くて……」

蘭兵衛「ちょっと待って、（と立ち上がる）」

小駒「どこ行くの？」

蘭兵衛「薬を取ってくる」

　茶屋から出ていく。

小駒「お母さん、ほんとにあの人、お医者さん？」

お艶「さあ、そのうち判るだろ、……塩八は？」

　ブラ平が入って来たのだ。

ブラ平「先に小屋掛けの場所を探してくるって」

お艶「ここじゃ、小屋掛けはしないよ」

ブラ平「えッ？（声をひそめ）仕事は戸塚宿じゃないのですか」

お艶「……」

　あたりを見て、懐中から紙を取り出す。

　広げると広重の絵。

ブラ平「ほら、戸塚宿じゃありませんか」

　お艶、煙草盆を引き寄せ、その中の炭火に絵をかざす。

と——、

　絵の中の、茶屋の前にいる旅姿の女が、赤く血の色に染まるのだ。

ブラ平「!……殺（や）るのは女ですか」

お艶「よくご覧よ」

　見ると、木橋の袂（たもと）に立った道しるべを染めるのだ。

ブラ平「〝かまくら道〟……どういうこってす……」

　お艶、急いで絵をしまう。

　草餅を持ったお杉が来たのだ。

お杉「お待ちどうさま」

お艶「（ブラ平に）早く呼んどいで」

ブラ平「へえ……」

　ブラ平、首ひねりながら表へ。

と——!

　軒先に、旅の女が絵とそっくりの恰好で馬から下りたところ。

ブラ平「!……（お艶を振り返る）」

　旅の女、年は二十五、六か、町家の若女房の恰好、——名はあき。

　あき、あたふたと茶店へ——。

あき「あのう、すみません」

お杉「……（つぶやく）また来た」

あき「鎌倉への近道があると聞いたんですが」

お杉「鎌倉なら、その木橋を渡って、すぐ左へ曲がる道ですよ」
あき「そんなに遠くはないですね」
　と、思い詰めた態。
お杉「ええ、もう、一里たらず」
あき「どうも……」
お艶「……」
　あき、表へ出たが、声を呑んで立ちすくむ。
あき「！　……馬方さん！　馬方さん！……」
　馬はいるが、馬方はいない。
ブラ平「厠（かわや）へ行った様子ですよ」
あき「！　……」
　走り出した。
　小橋を渡って、必死だ。
ブラ平「!?　……」
と――、
　街道を町家の手代ふうな男を先頭に、三人の男が走り出す。
手代「あそこだ！」
　茶屋の前を走り抜け、あきのあとを追う。
お杉「あーあ、あれじゃ捕まっちまうねえ……」
ブラ平「なんだい、あれ」
お杉「駆け込み寺ですよ」
ブラ平「駆け込み寺!?　……」

5　野中の道

野原で、蘭兵衛が野草を探している。
蘭兵衛「!?」
　あきが必死で走っている。
　あとから、男三人が追っている。
　遂に捕まる。
手代「おかみさん！　……」
あき「見逃しとくれ。一生のお願いだから」
手代「いいえ、旦那様が心配なさっております、さ」
　と、その時、男の一人、佐市という三番番頭だ――25才。いきなり手代にぶつかる。
手代「あッ！」
佐市「おかみさん、さ、早く！」
あき「佐市」
　あき、走り出す。
手代「佐市、おのれは！」
　佐市を殴り倒すが、佐市、必死に手代にしがみつく。
　他の男二人、あきを追う。
　そして捕まえる。
あき「佐市！　……」
佐市「あ！　……」
　手代、佐市の手を払って、あきのところへ駆けつける。
　佐市、顔を殴られ、顔面血だらけ。
佐市「おかみさん……」
　あき、男の手を振り解くと、パッと頭のカンザシを抜いて、自分のノドに――。
あき「連れて帰るなら、死にます」
手代「！　……おかみさん」
　手が出ない。
　あき、じりじりと後退り。
あき「佐市……」
佐市「へえ。早う、おかみさん……」
　二人の目には熱く必死なものが、通っている。
手代「佐市……」
　あき、身をひるがえして走る。
手代「追え！」
佐市「追うな！」
　手代、佐市を殴る。
　道にぶっ倒れる佐市。
　男たちは、おあきに追いすがる。
　草ムラの蘭兵衛、思わず、駆け出そうとする。
――が！
　再び手を掴まれたあき。
あき「ああ……」
その時！　男たちの手は、撥ね退けられた。
　一人の男が立っている。
　紺のカッパに道中笠を深くかぶり、まるで沓掛時次郎みたいな、やくざだ――。
　年は三十五ぐらい、渋い、いい男だ。
蘭兵衛「!?　……（遠くで見ている）」
手代「な、何をするんだ！」
やくざ「おかみさん、駆け込み寺へお急ぎなんでしょう?」

あき「はい！」
やくざ「さ、お行きなさい」
あき「恩に着ます！」
　あき、駆け出す。
手代「おかみさん！」
　手代たちの前に、やくざ男は立ちふさがる。刀をギラッと抜いた。
やくざ「女が死ぬ思いで、家から飛び出して来たんだ　見逃がしてやりなせえよ」
手代「そうはいかないんだ」
やくざ「動くと斬る羽目になるよ」
手代「誰だ、お前は。事情も何も知らないくせに」
やくざ「人は、お助け紋三郎と言ってるね」
手代「お助け紋三郎⁉　……」
　離れたところの蘭兵衛、
　顔を傷だらけにされた佐市を抱き起こす。
蘭兵衛「さあ、手当てしてあげよう」
佐市「（見えない目で）おかみさんは……」
蘭兵衛「向こうは大丈夫だ」
　佐市を連れて草ムラの中へ。
　一方、紋三郎のほう。
　遠くあきが木立の影へ消えていく。
手代「！　……」
　わきを走り抜けようとする。
　紋三郎、刀一突。
　手代の帯がバサリと切れてしまう。
手代「！　……（動けない）」
紋三郎「オレに人殺しをさせねえでくれ」
　薄く笑んでいるが、もう手代たちは一歩も動けない──。
　ゆっくり、後退りに下がって、あきの跡を追うようにゆっくり遠ざかっていく。
　カッパ姿が、カッコいいのだ。

6　茶屋で

　佐市の傷の手当をしている蘭兵衛。
お艶「お助け紋三郎？……どんなやくざ？」
佐市「それはもう、オトコ気のある……なんか芝居でも見ているような気分でした」
蘭兵衛「ちょっと出来すぎのね……」
お艶「へえー、出来すぎ……」
小駒「草っぱ当てたら、とてもいい感じ！」
　足のマメのことだ。
　ブラ平が汗を拭き拭き帰ってくる。
ブラ平「早えのなんの、塩八、もう広っぱを借りてやがった……」
お艶「鎌倉へ行くよ」
ブラ平「鎌倉？」
お艶「どこか貧乏なお寺の境内でも借りよう。おいくら？」
　茶屋の看板が風に揺れている。
　その看板から──。

7　広重の画・戸塚宿の絵

広重の声「お艶さん、わたしが描いた戸塚宿。茶屋の前に木橋があって、小さな道しるべが立っておりますね。これが鎌倉に抜ける近道です。何ということはない道ですが、悪い男と連れ添ってしまった女にとっては、この世で只一つの助けの道なんです。月に何人かは、追っ手のかかるのを恐れながら、不幸せな女が懸命に駆けていく……」

8　道

　鎌倉へ抜ける道を、女が、ひたすら息を切らせ、小走りに急いでいる。
広重の声「目指すは鎌倉の東慶寺です」

9　東慶寺

　山門がある。
　女がもう息を切らせてたどりつく。
　振り向く。
　追っ手が駆けてくる。
　女、這わんばかりに山門へ。
女「お願いします。お助け下さい！」
　山門へ這って、入る。
　追っ手が、来た。
追っ手「待て！」
　山門へ駆け込もうとする。
　その前に中年の尼が二人、立つ。
尼「ここは尼寺、男の立入りはご法度です」
追っ手「あの女はオレの女房だ。おつね！来るんだ！」
　入り込もうとする。

尼「（鋭く）なりません！　この東慶寺を何んと心得ますか。将軍家ゆかりの天秀尼様が入山せられた寺、一歩踏み込めば、きついお咎めがありますぞ！」

凛（りん）としているのだ。

怯む追手の前に山門の扉がギイと閉まるのだ。

呆然たる追っ手——。

広重の声「この寺で三年辛抱すれば、女は晴れて悪い亭主と離縁出来るわけです」

10　建長寺

別な佇まいを見せる建長寺の山門。

広重の声「これは東慶寺の近くにある建長寺」

坊主が箒で掃除している。

広重の声「清掃に喧（やかま）しいので一名『掃除寺』ともいわれていますが、中にそそっかしい女もいて、ここへ駈け込むのもいます」

女が駆け込んでくる。

女「お願いします！　お助け下さい！」

坊主「ここは、ケンチョージ！」

女「は？」

坊主「トーケージはあっち！　さあ、行った、行った！」

箒（ほうき）で掃き出すように追っ払う。

広重の声「川柳に〝うろたえて　駆け込む女掃き出され〟とあるのはこれです」

11　鎌倉の町で

寺の町を歩いている、あきと紋三郎。

紋三郎「ここまで来ればもう安心だ、東慶寺はこの突き当たりを右へ行けばすぐだ」

あき「え、もう！（と喜色）」

紋三郎「それじゃ、これで」

あき「あの！　本当にありがとうございました。なんとお礼を言っていいのか……」

紋三郎「大したことじゃねえですよ」

あき「せめてお名前だけでも」

紋三郎「やくざの名前なんざ、聞いてみたって仕様がありませんよ。それよりか、見たところ、いい暮しをなすっていた様子……お寺の中での三年間は、なんでも、夜明けに起きて、拭き掃除やら勧行、仲々大変だと聞いております。中にゃ辛抱たまらず、逃げ出す女もいる……。どうか辛抱仕とげなさるよう祈ってますよ」

あき「はい。今までの辛い毎日を思えば、どんなことだって辛抱できます」

紋三郎「（うなずいて）それじゃ」

紋三郎、スイと背を見せて歩み去っていく。

あき「！　……」

感謝の思いいっぱい、その後ろ姿に頭を下げる。

と——、紋三郎の足が止まった。

紋三郎「……そうだ。数珠を持ってなさるかね」

あき「数珠!?　いいえ」

紋三郎「そうか……（言いにくそうに）下着の替えなども、お持ちじゃないんだろうね」

あき「あの、家を脱け出るのが精いっぱいだったものですから、……そういうものが、いるのでしょうか」

紋三郎「そういうことらしいですよ」

あき「それじゃ、何処かお店で……。他にどんなものが……」

紋三郎「じゃ、蓬莱屋というところへ行きなさるといい」

あき「蓬莱屋？」

紋三郎「駆け込みの面倒を一切見てくれるところでしてね」

あき「そんなところがあるんですか！」

紋三郎「この道を行って、突き当ると右……来なせえ、すぐそこだ」

と歩き出す。

あき「何から何まで、ありがとうございます」

12　道

鎌倉への近道を行くお艶の一行。

荷車を引いた塩八、ブラ平。

そしてお艶と小駒。

後ろを蘭兵衛が押している。

その後ろをホウタイ姿の佐市がトボトボついていく。

小駒「あの人……」

お艶「おかみさんを、かばったんだから、もう店へは帰れないんだろ……」

12A　蓬莱屋で

「蓬莱屋」と看板があり、「駈け込み寺ご案内所」とある。

紋三郎が、あきを連れて来る。

紋三郎「もう一軒あるんだが、ここのおやじさんは顔見知りだから」

中へ入る。

紋三郎「おやじさん……」

実直そうなおやじ加兵衛（50）が、丁度九つぐらいの男の子を連れた女——勝（35）と話している。

加兵衛「ああ、紋三郎さんか。ちょっと待っとくれ。（勝に）そういうわけだから、子供連れじゃ、東慶寺はムリだねえ」

勝「（がっくりと）そうですか……」

加兵衛「……どうだね、こうしたら、この子、少し早いがデッチ奉公に出してみたら」

勝「デッチ奉公」

加兵衛「そしてだ、あんたは一人で東慶寺で三年間辛抱する。奉公先は、よかったらわたしのほうで探してあげますよ」

勝「はい……。でも、あのう、その間は、この子に会えないんですか」

加兵衛「寺へ入ったら、三年間は一切外出はできないんだよ」

あき「……（じっと聞いている）」

加兵衛「でもね、手紙は出せるよ」

勝「手紙はいいんですか」

加兵衛「わたしのところで仲介して、ちゃんと届けてあげます」

勝「判りました。……（子供に）多吉、おっ母さんねえ、どうしても、あのお父っあんと一緒に暮らしていけないんだよ。……働かないだけならまだ辛抱できるけどねえ、お前も知ってるだろ、酔っちゃア殴る、蹴るだろ、おっ母さん、今に殺されちまうよ……（と涙をこぼす）」

多吉「判ってるよ、おっ母さん……オレ、奉公に行って、待ってるよ」

勝「多吉、すまないねえ」

と泣くのだ。

加兵衛、奥へ手を鳴らす。

女中のお安（40）が来る。

加兵衛「奥で休んでもらうように。……お勝さん、東慶寺さんはね、夕暮れになると門が閉ってね、受けつけてもらえないんだ」

勝「！　……」

加兵衛「大丈夫大丈夫、うちへ泊まりなさい。ちゃんと泊れる部屋があるから。今晩一晩、ゆっくり、子供さんと一緒に寝なさい」

勝「はい……何から何まで、お世話になります」

加兵衛「東慶寺さんへは、朝一番にご案内しますからね」

勝は、お安に案内されて奥へ。

お安「どうぞ」

加兵衛「紋三郎さん、お待たせしました」

紋三郎「相変らず繁盛してるようだね」

加兵衛「こういう商売が繁盛しちゃ、ほんとはいけないんですけどねえ。……そちらは？」

紋三郎「戸塚の宿でね、追っ手に捕まっていてね」

加兵衛「（うなずいて）助けて差し上げたのですか」

紋三郎「いや、丁度大山詣りの帰りに通りかかったもんだから」

加兵衛「（あきに）あなたはいい人に助けてもらいましたねえ。この人はお助け紋三郎といってね」

紋三郎「（遮って）いいよ、もう、それじゃ、おやじさん、このお人、頼んだぜ」

言うなり、さっと出ていく。

あき「あ。あの……」

加兵衛「あのお人はいつでもああだ。……どうぞ」

あき「あ、はい……」

13　寺の境内で

ここは小さな荒れ寺の境内、

お艶たち一行の荷車が停まっている。

小駒が下駄ばき姿で出かけていく。

買い物だ——。

14　寺の中で

台所の板の間にお艶、ブラ平、塩八たち

が、広重の絵を中に笑っている。
少し離れて蘭兵衛――。

お艶「いいかい、広重さんの話じゃ、この絵に描いた鎌倉への近道、世間では不幸せな女のお助け道と呼んでるけど、実は真赤な嘘。地獄道だというんだね」

塩八「地獄道……」

お艶「年に百人近い女がこの道を急ぐけど無事に願いをかなえられるのはせいぜい半分だか、どうか……」

塩八「え！　じゃあとの半分は？」

お艶「それが、ここでの仕事の話なんだよ」

ブラ平「アネさん、いいんですか……」
と、目で蘭兵衛を――。

蘭兵衛「（気配を察し）散歩してこよう（立つ）」

お艶「お待ち。……お上に追われているお人だ、あたしらを訴え出るようなことはないだろ」

お艶「……」

ブラ平「でも、追われている恰好で、送り込まれたイヌかもしれません」

お艶「こういう意見があるんだけどねえ」

蘭兵衛「わたしは、イヌなんかじゃない」

ブラ平「証拠でもあるのかね」

蘭兵衛「証拠と言われても……」

お艶「ま、いいから、こっちへ来なさいよ」

ブラ平「アネさん……」

塩八「そうだ、どうも座長はいい男に甘い」

お艶「そうかねえ、あたしはこの人にも仕事をしてもらうのが一番の証拠だと思うんだけどね」

ブラ平「！　そうか、ちゃんと人を殺せるかどうか」

蘭兵衛「！　……」

お艶「どうぞ」

蘭兵衛「……では」
空けられた座に来て、坐る。

15　東慶寺・前

野菜などを買った小駒が帰ってくる。

小駒「!?　……」
戸の閉まった門前に、佐市が立っている。

佐市「……おかみさん、三年目には必ず佐市お迎えに上がります」
のろのろと歩き出すが、傷の頭を抱えて、しゃがみこんでしまう。

小駒「大丈夫!?　……（駆け寄る）」

16　蓬莱屋で

あきと加兵衛。

加兵衛「！　……江戸深川の木曾屋さん」

あき「ご存知で？」

加兵衛「ええ、木場の木曾屋といえば江戸で指折りの材木商……そうですか、そんな大店(おおだな)のお内儀さんがねえ（と溜息――）」

あき「お恥ずかしいことです……」

加兵衛「いえいえ、わたくし、こういう仕事をしておりますので、よく判ります。ご夫婦仲の難しさというのは、お金持ち、貧乏人の区別はありません。いえ、かえってお金持ちや、身分の高いお家のほうが、難しいことが多いようです」
と、真(まこと)に親身なのだ。

加兵衛「……話し辛いことでしょうが、どんなわけで縁切りを望まれるのか、お聞かせ願えませんか」

あき「話さねばいけませんか……」

加兵衛「こう言ってはなんですが、近頃、東慶寺さん、すっかり有名になったせいか、時折、身勝手な理由で、たとえば、他の男と一緒になりたい為とか、貧乏がいやだとか、そんなことで、駆け込んでくる人がおりましてね、東慶寺さんも迷惑をなすっているんです」

あき「わたしは、（首を強く振り）違います」

加兵衛「……どのようなことで？　……旦那さんの浮気とか？……」

あき「……（唇を噛み、どうしても言いにくいのだ）」

加兵衛「申しわけないが、わけをお話し願えないのなら、お世話のほうは致しかねます」

あき「いえ！　……（意を決し）わたしを、商売の道具にするのです」

加兵衛「商売の道具に!?　まさか、木曾屋さんほどの大店が」

あき「いえ、そうなんです。……わたしは深川の小さな染物屋の娘です」

17 木曾屋で（回想）

美しい花嫁衣裳のあき、駕籠から降りる。
手を引かれて大店の木曾屋へ。
出迎えるのは木曾屋専兵ヱ——50才なのだ。
あきの声「わたしは、木曾屋さんに見染られての嫁入り、世間では玉の輿だと評判でした。……旦那様はわたくしが初めてのお内儀さんではありません、前のお人は体が弱いとかで、離縁なさっております。でも、それもみな、商いのために仕組んだことでした……」

18 夜の蓬莱屋・店先

旅支度の加兵衛が出てくる。

見送るのは加兵衛の片腕、松五郎。——30才の、目の鋭い男だ。

加兵衛「（低く）ちゃん見張ってて、間違っても東慶寺に駆け込ませるんじゃないぞ」

加兵衛、実直そうな様子が消えている。

松五郎「お気をつけて」

松五郎、提灯を手に、出かけていく。

——離れて、見張っているのはブラ平だ。

あとを追う。

ブラ平「……畜生、塩八のほうがずっと得だ」

19 廓（くるわ）で

小さな宿場の廓。
女たちが、レンジの中から客を呼んでいる。
女郎「ちょいと、上がってよ、そこの男前、二枚目」
塩八だ。
塩八「え？　オレのこと⁉　……もう一度言ってよ」
女郎「よッ！　そこの男前、二枚目、いい男！」
塩八「（たちまち）上がる、上がる、どんどん上がるよ」

20 廃（あ）れ寺で

佐市がお艶の前。
小駒、そして蘭兵衛がいる。
佐市「……お内儀さんに、鎌倉の東慶寺に駆け込むよう、お勧めしたのは、わたしです」
お艶「……あんた、おかみさんが好きなんだね」
佐市「（顔を染めるが）……好きです。でも好きだから駆け込みを勧めたのではありません。……これはわたしの罪滅ぼしですから」
お艶「罪滅ぼし⁉」
佐市「……わたしは木曾屋の三番番頭、仕事は南町奉行、鳥居耀蔵様の係」
蘭兵衛「鳥居耀蔵⁉（と目が光る）……材木屋と鳥居耀蔵ねえ……」
佐市「うちの旦那様の狙いは、印旛沼ではじまる干拓の大工事。この工事は恐らく材木何万石、何十万石が使われます」
蘭兵衛「なるほどねえ……」
佐市「わたしは、鳥居様のあらゆることを調べました。そして——」

21 染物屋で（回想）

染物屋の店先に娘、おあきがいる。

客を相手に、笑顔で応待している。

佐市の声「鳥居様が下屋敷の近くにある染物屋の娘にひどくご執着なことを探り出したのです」

武家駕籠がゆく。

そっと扉が開いて、鋭く好色な鳥居の目が見つめている。

22 木曾屋で

座敷で木曾屋と佐市
木曾屋「（考えている）そうか、判った。その娘の名は？」
佐市「おあきです」
木曾屋の女房常（50近い）が茶を持ってくる。
木曾屋「よし。おあきをワシの女房にする」
佐市「え⁉　（常を見る）……」
木曾屋「つね。お前は離縁だ。硯（すずり）と筆を」
常「はい」
佐市「旦那様……」
常「（硯箱を木曾屋の前に）いいのよ佐市、

これでもう三度目ですから」
木曾屋「余計なことを言うな」
　三下り半を書いている、
木曾屋「佐市、まず百両持って、その八百屋へゆけ、ワシが娘を見染めたといえ」

23　木曾屋の店（回想）

　白い角隠しの美しいあきが駕籠を降りる。
　手を取る木曾屋。
佐市の声「祝言の夜のことは、佐市、一生忘れられません……」

24　木曾屋で

　夜。
　女中に手を引かれたあき、寝室へ向かう。
　廊下の片隅で見つめている佐市。
佐市「！　……」
　あきを寝室に入れ、女中を退去していく。
　灯のともった寝室――。
　あきの鋭い悲鳴！
　半分、衣裳を剥ぎ取られたあきが戸を開けて逃れ出ようとする。
　そのあきを、引き戻す男の裸の腕！
　パタンと戸は閉まる。
　あきの悲痛な声が――。
　そして、静かになる。
佐市「……」
佐市の声「……そして、中から出て来たのは、鳥居耀蔵様でした」
　寝室から衣服を直しながら鳥居が出てくる。
　廊下で迎えるのは、木曾屋。
木曾屋「いかがでしたか」
鳥居「む。仲々おいしかった」
木曾屋「では、お流れを頂戴します」
鳥居「！　……お前も手をつけるのか」
木曾屋「あれは、わたくしの女房でございますよ」
鳥居「そうか、そうだったな。大事に扱えよ」
木曾屋「それはもう」
鳥居「また、来る」

25　寺で

佐市「……鳥居様はたびたび木曾屋へいらっしゃいました。……わたしの役目は、おあき様が逃げないよう、また自殺などしないよう見張っている役です。……これは辛うございました」

26　木曾屋の一室（回想）

　あきがぼんやり庭を眺めている。
　人形のように表情がない。
　廊下に佐市が来る。
佐市「……お内儀さん、今夜、鳥居様がいらっしゃるそうです」
あき「……（表情も動かない）」
佐市「ですから、それまでにお風呂のほうを……」
あき「……」
佐市「……」
　あきを見つめているが、不意に涙をあふれさせる。
佐市「……申しわけありません」
あき「（不思議そうに佐市をみる）」
佐市「……ほんとうに申しわけありません」
　嗚咽するのだ。
あき「！　……涙……。あたしのためにですか？」
佐市「はい！　……」
あき「！　……」

27　夜の街道

　早い足で歩いていく加兵衛。
　あとをつけるブラ平。
ブラ平「どこまで行きやがるんだ……」

28　廓の一室で

　女郎と戯（たわむ）れている塩八。
塩八「ウヒヒヒ！　アハハハ！　くすぐってヱ！　アヒヒヒヒ！」
女郎「（白けて）なんだよこの人……。なんでそんなに笑うのよォ」
塩八「あのね、平素、あたしヒトを笑わすのが商売なの、だからさ、タマには自分が笑いたいの。さ、くすぐってよ」
　女郎、面倒げに手を延ばす。

塩八「(もだえて) ウヒャヒャヒャ!　ドハハハ!」
女郎「やめた……」
　プイとやめて背を向ける。
塩八「怒んなよォ。……」
　女郎の目の前に小判一枚。
女郎「!　……　やる、やる!」
塩八「待てよォ。実は聞きてェことがあるんだ」
女郎「何?」
塩八「この廓に、東慶寺崩れの女郎がいるだろ」
女郎「東慶寺崩れ……」
塩八「つまりさ、駆け込み寺へ駆け込むつもりが、ここへ身を持ち崩したという女郎さ」
女郎「……あんた、誰?」
塩八「アハハの弥太郎」
女郎「なんだ、どうせあの連中の手先だろ」
塩八「あの連中!?　誰のことだ?」
女郎「……」
塩八「あんた、東慶寺崩れだね」
女郎「!　……そんなのはあたし一人じゃないんだ!　そんなに珍しそうにジロジロ見るんじゃないよ!」

29　街道で

　白々と明けてくる。
　急ぐ加兵衛。
　つけているブラ平。
ブラ平「……畜生、とうとう江戸までだ」

30　木曾屋の店で

朝――。
　加兵衛が、看板を見つめ、そして中へ入っていく。
　つけて来たブラ平。
ブラ平「木曾屋……」

31　木曾屋の店先

　加兵衛、番頭にカンザシを出す。
番頭「あ!　これは!　……」
加兵衛「旦那様に、是非……」
　番頭、奥へ――
　加兵衛、煙草盆をキセルで引き寄せ、一服。
　ガラリと変わって、ふてぶてしいのだ。

32　木曾屋の一室

　木曾屋の手にカンザシがある。
木曾屋「……で、お話は?」
加兵衛「木曾屋さん　江戸きっての商売人。ですから　ズバリと申しあげます」
木曾屋「どうぞ」
加兵衛「五百両」
木曾屋「五百両……」
加兵衛「それで　お内儀さんを　こちらへお届けに上がります」
木曾屋「あれは　駆け込み寺の中じゃないのですか」
加兵衛「いいえ、危ないところで、わたしが捕まえています」
木曾屋「なるほど、捕まえ料か」
加兵衛「安いものじゃありませんか、木曾屋さんほどの身代じゃ。これで妙な話も世間に流れなくて済む」
木曾屋「……」
加兵衛「大切な取引先にも迷惑をかけずに済むんじゃありませんか」
木曾屋「……こういう商売をなさっているのですか」
加兵衛「ま、ほうぼうでね、有難がられております」
木曾屋「わたしのとこでは迷惑だね」
加兵衛「迷惑!?」
木曾屋「どうぞ　あれは東慶寺へ入れてやって下さい」
加兵衛「木曾屋さん、それじゃ、商売のほうが困るんじゃありませんかね……印藩沼の工事などでね」
木曾屋「(目が光る)」
加兵衛「全部ネタは掴んでいるんだ」
木曾屋「おかげ様でね、ゆうべ、印藩沼の埋立工事、五万石の材木を納めるよう、お上からのお話でね。……(ニヤッと) あの仕事はゆうべで片がつきました」
加兵衛「でたらめ言いやがって、金を値切ろうたってそうはいかねえせ」

木曾屋「いや、本当にあの仕事はゆうべ終わったのですよ。（手を打つ）おい、お茶だ。（加兵衛に）ですから、あの女は、もうこちらから縁切りをしたいところです」
加兵衛「……」
襖があいて、常が茶を持ってくる。
常「いらっしゃいませ」
木曾屋「女房です」

33　茶屋で

「なめや」だ。
旅の女が駆け込んでくる。
旅の女「鎌倉へ抜ける道は、どっちでしょうか」
お杉「そこを左ですよ」
旅の女、飛び出していく。
年は三十半ば。
貧しい身なりの女だ。
茶屋には蘭兵衛。
蘭兵衛「よし」
と、立ち上がる。
大工といった感じの男が追ってくる。
大工「お、おい！　オレの女房、来なかったか！」
お杉「あんたの女房たって、あたし、知りませんよ」

34　鎌倉道で

走っている旅の女、
追っ駆けてくる大工。
大工「おーい、待て！」
と、道ばたに、紋三郎が煙草を飲みながら、腰を下ろしている。
紋三郎「！　……」
見る。
女が走ってくる。
女「あの、お助け下さい」
不器量な女だ。
紋三郎、チラと、女を値踏（ねぶ）みして、目をそらす。
大工が来る。
大工「この野郎！」
と、捕まえる。
女「助けてよ！　ねえ！」
紋三郎、知らん顔。
大工「来い！」
女「いやよ、もうあんたなんか」
女は亭主に引っ張られていく。
紋三郎「フン……」
と——、その前に立つ影。
蘭兵衛だ。
紋三郎「⁉」
蘭兵衛「あの女は助けてやらないのか」
紋三郎「誰だ、手前エは」
蘭兵衛「なるほど、貧乏で顔もまずい……金にならないと踏んだわけだ」
紋三郎、いきなり刀を一突する。
蘭兵衛、仕込み杖を一突、その刀を撥ね飛ばす。
紋三郎「あっ！」
蘭兵衛「どんな顔かよく見せてもらいたい」
一突。
笠が割れて紋三郎の顔。
蘭兵衛「なるほど、お助け紋三郎か……」
紋三郎「……」
目線が動く。
蘭兵衛、背後の気配に振り向くと、旅姿の加兵衛が立っている。
江戸の帰りだ。
紋三郎、その隙を見て、パッと逃げていく。
蘭兵衛「……追い剥ぎのたぐいではない（と刀を収め）どうぞ」
目礼をする恰好で足早に紋三郎のあとを去っていく。
蘭兵衛「……」
苦笑気味に見送っている蘭兵衛。
「蘭兵衛さん」と声。
ふりむくと　ブラ平。
ブラ平「いい腕、してるんですねえ」
蘭兵衛「！　……（加兵衛の去ったほうを見る）すると今の男……」
ブラ平「そうです、あれが広重お名指しの蓬莱屋加兵衛。行きやしょう」
と、歩き出す。

35　蓬莱屋で

あきが奥から出てくる。
その前へ用心棒がズイと立ちふさがる。
あき「東慶寺へ行きます」
用心棒「行く時はご案内しますよ」
あき「朝一番に連れて行ってくれる約束でした」
用心棒「いいから黙って、奥にいろ」
乱暴に押しもどす。
あき「あッ！　紋三郎さん、助けて下さい！」
外から紋三郎が入って来ている。
紋三郎「……」
加兵衛も入ってくる。
加兵衛「おあきさん、あんたの旦那に手数料をもらいに行ったんだがね、くれなかったよ」
あき「手数料⁉　……」
加兵衛「ですから、あんたが手数料を払うんだね」
あき「どういうことですか……」
紋三郎「あっしが教えてさしあげます。どうぞ」
優しげに笑んでみせるのだ。

36 寺で

お艶、ブラ平、蘭兵衛、離れて、佐市と小駒。
お艶「木曾屋をゆすりに⁉　……やっぱり広重さんの話の通りだね」
蘭兵衛「……ということは、おあきさんという女は、蓬莱屋の手の中にあるということですね」
お艶、うなずいて、佐市のほうを見る。
佐市「⁉　……」
お艶「小駒、塩八のところへ飛んどくれ」
小駒「はい！」
お艶「今夜、この境内で」
うなずいて出ていく。
お艶「佐市さん、おあきさんは、駆け込み寺にまだ駆け込んじゃいないですね」
佐市「え！　じゃ、どこに！」
お艶「これから連れに行きますがね、一緒に来てくれますか」
佐市「はい！」
お艶「……おあきさんは、また辛い目にあっていなさるだろうから……」
佐市「どんな⁉　……」
お艶「今度はあんたが力になってあげて下さいよ」

37 蓬莱屋の一室で

押した倒される、あき。
紋三郎だ。
紋三郎「脱げ！」
あき「！　……助けて下さらないんですか」
紋三郎「脱ぐんだ！」
顔を殴りつける。
あき「あっ！」
紋三郎「この世に助けなんぞあると思っているのか、あるのは、ゼニと、色だけだよ」
あきを乱暴に犯すのだ。
あき「ああ……」
犯されながら、涙を流している。
三味線の音――。

38 蓬莱屋

三味線で門付けしているお艶。
加兵衛が店に――。
加兵衛「門付けはお断りだ」
お艶、中へ入ってくる。
加兵衛「誰だ……」
お艶「蓬莱屋加兵衛さんはあなたですね」
お艶「こちらに　おあきさんという人がいるはずですが」
加兵衛「！　……」
お艶「いるようですね。（外へ）いるそうだよ」
佐市が入ってくる。そして蘭兵衛、ブラ平。
加兵衛「お前たちはなんだ！」
ブラ平「じゃ」
ブラ平、アッという間に表戸を外から、ガラガラと閉めてしまう。そして中からは蘭兵衛が心張棒を閉めた。暗くなった。
加兵衛「何をするんだ！　……」
外からブラ平、
ブラ平「じゃ、頼んだぜ」
ブラ平、走り去る。
中では――。

お艶「奥ですね」
　そのまま、上がる。
加兵衛「おい！　みんな！」
　奥へ叫ぶ。
　奥からドッと用心棒たち、四、五人が駆け出る。

39　蓬莱屋の奥の一室

　犯されているあき。
　身を離す紋三郎。
　その背中にはイレズミ――。
紋三郎「……あしたからこうやって稼ぐんだぜ」
あき「！　……」
紋三郎「尼寺なんかより　ずっと面白おかしく暮らせるよ」

40　蓬莱屋で

　斬りかかる用心棒。
　お艶、バチ一突――。刀を撥ね飛ばした。
お艶「佐市さん、行きますよ」
　佐市を連れて奥へ。
加兵衛「行かすんじゃねえ！」
　追う男たちの前に蘭兵衛。
蘭兵衛「おたすけ紋三郎のセリフじゃないが、わたしに斬らせないでもらいたいね」
　が、斬りかかる用心棒たち。
　居合い一突！
　そして二突、三突！
　用心棒たちの右腕が、次々と飛ぶ。
　刀を握ったままの腕だ。
　ウアッ！　ウアーッ！　と、転がって苦しむ用心棒たち。
加兵衛「……オ、オレは斬らないでくれ」
蘭兵衛「……（刀をパチンと収める）ああ、あんたをやるのは、わたしじゃないんだ」

41　奥の一室

　襖をあけるお艶。
　あきと紋三郎がいる。
　紋三郎、サラシ姿のまんまで、刀を取ろうと飛ぶ。
　そのノド元へ、お艶のバチが――。
お艶「動くと、切れますよ」
紋三郎「ウ！……」
お艶「あんたがお助け紋三郎だね」
佐市「おかみさん！　……」
　あき、下肩をかきいだいて、裸身を隠す。
お艶「……佐市さん、あとは頼みましたよ」
佐市「はい……」

42　夜の街道

　走っているブラ平。
ブラ平「まるで、飛脚だ……」

43　夜の寺で

　縛られた紋三郎と加兵衛。
　お艶と蘭兵衛がいる。
　お艶たちは、粗末な食事をサブサブと食べている。
加兵衛「おい、オレたちをどうする気だ」
お艶「……遅いね、あの子」
蘭兵衛「おかわりは？（と手を延ばす）」
お艶「センセに注がせちゃ、悪いですよ」
　と、自分で。
蘭兵衛「！　……」
お艶「（小さく）高野長英、えらい蘭学の先生でしょ」
蘭兵衛「！　……元は、です。今日からは、人殺し」
　と、笑む。

44　宿の一室で

　あきと、佐市。
佐市「おかみさん、このまま、上方へ二人で。わたしが何とか稼いで、面倒を見させてもらいます」
あき「……」
佐市「おかみさん、そうしたいんです」
あき「あたしは、もうおかみさんじゃない」
佐市「……」
あき「汚い身体をしたおあきという女にすぎません」
佐市「汚れちゃアいません。汚れてたっていいんだ」
あき「（ポツンと）死にたい。……こんな世の中、一時（いっとき）も生きているの、嫌です……」

佐市「……」
あき「死にたい……」

45 寺で

小駒が入ってくる。
小駒「お母さん……来ました」
お艶「そう」
お艶、立ち上がって、戸を開ける。
お艶「さあ、お行き」
と、加兵衛たちに。
加兵衛「!?」
お艶「さあ」
加兵衛と紋三郎、逃れるように外へ、走り出た。

46 寺の境内

加兵衛と紋三郎、息を呑んで立ち止まる。
女郎たちが、十何人、立っているのだ。
塩八がいる。
塩八「ほら、あいつらだろ、あんたたちを売りとばしたのは」
女郎たち、憎しみを込めて、うなずく。
女郎たち、加兵衛、紋三郎に近づいていく。
加兵衛「やめろ！……」
紋三郎「よせ！」
女郎「死ね！」
十数人の女郎たち、加兵衛、紋三郎に、ハゲ鷹のように飛びかかる。
女たちの渦の中に、姿が見えなくなる二人。

47 川辺で

手を縛り合った　あきと、佐市。
佐市「おあきさん、あの世で……」
あき「はい……」
佐市、あきを抱く。
そして川へ飛ぶ。
水音がする。

48 寺の境内で

女たちが、身を引く。
そのあとに、加兵衛と紋三郎が死んでいる。

49 寺の中

お艶が三味線を弾いている。
新内を語り始める。
切々たる新内節。

50 川

川を流れていく、あきと佐市の心中体――。しっかりと手を握っている。

51 夜の木場で

材木の山――。「幕府御用達　木曾屋」と札。ロウソクの灯がそれを照らし出す。
ブラ平だ。手にロウソク。
ブラ平「印藩沼用材、五万石か」
徳利を口に含む。
ブーッ！　火を吹くのだ。
火焔放射器のごとく火が伸びていく。
燃え上がる材木。

52 川を流れる心中体

53 広重の家

窓辺の広重。
向こうで火事が空を染めている。
広重「……おお、きれいだ」
お艶の声「広重さま、ご依頼の戸塚宿、仕事相すみました。お艶ほか一同」
広重の足もとには　戸塚宿の絵が――。

脚本解題

『新必殺からくり人』第2話「東海道五十三次殺し旅　戸塚」

近藤ゆたか

フォーマットを決めた実質的な第1話

江戸を離れた一座が蘭兵衛を正式に加えて絵図の謎解きに挑み、シリーズのフォーマットが決まる〝東海道五十三次殺し旅〟の実質的な第1話。戸塚宿から鎌倉へと急ぐ女、あき。人身御供という地獄から逃れるべく、縁切寺として知られる東慶寺へ駈け込むためだ。追っ手に捕まる寸前、渡世人に救われたが……それはさらなる地獄への入り口だった。安藤広重が絵に込めた悪のからくりと、たまたま行き合わせた女に絡むもうひとつのからくりにも鉄槌を下す小気味よさが冴える。依頼の解釈の自由さも本シリーズの魅力だ。

木曾屋の女房あき役は、作家・川口松太郎と女優・三益愛子の間に生まれ、長兄は川口浩という芸能一家の川口晶。山内久司プロデュース作品『入ってまあす！』などへの出演もあり、70年代のドラマでは引っ張りだこだったショートヘアのヤンチャ娘が悲劇のヒロインに。親切を装い、駈け込み女を地獄道へ導く渡世人・お助け紋三郎（台本の配役欄では〝人助ケ〟と表記）役は岸田森。中村主水のターニングポイントとなる『新必殺仕置人』と『必殺仕事人』の第1話に出演し、主水と対峙。役名は『木枯し紋次郎』のパロディだが、ト書きには「沓掛時次郎みたいな」とある。紋三郎は時次郎的な颯爽としたヒーロー渡世人然としながらも裏を持つキャラで、胡散くささを漂わせたら天下一の岸田森ならでは。

早坂脚本の『天下堂々』『必殺からくり人』では岸田が鳥居耀蔵を演じているが、本話での鳥居役は山口幸生。テレビ時代劇に多数出演し『仮面の忍者赤影』での顔も含め全身緑色の怪忍者・むささび道軒の印象が強烈。必殺シリーズにもまんべんなく出演しており、木曾屋を演じた西山嘉孝もシリーズの常連だ。『新必殺仕置人』第30話「夢想無用」で探索役の正八に初仕置されるワルを演じた倉石功が、本話では実直な手代・佐市役を。自ら鎌倉から江戸までの往復をする精力的な悪党・蓬莱屋加兵衛役の岡田英次は『必殺からくり人』第2話のわらしべ長者的な略奪者・弥蔵に続いてからくり人ワールドに出演。

広重の絵に描かれたのは、現在のＪＲ戸塚駅そばの「吉田大橋」交差点あたり。東慶寺は江戸から十三里、女の足で二日半、地名から「松ヶ岡」とも呼ばれ、駈け込みネタの川柳は〝松ヶ岡もの〟と呼ばれるほどに多く詠まれ＃10で引用されたのもそのひとつ。駈け込みがポピュラーだったことがうかがえる。

＃９で尼が語る〝天秀尼様〟とは豊臣秀頼の遺児で、東慶寺の第二十世住職。日光江戸村のテレビ時代劇『姫将軍大あばれ』では主役となっている。駈け込み後、まずは調停が進められ夫や関係者、女も門前の御用宿に分宿させられた。幕末には三軒あったこの御用宿が「駈け込み寺ご案内所」のモデルだろう。

心中道行、無情感が増す結末の追加シーン

各シーンでの変更点などは――＃１のあきとブラ平の会話は削除。＃４、お杉のセリフ「一里たらず」は「一里あまり」に変更。だが、東慶寺までの実際の歩行距離はおよそ二里強、徒歩で２時間ほど。＃６の最後のブラ平とお艶の会話は削除。＃14の最後、お艶に促されて蘭兵衛が座るだけだったのを、お艶が抜いた仕込み杖の一閃に対して手ぬぐいを巻きつけての真剣白刃取り！　剣の腕前を見せ、仲間への勧誘と加入の決意を描く。＃15は丸ごと削除。＃19の廓の〝レンジ＝連子〟とは、一般的には格子だが縦方向だけに木材を並べたものをこう呼ぶ。

＃26後半の、佐市があきに感情移入しているのが明確になる会話は削除。雨を降らせ、濡れた葉から落ちる雫（しずく）であきの涙を表すカットが秀逸。＃31の木曾屋の店先の強烈な逆光、＃32の木曾屋主人の顔にかける格子の影、＃37での女の腕が障子紙を破り広げ、その穴から覗き見える痴態など工藤栄一監督らしい魅力的なカットが光る。

＃33は丸ごと削除。＃40冒頭のお艶、加兵衛、蘭兵衛のセリフもカット、斬られて次々に跳ぶ右腕という描写は右腕一本だけの切断に。＃41の冒頭では、ことを終えた紋三郎が団扇で股間を扇ぎ、あきの頭を跨ぐという手のひら返しの酷薄さを追加。縛られた紋三郎と加兵衛の脇でめしを食う＃43はよりフランクさを増し、日常に死が在るお艶たちの凄みがさらに際立つ。お艶が紋三郎らを解放する＃45は握った包丁を見せつけながらとなり、悪党に対する意地の悪さが加味された。

＃47の入水シーンでは手ではなく腰を縛り合い袂に小石を入れ大きな石を抱え、より入念な準備に。＃47〜50に流れる新内節は『蘭蝶』の一節「縁でこそあれ末かけて約束かため身をかため」。新内自体が心中道行（みちゆき）を主題としたものが多く、当時は心中もポピュラーだったことを印象づける。＃48では、なぶり殺した加兵衛の髪を引きちぎり、戦利品のように扱う女に引く塩八の表情が印象深い。脚本のラストシーン＃53のあとに川堰の杭に引っかかり漂う佐市とあきのカットが追加され、ふたりだけの世界に行こうとするも夜が明ければ衆目に晒されてしまう結末に無情感が増す。

『新必殺からくり人』第13話
「東海道五十三次殺し旅　京都」
脚本：早坂暁
監督：森崎東
放映日：1977年11月25日

【キャスト】

蘭兵衛（高野長英）　近藤正臣
小駒　ジュディ・オング
佐市　山田吾一
千代　服部妙子
久我　北上弥太朗
斎藤嘉兵ヱ　外山高士
目明し安次　西田良
村野武一郎　美鷹健児
清吉　鈴木義章
お千代　山田恵美
安藤広重　緒形拳
大原女　中塚和代
お房　和田かつら
およね　志岐内竜子
ブラ平　芦屋雁之助
泣き節お艶　山田五十鈴

【スタッフ】

制作　山内久司
　　　仲川利久
　　　桜井洋三
音楽　平尾昌晃
編曲　竜崎孝路
撮影　石原興
製作主任　佐浪正彦
美術　川村鬼世志
照明　林利夫
録音　奥村泰三
調音　本田文人
編集　園井弘一
助監督　都築一興
装飾　稲川兼二
記録　川島庸子
進行　静川和夫
特技　宍戸大全
装置　新映美術工芸
床山・結髪　八木かつら
衣裳　松竹衣裳
小道具　高津商会
現像　東洋現像所
殺陣　楠本栄一

タイトル絵　美山晋八
　　　　　　吉住一芳
題字　糸見溪南
ナレーター　緒形拳
主題歌「惜雪」（作詞：喜多条忠／作曲：平尾昌晃／編曲：竜崎孝路／唄：みずきあい／ビクターレコード）
衣裳提供　浅草 寶扇堂久阿彌
製作協力　京都映画株式会社
制作　朝日放送
　　　松竹株式会社

新必殺からくり人

1　前説

広重の声「人の一生は旅に似ていると言いますが、ほんとうにそうでございますねえ。わたくし安藤広重が旅を描きました東海道五十三次、綺麗ばかりで少しも人の溜息が聞こえてこないとか……（フッと笑って）そんなことはございません。一枚一枚、せっぱ詰まった怨みとつらみ、つまりは殺してもらいたい人間を、そっと描き込んである仕掛け……お艶さん、ようくごらんの上、東海道五十三次殺し旅、よろしくお願いしますよ」

2　広重の絵・三条大橋

『京都・三条大橋』

と――！

なんとしたことか、橋の部分が、あぶり出しで、崩壊していくのだ。

3　京の宿で（夜）

ロウソクの灯に広重の絵をかざしているお艶。

蘭兵衛、ブラ平、小駒がいる。

お艶「！」

ブラ平「橋が崩れた！　……こりゃどういうことです」

小駒「橋を崩せって、ことかしら!?　……」

お艶「まさか……」

ブラ平「五十三次、やっと仕上がりの京都が、妙な具合になりましたですねえ」

蘭兵衛「ちょっと……」

絵を手に取る。

蘭兵衛「おかしい橋の崩れ方だ」

小駒「何処が？」

蘭兵衛「つまりさ、自然に壊したんじゃなくて、わざと壊した崩れ方だね」

ブラ平「わざと!?」

お艶「！　……」

小駒「でも、おかしいわ。いつものように赤い色が出ていないじゃない？」

ブラ平「あ、そうだ……」

お艶、包みの中を探す。絵を入れていた包みだ。

お艶「あった！　……」

同じものがもう一枚、あった。

お艶「こちらが、そうかもしれない」

ロウソクの灯にかざす。

絵は――

橋の上の一人物が、見る見る赤に染まるのだ。

ブラ平「やっぱり、これだ」

小駒「じゃ、あっちは？」

お艶「何か紛れて、広重さんが一緒に入れてしまったんでしょう」

蘭兵衛、四つに折って懐に入れるのだ。

蘭兵衛「……！」

ブラ平「さアて、双六（すごろく）じゃねえけど、最後のあがりは、どんな奴だ」

あぶり出しの絵を覗き込む。

絵で赤く染まっている人物は――橋の上で欄干（らんかん）にもたれて川面を眺め下ろしている笠の男である。

広重の声「……この男、行き交う京の三条下橋でただ一人、まるで思い余って身投げでもするように佇んでおります。私がこの橋を描く時、毎日のように、同じ場所で同じ恰好で立っているので目についたのです」

4　橋で

翌日――。

橋の欄干に、絵とそっくりの男がそっくりの恰好で立っている。

橋の下で、ブラ平と蘭兵衛。

ブラ平「（下から、そっと、覗いて）ほんとだ、同ンなじ恰好で立っていやがる……」

相槌を求めるが、その蘭兵衛は、例の絵を手に、橋ゲタを調べているのだ。

ブラ平「!?　……蘭兵衛さん」

蘭兵衛、何か見つけたらしい。

ブラ平「何しているんです」

蘭兵衛「おい、これを見ろ」
　大きな橋ゲタに、×印が刻まれているのだ。
ブラ平「なんです、これ」
蘭兵衛「さァね」
ブラ平「子供のいたずらじゃないんですか」
蘭兵衛「例えば、ここを切ると、橋はこうなるだろうね」
　と、例の崩れた橋の絵を見せる。
ブラ平「！　……こりゃァどういうことです」
蘭兵衛「さァね、どういうことだろうね」
　絵をしまってしまう。

5　宿で

　お艶と小駒。
　お艶、三味線の調子を見ている。
　小駒は、コマを磨いている。
小駒「あの橋の上の人、どんな人なの？」
お艶「立ン坊といってね、見張り役」
小駒「見張り!?」
お艶「そ。京都所司代の手下でね、京に入ってくる怪しい者を、ああやって、見張っているんだそうだね」
小駒「！　じゃア蘭兵衛さん、危ないじゃない」
お艶「大丈夫、話しておいたから、見つからない所から調べてるだろ」
小駒「なんか心配」
　急いで窓辺に寄る。
　ここは二階の部屋だ。
お艶「……」
　小駒。
　乗り出すようにして外の往来を見ている
お艶「小駒ちゃん」
小駒「ん？」
お艶「あの人は好きになっちゃ駄目だよ」
小駒「！　……あの人って、誰よ」
お艶「蘭兵衛さんは、あんたには似合わない」
小駒「（唇をかむ思いで）追われている人だから？」
お艶「あのお人はね、世の中より、甘い考えが進みすぎているんで、追われていなさるんだよ」
小駒「だったら、お気の毒じゃない」
お艶「高野長英というお人は、許婚がいなさった」
小駒「！」
お艶「長い長崎留学の間じっと国元で待っていた許婚を、どうしたと思う？　〝悪いが、ほかの男に嫁いでくれ〟」
小駒「！　……」
お艶「きっと自分のしている学問が危ない学問だと考えたんだろうね。……あのお人は優しいけど、心は別なものに奪われているお人なんだよ」
小駒「……（唇を噛む）」

6　橋で

　橋の上を窺っている蘭兵衛。

7　宿で

　涙をこらえて、窓辺の小駒。
小駒「……」
お艶「判った？」
小駒「判ってるわよ」
お艶「じゃ顔を見せとくれ」
小駒「いや」
お艶「……あとで、いいからね」
　小駒、往来のほうに顔をむけたまま——。
小駒「……！　あの人……」
お艶「誰？」
小駒「草津であたしたちが追い越した人」

8　往来

　目の不自由な座頭、佐市（45）の手を引いた娘、千代（21）。
　千代は、肩中に重そうな荷物をしょっている。それは、観音さんの祠だ。

9　二階で

　小駒、手を小さく振る。

10 往来で
千代、気づく。
佐市「誰だい?」
千代「旅で会った人。ほら、草津の茶屋で、お父さんの杖が倒れたの、直してくれた人」
佐市「ああ……」
見えぬ二階へ、頭を下げる。
千代「お父さん、この宿にしようか」
佐市「そうだな。親切なお人が泊まっていなさる宿なら、きっといい宿だろう」
宿へ入っていく佐市と千代。
佐市は肩に琵琶を――。

11 二階で
小駒「あ、入って来た……」
お艶「!　……」
何故か強い眼差しで見下している。

12 橋で
立ン坊こと、目明しの安次(35)つと欄干を離れた。
旅の男女の二人連れが来る。町人ふうだ。
安次、つと男のそばに寄るなり、男の腕を握った。
男「なにを!　……」
腕はビクともしない。
安次「江戸筑前屋の番頭清吉やろ」
清吉「ち、違う!」
安次「そっちは、筑前屋のおかみはん、およね」
およね「!」
安次「長い駆け落ちの道中も、京都であがりや」
清吉「ち、違うと言ってるだろ!」
安次「わてはなあ、御触れの人相者、一度見たら忘れんタチなんや」
片方の手で十手をチラと見せた。
橋の下。
ブラ平「なるほど……蘭兵衛さん、あんた、あの男の前へ出んほうがよろしいですな」
蘭兵衛「……そうだな」
安次に引き立てられていく男女二人。

13 宿で(夜)
ブラ平、蘭兵衛が帰ってくる。
ブラ平「遅うなりました」
お艶「小駒、食膳を言っておいで」
小駒「はい」
蘭兵衛「ほら」
小さな草花を手にしている。
小駒「!　……折角咲いてるのに」
受けとらず出て行ってしまう。
蘭兵衛「!?　……」
お艶「……どうだった?」
ブラ平「へえ、まったく画と同ンなじ所に同ンなじ恰好で立っていました」
お艶「そう」
ブラ平「早速、明日、やりますか」
お艶「ちょっと待って」
ブラ平「え?」
お艶「ちょうど獲物(えもの)が来てるんだよ」
ブラ平「獲物!?」
お艶「だと、いいんだがね」

14 宿で
鴨川の夜の流れ。
琵琶の音が聞こえてくる。
宿の一室で琵琶を弾いている佐市。
不意に、バチを止める。
千代「?　……」
佐市「千代、長い道のりだったなあ」
千代「ええ……」
佐市「お前には本当に苦労をかけた」
千代「あたしよりか……」
佐市「そうだ、お房が生きていたらな。楽をさせてやれるのに……(涙ぐむ)」
千代「お父っあん、今の弾いて。おっ母さんも大好きだったんだから」
佐市「ああ。……寒い日も、暑い日も、三人でよう歩いた……」
琵琶を弾き始める。語り始める。

15　**回想の旅**

寒い道を、凍える思いで歩いている佐市、お房、お千代。
お千代はまだ小さい。
お千代が佐市の手を引き、お房は重い荷を担いでいる。

16　**回想の旅で**

ムシロを敷いて、大道で琵琶を弾くお房。
幼いお千代が、お恵みを受けている。

17　**佐市の部屋で**

琵琶を弾き、語る佐市。
涙ぐみ聞いている千代。
と——！
三味線の音が遠くから入ってくる。
ちゃんと、合っている。

千代「あ、おっ母さん！……」
佐市「！　……ああ！」
　思わず、手が止まる。
　三味線の音も、止まった。
佐市「ああ、確かに聞こえた！」
千代「きっとおっ母さんよ」
佐市「そうか、そうだな、お房もあの世から喜んでいてくれるんだ」
と——、佐市、表情を硬くする。

「こんばんは」
と、女の声。
お千代「どなた」
小駒「あの、旅で会った……」
　千代、障子を開ける。
　小駒だ。
お千代「ああ……」
小駒「あたしのおっ母さんです」
　お艶が三味線を持って立っている。
お艶「失礼ですが、あまりいい音色なので合わさせて頂きました」
佐市「ああ、あなたでしたか」
千代「どうぞ」
　小駒とお艶、中へ入る。
佐市「あの、あなた様は？」
お艶「あたしはお艶といって、旅の新内弾きです」
佐市「ああ、新内。……死んだ女房みたいに、ぴったりと合わせて頂きまして、ありがとうございました」
お艶「よかったら、もう一回」
佐市「いえ。女房でないと判ったら、もう。わたしのは、師匠なしの、勝手弾きですから」
お艶「失礼ですが、京都へは？」
佐市「いえ、始めてです」
お艶「……もし間違っていたらごめんなさいよ。あなた方は、検校の免状をもらいに来なすったのでは？」
佐市「！　いいえ、検校など」
　慌てて否定する。
お艶「なにも心配なさることはありません。目の見えぬお人の一生の願いは検校の位。今の琵琶の音色、聞いていて何か弾むような音色、あるいは、京の久我家に検校の位をもらいに来たお人かと、そう思ったのです」
佐市「いえ、違います。出て行って下さい」
お艶「お話があるんです」
佐市「帰ってくれ！　お千代、出て行ってもらえ！」
　ひどい警戒心で、床の間の祠の荷物のほうへにじり寄る。まるでかばうように。
千代「出てって下さい！」
　お艶と小駒、押し出されるようにして廊下に。
千代「（小さく小駒に）ごめんなさい。お父っあんは、ひどい目にばかり遭ってるものですから」
小駒「ええ（とうなずく）」
お艶「いい？　あした何が起きるか知らないけど、あたしたち、味方だってことは、ようく、覚えていて頂戴」
千代「は、はい……」

佐市「お千代！　お千代！」
　祠の荷物を抱くようにして叫んでいる。

18　橋で

　橋の下。
　翌朝だ。
　蘭兵衛とブラ平。
ブラ平「（見上げて）少し早すぎたかな」
蘭兵衛「……ブラ平さん、どうも検校というのがわたしにはよく判らないんだが」
ブラ平「（笑って）こりゃいいや、何んでも知ってるような蘭兵衛さんでも知らないことがあるんだ」
蘭兵衛「（苦笑する）……」
ブラ平「目の見えない人が、アンマや三味線、琵琶などをして暮らしているのを、座頭というのはご存知ですね」
蘭兵衛「座頭は知っている」
ブラ平「検校というのはですね、座頭さん達の最高の位でしてね、この位をもらえると、まず、家元みたいに免状が出せる」
蘭兵衛「免状か」
ブラ平「もっとすごいのは、金貸しが出来る」
蘭兵衛「ああ、そうだな、検校が金貸しをしているのは知っている」
ブラ平「どういうわけで、そういうことになってか知らねえが、徳川さんは、検校には金貸し業をしていいって昔から許してあるんですよ」
蘭兵衛「徳川も、タマにはいいことをしている……」
ブラ平「ところがね、その検校になるのが大変だ。まず、京都のお公御（くぎょう）さんで、久我家というのがあるんですよ」
蘭兵衛「久我家……」
ブラ平「そ。その久我家へ来て、検校の位を授けてもらうんですがね、さ、ただではもらえません」
蘭兵衛「いくらだ？」
ブラ平「びっくりしちゃいけませんぜ。千両」
蘭兵衛「千両！」
ブラ平「ほら、びっくりした」
蘭兵衛「千両といえば、莫大な金じゃないか」
ブラ平「ま、検校というのは、それぐらいもうけのある商売ではあるんですがね、どうも、貧乏なお公御さん、最初は百両ぐらいだったのが、だんだんに釣り上げていったらしいですね」
蘭兵衛「千両か……あの座頭は千両を持って来たのか」
ブラ平「持ってますね。姐さんに言われて気がついたんですが、あの娘が、背負っていたものは千両です。肩に、ヒモが食い込んでいる……」
蘭兵衛「！　……来た」
　橋の上、立ン坊の安次が、欄干にもたれる。
安次「……」
　するどい目を橋上に――。
　と、川面に笹舟が流れ下っていく。
安次「⁉　……」
　橋の下。
　笹舟をつくっている蘭兵衛。
ブラ平「およしなさい」
蘭兵衛「あ、そうだな。つい、田舎を思い出してな」
ブラ平「どこです」
蘭兵衛「……水沢だ」
　橋の上。
　安次の目が光った。
　佐市の手を引いた千代が、やってくる。
　佐市は一張羅の着物を着ている。千代も、一張羅の着物を着ているが、背中には、例の祠を担いでいる。肩に食い込んでいる。
安次「！　……（ニッと口もとがゆるむ）」
　安次、笠を取って、近づく。
千代「！　……」
　安次、優しげな悪で、十手を見せる。
安次「わては京都所司代の者や」
千代「あっ、はい……」

安次「あんたら、検校の位、もらいに来た座頭はんとちがうか？」
お千代「！　……」
佐市「！　……」
安次「心配せんでもええ。わては所司代の安次ちゅう者ンや。この間、九州から来た座頭はんが、金を狙われて、ひどい目におうたんや。それでいま、所司代からここへ出張ってきてんのや」
お千代「あ、そうですか。お父っあん……」
安次「ほら、十手や、信用せんかいな」
佐市「（十手を触ってみる）……へい、どうも」
安次「よし所司代まで連れて行ってやろ」
佐市「所司代⁉」
安次「近頃はな、久我はんの取次として京都所司代を通すことになってるのや。いろいろ面倒なことが起こらんようにな。さ、行こ」
佐市「は、はい……」
　安次、佐市、お千代を連れて歩きだす。
佐市「祠とは考えたなあ」
お千代「は、はい……」
佐市「そう遠うないからな」
　と、橋の袂から、小駒が出てくる。
小駒「あら、お千代さん」
千代「あ……」
小駒「これから行くのね。お祝いに、何かおいしいもの買って宿で待ってるわ。じゃ、行ってらっしゃい。（安次に）よろしくお願いします」
　一気にまくし立てて、行ってしまうのだ。
安次「！　……今のは連れか？」
千代「え、ええ、ちょっと」
佐市「へえ、連れです」
　きっぱりと言うのだ。
安次「……行こ」
　まずいという態で歩きだす。
　橋の下では――。
ブラ平「じゃ。あっちのほうは（頼みます）」
　橋の上へ走り上がっていく。
蘭兵衛「……位を売る町か……不思議な町だな」

19　京都所司代

　所司代の門。

　安次が佐市、千代を連れてくる。

安次「さあ、所司代だ」

　門番に、うなずいて入る。

千代「（佐市に囁く）間違なく所司代よ」

佐市「うん」

　頭を下げながら、中へ入っていく。

　所司代の向かい側。

ブラ平「……間違いなく所司代の目明かしだな」

20　公御邸・久我邸

　土塀がある。

　それも崩れかかっている。

　蘭兵衛が崩れた穴から中を覗いている。

　中の庭が少し見える。

　荒れ果てた庭だ。

蘭兵衛「ひどい邸だな」

　大原女が来る。

蘭兵衛「ちょっと聞きたいが、ここは久我さんのお邸ですか」

大原女「へえ、久我はんのお邸どす」

蘭兵衛「あの、お公御さんの久我さん……」

大原女「へえ、お公御はんはみな貧乏で困ってはります。そやからうちらここでは声上げて歩きまへん」

　小原女、去る。

蘭兵衛「ひどいもんだな……」

　一部見える庭に、いかにも公卿らしい男が、公卿衣裳を虫干ししている。

　その公卿衣裳も穴が空き、古びている。

　土塀外の蘭兵衛と目が合う。

　あわてて、衣裳を隠す。

蘭兵衛「こんなところから失礼します」

久我「用なら、表から来てくれまへんか」

蘭兵衛「今日、京都所司代に、検校の位をもらいに来た座頭が出頭しています。」

久我「！　そ、それはほんまどすか！」

蘭兵衛「江戸の佐市という座頭です。ご連絡をお取りになったらどうです」
久我「い、いや、ご苦労どした。ほんまにご苦労はんどした」
急いで家のほうへ駆けていくのだ。
蘭兵衛「……」

21　所司代の一室

佐市とお千代。
侍が入ってくる。所司代の役人斎藤嘉兵ヱ（50）だ。そして、その部下の村野武一郎（30）。これはいかにも腕が立つ感じ。が、二人とも、役人らしい実直な風態をしているのだ。
安次「所司代の見張り方、斎藤様や」
安次とお千代、慌てて頭を下げる。
安次「えー、こちらは、検校願い方の江戸座頭と、その娘です」
佐市「佐市と申します」
千代「千代でございます」
斎藤「ああ、江戸から。そら、大変やったろう」
安次「考えたもんですわ、これに金を入れて、運んで来たそうです」
斎藤「ほう、背祠がある。うん、これに。うん、これなら安心やな。よかった、よかった。無事に来れてよかった」
と、優しい。
佐市「ありがとうございます」
斎藤「目が見えん身で、これだけ貯めるのはさぞ大変やったろう。早速、手続きをしてあげよう」
佐市「よろしくお願い致します」
頭を畳にこすりつける。
村野「一応、あらためさせてもらうぞ」
佐市「へえ、どうぞ」
背祠を、重く引き寄せる村野。
村野「どこを開ける？」
千代「はい、ここです」
教える。
祠が、開く。
布がある。それを取ると、小判が切餅でびっしり並んでいる。
村野「！」
斎藤「よく数えて確かめるように」
村野「はい」
目で数えていく。
斎藤「久我家のほうへは、明日、所司代より連絡して、早速に検校位の発行手続きをしてもらう」
佐市「あの、あした？　……」
斎藤「実際に検校の位を下されるのは、四、五日先になるだろうな」
佐市「そんなにかかるので……」
斎藤「検校の位は名誉ある位。検校の帽子、礼服、そして書付一巻、いろいろ準備なさるものが多く、四、五日はかかる」
佐市「はい……」
村野「確かに」
斎藤「では、上納金の仮受取証を所司代から発行しておくから、今日はそれを持って帰りなさい」
佐市「あ、あの、仮受取証⁉」
安次「京都所司代の預り証や。天下にこれぐらい確かなもんはないで」
佐市「は、はい」
斎藤「すぐ、つくってくるから、ここで待つように」
斎藤、出ていく。
村野、祠を持ってそれに続く。
千代「！　……」
安次「すぐやからな」
と、あとを追うように出ていく。
佐市「お千代……」
千代「はい……」
不安な二人。
別室の斎藤、村野、安次。
斎藤「（苦虫を噛み潰している）」
村野「（安次に）どうして、例の場所に連れ込まなかった」
斎藤「まったくだ。ここへ連れてくる奴があるか」

安次「そうしようと思うたんですが、あいつらの連れが、わてと一緒のとこ、見ましたんで」
村野「そいつも連れてくればいいんだ」
安次「パッパッと喋って行ってしまいよったんで……」
村野「（斎藤に）どうします」
斎藤「お前が考えろ」
村野「連れがどこに泊まっているか、聞いたか」
安次「へえ。あの座頭と一緒の宿です」
村野「……よし。預り証を渡して下さい」
斎藤「……今回は上前を撥ねるだけでも、いいのだぞ」
村野「斎藤さま、来年は所司代勤めが終われて、江戸へ帰られるのじゃないんですか」
斎藤「……そうだ。そういうことだ。絶対ばれるようなことはするなよ」

22 所司代門前

佐市と、千代が出てくる。
門番にまでペコペコして離れていく。
安次と村野が、出てくる。
急いで、別な方角へ――。
見張っているブラ平。
ブラ平「⁉……」
どうしようかと迷っていると――。

ブラ平「！……」
門前に、駕籠がつく。
中から、久我公卿が、例の礼服を着て出てくる。
門番、一応、礼をする。
久我公卿、あたふたと門の中へ入っていく。

23 宿で

小駒「あ、帰ってきた！　……」
お艶「お前が声をかけたんで、帰って来れたんだよ」
宿に入る佐市とお千代。

23A 佐市の部屋

佐市と千代が入ってくる。
千代「！」
部屋にお艶と小駒がいるのだ。
お艶「お邪魔してますよ」
佐市「あ、あんたたちは、なんですか」
お艶「検校の位は頂けましたか」
千代「……いいえ」

24 所司代・門前

久我公卿が、そそくさと出てくる。
待っている駕籠に乗って帰っていく。

25 佐市の部屋

預り証を見ているお艶。
お艶「……ひどいことを言うようですが、この預り証では、ひょっとすると検校はもらえずじまいかも知れませんよ」
佐市「そんな馬鹿な！　お千代、ちゃんと京都所司代の中だったよな！」
千代「ええ」
佐市「預り証には、所司代のハンが押してあるのだろ！」
千代「ええ、ちゃんと」
お艶「京都所司代の役人たちが、あなたたちを騙しているんです」
佐市「そんな馬鹿な！　あたしは、あんたより京都所司代のお役人を信用します。江戸の幕府から出向いてこられているお方たちなんです」
お艶「（フッと息をつく）」
小駒「お母さん、ちゃんと、私にも判るように話して」
お艶「ちゃんと話せばもっと信用しないだろうね。あまりひどい悪さ話だからね」
佐市「お艶さんとおっしゃいましたですね。旅芸人をなすってるなら、私らの乞食門付の辛さは、少しは判って頂けるでしょう」
お艶「ええ」
佐市「目の見えない人間が、人並みに生きて行こうと思うのは、この世で地獄を味うているような思いをせねばなりません。女房のお房、こいつの母親ですが、半めくらでわたしと一緒になったオナゴですが、旅先で、医者にもよう見せず、死なせてしまいました。信濃の河原っぷちです」

26　回想の河原で

幼いお千代が、母の死体にとりついて泣いている。
お千代「父ちゃん、母ちゃんが死んだァ、死んだよォ！」
河原を、佐市が杖を頼りに必死でやってくる。大根と干物を抱えている。
転ぶ。
佐市「どこだ、お千代！」
千代の声「父ちゃん、母ちゃんが死んだ！」
佐市、必死に、転び、水の中にのめり込みながら歩く。
千代の声「違うよォ！　こっちだよォ！」
佐市「お房……」

○　佐市の部屋で

佐市「わたしは、それで旅はもうやめました。江戸へ出て、あんまと琵琶。一生懸命働きました。何とか、ゼニを貯めて、検校をもらって、人に馬鹿にされず暮らしたい、その一心でした。でも、検校の位をもらうのに、千両かかると聞いて、目の前が真っ暗になりました。千両なんぞの大金、目の見えない人間に掴めるはずがないじゃありませんか」
お艶「……では、この千両は？」
佐市「わたしは考えました。一人じゃ駄目でも、沢山の人間なら出来るかもしれない。わたしは、目の見えない仲間に声をかけました。みんな、辛い思いで生きている連中です。食うのがやっとという連中ばかしです。でもあたしは、根気よく話しかけました。検校を取ればそれでみんながもっとましに暮らせる。一人で駄目でも、大勢ならできる。」
お艶「じゃ⁉……」
佐市「はい。（預り証をにぎりしめ）この千両は、四十二人の千両です」
小駒「四十二人！……」
佐市「それでも十五年かかりました。その間に七人死んでおります。そのお金です！　わたしの名前で検校は頂きますが、江戸に待っている大勢の仲間も検校になるのです。ですから、なんとしても、死んだって検校を江戸に持って帰らねばならんのです！」
お艶「よく判りました。……でも、それは難しい仕事になりましたよ」
佐市「！　どうしてです！　……」
立つお艶。
お艶「所司代のお役人の言う通りに動いて下さい」

27　公卿邸の土塀道

駕籠が帰ってくる。
蘭兵衛が待っている。
蘭兵衛「久我さん。……久我さんでしょ⁉」
駕籠が停まる。
中から久我公卿が顔を覗かせる。
久我「ああ、あんたどすか」
蘭兵衛「どうでした、所司代は」
久我「あんたはどなたどすか。ええ加減な嘘をついて」
蘭兵衛「ははあ、そんな者は来ていないと言われたのですね」
久我「（駕籠から降りて）あんた、駕籠代を払うておくれやす。あんたの嘘で駕籠呼んで往復したんやから」
蘭兵衛「（苦笑して）いくら」
駕籠屋「××文」
蘭兵衛「（払ってやる）」
駕籠屋「へ、どうも」
と、行ってしまう。
久我「あんた、そう悪うない嘘つきどすな」

蘭兵衛「立ち話は、ちょっと困るんですがね」
久我「（あたりを見回し）どうぞ」
　土塀の崩れたところを越えて中へ。
蘭兵衛「大したお公卿さんだ……」
　蘭兵衛もそうする。

28　久我家の庭

　といっても荒れ果てている。
久我「まったく、京都の公卿も落ちぶれたもんどす」
　荒れたアズマ屋に腰を下ろす。
久我「どうぞ」
　蘭兵衛も腰を下ろす。
久我「ここ二百年あまり、何の戦さもおまへんでしょう。戦さがのうては、公卿もあきまへんどすな」
蘭兵衛「？」
久我「昔は、木曾の義仲、源義経、さらに織田信長、太閤秀吉……みんなまず京へ攻めのぼっては、天子様に貢ぎ物をして位をもらいます。そらァ仰山な献上品どす。何しろ田舎武者ほど位をもらいたがって、そうなると、わたしら公卿の出番どす。礼儀作法、言上の仕方やら、位の賜り方、みな公卿を通じてでのうては、どもなりまへん。
（ニヤリと笑う）」
蘭兵衛「なるほど」
久我「それが、こう戦さも、乱もなしでは、天子様をはじめ、公卿は上がったりどす」
蘭兵衛「そう遠くはありませんよ」
久我「え！　本当ですか」
蘭兵衛「徳川幕府も、屋台骨が腐ってきています。今に、乱が起きます」
久我「また、担ぐのではないんやろな」
蘭兵衛「では、証拠をお見せしましょう」
久我「そら、是非見たいわ、出来たらお隣の武者小路はんや、岩倉はんにもお見せしたい」
蘭兵衛「岩倉さん達も検校に絡んでいるのですか？」
久我「検校⁉　検校の位を扱うているのは、わたし一人どす」
蘭兵衛「どうです？　ここ数年、検校の位をもらいに来た座頭はおりますか」
久我「いや、一人もおりまへん。近頃の座頭は位が欲しゅうないのでしょうか」
蘭兵衛「実は五人、来ております」
久我「五人も！」
蘭兵衛「奉納金はいくらなんですか」
久我「ああ、手数料どすか。いろいろ、手間のかかることどしてなあ」
蘭兵衛「いくらです？」
久我「金襴の帽子も付けますよって、五十両にしております。いや、それでもそう儲からんのどす」
蘭兵衛「千両です」
久我「は⁉」
蘭兵衛「手数料一千両です」
久我「！（が急に笑いだす、公卿風に）……そんな、そんなに頂けるのどしたら、天子様にも、他の公卿にもお分けして、みんな塀直したり、畳替えたり、それにもっとうまいもの食べますがな」
　女のように笑うのだ。

29　宿で

　駕籠が着く。
　安次が連れて来たのだ。

30　佐市の部屋

　安次が来る。
千代「あ！　……」
安次「あ、喜んで下さい。斎藤様があんたらのこと、えろう同情しなはって、何とか今日中に、久我様に取り次ぐよう手配してくれました」
千代「ほんとですか！」
安次「表に駕籠を待たしとるんや、すぐ支度して」
千代「お父っぁん」
佐市「ああ！」

安次「久我様のお邸やから、粗相のないようにな」
千代「は、はい」
佐市「お千代、これでええか」
千代「はい！」
安次「さっき頂いた預り証、ちゃんと持って」
佐市「はい。ちゃんと、ここに」
手に握っている。
安次「（部屋を見まわし）連れは？」
千代「は？」
安次「今朝、橋のところで会うた……」
千代「ああ、あのお人は、もう発ちました。ちよっと、旅で一緒になっただけのお人ですから」
安次「あ、そうか……じゃ、行こ」

31　**宿の前**
駕籠に乗り込む佐市。

32　**お艶の部屋**
二階から、見ているお艶と小駒。
お艶「さあ、行こ」
バチを懐に、ギュッと差し込む。
小駒も、コマを手にする。

33　**寺で**
夕暮れの寺。
安次に連れられた駕籠が入っていく。
お艶と小駒。
つけてきて、窺っている。
空駕籠が出て、帰っていく。

34　**寺の中**
安次が廊下を案内する。
佐市の手を引いてお千代が続く。
一部屋に——。
安次「ここで、待っとるように……」
千代「あの。ここはお寺では？」
安次「久我様の宰領するお寺でな、座頭と会うのは、みなこの寺を使うとる」
安次、出ていく。
佐市「……お千代」
千代「はい」
佐市「この寺は誰も住んでない寺や」
千代「どうして⁉」
佐市「カビくさい……」

35　**墓地で**
お艶と小駒。
部屋のほうを窺っている。
カサッ！　と音。
ブラ平だ。
ブラ平「遅くなりました」
手に徳利を持っている。
お艶「みんな、ここに揃いそうかい？」
ブラ平「いいえ、斎藤は祇園で、動きません」
お艶「まずいねえ……」
ブラ平「斎藤はもう一人、やはり同じような悪い仕事をしている同僚と一緒です。できたら、あっちを姐さんに。お座敷ですから」
お艶「判った。小駒、おいで」
ブラ平「四条川べりのカガミという席です」

36　**座敷**
舞妓たちが踊っている。
斎藤と、もう一人同僚が酒を飲んでいる。
斎藤「今日は総上げじゃ。もっと呼んでこい！」

37　**寺の一室**
すっかり暗くなった部屋にお千代と佐市。
佐市「……お千代、帰ろう」
千代「ええ、お父っあん」
と、襖が開いて、村野。
村野「待たせたな」

38　**寺の門**
久我公卿を連れた蘭兵衛が来る。
久我「ここは、無住の寺やないか」
蘭兵衛「あなたの座頭たちがいるところです」

久我「わたしの座頭が⁉」

39　寺の一室

佐市「久我様は？」

村野「会わせてやろう」

　刀を抜いた。

千代「あ！」

村野「これが久我さまだ」

千代「お父つぁん」

　つれて、廊下側へ逃げようとするが、そちらから安次が入ってくる。

安次「検校は検校でも、あの世の検校や」

　村野、刀を握り直した。

　と！　障子がパーッ！　と明るくなる。

　燃え落ちた！

村野「！」

　その向こう、庭に、ブラ平が立っている。

ブラ平「お千代さん、お父つぁんをこっちへ連れてくるんだ」

千代「はい！」

　そうしようとするところへ、村野、斬りかかる。

　ブラ平、油を含んでブーッ！

　村野、火だるまとなる。

　ウアーッ！

　それでも暴れながら刀を飛ばす。

　刀、佐市の胸に突き刺さる。

ブラ平「しまった」

　駆け寄る。

　安次、その隙に逃げ出す。

　と――、廊下のところに、蘭兵衛と久我公卿。

安次「！」

蘭兵衛「逃げてもらっては困る」

　刀に手をかける。

安次「あ！　……どっかで見た顔や」

蘭兵衛「思い出してもらっても困る」

安次「あ！　高野……」

　と、言いかけるのに一突！

　ギヤッ！　と倒れる。

　公卿久我さんは、気を失う。

40　座敷で

　お艶と小駒が芸者姿で出てくる。

　二人で踊るのだ。

斎藤「おッ！　いいぞ、いいぞ、どんどん呼べ！」

　お艶と小駒、踊りながら、斎藤ともう一人が酔って、舞妓たちに悪戯しているのを見ている。

41　寺の一室で

　蘭兵衛。佐市の手当てをしている。
お千代「お父っあん！」
蘭兵衛「ブラ平さん、傷口を押さえていてくれ」
　ブラ平、そうする。
　蘭兵衛、急いで引き返す。
　倒れている久我公卿を、引き起こす。気をつかせる。
久我「ウ……」
蘭兵衛「久我さん、あんたにはしてもらうことがあるんです。どうぞ」
　見ると、安次の姿がない。
蘭兵衛「しまった……」

42　寺の外

　血を引きながら走っている安次。
安次「あいつや、手配書に出とった顔や」

43　寺の一室

　佐市の前へ久我を連れてくる蘭兵衛。
蘭兵衛「この座頭さんに、検校の位をあげて下さい」
久我「！　……」
蘭兵衛「手数料は所司代に預けてあります」
佐市「こ、これです……」
　血で染まった預り証を見せる。
久我「！　……」
蘭兵衛「一千両と書いてあるでしょう」
　ブラ平、ロウソクの灯を寄せてやる。

久我「千両！　……」
　また気が遠くなりかける。
蘭兵衛「しっかりして下さい。いいですね、名は佐市。すぐに検校の手続きをして下さい」
久我「わ、わかりました……」
蘭兵衛「この人より他にあなたの検校が五人きっとそこの墓の下に眠っているはずです」

44　座敷で

　踊りがクライマックス。
　パッと手振りをして決まるお艶と小駒。
　バチと、コマが飛ぶ。
　斎藤の額ともう一人の同僚の額に、それぞれ、バチとコマが突き刺さっている。
　舞妓たちの悲鳴の中で倒れる斎藤たち。
　一礼して、
お艶「これで、五十三次、上がりどめです」

45　夜の町

　呼子の笛。
　捕り方たちが走る。

46　川べり

　ブラ平、佐市を背に走る。
　蘭兵衛、お千代も走る。
蘭兵衛「ブラ平さん、下ろしてくれ」
　佐市を下ろす。
　脈を取る蘭兵衛。
　呼子（よびこ）の声が近づく。
蘭兵衛「……お千代さん、すまないが、お父さんの最後の言葉を聞いてあげなさい」
千代「！　……お父っあん！」
佐市「お千代……ケンギョウ……ケンギョウを頼む……ケン……」
　息が止まる。
千代「お父っあん！」
　暗然と見つめる蘭兵衛とブラ平。
蘭兵衛「道具さえあれば、助けられたかもしれない」
　呼子笛がしきりと——。
ブラ平「！　……」
蘭兵衛「ブラ平さん、これは、どうやら私を追っているらしい」
　橋の上を走っていく捕り方たち。
ブラ平「えらい人数ですぜ」
蘭兵衛「高野長英の顔を変えるしかありませんね」
ブラ平「顔を⁉」
蘭兵衛「五十三次、旅したよしみに、力を貸して下さい」
ブラ平「⁉」
蘭兵衛「顔半分を、焼きたいんですよ」
ブラ平「！」
蘭兵衛「そうするしか、助かる道はありませんね。……ブラ平さん、わたしはまだやりたいことがいっぱいあるんです」
ブラ平「判りました。やりましょう」

47　橋の下で

　目を閉じている蘭兵衛。
蘭兵衛「どうぞ」
　ブラ平、ロウソクの手に、油を含む。
ブラ平「……」
　火を吹く。
　蘭兵衛の顔の半分に焔が。
蘭兵衛「ウッ！　……もう一度願います」
　もう一度、火を吐くブラ平。
蘭兵衛「ウッ！　……」

47A　久我邸の土塀道

　遺骨箱と一緒に、久我邸から出てくるお千代。
　手に大仰な封書。
千代「お父っあん、もらったよ。……もらいましたよ」

48　橋の下・夕暮れ

　千代が旅姿のまま、ボンヤリ川面を眺めている。

小駒と、ブラ平が来る。
小駒「お千代さん」
千代「ああ……」
ブラ平「すまなかった、オレがも少し注意すりゃア、よかったんだ」
千代「いえ、あなたたちがいなかったら、私も殺され、検校の目録も頂けなかったでしょう」
小駒「よかったら、検校の目録、見せて」
千代「どうぞ」
　奉書包みを懐から出して渡すが、変なのだ。
　変な方角へ、渡す。
小駒「？　……」
　受け取って、広げてみる。
　検校の認証が書いてある。
ブラ平「お千代さん、あんた、ひょっとしたら、目が見えないんじゃないのかい」
小駒「！」
千代「そ、にわかめくら」
小駒「だって、お千代さん見えてたでしょ！」
千代「そこにね、検校の目録にね、佐市とあるでしょ」
小駒、「ええ」
千代「男とも、女とも、書いてないでしょ」
小駒「ええ……」
千代「年も書いてないでしょ」
小駒「お千代さん！　……」
千代「あたし、お父つぁんの身代わりになろうと思ったの」
小駒「そんなことをして、ここからまた江戸まで……」
千代「にわかめくらで、危なかしいけど、沢山の人が待っているんです。必ず、これを持って帰ります」
　立ち上がる千代。よろめく。
　手を差し延べる小駒。
千代「ありがと、でも、いいの。一人でやる稽古をしなきゃア」
小駒「お千代さん……」
　奉書を返す。
　受け取って、懐深く。
千代「おばさんは？」
ブラ平「旅のケリをつけにね……」

48A　京の宿・鴨川べり（夜）

　広重、暗い川をながめている。
お艶「お待せしました」
　振り向くとお艶。
広重「ああ、お艶さん」
お艶「広重さん、お久しぶりでした」
広重「日本橋の振り出しから京の三条の上がりまでどうも御苦労様でした」
　そして包みを取り出す。
広重「これは残りのお金です」
お艶「……」
　なぜか手を出さないのだ。
広重「失礼ですが、この中には、失くなられた塩八さんとブラ平さんの御香典も入っています」
お艶「広重さん、あなたは元をただせば江戸火消同心の生まれ」
広重「おや、よく御存知で」
お艶「東海道五十三次の絵の旅は実は別の目標（めあて）があったのではありませんか」
　広重の反応あり。
お艶「世間の目には触れない五十三次の絵がお有りでしょう」
広重「ですからあなたにお渡ししたあぶり出しの絵が」
お艶「いいえ、それとは別に、例えばこの絵」
　三条大橋の絵を差し出す。
お艶「これは幕府に差し出すものを、うっかり私にお渡しになったのでしょう」
　三条大橋が崩れている絵。
　広重、びくりとする。
お艶「もし討幕の軍が西から起きる時はこの三条大橋を落して討幕軍を防ぐあなたの五十三次の絵、裏の裏には、幕府のそうした防ぎようが描き込まれているはずですね」

広重「……」
お艶「広重さん、つまり貴方は幕府隠密」
広重「よく見抜きましたね」
お艶「蘭兵衛こと高野長英さんにふいの追手もあなたの密告でしょう」
バチを帯の間から抜く。するどい殺気。
広重「……確かに私は心ならずも隠密を務めたこともあります。だが、今は一介の絵かき、長英さんを密告するなどそんなことはしておりません」
お艶「その証拠は」
広重「……証拠、残念ながらありませんね」
お艶「それじゃ仕方ありません」
バチを持ち替えて膝を立てる。身構える。
広重「そうですね、私が絵描きである証拠ならお見せ出来ます」
手元の絵筆を取る。そして左手に紙を持ち、バチを構えるお艶を描き始める。
広重「お艶さん一度、あなたを書きたかったんですよ」
お艶「……」
広重「どうぞ遠慮なくやって下さい、でも、出来れば書き終わるまで待って下さるとありがたいのですが」
筆を懸命に動かしている広重。
お艶「……」
じっと見つめている、やがてお艶の目もとに殺気が消えて、ふっと笑顔が浮ぶ。
広重「ああ、きれいだ……」

49　街道

お千代、にわかめくらでありながら健気（けなげ）に、東へ歩き出す。
見送っているお艶、小駒、ブラ平。
お艶「さあ、あたしたちも行こ」
小駒「どっちへ」
お艶「お陽（ひ）さまに向かって歩くのはいやだね」
ブラ平「じゃ、こっちだ」
陽を背に歩きだす。
声「お艶さん」
振り向こうとするのへ、
声「あ、こっちを向かないで下さい」
小駒「あ！　蘭兵衛さん！」
蘭兵衛だ。
半面が焼け焦げている。
陽を背に立っている。
蘭兵衛「こちら向かないで！……どうも、ありがとう。これを言いたくてね、待っていたんだ」
お艶「長英さん、お達者で……」
蘭兵衛「ええか……ブラ平さん、あなたの腕はとてもよかった」
ブラ平「どうも……」
お艶「小駒、何か言わないのかい」
小駒「……（ふっと）さよなら」
蘭兵衛「ああ、さよなら」
左右に別れ、歩きだす二組。
お艶「あのお人は、どこへ行くんだろうね」
小駒、小さく唄いだす。
〽故郷はどこ、父母はどこ、
国は破られ　身よりは殺され
行くあてもない
国の外にも　国の内にも

脚本解題

『新必殺からくり人』第13話『東海道五十三次殺し旅　京都』

會川昇

最も大きく改変された一編

実在の人物である高野長英をからくり人の一味に加えるという大胆なアイデアを、虚実の間に見事に着地させるエンディング。早坂暁会心の最終回……のはずだが、シリーズ初参加監督である森崎東によって最も大きく改変された一編となった。

＃1に「前説」としてオープニングナレーションが全編書かれているが、よく読むと第2話のそれと差異がある。本編はレギュラー陣の口調など細かい変更が多く、とくに近藤正臣の蘭兵衛は（かつての『斬り抜ける』同様）かなりアレンジが際立つ。＃7、中盤のお艶と小駒のやり取りはカット。＃11のラスト、広重の絵の座頭が挿入される。＃12、13はカット、目明し安次の能力の説明だったが。＃17、本編の佐市はセリフを減らし、秘めた思いを強調。千代が背負うものを脚本では「背祠」、本編では「お厨子」と呼んでいる。

＃18、蘭兵衛が説明を求めるくだり、笹舟を流して咎められるくだり、シーン終わりの会話などカットが多い。カットされた蘭兵衛の「不思議な町だな」というセリフ、『斬り抜ける』の早坂回でも近藤扮する楢井俊平が江戸を「不思議なところだ」と語っていた。

＃21、所司代の斎藤と村野の会話をカット。斎藤が江戸に戻る前に荒稼ぎしようとしていることがわかる。＃22、23Ａはカット。本話の脚本には＃23Ａや＃47Ａのように後から差し込まれたシーンが目立つ。＃25、26は編集で＃28の次に移動しており、佐市を演じる山田吾一の「語り」に森崎東らしさが垣間見える。＃27、28は所司代の前で公家の久我と蘭兵衛が出会い、歩きながら屋敷の庭に至る……に変更され、駕籠のくだりはない。久我役の北上弥太朗は、のちの八世嵐吉三郎。公卿役は珍しいが細かい演技が楽しく、ただし脚本にある、すぐ気絶するクセまではやってない。

＃39のラストから＃42が直結するように変更され、安次はこのタイミングで逃げる（＃41と＃43は直結）。＃44、お艶と小駒が踊り終わると傷ついた安次が現われ、「あいつら高野長英の一味だ！」と告発する。すでに長英への追っ手が出ていることも告げられ、ここで安次と斎藤が倒される。安次役は東映剣会出身の西田良。『燃えよ剣』の原田左之助を当たり役としたが、必殺シリーズにも多数出演して粗暴なワルからコメディリリーフまでインパクトを残した。

＃46は本編で複雑な入れ替えが施されている。川べりで佐市を下ろすブラ平～迫る御用提灯の列～自分を追っていると確信した蘭兵衛、自分といてはみんなが危ないとブラ平に「私の最後の願いを聞いてください」～佐市が息を引き取り、半狂乱の千代に蘭兵衛「生き抜くんだ、オレも生き抜く」と強い励まし～蘭兵衛、顔を焼くことを頼む。そして＃47で火を浴びるのは一回のみ。

続いて、先に＃48Aとなる。安藤広重とお艶の最後の対決——広重が「ブラ平さんの御香典も」と言っているので、初稿ではブラ平が死ぬ展開があったようだ。ここで広重が幕府隠密であったことが明かされる。葛飾北斎、司馬江漢、松尾芭蕉らにも隠密説があるが、広重とは珍しい。早坂暁は『天下堂々』において——これは明らかに隠密であった——冒険家の間宮林蔵を〝隠密であった罪を背負っている〟人物として描いた。本作でも広重は隠密でありながら、諸国で苦しめられている人々の救済を試みる、同様の贖罪感がうかがえる。完成版では、お艶のバチが広重の脳天に突き刺さるイメージカットが加えられている（あるいは、緒形拳の希望か）。

ラストは＃47A、＃48、＃49が統合され、千代はお艶たち一行と橋の上で出会う。最初から千代の顔は見せず、途中で目に布を巻いて盲目になったことを示す。去りかけた千代が転びそうになったとき、ひとりの巡礼が助ける。これが蘭兵衛。その火傷の顔を見た小駒は一瞬ですべてを悟り、ブラ平とともに反対方向へ歩き出す。そしてお艶のアップ——。脚本に指定の「流亡の曲」は第1話同様カットされており、主題歌「惜雪」のアレンジ曲にのせて服部妙子演じる千代と天保太夫一座、それぞれの旅立ちが強められた。

弱者や少数者の存在を語り続ける「旅」

ブラ平の火吹きは初回から強調されており、このラストは最初から想定されていたものだろう。蛮社の獄で囚われた長英が火事で脱獄、その後各地を転々とし、ついには顔を硝酸で焼いて江戸に潜伏したのは史実である。その史実を取り込みながら、しかし早坂暁はこの先待ち受ける長英の運命は描かない。

彼らがしたたかに生き抜く「旅」を描くことで、さまざまな弱者や少数者の存在を語り続ける。広重の秘密は急きょ決まったものだろうか、森崎演出との連携もぎこちない。だが、かつての元締と同じ蘭兵衛（第2話では例によって「菊兵衛」という誤記も頻出！）という名を与えることで、早坂は「高野長英」を歴史の運命から解放することに成功した。前作『からくり人』の最終回は異形だが、こちらは第1話からの調和美を感じさせる仕上がりだ。

東京と大阪の映像をカットバック

やっぱり『必殺からくり人』といえば、時代劇やのに銀座ロケから始まったのが斬新で、いちばんの思い出ですね（第1話「鼠小僧に死化粧をどうぞ」）。普通の時代劇だと京都映画の撮影所とその周辺だけで完了しますが、いきなり銀座が出てきて、現代の社会問題をふまえながら時代劇で表現できるというのがおもしろかった。早坂暁さんということで現場も期待しましたし、とってつけたような現代ネタが出てくるようなホンとは違いますよね。

銀座の歩行者天国の日にロケをしたんですが、わたしは助監督のセカンドとして緒形拳さんに付きました。カメラは三愛ビルの屋上から望遠レンズで狙ってて、衣裳を着た緒形さんと一緒にお店の中で待機……上からトランシーバーで指示が出たら歩行者天国に飛び出していく。わたしも緒形さんの近くにいたんじゃないかな。カットがかかったことを伝える人間が必要ですから、でかいトランシーバーをカバンに隠して人ごみに紛れてたと思います。

あの話は鼠小僧が市中引き回しのとき銀座のあたりを通ったという史実にもとづいてるんですが、緒形さんが見ている行列のカットがありますよね。そっちは大阪で、ABC（朝日放送）の旧社屋があった福島で撮ったと思います。だから東京と大阪の映像をカットバックで上手に組み合わせているんです。あとは夢の島が出てくるゴミの話も強烈でしたね（第5話「粗大ゴミは闇夜にどうぞ」）。これはロケに行った記憶がなくて、別班が撮ってきたんだと思います。

早坂さんにお目にかかったことはないんですが、わたしの出身が同じ愛媛県なものですから、なんとなく親しみというか「あの有名な脚本家が同郷から……」という、うれしさは持ってました。『花へんろ』のような、お遍路さんが出てくる作品を発表されたのも松山のほうの出身だからですよね。

関係者インタビュー

助監督
都築一興

二番手のセカンド助監督として『必殺からくり人』に参加した都築一興は、ファーストシーンの銀座ロケで緒形拳に付き添い、脚本が間に合わないまま撮影突入という第12話にも立ち会った。さらには『新必殺からくり人』『必殺からくり人　富嶽百景殺し旅』でチーフ助監督を務めた都築が当時を回想する。

助監督に全部しわ寄せが来ますから

あと『からくり人』といえば、早坂さんのホンがなかなか届かなかったことが思い出ですね。わたしら「おそさか・うそつき」なんて呼んでましたが、何が困るか……まずホンが来ないと具体的な準備ができない。脇の役者も決められない。それから「どうなってんのや〜！」という各部署からの質問に答えられない。小道具さんから衣裳さんから「何を用意したらええんや！」と、助監督に全部しわ寄せが来ますから（笑）。「そんなもん当日言われても用意できんぞ！」とか言われて。

まぁ製作部も大変やし、いちばん困ったのは監督だと思います。後半ほんとに緒形拳さんのスケジュールがなくなって「あと1日しかないのに2話残ってる」みたいな状況に追い込まれて、とにかく緒形さんの分だけでも撮らなくちゃいけない（第12話「鳩に豆鉄砲をどうぞ」）。いま考えると無茶苦茶なんですけど、殺しの前のオープンセットをパーッと走るシーンだけ撮ったりしましたね。

それから「黒塗りにしとけば吹き替えも可能やろう」という話になって、緒形さんの顔に墨を塗った記憶があるんですけど、あれが苦肉の策だったのか監督の意図だったのか、本当のところはわかりません。忍者が顔を焼いて、正体を見せないとかありますもんね。でも、確実に台本には書かれてなかったと思います。

昼休みに午後から撮影するシーンを考えるというので、蔵原（惟繕）さんがわたしら助監督と記録を集めて「こんな話になるから」としゃべりはるのを口述筆記して原稿にしたこともありました。さすがに勝手にではなく、早坂さんと蔵原さんが事前にプロット的な打ち合わせをされてのことだとは思うんですが、そんな綱渡りでも出来上がったら、しっかりした作品になりましたね。

左から山田五十鈴と都築一興

蔵原さんはカチッと論理立ててしゃべってくれる方で、助監督にも「バカアホ！」というタイプではなく紳士的でした。『からくり人』の前から蔵原組は何本もやってて、あれは『おしどり右京捕物車』だったかな。ジュディ（・オング）さんが京都にマンションを借りて住んではったんですが、そこへ一緒にうかがって手料理の中華をごちそうになりました。蔵原さんがアフリカロケで幽霊を見た話をしてくれて、どんな幽霊なんやろって思った記憶があります。工藤（栄一）さんのような親分肌とは、また違ったタイプの監督でしたね。

いちばんしんどい役割だったのは松野（宏軌）先生でしたけど、見た目のやんわりさと違って先生はタフなんで、少々何があっても受け流す。必殺シリーズといえば、松野先生がいちばんの功労者です。大熊（邦也）さんは遠くから見たらどっかの組の親分みたいな感じで、口が悪くて……役者がNG出したら「あいつ、どついてきましょか？」って、ようスタッフに言うてました。もちろん冗談ですけど。松本明さんも見た目はヤクザですけど、すごくスタッフの面倒見がいい方で、わたしがＡＢＣで仕事したときもお世話になりました。

カメラが止まると「おかはん」に

緒形拳さんは朗らかでマイペースな方で「自分がこの番組を支えている」と、そんな自負が口に出さないまでも伝わりました。大上段から振りかざす感じではなくて、石っさん（石原興／撮影技師）もタイプ同じですよね。

山田（五十鈴）先生は、現場ではホンのことに一切口出しをしない。でも、一言セリフをしゃべるだけですべてを山田色に染めてしまう……そういう凄みがありましたよね。で、カメラが止まると「おかはん」に戻る。夏だったらハワイのムームーを着て、三味線を弾いてるような方で、スタッフも親しみを持って「おかはん」って呼びかける。そういう温かさがありました。

　芦屋雁之助さんも優しい人で、よくお土産を持ってきてくれました。スタッフルームにいると「おーい！」って声が聞こえて、窓を開けたら雁之助さんが差し入れくれたり、大阪の芸人さん出身らしい気遣いがありましたね。お芝居も一味のサポート役として、うってつけの方でしょう。

　『からくり人』の助監督はチーフが彦ちゃん（松永彦一）、もう亡くなられたんですが、やんわりした人で仲良くしてました。京都の金持ちのボンボンという感じで、目黒祐樹さんとお友達だったり、わたしなんか四国から出てきた田舎もんやったんで「京都のボンはすごいなぁ」と思ってました（笑）。同じチーフでも高ちゃん（高坂光幸）はゴリゴリ仕切るタイプで、彦ちゃんやわたしは「みんなでやっていこうぜ」という感じ。自家用車に乗って撮影所まで通ってた助監督は彦ちゃんくらいじゃないかな。わたしなんか自転車もないころに（笑）。

『必殺』よりハードな『斬り抜ける』

　そのあとの山田先生のシリーズ、『新必殺からくり人』と『富嶽百景殺し旅』は記憶もゴッチャになってるんですけど、『新』のほうは近藤正臣さんが出てますよね。「あ、近藤さんなら楽しくやれる」という感じでした。『斬り抜ける』のときからお世話になってて、わたしのメガネが割れたとき「そのままじゃ困るやろ」と新しいのを買ってくれたこともありました。

　しかし『斬り抜ける』はスケジュールがキツくて、『必殺』よりハードでした。ようスタッフ同士で「切り抜けられるのか」って言うてましたから（笑）。亀岡の奥に溜池があって、そこにレギュラーとゲストが6〜7人集まるシーンを毎日1人ずつ撮って、残りは吹き替え……6日か7日そこに行って撮ったような記憶があります。「よう、そんなひどいことするな」と語り草になるくらいの現場でした。普通は1人だけ吹き替えで背中を映して、あとは本人ですから。

　和泉雅子さんが忙しかったんかな……途中で死んじゃいますよね。あれも現場としては「えっ、主役を殺しちゃうの！」ってびっくりしたんですけど、視聴率が悪くてテコ入れしたのと、あとはスケジュールの問題があったのかもしれません。現場は近藤さんや正平ちゃん（火野正平）がいたし、楽しかった。岸田森さんも大好きな俳優さんですが、自己主張の少ない淡々とした方でしたね。

　『斬り抜ける』は『おしどり右京』と同じ演出部で、チーフが家喜俊彦さん、セカンドがわたし、サードが皆元洋之助という編成です。『斬り抜ける』の途中で家喜さんが監督デビューしたんですが、わたしと洋之助でフィルムを買ってプレゼントしたんです。納品用のプリントをもう一本焼いてもらって……それくらい

『新必殺からくり人』の渡月橋ロケ

家喜さんにはお世話になりましたし、いいチームでした。

話も、頼み人の恨みも深かった

『新からくり人』から本格的にチーフを始めましたが、まずは現場をどうスムーズに進行させるかということに集中します。旅ものなのでロケが多かったですね。桑名とか府中みたいな現実の場所までは行けないんですが、なるべくそれらしいところに……大井川のシーンやったら木津川の流れ橋、海沿いだと丹後の間人（たいざ）、琴引浜、立岩、あとは琵琶湖ですよね。間人は製作主任の黒田（満重）さんの出身地で、民宿を借りたり、そういう便宜を図ってもらいました。

『斬り抜ける』最終回の集合写真

　宿場のシーンは京都映画のオープンだけでなく、天神川に日本京映というスタジオがあって、そこを借りたこともあったと思います。『木枯し紋次郎』を撮っていたところです。まぁ山田先生のシリーズは「今回はこの場所だ」というのを浮世絵で表現していたので、何年かあとの『必殺仕舞人』のほうが全国のいろんな場所までロケに行って、そういう現地主義でしたね。

　浮世絵は西田真という先生がいらっしゃって、大体その方にお願いしてました。映画の『歌麿』もそうですが、絵のことになると西田先生に相談して、描いていただきました。白髪でしたがシャキシャキしてはって、京都の鳴滝のほうにお住まいで、むちゃくちゃかっこいい民芸調のお宅でしたね。浮世絵の裏に赤いセロファンを貼って、ライト当てるとそこだけ赤くなる……アナログなことやって撮ってました。

　去年、東京に行った際に映画館のスクリーンで『からくり人』の「津軽じょんがらに涙をどうぞ」を見ましたが、やっぱりすばらしい作品でしたね。話も、頼み人の恨みも深かった。わたしら「おそさか・うそつき」って呼んでましたけど、それは単なる悪口じゃなくて、早坂さんというのは憧れの作家でした。待つだけ待っても、おもしろいホンが届くと現場は張り切りますから。いくら早く書こうが中身がつまらなかったら「なんやこれ」ってなりますし、京都映画というのは照明の助手さんや結髪のおばちゃんまで「今度のホンは、つまらんなぁ」と言ってるような撮影所でしたから。

都築一興
つづき・いっこう

1948年愛媛県生まれ。立命館大学在学中から京都映画の助監督を務め、79年に『必殺仕事人』で監督デビュー。『必殺仕舞人』『必殺仕事人Ⅲ』などを演出。91年からは東通企画と専属契約を結び、2時間ドラマや情報番組、紀行番組、土曜ワイド劇場などの演出を数多く手がける。

『新必殺からくり人』資料集

本作の助監督を務めた都築一興氏の自宅に第13話「東海道五十三次殺し旅京都」で使用された小道具の浮世絵が残されていた。貴重な資料であり、三条大橋が崩れる「からくり」が切り抜きによって表現されている様子を4枚の画像でご覧いただきたい。

必殺からくり人
富嶽百景殺し旅

第三章

第1話「江戸日本橋」

必殺からくり人 富嶽百景殺し旅

葛飾北斎の浮世絵『富嶽百景』に仕込まれた謎から恨みをあぶり出す――本作は『新必殺からくり人』のフォーマットを踏襲した二度目の〝旅もの〟であり、必殺シリーズの第13弾にあたる。三たび山田五十鈴を元締に芦屋雁之助も登場して、出雲太夫一座を結成。『必殺仕置人』『必殺仕置屋稼業』で人気を博した沖雅也がレギュラーとして合流した。

早坂暁が手がけたのは第1話「江戸日本橋」のみ、これが必殺シリーズ最後のシナリオとなった。ほかの回の脚本家は常連から新入りまで多士済々だが、のちに仕事人シリーズのメインライターとなる吉田剛が第5話「本所立川」で初参加を果たしており、監督もATG（日本アート・シアター・ギルド）の諸作で高い評価を受けていた岩波映画出身の黒木和雄から始まるという異色ぶり。松野宏軌、高坂光幸、原田雄一と当時のレギュラー陣に加えて、必殺シリーズの映像美を作り上げた撮影技師の石原興も監督を務め、凝った画づくりを披露した。

沖雅也演じる唐十郎は、裏稼業の元締にして浮世絵版元の西村永寿堂与八（岡田英次）から送り込まれた殺しの見届け人。出雲太夫一座のメンバーは出雲のお艶に山田五十鈴、どじょうの宇蔵に芦屋雁之助、江戸屋小猫（のち四代目江戸家猫八）が虫の鈴平に扮して動物の声帯模写を披露。踊り子のうさぎは、高橋洋子から真行寺君枝への交代劇があった。まったく『新からくり人』と似たメンバー構成であり、部外者の唐十郎が主人公という距離感が新味を加えている。

葛飾北斎に小沢栄太郎、娘のおえいに吉田日出子と芸達者を揃えて、ユーモラスな世界を創出。唐十郎の殺し道具は伸縮自在の仕込み釣竿だが、当初は武士出身の設定であり刀と

放映日	話数	サブタイトル	脚本	監督
1978 年 08 月 25 日	1	江戸日本橋	早坂暁	黒木和雄
09 月 01 日	2	隠田の水車	神波史男	松野宏軌
09 月 08 日	3	駿州片倉茶園ノ不二	国弘威雄	松野宏軌
09 月 15 日	4	神奈川沖浪裏	国弘威雄	工藤栄一
09 月 22 日	5	本所立川	吉田剛	石原興
09 月 29 日	6	下目黒	保利吉紀	松野宏軌
10 月 06 日	7	駿州江尻	山浦弘靖	高坂光幸
10 月 13 日	8	甲州犬目峠	松原佳成	高坂光幸
10 月 20 日	9	深川万年橋下	武末勝	松野宏軌
10 月 27 日	10	隅田川関屋の里	松原佳成	松野宏軌
11 月 03 日	11	甲州三坂の水面	保利吉紀	石原興
11 月 10 日	12	東海道金谷	荒馬間	原田雄一
11 月 17 日	13	尾州不二見原	武末勝、山浦弘靖	原田雄一
11 月 24 日	14	凱風快晴	安倍徹郎	松野宏軌

なっていた。ビクを使った宇蔵の殺しは、頭蓋骨が割れるアニメーションを追加——表現そのものは『新からくり人』の塩八（古今亭志ん朝）が駆使した催眠術の発展形だが、より視覚的効果を発揮しており、現場の創意工夫がうかがえる。

音楽と主題歌は前作『必殺商売人』からの流用で、森田公一によるもの。怪談めいた因果話によく似合う。劇中で使用されている浮世絵は「富嶽百景」ではなく、正しくは「富嶽三十六景」。いや、そんな間違いなど百も承知でハッタリを効かせたのだろう。早坂暁とプロデューサー陣のケレン味を感じさせてくれる。

必殺からくり人
富嶽百景殺し旅

出演：沖雅也、芦屋雁之助、高橋洋子、
真行寺君枝、江戸屋小猫、山田五十鈴
制作：山内久司、仲川利久、桜井洋三
作曲：森田公一　撮影：石原興、藤原三郎
放送形式：カラー／ 16mm ／全 14 話
放送期間：1978 年 8 月 25 日～ 11 月 24 日
放送時間：金曜 22：00 ～ 22：54（テレビ朝日系列）
製作協力：京都映画　制作：朝日放送、松竹

『必殺からくり人 富嶽百景殺し旅』第１話

「江戸日本橋」

脚本：早坂暁

監督：黒木和雄

放映日：1978 年 8 月 25 日

【キャスト】

唐十郎	沖雅也
宇蔵	芦屋雁之助
うさぎ	高橋洋子
虫の鈴平	江戸家
小猫おえい	吉田日出子
藤兵衛	山岡徹也
馬琴	北村英三
佐吉	田畑猛雄
おさき	志乃原良子
おユキ	大和撫子
おヤス	青木和代
北町奉行	永野達雄
奉行次席	秋山勝俊
きぬ	高野陽子
子分	宮川珠季
	諸木淳郎
	美鷹健児
	広田和彦
	東悦次
同心	丸尾好広
	加藤正記
	藤川準
阿片窟の客	中野アキ
阿片窟の女	郷みゆき
津軽三味線協力	三橋美智一
永寿堂与八	岡田英次
葛飾北斎	小沢栄太郎
お艶	山田五十鈴

【スタッフ】

制作	山内久司
	仲川利久
	桜井洋三
作詞	阿久悠
作曲	森田公一
撮影	石原興
製作主任	渡辺寿男
美術	川村鬼世志
照明	林利夫
録音	奥村泰三
調音	本田文人
編集	園井弘一
助監督	都築一興
装飾	稲川兼二
記録	杉山栄理子
進行	佐々木一彦
特技	宍戸大全
装置	新映美術工芸
床山・結髪	八木かつら
衣裳	松竹衣裳
小道具	高津商会
現像	東洋現像所
演技事務	遠山一次
殺陣	楠本栄一
	布目眞爾
題字	糸見溪南

主題歌「夢ん中」

（作詞：阿久悠／作曲：森田公一／唄：小林旭／クラウンレコード）

衣裳提供	東京・浅草 寶扇堂久阿彌
劇中画	西田真
製作協力	京都映画株式会社
制作	朝日放送
	松竹株式会社

1　江戸の坂道で

家財道具を載せた大八車を、こともあろうに三十ぐらいの女が、引いている。

――女の名はおえい。

坂道なので、動かない。

おえい「お父つぁん、少し押して下さい」

大八車の後ろに老人がいる。

車のことはそっちのけで、坂下の遠くの方を見ている。

北斎だ。

おえい「お父つぁん！　……」

北斎「……どうも、ここからの富士はよくないな」

ぶつぶつと呟いて、車を押す。

大八車はごとごとと動きだす。

北斎「(意外と大きい声で)オレの小さい頃は、江戸の何処からでも富士山が見えたもんだ。……近頃は下らねえ家がごぢゃごぢゃ建ちゃアがって、江戸もつまんない町になりゃアがったよ」

父娘の大八車、坂道を登っていく。

おえいの声「まるで乞食の引越しのようですが、後ろをぶつくさ歩いていますのは私のお父つぁん、浮世絵を描かせたら当代随一、いえ、娘の私が言うのもなんですが、古今随一に違いありません葛飾北斎。……ただ、並大抵の変わり者ではございませんで、例えば引っ越しは病気と申しましょうか、生涯に九十六度、嘘じゃございません、九十六度の引っ越しでございます」

車が動かない。

おえい「お父っぁん！　……」

北斎、車はそっちのけ、遠くを眺めて、画帖に絵筆を走らせている。

北斎「やっと富士が見えてきた……。おえい、ここは何と言う坂だ」

おえい「……富士見坂」

北斎「富士見坂か……。富士見坂、富士見坂と(フト気付き)なんだ月並すぎる。行こ」

描きかけの紙を投げ捨てて、車を押す。

大八車は坂を登っていく。

道に落ちた画。

――北斎の〝江戸から見た富士〟の絵である。

2　江戸の町で

ここは下町。
北斎親子の大八車が行く。
おえい「お父っぁん、何処へ落ち着くつもりなの」
北斎「まあ、急くな。まだ日は高い」
おえい「もう、足がくたくた」
北斎「そうか、じゃ、ここで一休みだ」
おえい、車を止める。
おえい「お父つぁん、何処へ行くの⁉」
北斎「よかったらお前も来いよ、面白そうだ」
ノボリの立った小屋がある。
〝出雲太夫一行〟とあって、小屋の中から賑やかに安来節の囃し声。
おえい「お父つぁん、引っ越しの途中じゃないの」
北斎「ま、いいから、お前は休んでろって」
北斎、好奇心いっぱい、小屋へ入っていくのだ。
おえい「(フーッと溜息)……ほんとにどうする気なんだろ。……（ふと、あたりを見回し）あ、ここは、馬喰町……そうだ！」

3　小屋の中

小さな小屋掛けの舞台では、今や娘三人による安来節が賑やかに。

「アラ・エッサッサーッ！」

舞台袖の張り出しには、三味線を弾き、美声を上げている出雲太夫のお艶。

そばで太鼓を叩いているのは〝虫の鈴平〟(30)。

客の声「いいよォ、出雲太夫！」

娘たちは短い着物の裾を、さらにチョイと引っぱり上げたりする。

その度に客は大騒ぎ。

真ン中で踊っているのは出雲のうさぎ（20）、お艶の娘分だ。
北斎老も、乗り出している。
男客「うさぎちゃーん！」
北斎「（すり寄って）うさぎちゃんて、どの娘（こ）です？」
男客「真ン中だよ。うさぎィーッ！」
北斎「（モ、眼を輝かせ）ふさぎィーッ！」
男客「⁉　ふさぎじゃなくて、うさぎ」
北斎「ふさぎーッ！……ちょっと前歯が一本ないからね」
男客「（納得する）」
二人でう（ふ）さぎーッ！　と合唱。
にっこり、うさぎは応える。
うさぎ「アラエッサッサーッ！」
一段と素足をチラリ！
と、三味線を弾いているお艶の眼が訝（いぶか）るように光る。
歓声を上げて見ている北斎の後から、食い入るようにお艶を見詰める派手な着物を着流した若い男。
侍崩れのお役者唐十郎である。

4　露地で

露地に引越しの大八車が置いてある。

5　露地奥の家で

〝甚兵ヱ〟姿の老人がいる。
老人「え⁉　また引越し。まったく仕様がねえなあ。ま、いいから、こっちへ来てお坐り」
おえい「仕事中じゃないんですか？」
老人「ま、いいから。こっちが風が通るから」
小さな庭がある。
老人「十日前に引っ越したばかりだろ」
おえい「はい」
老人「また、文無しでかい」
おえい「……（うなずく）」
老人「あんたも、大変なオヤジ持って苦労するなあ、ちょっと待っとくれ。一区切りつけてしまうから」
老人、机の前に坐って、書きはじめる。
そこら中、本が積んである。
おえいの声「この人の名は曲亭馬琴、江戸一番の読み物作家。南総里見八犬伝の作者といえばご存知でしょう」
老人は馬琴なのだ。

6　小屋で

鈴平がニワトリの声色を張り上げる。

そして、再び安来節。

舞台には、田吾作スタイルの宇蔵が登場。

「待ってました！」と声。

宇蔵は股間に、大金玉（もちろん、つくりもの）をぶらさげて、実にコミックなドジョウすくいを展開する。

三味線のお艶はコミックな曲弾き――。

笑いながら客たちを見るが、再び唐十郎と視線が合って射（い）るように見詰め合う。

お艶、客へは微笑しながら弾き続ける。

客は大受け。

北斎「アハハハ！」

画帖を取り出し、スケッチにかかる。

7　馬琴の家で

馬琴は仕事が一区切りがついた。
馬琴「北斎はこの挿し絵の仕事はやってくれてるかね」
おえい「（首を振る）」
馬琴「やってくれてないのかい⁉」
おえい「仕事らしい仕事は……（首を振る）」
急におえい、涙が溢れる。
馬琴「どうした？　……えッ、どうしたんだい⁉」
おえい「……この間、お父っあん、あたしを遊廓に売り飛ばそうとしたんです」
馬琴「えッ、娘のあんたを⁉　冗談だろ？」
おえい「ペロリンを買いたいんですって」
馬琴「ペロリンてなんだい。……」
おえい「……」
馬琴「なんだ、やっぱり冗談だ」
おえい「オランダから入った藍（あい）色の絵具です」

正誤表

★P6 目次

【誤】●関係者インタビュー　富田由紀子………270
↓
【正】●関係者インタビュー　富田由起子………270

【誤】●第３話「東海道五十三次殺し旅　京都」……228
↓
【正】●第13話「東海道五十三次殺し旅　京都」…228

★またP352の奥付の「写真提供 ABCテレビ・松竹」のところでカバー写真の提供部分が抜けておりました。

カバー写真提供 ABCテレビ・松竹

となります。

お詫びして訂正いたします。

株式会社かや書房

馬琴「！　……」
おえい「酔っ払って、知らない男の人連れて帰って、おえい、お前この人と一緒について行けって。飲み屋のツケ馬かと思ったら、吉原の女衒さんでした」
馬琴「あいつはなんてェことを！　……」
おえい「あたしもあんまりだと思って、〃お父つぁん、娘よりも、ペロリンという絵具のほうが大事なんですか〃そう言ってやったら……〃ああ、お前、すり潰してても、あんなきれいなアイ色は出ねえよ〃って……」
馬琴「気にすンな、おえいさん、あいつはここがどうかしてるんだ」
おえい「（フッと笑む）でも、吉原の女衒さん、こんな大年増じゃ約束が違うって怒って帰っちまいました。馬琴のおじさん、あたし、もう女郎にも売れないいんですね」
　泣き笑いのおえい。

8　小屋で

宇蔵、クライマックスのコミックどじょうすくい。

そこへ、うさぎたち娘も登場。

出雲太夫の唄、三味線も最高に盛り上がって、舞台はフィナーレへ。

娘たち、まるでカンカン踊りみたいにお尻を客に向けて、陽気に、きわどく着物の裾をめくってみたり！

「アラエッサッサーッ！」

客たちは昂奮の絶頂。

一緒に「アラエッサッサーッ！」

北斎「ふさぎちゃーん！」

と、その時！

ダ・ダッ！　と舞台に走り出たのは岡っ引二人。黒い布幕を踊り手の前に張った。

同心が十手を振り振り、
同心「淫らで不届！　淫らで不届き！　よって召し取る！」

お艶「（チッ、と舌打ち）」

思わず唐十郎を見るが、唐十郎は人ごみの中をすり抜けるように、小屋の外へ消えていく。

北斎「……（隣の男客に）今の、淫らでした？」

9　小屋の前

出てくる北斎。
「おい」と、捕まえる手。
同心だ。
北斎「は？」
同心「それをよこせ」
　画帖を引ったくる。
北斎「あの、それ……」
同心「淫らを写しとったであろうが」
　ベリベリと破き捨てて、行ってしまう。
北斎「……他人のもの、淫らに破いちゃいけねえなあ」
同心「何イ!?」
北斎「いえいえ……」
　紙片を拾い集める。
「北斎」と小声。
みると馬琴とおえい。
北斎「馬琴！　……」
馬琴「ちょっと話があるんだ」
北斎「仕事の話なら、お断りだ」
馬琴「ペロリンが使える仕事なんだがな」
北斎「何！　ペロリンが!?　……よし！」
　目が輝いた。
馬琴「すぐそこだ。西村永寿堂だ」
　歩き出す。
おえい、大八車を押して続く。
小屋から、出雲太夫をはじめ、宇蔵、鈴平、うさぎたちが、岡っ引に連れられて、出てくる。

10　西村永寿堂

版元屋だ。

店の横に、北斎の大八車が停めてある。

店先には浮世絵が並んである。

11　永寿堂の座敷で

主人の与八（55）と北斎、馬琴、そして、おえい。

馬琴「どうだい、永寿堂さんの仕事をしてくれるなら、ペロリン絵具を出そうというんだがねえ」

北斎「……」

馬琴「永寿堂さんは、あんたに仕事をしてもらいたいんだよ」

北斎「話がうますぎるねえ」

与八「北斎さん、うちもねえ、こういう大当たりを出してみたいんだ。儲けたいんだよ」

風景画を取り出す。

広重の東海道五十三次の絵だ。

北斎、異常に反応する。

北斎「なんだ、広重の東海道五十三次じゃないか」

与八「ああ、これを刷った蔦屋さんは、刷りが間に合わない騒ぎですからねえ」

北斎「広重なんぞの絵は、ありゃア絵じゃねえ！　あいつは見たまんまにしか描けねえ阿呆絵師だ。なんだ、あんなふやけた風景画」

与八「だって、売れるんだから凄いじゃないか」

北斎「阿呆だらけだ、世の中は、くそッ！」

そんな北斎を、そっと窺っているおえい、と馬琴。

与八「ほんとに世の中は阿呆だけなのか、どうだね、む北斎さん、広重の風景画なぞ吹き飛ばすような仕事をしてみちゃアっ」

北斎「ふん！　……」

与八「東海道五十三次の向こうを張って、北斎の富嶽百景、てのはどうだね」

北斎「富嶽百景⁉」

馬琴「北斎。富士なら、あんたの独断物だ」

北斎「……富嶽百景か（心が動いている）」

与八「なぜ、あの広重の、大人しいというか、ふやけた風景画があんなに売れたか」

北斎「だから世の中は阿呆だらけ」

与八「いやいや、実はね、あの風景の中には殺しの匂いがあるんだよ」

北斎「殺しの⁉」

与八「ああ、血の匂いがね」

北斎「この絵のどこに、そんなものがあるよ」

と、広重の絵を取る。

与八「……」

与八、その絵を、火鉢の上にかざす。

――前回の、どれでもいいですから、絵の一つを使って、人物を赤くして下さい。

北斎「！」

おえいも驚く。

与八「北斎さん、世の中にゃ、殺してもあきたらない悪い奴が、法の網の目を逃れてのさばっている」

北斎「ああ、（とうなずく）大勢知ってるぞ」

二人の視線が絡み合う。

与八「富士には殺しがよく似合うと思うがねえ」

北斎「そうか、富士には殺しがよく似合うか」

馬琴「よし、これで北斎の傑作が出来るぞ！」

北斎「さあ、ペロリンをくれ！」

与八「承知した」

手を叩く。

と、唐十郎が出てくる。

唐十郎、ポンと、ペロリンを北斎の前へ。

北斎「これだけじゃ、一枚分だ」

与八「一枚出来れば、また渡します。（笑いながら）何しろ葛飾北斎、引っ越しの名人だ、全部渡したら、そのまま、どこへ飛んでいくか……」

唐十郎、じっとおえいを見つめている。

おえいも――。

おえい「……」

与八「ペロリンの渡し役はこのお人、名前は……」

唐十郎「お役者唐十郎。絵とペロリンの引き換えは、あなたと」

おえいを見つめて言う。

おえい「！　……」

北斎「ああ、この色だ、この色だ！」

北斎、ペロリンを紙に塗り付けている。

あざやかな、アイ色。

15　奉行所の白州で

お艶、宇蔵、鈴平、うさぎ、おユキ、おヤス――出雲太夫一座が白州に坐っている。
向かい合って北町奉行と、その補佐役。口の辺りにホクロのある奉行次席。
北町奉行「その方ら出雲太夫一座、安来節にこと寄せて淫らな所作、振りつけを以て、庶民の劣情をそそりたる段、誠に不届千万也」
宇蔵「（頭下げたまま小さく）劣情ねえ……」
北町奉行「その方、只今、何と申した。申してみい」
宇蔵「はあ、劣情ちゅうのは、どんな情かなと、はい」
北町奉行「読んで字の如く、劣りたる情である」
宇蔵「生憎、私めは字が読めませんので」
北町奉行「だから今教えてやったであろうが、劣った情のことである」
宇蔵「（首をひねり、ブツブツ）」
北町奉行「何だ、申してみい」
宇蔵「へい、どれぐらい劣っておるので」
お艶「（小さく）およし、もう」
北町奉行「どれぐらいはお上の裁量で決めるによって、秘密と心得い！　只今、天保の改革の真最中。出雲太夫一座、明日を限り、江戸御府内より追放に処す。心得たか！」
一同、頭を下げる。
お艶「（小さく）アラエッサッサー……」

16　小屋で

小屋がものの見事に打ち壊されている。
お艶、宇蔵、鈴平、うさぎらの連中が帰ってくる。
鈴平「あ、ひでェことをしやがって……」
お艶「お上のすることはこんなもんだ。あたしの三味線を探しておくれ」
うさぎ「そうだ、あたしの着物」
みんな、壊れた小屋をひっぱがしはじめる。
と、傍らの木の下から、唐十郎が立ちあがる。
宇蔵「！　……」
お艶の眼が鋭く光る。
唐十郎「探しものはこれだろ」
三味線やビク、ザルなどが唐十郎の足元にある。
唐十郎「目ぼしいものは、壊される前に取って置いたんだが、何しろ十人がかりで壊しやがるんでね」
うさぎ「あたしの着物は？」
唐十郎「あ、着物は駄目だね。トビ口にひっかけられて、ズタズタだ」
着物を持ち上げる。無残に裂けている。
うさぎ「！　……」
唐十郎「どうぞ」
小判の切餅を二つ、お艶の前に置く。
お艶「なんの真似です」
唐十郎「旅に出るのに、必要でしょう」
お艶「訳の判らないお金はもらえませんね」
唐十郎「裏の稼業の依頼金」
宇蔵「！　……」
唐十郎「去年、浮世絵師安藤広重の頼みを受けて東海道五十三次を殺し旅……」
宇蔵、飛鳥の如く飛びかかる。
唐十郎、身をかわす。
いつの間に手にしていたか、宇蔵の手には草のムチ。外されて木の幹に鋭い音を立てて巻きつく。
と――
うさぎたち娘、娘と思えぬ鋭さで空手を繰り出す。
唐十郎、危うく避けた。
その隙に鈴平、三味線のバチを拾ってお艶に投げる。
お艶、バチを逆手に――。
と、その息詰まるような対峙を分けるように、与八が現われる。

与八「成程、聞きにしまさる凄さだな。お前さんたちなら頼み甲斐がある」
ニヤリと笑ってお艶を見る。
与八「泣き節お艶さん」
お艶「え⁉」
与八「私は浮世絵の版元、西村永寿堂の主」
お艶「(思わず宇蔵たちと顔を見合す)あなたが……あの元締さんで」
与八「(笑いながら)闇の稼業じゃそう呼んでくれるお人もあるが、いえね、私の手許の仕事師が、なんやかんやで(唐十郎をさす)これ一人になっちまってね。だから噂に聞いたお艶さんが、いったいどんな人だろうと」
お艶、微かに頷きながら、唐十郎と与八を見比べる。
与八「お艶さん、今度の依頼主はあっしです」
懐から一枚の浮世絵を出す。
江戸日本橋の絵である。
与八「この絵は広重を上回る浮世絵師、葛飾北斎が描いたもの」
お艶「北斎……」
与八「火にかざせば、殺してもらいたい奴が真っ赤な血の色となる趣向も、広重の時と同じだ……引き受けてもらえないかね」
お艶「……いい絵ですねえ」
与八「そうかい。よかった。これで北斎の傑作が出来上る」
改めて絵をお艶に渡すが、
与八「それからもう一つ、この唐十郎に手伝わせてやってくれないかね」
宇蔵「手伝い⁉　あっしたちだけじゃ不足だとおっしゃるんで」
お艶「(宇蔵を止めながら)成程……見届け役というわけですね」
与八「どう取ってもらっても結構だ。だがこいつもなかなか腕が立つんでね」
お艶「それはさっきも十分に……でも私たちには私たちのやり方がございます。長年一緒にやって来た、私たちの流儀というものがございますんでね」

17　宿の一室で

夜。

お艶が北斎の絵を火鉢の火にかざす。見守る宇蔵、鈴平、うさぎたち。

その日本橋の絵の右手に、蔵が並び、その中央あたり、荷上げが行われている。

そこの店の荷の点検役とおぼしい人物が真っ赤に浮かび上がってくる。

おえいの声「この日本橋あたりは米蔵が並び、昼は荷上げ、荷積みで大変な活気でございますが、夜ともなれば、人っ子一人とおらぬ蔵通りでございます」

18　夜の河岸

蔵の並ぶ河岸。

暗い闇の中の河岸に、誰かしゃがんでいる。

北斎だ。

絵筆と画帖を持っている。

何かを待っているらしく、じっとひそんでいる。

おえい「私のお父つぁんは、大分前に、どういうつもりか、心中する男と女を描きたいと言いだし、飛び込み心中のあった日本橋へ、毎晩のように絵筆を持って出かけました」

徳利を取り出し、一口、飲んだりして待っている北斎。

北斎「(ブツブツと)どんな顔して飛び込むんだろなあ……眼つむって飛び込むのか、どうか……惚れあった同志が飛び込んだ、さだめしいい顔してるに違いねえ……」

と——、何処からともなく津軽三味線の音色が聞えてくる。

北斎「！　……津軽三味線じゃねえか」

激しい音色だ。

しかし、ちょっと音色が冴えない。

北斎「⁉　……なんだか、音がはっきりしねえなあ」

　と――、突然、三味の音が途切れた。

北斎「？　……どういうことだ」

　北斎、絵のほうに目をやって、平徳利で一口。

北斎「今夜もくたびれ損か……」

　と――、運河に面した店のくぐり戸が開いて、一人の女が、走り出てくる。裸足で、手に三味線を手にしている。様子がおかしいはずだ、女は目が見えないのだ。

　手探りで、蔵沿いに逃げ始める。

　くぐり戸から男が三人、追って出てくる。

　番頭風の男――佐吉（35）。

佐吉「何を怒っているんだ、何もおかしい所はないじゃないか」

女――きぬ「違います、私の三味線、違ってしもうた。何をしたんですか」

　津軽訛りがある。

佐吉「何もしてねえって。ほら、も一度、座敷に帰って、弾いてみてくれよ」

　と喋っている間に他の男たちは女の背後に回る。

きぬ「違う、私の三味線を元のようにして下さい！」

　男たち、きぬを捕まえた。

　きぬ、三味線で男たちに殴りかかる。

　盲滅法だが、男を一撃する。

　三味線は、壊れた。

　と――、三味線の胴が割れて、夜目にも白く、粉が散る。

佐吉「！（低く）やれ！　早く！」

　男、きぬの首を両手で絞める。

北斎「！　……」

　腰を浮かすが、もうきぬはぐったりと、息の根を止めた。

佐吉「丁度引き潮だ」

　男たち、うなずいて、運河にきぬの死体を、音がしないように、ズブリと落とし込む。

　佐吉、道の白い粉を懸命に集める。

佐吉「もったいねえことをしやがる」

　あとは足で土の中へすりこみ、佐吉たちは、くぐり戸の中へ――北斎、そろりと、暗がりから出ていく。

　その地面にかがみこむ。

　土を手にすくう。

　嗅（か）いでみる。

北斎「……」

19　医者・悦庵の家で

　貧乏長屋の家だ。
　悦庵が、北斎の持って来た、白い粉のまじった土を、焼いてみる。
　煙が出る。
悦庵「！　……」
北斎「甘ったるいいい匂いですねえ、センセ」
悦庵「北斎師匠。これ、何処から持って来た」
北斎「なんです、これ」
悦庵「こんなの持ってたら、縛り首だぞ」
　悦庵、急いで窓を開け、煙を外へあおぎ出す。
北斎「ねえ、なんですよ」
悦庵「（耳元へ）阿片だ」
北斎「やっぱり！」
　北斎、まだ煙を上げているそばに寄って、その煙を吸う。
悦庵「何を馬鹿なことをするんだ」
北斎「これを吸うと、この世で見られない色が雲のように湧いてくるそうじゃないですか」
　北斎、煙を吸う。
悦庵「やめろって！」

20　北斎の家

　貧乏な長屋の一室。

　北斎、火鉢の前。

　おえい、破れ障子に紙を貼っている。

北斎「おえい、早くしろ」

おえい「何をするの、お父っぁん、夏だと言うのに」

閉め切っているのだ。

北斎、白い粉の混じる土を火鉢の中へ。

煙が上がる。

その煙を息いっぱいに吸う北斎。

おえい「お父っぁん……」

北斎「黙ってろ」

さらに土を火に焚べて、煙を吸う北斎。

さらに吸う――。

北斎「！　……なんだ、この色は！」

目がとろんとしている。

いきなり絵筆を握ると、画布に一気に、筆を走らせる。

北斎「ああ、不思議なものが見えるぞ、見える、見える！」

おえいの声「その時、お父っぁんが描きあげた絵は、今までに見たこともないような絵でした」

21　北斎の怪奇幻想絵

怪奇、残虐、耽美の幻想画の数々――。

やがてそれが日本橋の絵にWって来る。

22　宿の一室

お艶たちがじっとその絵に見入っている。
お艶「（思わず呟くように）今度の仕事は大分難しくなりそうだねえ」
一同、無言。微かにうなずく。
お艶「広重とはちょっと違ったお人のようだ。でも津軽三味線とゴゼ。その三味線の胴に隠されている阿片。そして一人のゴゼが殺されている……いいね、宇蔵さん。鈴平さん」
宇蔵「へえ」
お艶「私たちは、明日いっぱいで江戸御府内から追い出されるんだ。急がないと」
宇蔵と鈴平、大きくうなずくと立ち上る。

23　日本橋・河岸、右側

朝。

相変らず荷上げや荷積みで、賑わっている。

その中を、宇蔵が辺りを見回しながら、ゆっくりと行く。

ふと、一方を見て、急いで走るように近づいて行く。

地面に白い粉が落ちている。

思わず掬うが、米である。

とたんに人足が突き当たる。

人足1「ばかやろう！　どかねえか！」

宇蔵は急いで傍によけるが、舟へ戻る別の人足に近寄ると、土混りの米を突き出す。

宇蔵「この辺で白い粉を……見かけたことはありませんかね」

人足2「白い粉？　何だそりゃ」

宇蔵「こう吸い込むと、この世では見られねえいろんな色が湧いてくるような」

人足2「なんだ手前？　き印か？　このくそ忙しいのに」

去って行く。

だが宇蔵は諦めずに、さらに別の人足に近づいて行く。

宇蔵「ね、この辺で津軽三味線を聞いたことはありませんかねえ」

人足3「おめえ、目は見えるんだろうな」

宇蔵「え？」

人足3「そこの井筒屋は津軽藩御用の米問屋だ。三味線くれえ弾ける者は山ほどいるだろう。おおかた津軽生まれの者ばかりだからな」

宇蔵「津軽藩御用……なるほど……なるほどねえ」

その宇蔵の見守る米蔵に、井筒屋の屋号が印されている。

その北斎の画にも描かれている鉤に井の字（井）の屋号。

24　井筒屋の前

昼。

井のノレンを分けて、井筒屋藤兵衛が出

かけて行く。

番頭佐吉が見送りに出る。

佐吉「行ってらっしゃいませ」

藤兵衛「ああ（戻ってくる）佐吉」

何やら耳打ちするように話している。

やがて話し終わると行き始める。

その藤兵衛と見送る佐吉を、じっと物陰から見守っている男がいる。鈴平。

25 茶店

夕暮れ。

お艶とうさぎがゴゼのおさきを見守っている。

お艶「すると、殺されたのはそのおきぬという人だけじゃないんだね⁉」

おさき「（津軽弁で）はい……もうこの半年余りで五人のゴゼが……」

うさぎ、蒼白。身振いするように頬を強ばらせて聞き入っている。

おさき「みんな江戸へ稼ぎに行くと……あんなに元気そうに別れたのに、おきぬちゃんはこのあいだ、首を絞められて川の中で……おきぬは……私の妹なんです！」

お艶、無言。いきなり水を浴びせられたようにじっとおさきを見つめている。

おさき「（見えない目から涙を流す）だから私、何度も奉行所に……でも、何の手がかりもない。煩く言うと、引っくくって叩き込むぞって、放り出されて……」

お艶に取りすがる。

おさき「お客さん。どういうお方か知りませんが、どうか奉行所に頼んで下さい。どうか妹を殺した人を掴まえて……どうか殺されたゴゼたちの仇を……どうか……」

お艶、そっとおさきの手を握る。

その目に、突き上げてくるような怒りの色が滲んでいる。

26 井筒屋の前

夜。

宇蔵と鈴平が軒から軒へ走る。

やがて井筒屋の塀にたどりつくと、一気に宇蔵が肩車して鈴平が飛び上がる。

続いて宇蔵に手を差し出す鈴平。

27 同・座敷

藤兵衛が佐吉と絵図面を囲んでいる。
藤兵衛「ここまでが藩に届けてあるケシ畑だな」
佐吉「はい。今年はこの裏山とこの一帯に隠し畑をつくらせましたが、こんな山奥では、いくら検見役人でもお見えになることは」

× × ×

その天井裏で鈴平が聞き入っている。

× × ×

藤兵衛「それがこっちの付け目というわけだが（ニヤリと笑って佐吉を見る）で、ゴゼは？」

小舟が着いて男たちに手を引かれ、二人のゴゼが降りて来る。

と、その男たちに、いきなり暗がりから飛び出したおユキ、おヤスが当て身を食わす。

驚いて立ちすくむゴゼたちにお艶、うさぎが駆け寄る。

お艶「早く戻って！」

手を引きながら舟の中へ連れ戻す。

と、井筒屋のくぐり戸が開いて、藤兵衛、佐吉が手下を連れて出て来る。

佐吉「ほどなく米を積んで入りました海神丸から」

藤兵衛「じゃその前に、ご機嫌伺いでもして来ようかね。大事なお客様方に」

笑いながら立っていく。

× × ×

その縁の下で、這いつくばるように聞き入っていた宇蔵が一方へ急ぎだす。

28 日本橋・河岸

辺りを見回すが、露地のほうへ消えてい

く。

その後を追って現われる宇蔵、鈴平。

29 露地

藤兵衛、佐吉たちが土蔵の続く露地をいく。

あとをつける宇蔵、鈴平。

佐吉、ふと足を止める。

パッと後ろを提灯で照らす。

土蔵のくぼみに、必死でへばりついて身を隠している宇蔵と鈴平。

提灯をかざしている佐吉ら。

鈴平「……」

　鈴虫の声を出す。

　見事に鈴虫の声だ。

佐吉「鈴虫か……」

　安心してさらに奥へと入っていく。

　ホッとする宇蔵と鈴平。

30 土蔵の前

どん詰まりになっている土蔵の前。

見張番の男がいる。

　藤兵衛、佐吉らが来る。

藤兵衛「どうだ?」

見張りの男「皆さん、おまちかねです」

　錠を開けて、中へ入る藤兵衛ら。

31 屋根の上

土蔵の屋根の上を宇蔵と鈴平。

小さな窓からかすかに煙が立ち上っている。

宇蔵「！　……この中だ」

　窓から、中を覗く。

32 土蔵の中

そこは、支那の阿片屈そのままの光景が繰り広げられている。

うすいシャ幕で仕切られた中に、横たわって、水パイプで阿片を喫っている男たち。

いずれも、裕福な商人たち。

中には武家衆もいる。

その間を藤兵衛、佐吉が見回っていく。

藤兵衛「皆さま、お待たせしております。もう程なく新しいじょんがらがまいりますので、お心おきなく」

阿片客「おい、早くくれ！」

佐吉「はい、只今」（指を鳴らす）

　その合図にうすものをまとった娘が、阿片の粉を、各部屋（といってもシャで仕切られただけのものだが）に配っていく。

客の男たち、うっとりとした目で阿片をくゆらせている。

佐吉が、金を集め始める。

　十両ずつの小判が置いてある。

佐吉「たしかに……ごゆっくりと」

　藤兵衛と共に、一人一人に笑顔で会釈して金を集めていく。

33 屋根の上

覗いている宇蔵と鈴平。
宇蔵「あの男は江戸一番の金物問屋、兼松の主人……あれは木場の大問屋船木屋の若旦那……江戸の大きい商家が一揃いそろっていやがる」

34 蔵の中

ある客の前。
佐吉「扇屋さん、代金は?」
扇屋（35）はトロンとした目で、粉をパイプに詰めている。
手が小きざみに震えている。
佐吉「扇屋さん！　タダのみは困りますよ」
扇屋「こ、これで、取ってくれ」
　紙片れを渡す。
　広げてみる佐吉。
　藤兵衛へ渡す。
佐吉「（ニヤリと）いいんですかい。深川のお店を抵当にしたりして」
扇屋「いいんだ、そのかわり粉をもっとくれ」
藤兵衛「よろしゅうございます」

　ウスモノの娘に合図。
　娘は、粉を持ってくる。
娘「もう、これだけしか……」

35　屋根の上
鈴平「宇蔵さん！　あの男！　……」
宇蔵「！　ほんとだ」

36　蔵の中
　一番隅のコーナーで、頭巾で眉、鼻を隠し、目と口だけを出している武家ふうの男が、若い女を抱きよせたまま、陶然と阿片をくゆらせている。
　藤兵衛が来る。
　丁寧に一礼する。
藤兵衛「いかがでございます？」
武家の男「新しいのはまだかな」
藤兵衛「はい、もう程なく」
武家の男「次はいつ入る？」
藤兵衛「今月の末には。入りましたら、ご連絡をいたします」
武家の男「ム……」
　阿片をくゆらせて陶然。

37　屋根の上
宇蔵「間違いない、あいつだ」

38　奉行所
　申し渡しをしている奉行のそばに控えている奉行次席。

39　蔵の中
　顔を隠しているのは奉行次席だ。
　口辺にホクロがあるので、判る。

40　屋根の上
宇蔵「奉行所の役人も抱き込んでいるんじゃ、あがる心配もないわけだ……」

41　露地
　土蔵から出てくる佐吉。
　金の入った箱を重そうに抱えている男と、もう一人を随(したが)えている。
　見張りの男に、何か注意して、帰っていく。

42　屋根で
　宇蔵と鈴平。
宇蔵「さア、行くぜ」
　屋根の上を走る。

43　河岸で
　佐吉、男たちを随えて帰ってくる。
　と――、
　津軽じょんがらの三味の音。
佐吉「！　……」
　見るとくぐり戸の前で、笠も深く二人の女が、じょんがらを弾いている。
佐吉「（近寄る）何だ、お前たち」
　女たちの三味線が止まる。
　女は、ゴゼと入れ変わったお艶とうさぎだ。
お艶「船の人が帰ってしまって」
佐吉「船？　海神丸のか⁉」
お艶「（頷く）じょんがらを弾いていれば、迎えに来てくれるからって」
　お艶とうさぎ、また弾きはじめる。
佐吉「（舌打ち）しょうがねえな。そうかそうか、お前たちか。待ってたんだぞ」
お艶「じゃ私たちを呼んで下さったのは、あなた様で？」
佐吉「そうだ（。男に）金を仕舞って、すぐ来るんだぞ」
　男、一人中へ入る。
佐吉「客が待っているんだ。すぐにお座敷のほうへ行ってくれ」
お艶「はい」
佐吉「こっちだ」
　佐吉と男、目が見えないふりのお艶とうさぎの手を取って、引き返していく。
　その姿が露地に消えると、岸に舫(もや)ってある川舟の菰(むしろ)を跳ね上げて、宇蔵と鈴平が現われる。

宇蔵「さあ、行くぜ」

鈴平「へい」

ビクを宇蔵に渡す。

一つ、二つ、三つ。

宇蔵は、ビクを腰に吊るす。

44　土蔵の前

佐吉と男がお艶、うさぎを連れてくる。

佐吉「着いたぞ」

見張りの男、錠を開ける。

佐吉「さあ、入って」

中へ入るお艶とウサギ。

扉が背後で閉まる。

45　蔵の中

阿片の煙、モウモウとした中をお艶とうさぎ。
お艶「あの、これは何の匂いでございますか」
佐吉「ちょっと気の利(き)いた蚊とり線香だ」
お艶「（うなずいて）蚊とり線香……」

46　蔵の外

忍び寄る宇蔵と鈴平。

鈴平、虫の音を真似る。

見張り番が立っている。

宇蔵、ビクを持って構える。

飛び掛かるや、男の頭に、ビクをかぶせた。

ウッ！　と声。

宇蔵、ビクの口のヒゴを引っ張る。

忽ち、ビクは小さく縮むのだ。

ウウッ！

地面に倒れる男。

倒れながら、見張りの男、手の鍵を遠くへ放り投げた。

鈴平「あ……」

カギは闇の中へ消えた。

宇蔵「畜生、しまった……」

鈴平「あ！　……」

スッと現れたのは、忍び姿の唐十郎。

唐十郎「すごい道具を持っているんだな」

倒れた男のビクを見ている。

唐十郎「こんなに縮んじゃ、脳みそも一遍に潰れてしまう」

宇蔵「……見物はよしてもらいたいね」

唐十郎「いや、手伝いだ」

刀、一尖する。

頑丈な錠前が鮮かに二つに切れている。

47　蔵の中

三味線を膝に、お艶とうさぎが坐らされる。

佐吉「さあ、その三味線をこっちへ寄こすんだ」

お艶「は？」

佐吉「ご苦労さんだったな」

三味線を取ろうとする。

お艶、ひょいと、それを避けて、いきなり、津軽じょんがらを激しく、一節弾く。

佐吉「おい！　寄こすんだ！」

お艶「この音が聞こえないのかい。中に阿片が詰まっていたら、こんな冴えた音は出ないはずだがねえ」

一節、激しく、うさぎと共に弾く。

佐吉「お前ら！　……目が見えるんだな、誰に頼まれた」

うさぎ「（いきなり）アラエッサッサーッ！」

お艶、安来節を弾き始める、パッと、扉が開く。

宇蔵と唐十郎が飛び込んで来る。

佐吉と男たち、お艶とうさぎに襲いかかる。

うさぎは空手一突、男は倒れる。

宇蔵は、襲いかかる佐吉にビクをかぶせ、ビクの口のヒゴを引く。

ギヤッ！　と、倒れる佐吉。

短刀で襲う男を、唐十郎、刀で一突き。

お艶は藤兵衛を追い詰めると、バチを一閃。仕止めている。

阿片を吸っている客たち、パイプを口にしたまま、ウロウロする。
宇蔵「(お艶に)姐さん、どうしますか」
お艶「ここは焼いちまおう」
宇蔵「焼く⁉」
お艶「阿片は残らず燃やしちまうんだよ」
宇蔵「よし、鈴平」
鈴平、もう、炬火に火をつけて入ってくる。
鈴平「へい!」
宇蔵「さあ、ウロウロしてると、焼け死ぬぞ、さあ、逃げろよ」
ヨロヨロと、パイプを抱えて逃げだす客たち。
足はフラフラだ。
奉行次席の侍も、ウロウロと逃げ出そうとする。
唐十郎の刀が一突、
頭巾がパラリと切れて落ちた。

宇蔵、火をつけた。
燃えあがる火。
鈴平、阿片をその火の中へ投げ込む。

48 **露地で**
露地を逃げていく阿片患者たち、ヨロヨロと、泳ぐように——。

49 **江戸の町**
火の手が上がる。
カンカンカンと鐘の音。

50 **川で**
川舟で行くお艶、うさぎ、宇蔵、鈴平、そして唐十郎。

51 **夜の町を**
阿片患者たちがよろめきながら歩いている。
煙の中——。
男たち「いい煙だ、いい煙だ」
津軽三味線の音が響いてくる。

52 **川舟で**
三味線を弾いているお艶。
川舟は岸を離れて闇の中へ。

53 **朝の道**
お艶たちの大八車がゆく。
出雲太夫の一行だ。
唐十郎もいる。おえいが道ばたに。
唐十郎、ペロリンを渡す。
おえい「では……(絵を渡す)」
唐十郎「どんな富士かな」
うさぎ「あ、きれいな富士」
見る一同。
その見た風景は、そのまま北斎が描く富士の絵となる。
赤富士だ。

〈つづく〉

必殺からくり人
富嶽百景殺し旅

脚本解題

『必殺からくり人 富嶽百景殺し旅』第1話「江戸日本橋」

梶野秀介

キーパーソンとしての北斎が強調された構成

からくり人シリーズの最終作にして、早坂暁が手がけた最後の必殺シナリオ。とにかく目立つのが、北斎親子の存在だ。依頼人でないものの、事件の片鱗を目撃し、阿片の実験台となるばかりか、妄想時に見た光景を妖怪画に昇華させるなど、サービス満点の活躍である。また、ベロリンの受け渡しを行うのが唐十郎とおえいであったり、知人として滝沢馬琴が登場したりと、報酬のシステムや周辺人物固めも、北斎とおえいがキーパーソンとなるよう設計されている。

もしかしたら『富嶽百景殺し旅』は、本筋と並行して、出雲太夫一座とは別アングルから事件を観測する北斎親子が毎回描かれる、必殺シリーズとしては類を見ない幕末パノラマとして紡がれようとしていたのではないか――それだけ存在感のある人物描写である。

監督は『竜馬暗殺』『祭りの準備』などを手がけた黒木和雄。必殺シリーズはこれ一本のみの登板。必殺的な展開のセオリーを押さえながら、シナリオをコンパクトに整理。ドキュメンタリー畑出身である氏の構成力を感じさせる出来映えとなっている。

西村永寿堂与八を演じたのは岡田英次。名バイプレイヤーとして定評のある端正な顔立ちとその風格は、第1話だけのゲストなのが惜しい。滝沢馬琴を演じた北村英三は、劇団くるみ座の創設メンバー。必殺シリーズでも長きに渡って常連悪役である。本作では実在人物枠としてクセのある演技で、北斎らと与八との仲介役を務めた。なお三味線指導の三橋美智一は、同じ津軽三味線と瞽女が題材になった『からくり人』第2話にも携わっている。

虚実が交錯する事件描写の妙

シナリオを映像化するにあたり、細いセリフの言い回しのほか、事件描写やセリフの前後が大量に組み換えられ、シンプルに再構築されている。一例を挙げるなら#18、シナリオでは北斎が瞽女たちの殺害を目撃するシーンは、浮世絵がお艶らに渡されたあと、近過去の出来事として挿入されるが、本編では時系列どおりに話が進み、瞽女の殺害→北斎が執筆→お艶が浮世絵入手という流れになっている。また阿片を三味線の胴に入れているという描写も、セリフとしてわかりやすく追加された。

　サブタイトルは「富士には殺しがよく似合う」から「江戸日本橋」に変更。なお全話にかけて台本の話数は「第○景」と表記。以降、目立つ変更点を挙げていく。＃1、北斎の解説。ドビュッシーをひどく感激させ、交響曲「海」を作曲したという旨を追加。＃5、滝沢馬琴の解説。作品に『椿説弓張月』が挿入される。弓張月は北斎が挿画を務めており、馬琴と北斎の接点を強調する意図か。

　＃15、本編では「その方らにそそのかされた女たちは情状酌量のうえ厳重注意、昨日放免した」という一言が追加され、踊り子のおユキ・おヤスは、以降画面から姿を消す。続く＃16。シナリオでは、小屋の傍らの木にいる唐十郎。うさぎとおユキ・おヤスは空手、宇蔵は草の鞭で唐十郎を襲うが、唐十郎は丸腰で攻撃を躱す。本編では小屋の櫓に座った唐十郎に、うさぎが仕込み花笠を投擲、唐十郎が針金状の鞭でそれを切り裂くという殺陣が展開された。

　浮世絵をあぶり出す場面は＃17から＃22に移動。赤く光るのは点検役と記されているが、映像では井筒屋の蔵が光る。＃19の悦庵はカット。阿片に対する北斎の反応は＃20に集約される。なお、＃21の妖怪画は『百物語』から「さらやしき」「こはだ小平二」の2点。＃23、宇蔵の「今年も米飢饉だってのに～」という呟きを追加。天保の大飢饉は天保四年からなので史実どおり。＃24は、本編では鈴平が盗聴能力を発動。＃25～＃36はセリフ単位で細かく前後の移動がなされており、＃27でおユキとおヤスの活躍はキャラごと削除。＃30、＃34はカット。宇蔵と鈴平で阿片について「日本ではただ一ヶ所、津軽の山奥でできるってのを聞いたことがあるな」という会話が追加される。このあと宇蔵が瀕死のおさきを救出、＃43へつながる。

　＃46の殺し、唐十郎が刀で蔵の錠前を切るが、本編では武器の変更もありカット。＃47、うさぎは空手技ではなく、仕込み花笠での撹乱と、阿片窟を燃やす役を務める。阿片窟内での殺しに唐十郎は参加しない。＃53、唐十郎とおえいがベロリンと浮世絵を交換するシーンは削除。＃50、本編ではお艶が、幼いころに瞽女にかわいがってもらった過去話を述懐。ラストは、赤富士の下を一座が歩く合成画面で終了する。

　ちなみに本編内の立て札に書かれた津軽藩は俗称で、正式には弘前藩。日本国内では津軽は阿片の代名詞であった。また、『百物語』は、物語の前年である天保三年には完成しているので、意図的な虚構である。史実に沿ってはいるものの、細部でフェイクをポンと放り込む、軽妙洒脱な早坂マジックがいかんなく発揮された一本といえるだろう。

　本エピソードをもって、早坂暁は必殺シリーズの脚本を離れるが、正史と偽史を織り交ぜて話を膨らませる手法は、のちのシリーズ、とりわけスペシャル版などにおいて、お茶の間バラエティ的な感覚で受け継がれていくことになる。

〝兄と妹〟という関係性

『早坂暁コレクション』というシナリオ集が勉誠出版さんから出ており、必殺シリーズも一冊にまとまるはずでした。でもコレクションそのものが途中で終わってしまい、非常に残念でした。今回かや書房さんからお話をいただき、必殺シリーズのシナリオ集が10数年ぶりに実現することになって、驚くやら、ありがたいやら。いまも必殺ファンの方々がたくさんいらっしゃって、支えてくださっているおかげだと思っています。

早坂が、かつて宮沢賢治さんの取材で花巻に行ったとき「賢治さん本人よりも賢治さんに詳しい人がたくさんいた」と感心していましたが、『必殺』という作品についても、わたしはその話を思い出すんです。ファンのみなさんの熱量がすごいので。

まずお話ししたいのは、『必殺からくり人』の天平ととんぼが、なぜ兄妹なのか……そうであると、はっきりわからないまま終わっていますよね。早坂には〝兄と妹〟という関係性に焦点を当てた作品が多いんです。たとえば正岡子規さんと律さん、宮沢賢治さんとトシさん、それぞれ作品にしています。それから早坂暁というペンネームのもとになった上林暁さん。妹の睦子さんはお兄さんが病気になって書けなくなってから、20年近くこの睦子さんが口述筆記をしました。『兄の左手』という本も書かれていまして、兄への献身です。

早坂自身にも春子さんという存在があって、やっぱり兄と妹です。春子さんは実の妹ではなく、早坂の生家の前に置かれていた、いわゆる「捨て子」です。両親は「お大師さんからの預かり物じゃ」といって引き取り、実の子と同じように大切に育てました。

早坂が兄妹に注目する原点はどこにあるかというと、彼は愛媛県の旧制松山高校の出身なのですが、入学すると先輩から引き継がれてきた「松山兄妹心中」という歌を教わるんです。それは兄が妹を好きになって、そのふたりが心中する歌。「伊予の松山兄妹心中　兄は二十歳で妹は十九　兄は二階で英語の勉強　妹座敷でお針の稽古――」って、大きなお茶わんを箸で叩きながら歌うんです。のちに大島渚監督が「教えてほしい」と早坂に言ってこられたそうで、この歌は主人公の名前が変わったりして大阪や京都や名

関係者インタビュー

富田由起子

早坂暁の妻・富田由起子は、2017年の本人没後「早坂暁公式ウェブサイト」などを立ち上げ、その軌跡や功績を積極的に発信してきた。『必殺シリーズ異聞　27人の回想録』において亡き夫が残した言葉の数々を振り返ってきた氏が、あらためて『早坂暁必殺シリーズ脚本集』にて語り継ぐ――。

古屋など各地にあるようですが、発祥は松山だと聞いています。

これはわたしの想像で、早坂に確認したわけではありませんが、『からくり人』で、天平ととんぼを兄妹にしたのは、こういう下地があるんじゃないかなと。先ほどお話しした春子さんを、早坂は広島の原爆で失います。血はつながっていませんが、かけがえのない存在でした。兄と妹というのは、姉と弟とはぜんぜん違っていて、一般の異性の愛に近いものがあるみたいなんです。からくり人という集団も兄妹だけでなく、全員が〝疑似家族〟のようなものですし、早坂がこだわってきたモチーフです。

テレビドラマはタイムリーなことを託せる

「江戸時代に現代のすべてはあった」。これが早坂の持論です。ゴミ問題もあったし、公害もあったし、男色もあった。『天下御免』のときは時代考証家の稲垣史生さんと意気投合して、ものすごくいろんなことを聞いて、調べてもらったそうです。みなさん、『天下御免』にしても『からくり人』にしても現代のシーンを入れることをおもしろいと仰ってくださるんだけど、必殺シリーズで一貫しているのは、それらがほぼ冒頭のアバンで、劇中には入れてないんです。そこは徹底してましたね。

早坂が大事にしていたのは、テレビと映画の違い。いくら昔のことをやっても、テレビは〝いま〟を反映することができる。映画だったら公開が1年先とかになっちゃうけど、テレビならタイムリーなことを託せる。〝いま〟が見えていないとダメだ、と。だから、まだ早坂が生きていたら、何を書いたでしょうね。パーティー券のキックバックのことを書いたかもしれない。そうやってタイムリーなことを書こうとすればするほど、ホンは遅くなるんですけど（笑）。

新聞はものすごく読んでました。記事はもちろん囲碁や将棋のところも読んで、次の一手を考えていました。NHKで何作も書いた事件シリーズに『新事件わが歌は花いちもんめ』という作品があるんですが、それは新聞のわずか1行の小さな記事をヒントにして、45分×5話にしてるんですよ。だから本当に、わたしたちが見過ごすようなところに何かを見い出すんでしょうね。「いい素材というものはそんなに転がってない。なにげない素材をいかに上手く料理するかが大切だ」と言ってました。

それから、歌は聴くのも歌うのも大好きでした。だから、作品の多くにいろんなジャンルの歌をふんだんに取り込んで、『天下御免』だと「わたしの城下町」や「ハチのムサシは死んだのさ」など歌謡曲がたくさん入っています。彼の母親は上野の音楽学校に行きたかったほどの歌好きで、いつも鼻歌を歌っていて、とても明るい人だったので、その血を引いているのかもしれないですね。

（井上）陽水さんや甲斐（よしひろ）さんとも親しく、よく麻雀をご一緒していました。陽水さんは普段のお声もとてもすてきで、その声で「ロ～ン」が聞きたくて、わざと振り込んだりね（笑）。晩年に気に入っていたのは、中島みゆきさんの「宙船」。よくリクエストされて、カラオケで歌わされましたよ。

座元の子として育ったまなざし

『新必殺からくり人』の主人公は、ドサ回りの旅芸人の一座で『富嶽百景殺し旅』もそうでした。早坂の生家は、生業の百貨店のほかに料亭や製材所も持っていて、そのなかに「大正座」という芝居小屋がありました。……大正時代に作っ

早坂暁、40代半ばのころ。『必殺からくり人』の前後だと思われる

たから大正座なんですけど、花道が付いた舞台があって、当時の大スターの高田浩吉さんも来られたようです。

　座元の子ですから、自由に出入りできます。大スターだけでなく、ドサ回りの役者さんや、女義太夫さんや、いろんな人が来るわけです。その人たちは〝河原者〟などと呼ばれて一段低く見られていましたが、そういう人に子供のころから親しんでいて、彼ら彼女らに対するまなざしは優しかったと思います。

　早坂は〝寄席の人〟が好きだったんです。『新からくり人』に古今亭志ん朝さん、『富嶽百景』には江戸家小猫さん……亡くなられた四代目の猫八さんが出てますが、お笑いタレントさんではなくて、みなさん寄席の人なんです。

　寄席の人は立つ、座る、歩く……そういう基本の所作からちゃんとできるんです。ポイントは「芸を持っているかどうか」、これが大切なんですね。（芦屋）雁之助さんもスタートは芸人さんですし、そういう方が普通の役者さんのなかにポンと入ると、役者さんにはない芝居をする。それはお互いにものすごく刺激になるんだそうです。

　芸人さんというのは、物語にケレン味

が出るんですね。これはなんというか、色気が出るというんでしょうか、芝居や演技の色気。女の人が裸になるのは、お色気。これはまた別物です（笑）。

そういえば、『必殺仕掛人』で石堂淑朗さんがゲスト出演している回があるでしょう（第30話「仕掛けに来た死んだ男」）。なんで脚本家が出てるのって聞かれたことがあるんですが、あれは早坂の指名で、それくらい石堂さんとは仲良かったの。まさに役者さんにはない個性がありますよね。

その撮影のときに早坂と浦山桐郎さん、野坂昭如さんとでそれぞれ出演祝いの花輪を出している写真が、当時の雑誌か新聞に載っています。4人とも瀬戸内海の生まれという共通点があって親しかったので、おもしろがって出したんでしょうね。また偶然にも、わたしの母の実家と石堂さんのご実家が尾道の久保町というところで、ご近所だったんです。早坂と一緒に「どこだ、どこだ」って見にいったら、100メートルくらいしか離れておらず、びっくりでした。

幻の『忠臣蔵』、早坂暁ならではの視点

悪人へのまなざしにも、独特のものがあり、「津軽じょんがらに涙をどうぞ」などその典型ですよね。それからゴキブリ……ゴキブリは、なんも悪いことしてへんやろと。「勝手に気持ち悪がってるのは人間のほうで、殺されるゴキブリの目線になって考えてみろ」と言っていました。物事を一方向だけでは見ない。虚と実があるんだということです。

以前に実現できなかった映画があって、それは『忠臣蔵』なんです。東映で企画も通り、早坂のホンもできています。監督は出目昌伸さん。赤穂やわたしの実家の近くにある奈良の今井町というところにシナハンやロケハンにも行きました。

これは今まで誰も書いたことがない、早坂にしか描けない視点の『忠臣蔵』です。それこそ物事を一方向から見ないという、彼独特のヘソなんです。シェイクスピアの『ヴェニスの商人』の金貸しシャイロックを逆から見てごらんというような……台本のタイトルは『忠臣蔵』ですが、本人は『てろてろ』って言ってました。ひらがなで『てろてろ』、テロリストのテロですよ。

大石内蔵助役は当て書きで、これは言ってもいいと思いますが、先代の十二世市川團十郎さんをイメージして書きました。ただ、團十郎さんは松竹です。これは松竹さんが長年守り、團十郎さんが演じてこられた歌舞伎の『仮名手本忠臣蔵』とはちょっと違う内容なのです。その折り合いをどのようにしてつけるかが難しくて……。

そうこうしているうちに、團十郎さんも出目監督もお亡くなりになってしまいました。もし実現できたら、おもしろい作品になると思うんですけどね。ほかに

も映像化が実現しなかったいい脚本がいくつかありますので、ご興味がある制作者さんは早坂の公式ウェブサイトからご連絡ください（笑）。

あんなすてきな人はいないですね

早坂は医者になることを期待され、東大医学部に合格したのに医者がイヤで、対極の日大芸術学部に入学しました。「演劇科」というのが楽しそうだったからだそうで、それまでは理系だったんです。もし彼の作品が他の人と違うところがあるなら、それは理系によって左脳も発達していたのかもしれません。

意外でしょうが、いちばん得意なのは喜劇です。社会派だと思われがちですが、オペレッタのような軽喜劇から事件ものまで実にストライクゾーンの広い作家で、シナリオが説教くさくならないようにすること、説明セリフは避けること、年を重ねると人間のアップが描けなくなるから気をつけなきゃとも言ってました。

彼の矜持は、師匠もなく、縁故もなく、どこにも属さず、たったひとりで作家として上り詰めたことです。ですから「脚本は教えて書けるものではない」という主義で、弟子は一切取りませんでした。もし弟子だと名乗る人がいたなら、それはニセモノです。

生前に「早坂暁記念館」建設のお話をいただいていたのですが、「裕ちゃん（石原裕次郎）でさえ記念館は閉めた。俺のものは、どこかの図書館の隅っこに文庫程度にあればいい」と言って固辞しました。没後にいただいた「早坂暁賞」のお話は、わたしがお断りしました。

早坂本人がシナリオを読んで選ぶのならいいのですが、それができない以上、無意味だと思ったからです。ただ、彼の故郷の松山市北条で毎年「花笑手紙コンテスト」という早坂暁顕彰事業があり、そこに早坂暁賞を設けています。幼児から大人まで参加できる絵手紙の賞。これなら早坂も「ええなぁ」と言ってくれると思います。

性格は楽しく明るくお茶目で、社交ダンスの教師の免状も持っており、よく「楽しいことだけしような」と言ってました。いっぽうで日本のシナリオライターはポジションが低すぎるといって、その地位向上のためにシナリオエージェントの会社を設立しようという実業家的な部分もありました。あんなすてきな人はいないですね。だから、生まれ変わっても、また絶対に一緒になりたいです。

いま、あらためて早坂暁が残した脚本がよみがえって、みなさんがどんな反応を示してくださるのか本当に楽しみです。最初にお話ししたように、『必殺』についてはわたしよりも、ファンの方々のほうがきっと詳しいのですが、いつの時代にも古びないものであることが証明されたようでうれしく思います。

作品というのは、多くの人の手を借りないと完成しません。俳優さんや監督さんから、お弁当の手配をしてくださる人にいたるまで、たくさんの方々のお力があってこそなのです。この場を借りて厚く御礼申し上げます。

富田由起子
とみた・ゆきこ

大阪市中央区生まれ。「早坂暁公式ウェブサイト」や「早坂暁のことば」を立ち上げ、亡き夫のキャリアやシナリオ作法などを発信し続けている。2019年に刊行された早坂暁エッセイ集『この世の景色』（みずき書林）では編集に協力。

第四章　必殺仕掛人

第16話「命かけて訴えます」
第30話「仕掛けに来た死んだ男」

必殺仕掛人

作家の池波正太郎が生み出した〝仕掛人〟――金をもらって恨みをはらす裏稼業に着目し、〝必殺〟という二文字を加えた『必殺仕掛人』は、当時フジテレビ系で人気を誇っていた『木枯し紋次郎』に対抗すべく企画されたアウトロー時代劇である。朝日放送と松竹の共同制作により、1972年9月2日土曜22時からTBS系でスタート。浪人の西村左内、鍼医者藤枝梅安、元締の音羽屋半右衛門という殺し屋トリオが主人公という攻めに攻めた企画であり、原作の江戸情緒を関西風のギトギトに味つけしてショッキングなエログロ要素まで加味された。

梅安役の緒形拳、半右衛門役の山村聰は当時ホームドラマでよき夫、よきパパを演じていた存在であり、表と裏の顔の落差が重要視された。やがてギラついた人殺し俳優の道を邁進する緒形だが、68年に劇団新国劇を退団したのち朝日放送の連続ドラマ『豆腐屋の四季』などで注目を集めていた。左内役は竹脇無我にオファーして断られ、大河ドラマ『赤穂浪士』のニヒルな浪人を当たり役とした正統派時代劇スターの林与一に。家族に内緒で殺しに手を染めるアンモラルな設定は、のちのシリーズにも継承された。

第1話のサブタイトルは「仕掛けて仕損じなし」――脚本は東映集団時代劇『十三人の刺客』などを手がけたヒットメーカーの池上金男、監督は東映の東京撮影所で活劇を連発していた深作欣二が登板。パワフルな演出で方向性を決定づけ、翌73年の映画『仁義なき戦い』で大ブレイクを果たす。光と影の映像美に平尾昌晃によるマカロニウエスタン調の音楽がマッチ、当時の世相も反映された時代劇は『木枯し紋次郎』を追い抜く高視聴率を記録していく。

3・4話は「座頭市」「眠狂四郎」シリーズの三隅研次が演出、大映出身のベテランが磨きをかけた。続いて朝日放送の大熊邦也、松本明がテレビ的なサービス精神の娯楽作を送り出し、大映の池広一夫が第13話「汚れた二人の顔役」を撮るはずだったが、松竹京都生え抜きの松野宏軌に交代。細やかな職人ぶりが認められた松野は、シリーズ最多の２３３本を演出することになる。

脚本は国弘威雄、安倍徹郎、山田隆之ら当時の気鋭が次々と参加したが、早坂暁もまた初期のラインナップから名を連ねており、まずはオープニングのナレーションを手がけた。早坂の執筆回は第16話「命かけて訴えます」と第30話「仕掛けに来た死んだ男」、いずれも監督は旧知の大熊邦也であり、テレビ育ちのコンビがトリッキーなエピソードを立て続けに放った。

放映日	話数	サブタイトル	脚本	監督
1972年9月2日	1	仕掛けて仕損じなし	池上金男	深作欣二
9月9日	2	暗闘仕掛人殺し	国弘威雄	深作欣二
9月16日	3	仕掛られた仕掛人	安倍徹郎	三隅研次
9月23日	4	殺しの掟	池上金男	三隅研次
9月30日	5	女の恨みはらします	池上金男	大熊邦也
10月7日	6	消す顔消される顔	山田隆之	松本明
10月14日	7	ひとでなし消します	山田隆之	松本明
10月21日	8	過去に追われる仕掛人	安倍徹郎	大熊邦也
10月28日	9	地獄極楽紙ひとえ	山田隆之	三隅研次
11月4日	10	命売りますもらいます	国弘威雄	松野宏軌
11月11日	11	大奥女中殺し	国弘威雄	松野宏軌
11月18日	12	秋風二人旅	安倍徹郎	三隅研次
11月25日	13	汚れた二人の顔役	山田隆之	松野宏軌
12月2日	14	掟を破った仕掛人	石堂淑朗	大熊邦也
12月9日	15	人殺し人助け	山田隆之	松本明
12月16日	16	命かけて訴えます	早坂暁	大熊邦也
12月23日	17	花の吉原地獄の手形	松田司	松野宏軌
12月30日	18	夢を買います恨も買います	国弘威雄	長谷和夫
1973年1月6日	19	理想に仕掛けろ	山田隆之	松本明
1月13日	20	ゆすりたかり殺される	安倍徹郎、山崎かず子	松野宏軌
1月20日	21	地獄花	安倍徹郎	三隅研次
1月27日	22	大荷物小荷物仕掛の手伝い	池田雄一	長谷和夫
2月3日	23	おんな殺し	山田隆之	松本明
2月10日	24	士農工商大仕掛け	池田雄一	深作欣二
2月17日	25	仇討ちます討たせます	国弘威雄 鈴木安	松野宏軌
2月24日	26	沙汰なしに沙汰あり	本田英郎	長谷和夫
3月3日	27	横をむいた仕掛人	石堂淑朗	大熊邦也
3月10日	28	地獄へ送れ狂った血	安倍徹郎	松野宏軌
3月17日	29	罠に仕掛ける	津田幸夫	長谷和夫
3月24日	30	仕掛けに来た死んだ男	早坂暁	大熊邦也
3月31日	31	嘘の仕掛けに仕掛けの誠	国弘威雄 鈴木安	長谷和夫
4月7日	32	正義にからまれた仕掛人	山田隆之	松本明
4月14日	33	仕掛人掟に挑戦！	国弘威雄	三隅研次

必殺仕掛人

出演：林与一、緒形拳、津坂匡章、太田博之、中村玉緒、山村聡
制作：山内久司、仲川利久、桜井洋三
原作：池波正太郎　音楽：平尾昌晃
撮影：石原興、中村富哉、小辻昭三
放送形式：カラー／16mm／全33話
放送期間：1972年9月2日～1973年4月14日
放送時間：土曜22：00～22：56（TBS系列）
制作協力：京都映画　制作：朝日放送、松竹

『必殺仕掛人』第16話
「命かけて訴えます」
脚本：早坂暁
監督：大熊邦也
放映日：1972年12月16日

【キャスト】

西村左内	林与一
藤枝梅安	緒形拳
千蔵	津坂匡章
花里	左時枝
甚八	林ゆたか
米吉	古川ロック
お清	志乃原良子
侍松井	出水憲司
大庄屋	日高久
人夫	浜中修一
役人	仲圭介
女中	山口京子
女郎	金剛愛子
	今村加津子
弥んぞ	松橋登
おいね	梓英子
音羽屋半右衛門	山村聡

【スタッフ】

制作	山内久司
	仲川利久
	桜井洋三
原作	池波正太郎
音楽	平尾昌晃
撮影	石原興
美術	川村鬼世志
照明	中島利男
録音	二見貞行
調音	本田文人
編集	園井弘一
助監督	家喜俊彦
装飾	船越武治
記録	野口多喜子
進行	鈴木政喜
殺陣	楠本栄一
装置	新映美術工芸
床山・結髪	八木かつら
衣裳	松竹衣裳
現像	東洋現像所
制作主任	渡辺寿男
ナレーター	睦五郎
題字	糸見溪南

制作補　岩田耕治
制作協力　京都映画株式会社
主題歌「荒野の果てに」（作詞：山口あかり／作曲：平尾昌晃／歌：山下雄三／ミノルフォンレコード）
制作　朝日放送
松竹株式会社

必殺仕掛人

1　山道で

ここは甲州裏街道。

若い百姓が三人、旅支度なんだが、それはもう必死に駆けている。

必死のはずで、後ろから抜刀した侍が六人、これも懸命に追いすがっているのだ。

弥んぞが転倒した。

たちまち追いついた先頭の侍、這って逃げる弥んぞの頭上に大きく刀を振りかぶった。

ギャッ！

叫んで草むらを転げまわったのは侍の方だ。

「倉田！」と後続の侍たちが駆け寄る。

見れば右目に深々と針が突き刺っている。

「こいつ！」と弥んぞ目がけて殺倒する侍たち。

と——その前へ、木影からスッと現れ立ちふさがった男。

マンジュウ笠を前に傾け、顔は見えないが、実は梅安。

侍（松井）「誰だ……どけ！」

梅安、少し顔を上げる。口もとだけが見えた。その口によく光る長い針をくわえているのだ。

松井「！　……貴様が……」

梅安「……（笠がうなずく）」

松井「名乗れ！」

梅安「……（笠が横にふれる）」

松井「貴様は唖（おし）か」

梅安「そ」

松井「おのれ！」

五人、一斉に刀を構えた。

梅安、口の針を両手に持つ。

松井「（ニヤッと）たったの二本きりでか」

梅安「（ニヤッと）お前はツンボか」

松井「？」

草笛が聞こえる。

ふりむけば編笠の男がゆっくりと近づいてくる。これは左内。

松井「！　……お主ら何か勘違いをしているのではないか。われらは甲州代官所の役人だ」

左内「いや、それでけっこう」

鯉口を切った。

松井ら、一瞬目を交わすや、ヤーッ！と二手に分れて突進。前に二人、後ろに三人。

梅安の針が空を飛ぶ。

左内の刀が一尖、二尖、三尖。

瞬時にして五人の侍は倒れた。

向こうで弥んぞ、甚八、米吉の三人、一固まりとなり、脅え切った目でこちらを見ている。

梅安「（ニコッと）というわけだ。危ないところだったねえ」

弥んぞたち「……（あとずさり）」

梅安「おいおい、オレたちは味方だ」

近づいていくと、ウアッと叫んで弥んぞたち、一目散に逃げだした。

梅安「おい待て！　味方だと言ったら！」

梅安、左内は仕方なくあとを追う。

梅安「左内さん、今度の仕事は疲れるね」

左内「まったくだ」

2　タイトル

3　別な山道で

弥んぞたち三人、急な崖をよじ登っていく。
下の道に梅安と左内が来た。
梅安「おーい、上へいくと関所へ出るぞ。いいのか」
弥んぞたち、ぎくりと止まる。
梅安「下りてこい。オレたちは味方だ、何度言えば判る」
弥んぞたち、崖にかじりついたままだ。
梅安「弥んぞ、下りてこい」
弥んぞ「（ギクリと反応）」

梅安「ははア、弥んぞはお前か」
弥んぞ「なんでワシの名を……」
梅安「（笑って）あとの二人は甚八と米吉だろ」
甚八「（ギクリとするが）証拠を見せろ」
梅安「証拠⁉　味方だという証拠なら、さっき見せたろう」
米吉「（左内を見て）お侍がワシたちに味方するわけがねエ」
左内「！　……甚八はどちらだ」
甚八「（身を固くする）」
左内「実はわしたち、お清さんに頼まれて来たのだ」
甚八「！　お清って、あの……」
左内「ああ、お前の姉だ」
甚八「あんた達お清姉えの知り合いだか！」
梅安「まァな、そういうところだ……」

4　回想・半右衛門・茶室で

茶室の外で、半右衛門と梅安、左内。
半右衛門「決めた掟を破るわけだが、今度の仕事だけは、まず依頼人を見てもらいたいんだよ」
壁に小さく覗き窓。そっと開ける。
左内「女……」
二十四、五の女が思いつめた風情で坐っている。髪は乱れ、足は素足、着ているものは妙に安手でなまめかしい。
半右衛門「名はお清」
梅安「なんか安女郎みたいですね」
半右衛門「みたいでなく、安女郎なんだ。今朝白々し始めた頃に裸足で飛び込んできた」
梅安「へえー　……」
半右衛門「守ってほしいという依頼なんだ」
左内「守って⁉」
半右衛門、うなずいて覗き窓をカタンと閉めた。

5　谷川で

かなりの急流だ。梅安、左内、弥んぞたちが、時には腰まで浸かりながら、ゆっくり渡っていく。

甚八「おい、（米吉を振り向き）水に浸けるなよ」

米吉「ああ」

懐のあたり、押さえてうなずく。

左内「お前が持っているのか」

米吉「（ちょっと警戒気味に）……へえ」

左内「ほら、そこは深間だ」

ダーン！

梅安「鉄砲だ！」

弥んぞ、甚八、走り出す。

左内「走るな！　伏せろ！」

岩へ身を伏せる一同。半身は水の中。ただ米吉だけは懐を押えて一瞬ひるむ。

左内「米吉！」

ダーン！

米吉、流れの中に崩れる。そのまま流されていくのを左内、捕まえる。

弥んぞ「米吉！」

梅安「立つな！」

乱暴に引き据えた。

ダーン！　岩に当たってはじく。

梅安「今だ！　走れ！」

弥んぞ、甚八、対岸の崖下へ走る。

梅安、左内と米吉の身体を引きずりながら岸へ。

ダーン！　耳元をかする。

崖下へ駆け込む。

米吉の胸あたりは血で染まり、もう虫の息。梅安、傷口を探す。

と——石がコロコロと上から落ちてくる。二つ、三つ。

梅安「この上だ……」

左内「……行ってくる」

左内、崖に沿って離れてゆく。

梅安、米吉の傷口を見て、眉をひそめた。

梅安「……（耳元へ）何か言いたいことがあるか」

弥んぞ・甚八「！」
米吉「（やっと声を出す）バ、バチずらよ」
米吉「ワシは……村を、逃げ出してえばっかしに……この仕事、引き受けたで……そのバチずら」

6　回想・村の大庄屋の一室で

夜――。
弥んぞ、甚八、米吉、旅支度で坐っている。その前に大庄屋をはじめ近在の庄屋衆が数人。いずれも老人。
訴状が一通、弥んぞの前に――。
大庄屋「……本当なら、この仕事はわしら庄屋衆がせねばならんのじゃが、口惜しいことにこの年だ。大菩薩峠を越さぬうちに、追手の刀にかかってしまう。死ぬのは構わんが、この訴え状がご老中に届かねば、この甲州平（だいら）十六ケ村が死ぬ」
○　骨と皮だけの老人。
○　死んでいるらしい赤ン坊をかかえ、呆然たる農婦。
○　夕焼けに向って、ぶらさがっている首吊りのシルエット等々、困窮の惨状がスチールで次々と――。
大庄屋「どうか、誰ぞ一人は生き残って、必ず必ず、ご老中酒井様の駕籠にしがみついてもらいてえ……お頼みします」

大庄屋、両手をつく。庄屋衆も。

声もなく、うなずき、震える手で訴状を取る米吉。

7　谷川で

米吉「……ああ、一度でええから、表側から富士の山見たかったずら……どげな富士かなあ……」
遠くを見る目で、そのままガクッと――。
弥んぞ「米吉！」
梅安「……表から見ても富士は変わりねえよ」
瞼を閉じてやる。
ダーン！
銃声とともに、ザ、ザ、ザ、と何かが落ちてくる音。ドサッ！　と目の前に死体が落ちた。鉄砲を握り締めた侍だ。
梅安「（チラと上を見て）いい腕してるね」
弥んぞ「アーッ！」
梅安「大丈夫だ。死んでるよ」
弥んぞ「（米吉を指して）訴え状。訴え状……」
梅安「あ、そうだ」
米吉の懐から訴状を引っ張りだす。
血と水でぐっしょり。字も滲んでいる。
梅安「こりゃァいけねェや……」

8　宿場の旅籠で

夕暮れ。
訴状が広げてある。文面は血と墨の滲みでかなり読みづらい。
左内と弥んぞが覗き込んでいる。
甚八はドタリと仰向けに転がっており、梅安は窓から下の往来を鋭い目で、チラチラと――。
弥んぞ「ああ、もうお終（しめ）えずら……」
左内「まてまて、何とか読めれば、私が書き直してやる」
弥んぞ「ほんとかいね！」
左内「えーと、元来甲州平は地味痩（や）せ、水利が悪きが為に大方はと……ここだ……（目をこらす）！　下だ、上下の下だろ。なッ！」
弥んぞ「ワシ、字は読めねえ……」
左内「あ、そうか。すると……大方は下田（げでん）に御座候、となる」
弥んぞ「うちの村はみな下田だ」
左内「えーと、甲州御代官安藤様、その下田ことごとくを上田（じょう）と見做（な）され、上田の割当を以て年貢米を申し付けられ候故、収獲米残らず収め候てもなお年貢高に及ばぬ例は数知れず……ひどいな」
弥んぞ「へえ……」

梅安「へえじゃねエよ。お前らそれでよく生きてこられたな」
弥んぞ「死んだ者ンはいっぱいおります」
梅安「ご老中に駕籠訴するよりか、その代官を殺ったほうが早いじゃねえか」
左内「駄目だね」
梅安「どうして⁉」
左内「すぐにまた代わりの代官が江戸からやってくる。……代官といっても、フチ米五百俵か六百の小旗本だ。出世したい一念で前の代官に負けず年貢米の取り立てに精を出す」
梅安「同ンなじか……おい、甚八、どうした」
甚八「（ボンヤリ天井を見ている）……旦那さんはお清姉えの客ずらよ」
梅安「客⁉」
甚八「お清姉えは女郎に売られたでよ」
梅安「いや、客じゃねえ。ただの、なんちゅうか、飲み友達かなア」
甚八「飲むのか、お清姉えは」
梅安「飲むってほどじゃねェが……ちょいとな」
甚八「……辛えんだな、お清姉えは」
　梅安、左内と目をかわすしかない。
甚八「村には娘はひとりも残ってねェんだ……あんな村、寂しくって、たまらねェよ」
弥んぞ「……（頭かかえるようにゴロッと横になってしまう）
梅安「おい起きろ。日暮れに淋しい話はするもんじゃねえ……おい、起きろよ。おい」
　手を取って起こすが、ぐんなりと甚八。
梅安「どうした！」
甚八「腹がへって……（と力ない）」
梅安「ああ！　そうか、そうか、それで淋しくなってるんだ。よし、急かせてくる」
　と、「お待ちどうさまァ！」と女中の声があって、足で障子が開いた。
　四つも膳重ねしているからだが――。
梅安「そら、来たぞ！」
甚八「へえ！」
　弥んぞも一緒にはね起きて坐る。
　左内は訴状を巻いて懐へ。
梅安「おい、盛切りじゃ困るんだ。米ビツを持ってきてくれ。あっそれとな（膳の上をみて）も少しマシなものはないのか」
女中「（ブスッと）こんなとこだね」
梅安「じゃこれでいいから、この煮付け、二人前な」
女中「急に言われても、間に合うかどうか判んねエよ」
梅安「そんなこたァねェと思うがなあ（オヒネリをスイと帯の間へ）」
女中「（急にニコニコ）へえ、あたしもそんなことはねえと思います、すぐに」
　出てゆく。
梅安「……世の中、だんだん悪くなりやアがる」
　ツバを飲みこみ、目を輝かしている弥んぞ。
弥んぞ「甚八、こ、米の飯ずら」
甚八「ああ！」
左内「さあ、早く食べるがいい」
弥んぞ・甚八「へえ！」
　物凄い勢いで食べはじめる。
　梅安、あきれて、眺めている。
　左内、自分の膳を二人の前へ押す。
梅安「……お前ら何を食って生きていたんだ？」
弥んぞ「……（何か言ってるが口中、飯いっぱい）」
梅安「ああ判った判った。いいから食え」
左内「（小声で）ちょっと筆と紙を借りてくる」
梅安「？」
左内「訴え状さ」
梅安「ああ、今度の仕事は、勝手が違いますね」
　左内、出てゆく。
弥んぞ「ウ……（目が白黒）」

梅安「あ、お茶だ、お茶だ！　ほら……あんまり慌てて食うからだ……楽になったか」
弥んぞ「フーッ……」
梅安「さ、ゆっくりと食え、ゆっくりと。……どうした、食えよ」
弥んぞ「ウ、ウ、ウ……（急に嗚咽(おえつ)しはじめた）」
梅安「おい、泣くことはねえだろ」
弥んぞ「ウ……（実に、肩を震わせて嗚咽する）」
梅安「……（なにか切なく、そして腹立しくなってくる）こんなまずい飯くらって泣くようじゃ、お前らは虫だ、虫ケラだよ」
甚八「ウ……（こちらも泣きだす）」
梅安「口惜しかったらな、お前らを虫ケラにしやがった安藤という代官、そいつの首をとばしてやれ……もう泣くな。オレがちゃんと江戸まで送り届けてやる。訴状は左内さんがちゃんと書き直してくれるから、いいか、それを持って、老中の駕籠目がけて飛び込め……ちゃんと食っておかなきゃ、大きな声も出ないぞ。さあ、食え！」
弥んぞ「もう……入らねえです」
梅安「入らねえ？　まだこんなに残ってるじゃないか」
弥んぞ「……ウ、ウ（と嗚咽）ワシの胃袋、小さくなっておるずらよ」
梅安「胃袋が!?」
弥んぞ「食いてェのに、入らねェんだ」
甚八「ああ、ワシも小さくなってしもうたずら！」
　ウ、ウ、ウと二人して嗚咽するのだ。
梅安「……（さすが痛ましげに）そうか、そりゃア口惜しいだろうなあ」
　いきなり左内が飛び込んでくる。
左内「いかん！　軒なみ手形改めだ」
　梅安、窓辺に駆け寄る。
　下では宿場役人と一緒に甲州代官手下と見える旅支度の侍が数人、前の宿から出てくる。こちらの宿へ入ってくるのだ。
　梅安、素早く懐から針を取り出す。
左内「（その手を押え）人目がありすぎるよ」
梅安「仕方ねえでしょう」
左内「（弥んぞらに）いいな、下で騒ぎが起こったら、裏口から逃げろ」
梅安「騒ぎ!?　何を始めるんです」
左内「笑わぬか？」
梅安「気取ってる場合じゃねェでしょう」
　左内、耳うちする。
梅安「アハハ！」
左内「それみろ」

9 旅籠の前

　悲鳴とともに、駆け出てくる左内と梅安。
　梅安は刀を抜いている。
梅安「待て！　親の仇だ！　覚悟しやがれ！」
左内「人違いだ」
梅安「親の仇！」
　激しく斬りかかる。左内も応じる。
　たちまち人が集まる。
　宿場役人、慌てて旅籠から出てくる。
役人「どうした、どうした！」
番頭「仇討ちです！」
役人「ほう、今時珍らしいのう！」
　代官所の侍たちも出てくる。
　斬りむすぶ梅安と左内。梅安危うし。
　と――野次馬の中から飛び出した男、脇差抜いて梅安に並ぶ。
男「助太刀だ、助太刀！」
　なんと岬の千蔵。
梅安「ありがとう！（小声で）なんだ、お前」
千蔵「（小声で）よくない知らせ」
梅安「覚悟しろ！」
　斬りかかる千蔵も一緒に。
　左内、受けながら、逃げる。
　野次馬、どっと散る。

10 祠(ほこら)で

　扉があく。梅安と左内、千蔵。
梅安「（中を透かして）あ、いた、いた」

奥に弥んぞと甚八。梅安らと判ってホッと――、

千蔵「へえー、このお人らで……どうもご苦労さんです」

弥んぞ「……（変な顔）」

梅安「あれッ、お前ら、それ持ってきたのか」

米ビツが置いてある。

弥んぞ「すンません……」

11 音羽屋の店で

夕刻、働きを終えた人夫たちが賃金払いを受けている。帳場に半右衛門と番頭。

半右衛門「えーと、八万坪の埋立て組だね」

人夫「へえ」

半右衛門「じゃ、XXX文」

人夫「どうも」

半右衛門「？　どうした、その傷」

人夫「へあ、積み石が崩れてきよりまして」

背中の着衣は裂け、傷口も見える。

半右衛門「そりゃァいかん。これは薬代だ」

人夫「すンません！」

半右衛門「酒代じゃないぞ、薬代だ」

人夫「へえ」

旅仕度の千蔵が、そっと顔を覗かせている。

半右衛門、気づく。

半右衛門「（番頭に）ちょっと頼むよ」

千蔵のところへ――。

半右衛門「どうだった、無事に入れたか」

千蔵「へえ、甲州口は危ないんで、千住から」

半右衛門「そりゃよかった。宿は？」

千蔵「（顔をほころばせて）梅安さんて、あれで仲々いいとこありますね」

半右衛門「どうした？」

千蔵「この世の食いおさめにご馳走してやるって、自分ンちに連れて帰りました」

半右衛門「ほう。（すぐに笑みを消して）さてと……よし、私が行って話そう」

千蔵「!?　なんか、また？」

半右衛門「うん、たいしたことはないと思うが……」

12 梅安宅で

地図をはさんで左内と弥んぞ、甚八。

左内「火急のことがない限り、大体八ツ半に邸を出て、ここを通って江戸城に入る。供（とも）ぞろえは前後に四人、駕籠脇に二人」

13 その映像

左内「だから、大事なことは、駕籠脇に飛び込むなり、訴えの趣きを大急ぎで、短かく、そこでだ、大きな声で叫ぶことだ。でないと、ただの狼籍者として斬り捨てられてしまう。そうなっては十六ケ村は救えんうえに、お前らも無駄死にだ」

弥んぞ・甚八「……（緊張しきっている）」

左内「どこで待ち受けるかは、明朝私がそこへ案内する」

弥んぞ「あのう、飛び込んだ時にどんな具合に申し上げればええずら」

左内「それは、これから教える。まずこの訴状、よく見えるように、こう持って飛び込む。どちらが持つんだ？」

弥んぞと甚八、顔見合わせる。

戸が開いて、半右衛門と千蔵。

半右衛門「やあ」

左内「どうも。（弥んぞらに）心配はいらん。蔭で力を貸してくれるお人だ」

弥んぞ「へえ……」

半右衛門「あんたたちは大変だねェ……」

千蔵「梅安さんは？」

左内「（苦笑して）どうしても河豚（ふぐ）を食わせるといって、井戸端だ」

千蔵「ええッ！　大丈夫なのかなあ」

出てゆく。

左内「千蔵さんの話だと、かなり旗本連中が……」

半右衛門「ああ、動いているんだ。代官は旗本連中の回り持ちなもんでね、こういう時

は仲間が力を貸すんだ」
左内「じゃ、老中の駕籠の道筋は連中が見張っていると考えなきゃ……」
半右衛門「さて、それだがね、ご老中の駕籠は、ここ二、三日邸を出ないよ」
左内「え⁉」
半右衛門「風邪なんだ、風邪で寝ている」
左内「そうですか……」
弥んぞ、甚八、思わずホッと息を抜く。

14 井戸端で

河豚を浮き浮きと料理している梅安。

そばに千蔵。

梅安「こんなうまいものを知らずに死なせちゃ可哀そうというもんだ」

千蔵「いやァな予感がするなあ」

梅安「ばかやろ、黙ってどんどん水をかけろ。河豚の料理はな、水をどんどん使うのがコツだ」

千蔵、水をかける。

と——、梅安、左手で水桶を制す。次の瞬間、右手の庖丁が飛ぶ。

庖丁は物陰の柱へ。

バタ、バタッと逃げていく男。

15 梅安宅で

弥んぞ、甚八、大急ぎで支度している。
半右衛門「あと二、三日のことだ。うちの土蔵に隠れてもらおう」
左内「そうですね」
梅安「もうちょっとで仕上がるとこだのに」
土鍋を風呂敷に包んでいる。
半右衛門「持っていくのか」
梅安「こんないい河豚、無駄死させちゃ可哀そうだ」
外から千蔵が入ってくる。
千蔵「今のところ、大丈夫です」

16 夜の道

暮れたばかりの街の裏通り。

半右衛門、梅安、左内、千蔵、そして弥んぞ、甚八がゆく。

千蔵「ちょっと……（立ち止まる）……どうも、つけられてる感じだなあ」

梅安「お前もそう思うか」

じっと窺う一同。

半右衛門「よし、二タ手に別れてみよう」

半右衛門、左内、甚八組と梅安、千蔵、弥んぞ組に別れてゆく。

17 材木置場

材木の陰から、そっと顔が覗く。
千蔵だ。
千蔵「……大丈夫なようですね」
梅安と弥んぞがいる。
梅安「も少し様子を見よう」
弥んぞ「あのう……お願いがあるずら」
梅安「なんだ？」
弥んぞ「……」
梅安「出来ることなら、なんでもしてやるぜ」
弥んぞ「……吉原へ行きてェ」
梅安「吉原⁉　……なるほど死ぬ前に女を抱きたいというわけか。実にもっとも至極だ」
弥んぞ「そんなんじゃねェ」
梅安「いいんだ、いいんだ。うまいものが食いたい、女がほしい。人間、正直でなきゃいけねェよ」
弥んぞ「……吉原に、女房がおるんです」
千蔵「女房が⁉」
梅安「お前、女房を売りとばしたのか」
弥んぞ「（叫ぶように）まだ女房じゃねェが、そうしようと決めておったずら！」
肩を震わせている。
千蔵「……」
梅安「……よし、判った」
弥んぞ「死ぬ前に一と目だけ会いてェ」
梅安「判ったといってるだろ。千蔵、元締に知らせといてくれ」
千蔵「行くんですか」

梅安「かえってああいうとこのほうが危なくない。（弥んぞに）おい、行こ」

18 吉原で

女郎たちがレンジの中から客を引いている。

「ねエ、そこの団十郎さん。そうそうそう、あんたよう」

「ちょっとォ！　そんなに澄ますことないじゃないよォ」

嫖客に混じって、梅安と弥んぞ。

梅安「いないか?」

弥んぞ「へえ……（泣きそうな顔）」

梅安「ベタベタ白粉塗ってるからな、見まちがうなよ（と言いつつも、あたりを警戒）」

次の店へ来る。

女郎Ａ「何よォ、何べん冷やかして回ってるんだよ」

梅安「大きなお世話だ」

女郎Ａ「いいかげんに往生しなよ」

女郎Ｂ「さあ、往生、往生！」

弥んぞを長いキセルで捕まえた。キセルの先を着物に絡ませたのだ。

弥んぞ「梅安さん！」

梅安「あ、捕まりやがった。待ってろよ」

レンジに引き寄せられている弥んぞ。

梅安、絡まったキセルを外そうとする。

中の女郎も頑張る。

と――、奥からだらしない恰好で出てきた女郎。

レンジに顔をへばりつけている弥んぞ。

弥んぞ「おいね！」

女郎（おいね）「！　……（目を大きく開いた）弥んぞさァ……」

19 音羽屋茶室で

独り千蔵が坐っている。

千蔵「……　！　帰って来た」

入って来たのは半右衛門、ひとり。

千蔵「あれ？　ひとりで？」

半右衛門「お前こそどうした」

千蔵「へえ、実は途中でいい隠れ場所を見つけまして」

半右衛門「そうか、そちらも逃げられたのかと思った」

千蔵「え!?　逃げられた？」

半右衛門「うん。……桜橋のところでいきなり突き飛ばしてな」

20 橋のたもとで（回想）

左内を突き飛ばし、一目散に橋を駆けてゆく甚八。

21 茶室で

千蔵「なんでまた……」

半右衛門「……左内さんはまだ深しているんだが」

千蔵「姉のお清のことは話したんですか」

半右衛門「いや。（と首を振る）……歩いたところがいけなかったのかもしれん」

千蔵「？」

半右衛門「市村座の前、深川の仲見世、……賑やかなところばかりだ。……死ぬのが恐しくなったんだろう」

22 橋で（回想）

もう夢中で駆けてゆく甚八の後姿。

23 吉原の一室で

向い合って坐っている弥んぞとおいね。

見つめ合う二人の目は涙がいっぱい。

弥んぞ「……逢いたかった……逢いたかったずらよ」

おいね「（ただもう、うなずくばかり）」

24 廊下で

七輪を持った梅安。弥んぞの部屋の前。

梅安「食い気どころじゃねェか」

ひとりうなずいて去る。

25　おいねの部屋

弥んぞ「おいね！」
おいね「弥んぞさァ！」
　夢中で抱きあう二人。
　が、次の瞬間、おいねは弥んぞを突きのける。
弥んぞ「おいね……」
おいね「待って。……身体、洗ってくるから」

26　隣は梅安の部屋

　七輪に土鍋。いそいそと梅安。
　あきれ顔の女郎、花里——長ギセルを使った女郎だ。
花里「……あんた変わり者ンだねェ」
梅安「そうら、ぐらぐらと来たぜ。さあ食おう」
花里「まだ心中したくないよ」
梅安「大丈夫だったら。（一片れをサッと湯に通して食べる）ああ、うめえ！」
花里「（思わず、ナマツバを飲む）」
梅安「どうだ？」
花里「もちょっと様子見てからにするよ」

27　風呂場で

　おいね、身体を血が出んばかりに、必死にこすっている。
　泣けてきて仕方がないのだ。

28　小さな寺で

　左内が小走りに、甚八を探し回っている。
　寺の本堂あたりを探す。
　人影はない。
　息が切れている。
左内「行くあてなぞ、ないはずだ……」
　ぐったりと腰をおろす。

29　おいねの部屋で

　抱き合っている、というより互いにしがみついているような弥んぞとおいね。
弥んぞ「おいね、おいね、おいね……」
おいね「……きれいに洗うてきたから、弥んぞさの好きなようにして……」
弥んぞ「辛れェんだろ。毎晩、毎晩、辛れェんだろ」
おいね「そんなこと聞かねェで」
弥んぞ「聞きてえよ！」
おいね「辛らかねェ。目つむって、抱いているのは弥んぞさと思い込むだで……だから辛らかねえ（が涙があふれてしまう）」
弥んぞ「おいね！」
　激しく夜具の上に倒れ込む二人。

30　梅安の部屋で

　夜具から顔を上げる梅安。耳を澄ます。
花里「へんな時に気をそらさないでよ」
梅安「待て待て」
　夜具から抜け出て、壁に耳をつける。
花里「どすけべ」
梅安「ばか。隣りはな、可哀そうな訳ありなんだ。気を配ってなきゃアな」
花里「なにが可哀そうな訳ありよ。あたしだって甲州の山奥から売られてきたんだよ」
梅安「へえー」
花里「でもさァ、（とニコニコ）あたし、ここへ来てほんとによかったよ。きれいな着物着て、三度々々コメの飯だもんね、極楽だよ」
梅安「お前みたいだと、気が楽だな」
　裾から潜り込んでゆく。
花里「ヤだァ！　……アハハ！」

31　夜明けの寺で

　白々とモヤの中に朝日——。
　本堂の縁下に腰を下ろして、仮眠している左内。鳥の鋭い啼き声にふと目覚める。
左内「……ああ、明けたか」
　立って背伸びする。
左内「！　……」
　モヤの中を人影が歩いている。

左内、素早く身を隠す。
モヤの中から出てきたのは、歩き疲れた甚八。ふらふらと本堂に近寄る。
パッとその腕を掴まれた。左内だ。
甚八「あッ！」
左内「なぜ逃げる」
甚八「に、逃げたりしねエよ。（目をキョト、キョトしながら）お、お清姉ェに逢いたくてよォ」
左内「弥んぞ独りに押しつける気か」
甚八「ほんとだよう、お清姉ェに逢いてェんだ」
左内「……よし、逢わせてやる」
甚八「ほんとか⁉」
左内「ただし、見るだけだぞ」
甚八「⁉　……」

32　おいねの部屋で

目をあけるおいね。急いで隣りをみる。弥んぞがよく寝ている。ほっと安心してその胸元に顔を寄せる。

おいね「！　……」

枕元の乱れ箱の中に、着物の間から見えている訴状。上訴の字。

33　処刑場で

寒々とした原ッパ。竹矢来が組んである。
左内と甚八。
甚八「なんだよう、ここは……」
左内「姉に逢いたいのだろう。……今日、ここへ来ることになっている」
甚八「ここへ⁉」
左内「⁉」
むこうの草むらに男がしゃがんでいる、半右衛門だ。
左内「半右衛門さん」
半右衛門「ああ！　……」
見れば竹矢来のそばに小さく土を盛り、線香と花を立てている。
甚八「なんだよォ、この真似は」
半右衛門「しっ！」
遠くを処刑人が連れられてくる。
お清だ。
甚八「！　……　あれは、お清姉ェか？」
半右ヱ門「そうだ」
甚八「なんで、お清姉ェが⁉」
半右衛門「客を殺し、金を盗った」

34　お清の殺し

カンザシで寝ている客を刺す。

35　処刑場で

甚八「お姉ェがそんなことするわけがねえ！」
半右衛門「この月のはじめ、売られて来た村の娘からお前たちの江戸訴えのことを聞いたらしい。……それでその金をもって私のところへ頼みに来たんだ」
甚八「それで、あんたたち……」
左内「……（痛みが走る）」
半右衛門「うちを出て、その足で奉行所へ名乗り出たようだ」
甚八「……お姉ェ！　お清姉ェ！」
今しも目隠しをされようとしていたお清、ハッと顔を上げる。その顔へ目隠しの布。顔は隠れた。
お清「甚八ーッ！」

36　酒井老中の門前

門はぴたりと閉められている。

千蔵、何気なく通りかかった態で様子をうかがう。

千蔵「！　……」

門前の露地、そして塀の木陰に、侍が数人、佇んでいる。代官所の役人も混っている。

千蔵「いる、いる……」

鼻唄まじりで通りすぎる。じろじろと見

る侍たち。

37　老中邸　裏口

千蔵が来る。

千蔵「ああ、危ねエ」

丁度勝手口から魚屋が出てくる。ハンテンに魚徳。

千蔵「あ、丁度いいや。……魚徳さんよ、酒井のお殿さま、ご病気はどんな具合だね」

魚屋「今日、床上げなすったようだなあ。祝い鯛を届けたからよ」

千蔵「そうかい、そりゃァめでてェや。どうも」

魚屋「……あんなの、近所にいたかなあ」

38　遊廓の一室で

半右衛門、左内、甚八、そして梅安、弥んぞが集っている。

甚八「嫌だよ、オレ。死にたかねェよ!」

恐怖の色——。

39　回想の処刑

目隠しされたお清。非人が肩を持って、前へ押し出す。

首斬り役人の刀がひらめく。

40　一室で

甚八「あんなふうに斬られたかねェよ（震えている）」

梅安「（左内に）そんなもの、見せるからだよ」

左内「お清さんの死を無駄にしてほしくなかったんだ」

甚八「（震えている）……」

半右衛門「（甚八に）すると、弥んぞさん独りに仕事を押しつける気かね」

甚八「（チラと弥んぞを見て、すぐ目をそらす）」

半右衛門「弥んぞさんだって、やはり死ぬのは嫌だと思うんだがね」

弥んぞ「……（半右衛門の視線をふと、そらす）」

半右衛門「⁉　……お説教をするわけじゃないが、あんたたちに逃げ出されちゃ、甲州平十六ケ村は途方に暮れるだろうねェ」

甚八「なんだよォ、あんたら金もらって動いているんじゃねェか。でかい口をきくなよ」

半右衛門「……」

梅安「あんたが金を出したわけじゃないんだろ。じゃでかい口をきくな」

甚八「（パッと手をついて）弥んぞ、頼む。オレ、死にたくねェんだよ。訴え出るのは一人でいいんだ。頼むからオレを見逃してくれ!」

廊下では、おいねが立ちすくんでいる。

おいね「……（しゃがんでしまう）」

千蔵が来る。立ち止まって、おいねの後姿を見ている。

梅安「その通りだ。二人で死ぬことはない。甚八の言う通りだ」

左内「梅安」

梅安「まア待て。だから、これで決めろ」

襟裏から針を二本取り出す。

長いのと、短いのと。

梅安「長い針を取った者が、やるんだ。いいな、長いほうがやるんだぞ」

背を向けると、針を二本畳に刺した。そして立ち上がる。見ると、畳に二本の針。

同じ高さで出ているのだ。

梅安「これしか決めようはないぜ。さあ」

弥んぞ、そして甚八、うなずく。

廊下では、おいね、思わず手を合わせた。

千蔵、溜息が出てしまう。

弥んぞ、針にそろそろと近づく。

弥んぞ「いいな、甚八」

甚八「ああ」

弥んぞ、手を延ばして一本の針を掴む。

　ふるえる手で引っ張る。
　針は……長い！
甚八「やった！」
　残った針を抜く。短いのだ。
　呆然たる弥んぞ。
　廊下のおいね、思わず顔をおおってバタバタと駆け去る。
　中から襖が開く。
　半右衛門だ。そこに立っているのは千蔵。
半右衛門「ああ。……どうだった？」
千蔵「……老中の風邪は、治ったようです」
半右衛門「（弥んぞに）聞こえたかね」
弥んぞ「……へえ」
甚八「弥んぞ、すまねえ！」
　駆け出てゆく甚八。

41　道

　旅支度の甚八が、まるで追われるように走っていく。振り向き、振り向き。目には涙がいっぱいだ。コブシで拭き拭き駆けてゆく。

42　吉原で

　また夜がきた。華やかに提灯が並び、レンジの間から女郎たちが嬌声を上げている。

「ちょっと、ちょっと、盲縞（めくらじま）のお兄さん」

43　花里の部屋で

　梅安、左内、千蔵が飲んでいる。
　徳利が林立しているが、唄うでなく、喋るでなく、陰気な酒だ。
　花里が入ってくる。
花里「あら、まだ飲んでるの。……ねえ、そちらのお二人さん、誰か相方を決めて下さいよ」
左内「女はいらん」
花里「女はいらんたって、ここは廓ですからねえ」
左内「明朝早く、隣の男とここを出るから、それまでここにおらせてもらう」
花里「（梅安に）ちょっと、あんたァ……」
梅安「隣はどうしている」
花里「お隣は、まじめに、男と女」
梅安「おい。（目が据っている）」
花里「なによ、こわい顔して」
梅安「今夜は、オレは女を変える。隣の女を買う」
花里「え!?」
千蔵「梅安さん……」
梅安「金はいくらでも出す。（小判をバラッと投げ出す）だから、隣の女に話をつけてこい」
左内「梅安、それは本気か」
梅安「本気だとも。弥んぞからあの女を引っ剥がしてやらないと、あいつは、あしたの朝、とてものことに辛くって、駕籠に向かって飛び込めねェんだ。だから、今夜はあの女はオレが買う」
左内「……（睨みつけている）」
梅安「（よろりと立ちあがる）よし、オレがじかに話をつけてくる」
左内「梅安！」
　思わず腰に手がゆく。
梅安「！　……腰に刀はねえが、あんた、刀に手をかけたんだね。オレを斬る気なんだね」
左内「ああ、斬りたい」
　梅安、例の針を取り出す。長い針を左内の前に飛ばす。
梅安「それを使いなよ」
　梅安、短針を手に、パッと身構えた。
千蔵「梅安さん！」
　左内、長針を手にして、これも構えた。
千蔵「よしなよ！」
　花里は、外へ駆け出た。
　梅安が突きかかる。左内、かわして突く。
　梅安、左内の死闘。

その隙間を見て、二人の間にパッと飛びこんだ。
千蔵「止めて下せえ！　あんたら、ゼニももらわねえで、人を殺すんですかい！」
梅安「……ほんとだな（手が下った。坐る）」
千蔵「（左内に）梅安さんも、つまりは弥んぞが可哀そうだと言ってるんですよ」
左内「……ああ（と、手が下った。坐る）」
戸が開いて、オヤジを連れた花里。
花里「あれッ!?」
千蔵「酒」

44　おいねの部屋で

抱き合っているおいねと弥んぞ。
弥んぞ「死にたかねえよ、行きたかねえよ……」
幼児のようにしがみつく弥んぞを優しく胸に抱えるおいね。
おいね「……あたしも、連れていって下さい」
弥んぞ「え!?（顔を上げる）」
おいね「あたしは、ここへ来た日から、もう死んでおります。だから一緒に連れていって」
弥んぞ「ああ！　お前も一緒なら！」

互いに名を呼んで抱き合う二人。

45　夜明けが近い吉原土手

東の空が白んでいる。
土手を手をつないで走っている二人。
弥んぞとおいね。おいねは裸足だ。

46　花里の部屋で

ふと、目を覚ます千蔵。壁にもたれて左内、梅安も花里もだらしなく寝ている。
フッと行燈の灯を消す千蔵。外はもう白い。
隣の壁に耳をつける。
千蔵「?」
外へ出る。
左内、目を覚ました。
左内「あ、朝か……」
千蔵が、駆け込んでくる。
千蔵「ふ、二人が消えた！」

47　酒井老中邸・門前あたり

もうすっかり明るくなっている。
露地を弥んぞとおいねが来る。
向こうから、しじみ売りの少年が来る。
「しじみィ、しじみィ……」
弥んぞたちを見て、いぶかしげに――。
弥んぞ「あのう、ご老中の、酒井様のお邸を探しているんだがのう……」
少年「ああ、そこだよ。そこ出たら、目の前だ」
弥んぞ「あ、どうも……」
少年、また「しじみィ」と声を上げながら去っていく。
露地を出る。
と、向こうに大きな門構え。
弥んぞ「よかった……すぐそこだってよ」
おいね「ええ」
弥んぞ「ああ、あそこだ！」
おいね「まだ、閉っている……」
弥んぞ「お駕籠が出るまでには間がある。どこかに隠れて、待っていよう」
二人、露地陰に入る。身を寄せ合うようにして、しゃがむ。
弥んぞ「足が痛いだろう……（足をさすってやる）」
おいね「（首を振って、弥んぞにそっともたれかかる）」
弥んぞ「……今度生まれてくる時は、百姓でなく生まれてエなあ」
おいね「……杉でもいい、松でもいい」
弥んぞ「ああ、杉でもいい、松でもいい」
と――、反対側の露地の入口から、二、

三人、侍が入ってくる。

弥んぞ「！　……」

代官所の侍たちだ。

向こうも、こちらを見つけた。

弥んぞ「おいね、行こう！」

弥んぞ、走り出す。おいねも――。

侍たちも、走り出す。

道へ出た。弥んぞ、走りながら懐から訴状を取り出す。

右手に大きくかかげた。左手においねの手を握っている。

弥んぞ「甲州平井宿百姓、訴えの儀、おたの申します！　訴えの儀、おたの申します！」

すぐ後ろに追っ手の刃。

おいね「おたの申します！」

おいねの背に一太刀。がくっとおいねは倒れる。門前は目の前なのに。

弥んぞ「おいね！」

弥んぞにも一太刀。二太刀。

弥んぞ、おいねの上に重なるごとく倒れる。

それでも手は握ったまま。

右手の訴状が取り上げられる。しっかりと握られているので、指を一本、一本はずす。

声「急げ！」

訴状は取り上げられた。

走り去る足。

門が開く。門番が箒（ほうき）を持って出てくる。

弥んぞたちの死体に気がつく。

門番「（中へ）おーい！　人が死んでおるぞ！」

他の足軽たちも駆け出てくる。

二人の周りを取り囲む。

門番「……心中者ンだ」

一同、口々に、「心中だ、心中だ」

弥んぞとおいねの手はしっかりと握られている。

48　寺の本堂

経があげられている。
半右衛門、梅安、左内、千蔵の四人が坐っている。
千蔵、フイッと立つと、縁に出た。
どうにもやり切れないもので胸がいっぱい。
梅安も出てくる。
千蔵「……（吐き出すように）これじゃ、あんまり可哀そうすぎるよ」
梅安「……おさまらねェか」
千蔵「ああ。おさまらねェ！」
梅安「じゃ、どうする」
千蔵「……（一点に目を据えている）」
梅安「お前が訴状を持って訴え出るかい」
千蔵「……ああ！　……そのつもりだ」
梅安「（驚いて）おい……」
左内が出てくる。読経は終わっている。
千蔵「左内さん、もう一度、あの訴状を書いてもらいてェんだ」
左内「……」
千蔵「あんた、金もらってるんだからね、それぐらいはしていいんだ」
左内「あんた、死にに行く気か」
千蔵「死なねェよ。死にたかねェよ。……捕まってから、どっかで逃げ出すつもりだ。出来ねェかもしれねェけどよ」
梅安「あ、そうか、千蔵、お前は伝馬町の牢を一度破っているんだな！」
千蔵「（ニヤッと）でも、あれは若い時のことだからよ」
半右衛門「（が出てきている）千蔵、これは半金だ」
と、十両をその手に、
半右衛門「また、頼まれた仕事は果してねェんでね。うちの信用にもかかわるから、頼むぜ」
千蔵「へえ！」

49　酒井家門前

門が開いて、駕籠が出てくる。
供を揃えて、ゆっくりと道をゆく。
と――、
訴状をかかげた千蔵、百姓姿で駆けてくる。
千蔵「甲府平井村百姓、訴えの儀、おたの申します！」
供侍、取り押さえようとする。千蔵、それを巧みにすり抜けて駕籠にとりついた。
千蔵「命かけての訴え！　お慈悲を！」
供侍、千蔵を取り押さえた。
千蔵「お慈悲を！」
駕籠の扉が開いた。老人の顔が現れる。酒井老中だ。
老中「駕籠訴えは重罪、承知の上か」
千蔵「命かけての訴え！」
老中「……よし」
訴状だけを取ると、ピタンと扉を閉めた。
千蔵「ありがとうございます！」

49A　露地で

覗いている梅安と左内。
梅安「あいつ、とうとうやりやがった」
左内「……あの人を見直したよ」
梅安「なァに、百姓に化けられるのは、あいつだけたからね（クスッと笑う）」

50　夜の伝馬町牢屋

深夜の牢内。

通路に小さな灯がともっているだけ。

とある牢――。

むっくりとおきあがる囚人。千蔵だ。

同室者は寝ている。

千蔵、獄衣を抜いだ。丸めて下に置く。

なんと、それに向かって小便をするのだ。

あたりを見廻しながらし終える。

千蔵、小便に、しとど濡れた獄衣の端をもって、高い窓を狙う。

ベタッと、濡れた獄衣の端が小窓にへばりついた。千蔵、獄衣を伝って高窓へたどりつく。

窓を頭から出た千蔵、屋根の庇へ手をかける。

と、その手を掴まえた手がある。

千蔵「（ギクッとする）……」

声「オレだよ」

屋根の上には梅安と左内。

両手を捕まえて、千蔵を引っ張り上げた。

千蔵「ああ、助かった！　……」

左内「ゆうべも、ここで待っていたんだ」

千蔵「へえー　……ハックション！」

梅安「さあ、行こ。うちに河豚鍋が用意してあるんだ」

千蔵「待ってくれ。で、オレのした訴え、少しは役に立ったのかねエ」

左内「ああ。甲州代官はクビ。甲州平はしばらく酒井老中が直割するらしい」

千蔵「そうですか！　……ハックション！」

梅安「河豚鍋、河豚鍋」

大屋根を三人の影が走ってゆく。

脚本解題

『必殺仕掛人』第16話「命かけて訴えます」

會川昇

人を殺めるのではなく、護るドラマ

　早坂暁が初めて書いた『必殺』――それは人を殺めるのではなく、護ってくれという依頼。一見いきなり変化球と思えるが、実はその後のシリーズに強い影響を与えた傑作だった。無理な年貢の取り立てにあえぐ甲州平十六ヶ村の窮状を訴えるため老中への駕籠訴を狙う百姓三人組と彼らを護る仕掛人たち。しかし駕籠訴が成功しても、それを行ったものには死罪が待っているのだ――。

　台本の表紙は話数のみで、サブタイトルの表記はない。朝日放送の大熊邦也監督が自ら指名した早坂暁のオリジナルストーリーであり、とくにアバンタイトルの追っ手と梅安のやり取りなど、かなり忠実な映像化が施されている。今回底本としたシナリオは早坂家に残されていたものだが、手書きでいくつかのシーン（#8、#11、#43）に数行削除の指示があり、また#13、#14の梅安が河豚をさばくシーンも小さな段取りの変更が書き込まれている。

　実際の映像でもこの書き込みどおりにカットされている部分が多く、#11は丸ごと存在しない。河豚のシーンは梅安宅のセットの構造に合わせた変更なので、これらの書き込みは早坂と大熊が撮影前に話し合い、短縮アイデアなどを出し合った時点のものと想像できる。また書き込みはないが、#46と#47の前半も本編ではカットされている。

　おもに緒形拳がアドリブで細かく語尾を変えたり、助詞を省くなどセリフの変更も見られるが、大きなニュアンスの違いはない。#17の最後のセリフを「行こうずら」にしているのは名アドリブといえるだろう。

　演出での大きな変更は2点。#43で激しく対立した梅安と左内を千蔵が仲裁する場面、脚本ではまず梅安、次に左内が武器を下すが、映像では両者が同時に手を引く。#47、弥んぞとおいねが老中酒井の屋敷の前で斬られるくだり、脚本では門の少し前で二人は倒されるが、映像では門が開いて中からも討ち手が現れて斬る。なお#48の「お前は伝馬町の牢を一度破っているんだな」という梅安の語りかけは、千蔵役の津坂匡章（現・秋野太作）が出演した早坂暁の代表作『天下御免』に引っかけたネ

タだろうか。

ゲストに目を向けると、弥んぞ役の松橋登は劇団四季出身、正統派の二枚目ながら狂気のにじむ役柄を多くこなす。甚八役の林ゆたかはグループサウンズ「ヴィレッジシンガーズ」のドラマーから俳優に転身。一見対照的な両者が熱狂と逃走の現代的な若者像を象徴する。三番手の百姓・米吉を演じた古川ロックは必殺シリーズの常連だ。出番こそ少ないが印象的なのは、花里役の左時枝。河豚鍋をめぐる梅安とのやり取りなどで場をさらう上手さを見せている。

池波イズムの意外なる翻案

本作の2年前、早坂は同じ池波正太郎原作の『鬼平犯科帳』第28話「縄張り」の脚本を書いている。単行本がまだ2冊しか刊行されていない状況だったため『鬼平』以外の池波作品も原作とされ、「縄張り」も『江戸の暗黒街』に所収の短編「縄張」に依る。

羽沢の嘉兵衛など池波ワールドでお馴染みのキャラクターも登場する好編だが、鬼平があえて悪者たちに殺し合いをさせるという『血の収穫』的な脚色が池波の逆鱗に触れ、以後早坂は『鬼平』を書くことはなかった。反権力の色合いが強い早坂だけに鬼平というキャラクターに馴染めなかったのかと思いきや、妻の富田由起子氏によれば、池波が自作の主題として記した「人間は、よいことをしながら悪いことをし、悪いことをしながらよいことをしている」という言葉を大変気に入っていたとのこと。「縄張り」では、まさに鬼平の二面性に挑んだが、解釈違いが起きてしまったのだろう。

放送前の『必殺仕掛人』の雑誌広告を見ると、脚本家のクレジットが「早坂暁、石堂淑朗、池上金男、国弘威雄」の順になっているものがあり、『天下御免』で大人気だった早坂脚本への期待が強かったことがうかがえる。「命かけて訴えます」は梅安の美食好み、武士でありながら仕掛人となった左内の鬱屈、二人と距離がある千蔵、半右衛門の殺しの掟……など初期エピソードにあった要素をまんべんなく取り込み、早坂一流の悲劇を見せながらラストの千蔵の活躍により、視聴者に留飲を下げさせることにも成功している見事なシナリオである。

なかでも依頼人が仕掛料の捻出のために人を殺め（凶器は「かんざし」だ！）、依頼と引き換えに命を落とすことになる……その後のシリーズに頻出するプロットだが、おそらく本話が初出。依頼人が苦界に身を沈める展開もその変奏である。『必殺』という作品の、もっとも感情に訴えるポイントをこの時点で見抜いていたのはさすがの慧眼だ。と同時に「仕掛人が依頼を果たせば、けっきょく百姓たちは死ぬことになる」という結末は、まさに「よいことをしながら悪いことを」という池波イズムの翻案であり、この一本が後続作に与えた影響は小さくない。

『必殺仕掛人』第30話
「仕掛けに来た死んだ男」
脚本：早坂暁
監督：大熊邦也
放映日：1973年3月24日

【キャスト】

藤枝梅安	緒形拳
神谷兵十郎	田村高廣
千蔵	津坂匡章
万吉	太田博之
四ツ玉の勘次	米倉斉加年
船山青玄	水谷貞雄
トド松	石堂淑朗
おせつ	山口朱美
相模屋	寺島雄作
八作	北野拓也
胸突き藤右衛門	堀北幸夫
飲み屋の女	大滝英洧子
瓦版売り	千代田進一
留造	森秀人
釣り人	岩田正
蔵吉	森内一夫
おくら	中村玉緒
音羽屋半右衛門	山村聡

【スタッフ】

制作	山内久司
	仲川利久
	桜井洋三
原作	池波正太郎
音楽	平尾昌晃
撮影	石原興
美術	川村鬼世志
照明	中島利男
録音	二見貞行
調音	本田文人
編集	園井弘一
助監督	家喜俊彦
装飾	船越武治
記録	野口多喜子
進行	鈴木政喜
殺陣	楠本栄一
装置	新映美術工芸
床山・結髪	八木かつら
衣裳	松竹衣裳
現像	東洋現像所
制作主任	渡辺寿男
ナレーター	睦五郎
題字	糸見溪南
制作補	岩田耕治

制作協力　京都映画株式会社
主題歌「荒野の果てに」
（作詞：山口あかり／作曲：平尾昌晃／歌：山下雄三／ミノルフォンレコード）
制作　朝日放送
松竹株式会社

1　草むらで（これは回想）

下着一枚の、それも下紐も解けた姿の若い娘が、必死に逃げている。
若い侍が三人、猟犬の如く追っている。
弄(なぶ)っているのだ。野卑な笑い声を上げて追い回す。
娘はとうとう捕らえられた。
押さえつけられ、下着は剥ぎ取られて宙に飛ぶ。
娘の大きく恐怖に見開いた眼。
真青な空に鳥がのんびり一羽。
それも一瞬で、強い痛みに娘の目は鋭い悲鳴と共に閉じられた。

2　音羽屋の土蔵で

おのれが犯されたごとく絶句する娘の父親、相模屋。
相模屋「訴え出れば娘の恥、娘は生きちゃァいますまい」
半右衛門「(うなずいてみせる)」
小判の包みをいくつか、半右衛門の前へ。
相模屋「三人分です。お願い致します」
半右衛門「……」
半分を、スッと押し返す。
半右衛門「殺すことはないでしょう。(口辺に笑み)一ケ所を殺せば怨みは晴れましょうし、また、これから泣く娘も出ますまい」

3　草むらで（半右衛門の話として）

梅安、針を閃かす。
草むらの若侍A、股間を押さえて、草むらを転げまわる。
振り向く若侍B、ギャッと股間を押さえて、のたうつ。
かけつける若侍C、これもグエッ！　とのたうつ。
梅安、草むらを駆け抜ける。
のたうつ若侍三人。

4　土蔵の中で

相模屋「はい、それならもう娘も私も心が晴れます」
半右衛門「じゃ、(半金を手前に引きよせる)」
相模屋「(半金を懐へ)よろしくお願いします」
頭を下げて出ていく。
半右衛門「……」
金の封を一部、剥ぎ取り、中の小判の色を見定めてから、懐へ。
立ち上がろうとした時、入口の戸が開く。
神谷兵十郎が立っている。
半右衛門「ああ！　……」
兵十郎「どうも……」
実に荒廃した態の兵十郎。
半右衛門「神谷さん、どこへ行かれたかと、みんなして心配していたんですよ」
兵十郎「それは、申しわけない……」
坐るが、手が小刻みに震えている。
半右衛門「？」
兵十郎「酒ばかりで生きている……（と自嘲の笑み）」
半右衛門「(痛ましく眺め)……しかしよく訪ねて来て下すった」
兵十郎「私はもう昔の神谷ではない」
半右衛門「……そうご自分を虐めちゃいけません」
兵十郎「いや、すっかり変わり果てた。……今日はそれを見せに来た」
半右衛門「!?」
いきなり兵十郎、刀を抜いて斬りつけた。
半右衛門、後ろに転げて身をかわす。
茶釜が二つに割れて灰かぐら。
兵十郎、さらに斬りつける。
左腕を斬られる半右衛門。
半右衛門「狂うたのか、神谷さん」
兵十郎「狂うてもいるが、これは頼まれ仕事だ」
半右衛門「頼まれ!?　誰に！」
斬りつける兵十郎。
血みどろになる半右衛門。壁に駆け寄り、合図の紐を引く。
その紐を斬る兵十郎。

5　居間で

壁に掛かっている美しい女面が、チリーン！　と音がして、目は向け、口が耳まで裂ける。(つまり文楽人形の仕掛け)
釣り道具を揃えていたおくら、はっと振り向いた！

6　タイトル

7　土蔵で

　血だらけの半右衛門。

　おくらと、万吉が、腕や足を布で縛っている。

おくら「万吉！　早く大橋のお医者を呼んどいて！」
万吉「へい！」
半右衛門「まて。医者はな、大橋じゃいけねェ」
おくら「どうしてよ」
半右衛門「万吉、オレがいつも行く、釣堀があるだろ」
万吉「へい……」
半右衛門「その釣堀に青玄という若いおオランダ医者が来ている。そいつを呼んで来い」
おくら「あんた、釣堀まで行かなくたって」
半右衛門「いいから早く行け！（苦しそうに）」
万吉「へい……」
　万吉、駆け出て行く。
おくら「あんた、そんなことしてたら死んじまうよ」
半右衛門「江戸のヤブ医者に、この傷が縫えるか」
おくら「畜生ォ、誰だい、あの気狂い侍は」
半右衛門「おくら、千蔵は」
おくら「気狂い侍を追っかけて行ったのよ」
半右衛門「……梅安を呼んで来てくれ（苦しそうだ）」
おくら「あんた、死んだら嫌だよ、あたし一人にしちゃァ嫌だよ」
半右衛門「待ってろ、今に日本一の医者が来る」
　口調とは裏腹に、荒くせわしい息。

8　釣堀で

　駆けてくる万吉。荒い息。

　釣堀には、二、三人が糸を垂れている。

　番小屋に、番人の老人が一人。

老人「よオ、万吉っあん……」

万吉「青玄という医者が来てないかねえ！」

老人「医者？」

　釣糸は垂れているが、手元に本を置いて、読みふけっている男（32）、船山青玄、顔を上げてこちらを見る。

9　土塀の道で

　兵十郎が歩いてくる。まるで幽鬼のごとく——、
　あとをつける千蔵。
　兵十郎、土塀の道を曲がる。
　千蔵、駆けて、その角まで来る。
　そっと覗く。
　が、そこに、三人、やくざ風な男が、ニヤニヤと立っている。中の一人は大男。
　ハっと、後ろを見ると、いつの間にか後ろにも、男が二人。

10　土蔵で

　入口に釣竿が立て掛けてある。
　中では——。
　台を組み、手術台のようにしてある。
　その上に血だらけの半右衛門。
　青玄が、縫合手術をしている。
半右衛門「ムッ！　……」
おくら「あんた！」
半右衛門「……向こうへ行ってろ」
おくら「嫌だ。向こうへ行ってる間に死なれちゃたまらないよ」
青玄「死にゃァせん。どの傷も急所は、外れている」
　梅安が、眺めている。
梅安「おらんだ外科ってのは、畳屋と一緒だね」
青玄「汗を拭いてくれ」
おくら「はい。（と、半右衛門の額の汗を拭く）」
青玄「私のだ」
おくら「あ、すみません。（青玄の汗を拭く）」
梅安「（傷をのぞきこみ）あの男の腕で、こうでたらめな傷ばかりというのは、おかしい」
半右衛門「酒のせいだ。両手に震えが来ていた。ウッ！　……」
青玄「喋ると血が出る」
梅安「頼に頼まれたんだと思いますかね」
青玄「話し掛けるなというんだ」
梅安「あんたはいい医者だよ」
　万吉が入ってくる。
梅安「千蔵は？」
万吉「まだです……」

梅安「下手すると、あいつもやられたか知れねェな」
おくら「えッ!?」
梅安「おかみさん、葬式の仕度して下さい」
おくら「だって、千蔵はまだ……」
梅安「旦那さんのですよ」
おくら「なんてこと言うんだい、縁起でもない」
梅安「旦那さんを助けたかったら、そうして下さい」
半右衛門「おくら……梅安の言う通りに、するんだ」
おくら「あんた……」
梅安「(青玄に) 葬式は真似ごとですからねェ、死なせちゃ困りますぜ」
青玄「……（黙って梅安を見る）」

11　物置で

千蔵が柱に縛りつけられている。
大分痛めつけられた跡がある。
トド松という大男。（たとえば石堂淑朗のような男）が、ササラになった竹を手にしている。
千蔵の前に、まだ30そこその、痩せた男、四ツ玉の勘次が現れる。
こいつはえらく計算の立つ男だ。
勘次「おい」
千蔵「カ、勘次、手前も一枚噛んでやがるのか」
勘次「まァな」
千蔵「日頃元締の世話になっているのに、くそっ！　おい、この仕事の指図している奴は誰だ」
勘次「（笑って）オレだよ」
千蔵「手前が？（笑う）」
勘次「（黙って算盤で殴る）」
千蔵「畜生ォ、手前ェ、駆け出しの癖しやがって……」
勘次「（せせら笑って）駆け出しだから、こういうことをやるんだ。お前らとは、ここが違う」
　と千蔵の頭を手に持った小さなソロバンでつつく。
いつも、算盤をカチャカチャさせている癖がある。
千蔵「何が狙いか知らねえが、いくら痛めつけたって、オレはなんにも吐かねえぜ」
勘次「いいとも。こちらの狙いは、お前なんかの知らねェことだ。そうだな、聞きてェことといえば……音羽屋にオンナはいるか」
千蔵「……」
勘次「（笑って）いねえよな、あいつは若い女房に首ったけだ。そうだろ、仲がいいだろ」
千蔵「それがどうした」
勘次「いや、それが聞きたかったのさ」

12　音羽屋の座敷で

葬式の準備が進められている。
おくらが指図している。万吉も手伝っている。
おくら「ほんとに、縁起でもない……」
万吉「おかみさん、人に聞かれたら、なんで死んだと言うんですか」
おくら「河豚。河豚に当たったんだとさ。バカバカしい」

13　土蔵で

手術が済み、布団の上に横たわっている半右衛門。繃帯だらけだ。
梅安がいる。
青玄は帰り仕度で立ち上がる。
青玄「あとで薬を持って来ます」
半右衛門「これ、（と枕下から金を取り出す。二十五両の包みが二つ）、これはいつもの（と一つを出し）これは今日の手当て代（ともう一つ）」
青玄「……（一寸考えていたが、一つだけをとり）手術代はいつもの中に含まれています。（梅安に）あまり話しかけんようにして下さい」
　青玄、出ていく。
梅安「すごい医者を知っているんですね」
半右衛門「（うれしそうに）日本一だ。あいつがいなけりゃ間違なく葬式だっだよ」
梅安「いつも金を渡しているんですね」
半右衛門「（それには答えず）梅安、仕掛けた奴は誰だと思う」
梅安「……同じ商売をやってる連中でしょうね」

半右衛門「……じゃ、愛宕の蔵吉か、胸突きの藤右衛門……」
梅安「何しろ、うちは仕事は確かだし、扱う品に選り好みをしねェ……同業者にゃ目障りでしょうよ」
半右衛門「……（考えている）目障りか」
梅安「ま、とりあえず葬式を出して、相手の出方を見てみましょうや」
半右衛門「梅安、一つだけフに落ちねえことがあるんだ……さっきは、神谷兵十郎、酒のせいで、オレを殺せなかったと言ったが……いいや、殺せていたよ。なにしろオレは、気を許していたからな」
梅安「じゃ、わざと殺さなかった？」
半右衛門「うん」
梅安「だとしたら、仕掛人としちゃ、下の下だ」
　梅安、立ち上がる。

14　下町の飲み屋街

　夜。かなり下等な飲み屋街だ。
　梅安が、店、（というより屋台に近い）を覗きながら歩いている。
　一軒を覗く。浪人者らしいがひどい身なり。
　酔い潰れの男と、お化けみたいな女。
　ちらと見て、顔を引っ込めようとすると――、
女「ねえ、ちょいと！　ここは女風呂じゃねェんだ」
梅安「知ってるよ」
女「なら、覗くだけで行くこたアねェだろ」
梅安「そうかい。じゃ、念の為、そのへべれけの面をみせてくれ。気に入ったら、入るぜ」
女「よし」
　手を延ばして、酔い潰れの髪の毛を掴んで、持ち上げる。
梅安「!?　……」
　ギャッ！　と女の悲鳴。
　酔いどれが刀を抜いている。女の手首が斬れて、男の髪にだらんとぶら下がっている。
　女は転ぶようにして外へ飛び出して行った。
梅安「神谷兵十郎……もうちょっとで見逃すところだったぜ」
兵十郎「……梅安か」
梅安「まだオレの顔が見えるんだな」
兵十郎「よく、ここにいるのが判ったな」
梅安「お前みたいな酒地獄に落ちた奴はこういう所でしか飲まねェんだ」
兵十郎「ふん」
　ぶら下がっている女の手首を無造作に掴んで捨てた。
梅安「心は荒れ果てているようだが、腕はまだ確かだね」
兵十郎「（残りの酒を飲む）」
梅安「おい、なんでわざと急所を外して音羽屋を斬った」
兵十郎「頼まれたからだ」
梅安「誰に！」
兵十郎「酒代をもらった限りは言えん。これでも仕掛け人のつもりだ」
梅安「ふん……おい、わざと急所を外せという頼みらしいが、音羽屋は死んだぜ。いいのか」
兵十郎「いいのだ。それも頼みだ」
梅安「？　……どちらだ、どちらがほんとの頼みなんだ」
兵十郎「だから、どちらも頼みなんだ」
梅安「!?　……」
兵十郎「おい、ここでやるのか」
梅安「なにを」
兵十郎「オレを殺しに来たんだろ」
梅安「……外でやろう」
兵十郎「よし」
　手を延ばして酒びんをとると、グイグイと飲む。真にすさみ切った有様なのだ。
梅安「……女房に裏切られたぐらいで、そんなになるのかねェ」
　兵十郎の刀が一尖した。
　梅安、危うく身をかわす。
　兵十郎の刀は柱に深く切り込んで動かない。
　梅安、素早く、兵十郎を後ろからとらえ、もう右手に針を持って首筋に突き刺した。
梅安「誰に頼まれた？」
兵十郎「早くやれ」
梅安「言え！」

兵十郎「(暗い声で) オレはもう、生きているのが嫌なんだ……楽にしてくれ」
梅安「…… (さすが暗然と)」
黙って針を抜く。
兵十郎「どうした……殺せ」
梅安「もう、あんたは死んでるよ」

15 土蔵で

梅安と半右衛門。
夜遅く——、
半右衛門「……急所を外して殺す、か」
梅安「どういうことですかねえ」
半右衛門「……判らん」
梅安「畜生、何が狙いなんだ……」
半右衛門「通夜の客はどうだ?」
梅安「愛宕の蔵吉も、来てますよ……白を切ってるのか、もっともらしいお悔やみ顔をしてやがる」

16 座敷で

通夜の客がしめやかに、ボソボソと話をしている。
おくらが、客の悔やみを受けている。
愛宕の蔵吉もいる。(文字をスーパーして下さい)
隣室に受付がある。
万吉がいる。
そして四ツ玉の勘次が、包み金の勘定をしている。もちろん、四ツ玉の算盤で——。
万吉「あんたが手伝ってくれるんでホッとしたよ。オレァさア、算盤は皆目いけねエんだ」
勘次「…… (黙って算盤を弾いている)」
万吉「(感心して) 大したもんだねエ」
勘次「商ン人くずれの出来るこたァ、これぐらいしかねェよ」
万吉「あ、胸突きの親分。どうもわざわざ」
勘次「…… (も、頭を下げる)」
胸突きの藤右衛門が来る。
胸突き「びっくりしたぜ…… (と、包み金を出す)」
万吉「ご丁寧に」
胸突き「勘次、先月は、うちの帳簿づけに来なかったじゃねェか」
勘次「どうもすみません。ちょっと忙しくて」
胸突き「(ソロバン玉を、ご破算にしてしまう) でけェ口をきくんじゃねエ」
勘次「申しわけありません」
胸突き「明日来てちゃんとやっとけ (と、中へ)」
勘次「……ペッ! ザルソバ一枚でこき使いやがる……まァ、見てろ、(そして不敵にニヤリ)」

17 土蔵で

梅安「まったく敵の姿が見えねェぐらい嫌なものはねェや」
半右衛門「おい、言い忘れていたが仕事を一つ受けているんだ」
梅安「元締、仕事熱心はいいが、こういう場合はちょっと控えましょうや」
半右衛門「もう金を受け取っている」
梅安「返しちゃどうです。そのほうが、音羽屋は確かに死んだと思わせる」
半右衛門「うん、実はそうしようと思っているんだ。依頼主は、神田の染物問屋、相模屋だ」
梅安「万吉を使いに出しましょう。金はいくら持たせてやるんです」
半右衛門「(言いかけて) ……あとで、おくらを呼んでくれ」
梅安「(薄く笑って) 私じゃ信用しねェんで」
半右衛門「いや、そうじゃないが、まだこれからも仕事を続けていく仲だ。金のフリ分けがどうなってるかは、私だけが知ってるほうが、いいだろ」
梅安「そうですね、じゃ、そのことは本当のご臨終の時にでも教えてもらいましょう」
半右衛門「ああ、そうするよ」
二人は、やや互いの腹を探る態で笑う。
が、半右衛門の笑いが急に凍った。
梅安「!?」
半右衛門「そうか……急所を外して殺すというのは (急にもどかしく起きあがろうとする)」
梅安「どうしたんです」
半右衛門「おくらが危ない!」
梅安「おかみさんが!?」
半右衛門「おい、その場で殺さなかったのは、私の、いまわの際の言葉が狙いなんだ」
梅安「いまわの際の⁉」
半右衛門「奴らは、私がおくらに言い残す言葉を知りてェんだよ」
梅安「そうか！」

18　座敷で

廊下で、おくらと勘次。
おくら「おせつさん？」
勘次「へえ。こんな折に申し上げにくいんですが、亡くなられた旦那さんが面倒を見られていた女です」
おくら「！」
勘次「実は、その女、私の知り合いの娘だもんで、それで、私を通じて、せめてお線香なりと」
おくら「会いましょう。どこにいるんです」
勘次「ありがとうございます。どうぞ」

19　裏口

外に若い女が立っている。

おせつと称する女だが、実は勘次の女だ。

20　座敷で

梅安が急ぎ足で来る。丁度出て来た万吉を捕まえる。
梅安「おかみさんは？」
万吉「私も探しているんですが、いまさっきまでいたんですよ……」
梅安「しまった！」
梅安、走り出ていく。

21　夜の道

店の前へ走り出てくる梅安。

見渡すが人影もない。

迷うが一方のほうへ駆け出す。

と、足元に数珠が落ちている。

梅安「おかみさんのだ。よし！」

そちらへ駆け出す。

22　駕籠が走る

駕籠の中。

猿ぐつわをされたおくら。両手は前で縛り合わされているが、その手に数珠が掛けられている。

駕籠を守って走る勘次とトド松。そしておせつ。

トド松、後ろを気にする。

勘次「気にするな、あいつらは向こうのほうへ走っている」

おせつ「そ。男は頭がええのが一番ね」

トド松、知らん顔で走っている。

23　座敷で

梅安、息を切らして廊下を来る。

中を覗く。

梅安「……愛宕もいる……胸突きもいる……畜生……⁉　四ツ玉の勘次……まさか」

24　蔵の中

さすがに布団の上に起き上がっている半右衛門。
梅安がいる。
半右衛門「四ツ玉の勘次……」
梅安「まさかあんな駆け出しの仕事じゃねえでしょ」
半右衛門「いや……あいつは四ツ玉の算盤を持ち歩いている男だ」
梅安「！（目が光る）そうか、（急に笑い出す）」
半右衛門「どうした」
梅安「オレも馬鹿な男だ。おかみさんが危ないというんで、それで訳もなく飛び出していったが、そうか、元締がいまわの際におかみさんに洩らす言葉てのは……ゼニのことか」
半右衛門「なんだ、とっくに気がついているのかと思った」
梅安「なるほどねえ、元締は女遊びするわけでもねえ、道楽といやァ、釣りぐらいのもんだ。貯めこんだゼニは、小さな算盤じゃはじけねえ額だろ」
半右衛門「お前ェもそう思うか」
パッと半右衛門の胸倉を掴んでもう光る針を半右衛門の首に突きつけた。
梅安「ゼニのありかはどこだ」
半右衛門「……」
梅安「とまあ、こう脅してみても、金輪際口を割るお人じゃねェ。（と、手をはなす）……」

半右衛門「(苦笑する)」
梅安「しかし、いまわの際にゃ、恋女房のおくらさんだけには、金のありかを言って死ぬというわけか……元締、四ツ玉の勘次は、人の心まで弾ける奴ですね」
半右衛門「まったくだ、これ以外にはオレは金のありかを口にゃしめぇよ」
梅安「どうします」
半右衛門「(苦しげに)……奴は、今頃おくらを責めているだろうよ」

25 物置きで

おくらが柱に縛られている。
勘次とトド松、そしておせつ。
千蔵の姿はない。
勘次「始めに言っておきますが、私のほしいのは音羽屋さんの金(かね)です。音羽屋さんは、死ぬ前に(金のありかを)おかみさんに言ったはずです。それをおっしゃって下されば、髪一本、傷つけたりはしません」
おくら「……」
勘次「でも、おっしゃって下さらないと、嫌なことをせねばなりません」
おくら「……」
勘次「どうやら私が度胸のねェ商ン人くずれなんで、おかみさんは私の言うことを本気になすっていないらしい。そりゃァ、大変な考え違いだ。おかみさん、駆け出しぐらい恐しいものはありませんぜ」
薄く笑って、身を引く。おせつ、勘次の腕にニッコリすがる。
おせつは勘次の女だ。
トド松が前へ出る。
おせつ「待っとくれよ」
おせつ、おくらのカンザシや、帯留めなどを剥ぎとる。
勘次、おせつを突き飛ばす。
おせっ「なんだよォ!」
勘次「どけ! そんなものは今に腐るほど買えるんだ。(トド松に)やれ」
トド松、ハコを手にして、それをおくらの前でフタを取る。
おくら「!」
土蜘蛛がいっぱい入っている。
勘次「土蜘蛛だ。こいつにかまれると、一生、じめじめしたカサブタが出来るそうだ。(身体をながめ)きれいな髪で、その上、いい油を付けなさる。土蜘蛛も喜ぶでしょう」
おくら「おまち!」
勘次「もう言って下さるので?」
おくら「私は、お金のありかなんぞ聞いちゃいない」
勘次「やれ」
トド松、ハコごと、おくらの髪にかぶせる。
おくら「あーッ!」
勘次「言うか!」
おくら「知らないものは知らない!」
トド松、ハコをゆすぶる。
おくら「あ、あ、あ!」
恐怖に見開いた目がいっぱい!

26 土蔵で

半右衛門と梅安。
半右衛門「……(汗を滲ませて考えている)」
ガタンと戸が開いて万吉。
梅安「どうだった」
万吉「戸が閉っていて、誰もいません」
梅安「そうだろうな。あいつの事だ、手前の家で責めつけるようなヘマはやらねえだろ」
半右衛門「おくらはなんにも知らねエんだ。このままじゃ、おくらは責め殺される」
梅安「それじゃ」
半右衛門「うん、オレが生きてることを勘次に判らせるしかねェ。それも、一刻も早くだ」
梅安「判りました。万吉、かしらは生きかえるぜ」
万吉「あ、生き返るんで」
梅安「そのために、フグで死んだことにしてあるんだ」

27 座敷で

隣りの暗い部屋に、梅安、そして白装束の半右衛門、手助けをする万吉。
梅安、口に水を含む。
竹筒を口に当てる、戸の隙間から狙う。
座敷のロウソクをめがけて、水鉄砲を飛ばす。

ロウソクの一つが、ジュッと消える。

通夜の客、ハッとする。

さらに別のロウソクがジュッ！

棺を祀ってある壇のロウソクも、次々と消えて、真っ暗。

客たち騒然とする。

梅安の声「しばらくお待ち下さい。すぐ火を持って来ますから、風が入りまして、申しわけありません」

廊下を灯がやってくる。

女中だ。

梅安、受け取って、ロウソクに灯をつけてまわる。

梅安「どうも、おさがわせしました。どうも……」

部屋は明るくなる。

壇上のロウソクにもつける梅安。

壇の上の方に棺がある。

ガタンと音がする。

梅安「あッ！」

客たちも、びっくりして見る。

さらに、ガタン。

棺のフタが動いている。

客は、総立ちになる。

梅安「動いた！　動いたぞ！」

供え物を踏みつけて壇上へ。

棺のフタを取る。

中から、怪訝そうな表情で白装束の音羽半右衛門。

半右衛門「……」

梅安「生き返ったぞォ！」

28　朝の座敷で

瓦版屋が数人、集まってきている。

梅安、酒を飲み飲み、金を渡す。

梅安「ともかくめでたいことだからな、ご祝儀だ、その代わり、江戸中派手に瓦版をばらまいてくれ」

瓦版屋「へい！」

次々に散っていく。

29　江戸の町で

瓦版屋「あーら不思議、あら不思議、深川は、深川の音羽半右衛門、季節はずれのフグを食ったが百年目、痺れて死んだが昨日の事、それがどうだい通夜のゆんべに生き返る！　三途の川の渡しから、船に乗らずに引き換えしたというんだから、びっくりだ。さあ、その道中の有様が詳しくこれに書いてある。買った買った！」
どっと手が延びてくる。

30　物置で

ムシロの上に仰向けに伸びているおくら。髪はざんばら、着物ははだけている。
虫の息だ。
勘次、そしてトド松。
例によっておせつは勘次にまつわりついている。
勘次「さすがは島帰りの女だ。まともな責めじゃ、吐かねえな」
おくら「知っていたって、死んでも言うもんか……」
勘次「死なれちゃ、責め苦は感じないんだ。生きていてこそ、辛い思いが身に染みるんでね、トド松」
トド松「……」
勘次「待たせたな。あれをやれよ」
トド松「(ニッと笑う)」
トド松、着物をくるくるッとぬいで裸になる。立派な身体。
おくら「⁉　……」
勘次「こいつはね、一発のトド松といってね、女を抱くと、必らず子供が出来るんだ」
おくら「何をするんだ！」
逃れようと身をよじるが、勘次はその腕を踏みつける。
勘次「一度だって、狂ったことがねェんだ」
おせつ「さあ、早くやっちまいなよ」
と、おくらの足を持って広げる。
おくら「くそッ！　……」
勘次「何しているんだ」
トド松、ボンヤリと立っている。
トド松「腹が減った……」
勘次「チッ！　これ済ましてからにしろ」
トド松「(首をひねる)ダメだな」
勘次「じゃ、早く食え！　おせつ」
おせつ「ほんとに、食わなきゃなんにも出来ないんだねェ」
トド松「誰だって、そうだろ」

部屋の隅から、山盛りの握り飯をトド松の前に置く。大きな握り飯だ。
トド松、食らいつく。実にパクパクと食う。
おせつ、あきれ顔で見ている。
勘次「ああいう大飯ぐらいの子供を産むか、金のありかをいうか、ゆっくり考えるんだな」
おくら「こんなことをして、生きてオレると思ってるのかい」
勘次「さアな、なにしろ一万両だ、命張ってもおしくはねエよ」
おくら「一万両⁉ ……」
勘次、パシッとおくらの頬を張る。
勘次「とぼけるな！ 四ツ玉の勘次、長い間かかって狙いをつけたんだ。（小さな算盤をみせ）オレのはじいた玉にくるいはねえ……トド松、早くしろ！」
トド松「ああ」
大きな握り飯を飲み込んでトド松、立ち上がる。
と、誰かが駆け込んでくる音。
勘次「！」
手下の八作が、入ってくる。
八作「兄貴！」
手にした瓦版を突き出す。
勘次、手に取って見る。表情が変わる。
瓦版をベリベリに破く。
勘次「……おい、音羽屋は死んでねエ」
おせつ「ほんと！ （瓦版を拾って、広げて見る）」
おくら「……（口辺に笑み）」
勘次「図りやがったんだ」
おくら「どうするのさ、うちの人は黙っちゃいないよ」
勘次「うるせえ！ ……これからが勝負だ。（おくらに顔をよせ）こりゃァ、あんたにとっても恐い勝負になるぜ」
おせつ「どうするんだよ、あんた」
勘次「千蔵を出せ」
おくら「千蔵……」
トド松、隅につんであるカマスの下から千蔵を引っ張り出す。
千蔵は虫の息。
おくら「千蔵！」
千蔵「おかみさん……」
勘次「トド松、送り状につけてやる土産をつくれ」
トド松「？」
勘次「土産だよ」
トド松「ああ」
ぐいと千蔵の首に太い腕をまわす。
そのまま、ぐッと絞めつけた。
千蔵「ああッ！ ……」
おくら「千蔵！」
勘次が、おくらを押さえつける。
千蔵を絞めつけているトド松。
千蔵の四肢がだらりとなる。
おくら「ああ……（目をとじる）」

31 音羽屋の裏口

駕籠が一挺、置かれてある。
駕籠の中から、ぐらり、地上にこぼれる死体。
千蔵だ。手に書状が握らされている。

32 土蔵の中で

千蔵の死体を診ている青玄。
半右衛門、梅安、万吉がいる。
半右衛門、手にした書状に目をおとす。
書状には――。
勘次の声「一つ、おくらの命、金一万両也」
握り締める半右衛門。
梅安「……どうするんです」
半右衛門「なにを？」
梅安「この、おくら命、一万両也ですよ」
半右衛門「（にべもなく）高すぎる。人の命はそんなに高かねえ」
万吉「元締！ ……」
半右衛門「オレたち、どんな命だって、とびきり高くて百両だ。百両で売り買いしてきた。ずうっとな、一度だって、その値を崩したことはねえ。それで、皆さんの信用をもらって来た半右衛門だ。……いくら手前ェの女房の命だといって、命の値段を崩すわけにいかねえよ」
梅安「じゃ、おかみさんは見殺しですか」
半右衛門「おくらもオレの女房だ、そこらのことは納得するだろうよ」
梅安「……（じっと半右衛門を見る）」

万吉も見つめている。
半右衛門「文句があるか（凄い目だ）」
梅安「（首を横に振ってみせる）これからも、安心してあんたの仕事が出来そうだよ」
半右衛門、黙って立ち上がる——が、立ち止まり。
半右衛門「青玄さん、お聞きのとおり私が渡していた金は、物好きな隠居の金じゃねェ」
青玄「……」
半右衛門「それでよかったら、また来月、釣堀に来て下さい」
ひどく悲しそうな目を一瞬見せて、半右衛門出てゆく。
青玄「……」
梅安「どうだ？　……こいつだよ（と千蔵を指す）」
青玄「（首を振る）」
万吉が声を上げて泣きだす。
梅安「おい、おらんだ医者、手前ェはオレたちの稼いだ金で勉強をしたんだろ。なら、その腕でこいつを生き返らせろ」
青玄「心臓が止まっていては、どうしようもない」
梅安「そうか、手前ェは見放したンだな」
梅安、双肌脱ぎとなる。
青玄「何をする」
梅安「こいつはもう死体だ。なら、何をしようと、勝手だ」
太い針を並べる。
万吉「梅安さん！」
梅安「おい、おらんだ医者、オレはこいつの心臓に、この五寸針をぶち込んでみようと思うんだ、どう思う」
青玄「！　……万に一つ、だな（目が光っている）」
梅安「よし、その一つがあるなら、やってみる値打ちはある」

33　物置きで

おくらと勘次、トド松、おせつ。
勘次「あの半右衛門が、あんたの命に一万両を投げ出すと思うかね」
おくら「（じっと睨む）」
勘次「二十年かかって、貯めこんだ金だ。その金嵩（かねだか）も、隠し場所も、一人で胸にしまいこんでいた半右衛門だ……勝負だね。あんたにとっても、オレにとっても恐い勝負だぜ」
おくら「あんたはあの人を少しも判っちゃいないね」
勘次「なに！」
おくら「あの人は、あんたが考えてるよりか、ずっと恐しい人だよ。あたしの命で、あの人が出す金は、百両だね」
勘次「（薄く笑う）商売用の命と一緒かね。それで満足か」
おくら「ああ、満足さ。そういう恐しいところに、私ァ惚れたんだ」
ビシッ！　勘次はおくらの頬を殴る。
おくら「あんたは、女の心も判っちゃいないね」

33A　おくらの居間で

半右衛門がひとり。おくらの着物に触れてみる。櫛に触れてみる。そして鏡に触れてみる。その鏡に映る半右衛門の顔……白髪がある、シワがある。
半右衛門「おくら……」

34　土蔵で

万吉「ま、待って下さい、外へ出ますから」
五寸針を振り上げている梅安。
梅安「早く出ろ」
万吉、転がるように出ていく。
梅安「いいな、おらんだ医者」
青玄「いいぜ、はり医者」
梅安、千蔵の心臓目掛けて五寸針を振り下ろす。
反応一つない千蔵。当然、死んでいるのだ。
青玄、千蔵の胸を強くマッサージする。そして、耳を付ける。
千蔵「……（反応なし）」
青玄「ダメだ」
梅安「よし、もう一本」
また、五寸針を突き立てる。
青玄、マッサージする。

千蔵「……！」
　ピクッと動いた。
梅安「おい！」
　千蔵、はっきり反応を示す。
青玄「（ニコッと）万に一つが出た」

35　物置きで

　ガタンと戸が開いて、荒廃した態の兵十郎が立っている。
勘次「……なんだ」
兵十郎「あとの半金をくれ（手がぶるぶるだ）」
勘次「おい、音羽屋は死んじゃいねェぜ」
兵十郎「カ、金をくれ……」
勘次「お前は半分しか仕事をしてねェんだ」
兵十郎「カ、金はいいから、酒を飲ましてくれ、酒だ……」
勘次「……よし、もうすぐ大取引きが始まる、それを手伝え……ほら、それまでの気つけだ。（と、酒トックリを渡す）」
兵十郎「（トックリに飛びつく）……」

36　座敷で

　梅安、駆けてくる。
梅安「元締！　元締！」
　座敷に、背を向けている半右衛門。
梅安「千蔵が生き返った！」
半右衛門「そうかい、そりゃアよかった」
梅安「!?　……どこへいくんです」
　半右衛門、脚絆（きゃはん）をつけているのだ。
梅安「その身体じゃダメだ。勘次を殺るのは、オレに任せてもらいてェ」
半右衛門「梅安……（と、静かな声）」
梅安「？　……」
半右衛門「（傷をかばいながら、坐り直す）……オレは、もう年令（とし）だ」
梅安「だから、四ツ玉の勘次の始末は……」
半右衛門「そうじゃねェ……オレはもう五十六だ」
梅安「……」
半右衛門「よく考えてみると、さっき言った勇しいセリフは、三十、四十の時のセリフだ……オレにはもう二度とおくらのような女に巡り合えねえ」
梅安「！　……」
半右衛門「嫌になったら、もうオレと仕事を組まなくったっていいぜ」
梅安「じゃ、勘次の奴に金を渡すんで」
半右衛門「そのつもりだ」
梅安「一万両を！」
半右衛門「今更、値切ってもはじまらねェ」
梅安「あんな奴に一万両も渡すこたァねェ！」
半右衛門「もう、万吉を使いに出したよ」
梅安「……」
半右衛門「これから、金を取り出しに行くんだが、長い付き合いついでに、手を貸してくれねエか。なにしろ一万両だ」
梅安「……何処へ隠しているんです」
半右衛門「……（ニッと）随分頭ァ、絞ったぜ」

37　釣堀で

　夕暮れ。
　釣堀の入口は、閉まっている。
　半右衛門と梅安が来る。
梅安「!?　……ここ」
半右衛門「留造」
　老人が番小屋から顔を出す。
留造「あ、旦那さん」
　戸を開ける。
半右衛門「船を出してくれ」
留造「（顔色を変える）旦那さん！」
半右衛門「長い間見張りしてもらったが、有難うよ」
留造「……へえ」
　留造は、半右衛門の先に立ち、池につないでいる船へと歩いていく。
　半右衛門、梅安、続く。
　船に乗り込む三人。
　船は沼の中心部へ、出ていく。
梅安「……池の底!?」
半右衛門「この釣堀は私の持ち物なんだ」
　留造、船を止める。
　竿を池の中に入れる。
　引っ張り上げると、ヒモが引っかかっている。そのヒモをたぐり上げていく。
　重い箱が上がってくる。
　梅安も手伝って船へ上げる。
梅安「くそォ、これだけありゃァ、オレは一生、うまいものを食って暮らせるんだ」
　次にまた、箱が上がる。
半右衛門「（ふと、池の土手を見て）おくら……」
　土手に、おくらがおせつに短刀を突きつけられて立っている。
　そのそばに、ウソッと兵十郎が立っている。
梅安「（別な方をみて）勘次だ……」
　勘次とトド松が、番小屋のところに現れている。駕籠が来ている。
　ゆっくりと、木橋へ出てくる。押し車を持ってくる。用意がいい。
　留造、三つ目の木箱を水中から持ち上げる。
半右衛門「よし……」
梅安「これで一万両？」
半右衛門「いや、五千両だ」
梅安「あとの五千両は」
半右衛門「私の道楽で消えたよ」
梅安「道楽？」
半右衛門「金を渡しているのは、おらんだ医者ばかりじゃないんでね。木彫の職人もいるし、みかんづくりの百姓もいる」
留造「ワシの知ってるだけで十六人はいる」
半右衛門「嫌味な道楽さね」
勘次「こっちへつけろ」
　土手では――。
おくら「あんたァ！　やめておくれよ！　あたしは、そんな値打ちのある女じゃないよ！」
　半右衛門、優しくうなずいてみせる。
　船は、ゆっくり木橋へ。
梅安「もし、おかみさんを無事に取り戻したら、オレにこれくれるかね」
半右衛門「今日だけは危ない橋は渡りたくねェんだ」
梅安「……」
　そっと、針を手の平に忍ばせた。
　半右衛門の手がその手首を握る。
　船は、木橋へ着く。
勘次「金を上に上げろ」
　留造が、木箱を上げる。
　トド松が手伝う。
勘次「少ねえじゃねェか」
半右衛門「五千両。これで全部だ」
勘次「ごまかすな、オレの算盤じゃ一万両は貯まっている」
半右衛門「いまさら、嘘はいわねェ」
勘次「あとの五千両を出せ」
半右衛門「そうか、嫌なら仕方ねェ。取引きはやめだ。おくらは好きにするがいい」
　半右衛門、持っていた短刀を抜く。
　梅安も、身構えた。
勘次「……よし、いいだろ。手を打とう」
半右衛門「中味をあらためねェのか」
勘次「……（じっと半右衛門を見ているが）嘘のねエ目だ」
半右衛門「よく判るな」
勘次「勝負はオレの勝ちだね」
半右衛門「まて、おくらを渡せ」
勘次「オレだって、取引はきちんとやりてェ。船を、池の真ン中へ出せ。出すんだ！」
梅安「まて！」
半右衛門「（押さえて）よし、そうしよう」
　船は木橋を離れる。
勘次「（薄ら笑い）女房は、あと五千両持って来てから帰すぜ。それが最初から言っていたオレの取引だ」
梅安「（半右衛門に）見ろ！」
半右衛門「おい、勘次、その箱の中は石ころだぜ」
勘次「なに！」
　木箱を開ける。
　とたんに爆発する。
　勘次、倒れる。
半右衛門「おくら！　逃げろ！」
　おくら、おせつを突き飛ばすが、おせつ、おくらを捕まえて短刀を突きつける。
半右衛門「しまった！　……」
梅安「船を着けろ！」
　急いで船を木橋に近づける。
　木橋に倒れている勘次。
おせつ「（おくらを捕まえたまま、兵十郎に）あんた！　あたしと組まないかい！」
兵十郎「……」
おせつ「ねェ、あたしと組んで、あの金をとろうよ」
兵十郎「お前は、勘次の女だろ」
おせつ「死んだ男に用はないよ」
兵十郎「！……（女房の名を呼ぶ）」
　一瞬、自分の女房が、他の男と同衾しているシーンがきらめく。
　兵十郎、刀一閃。
　おせつは、斬られて倒れる。
　おくら、走り出す。
　兵十郎、追う。
　トド松が、木橋の上で血だらけになりながら梅安を待ち受けている。
　梅安、木橋に飛び移る。
　おくらは、兵十郎に追われて半右衛門のほうへ走る。
　こちらは、梅安とトド松の一騎打ち。
　そのそばをすり抜けて、半右衛門が足をひきひき、おくらの方へ走る。
　そのおくらの後ろへ、兵十郎が迫る。
　トド松、梅安を捕まえる。
　梅安、針を刺す。刺すがトド松の梅安の首にかかった腕の力は衰えない。
　梅安、必死に針を刺す。
　また、刺す。
梅安「化けもの！」
　ドウとトド松、倒れる。
　梅安も、息絶え絶えだ。
　一方、おくらは半右衛門と出会う。
　追いすがる兵十郎、半右衛門と対峙する。
　半右衛門、短刀を構える。
半右衛門「とどめを刺すかね」
兵十郎「……あんたはいい女と巡り会えた」
半右衛門「……ああ、一万両も、惜しくねェ」
おくら「……あんた」
兵十郎「斬ってやる！　二人とも」
　刀をぬく。手が震えている。
　半右衛門も、構える。
半右衛門「ともに片輪だ。いくぜ」
　二人、交錯する。
　兵十郎の刀は空を斬り、半右衛門は、兵十郎の胸もとに短刀をえぐっている。
兵十郎「元締、やっと楽になれそうだよ……」
半右衛門「！」
　兵十郎はガクッと倒れる。
　梅安は、倒れたトド松の巨体をじっと見下ろしている。
　トド松、また、起き上がる。
　梅安、また、針を刺す。
　トド松、倒れる。
梅安「……ほんとに化け物みてェな奴だ」
おくら「あんた……（と、半右衛門をかかえるように歩き出す）」
半右衛門「……とんだ年寄りの冷や水さ」

38　釣り堀で

　よく晴れた昼。
　釣り人、粗末な着物の下級侍が、のんびり糸を垂れている。
　半右衛門が釣り竿を持って、その人物のそばに坐る。
半右衛門「しばらくでしたな」
釣り人「どうも」
半右衛門「松くい虫との勝負、どうなりました」
釣り人「今年も、私の負けでした。申しわけありません」
半右衛門「いや、虫だって必死ですから、簡単にはいきませんよ、気を落とさずにやって下さい」
　金包みを釣り人のビクにそっと入れる。
　おくらが離れて、幸せそうに、見つめている。

脚本解題

『必殺仕掛人』第30話「帰って来た死んだ男」

近藤ゆたか

非情ながらも誠実で強固な元締の矜持

本話は安倍徹郎脚本の第21話「地獄花」の続編である。新加入の浪人・神谷兵十郎（田村高廣）が仕掛けた相手――そこに同衾していたのが己れの妻だったがために起きた悲劇で、O・ヘンリーの短編小説「賢者の贈り物」の翻案と公言されている。貧しき夫婦が互いへの思いやりゆえにすれ違うも幸福な結末を迎える元ネタに対し、兵十郎は妻殺しという最悪な選択に至る。

当時のテレビ情報誌には放送期間延長の決定とともに「新仕掛人として田村高廣も参加。ますます強力に」とあり、およそ2ヶ月ぶりの登場となった兵十郎は仲間と思いきや、半右衛門をいきなり襲う。あやうく一命を取り留めるも千蔵が敵の手に落ち、女房のおくらまで拉致される。黒幕は四ツ玉の勘次、仕掛人の元締衆の会計をみている男で狙いは半右衛門が貯めた推定一万両だった！

命を救った蘭方医ら十数人に対する半右衛門の篤志家的側面、仕掛料は一律と決めて生命の値段に差は設けないポリシーといった裏設定が開陳され、非情ながらも誠実で強固な元締の矜持が明らかになる。梅安はその話にチャチャを入れつつ賛意を示し、池波正太郎による〝暗黒街もの〟の世界観を固め直すエピソードとなった。

台本の表紙には「第三十一回」とあるが、実際の放映は30話目にあたる。セリフの細やかな言い回しの変更、相手の呼び方や一人称の修正も多い。キャラ描写の薄い万吉は外科治療を直視できず、勘次に香典の額を読み上げたりと、大熊邦也の演出によってフランクさが加味されている。

四ツ玉の勘次役は、常に一筋縄ではいかぬ佇まいの米倉斉加年らしく、算盤を鳴らすクセは捨て、脚本よりも腹の据わった印象に。勘次の情婦おせつを演じる山口朱美はテレビ時代劇の常連、『仮面の忍者　赤影』では奇天烈な怪忍者・花粉道伯が化けた美女を演じ、鼻輪をぶら下げた。おくらの持ち物を奪おうとするガメツさ、トド松におくらの暴行を促す積極的な関与が本編からカットされたため、勘次の死後すぐ兵十郎へと乗り換えるおせつのしたたかさが、完成版では唐突に感じられる。

勘次配下のトド松は、シリーズ屈指のモンスター的な強さを魅せる。そんな役柄を「石堂淑朗のような男」というト書きのイメージがあるとはいえ、『仕掛人』にも参加した脚本家にして早坂暁の盟友がそのまま演じることに。握り飯を食い続けながらおくらに迫り、虫の息の千蔵を引き出す際にはお姫様抱っこと、その異常性が次々と巨体に盛り込まれる結果となった。

幽鬼のような剣客――神谷兵十郎役の田村高廣は無声映画の剣戟王〝バンツマ〟こと阪東妻三郎の長男。酒毒で右手が利かなくなり、最後の抜刀は鞘の下緒をくわえて左手一本で行い、父も演じた丹下左膳を彷彿させる。のちに田村はシリーズ第3弾『助け人走る』で主人公の中山文十郎に扮し、これまた浪人役としてバンツマの着物を受け継いだ。

四ツ玉と五ツ玉の算盤(そろばん)

各シーンでの主な変更点を挙げると、土蔵内の危機を知らせる#5の「女面」は「からくり人形」、#8をはじめ半右衛門らが釣りに興じる「釣堀」は「広い池」、千蔵が待ち伏せされる#9の「土塀の道」は「水路の橋」となった。#14の飲み屋における女の手首切断は、着物の背を両断に。梅安の言葉が癇に障っての即抜刀は、妻を斬った回想シーンを挿入したのち店の外に変更。兵十郎の右手が震えて刀を落とす描写が追加され、以後は左手だけで刀を振るうようになるのは、怪我人の半右衛門と#37でほぼ対等に戦うところからの逆算か。

#16、胸突きの藤右衛門の勘次への当たりはよりキツくなり、鬱積の発露が増す。その二つ名、計算高いイメージならば当時標準の五ツ玉算盤で十分なはずだが、半右衛門が#24で四ツ玉算盤を強調して語る意味が不明瞭。すでに江戸中期には現在主流の四ツ玉を推奨する動きがあり、また四ツ玉は玉の繰り上がり時に軽い暗算が必要なため、より高度な技術を要するとのこと。あえて知略と先進性を感じさせるアイテムとして四ツ玉が採用されたのだろうか。

梅安が瓦版屋を手配する#28、決戦前に兵十郎が勘次のもとを訪れる#35は丸ごと削除。#37の冒頭、舟に乗り込むまでのシークエンスもカットされている。#31の書状は千蔵の手から口へと変更されて、無惨さが増している。

人の動きが多いだけに#37の現場改訂は複雑なものに。梅安の無駄口に対して、秘策からの余裕か半右衛門に笑みが足される。兵十郎の登場は単独で、針の支度をする梅安の手を半右衛門が制止したあとになり、おくらを追う兵十郎、トド松対梅安、兵十郎対半右衛門など段取りの入れ替えも激しい。

兵十郎の脳裏をよぎる妻との回想は「同衾」から「斬殺」となり、梅安がトド松の眉間に両手で針を叩き込む〝とどめ〟が加えられ、兵十郎の死後のさらなるトド松復活シーンはカットされた。篤志活動をする半右衛門をおくらが遠目に見つめる#38のラストシーンは、ふたりで寄り添い歩くように変更されており、夫婦の絆の深まりを印象づけた。

革新派の放送作家の筆頭

新番組として『必殺仕掛人』を始めるにあたって、松竹さんというのは映画会社ですから時代劇の、古いタイプのシナリオライターに声をかけるんですね。それだけでは新しいものにはならないので、あのころ進歩派、革新派と呼ばれていた早坂（暁）さんと石堂（淑朗）さんに、わたしからお願いしたんです。革新派の放送作家というような人たちで、その筆頭が早坂さんですよ。

当時の朝日放送というのはプロデューサー／ディレクターという厳密な区分がなく、わたしが企画を立ててライターを決めて演出するような番組もやっていたものですから、自由にできました。従来の時代劇とは違うものを作りたい……プロデューサーの山内（久司）もそうですけど、そのあたりは現場よりテレビ界の人間のほうが強く意識していましたね。

関係者インタビュー

監督 大熊邦也

『必殺仕掛人』第16話「命かけて訴えます」――早坂暁の必殺シリーズ初シナリオを監督したのは、朝日放送の大熊邦也であった。続いて同じ組み合わせで第30話「仕掛けに来た死んだ男」、そして『必殺からくり人』第5話「粗大ゴミは闇夜にどうぞ」を発表。早坂×大熊のコンビ秘話が明かされる。

その前から早坂さんとは仕事をしていましたが、とにかく「おそさか」と呼ばれるほど遅筆なんです。『必殺』のときも、京都に佐々木旅館という映画人がよく泊まっている宿がありまして、そこに早坂さんをカンヅメにして打ち合わせして、それじゃあ期日までにお願いします……そういう話の途中に「ちょっとトイレ行ってきますわ」って、そのまま帰ってこない（笑）。何日か経っても、いっこうに旅館に戻ってこないんですよ。

ただね、だからといってサボってるわけじゃない。その間に一生懸命考えてらっしゃるらしくてね、まぁトンズラして何日かするとホンができてくるんです。最初は「ええっ、どこへ行ったんだ」と心配してたんですけど、なんやそういうクセがあったらしくて。

で、行方不明になってるときに、電車に乗ったり、町を歩いたりして人を観察しながら〝生きた言葉〟を……彼なりに感じるセリフを考えてたんだと思います。だから型どおりのセリフじゃなく、早坂さんのセリフというのは、わかりやすいのに中身がある。難しい言い回しじゃないけど、彼にしか書けない独自のセリフというのかな。まぁ、そうやって待って、待って、なんとか2本だけ漕ぎつけたような次第です。

全部お任せスタイルでしたね

一本目は百姓が直訴する話ですよね（第16話「命かけて訴えます」）。これはもう、まったく早坂さんのオリジナル。わたしから「こういう話をやりたいんだ」というようなことは、なにも言わなかったです。ほかの仕事もそうですけど、全部お任せスタイルでしたね。

型にはまった時代劇を上手いこと書くシナリオライターはいますけど、早坂流の人はいないから、そこに憧れました。昔から時代劇しか書いてない人からは出ない発想ですし、そういうものを演出してみたいという気持ちはずっとありました。撮影の石原（興）と照明の中島（利男）、京都映画の若い技術者コンビも非常に新しい映像を作ってくれましたね。

それから石堂さんがゲストで出た回（第30話「仕掛けに来た死んだ男」）も、ふたりは同じ放送作家のグループで親しかったようで「ぜひ石堂を出演させてほしい」と、早坂さんからのご指名でした。役者にはない、ボーっとした感じが必要だったんでしょうね、きっと。

石堂さんは本当にあの役柄どおりで、さっきの佐々木旅館に泊まったときも寝てばっかりなんですよ。もう昼間は寝てる。いつホン書くんやと思ったら、急に朝から（笑）。優しい人ですけど、よく寝てばっかりいましたね。そういうキャラクターだから、おもしろがって出演させたんじゃないかと思います。

俳優からの人気もありましたね。まず緒形拳がそうですし、実現してませんが山﨑努も「ぜひ早坂さんにホンを書いてほしい」と言ってましたから。やっぱり、その時代のトレンディーな作家のものに出たいという欲があるんでしょう。逆に撮影所の人たちなんかは映画育ちだから、まだ早坂暁という名前はあまり知らんかったんじゃないかな。

直訴の話のほうは、津坂匡章（現・秋野太作）がメインでしょう。あの人もそういう新しいもんに出たいと思ってたタイプで、ものすごいフレッシュな感じがしたな。独特の憎めないキャラクターでしたが、そのあとインチキプロデューサーと揉めてね、『必殺』から降りたのが残念でしたけど。

最初のナレーションも早坂さんが書いてましたよね。「仕掛けて仕損じなし」というテーマのやつ、あの文章もすごく上手いなと思いました。あれは山内が注文したんだと思いますが、いいキャッチフレーズ

左から大熊邦也と緒形拳、『必殺仕掛人』は『木枯し紋次郎』の視聴率を追い抜いた

だったと思いますよ。山内も早坂暁という存在に憧れていて、ライターとしての参加をよろこんでくれたから注文したんでしょう。

リアルなセットではなく絵を

さっきも少し言いましたが、早坂さんとは『必殺』の前からやってるんですよ。東芝日曜劇場の『須磨子の恋』というドラマで、まだ朝日放送がTBSのネットワークだった時代です。これは史実をもとにした話ですから、早坂流の特殊なアイデアというよりスタンダードに近かったんじゃないかな。ただ『女と味噌汁』というシリーズがヒットして、それがキャッチフレーズのような枠でしたから、東芝のなかではシリアスすぎたかもしれません。

『須磨子の恋』は岩下志麻が主演というのが先に決まっていて、彼女が「早坂さんに書いてほしい」と言ったんです。ご指名というか、こっちが何人か案を出して、早坂さんにお願いしたいという流れだったと思います。当時は役者優先の時代で、役者を決めるのが大層な仕事やったんです。しかも大阪の局ですから、大スターはなかなか難しい。そこを決めることが大きかった。

あのときは東京で、早坂さんが自分で建てたという西大井のアパートで打ち合わせしたんですよ。そのころは行方不明になるクセも知りませんでしたが（笑）、人間的に非常に不思議なタイプでね……いや、変人ではなく、ものすごい明るい人なんです。雑談の名手で世間話も上手で、よくある陰気くさい作家とはぜんぜん逆のタイプでした。

そのあと早坂さんとやったのが、三益愛子の連続ドラマで『ヒトリできめます！』。お妾さんの役で劇団民藝の細川ちか子が出たりしたんですが、老人ホームの話なんです。半分コメディタッチの明るい話をやりたいなと話しながら早坂さんが考えてくれたネタですよ。たしか最後のほうは、老人同士が銀行強盗の相談をするようなユニークな話だったように思います。

13話のワンクール、全部演出しました。わたしがプロデューサー兼ディレクターで、まだプロデューサーというシステムが確立されてなかった時代ですから、自分で企画を通して、予算の管理から何から全部やったんです。

これはもう原稿が遅れに遅れて……当時、京都にもアパートを借りてたんですよ、早坂さん。関西で仕事するときは京都で書いてて、助監督が原稿取りに走りまくってました。俳優さんとリハーサルの日に、ちょっとずつ原稿が運ばれてくるのを待ってやってたような状態。たぶん一発で完成したホンは少なくて、できた部分だけ練習してから本番やる感じでした。

おもしろかったのはね、これは老人ホームの話なんですけれど、早坂さんのアイデアで全部リアルなセットではなくバックを絵に描いたんです。東京の有名な女性のデザイナーが背景をパネルで描きまして、その前で芝居をする。だから半リアルでシュールなコメディだったと思います。50年以上前ですが、スタジオドラマだから映像も残ってないんでしょうね。

デビュー作で山田五十鈴に感謝

『必殺からくり人』はね、覚えてないんですよ。「粗大ゴミは闇夜にどうぞ」ですか、ぜんぜん記憶にない。ただ山田五十鈴さんとは東芝日曜劇場のころから何本もお仕事してまして、山内がプロデューサーの『助左衛門四代記』がそうですし、そもそもわたしのデビュー作も山田さんなんです。

東芝日曜劇場の『猫じゃ猫じゃ』というドラマで、山田さんと中村鴈治郎さんが主役。東西とも視聴率がむちゃくちゃ高かったんですよ。当時、東芝日曜劇場というのは各局のエースディレクターにしかやらさない枠だったんですが、若手にもチャンスを与えるということで急きょデビューさせてもらったんです。

これは今でも好きな作品で、墓守の話なんです。半分は喜劇で演出は下手なんだけど、おもしろいと思っています。2日ほど徹夜したのに山田さんもよく付き合ってくれました。寝んと文句も言わんとやってくれて、感謝感謝です。あそこから、わたしのディレクター人生が始まったんですから。

大熊邦也
おおくま・くにや

1935年京都府生まれ。早稲田大学卒業後、58年に朝日放送入社。65年の『猫じゃ猫じゃ』をはじめ『助左衛門四代記』『必殺仕掛人』『額田女王』など数多くのドラマを演出する。79年には『葉蔭の露』で芸術祭賞大賞を受賞し、プロデューサーとしても活躍。

本書の作業用に確認した印刷台本のうち、本編に
クレジットされていないスタッフの氏名が掲載されていた
5冊をピックアップ。
フルネームがわかる方々のみ年代順に採録した。

『必殺仕掛人』第16話「命かけて訴えます」
『必殺仕掛人』第30話「仕掛けに来た死んだ男」
撮影助手：藤井哲也、喜多野彰／監督助手：松永彦一／照明助手：林利夫、中山利夫／
録音助手：中路豊隆、松村竹次郎／装飾：玉井憲一／結髪：岩木峯子／
美粧：保瀬英二郎／特機：小林進／スチール：牧野譲

『斬り抜ける』第13話「あなたが欲しい」
撮影助手：藤井哲也、喜多野彰／監督助手：都築一興、皆元洋之助／
照明助手：岸本幸雄、南所登、西川安蔵／録音助手：森公明／編集助手：西沢博史／
装飾：藤谷辰太郎／衣裳：加藤春／結髪：島田勝代／スチール：牧野譲

『新必殺からくり人』第13話「東海道五十三次殺し旅 京都」
演技事務：生駒実麿／撮影助手：秋田秀継／監督助手：松永彦一、古本哲史／
照明助手：中山利夫、山野照夫、沢田徹夫／録音助手：中路豊隆、伊原益夫／
装飾：関西美工／特機：久世商会／スチール：牧野譲

『新必殺からくり人 富嶽百景殺し旅』第1話「江戸日本橋」
撮影助手：都築雅人、小林善和／監督助手：古本哲史、小笠原佳文／
照明助手：林光夫、中山利夫／録音助手：川北武夫／編集助手：関谷憲治／
装飾：関西美工／特機：村若由春／スチール：牧野譲

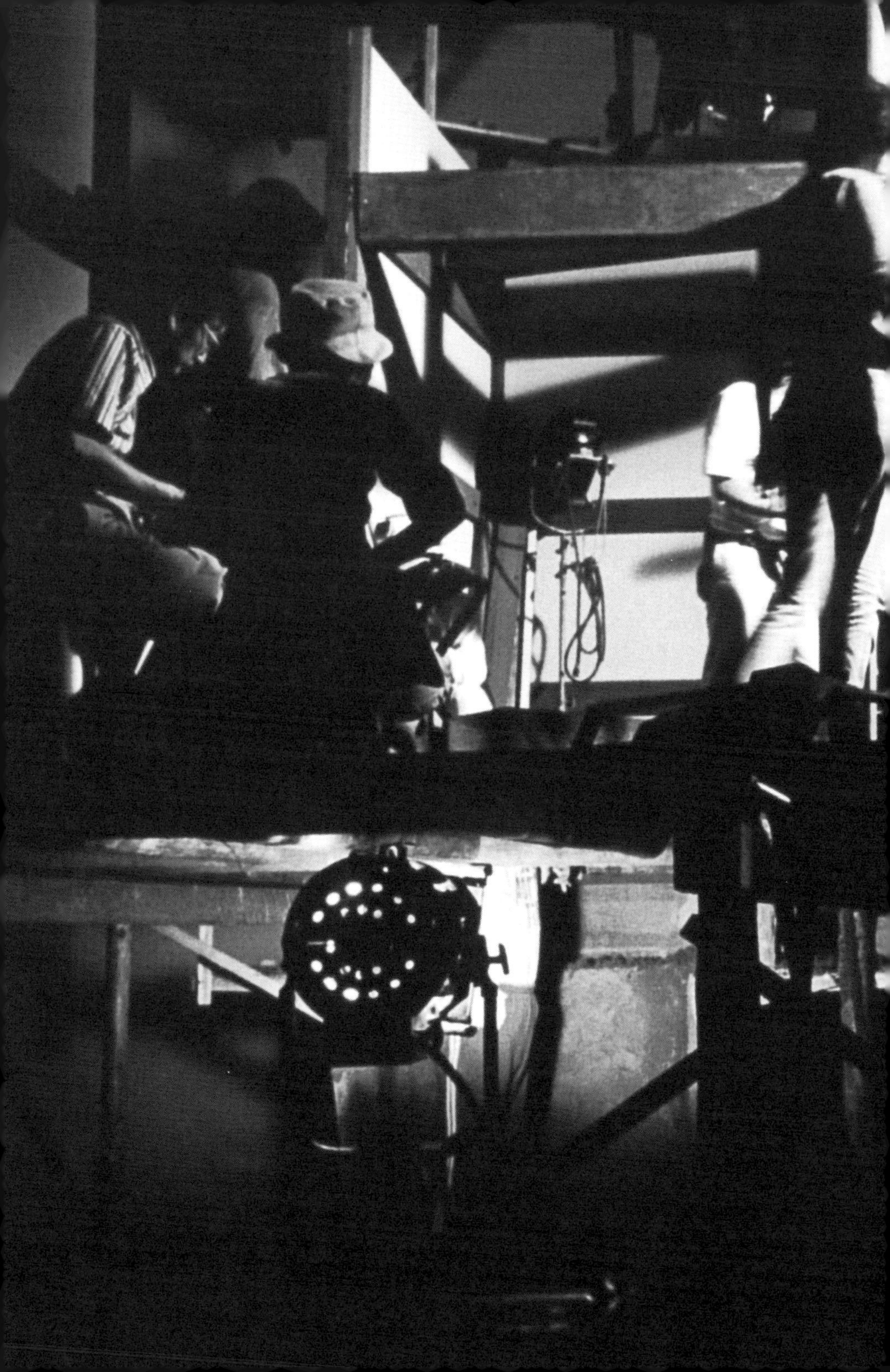

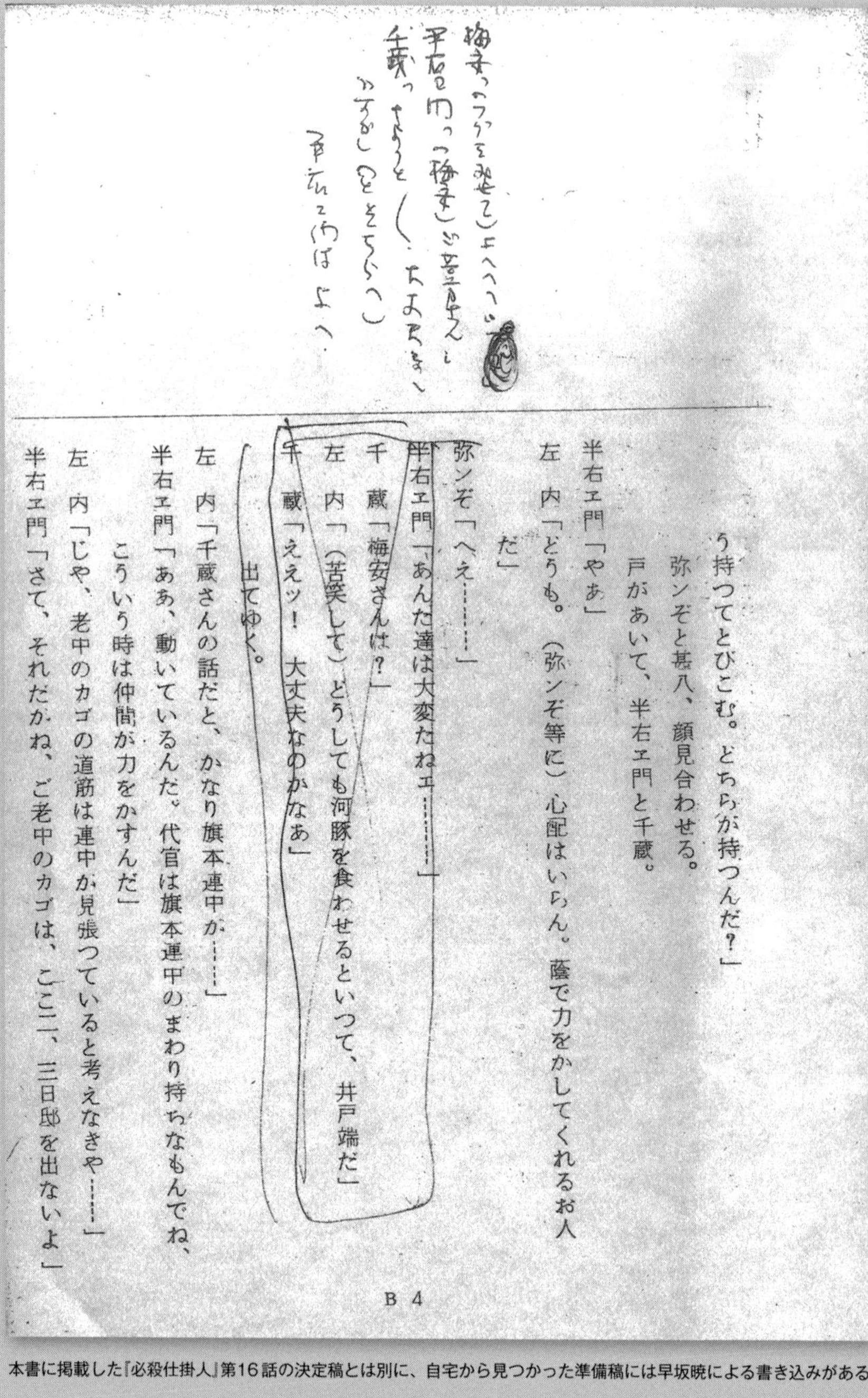
う持つてとびこむ。どちらが持つんだ？」
弥ンぞと甚八、顔見合わせる。
戸があいて、半右ヱ門と千蔵。
半右ヱ門「やあ」
左　内「どうも。（弥ンぞ等に）心配はいらん。蔭で力をかしてくれるお人
だ」
弥ンぞ「へえ……」
半右ヱ門「あんた達は大変だねエ……」
千　蔵「梅安さんは？」
左　内「（苦笑して）どうしても河豚を食わせるといつて、井戸端だ」
千　蔵「ええッ！　大丈夫なのかなあ」
出てゆく。
左　内「千蔵さんの話だと、かなり旗本連中か……」
半右ヱ門「ああ、動いているんだ。代官は旗本連中のまわり持ちなもんでね、
こういう時は仲間が力をかすんだ」
左　内「じや、老中のカゴの道筋は連中が見張つていると考えなきや……」
半右ヱ門「さて、それだかね、ご老中のカゴは、ここ二、三日邸を出ないよ」

B 4

本書に掲載した『必殺仕掛人』第16話の決定稿とは別に、自宅から見つかった準備稿には早坂暁による書き込みがある

斬り抜ける

第五章

第13話「あなたが欲しい」

斬り抜ける

まずは池田雅延によるオープニングナレーションを引用しよう。必殺シリーズ以上に前提のストーリーを語っており、マカロニウエスタン風の音楽がロードムービーを引き立てる。

いつの世にも、理不尽な軛（くびき）が人を苛（さいな）む。

楢井俊平は親しい友を斬った。藩主松平昌高の命であった。斬ってのち、俊平は知った。主君昌高に、家臣の妻を我が物にせんとの下心が動いていた。主命は主命、人の道は人の道。昌高のもとに連れ去られる、すんでの女を俊平は救った。

母と子と、そして一人の男の旅が始まる。驕れる者の怒りは、彼らに謂（いわ）れなき烙印を押した。楢井俊平ならびに森菊、右の両名相謀（あいはか）りて森千之助殺害、不義の段、重々もって不届き至極。不義者を討ち、子供を奪い、ひいては家を再興すべく菊の舅（しゅうと）と義弟が走った。俊平の行く手は通称〝松平はずし〟の網が張られた。

背後に追っ手、行く手に諸国の松平。至るところ、すべて血に飢えた刃の待ち受ける旅であった——。

『斬り抜ける』は1974年秋にスタートした全20話のテレビ時代劇である。必殺シリーズと同じ朝日放送と松竹の共同制作であり、『おしどり右京捕物車』に続いて木曜21時からの枠で放映。プロデューサーの山内久司は「自由奔放な現代社会に、極端な制約を課せられて生きる男と女の物語をぶつけてみたかった」というコメントを残しており、連続ドラマ性の高い逃亡劇のサスペンスにメロドラマの要素を加えて〝サス・メロ時代劇〟と称されていた。

楢井俊平役は近藤正臣。『柔道一直線』や『国盗り物語』で人気を博し、甘いマスクながら最後は単身テロリストと化す俊平を具現化させる。森菊を演じた和泉雅子は日活の青春スターであり、同社がロマンポルノ路線に転向したことでテ

放映日	話数	サブタイトル	脚本	監督
1974年 10月03日	1	不義者俊平	大工原正泰	佐伯孚治
10月10日	2	松平はずし	横光晃	佐伯孚治
10月17日	3	お札くずれ	大工原正泰	太田昭和
10月24日	4	女が峠を越えるとき	横光晃	太田昭和
10月31日	5	女が命を燃やすとき	松田司	松野宏軌
11月07日	6	女が道を変えるとき	横光晃	松野宏軌
11月14日	7	男は待っていた	国弘威雄	大熊邦也
11月21日	8	女が愛にゆれるとき	横光晃	工藤栄一
11月28日	9	男は耐えていた	大工原正泰	工藤栄一
12月05日	10	女が炎になるとき	横光晃	田中徳三
12月12日	11	女が闘うとき	大工原正泰	田中徳三
12月19日	12	男は賭けた	安倍徹郎 大工原正泰	西村大介
12月26日	13	あなたが欲しい	早坂暁	松野宏軌
1975年 1月2日	14	愛と死と…	佐々木守	松野宏軌
1月9日	15	城中乱入	大工原正泰	田中徳三
1月16日	16	城代暗殺	横光晃	大熊邦也
1月23日	17	綾姫御殿	横光晃	倉田準二
1月30日	18	死地突入	大工原正泰	家喜俊彦
2月6日	19	黄金振舞	横光晃	太田昭和
2月13日	20	作州炎上	大工原正泰	大熊邦也

（※第15話より『斬り抜ける 俊平ひとり旅』に改題）

斬り抜ける

出演：近藤正臣、和泉雅子、岸田森、
火野正平、志垣太郎、佐藤慶
プロデューサー：山内久司、杉本宏、佐相惣一郎
音楽：鈴木淳　撮影：中村富哉、藤原三郎
放送形式：カラー／16mm／全20話
放送期間：1974年10月4日～1975年2月13日
放送時間：木曜21：00～21：55（TBS系列）
製作協力：京都映画　制作：朝日放送、松竹

レビに転じた。彼らの旅をサポートする弥吉に扮した火野正平は、やがて各社のテレビ時代劇でコミカルな〝走り屋〟を独占することになる。

監督は東映東京出身の佐伯孚治が『おしどり右京』に続いて登板。必殺シリーズのメインライター・野上龍雄が中学の同級生であり、その紹介という。佐伯から始まって太田昭和、松野宏軌ほか計10人もの監督が各話を分担。殺陣や効果音にも工夫が凝らされた。

脚本は『大江戸捜査網』などを手がけた日活出身の大工原正泰と、昼メロのヒットメーカーであり愛の逃避行もの『薩摩おごじょ』では原案も兼ねた横光晃がメインを務め、必殺シリーズのライター陣がピンポイントで参加。早坂暁は第13話「あなたが欲しい」を執筆し、視聴率低迷による路線変更前の要所を担った。

『斬り抜ける』第13話

「あなたが欲しい」

脚本：早坂暁

監督：松野宏軌

放映日：1974年12月26日

【キャスト】

楢井俊平	近藤正臣
森菊	和泉雅子
森伝八郎	岸田森
太一郎	岡本崇
勝呂勘右衛門	稲葉義男
城戸多聞	加藤和夫
姉小路	楠田薫
源左衛門	森秀人
羽倉	北原将光
堀田	下元年世
弥吉	火野正平
老中	永田光男
	溝田繁
	武周暢
幸姫	宮前ゆかり
常女	日高綾子
茶坊主	平井靖
日啓	広田和彦
越後屋主人	水上李太郎
番頭	伊波一夫
大道芸人	西川ヒノデ
どん八	千代田進一
水野越前守	鈴木瑞穂
森嘉兵衛	佐藤慶

【スタッフ】

制作	山内久司
	杉本宏
	佐相惣一郎
音楽	鈴木淳
撮影	藤原三郎
製作主任	沢克純
美術	倉橋利韶
照明	染川広義
録音	武山大蔵
調音	木村清治郎
編集	園井弘一
助監督	家喜俊彦
装飾	真城一夫
記録	竹田ひろ子
進行	下川護
装置	新映美術工芸
床山・結髪	八木かつら
衣裳	松竹衣裳
小道具	高津商会
現像	東洋現像所
殺陣	楠本栄一
	美山晋八

タイトル　竹内志朗

ナレーション 語り　江守徹

ナレーション 文　池田雅延

主題歌「この愛に生きて」

（作詞：悠木圭子／作曲：鈴木淳／歌：ザ・ブレッスン・フォー／RCAレコード）

製作協力　京都映画株式会社　朝日放送

制作　松竹株式会社

斬り抜ける

1　江戸の早朝

まだ誰も起き出していない町通り。
——江戸・四谷本塩町——

とある家陰から鋭い目が道を窺う。
俊平だ。
その背後に、菊と太一郎が息をひそめている。

N「俊平たちはようやく江戸に入った。目指すは菊の叔父、幕府目付役勝呂勘右衛門の邸。市ケ谷見附一口坂にあって、あと三丁ばかり——」
俊平「行こう」
太一郎を囲むように、急ぎ足で歩き始める。
大股の俊平に遅れじと、太一郎は懸命に歩く。

N「思えば、美作(みまさか)から江戸まで×百里。その日その日が命を削る長い道中であった」
俊平「！」
不意に菊たちを露地に引きずり込む。
俊平「ヤツぱり、つけられている」
菊「！」
俊平、そっと道を窺う。
が、道には人影一つない。
俊平「菊さん、あなたは太一郎を連れて走るんだ」
菊「あなたは⁉」
俊平「いいか太一郎。ここから東に向かって三町。母上と一緒に死にものぐるいで走るんだ。途中で足を緩めたら死なねばならん。いいな太一郎。これは戦だと思え」
太一郎「……はい！」
菊「俊平さん……」
俊平「この道を行くと外濠の土手へ出る。その土手を左に走りなさい」
菊「ご一緒に！　……」
俊平「恐らく嘉兵衛殿はその土手で私達を襲うのでしょう。あそこで襲われては、あなた達を守り切れない。……ここで防ぎます」
菊「（強く首を振る）一緒に！」
俊平「（鋭く）菊さん、あなたはこれからの三丁を、母親として、必死に駆け抜ければいいのだ」
太一郎の手を取って菊の手に。
菊「！」
俊平「決して振り向いちゃいけない。さ、早く！」
広い道。
路地から菊が太一郎の手を引いて駆け出る。必死に駆けてゆく。
ゆっくり路地から俊平が出てくる。
道の真ン中に、こちらを向いて立つ。
俊平「……嘉兵衛殿、お相手致す」
何の反応もない。
俊平「嘉兵衛殿！」
まず槍の穂先が向こうの物陰から現れた。
そして、槍を握り締めた嘉兵衛が姿を見せた。
独りだ。
嘉兵衛「俊平、長い道中だったな」
俊平「……伝八郎は⁉」
嘉兵衛「わし一人で不足か」
俊平「……！　しまった！」
嘉兵衛「（鋭く）遅い！」
槍をピタリと構えた。
菊の跡を追おうとする俊平。
嘉兵衛「背中を見せたら死ぬぞ」
槍を逆手に掴み、投げる構えだ。
俊平「……」
やむを得ず正面に対峙し、抜刀する俊平。

2　走る菊と太一郎

3　道で

俊平「伝八郎は何処で侍っている」
ジリッと間合いを詰める嘉兵衛。
俊平「外濠の土手か！」
嘉兵衛の口辺に笑み。
ダッ！　と斬り込む俊平。

嘉兵衛、たじろかず、ピタッと槍を俊平の胸元を狙っている。

俊平の顔に言いようのない焦燥が――。

4　濠端の土手

そっと顔を出す伝八郎。
伝八郎「……！　やっと来た」

5　走る菊と太一郎

○タイトル『　』

6　道で

激しく斬り結ぶ俊平と嘉兵衛。

しかし、対峙する位置は変化しないのだ。

俊平「(モノローグ)急がねば……。一か八か、走ってみるか……」

そっと、前に出した右足を後ろに引く。走り出す準備だ。

と、いち早く嘉兵衛は右手を逆手に持ち替える。つまり投擲の型だ。

以下、俊平の想像シーン。即ちスローモーション。

――俊平、後ろ向きに駆け出す。

――嘉兵衛、槍投げの恰好で槍を飛ばす。

――俊平の背にぐさりと槍が突き刺さる。

俊平「！　……」

唇を噛み、元のように右足を前へ出す。

7　土手で

走る菊と太一郎の前方に、伝八郎が踊り出た。

菊「あッ！」

伝八郎、いち早く大刀を抜き放つ。

菊、太一郎を背後に、短刀を抜く。

菊「太一郎、母にかまわず走りなさい！」

伝八郎「二人とも死んでもらう」

斬りつける。

菊、からくも短刀で受け止めた。

8　道で

睨み合う嘉兵衛と俊平。

俊平、ちらと目を走らせる。

道の端に陽が射し始めている。

俊平「！」

陽の射すほうへ、ジリッと移動する、嘉兵衛も平行に移動。

また、ジリッと俊平。

嘉兵衛「!?」

俊平の足、日の射す場所へかかる。

嘉兵衛「！」

その瞬間、俊平は身をひるがえして駆けた。

嘉兵衛、その背に向かって槍を投げようとする、その目に屋根の端から太陽が眩しく光る。

かまわず投げる。

走る俊平の耳もとをかすめて前方の地面にぐさり。俊平は走り抜けた。

嘉兵衛「しまった！　……」

9　土手で

太一郎をかばいながら伝八郎と必死で戦う菊。
しかし袂などは無残に切り裂かれて危機一髪。
俊平、駆けつけてくる。
伝八郎と刀を合わせる。
俊平「さ、早く！」
菊と太一郎、走り始める。
伝八郎「くそッ！」
俊平と鋭く斬り結ぶ。
俊平「！」
遠く嘉兵衛が槍を持って駆けてくる。
嘉兵衛「伝八郎、その男を動かせるな！」
嘉兵衛、土手の下へ、
菊を追う構えだ。
俊平「！」
俊平、伝八郎に斬り込んでおいて、菊のあとを追う。
嘉兵衛「伝八郎、追え！」
俊平、菊たちに追いつく。
太一郎を横抱えにして走り始める。
俊平「菊さん、あと半丁だ！」
菊「はい！」

追ってくる伝八郎と嘉兵衛。

10　邸町で

必死に走る俊平と菊。

ジリジリと追いすがる嘉兵衛と伝八郎。

俊平「あそこだ！」

武家門が見える。

標札に『勝呂（すぐろ）』とある！

武家門は閉じてあるが、小門が少し開いてある。

そこへ向かって必死の菊と俊平たち。フイゴのような息。

背後、間近かに、嘉兵衛たち。

嘉兵衛、槍を構えた。

槍を飛ばす！

小門へ身体ごと駆け込む菊と俊平。

俊平、小門の戸を閉めた！

その扉に槍が深々と突き刺さる。

一瞬の差だ。

11　門の中

小門の扉を手で押さえつけている俊平、
その扉には槍の穂先が出ている。
俊平「(外へ)ここは幕府方御目附役のお邸だ。お引取り下さい！」
……槍の穂先が音もなく向こうへ引き抜かれた。

12　門の外

離れた家陰に弥吉。
弥吉「あー、危なかった……」
無念の嘉兵衛たち、門前から離れた。
弥吉「しかし、畜生、金づるがなくなっちまったなあ……」

13　邸内

門の外の気配を窺っていた俊平。
俊平「……もう大丈夫だ」
菊、太一郎、ホッと息をつく。
声「誰だ」
振り向けば、50才近くの侍。
当家の主、勝呂勘右衛門だ。
菊「!?……叔父上、叔父上様ではございませぬか。菊でございます！」
勝呂「！　菊か」
菊「はい、こちらにおりますのが太一郎」
勝呂「いくつになった」
太一郎「×才です」
勝呂「そうか。(目を俊平に)」
俊平「楢井俊平、お二人をお送りして参った者です」
勝呂「源左」
老党、源左衛門が控えている。
勝呂「客人に長旅のホコリを落としてもらえ。(三人に)、ではあとで」
源左「さ、どうぞ、こちらへ」

14　ススギ場で

戸外の井戸端で、顔や手足を洗っている俊平、菊たち。

菊「小さい時に会ったきりですけど、すぐ判りました。感じが亡くなった母とそっくりですもの」

菊は嬉しそう。

源左「どうぞ」

手拭いを俊平に、
俊平「あ、どうも」

さすがホッとした表情の俊平。

15　江戸の町で

ぐんぐん歩く嘉兵衛、そして伝八郎。
伝八郎「どこへ……」
嘉兵衛「まだ打つ手はある」

16　勝呂邸で

廊下を案内される俊平、菊、太一郎。

源左「楢井様はこちらです」

俊平は、小座敷へ入る。

菊たちはさらに奥へ。

小座敷には、下着から着物まできちんと揃えられてある。

俊平「……丁寧なことだ」

17　別の小座敷

源左「菊さまはこちらで」
菊「どうも」
源左「あ、太一郎様は別室です」
　太一郎は別室へ。
菊「……」
　小座敷の襖が開く。
　中に老女中がいる、常女（つね）という。
常女「どうぞ」
　菊の下着やら着物がきちんと揃えられている。

18　俊平の小座敷

　源左が来る。
源左「お着換え済みましたでしょうか」
俊平「ああ」
　着換えが済んでいる。やや白っぽい衣裳だ。袴まで揃っている。
源左「では、こちらへ」
俊平「ああ……」

19　廊下

　廊下を案内される俊平。
源左「こちらでございます」

20　座敷

　中へ入る俊平。
　後ろの襖が閉まる。
　やや薄暗い。誰もいない。
俊平「！」
　中央の畳二枚が逆さ（さか）畳だ。
俊平「逆さ畳！　……」
　奥の襖から勝呂勘右衛門。
俊平「これはどういうことですか」
勝呂「楢井さん、侍は潔（いさぎ）よう死ぬことです」
俊平「何の為に！」
勝呂「不義は死を以ってしか償えない」
俊平「私たちは不義などしていない！」
勝呂「（冷然と坐わる）」
　俊平の切腹を見守るつもりだ。
俊平「菊さんは！」
勝呂「切腹の作法、ご存知でしょうな」
俊平「待って下さい、菊さんは！」
勝呂「……（一瞬苦しげな表情が走る）」

21　別の座敷

　白い衣裳をつけた菊。
　老女の常に。
菊「これは⁉　……（息を呑む）」
常女「はい、死に装束です」

22　座敷で

　俊平と勝呂。
勝呂「あれにも、自決させます」
俊平「あなたは、どんな噂を耳にしたか知れないが、私達が不義者とは真っ赤な偽り」
勝呂「自決は、ワシが与えられる最大の贈りものだ。それも受けられぬとあれば、ワシは死んだ千之助の代理人として、二人を斬る！」
　刀に手を掛けた。
俊平「……幕府方御目附役が、このように片手落ちとあっては、幕府の政道、地に落ちたも同然ですな」
勝呂「なに！」
俊平「どうか、私の話をお聞きになって、それでもなおご不審とあれば、どうぞ、お斬りになって下さい」
　大小の刀を揃えて前に置いた。
勝呂「……よし、聞こう」

23　松平藩江戸屋敷・門

　門を入っていく嘉兵衛と伝八郎。
　あとをつけていた弥吉。
弥吉「松平の江戸屋敷、か。……こりゃァ、ただの斬り合いじゃ済まなくなるぜ」

24　千之助殺害のシーン（第一回分）

　千之助が上意討ちに反抗して使者に斬りつける。
　止めようとする俊平、誤って千之助を斬った！

25　勝呂邸・座敷

勝呂「なに！　松平侯が菊を手に入れんが為に千之助を上意討ちに！　……それはまことだな」
俊平「刀にかけて」

大刀を取ると鯉口を切るなり、パチーン！ と、鍔を鳴らした。

実に冴え切った音だ。

勝呂、俊平の目を見据えているが、ハッとする。

勝呂「！ そうか、それであの男……」

26 廊下（回想）

廊下を歩いてくる足。

N「三日前の夜、勝呂家に訪問客があった。客の名は、城戸多聞、身分は作州松平藩江戸家老と名乗った」

城戸多聞の顔。切れ者といった45才。

27 勝呂邸・座敷

俊平「江戸家老が！ ……」
勝呂「誠に申し上げにくいがと前置きして、菊が楢井俊平なる藩士と不義を働き、千之助を謀殺した上、国許を出奔したと言うのだ」
俊平「！」
勝呂「余りのことに言葉を失していると、〃あるいは両名、御当家に身を寄せるやも知れぬが、その折、勝呂殿はいかなるご処置をとられるか、お伺いしたい〃」

28 回想・勝呂邸の一室（夜）

城戸「……お聞かせ願えますか」
勝呂「不義者の成敗は昔から決まっておりましょう」
城戸「いや、私がお聞きしているのは、御当家でご成敗下さるのか、どうか……。出来ますれば、この不義、当藩内で起ったことです、私どもへお引き渡し願えれば……」
勝呂「（カッとした様子で）お断り申す。菊は私の姪。私が処置をつけます！」
城戸「（一寸考える様子して）……判りました。考えてみれば勝呂殿は幕府御目附役、成敗には最も相応しい方でありました」

28A 勝呂邸・座敷で

勝呂「……あの男も必死だったのだろう。下手すると、美作松平十八万石はお取り潰しになりかねない」
俊平「お取り潰しに⁉」
勝呂「確か美作の松平侯は将軍家より幸(さち)姫様をお迎えしているのではないか」
俊平「！ そうです、五年前の夏……私は国許でお迎えしました」

29 幸姫嫁入り（回想）

夏の日射し、そしてセミの声。

美しい女駕籠が行く。

夏駕籠の窓は粗いスダレとなっていて、中の幸姫の顔がわずかに見える。

N「幸姫は先の将軍家斉の第五番目の姫。五十数人の子供を設けたという将軍家斉は、二十三人の姫たちを各大名に莫大な持参金をつけて嫁入りさせている。持参金の相場は二万両――。財政逼迫に喘ぐ大名にとっては、その持参金は頗(すこぶ)るの魅力であったらしい。しかし、この幸姫は破格の五万両を持参している。一説によると、それほど不器量な姫であったと言われている」

30 勝呂邸・座敷

俊平「幸姫様ご降嫁については江戸家老城戸多聞が懸命に働いたとされています」
勝呂「将軍家の姫君を、手を尽くして迎えながら、上意討ちの名で家臣の妻を手に入れようとする……もし幕府の耳に入ればただでは済まない」
俊平「……私はただ、いわれない不義の汚名が雪(そそ)がれれば、それでいいのです」
勝呂「だからその為には松平十八万石の浮沈をかけねばならんのだが、……それでいいのだな」
俊平「……やむを得ません。私だけならともかく、菊さん、そして幼い太一郎までの命が危ないのです」
勝呂「役目柄、ワシは藩の取り潰しを何度か見た。悲惨なのは、大名ではなく、下にいる家臣や、その家族だ」
俊平「……」
勝呂「……考えさせてくれ」

31　松平江戸屋敷で

城戸家老と嘉兵衛。

嘉兵衛「何とか藩のお力添えで俊平たちをあの邸より出して頂けんでしょうか」

城戸「……（不機嫌だ）」

嘉兵衛「今度は必ず討ち漏らしは致しません」

城戸「一、二日のうちに俊平らはあの邸を出る」

嘉兵衛「本当ですか！」

城戸「しかし、死体としてだ。もう斬る必要はない」

嘉兵衛「⁉」

城戸「（外へ）堀田！」

堀田が顔を出す。

城戸「勝呂の邸を見張れ、夜もだぞ！」

32　勝呂邸・門前

夜——。

N「二日目の夜半、勝呂勘右衛門の邸の小門が開いた」

小門が開く。

物蔭に潜んでいるのは堀田。

堀田「！」

小門から提灯が出てくる。源左だ。

そして勝呂が出てくる。ちゃんとした身なりだ。

33　勝呂邸・座敷で

廊下へ俊平が出てくる。門のほうに耳を澄ます。

俊平「！　……」

向こうの廊下に菊も姿を見せる。

俊平「出掛けられたようです」

菊「ええ……何処へでしょうか……」

34　勝呂邸門前

源左の・先導で出掛けてゆく勝呂。

生真面目な表情の勝呂だ。

N「勝呂勘右衛門が極めて生真面目な人物であったのは、美作松平藩にとって、極めて不幸と言わねばならない」

35　水野越前邸・裏門

勝呂が裏門から入っていく。

N「勘右衛門は西の丸下に向い、老中筆頭水野越前守を裏門より訪ねている」

堀田「！　……」

潜んで見つめる堀田。

36　同・水野越前邸・裏門

勝呂が出てくる。

N「勘右衛門が退出したのは約半刻后である」

37　松平江戸屋敷・城戸家老の居間

城戸家老と堀田。

城戸「しまった、水越（みずえつ）の所へ持っていったか」

堀田「斬り捨てればよろしかったので⁉」

城戸「馬鹿、五百石とはいえ、勝呂は幕府目附役だ。ばれれば松平十八万石は一遍に吹っ飛んでしまうわ」

考え込む城戸。

38　外の廊下

嘉兵衛が立っている。

39　城戸の居間

城戸「……よし！　明朝、日本橋の呉服商、京屋を呼べ」

堀田「京屋を⁉」

城戸「！　待て」

廊下の嘉兵衛は　素早く立ち去る。

城戸が廊下を見る。……襖を閉める。

城戸「……（堀田に）よいか、事（こと）の真相を嘉兵衛に知らせてはならんぞ」

40　嘉兵衛の居間

嘉兵衛、入ってくる。伝八郎がいる。

嘉兵衛「……おかしい」

伝八郎「何があったので⁉」

嘉兵衛「たかが、不義者のことで、時の老中まで話が及んでいる。……どういうことなのだ」

41　勝呂邸・勝呂の居間

菊、俊平が来ている。

勝呂「只今、水野越前様に事の次第をご報告申し上げて来た。本来なら、直接の上司、本多若狭守御年寄にご報告すべきであるが、事が事である上、実はな幸姫様御嫁入りについては、水野様が一方ならぬお骨折りがあったのだ」

俊平「で、水野ご老中は⁉」

勝呂「水野様は鼻風邪をお召しになっておられたが、終始黙ってお聞きなられて、聞き終ると、よく報告してくれたとおっしゃられてのう……」

42　回想・水野越前邸居間

水野越前守と勝呂。水野は鼻を紙でかむ。風邪だ。

水野「……幸姫様にはお不幸せな相手を選ばせてしまったのだな」

勝呂「……はい」

水野「（次第に怒りの色が浮かんでくる）外敵が明日にも日本国に攻め寄せるかも知れぬというに……松平丹波守、十八万石をあずかる資格はない！」

吐き捨てるように――。

43　日本国周辺波高し

○外国船の大砲、火を吹く――阿片戦争の絵などで。

N「事実、天保十三年イギリスはアヘン戦争によって清国を侵略、ヨーロッパの列強は次なる目標を日本に絞っていた。老中水野越前の胸中はその危機感でいっぱいであった」

44　勝呂邸・居間で

俊平、菊、勝呂。

菊「では、松平藩はお取り潰しに⁉」

勝呂「さあ、水野様、どう裁かれるか、一介の目附役には事が大きすぎる……」

俊平「菊さん、私たちの一件は、もう手の届かぬ所まで行ってしまったのだ……待つしかない」

45　道

翌日、京屋が番頭を連れて歩いていく。番頭たちは呉服の入った箱を担いでいる。

N「翌朝、呉服商京屋は松平藩江戸屋敷を訪れたのち、呉服箱を持って、江戸城に向かっている。京屋は江戸城大奥お出入りの商人である」

46　道――寺のある道

女駕籠が行く。

N「午後になって、江戸城より女駕籠が下谷長福寺に向かった。大奥を束ねる実力者、姉小路の墓参である」

駕籠の中に姉小路が揺られている。

47　墓地で

姉小路が水桶を持って歩く。

フと、歩みを止める。

墓の蔭に城戸多聞が身を潜めるようにしている。

城戸「ご無理をお願いして申し訳ありません」

姉小路「突然すぎる。出てくるのにえろう苦労した」

城戸「なにぶん、一刻を争うこと故……」

姉小路「（墓に水をかけながら）こちらも時間はないぞ」

城戸「姉小路様、天保十二年のおん仇討ち、細（ささ）やかながら叶うやもしれませぬ」

姉小路「なに、天保十二年の仇討ちが！　水野越前が尻尾を出したか！」

姉小路、目を輝かす。

城戸「（うなずく）ほんの少しばかり」

48　駕籠の中

水野越前が揺られている。

しきりと鼻をかむ。

N「この年の風邪はタチ悪く、水野越前が登城できたのは三日のちである」

49 **江戸城**

声「水野越前守様、ご登城ーッ！」

50 **老中執務室**

水野越前がセカセカと入ってくる。
側用人の羽倉外記が迎える。

羽倉「お風邪の方はもうおよろしいので……」
水野「羽倉、大坂周辺の地図を寄こせ」
羽倉「は、はい」
水野「早う」

羽倉、急いで地図を、水野の机の上に広げる。
水野、覗き込んで、小さく区分された領地を指でたどる。

水野「確か、大阪摂津に作州松平藩の飛び領地があったな、わしの思い違いか？」
羽倉「いえ、ございます。ここです」指でさす。
水野「うん！　よし、すぐに作州松平藩の江戸家老を呼べ」
羽倉「はい（立ち上がる）」
水野「羽倉、たまには休んでみるもんだな。よい知恵が浮かぶ」

51 **江戸城廊下**

急ぎ足――。
城戸多聞だ。裃、上下をつけている。
茶坊主が案内している。
老中執務室前――、

茶坊主「（中へ）作州松平藩江戸家老　城戸多聞様、参られました」
水野の声「入れ」

城戸、腰を低うして中へ入っていく。入れ違いに、羽倉が出てくる。戸を閉める。

茶坊主「（小さく）早速のお人払い、何でございますか」
羽倉「いらぬ興味を持つな」

茶坊主を急き立てるように去っていく。

52 **老中の部屋**

水野と城戸。
城戸はやや、顔面が硬直している。

城戸「……」
水野「どうなのだ、返事は」
城戸「はい。いくら考えてみましても、その訴えは不義者椚井俊平のつくり出した偽りの訴えとしか」
水野「そうか。それならば幕府方の吟味に掛けるしかあるまいな」
城戸「吟味に⁉」
水野「仕方あるまい、双方、白と黒ほどの違いがあるのだ」
城戸「恐れながら、この件は当藩内の出来事、決して幕府方のお手をわずらわす類いのものではございません」
水野「幕府に関係ないと申すのだな」
城戸「（黙って頭を下げる）」
水野「黙れ！　松平丹波守にお輿入れされた幸姫様は将軍の姫君。幕府としては黙って見すごすわけに参らん」
城戸「何卒、吟味の件だけは、ご容赦下さい。一国の大名が、かかる類いの吟味を受けたとあっては天下の笑い者」
水野「間違えては困る。只今笑いものにされているのは幸姫様だ。ひいては将軍家だ。徳川家がコケにされたのだ」
城戸「まさか、徳川家親藩の松平が、将軍家をコケにするなどとは夢、毛頭……」
水野「ないと言うか」
城戸「はい」
水野「……その証拠があると有難いのだがな」
城戸「証拠⁉」
水野「正直言うと、わしはかかる訴えはとりあげとうない。真偽を別にして、まことに不快な話である。しかし、不問にするには、その理由がいる」
城戸「（身を乗り出し）どのようにすればよろしいので」
水野「幕府の施策に進んで協力してもらいたい」
城戸「⁉」
水野「進んで幕府方に心入れするご仁なら、将軍家の姫君をないがしろにする振舞いなどなさるまい。これなら筋道が立つ」
城戸「……ご協力の一件は、どのようなことを⁉」
水野、黙って地図を引き寄せる。
そして松平の飛び領地を黙って示す。
城戸「！」
水野「返答は急いでもらいたい」
すっと立つ。
城戸、地図の一点を見つめて動けない。

53　勝呂邸・縁側

おだやかな冬の日和日。
俊平と菊――。
菊「……こうしていると、あの道中が嘘のように思えます」
俊平「（苦笑して）男と女の違いかな」
菊「？」
俊平「変な言い方だが、私はね、あの道中の頃がむしろ懐しい。いや、命ぎりぎりの毎日だったが、少くとも、自分の運命みたいなものを自分の力で切り開けた。……だが今は、私たちの運命は、見も知らぬ人たちが握っている」
菊「……もう七日も経つというのに」
俊平「……菊さん、江戸というのは不思議なところですね」
菊「？」
俊平「長い道中、私たちが苦しんで抱えてきたものが江戸へ入った途端、羽根を生やして飛び去ってしまった。ほんとに不思議な町だ……」

54　江戸の町で

弥吉が歩いている。
弥吉「畜生、江戸に行きゃァ何んとか食えるっていうけど、どうだい、どいつもこいつも、スレッカラシばっかしで愉しく騙されてくれるような奴は一人もいねえや。……あー、腹がへった。畜生ォ……」
道端に腰を下ろしてしまう。
前を人の足が行く。
弥吉「よオ！　オレを買う奴はいねえか！　一枚張りのツギ目なし、叩いてみなよ、中味もびっちり目が詰まって、いい音がする、裏だって手抜きはしてねえよ」
誰も振り向きもせず、歩いていく。
弥吉「よォ！　買わなくったっていいから、ちょいとぐらい触ってみるぐらいのことはしてみろよ」
前へ、しゃがんだ男がいる。
一見大道芸人風の、得体の知れぬ風貌。
どん八という男だ、30才ぐらいか。
どん八「いいねえ、買おうよ」
弥吉「何でえ、手前は」
どん八「だから、あんたを買いたいというんだよ」
弥吉「ふーん。……よし、いろいろ触ったっていいぜ」
どん八「飯を食おう」
弥吉「いいのか、触ってみなくて」
どん八「もう触ったよ」
弥吉「え⁉　どう触ったよ、どこを⁉」

55　めし屋

弥吉、がつがつと飯を食っている。
どん八と一緒だ。
弥吉「へえー、オレの声をねえ。オレの声を買って、どうする了見だよ」
どん八「三味は弾けるかい」
弥吉「これ？」
どん八「いい手付きじゃねえか」
弥吉「あんた、オレに何をさせてエんだ？」
どん八「飯が済んだら見せてやるよ」
弥吉「……お代わりしてもいいだろ」

56　道で

大道芸人がムシロを敷いて、三味を鳴らしながら唄っている。
芸人〽あー、さても皆様作州は
西も東も山ばかり
北も南もまた山ばかり
ここなの城下は十八万石で
椚井俊平という侍は
百石どりのひとり者
どん八に連れられて、弥吉がくる。
どん八「あれだ」
弥吉「へえー、あれねえ……」

どん八「（耳元へ）やってくれりゃア、ゼニは弾むぜ」

芸人〽あー、さても皆様　作州の
　楢井俊平という侍は
　こともあろうに隣の家は
　菊なる女(ひと)に恋こがれ
　菊なる女(ひと)は美しけれど
　妻という名のよその花

弥吉「なんだ、この唄は」
どん八「お菊俊平不義者節というんだ」
弥吉「お菊俊平不義者節!?」
どん八「えらく流行っているんだぜ」

芸人〽あー、さても皆様、作州の
　日暮れは早い日暮れにて
　思いあまった俊平が
　上に着たるは黒ちりめん
　下に着たるも黒ちりめん
　不義は承知のかき根越え、

弥吉「……俊平旦那の唄じゃねェか」
　呆気に取られているのだ。

57　勝呂邸門

勝呂が上下姿で帰ってくる。
弾んだ足どりだ。
門内に入ると、太一郎が独り遊んでいた。

太一郎「あ、お帰りなさい」
勝呂「太一郎！　長い間狭い屋敷内で、さぞ窮屈だったろう、今日よりは外へ出てもいいぞ」
太一郎「よろしいのですか！」
勝呂「ああ、いいとも」
太一郎「はい！」
　太一郎、門の外へ駆け出ていく。

58　勝呂邸・居間で

勝呂「菊！　……楢井殿！」
　と入ってくる。
　俊平と菊が別々にやってくる。
勝呂「本日、漸く水野様より御沙汰があった」
菊「どのような！」
勝呂「うん。（と坐り直し）この度のこと不問に附す、こういうことであった。不問に附すだ。よかったのう、菊」
菊「はい！」
俊平「待って下さい。不問に附すとありますが、何を不問に附すのでしょうか」
勝呂「この度のことだ」
俊平「この度のこと……どういうことなのでしょうか」
勝呂「何をいうか、そち達のいまわしい汚名のことよ、つまり不義密通はなかったことである、とおっしゃっているのだ」
俊平「（疑念がとれぬ）……！」
　外を窺う。
　太一郎の叫び声だ。
太一郎「母上ーッ！」
俊平「しまった！」
　俊平、走る。

59　門前

俊平、駆け出る。
太一郎が嘉兵衛の腕の中にいる。

伝八郎もいる。

俊平、走りながら抜刀している。伝八郎、嘉兵衛も抜刀して俊平と激しく刀を合わせる。

その隙に太一郎は門内へ駆け込む。

俊平、嘉兵衛たちの刀を払って門内へ駈け込む。バタンと戸を閉める。

嘉兵衛「太一郎！　爺イだ。爺イのどこが恐い！」

60　勝呂邸・居間

太一郎を抱える菊。
そして俊平と勝呂。
俊平「不問に附すとは、こういう事を不問に附すという意味ではありませんか。今迄と何一つ変らないことです」
勝呂「そ、そんな馬鹿な！　……」

61　江戸城・老中の間

水野老中以下、阿部正次老中（28）、土井老中（65）、本多老中らが揃っている。
水野「本日はよい知らせがござる。昨日、作州松平藩より、大阪は摂津の飛び領地を、上納するという申し出があった」
地図を広げ――、
水野「ここでござる」
老中ら、覗き込む。
土井「ほう、よい領地を……」
阿部「いかにも……」
水野「上知令に応じた第一号でござる」
嬉しそうな水野。
N「上知令とは水野越前が二ヶ月前打ち出した江戸、大阪の防衛計画である」

62　上知令について

○地図――砲撃する外国船などで、
N「水野越前は日本が攻撃を受ける時は、まず江戸と大阪が海上より砲撃されるであろうと想定している。その場合、速かに兵力を海岸に結集、市民を郊外に避難させねばならない。ところが、江戸周辺、大阪周辺は各大名の飛び地領が錯綜していて、防衛体制が誠に取りにくい。そこで江戸、大阪の十里四方を幕府直カツ地にする為、飛び地領の上納、替地を命じたのが上知令である」

63　老中の部屋

N「しかし飛び地領を持つ三十七人の大名は、そこが大都会に近い屈指の土地とあって、誰一人として、上納替地を申し出る者がいなかったのである」
水野「これが口火となって、各大名は上知令に応じ始めるでしょう」
本多「まことに作州松平殿はよい決心をなされた……」
土井「作州といえば、近頃作州節とか、作州音頭とか、妙な唄が流行っておりますな」
阿部「ああ。私もその流行り唄を耳にしました」
土井「おお、阿部殿もか」
阿部「あれは作州不義者節と申すのだそうで」
水野「不義者節!?　……」

64　堀立小屋で

弥吉がどん八の特訓を受けている。
弥吉〽（紙片れを見ながら）あー、さても皆様作州の
楢井俊平という侍は
月の出ぬ夜をよいことに
菊の寝床にしのび入り
夫のふりして思いをとげ候
弥吉「……ひでェもんだ」
どん八「次がもっとよくなるんだぜ」
どん八〽あー、さても皆様作州の
夜は三百六十余度、
しのぶ俊平も二度三度
いつしか菊も悟れども
不義を承知の春や夏
不義を承知の秋や冬
弥吉「ち、ちょっと聞きたいんだけど……」
どん八「何だ」
弥吉「これは、誰がつくったんだね」
どん八「誰!?　（ちよっと目を泳がすが）おい、流行り唄はうじといっしょだ」
弥吉「うじ!?」

どん八「自然に湧いてくるものだ。理屈より早く唄を覚えろ。お前は、深川のほうでやってもらうからな。さア！」
弥吉「（モノローグ）こりゃ何か裏があるな……（声を張り上げ）〽あー、さても皆様作州はァー……」

65 池の端

駕籠が二挺並んで置かれてある。
周りには誰もいない。
近づくと声が聞える。
中にはそれぞれ姉小路と城戸多聞が入っているのだ。
姉小路「阿部老中、土井老中には手を打ってある」
城戸「手応えは？」
姉小路「（低く笑って）十分」
城戸「では、天保十二年の仇討ちは」
姉小路「できるやもしれません」

66 江戸老中の間

水野他老中一同。
阿部老中「唄は、楢井俊平という侍が、同僚の妻と不義理を働き、その同僚を斬ってすて手に手を取って出奔したという内容」
本多「そんな滅茶苦茶な唄は即刻取締るべきだ」
水野「（眉をひそめ）どうせつくり唄であろうが」
土井「これは殿のお言葉とは思えぬ。芝居寄席の笑いまで風紀を乱すものとして取締りなされた越前殿が、事もあろうに侍の不義密通を放って置かれるのか」
水野「まるで事実あったかのような勢いでござるな」
阿部「実際にあったとすればいかがでしょう」
水野「……」
阿部「しかも、その不義者両名、江戸の旗本屋敷に匿われているとしたら、いかがなさいますか」
水野「武家の不義密通は斬首である」
阿部「それをお聞きして安心致しました」
水野「安心⁉」
阿部「楢井俊平と菊なる者は目附勝呂勘右衛門の邸に匿われておるそうですが、噂では水野様がかばわれているとか……」
水野「誰の噂だ」
阿部「はっきり申したほうがよろしいでしょう、姉小路殿です」
水野「姉小路か……（と不快）」
阿部「いや、姉小路殿は天保十二年のことを申されるのです」

67 日啓事件

○美男僧日啓が奥女中に祈祷をしている。
N「雑司ケ谷感応寺の祈祷僧日啓はその美男ぶりで、大奥の評判を呼び、やがて奥女中たちの感応寺参りは目に余るものとなった」
○長持の中から奥女中が――
日啓と抱き合ってもつれるのだ。
N「天保十二年、水野越前は感応寺を打ちこわし、日啓をはじめ、奥女中十数人を遠島、サラシの罪に処した」
○晒（サラシ）の罰をうける奥女中
N「これを口実に大奥の予算は半分に減額され、以後、大奥は水野越前を仇と憎んでいる」

68 老中の間

阿部「もし不義者楢井俊平を見逃すとすれば、あまりにも片手落ち、これが姉小路殿の言い分です」
土井「もっともな言い分ではござらぬか」
本多老中らも、うなずくのだ。
水野「（その反応をいち早く見てとり）……片手落ちは政治の御法度。この越前がそんなイロハも知らぬ訳はない、こう姉小路殿にお伝え願いたい」

69 松平江戸屋敷門

どん八が、あたりを見回しながら、門内に消える。
つけていた弥吉――。

弥吉「そうか、やっぱり松平が糸を引いてやがった……」

70　水野越前邸の居間

勝呂が、固くなって独り笑っている。
水野が入ってくる。
勝呂、慌てて、座布団の上から滑り下りる。
勝呂「お呼び出しを受け、参上致しておりました」
水野「む……」
不機嫌に笑って、鼻をかむ。
勝呂「まだお風邪が？　……」
水野「勝呂、そちは徳川の臣だな」
勝呂「はい、十一代徳川様にお仕え致しております」
水野「……小を殺して大を生かすという言葉は承知しておるな」
勝呂「はい……」
水野「それをやってもらわねばならん」

71　道で

勝呂が思いつめた表情で歩いている、老党源左が一緒だ。
勝呂の頬がヒクヒクとひきつる。

72　ムシロ小屋で

どん八が、ニコニコと入ってくる。
懐から、金を取り出して、数えはじめる。
と、後ろからグイと首を絞められた。
どん八「誰だ！」
弥吉だ。
弥吉「教えてやろうか。椅井俊平という侍だ」
どん八「ウアッ！（弥吉が見えないのだ）」
弥吉「ワシの名を使って儲けた金だ。もらうぞ」
金を掴む弥吉。

73　勝呂邸門前

勝呂が帰ってくる。依然思いつめている。
源左「あれは⁉　……」
勝呂「⁉　……」
門前脇の石に、嘉兵衛と伝八郎が端然と腰を下ろしている。そして握り飯を食っているのだ。
嘉兵衛「（立ち上がって）勝呂殿でござるか」
勝呂「いかにも」
嘉兵衛「森嘉兵衛でござる」
勝呂「おお、あなたが……」
嘉兵衛「中の椅井俊平に、森嘉兵衛がこうして待っておるとお伝え願いたい」
勝呂「（じっと目を嘉兵衛に当てている）」
嘉兵衛「……メシ粒がついてオレばご教示願いたい」
勝呂「いや、嘉兵衛殿にご相談がござる」
思いつめた目だ。

74　勝呂邸・廊下

廊下を菊と太一郎がくる。
老党源左が待っている。
源左「座敷のほうでお待ちです」
菊「はい」
源左「あ、太一郎様は、私がお預り致します。どうも、こみ入ったお話らしゅうございます」
菊「そうですか。ではお願いします」
源左「太一郎様、当家の鎧をお見せ致しましようか」
太一郎「ああ、見せてくれ」

75　勝呂邸座敷

菊がくる。
中より
俊平の声「そんな馬鹿な！」
菊「！　……菊です」
戸を開ける。
勝呂と俊平がいる。
俊平「菊さん、話がまた変わった。今度は私たちに死んでくれというのだ」
菊「！」
勝呂「菊、聞いてくれ」
俊平「聞く必要はない。菊さん、私たちは政治の道具にされたのだ」
勝呂「頼む、どうか、菊、死んでもらいたいのだ」
手をついて頼む勝呂。
俊平「ここを出よう、菊さん」

勝呂「ここを出て何処へ行くというのだ、一生、不義の汚名と、国許の討手とに追われて逃げ歩くのだぞ」
俊平「汚名は必ず晴らす。自分の手でだ」
勝呂「晴らせると思うのか、お前達の歌が江戸中で唄われておるのだ」
菊「歌が⁉　……」
勝呂「菊、お前にはお上の為とは言わない。太一郎の為に死んでもらいたいのだ」
菊「太一郎の為に⁉」
勝呂「追われて逃げる旅の中では太一郎に勉強もさせられまい。お前たちの悔しい思いはようく判るがお前らの意地の為に、太一郎を犠牲にしてもいいのか」
菊「！……私が死ねば太一郎は幸せになるのですか」
俊平「なるものか。得体の知れぬものに押しつぶされて死んだ菊さんを、太一郎は決して喜びはせん」
勝呂「黙っていてくれ。あんたは太一郎の親ではないのだ。菊、ようく考えるのだ、母親として、ようく考えるのだ」
菊「！　……（必死の思いで考える）」
俊平「オレは絶対に押し潰されはしない」
勝呂「楢井さん、今から思えばワシの考えが誠に浅はかだったが、あなたらの一件は一藩の政治、一国の政治が滅茶苦茶に絡みつき、もう一人の力ではどうにもならんものになってしまった。今、出来得るただ一つのことは、相手の手で殺される前に、自分の手で死ぬことだ」
菊「（つと立つ）」
俊平「菊さん」
菊「太一郎に会って来ます。太一郎の顔を見れば、決心がつくと思います」
勝呂「太一郎はもうおらん」
菊「！」
俊平「それはどういうことだ！」
勝呂「太一郎は立派に生きていける場所へ移った」
俊平「何処へ連れて行った！」
勝呂「言えん！」
俊平「（刀に手をかけた）あなたは卑怯なお人だ」
勝呂「殺されても言えん。太一郎はもう巣立ったのだ」
菊「太一郎！」
廊下へ駆け出る。
勝呂「菊！　追っても無駄だ！」
菊、廊下に立ちすくむ。
菊「別れの一言も言わせてくれないんですか」
顔を蔽ってうずくまる菊。肩が激しく震えている。
俊平「菊さん！　必らず連れて帰ってくる！」
俊平は走り出ていく。

76　道

走る俊平、怒りに燃えている。

77　松平江戸屋敷門

俊平、走り込む。

78　松平江戸屋敷内・もう夕暮れ

俊平、部屋から部屋を走り抜ける。
俊平「太一郎！　太一郎、何処だ！」
屋敷の侍たちが追いすがる。
侍「待て！」
離れた処に城戸多聞と堀田たち。
城戸「この機会を逃すな、殺せ」
侍たち走っていく。
城戸「（堀田に）森嘉兵衛は！　嘉兵衛なら俊平を斬れる」
堀田「おりません。部屋にも荷物一つ残っていません」
部屋から部屋へ俊平。
俊平「太一郎！」
斬りかかる侍たち。
激しい勢いで俊平は斬る。怒りに満ちたその殺陣は凄まじい。
俊平「潰されてたまるか！」
堀田も斬る。
だが俊平も傷を受けていく。

79　勝呂邸・菊の部屋

坐ったまま、動かない菊。
その前に短刀を置いている。
菊「……」

物音がする。
振り向く。
襖が開いた。
血に塗れた俊平が立っている。
菊「俊平さん！……」
俊平、襖を後ろ手で閉めた。
菊「太一郎は……」
俊平「……いない」
菊「血が……」
腕から血が流れている。
近よろうとする菊。
俊平「動かんでくれ。こちらからゆく」
菊「……」
俊平「菊さん、私は間違っていた」
菊「……」
俊平「（ゆっくり近づいていく）私たちはもっと早く不義者になってオレばよかったんだ」
菊「！」
俊平「……菊さんが欲しい」
菊「俊平さん（思わず首を振る）……」
その両肩を掴む。
俊平「（深い声で）菊さんが欲しい。……私はこの言葉に怯えていたんだ。……でももう恐くはない。（そしてもう一度）菊さんが欲しいのだ」
菊「！」
二人、激しく抱き合う。
そして、激しく口を吸い合い、そして互いに力の限り抱き締めるのだ。

80　朝の勝呂邸

源左の声が朝の静寂をつんざく。
源左の声「旦那様ッ！　旦那様ッ！」

81　勝呂の座敷

逆さ畳に割腹して果てている勘右衛門、駆け込んでくる俊平、そして菊。
俊平「！」
菊「叔父上……」
三方の上に遺書が一通。
楢井殿、菊殿とある。
俊平、広げる。
勘右衛門の声「……拙者にも拙者の存念これあり候。上司の命に随うを忠と信じ、義と信じ、参り候えども、昨日を以て、ことごとく打ち砕かれ候。依って拙者の身体も、自らの手で打ちくだき候」
俊平「……政治がこの人を打ち砕いたのだ」
源左が呆然と坐っている。
勘右衛門の声「この上はそなた達のことはそなた達の存念にて、お決め下されたく……なお、太一郎は森嘉兵衛殿に引き渡し候」
俊平「菊さん、行こう」
菊「はい」
俊平「私らはまだ打ち砕かれる訳にはいかないのだ」

82　東海道

駕籠がゆく。

嘉兵衛と伝八郎がつきそって、小走りで進んでいる。

N「すでに嘉兵衛たちは東海道を作州目指して走っている」

83　道――

旅姿の俊平、菊が走っていく。

声〽あー、さても皆様作州の
　……

　楢井俊平という侍は
松並木の下で唄っているのは弥吉だ。

俊平たちが通りすぎていく。

弥吉「あ、旦那！　オレだよ！」

俊平、耳に入らない態で急いでいく。

弥吉「まだ追っかけられているんだ」

俊平を追うのだ。

N「今日からは紛れもなき不義者俊平と菊。昨日と変わって東海道を追う身となっている」

（つづく）

斬り抜ける

脚本解題

『斬り抜ける』第13話「あなたが欲しい」

會川昇

「菊さん」から「あんた」へ——

朝日放送の山内久司は土曜22時の『必殺仕掛人』前後から、木曜21時のドラマ枠も任されていた。必殺シリーズが人気を獲得すると、木曜枠でも、より攻めた時代劇を連投する。『快刀乱麻』『おしどり右京捕物車』、そして『斬り抜ける』。前2作以上にドラマ性が強く、第1話の時点で関係者誰もが「おもしろい」と評したという『斬り抜ける』だが、1桁台の視聴率に苦しめ続けられる。ついに路線を大きく転換させる決意をした山内は、それまで参加していなかった脚本家たちを次々に招聘。最も信頼していた佐々木守、愛憎劇の名手・安倍徹郎、そして——早坂暁だ。

台本の表紙にサブタイトルはない。だが当時のテレビ情報誌に第13話は「東海道心中旅」と発表されており、これが早坂によるものである可能性は高い。脚本と本編に大きな違いはないが、江守徹のナレーションは一部言葉の入れ替えなどがある（池田雅延によるものか）。また俊平のセリフは、台本どおりというものはほとんどない。人称や語尾、語順の入れ替えなど、必ず何か工夫されている印象だ。

脚本「どうか、私の話をお聞きになって」↓本編「とにかく私の話を聞いてもらおう」／脚本「絶対におしつぶされはしない」↓本編「絶対におしつぶされはせんぞ」といった具合。俊平独特の語り口調に、近藤正臣がアレンジして見せたかのよう。いっぽう佐藤慶演じる森嘉兵衛などは一言一句シナリオに忠実である。

#5、タイトル位置を指定するのは珍しいが、本編もこの位置に入っている。#8、俊平は太陽の光ではなく、風が吹くタイミングで難を逃れる。#13、14はいずれも後半がカット。#15、16、18、33、36もカット。#39、脚本では「京屋」だが映像化に際して「越後屋」。修整が間に合わなかったのか、#45のナレーションはよく聞くと「越後屋」という言葉だけ江守徹ではない声で録音され直している。#43、48はカット。#51も頭の3行以外カット。#56以降の不義者節の歌詞はほぼ台本どおりだが、曲に合わせて一部変更がある。作中に唄や言葉遊びを入れる早坂らしい展開だ。

＃78、作州松平藩の江戸屋敷に俊平が乱入して大暴れするシーンは、手持ちカメラで大勢との戦いを魅力的に見せており、松野宏軌監督が藤原三郎カメラマンと組んで『必殺』とは一味違うアクションを楽しんでいるのが伝わってくる。＃79、俊平は脚本の「菊さんが欲しい」ではなく「あんたが欲しい」を連呼する。＃83の〆のナレーションは以下のように変更された。「追われる立場は昨日まで／今は追う身の二人であった／誇りも捨て気負いも捨てた／命一筋の戻り旅であった」。

菊の叔父、勝呂勘右衛門役の稲葉義男は俳優座出身、『七人の侍』の一員として知られ『ザ・ガードマン』でも人気を博し、時代劇のゲスト出演は数知れず。水野忠邦役の鈴木瑞穂は劇団民藝の設立に加わり、舞台・映画・テレビのほかナレーターとしても活躍、ダース・ベイダーの吹き替えも記憶に残る。弥吉に不義節を教え込むどん八を演じた千代田進一は、時代劇でお馴染みの顔。日本電波映画出身で『宇宙Gメン』『赤影』『白獅子仮面』などにも出演。その軽い口調が魅力的だ。

史実を貪欲に取り込むダイナミズム

山内久司は『おしどり右京捕物車』の最終回をそれまで作品に不参加の佐々木守に依頼しており、『斬り抜ける』が低視聴率で短期終了になるにあたって、記憶に残るような実質的な最終回を作りたいと思って早坂や佐々木に脚本を依頼したことは間違いないだろう。そして、その狙いは成功した。

早坂は前年の『天下堂々』最終回で天保の改革の失敗例、印旛沼干拓を描いた。そして本話では、もうひとつの失策である「上知令」を描いたのだ。さらに将軍・家斉が多くの子どもを大名に押しつけたこと、感応寺破却で大奥と亀裂が生じた史実まで取り込む。時代考証によって時代劇がつまらなくなるなどと主張する論者もいるが、このような史実のなかにこれまで娯楽時代劇の登場人物だった俊平や菊たちを放り込むことで、彼ら自身が歴史の一部になるかのようなダイナミズムが生まれている。

木曜21時は、当時NET（現・テレビ朝日）が『だいこんの花』に始まる「野菜シリーズ（にんじんの詩、黄色いトマトなど）」というホームドラマで人気を独占していた。そこに女性層も取り込める時代劇路線で挑んだ山内だが敗退（裏番組は和泉雅子とともに日活三人娘と呼ばれた松原智恵子も出演の『どてかぼちゃ』）、枠をTBSに譲ることになる。

だがその直後、朝日放送は月曜21時のドラマ枠を獲得し、『霧の感情飛行』をスタート。なんと佐々木守と早坂暁によるサスペンスラブストーリーだ。今では見ることのできないこのドラマ、果たしてどのようなものだったのだろうか。

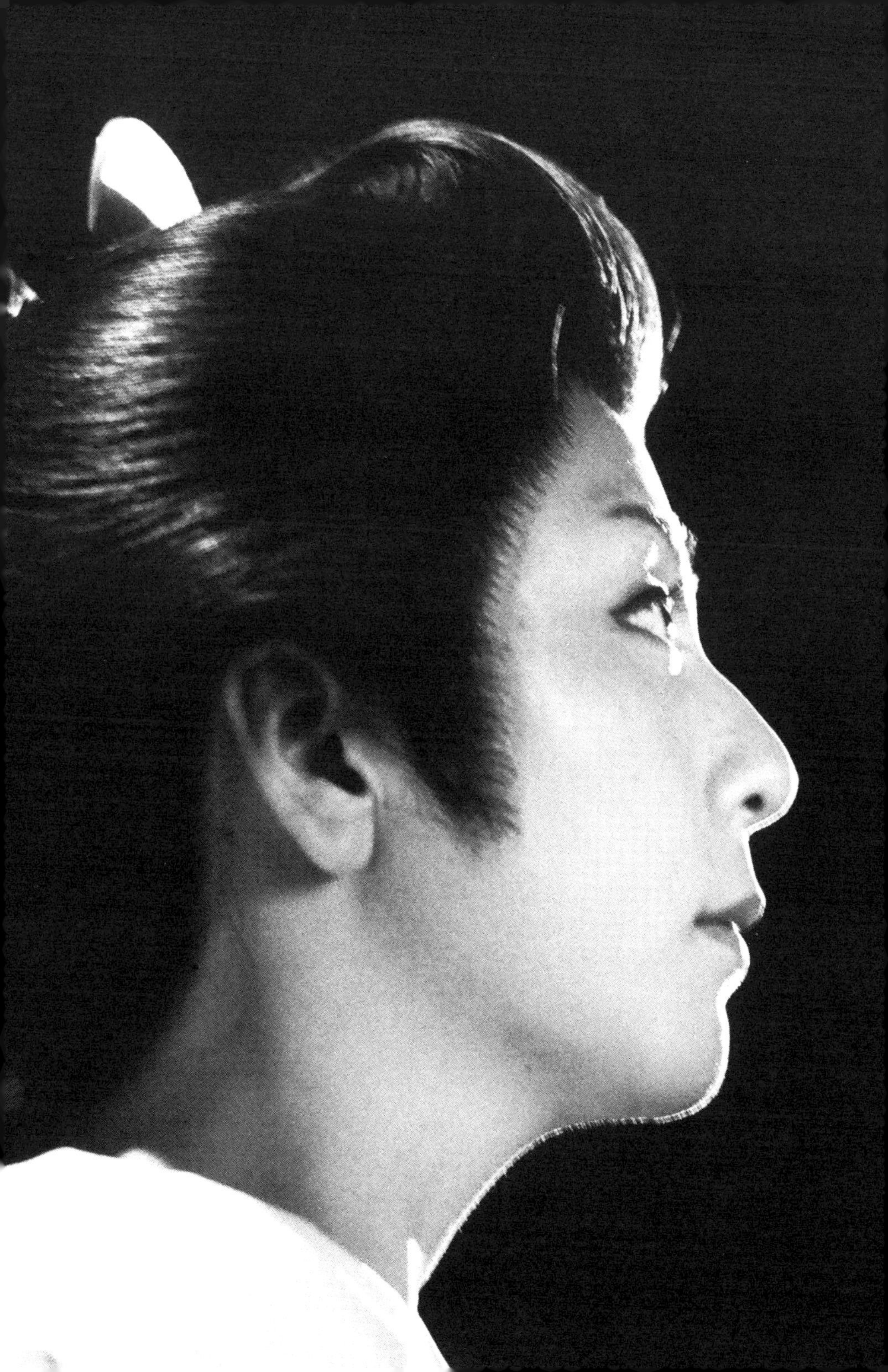

それは過去ではない　早坂暁の時代劇・抄

會川 昇

もうひとつの系譜を俯瞰する

早坂暁。代表作『夢千代日記』は胎内被曝者である温泉芸者を主人公にした哀切なドラマであり、そのほかにも哀しい運命に翻弄される女性や、昭和史を掘り下げるドラマで知られた。しかしその一方に重要な作品の系譜がある。それが「時代劇」だ。

50年近いそのキャリアのおそらく半数近くは、なんらかのかたちで「時代劇」と呼ぶべき作品を早坂は書いている。だがそれは決して大河ドラマや、かつてテレビを席巻していた勧善懲悪ものではない。必殺シリーズや一時代を画した大人気作『天下御免』のように、テレビ時代劇の常識や王道からは外れている……と思われた作品群がそれである。そのためこれまで各作品ごとに語られることはあっても「早坂暁の時代劇」という視点で作品が俯瞰されたことは、おそらくなかった。

限られた紙数と、いまや多くの作品の鑑賞が難しいという条件ではあるが、可能な限りその全体像を探っていきたい。なお、あえて年号は本書のルールから外れた「昭和」表記で進めていくことをあらかじめ付記しておこう。

“過去が現代を刺す”物語

だがその前に、どうしても紹介しておきたい一冊の台本がある。

『七人の刑事』制作ナンバー３４０「埋葬」（脚本：早坂暁／演出：佐藤虔一）――テレビドラマ草創期の昭和36年から昭和44年にかけて放送されたＴＢＳの『七人の刑事』は『事件記者』『ダイヤル１１０番』『特別機動捜査隊』などと並ぶ刑事・事件ドラマの最初のヒット作のひとつであると同時に、テレビドラマの枠を越えて一種の社会現象となった作品である。内田栄一や佐々木守など気鋭の作家が同時代性のある脚本を放ち、それに演出陣が応えた。視聴者は現実を切り取る視線に熱狂。早坂暁も代表的脚本家として前後編を含む15本を執筆した。

この「埋葬」はその中でも特異な一作である。かつて日本に駐留していたアメリカ人サムが刑事たちの前に現れ、自分の赤ん坊が殺されたと訴える。告発されたのは米兵のオンリー（愛人）をしているタミ子。彼女はかつてサムの子を妊娠し、産んだ子を埋めたことは認めるが、その埋葬場所には美しい分譲マンションが建っていて死骸は探せない。そしてタミ子はこれが初めてではないと語りだす。

終戦直後、米軍が上陸すれば慰み者にされといわれて若い兵士に身体を許し、妊娠。その子もここに埋まっているという。食料を買い出しにいった農家で米と引き換えに関係し妊娠、また埋めた。ＧＩと関係を持ち生まれた子供も埋めた。刑事たちはなんとか犯罪を立証しようと造成地から運び出された土の跡を追うが、それは高速道路や石油コンビナートの下に消えていた。犯罪を証明できず怒る若手に、戦中派の小西刑事（美川陽一郎）は呟く。

「ワシ達もほんとは赤ん坊うんじゃアうめてたんじゃないかなあ」

「戦争に負けてからこっち、いろんなものをひきかえにして生きてきたような気がするね」

本作は昭和43年6月24日放送予定と台本の表紙にある。だが羊崎文移の著書『「七人の刑事」を探して』などによれば、実際にこの日放送されたのは小山内美江子脚本・山田和也演出「今度はお前が死ねッ」（第３４１話）であり、早坂が本シリーズを書いたのは昭和41年8月の「倉田平三巡査の夏」が最後なのである（のちのリメイクは除く）。「埋葬」のディレクターに予定されていた佐藤虔一は、その直後の第３４３話「松子と幸平」で演出デビューしている。脚本はこれも初参加の岩間芳樹。ここからは推測になるが、ＡＤだった佐藤虔一がデビューにあたり、すでに『七人の刑事』を離れていた早坂に執筆を依頼、快諾した早坂が「埋葬」を書くがなんらかの理由でそれはお蔵入りとなり、別の脚本で佐藤はデビューすることになった……というところではないか。早坂には『埋葬』という昭和37年の単発ドラマ（ＮＨＫ）もあるが、これとの関係は調べ切れていない。

かつて筆者はこれが放送されたものだと思い込んでいたが、真実はこのとおりである。その上で今回あえてこの台本を紹介するのは、ここに早坂暁作品が濃縮されているからだ――。

早坂暁は「母」あるいは望まぬかたちで子供を

持つことになった「女性」が運命に抗い生きる姿をテーマにすることが多い。昭和42年の『結婚しません』第1話「あれからのマリア」は、特攻隊員に身をささげた女性のその後を描くが、このモチーフは昭和54年の『田舎刑事　まぼろしの特攻隊』だけでなく、昭和50年の『霧の感情飛行』の企画段階でも早坂が提案していることを山内久司がエッセイで記している。『修羅の旅して』『母たることは地獄のごとく』『人間の証明』『花へんろ』などもこの系譜だろう。

と同時に先述の「埋葬」は〝過去が現代を刺す〟物語である。女の過去の犯罪を追っていたはずの刑事が、現在の自分たち自身を問い直させられる。これこそ早坂暁の時代劇にもっとも多く見られる傾向であり、彼の時代劇の根幹なのだ。そのための技法も確立される。

時代劇は現代を描く手段

「埋葬」が未制作に終わって10年、昭和52年に佐藤虔一は『命もいらず名もいらず』（共同演出：田沢正稔）で早坂暁の脚本を映像化する。前年の『海は甦える』に始まる近代を描くTBS長編ドラマの一本で、扱ったのは西郷隆盛（高橋英樹）。評価の難しい西郷を描く手法として早坂が選んだのが、現代のアメリカの若者が西郷隆盛の一生をたどるという構成だった。

歴史劇、あるいは時代劇でありながら、現代の風景から始める。あるいは現代で終える。これはまさに早坂の独壇場と言ってよい技法だ。もちろん昭和40年の大河ドラマ『太閤記』が新幹線の映像から始まるという前例があるが、これは現代的視点で作品をつくるという宣言だった。それに対して早坂が現代の風景から始めたり、その風景のなかに時代劇の扮装をした役者を立たせることにこだわったのはなぜか。

その嚆矢は――NHKの『アイウエオ』で試されている可能性はあるが未確認――昭和46年の『天皇の世紀』、もともとドキュメンタリーとドラマを組み合わせたスタイルのシリーズだが、早坂の担当回では薩英戦争の逸話が太平洋戦争で完結する。同年の『天下御免』第6話「大江戸うそ八百八町」冒頭で主人公の平賀源内一行に銀座を歩かせ（『からくり人』第1話はこのセルフパロディ）、『命いらずも～』に続き『関ケ原』（後述）も現代の視点が入る。

昭和から平成にかけての映画――『空海』『きけ、わだつみの声』『千年の恋　ひかる源氏物語』も現代から始まる、あるいは現代で終わることが脚本で指定されている。時代劇と言えないものもあるが、一連の社会から逸脱した人々を題材とした『オリンポスの果実』『好色一代男　おらんだ西鶴』『円空』『涙たたえて微笑せよ　明治の息子・島田清次郎』などのNHKドラマはそのすべてが現代で始まるか、現代視点で語りが終わる。

『天下御免』の2年後に作られた兄弟作とも言うべき『天下堂々』は、天保の改革の時代に架空・実在の若者たちが入り乱れる異色作で、前作以上に現代性を打ち出し、そのとき流行っている歌が次々にBGMとして使われる。前半のオープニングは現代の映像に登場人物たちが走る姿が重ねられたもの。開始にあたり早坂は「昭和天保、あなたも主役の一人です」という文章を寄せ「昭和元禄の後に来るのは昭和天保である。全く天保時代は今の世の中とそっくりなのだ」と、これが現代のわれわれについての物語であることを宣言している。

早坂にとって時代劇は現代を描く手段であり、遠い時代の話だと安心して見ている視聴者に「いや、これはあなたのことだよ」と刃を突きつける、そんな効果をもたらすために繰り返し、現代の風景から始めることにこだわったのではないか。また平成5年のNHKドラマ『乳の虎　良寛ひとり遊び』のト書きにこのようにある。

――ところで、このロケーションは現在の出雲崎だ。

それで、画面処理を施して、電信柱や、燈台などを消しながら、画調を夜にしてください。

早坂は『天下御免』以前の自分を「『七人の刑事』やドキュメンタリーを作っていた」と語っていたが、確かに初期のキャリアで日本のテレビドキュメンタリー史に燦然と輝く『ノンフィクション劇場』における森口豁、牛山純一、大島渚らと共作した数々は傑作ぞろいである。森口の「乾いた沖縄」のナレーション

久高島は女の地獄――
土は割れた／畑は枯れ尽くした

などで鍛えられた言葉感覚が、のちの必殺シリーズのナレーションにまで生かされていることは疑う余地がない。そしてドキュメンタリーに慣れた早坂にとって、時代劇の舞台もロケで撮影する以上そこは現代であり、自分たちと地続きであると自覚していた。

その集大成こそ、『天下御免』『天下堂々』で自由奔放に書きつつもNHKらしく歴史的事実を変えることは許されなかった鬱憤を一気に晴らした

かのように見える『必殺からくり人』である。第8話までの毎話に用意された現代のシーンは視聴者を魅力的にいざなうと同時に、現代の鬱屈を過去で昇華するという必殺シリーズのヒットの方程式へとつながっていた。

『関ヶ原』という集大成的大作

そしてこの現代と過去をつなぐ早坂の技法で最大の成功作が、司馬遼太郎原作の『関ヶ原』だ。昭和56年、TBS開局30周年作品として1月2日から三夜連続・計7時間という破格のスケールで制作された大作である。映像化が難しいと言われる司馬文学だがファンの間では「原作に忠実」と評価され、司馬自体にも好評だった作品だ。

じつは早坂は、昭和54年のTBS芸術祭参加ドラマ『七人の軍隊』の脚本を依頼されていたが書き上げられず企画中止になっていた（草野唯雄による原作小説は、のちにフジテレビが映像化）。それでも2年後この大作を任された早坂、全三夜のうち一夜の前半だけを書き上げたところで撮影開始を迎えるという綱渡りのスケジュールとなるが、その脚本はまさに傑作だった。「原作どおり」と言われるが、実際のところ司馬の原作からの改変は多い。

冒頭、帰国した天正遣欧使節の演奏を秀吉麾下の大名が打ち揃って聴くシーンがそもそも原作にはない。また当時話題だったボートピープルを描いたり、企業や政治家の権力争いになぞらえるなど原作以上に現代との関係性を強調している。しかしそうした現代の視点をナレーター（石坂浩二）が語ることで、不思議と司馬文学における「以下余談だが」に通じる空気が生まれ視聴者も、いや原作者自身にも、原作どおりという印象を抱かせたのではないだろうか（司馬は放送前のミニ番組に出演もしている）。

その白眉はいずれも原作にはない、第一夜ラストと第二夜冒頭の印象的なナレーションである。

（第一夜）
この日イギリスの都ロンドンではシェークスピア「真夏の世の夢」が上演されている
（第二夜　シナリオ題は「友よ、さらば！」）
スペインの作家セルバンテスが書いたドンキホーテがヨーロッパで大ベストセラーになっていた頃

いずれもあえて西欧の文学と同時代であることを示し、視聴者の知的興味を刺激する。ところが第三夜にはこの趣向がない。じつは台本上は原マルチノ（田中健）の手紙の中に存在していた。

（第三夜　シナリオ題は「裏切りの風景」）
正義の旗印をたてて斗った石田三成は破れました。ドン・キホーテにしてハムレットなる人物石田三成は、敗れはしましたが、ある新しい時代の扉をおしあけたようであります

石田三成の戦いは無意味ではなく、権謀術数で誰もが利に走る裏切り横行の世界の中で、ただひとり正義を貫こうとした彼はドン・キホーテでありハムレットとして記憶される……という早坂のナレーションに織り込まれた巧みな構成がここにはある。このナレーションが採用されなかったのは、ドン・キホーテの初出版が関ケ原後の1605年ということで第二夜のナレーションごと変更されたためだ。時代考証からすれば正しいが、早坂の壮大な〝奇想〟もせめてこうしたかたちで伝えておきたい。

『関ヶ原』のプロデューサーは〝ドラマのTBS〟を代表する名匠・大山勝美。彼があえて本作に早坂を起用したのは、15年前の昭和41年に放送された『真田幸村』へのこだわりからだと言われている。本稿の最後に、いまや見ることが叶わないこのドラマについて紹介しておこう。

幻の『真田幸村』が描いたもの

TBSの月曜20時台は昭和31年から42年間にわたって「ナショナル劇場」という松下グループ提供のドラマ枠だった。『七人の孫』などが人気のその枠で、局制作のビデオドラマで1年間にわたる大河ドラマを作ろうとしたのが『戦国太平記真田幸村』だ。予算は1話1000万円と言われた。主演はテレビ初レギュラーの中村錦之助（のち萬屋錦之介）、脚本は『人間の條件』『名もなく貧しく美しく』などを手がけた松竹出身の松山善三。そしてメイン演出が大山だった。しかし視聴率は低迷、大山と対立した松山は17話目で降板。18話から最終回までを一人で書ききったのが早坂暁――とされてきた。

『おかあさん』『七人の刑事』といったTBSドラマも書いていたが、おそらくこの大役起用を決めたのは、当時松下グループ宣伝部の立場で関わっていた逸見稔だろう。

のちにナショナル劇場で『水戸黄門』をヒットさせ、作家グループ「葉村彰子」を生み出す逸見と、朝日放送の山内久司の間にはある種のライバル関係があった思えるが、それは余談。ただ当時、N

ET（現・テレビ朝日）に「ナショナルゴールデン劇場」というドラマ枠（木曜22時）があり、その第1作『戦国夫婦物語「功名が辻」』を書いたのが早坂だった。原作の土佐編をカットし関ケ原で終わる脚色だが、原作以上に夫婦愛と現代的な女性上位を織り込んでいる。続いて『中村錦之助ドラマ集』という短編連作も橋本忍のあとを早坂に任せており、逸見が『真田幸村』の苦境を託すにふさわしいとした可能性は高い。

　そしてこの脚本家交代劇こそ『関ヶ原』につながる。のちに逸見は「娯楽時代劇のつもりが、文学的と言おうかシリアスでなんとも暗く、私の狙いとは大きく逸れたものになった」と『真田幸村』を語っていた。松山の脚本は史実に忠実で、たとえば関ヶ原の戦いに真田親子は参戦していないのだから……と、16話のみで関ヶ原を終わらせ、17話で上田城から幸村たちを去らせた。

　だが実際に放送された内容では、16話は上田攻めのなかで幸村・信幸兄弟が対峙し、17話の「野ネズミ作戦」はテレビ欄などで早坂暁脚本と書かれている。つまり現存する16・17話の松山脚本は実際には使われず、早坂は16話から入り、18話以降は自身のオリジナルとなったと考えられる。台本ではその後、最終回まで「原案：松山善三」のクレジットがある。

　松山の脚本では16話で終わっていた関ヶ原だが、早坂の脚本では幸村や十勇士が関ヶ原前夜の西軍各所に駆けつけ、淀君や大谷刑部らと会談しなんとか勝利を探るが失敗。上田城から退去する「落城」はなんと27話目である。つまり関ヶ原とその後を10話以上も引き延ばしたのだ。タイトなスケジュールと予算のなかで、巨匠のあとを受け、大山やスポンサーの望む奔放で劇画的、それでいてドラマ性に富んだ関ヶ原の戦い、そして大坂の陣までを描いた早坂――。大山のなかに「もう一度いつか早坂と、今度は大予算で関ヶ原を」という思いがあったとしても不思議ではない。かくて実現した『関ヶ原』で真田親子は1シーンのみの登場だが、その描かれ方は清々しい。

時代を見据えて「おもしろく」

　本書のための取材でお会いした方々、あるいは『人間の証明』で助監督だった長石多可男氏から筆者が直接聞いたことだが、誰もが「早坂さんの脚本は遅いが、待っただけの甲斐があるし、おもしろい」と口をそろえる。この「おもしろい」は早坂脚本が最後まで失わなかった要素だろう。

　現代の視点を入れることで視聴者の視線を誘導し、ナレーションやモノローグで心情や状況を伝え、歌やCM、流行語のパロディなどを挿入して笑いも忘れない。どんな堅物の主人公の横にも美しい女性を置き、終生のライバルも配置する。早坂時代劇は一見古典的な時代劇を破壊したように見えるが、じつは大衆文芸要素を決して失わず、だからこそマンネリ化する古典時代劇に比べて新しさを失わなかった。

　晩年の劇場用映画などは、その「おもしろい」腕ばかりを買われ、大切な〝権力に支配されない自由な魂〟というテーマを伝えきれないつらさはあった。晩年のインタビューで早坂は、自分を敬愛する三谷幸喜の『竜馬におまかせ！』や『新選組！』を「彼はなにか『おもしろく』しなきゃいけないと思っているんじゃないでしょうかね」と評すが、これは自分自身がその「おもしろさ」で評価され続けたことへの反省から出た言葉のように見える。

　『真田幸村』の最終回「真田日本一の兵」は一人づつ十勇士が斃れ、家康はあと一歩のところで護衛の列に囲まれる。「鳩に豆鉄砲をどうぞ」につながるスペクタクルだ。決死の仲間を前に幸村はこう語る。

「（略）これよりは徳川の天下。人々は徳川幕府の重圧の下で、自由をもぎとられ、手足をすくませて生きていくしかない。（略）我らに出来ることは只一つある。（略）人々をしてふるい立たせるような斗いのタネをまいておくことだ。斗え！　斗うとはこういうことだ……今から、そう云う斗いをしようと思う」

　放送は昭和42年10月16日、第一次羽田事件の8日後。これから来たる時代を見据えながら、早坂は権力への闘争をあくまで「おもしろく」描いた。それが早坂の生涯貫いた「斗い」だ。ラスト、（死んだはずの）十勇士と幸村は南蛮に船出する。幻影だ。だが、ナレーションは語る。

――人々は幸村たちを忘れない。（略）幸村たちのことを、語りつぐ。（略）いつかは帰ってくる、必ずいつかは。人々は幸村たちのみせたあの斗いを忘れない。決して忘れはしない。


【協力】川崎市市民ミュージアム【参考文献】羊崎文移『「七人の刑事」を探して』（今日の話題社）／市川哲夫『証言TBSドラマ私史』（言視舎）／森口豁『「復帰願望」昭和の中のオキナワ』（海風社）／能村庸一『実録テレビ時代劇史』（ちくま文庫）／司馬遼太郎『関ヶ原』（新潮文庫）／司馬遼太郎『功名が辻』（文春文庫）／WEBサイト「テレビドラマデータベース」／早坂暁による各作台本

必殺シリーズ 早坂暁
オープニングナレーション集

『必殺仕掛人』から『必殺仕事人』まで──
『暗闇仕留人』を除く14作の
オープニングナレーションは早坂暁の筆である。
番組の導入部たる前口上、
あの手この手で練り上げられた
歴代の〝ことば〟をお楽しみいただきたい。

必殺仕掛人

語り●睦五郎

1972年9月2日〜1973年4月14日 全33話
出演：林与一、緒形拳、山村聡 ほか
原作：池波正太郎
脚本：池上金男、国弘威雄、安倍徹郎 ほか
監督：深作欣二、三隅研次、大熊邦也 ほか

はらせぬ恨みをはらし
許せぬ人でなしを消す
いずれも人知れず
仕掛けて仕損じなし
人呼んで仕掛人
ただしこの稼業
江戸職業づくしには
のっていない

必殺仕置人

語り●芥川隆行

1973年4月21日〜1973年10月13日 全26話
出演：山崎努、沖雅也、藤田まこと ほか
脚本：野上龍雄、国弘威雄、安倍徹郎 ほか
監督：貞永方久、松本明、三隅研次 ほか

のさばる悪をなんとする
天の裁きは待ってはおれぬ
この世の正義もあてにはならぬ
闇に裁いて仕置する
南無阿弥陀仏

助け人走る

語り●山崎努

1973年10月20日〜1974年6月22日 全36話
出演：田村高廣、中谷一郎、山村聡 ほか
脚本：野上龍雄、国弘威雄、安倍徹郎 ほか
監督：蔵原惟繕、松野宏軌、三隅研次 ほか

どこかで誰かが泣いている
誰が助けてくれようか
この世は人情紙風船
耳をすませた奴は誰
泣き声めざして走る影
この世は闇の 助け人

必殺必中仕事屋稼業

語り●藤田まこと

1975年1月4日〜1975年6月27日 全26話
出演：緒形拳、林隆三、草笛光子 ほか
脚本：野上龍雄、村尾昭、下飯坂菊馬 ほか
監督：三隅研次、工藤栄一、松本明 ほか

金に生きるは下品にすぎる
恋に生きるは切なすぎ
出世に生きるはくたびれる
とかくこの世は一天地六
命ぎりぎり勝負をかける
仕事はよろず引き受けましょう
大小遠近男女は問わず
委細面談 仕事屋稼業

※シリーズ第4弾『暗闇仕留人』のオープニングナレーションは池田雅延が担当

必殺仕置屋稼業

語り●草笛光子

1975年7月4日～1976年1月9日 全28話
出演：沖雅也、新克利、藤田まこと ほか
脚本：安倍徹郎、田上雄、村尾昭 ほか
監督：蔵原惟繕、松本明、松野宏軌 ほか

一筆啓上火の用心
今日、日柄も良いようで
あなたのお命もらいます
人のお命いただくからは
いずれわたしも地獄道
右手に刃を握っていても
にわか仕込みの南無阿弥陀仏
まずはこれまで あらあらかしこ

必殺仕業人

語り●宇崎竜童

1975年1月4日～1975年6月27日 全26話
出演：緒形拳、林隆三、草笛光子 ほか
脚本：野上龍雄、村尾昭、下飯坂菊馬 ほか
監督：三隅研次、工藤栄一、松本明 ほか

あんたこの世をどう思う？
どおってことねえか
あんたそれでも生きてんの？
この世の川を見てごらんな
石が流れて木の葉が沈む いけねえなぁ
おもしろいかい
あんた死んだふりはよそうぜ
やっぱり木の葉はピラピラ流れてほしいんだよ
石ころはジョボンと沈んでもらいてぇんだよ
おい、あんた聞いてんの
聞いてんのかよ
あらぁ、もう死んでやがらぁ
はぁ、菜っ葉ばかり食ってやがったからなぁ

必殺からくり人

語り●山田五十鈴、芦屋雁之助、ジュディ・オング、森田健作、緒形拳

1976年7月30日～1976年10月22日 全13話
出演：緒形拳、森田健作、山田五十鈴 ほか
脚本：早坂暁、中村勝行、保利吉紀
監督：蔵原惟繕、工藤栄一、大熊邦也 ほか

雨が降ったら傘をさす
つらい話は胸をさす
娘十八 紅をさす
魔がさす 棹さす 将棋さす
世間の人は指をさす
許せぬ悪に
とどめ刺す

必殺からくり人血風編

語り●芥川隆行

1976年10月29日～1977年1月14日 全11話
出演：山崎努、浜畑賢吉、草笛光子 ほか
脚本：村尾昭、安倍徹郎、神代辰巳 ほか
監督：蔵原惟繕、工藤栄一、貞永方久 ほか

さよならだけが人生か
それなら今日はなんなのさ
きのう勤皇 きょう佐幕
きのうほんとで きょうはうそ
雨は降る降る 血の雨が
人の情けは泥まみれ
あした天気になぁれ

新必殺仕置人

語り●芥川隆行

1977年1月21日～1977年11月4日 全41話
出演：藤田まこと、中村嘉葎雄、山崎努 ほか
脚本：野上龍雄、村尾昭、安倍徹郎 ほか
監督：工藤栄一、松野宏軌、高坂光幸 ほか

のさばる悪をなんとする
天の裁きは待ってはおれぬ
この世の正義もあてにはならぬ
闇に裁いて仕置する
南無阿弥陀仏

新必殺からくり人

語り●緒形拳

1977年11月18日～1978年2月10日 全13話
出演：近藤正臣、芦屋雁之助、山田五十鈴 ほか
脚本：早坂暁、野上龍雄、安倍徹郎 ほか
監督：工藤栄一、蔵原惟繕、南野梅雄 ほか

人の一生は旅に似てるといいますが
ほんとにそうでございますねぇ
わたくし安藤広重が
旅を描きました東海道五十三次
きれいばかりで少しも人のため息が
聞こえてこないとか……
そんなことはございません
一枚一枚にせっぱつまった恨みとつらみ
つまりは殺してもらいたい人間を
そっと描き込んである仕掛け……
お艶さん、よっくごらんのうえ
東海道五十三次殺し旅
よろしくお願いいたします

江戸プロフェッショナル 必殺商売人

語り●桜田淳子

1978年2月17日～1978年8月18日 全26話
出演：藤田まこと、梅宮辰夫、草笛光子 ほか
脚本：野上龍雄、安倍徹郎、中村勝行 ほか
監督：工藤栄一、渡邊祐介、松野宏軌 ほか

春には春の花が咲き
秋には秋の花が咲く
わたしの花はなんの色
咲くならそっとすみれ色
目立たぬように咲きましょう
目立てば誰かが手折ります
手折られ花は怨み花

涙色した風ください
涙色した水ください

必殺からくり人富嶽百景殺し旅

語り●吉田日出子

1978年8月25日～1978年11月24日 全14話
出演：沖雅也、芦屋雁之助、山田五十鈴 ほか
脚本：早坂暁、神波史男、国弘威雄 ほか
監督：黒木和雄、松野宏軌、工藤栄一 ほか

神や仏がいなさって
悪を罰してくださると
小さいときに聞きました
それはやさしい慰めと
大きくなって知りました
やさしさ頼りに生きてはきたが
やさしさだけでは生きてはいけぬ
早く来てくれ、からくり人

翔べ！ 必殺うらごろし

語り●藤田まこと

1978年12月8日～1979年5月11日 全23話
出演：中村敦夫、和田アキ子、市原悦子 ほか
脚本：野上龍雄、石川孝人、吉田剛 ほか
監督：森崎東、松野宏軌、工藤栄一 ほか

二つの眼を閉じてはならぬ
この世のものとも思われぬ、
この世の出来事見るがいい
神の怒りか仏の慈悲か
怨みが呼んだか摩訶不思議
泣き顔見捨てておかりょうか
一太刀浴びせて一供養
二太刀浴びせて二供養
合点承知の必殺供養

必殺仕事人

語り●芥川隆行、藤田まこと

1979年5月18日～1981年1月30日 全84話
出演：藤田まこと、伊吹吾郎、三田村邦彦 ほか
脚本：野上龍雄、尾中洋一、石森史郎 ほか
監督：松野宏軌、貞永方久、原田雄一 ほか

一掛け二掛け三掛けて
仕掛けて殺して日が暮れて
橋の欄干腰下ろし
遥か向こうを眺むれば
この世はつらいことばかり
片手に線香、花を持ち
おっさんおっさんどこ行くの
わたしは必殺仕事人
中村主水と申します
「それで今日は、どこのどいつを
殺ってくれとおっしゃるんで？」

※シリーズ第16弾『必殺仕舞人』から『必殺仕事人 激突！』までのオープニングナレーションは山内久司が担当

早坂 暁 はやさか あきら

１９２９年愛媛県温泉郡北条町（現・松山市北条）生まれ。本名・富田祥資。旧制松山中学在学中に海軍兵学校に入学し、終戦を迎える。復員のために郷里へ戻る途中、被爆直後の広島の惨状を目撃する。日本大学芸術学部卒業後、新聞社編集長、いけばな評論家を経てテレビ草創期より放送作家として活動。『ノンフィクション劇場』などのドキュメンタリー番組を手がけ、やがて脚本家として頭角を現す。代表作に『七人の刑事』『天下御免』『天下堂々』『必殺からくり人』『夢千代日記』『花へんろ』『事件シリーズ』など。自伝的小説『ダウンタウン・ヒーローズ』をはじめ『公園通りの猫たち』『華日記　昭和生け花戦国史』『戦艦大和日記（未完）』ほか多くの著書を刊行。２０１７年死去。確かな目で時代と人間を見つめ、ひたむきに生きる人々に対して温かくいたわりの眼差しを向け、常に庶民の目線で作品を描き続けた88年の生涯であった。

寄稿者プロフィール

高鳥 都 たかとり・みやこ

1980 年生まれ。2010 年よりライターとしての活動をスタートし、雑誌などに寄稿。著書に『必殺シリーズ秘史　50 年目の告白録』『必殺シリーズ異聞　27 人の回想録』『必殺シリーズ始末　最後の大仕事』、編著に『別冊映画秘宝　90 年代狂い咲き V シネマ地獄』『必殺仕置人大全』があり、『漫画＋映画！』ほか共著多数。

會川 昇 あいかわ・しょう

1965 年東京都生まれ。脚本家。生まれて初めてちゃんと観た必殺シリーズが「鳩に豆鉄砲をどうぞ」、あのときから自分にとって時代劇とはそういうものになった。自作『機巧奇傳ヒヲウ戦記』『天保異聞妖奇士』などにその影響はまざまざと。本書への参加は自分の血肉の一部である早坂脚本時代劇へのささやかな恩返しであります。

梶野秀介 かじの・しゅうすけ

1970 年東京都生まれ。ライター・企画編集・玩具デザイン。『必殺シリーズ完全殺し屋名鑑』『完全闇知識』編集。明治座『必殺仕事人』プログラム。『必殺 DVD マガジン』『必殺仕事人 2009 公式ガイドブック』など執筆。DOGMASK 名義で『ミクロマン』などデザイン。夜更けのバスが早めに終わるむなしい田舎者。必殺党。

近藤ゆたか こんどう・ゆたか

1964 年東京都墨田区玉の井生まれ。早大の怪獣サークル『怪獣同盟』で二代目幹事長を務めていたところ、84 年ゴジラ復活に乗り『ゴジラ宣言』（宝島編集部）で画業デビュー。以後、『空想科学読本』の挿画や漫画『大江戸超神秘帖　剛神』などを描きながら『蔵出し絶品 TV 時代劇』を編著し、『時代劇マガジン』などにも寄稿。

山田誠二 やまだ・せいじ

1963 年生まれ。京都府在住。中学生時代から撮影所通いを始め、必殺シリーズにとどまらず東映、映像京都や大阪準キー局ら関係者と交流。必殺スタッフによる時代劇「京極夏彦・怪」シリーズの企画・脚本、必殺公式劇画『必殺仕置長屋』原作・脚本、さいとう・たかをを劇画版『仕掛人藤枝梅安』脚本などを担当。映像作品も『おんな殺し屋　弔いお蓮』ほか多数。

あとがき　高鳥都

本書は東京・西荻窪の今野書店をきっかけに生まれた。一昨年より昨年にかけて立東舎、かや書房の2社から4冊の必殺本を刊行してきましたが、脚本家の會川昇さんの紹介により、今野書店で毎回トークイベントを開催。その3回目、『必殺仕置人大全』のイベント後の打ち上げで會川さんと、かや書房の岩尾悟志社長との間で「早坂さんの必殺シリーズのシナリオ集を出すべき」という話になった(らしいの)ですが、その盛り上がりを横目にわたしはおいしい料理に夢中でした。なんとなく、そんな話が聞こえてはいましたが……。

それから数ヶ月後、岩尾社長から「早坂暁をやろう！」と連絡があり、びっくりしつつも慌ただしく本書が成立した次第です。會川さんの熱意と、若き日に脚本家を目指していた岩尾社長の決断がなければ実現しなかった企画であり、必殺シリーズ初のシナリオ集が出たことを一ファンとしてうれしく思います。

また、早坂暁夫人である富田由起子さんには『必殺シリーズ異聞 27人の回想録』でお話をうかがったご縁もあり、本書でも多くのご協力をいただきました。早坂氏の命日にあたる12月16日には「七回忌法要を終えて、よい報告ができました」と、ありがたいお言葉をいただき感謝いたします。石原興さん、佐生哲雄さん、都築一興さん、大熊邦也さんにも再度の取材でお世話になりました。そのほか寄稿者の近藤ゆたかさん、梶野秀介さん、山田誠二さんをはじめ、多くの関係者のみなさんの協力のもと完成した一冊です。

まさに「こういう本が読みたかった」という盛りだくさんの内容になったと自負しています。原作のシナリオ化、シナリオの映像化をめぐる諸問題が社会的に大きく取り沙汰されている２０２４年２月に本書が刊行されることになりましたが、まずは早坂暁という希代の脚本家、そして必殺シリーズへの再評価につながれば、それに勝るよろこびはありません。

協力	朝日放送テレビ株式会社 株式会社 ABC フロンティア 松竹株式会社 公益財団法人松竹大谷図書館 公益財団法人放送番組センター 一般社団法人放送人の会 株式会社オフィス池波	企画協力 写真協力 資料協力	會川昇 牧野譲 赤崎新吾 秋田英夫 都築一興 富田由起子 山科想四郎	写真提供	ABC テレビ・松竹 P02、P10、P12、 P14、P15（下）、 P27、P41、P61、 P137、P165、P181、 P184、P185、P190、 P191、P194、P203、 P204、P252、P276、 P314、P316-317、 P320、P332、 P340-341、P351

早坂暁 必殺シリーズ脚本集

2024 年 3 月 9 日　第 1 刷発行

著　者　**早坂 暁**

編・解説　**高鳥 都**

発行人　岩尾悟志
発行所　株式会社かや書房
〒 162-0805
東京都新宿区矢来町 113　神楽坂升本ビル 3 F
電話　03-5225-3732（営業部）

印刷・製本　中央精版印刷株式会社

ISBN978-4-910364-44-5 C0074